Corina Bomann

Das Mohnblütenjahr

Roman

Ullstein

Besuchen Sie uns im Internet:
www.ullstein-taschenbuch.de

MIX
Papier aus verantwor-
tungsvollen Quellen
FSC® C083411
FSC
www.fsc.org

Originalausgabe im Ullstein Taschenbuch
1. Auflage März 2016
© Ullstein Buchverlage GmbH, Berlin 2016
Umschlaggestaltung: bürosüd° GmbH, München
Titelabbildung: © bürosüd° GmbH, München
(Mohn, Himmel, Wasser, Gras),
© Getty Images/da-kuk (Hintergrund, Wasser, Wald, Steine)
Satz: LVD GmbH, Berlin
Gesetzt aus der Adobe Caslon
Druck und Bindearbeiten: CPI books GmbH, Leck
Printed in Germany
ISBN 978-3-548-28667-9

ullstein

Das Buch

Nicole Schwarz ist allein bei ihrer Mutter aufgewachsen. Schon immer hat sie sich eine große Familie gewünscht. Umso mehr freut sie sich nun mit Ende dreißig über ihre Schwangerschaft – obwohl der Kindsvater sie verlassen hat. Doch dann erfährt sie, dass ihr Baby mit einem Herzfehler zur Welt kommen wird – die Folge einer Erbkrankheit. Voller Fragen fährt Nicole zu ihrer Mutter Marianne an die Mosel. Bei ihr findet sie Trost. Und endlich eine Antwort auf die Frage nach ihrem unbekannten Vater. Marianne wollte nie über ihn sprechen. Jetzt beginnt sie zu erzählen: vom Aufwachsen in der Nachkriegszeit, von einer großen Liebe zwischen Deutschland und Frankreich und von den Ressentiments, die der Krieg auf beiden Seiten hinterlassen hat. Nicole will verstehen, woher sie kommt, und macht sich auf, um ihren Vater zu finden …

Die Autorin

Corina Bomann, geboren 1974 in Parchim, ist gelernte Zahnarzthelferin. Doch ihre ausgeprägte Phantasie und ihre Liebe zum Geschichtenerzählen waren so stark, dass sie diesen Beruf aufgegeben hat und heute als Bestsellerautorin große Erfolge feiert.

Homepage der Autorin: www.corina-bomann-buecher.de

Von Corina Bomann sind in unserem Hause bereits erschienen:
Die Schmetterlingsinsel · *Der Mondscheingarten*
Die Jasminschwestern · *Die Sturmrose* · *Eine wundersame*
Weihnachtsreise · *Ein zauberhafter Sommer*

1

Die Treppe erschien mir endlos. Sie hinunterzusteigen, war für mich eine der größten Anstrengungen der vergangenen Stunden. Der Weg hinauf hatte mich nicht so viel Kraft gekostet, doch da war ängstliche Erwartung meine Begleiterin gewesen. Jetzt drückte mich die schreckliche Gewissheit nieder wie ein viel zu schwerer Rucksack.

Sicher, ich hätte auch den Fahrstuhl nehmen können, aber ich brauchte noch etwas Zeit, bis ich bereit war, das Haus zu verlassen. Dumpf hallte mein Atmen von den Wänden des Treppenhauses wider. Draußen ratterte eine Straßenbahn vorbei. Schweißnass klammerten sich meine Finger an den Handlauf. In meiner Brust brannte es und mein Herz pochte. Ich blieb stehen und atmete tief durch.

Oben öffnete sich eine Tür und Lachen drang nach draußen, gefolgt von einer fröhlichen Verabschiedung. Das Glück der Frau, die hinter mir die Frauenarztpraxis verließ, war deutlich zu hören.

Ich selbst fühlte mich in diesem Augenblick wie betäubt. Ich hatte nicht mit dem Schlimmsten gerechnet, doch die Nachricht, die ich soeben erhalten hatte, hatte meine Welt vollkommen aus den Angeln gehoben.

Heute Morgen hatte mich die Sprechstundenhilfe angerufen. Die Frau Doktor würde mit mir gern über meine Schwangerschaft sprechen. Obwohl die Schwester nichts Konkretes gesagt hatte – das durfte sie am Telefon nicht –, war ich sofort beunruhigt.

Mein nächster Termin war eigentlich erst in einer Woche. Dann sollte der Ultraschall ausgewertet werden, den wir vor ein paar Tagen gemacht hatten. Da hatte es noch so ausgesehen, als sei alles in Ordnung. Jedenfalls hatte Dr. Mandelbaum nicht geäußert, dass sie etwas Verdächtiges gesehen hätte.

Doch von einer Minute auf die andere war alles anders. Kein Arzt ließ um einen Termin bitten, wenn alles okay war.

Ich war im Anfang des vierten Monats und mit achtunddreißig nicht mehr die jüngste Erstgebärende. Es konnte alles Mögliche passieren. Während der Fahrt hierher hatte ich mich regelrecht verrückt gemacht. Vielleicht hatte ich einen Diabetes ausgebildet! Oder war doch etwas mit meinem Kind?

Ich erinnerte mich, dass ich mir heimlich gewünscht hatte, David würde beim Ultraschall dabei sein. Jetzt wünschte ich mir nur noch, dass ich das, was ich erfahren hatte, rückgängig machen könnte.

Im nächsten Augenblick war die Frau hinter mir auf der Treppe. Vor einigen Minuten hatte sie noch zusammen mit mir im Wartezimmer gesessen. Rosenduft umgab sie. Sie trug einen sonnengelben Mantel und eine pinkfarbene Strickmütze auf dem Haar. Unsere Blicke begegneten sich nur kurz, aber die Art, wie ich sie ansah, ließ sie sofort innehalten.

»Ist Ihnen nicht gut?« fragte sie.

»Doch, es ist alles okay, vielen Dank« wiegelte ich ab.

Die Frau, die vor lauter Glück nur so strahlte, betrachtete mich noch einen Moment verwundert, dann ging sie weiter.

Ich beobachtete, wie sie die Treppe hinunterstieg, vollkommen unbeschwert. Ich hatte keine Ahnung, wer sie war, ob sie schwanger war oder ob sie einfach nur eine Vorsorgeuntersuchung gehabt hatte, die gut ausgefallen war. Sie umgab jedenfalls nicht der kleinste Hauch von Sorge.

Wie wirkte ich auf dieser Treppe? Sah man mir an, was ich erfahren hatte?

Ich ertappte mich dabei, wie ich ängstlich in mich hineinlauschte. Ich spürte nichts, doch ich wusste nun, dass da etwas war. Etwas, das mich all meiner Träume berauben konnte.

Die Stimme von Dr. Mandelbaum hallte in mir nach: »Frau Schwarz, bei näherem Betrachten des Ultraschalls habe ich leider doch eine Unregelmäßigkeit bei Ihrem Kind entdeckt. Genau genommen eine kleine Verdickung der Nackenfalte. Ich bin mir allerdings nicht ganz sicher und würde gern noch einen Ultraschall und eine Nackenfaltenmessung durchführen.«

Wenig später fand ich mich auf der Untersuchungsliege wieder und betrachtete das Bild meines Kindes auf dem Monitor des Ultraschallgerätes. Für jeden anderen mochte es ein Pixelhaufen in Schwarz und Weiß sein, aber ich erkannte darin mein Kind, seinen Kopf, den wachsenden Körper. Als meine Schwangerschaft festgestellt worden war, hatte ich einige Bücher gewälzt, um alles über die kommenden Monate zu wissen. Vielleicht war mir der Begriff »Nackenfaltenmessung« untergekommen, doch ich hatte ihm in meiner Vorfreude keine Beachtung geschenkt.

Dr. Mandelbaums Gesichtszüge waren angespannt. »Es ist, wie ich es vermutet habe« sagte sie schließlich.

»Und was hat das zu bedeuten?« fragte ich, während die Angst in meinen Magen biss und Übelkeit in mir aufstieg.

»Die Nackenfalte weist eine Anomalie auf. Und auch der

Herzschlag erscheint mir nicht normal.« Sie wandte sich um und sah mich an. »Unter diesen Umständen habe ich den Verdacht, dass Ihr Kind einen Herzfehler haben könnte.«

»Was bedeutet das? Was für ein Herzfehler?« Ich japste die Worte mehr, als dass ich sie sprach, denn irgendwas schien meine Lungen abzudrücken.

»Es ist noch zu früh, um es mit Gewissheit zu sagen. Deshalb würde ich Sie zur weiteren Abklärung gern an einen Kollegen mit speziellem Equipment überweisen, der nachschauen wird, ob mit dem Herzen Ihres Kindes alles in Ordnung ist. Sollte das nicht der Fall sein, kann er auch feststellen, um welchen Defekt es sich handelt. Einige, wie der Kammerseptumdefekt, können postnatal operativ behoben werden, bei anderen ist eventuell ein Eingriff im Mutterleib notwendig. Bevor wir aber über eine Therapie nachdenken, benötigen wir den Befund des Spezialisten.«

Ich kam mir vor, als wäre ein riesiger Stein auf meiner Brust gelandet. Die ängstliche Erwartung war schlagartig verschwunden, doch die Gewissheit war noch schlimmer. Angst bohrte sich in meinen Magen.

»Und was heißt das?«, fragte ich verwirrt, während Tränen in mir aufstiegen und meine Kehle sich zusetzte. »Wird … kann mein Kind … daran sterben?«

»Ich werde alles in meiner Macht Stehende tun, damit das nicht passiert«, versicherte mir Dr. Mandelbaum mitfühlend, doch das war ein schwacher Trost. In ihren Augen las ich, dass es passieren konnte. »Ich werde einen Termin für Sie vereinbaren, dann sehen wir weiter. Außerdem sollten wir uns jetzt die Krankheitsgeschichte Ihrer Familie anschauen. Gibt es in Ihrer Familie oder in der des Kindsvaters eine genetische Vorbelastung?«

»Danach haben Sie sich schon mal erkundigt.« Ich sah sie verwirrt an. »Nein, ich meine, ich weiß nicht. Bei meinem …« Ich stockte, als ich mich dabei ertappte, dass ich von David als meinem Freund sprechen wollte. Das war er ja mittlerweile nicht mehr, und eigentlich wollte ich auch nicht an ihn denken … »Beim Vater des Kindes weiß ich es nicht«, fuhr ich fort, während ich um Beherrschung kämpfte. »Er … er hat nie etwas gesagt.« Eigentlich waren wir in unserer Beziehung so weit, dass er einen Herzfehler hätte erwähnen müssen. »Und meine Mutter und deren Schwester sind kerngesund. Auch bei meinen Großeltern ist kein Herzfehler aufgetreten, soweit ich weiß. Meine Mutter redet zwar nicht viel von ihnen, aber …«

»Sie haben erwähnt, dass Ihr Vater unbekannt sei.«

»Ja, meine Mutter sagte mir, dass er vor meiner Geburt verstorben sei.«

Mama hatte nur selten über ihn gesprochen. Sein Tod musste sie hart getroffen haben. Auf jeden Fall hatte sie ihn wohl sehr geliebt, auch über den Tod hinaus, denn soweit ich mich erinnern konnte, hatte sie danach keine engere Beziehung mehr zu einem Mann gehabt. Zwar war da hin und wieder jemand gewesen, doch bis auf ein paar Besuche hatte es niemand geschafft, in unserem Weiberhaushalt, wie ihn meine Mutter nannte, Fuß zu fassen.

»Nun, vielleicht fragen Sie noch einmal beim Kindsvater nach, ob es irgendwelche Vorbelastungen in der Familie gibt. Möglicherweise ist aber auch Ihr Vater der Schlüssel«, hatte Dr. Mandelbaum gesagt. »Reden Sie bitte mit Ihrer Mutter. Es wäre wichtig zu wissen, ob er einen Herzfehler hatte oder ob dergleichen in seiner Familie aufgetreten ist. Darauf könnten wir unsere Untersuchungen ausrichten …«

Konnte es tatsächlich sein, dass mein unbekannter Vater diesen Fehler in meinem Erbgut hinterlassen hatte? Wusste meine Mutter darüber Bescheid? Und falls ja, warum hatte sie es mir nicht erzählt?

Abwesend blickte ich aus dem Fenster des Treppenhauses. Da die Praxis ziemlich weit oben lag, konnte ich auf die Kölner Altstadt und den Rhein blicken, der heute wie ein strahlend blaues Band wirkte, auf dem weiße Schiffe fuhren. Einer der ersten strahlenden Frühlingstage, perfekt für einen Spaziergang am Fluss oder eine kleine Tour außerhalb der Stadt. Vielleicht zum Drachenfels, wo die alte Nibelungenburg stand. Wie lange war ich schon nicht mehr dort gewesen!

Mit diesem Ort verband ich die schönsten Erinnerungen. Erinnerungen an David. An die Zeit, als er noch zu meinem Leben gehörte. Seit zweieinhalb Monaten war das nicht mehr der Fall. Die bittere Erkenntnis, dass ich diese Augenblicke vielleicht umsonst geopfert hatte, bohrte sich in meinen Magen und ließ mir die Tränen in die Augen steigen.

Ich griff in meine Jackentasche und zog einen Zettel hervor. Darauf stand die Adresse eines Spezialisten, der sich mit frühkindlichen Herzfehlern auskannte. Dieses Stück Papier bedeutete Hoffnung und Verzweiflung zugleich. Nach dem Echokardiogramm würde ich Gewissheit haben, ob mein Baby gesund zur Welt kommen würde oder nicht. Ob es operiert werden musste, wenn es geboren war. Oder …

Nein! Ich stoppte meinen Gedankenlauf und schob das Papier wieder in die Tasche. Ich musste erst mal nach Hause, ich musste an einem Ort sein, an dem ich nachdenken konnte.

Draußen vor der Tür kam mir die Luft mindestens zehn Grad kälter vor. Ich richtete das Tuch um meinen Hals und schaute nach oben. Der Himmel bezog sich. Der erste schöne Frühlingstag schien schlechte Laune zu bekommen. Fehlte nur noch, dass es anfing zu schneien.

Während ich zur Straßenbahnstation ging, fühlte sich mein Kopf furchtbar schwer an. Ich war vollkommen ratlos und verängstigt. Was sollte ich jetzt tun? Wie sollte ich die Wochen bis zur Echokardiographie überstehen? Und wie konnte ich mich für den schlimmsten Fall rüsten?

Meine Ärztin hatte versprochen, sich um mich zu kümmern, aber wie wollte sie mir die Angst nehmen? Es gab so viele Momente, in denen ich allein war und mit der Angst kämpfte. Wie wollte sie mir helfen, wenn ich in mich hineinhorchte, als würde ich das Kind fragen: »Wie geht es dir? Ist alles in Ordnung?«

Als die Straßenbahn angedonnert kam, traten die Gedanken ein wenig zurück. Die Routine setzte ein. Ich zog meinen Fahrausweis, stieg ein und setzte mich. Unter meinem Wollmantel war mein bisher nur leicht gewölbter Bauch nicht zu erkennen. Dementsprechend interessierte sich auch niemand für mich.

Wie oft hatte ich mich dabei ertappt, dass ich früher sehnsüchtig schwangere Frauen angestarrt hatte! Wenn sie mein Interesse bemerkten, hatte ich stets peinlich berührt weggeschaut, doch der Anblick ihres Bauches hatte mich gefesselt und verfolgt. Ich wäre selbst so gern schwanger geworden!

Als es endlich geklappt hatte, war ich die glücklichste Frau der Welt gewesen! Sicher, mir war klar, was auf mich zukommen würde. Ich wusste genau, was passieren würde. Und doch war ich bereit, diesen Preis zu zahlen. Nein, vielmehr noch hatte ich die Hoffnung, dass alles anders werden würde.

Und jetzt? Jetzt fragte ich mich, ob es das wert war. Sicher, ich wollte mein Kind immer noch. Vielleicht sogar noch verzweifelter als vorher.

Doch der Verdacht war niederschmetternd. Ich fürchtete, dass ich meinem Kind damit ein Schicksal aufbürdete, das es nicht verdient hatte. Und das alles nur, weil ich zu egoistisch gewesen war und um jeden Preis ein Kind gewollt hatte.

Ich bezweifelte, dass die Mütter, die ich neidisch in der Bahn angestarrt hatte, von solchen Zweifeln geplagt wurden. Natürlich konnte ich es nicht wissen, doch irgendwas sagte mir, dass sie jetzt mit ihren gesunden Kindern herumtollten und dass ihre Ängste ganz andere waren als meine in diesem Augenblick.

Ich beschloss, nicht mehr zurück zur Arbeit zu fahren. Das Reisebüro würde auch ohne mich auskommen. Ich hatte mich eigentlich nur für die Mittagspause abgemeldet, doch kaum war ich aus der Straßenbahn heraus, zog ich mein Handy hervor und rief Gesa, meine Kollegin, an. Ich erklärte ihr, dass es mir nach dem Arztbesuch nicht so gut ginge, wofür sie auch volles Verständnis zeigte.

Zu Hause traf mich die Stille wie ein Schlag.

Selbst vor Davids Auszug war es hier nicht besonders laut gewesen; in diese Gegend von Köln zog man nur, wenn man seine Ruhe haben wollte. Ich war keine rheinische Frohnatur, ich stammte ursprünglich aus Koblenz. David und ich hatten geplant, uns in dieser Stadt ein gemeinsames Leben aufzubauen. Doch dann hatte sich alles geändert.

Und jetzt wirkte die Stille, die mich empfing, beinahe unheimlich auf mich. Früher hatte ich immerhin gewusst, dass er irgendwann nach Hause kommen würde. Jetzt wusste ich, dass ich die erste und letzte Person war, die diese Wohnung betrat.

Nach unserem großen Streit hatte ich mich damit getröstet, dass ich nicht lange allein bleiben würde. In ein paar Monaten würde hier ein Baby glucksen, ein Jahr danach würde es seine ersten Schritte machen. Ich würde alles komplett umstellen, mir ein richtiges Nest bauen. Kein Minimalismus mehr, sondern bunte Blumen, Patchworkkissen und -decken, Plüschtiere. Vielleicht würde ich ein paar neue Möbel besorgen. Nichts mehr aus dem Einheitsmöbelhaus, sondern Stücke aus dem Secondhandladen. Stücke mit Seele.

Als ich mich jetzt auf mein Sofa sinken ließ, stiegen Zweifel in mir auf. Vielleicht würde es ja nie dazu kommen. Und dabei trauerte ich nicht den Decken, Kissen und Möbeln nach. Ich fürchtete mich davor, dass mein Kind einen Herzfehler haben könnte, der nicht so einfach zu beheben war. Ich fürchtete, dass mein Kind niemals zwischen den Möbeln umherkrabbelte. Dass meine Wohnung womöglich auf ewig leer bleiben würde.

2

Schlaf fand ich in dieser Nacht keinen. Wieder und wieder geisterten die Worte der Ärztin durch meinen Verstand. Es war noch nicht sicher, ob mein Kind einen Herzfehler hatte. Doch was, wenn es so wäre? Was, wenn es eine Herzkrankheit bekam, mit der es sich sein Leben lang herumschlagen musste? Was, wenn ich es gar nicht lebend zur Welt bringen konnte? Wenn ich eine Fehlgeburt erlitt? Davon war in der Sprechstunde nicht die Rede gewesen, doch es lag im Bereich des Möglichen.

Auf einmal kam mir mein Körper wie eine tickende Zeitbombe vor. Was schlummerte in meinen Genen? War mein Vater vielleicht unbemerkt an einem Herzfehler gestorben? Vor fast vierzig Jahren war die Medizin noch eine andere gewesen. Was wusste meine Mutter? Was würde sie dazu sagen, wenn ich ihr davon erzählte?

Komischerweise war es nicht die Telefonnummer meiner Mutter, die ich um kurz vor Mitternacht mit zitternden Fingern hervorkramte. Das Gespräch mit ihr hatte ich auf morgen verschoben, denn da würde sie aus dem Urlaub zurück sein. Ich wollte ihr nicht den letzten schönen Tag verderben.

Es war Davids Nummer, die ich aus den Tiefen der »Boyfriend-Box« hervorzog. Eine solche Verflossenenkiste anzulegen, hatte mir meine Freundin geraten, inspiriert von irgendeiner ihrer Lieblingsfernsehserien. So könne man später, behauptete sie, auf die glückliche Zeit zurückblicken, die man gehabt hatte, und über den verflossenen Schmerz lachen.

Ich hatte die Kiste gehorsam mit allem gefüllt, was von David übriggeblieben war, und sie unter mein Bett geschoben, in die hinterste Ecke. Ich hatte mir geschworen, ihren Inhalt doch irgendwann mal wegzuwerfen. Jetzt war ich froh, dass ich sie mit Hilfe eines Besens hervorziehen konnte. Und ich war froh, dass seine Nummer darin war.

Mittlerweile waren mehr als zwei Monate vergangen, seit ich David zum letzten Mal gesprochen hatte. Zwei Monate lang war von ihm nicht mal die kleinste Nachfrage gekommen, wie es mir ginge. Doch jetzt brauchte ich die Information, ob es Herzfehler in seiner Familie gab. Ein guter Vorwand, endlich wieder seine Stimme zu hören.

Ich holte das Mobilteil meines Telefons, wickelte mich in eine Decke ein und wählte dann seine Nummer.

Der Rufton vermischte sich mit dem Hupen eines Wagens draußen, das beinahe wie eine Warnung klang: Leg auf, bevor es zu spät ist.

Doch woher sollte ich sonst erfahren, ob auf seiner Seite irgendwelche Vorbelastungen existierten? Das Wissen darum könnte unser Kind vielleicht retten!

»Hofer«, meldete sich eine verschlafene Stimme. Ich hatte ihn aus den Federn gerissen. Jetzt erkannte ich, was für eine Dummheit ich gerade beging. Am liebsten hätte ich wieder aufgelegt, doch ich schaffte es nicht, das Gespräch zu beenden.

»David?« Meine Stimme zitterte.

»Nicole?«, fragte er erstaunt zurück. Schlagartig schien er wach zu werden. »Was gibt es? Ist irgendwas passiert?«

Ich schluckte. Ich erinnerte mich noch zu gut daran, wie das letzte Gespräch mit meinem Exfreund geendet hatte.

Damals hatte ich ihm gesagt, dass ich schwanger sei. Gewusst hatte ich es schon seit einer Woche. Als mir morgens speiübel geworden war, hatte ich mir einen Schwangerschaftstest aus der Apotheke geholt.

Was jeden anderen Mann dazu gebracht hätte, vor Freude auszuflippen, brachte David dazu, mich entsetzt anzusehen.

»Aber du weißt doch, dass ich keine Kinder haben will!«, sagte er. »Hat deine Pille versagt? Oder … du hast doch nicht etwa …?«

Ich wollte nicht lügen. »Ich habe die Pille vor drei Monaten abgesetzt. Du weißt, wie sehr ich mir ein Kind wünsche. Und ich werde bald zu alt dafür sein.«

Davids Augen hatten vor Wut die Farbe gewechselt. Aus dem milden Kaffeebraun wurde ein kaltes Schwarz. So hatte ich ihn noch nie zuvor erlebt.

»Wie kommst du dazu, meinen Wunsch so zu ignorieren?«, fragte er eisig. »Ich will keine Kinder, das habe ich dir deutlich gesagt! Warum setzt du die Pille ab, ohne mit mir darüber zu sprechen?«

Und was ist mit meinen Wünschen?, konnte ich damals nur denken. Warum nimmst du keine Rücksicht darauf?

Wenig später schleuderte ich ihm genau das an den Kopf.

»Hätte ich lieber fremdgehen sollen, um ein Kind zu bekommen?«, schrie ich. Mein Puls war auf hundertachtzig. Ja, ich hatte einen Fehler gemacht. Doch es war auch sein Kind! Wieso wollte er nicht einsehen, dass es ein Teil von ihm war, den ich in mir trug? Dass ich sein Kind haben wollte, weil ich ihn liebte!

Das Ganze artete zu einem handfesten Streit aus. Ich versuchte noch eine Weile, ihn von meiner Liebe zu überzeugen, doch schließlich warfen wir uns gegenseitig all unsere Fehler um die Ohren.

»Ich kann nicht länger mit dir zusammen sein«, sagte er und verschwand wenig später aus der Wohnung.

Wie betäubt hatte ich danach auf dem Sofa gesessen und an die Wand gestarrt. Erst viel später hatte ich heulen können. Während die anderen Frauen, die ich neidisch beobachtet hatte, Männer hatten, die ihnen liebevoll über den Bauch streichelten, hatte ich einen Mann, der mich von nun an hasste, weil ich sein Kind bekam …

»Hallo?«, riss mich seine Stimme aus meinen Gedanken. Ich hatte mich in meiner Erinnerung verloren. »Was ist los? Warum rufst du mich mitten in der Nacht an?«

Es war ein Wunder, dass er nicht gleich wieder aufgelegt hatte. Aber David war normalerweise kein Mann, der sich kindisch verhielt.

»Mein Kind«, begann ich mit brüchiger Stimme. »Unser Kind … Ich war heute bei der Frauenärztin. Es besteht die Möglichkeit, dass es einen Herzfehler hat.«

Schweigen. Ich konnte mir schon denken, was ihm durch den Kopf ging. Ich habe dir ja gesagt, dass ich kein Kind will. Das ist alles dein Fehler.

Die Möglichkeit, dass er keine Kinder wollte, weil er von der Vorbelastung in der Familie wusste, schoss mir jetzt in den Sinn. Doch warum hat er nie mit mir darüber gesprochen?

»Und?«, fragte er vollkommen desinteressiert.

Das nahm mir den Atem.

War es ihm wirklich komplett egal? Hatte er nicht mal ein paar tröstende Worte übrig? Und das, obwohl ich ihm geschrieben hatte, dass er sich keine Sorgen um den Unterhalt machen musste. Wenn er das Kind nicht wollte, brauchte er auch nicht dafür zu bezahlen – Punkt.

Aber wir waren sieben Jahre lang zusammen gewesen. Sieben Jahre, in denen es keine größeren Streits gegeben hatte. Sieben Jahre Glück. Wenn ich nicht schwanger geworden wäre, würde er jetzt neben mir liegen. Es würde diesen Anruf nicht geben. Ich würde mich nicht von seiner Herzlosigkeit verletzen lassen müssen.

»Ich wollte fragen … gibt es … gibt es in eurer Familie vielleicht …?« Verdammt, warum stotterte ich wie ein Schulmädchen? Das hier war sehr wichtig! »Gibt es in deiner Familie Herzfehler? Ich meine, weißt du davon?«

»Nein«, antwortete er mürrisch. »In meiner Familie gibt es keine Herzfehler. Ist sonst noch was?«

Mir kamen die Tränen. Gut, die Information hatte ich nun, aber warum schien er nichts zu fühlen? Warum war es ihm egal? Wenn es in seiner Familie keine Herzfehler gab, dann bestand zumindest kein medizinischer Grund dafür, dass er keine Kinder wollte. Ging es ihm wirklich nur ums Prinzip?

»Okay, dann belästige ich dich nicht weiter«, sagte ich resigniert und wartete nicht ab, bis er noch etwas von sich gab, das mich erst noch wütender machte. Ich legte einfach auf und warf das Telefon durch den Raum.

Glücklicherweise wurde es von den zugezogenen Vorhängen vor meinem Fenster abgefangen, bevor es Schaden anrichten konnte.

Zorn und Enttäuschung wüteten in mir. Ich rollte mich unter der Decke zusammen und begann zu weinen. Um David, um die Zukunft, die wir nie haben würden, aber vor allem um mein Kind, das vielleicht gar nicht erst die Chance erhalten würde, diese Welt zu sehen.

3

Am nächsten Morgen erwachte ich erst, als Sonnenlicht direkt auf mein Gesicht fiel. Meine Augen waren verquollen. Über meinen Weinkrampf war ich auf dem Sofa eingeschlafen und hatte mich komplett verlegen. Mein Nacken und meine Schulter schmerzten, und durch meinen Rücken schoss ein Ziehen. Stöhnend richtete ich mich auf und versuchte, meine Beine vom Sofa zu schwingen.

Der gnädige Moment morgendlicher Amnesie verflog rasch, auf einmal fiel mir wieder ein, was mich auf das Sofa gebracht hatte. Ich blickte auf die Armbanduhr, die ich ausnahmsweise nicht abgenommen hatte. Vierzehn Minuten vor elf. Zum Glück war Samstag, und ich musste heute nicht ins Geschäft. Gleichzeitig war es der Tag, an dem meine Mutter von ihrer Reise zurückkehren würde. Es geschah selten, dass sie Urlaub machte. Auch diesmal hatte ich sie förmlich überreden müssen. Ihr Weingut war bei Ben, ihrem Verwalter, in den besten Händen. Sie glaubte allerdings, dass die Rebstöcke Schaden erleiden würden, sobald sie mal einen Fuß vom Gelände setzte.

Um zwölf Uhr sollte ihr Flugzeug in Frankfurt landen. Mit der Bahn brauchte sie dann noch gut anderthalb Stunden, bis sie zu Hause in Schweich an der Mosel ankommen würde. Ich hatte also noch fast drei Stunden, um zu frühstücken und mich auf den Anruf vorzubereiten.

Meine Mutter wusste nichts von dem Termin bei Dr. Mandelbaum. Als sie sich auf den Weg nach Teneriffa gemacht hatte, war die Welt für sie und für mich noch in Ordnung gewesen. Zwei Wochen hatten ausgereicht, um dem Zukunftsgebäude, das ich mir errichtet hatte, schwerwiegende Risse zuzufügen.

Seufzend erhob ich mich und schleppte mich mit schmerzendem Rücken ins Bad. Unter der Dusche würde sich die Verspannung vielleicht ein wenig lösen.

Zwei Stunden später, kurz nachdem meine Mutter mir eine Nachricht geschrieben hatte, dass sie gut zu Hause angekommen war, schnappte ich mir das Telefon und wählte ihre Nummer. Zuvor hatte ich ihr per SMS angekündigt, dass ich Neuigkeiten hätte – sie mit solch einer Nachricht überrumpeln wollte ich nicht.

Meine Hände zitterten.

In den vergangenen Stunden hatte ich mich komplett verrückt gemacht, es war wohl keine gute Idee gewesen, im Internet nach irgendwelchen Herzfehlern zu suchen. Was ich fand, war erschreckend. Natürlich wurde überall davon gesprochen, dass diese Fehler operativ behoben werden mussten. Entweder postnatal oder in manchen Fällen sogar vor der Geburt.

Der Gedanke, dass das Kind in meinem Körper operiert werden müsste, erfüllte mich mit großem Horror. Noch schlimmer waren jedoch die Foren, in denen sich Mütter von Kindern mit Herzfehlern austauschten. Einige von ihnen hatten schon lange versucht, schwanger zu werden – oder sie hatten zuvor bereits Kinder verloren, deren Namen als Signatur unter ihren Posts standen. Die Geschichten der »Sternenkinder«, die keine Chance zum Leben bekommen hatten, rührten mich derart zu Tränen, dass ich den Laptop erst einmal zuklappen musste.

Jetzt schwirrte mir der Kopf, und meine Angst saß tiefer denn je. Ich hoffte sehr, dass meine Mutter mir irgendwie helfen konnte.

»Hallo, meine Süße«, meldete sie sich nach zweimaligem Klingeln.

»Hallo, Mama, wie geht es dir?«

»Hört man das nicht? Eigentlich müsstest du die Sonne, die ich getankt habe, durch den Hörer spüren.« Meine Mutter lachte. Sie schien sich bestens erholt zu haben. In diesem Augenblick hätte ich sonst nach witzigen Urlaubsanekdoten verlangt, doch mit meiner SMS hatte ich sie neugierig gemacht.

»Na, was für aufregende Neuigkeiten gibt es denn?«, fragte sie.

Offenbar glaubte sie wirklich an etwas Gutes. Ich ließ mir einen Moment Zeit, dann antwortete ich: »Setz dich besser hin, Mama. Es … hat vielleicht positiver geklungen, als es leider ist.«

Meine Mutter seufzte. Keine Ahnung, wo sie jetzt war, aber nach einer Weile hatte ich den Eindruck, dass sie meiner Aufforderung nachgekommen war.

»Und, was ist passiert? Ist David wieder bei dir aufgetaucht?«

So gern sie ihn vor unserer Trennung gehabt hatte, so wenig mochte sie ihn jetzt. Besonders nachdem ich ihr erzählt hatte, dass er mich wegen des Kindes verlassen hatte. Ich erinnerte mich noch gut an ihre Schimpftirade, als ich ihr davon berichtet hatte. Und auch an die Sauforgie ohne Schnaps – da ich schwanger war, durfte ich nicht trinken. Dafür hatte meine Mutter für mich mitgetrunken, und ihre Beschimpfungen waren mit vorrückender Stunde immer blumiger geworden. Ich hatte stumm danebengesessen in dem Bewusstsein, dass ich es vermasselt hatte, indem ich eigenmächtig eine Entscheidung getroffen hatte. Dennoch hatte es mir geholfen, sie schimpfen zu hören. Es hatte einfach gutgetan, sie auf meiner Seite zu wissen, auch wenn ich die Schuldige war.

Genau das brauchte ich jetzt auch, noch dringender als damals.

»Ich war gestern bei Dr. Mandelbaum«, begann ich. »Sie wollte einen zweiten Ultraschall machen. Und eine Nackenfaltenmessung.«

»Und, was ist dabei herausgekommen?« Meine Mutter klang besorgt.

»Nun ja … sie meinte, dass die Nackenfalte verdickt sei. Außerdem scheint etwas mit dem Herzen meines Kindes nicht in Ordnung zu sein.«

An dem anderen Ende der Leitung wurde es still. In meinen Ohren dröhnte mein eigener Herzschlag so laut, dass ich glaubte, meine Mutter könnte es hören.

»Mama?«, fragte ich nach einer Weile. Dass meine Mutter umgekippt war, war unwahrscheinlich, dazu war sie eine viel zu robuste Natur. Aber es geschah hin und wieder, dass sie vor Angst, Schrecken oder aus anderen unangenehmen Gründen einfror. Zu erfahren, dass ihr Enkelkind krank sein könnte, gehörte eindeutig dazu.

»Ja?«, antwortete sie und klang ein wenig abwesend.

»Hast du gehört, was ich gesagt habe?«

»Ja, das habe ich, mein Schatz«, antwortete sie ruhig. Ebenfalls typisch für meine Mutter war, dass sie bei Schwierigkeiten zunächst immer ganz ruhig wurde – bevor sie dann wirklich ausflippte. »Und ehrlich gesagt weiß ich nicht, was ich sagen soll. Ist es denn sicher, dass etwas nicht in Ordnung ist?«

»Na ja, ich muss in vier Wochen zur Echokardiographie, da kann man mir Genaueres sagen.«

»Echokardiographie?«, fragte meine Mutter. »Aber das Kind ist doch noch nicht mal geboren!«

»Das gibt es auch für Ungeborene«, entgegnete ich und versuchte, tapfer zu sein, aber ganz gelang es mir nicht. Meine Stimme zitterte, als ich ihr erklärte, was ich im Internet herausgefunden hatte. Dabei steigerte ich mich so sehr in die Sache hinein, dass ich schließlich die Fassung verlor.

»Was soll ich machen, wenn genau das passiert, Mama?«, rief ich zitternd. »Wenn das Kleine operiert werden muss? Was soll ich dann nur machen?«

Die letzten Worte gingen halb unter in den Tränen, die mir über die Wangen kullerten.

»Ich kann dir leider nicht sagen, was du dann machen sollst, dazu fehlt mir die nötige Erfahrung«, sagte meine Mutter nach einer kurzen Denkpause. »Aber ich kann dir sagen, was du jetzt machen wirst. Du packst eine Tasche, meldest dich für ein paar Tage bei der Arbeit ab und kommst her. Und dann überlegen wir gemeinsam, was von den Informationen, die du gefunden hast, wirklich stimmt und ob es nicht vielleicht einen Weg gibt, dir die nächsten Wochen ein wenig zu erleichtern.«

»Wirklich?«, fragte ich.

»Ja, wirklich. Ich bestehe darauf. Pack deine Sachen. Notfalls rufe ich deine Chefin an, damit sie dir freigibt.« Meine Mutter klang äußerst entschlossen. Ich traute ihr zu, dass sie Christina anrief und ihr erklärte, warum ich jetzt ein paar Tage für mich brauchte.

Doch das wollte ich lieber allein regeln.

»Danke, Mama.« Ich wischte mir die Tränen von den Wangen. »Ich mach das schon. Ich rufe nachher wieder an und sag dir, wann ich ankomme.«

»In Ordnung, mein Schatz. Ich werde derweil mal einen Blick auf die Weinstöcke werfen. Ich habe mein Handy dabei, du kannst mich jederzeit erreichen.«

Wir verabschiedeten uns voneinander, und ich klappte den Laptop wieder auf. Eigentlich nur, um ihn runterzufahren, doch da sah ich, dass unterhalb des Posts eines Forumsmitglieds ein schmales Banner stand. Vorher war es mir noch nicht aufgefallen, aber jetzt bemerkte ich es. Es zeigte den kleinen Kopf eines Kindes, der in den Händen einer Frau ruhte. Das Kind sah aus, als würde es schlafen.

Obwohl mich eine ungute Ahnung überkam, wohin dieser Link führte, klickte ich darauf.

Ich sah Bilder in Schwarzweiß, wunderschöne Aufnahmen von Kindern, die aussahen, als würden sie nur schlafen. Daneben standen ihre Geschichten. Keines dieser Kinder war mehr als einen Tag alt geworden. Ihre Eltern hatten mit den Bildern dokumentieren wollen, dass dieses Kind wirklich gelebt hatte – und wenn es nur für Stunden war.

Die Bilder waren sehr ästhetisch fotografiert, von Fotografen, die ihr Handwerk verstanden. Mich trafen sie bis ins Mark. Ich sah in den toten Kindern plötzlich mein eigenes. Würde ich die Kraft haben, so einen Fotografen mein Kind fotografieren zu lassen? Würde ich sein kurzes Leben dokumentieren wollen?

Mein Magen rebellierte. Ich hätte die Seite besser schließen sollen, immerhin wollte ich im Reisebüro Bescheid geben, dass ich Urlaub nehmen wollte. Doch ich konnte mich nicht vom Bildschirm lösen.

Tränen liefen mir über die Wangen, das, was ich sah, wühlte mich zu sehr auf.

Aber dann spürte ich etwas, das meine Hand dazu brachte, auf den Schließen-Button zu klicken.

Nein, sagte ich mir, während die Seite verschwand. Mein Kind lebt, das spüre ich. Es zwingt mich dazu, Blätterteighörnchen mit Erdbeermarmelade in mich reinzustopfen, und hat eine Abneigung gegen Spaghetti aglio e olio. Ich werde zu Mama fahren. Und dann werden wir sehen, was zu tun ist. Vielleicht wird alles gut.

Ich klappte den Laptop zu und ging dann in den Flur, um meine Jacke zu holen. Bevor ich fahren konnte, musste ich mir im Reisebüro den Urlaub genehmigen lassen.

4

Foto Nr. 1

Die achtzehnjährige Marianne steht in einem dunklen Raum, der ihre Gestalt fast vollständig verbirgt. Lediglich durch einen Spalt zwischen den Fenstervorhängen fällt etwas Licht auf ihr Gesicht und ihren Haaransatz. Durch die Dunkelheit wirkt ihr Gesicht wie eine Maske. An den Schultern ist eine kleine Rüsche eines Sommerkleides zu erkennen. Sie legt die Hand auf den Vorhang, als wollte sie ihn weiter aufziehen, doch etwas scheint sie daran zu hindern. (6. Juni 1967)

Es war Richard Schwarz gleichgültig gewesen, noch ein weiteres Kind zu bekommen. Als seine Frau Irene ihn am 15. Januar 1949 aus der Klinik anrief, um ihm mitzuteilen, dass es ein Mädchen geworden sei, hatte er diese Nachricht mit einem »In Ordnung« quittiert und aufgelegt.

Allein schon dieser Anruf aus der Klinik unterschied ihn von anderen Vätern, selbst in seiner Zeit.

Für gewöhnlich trotteten Männer, die Vaterfreuden entgegensahen, stundenlang durchs Wartezimmer, nachdem sie ihre Frau ins Krankenhaus gebracht hatten. Unruhig unterhielten sie sich mit ihren Leidensgenossen, die ebenfalls auf und ab gingen oder mit den Füßen wippend auf den Wartestühlen saßen, sie teilten Geschichten, die sie sonst keinem

Fremden erzählt hätten, und warteten, dass die Schwester erschien und ihnen sagte, wie die Geburt verlaufen sei.

Richard Schwarz hatte Irene ein Taxi bestellt, als die Wehen losgegangen waren. Unruhe hatte er nicht verspürt. Seine Frau würde sicher im Krankenhaus ankommen. Dort waren Leute, die sich schon um alles kümmerten.

Als er gehört hatte, dass die Türen des Taxis zugeschlagen worden waren, hatte er sich in sein Atelier begeben und mit seinem neuen Bild begonnen. »Im Tal der Sonne« nannte er es später. Eine grandiose Aussicht auf einen Sonnenuntergang, hinter einem Tal.

Marianne hatte sich angesichts dieses Bildes später oft gefragt, was ihr Vater in dem Augenblick empfunden hatte – zumal dieses Bild ihr Geburtstagsbild war und er ihr das auch immer wieder gesagt hatte. Ja, er hatte nicht mal einen Hehl daraus gemacht, dass er nicht wie alle anderen Väter nervös durch das Krankenhaus getrottet war. Für ihn zählte nur die Kunst, und sie hatte ihm Ruhm und Reichtum eingebracht.

Doch dieses Bild setzte allem die Krone auf. Mariannes Sonnenuntergang wirkte traurig, wie das Ende von allem. Trotz des leuchtend gelben Flecks in der Mitte schien es, als würde dieser kein Licht verströmen, sondern alles Licht in sich aufsaugen. Damit seine Freude über die Geburt des eigenen Kindes zum Ausdruck zu bringen fand sie überaus bizarr. Oder hatte er sich vielleicht gar nicht gefreut? Das konnte man bei Richard Schwarz nicht genau sagen.

Genau genommen konnte sie nur selten die Regungen ihres Vaters einschätzen – und weder ihre Schwester noch ihre Mutter waren ihr dabei eine Hilfe. Wahrscheinlich kannten sie ihn selbst kaum.

Mittlerweile waren achtzehn Jahre vergangen, doch Mariannes Verhältnis zu ihrem Vater hatte sich nicht gebessert. Im Gegenteil. Nachdem sie die reine kindliche Unschuld verloren hatte – die er sehr häufig porträtiert hatte –, war sie für ihn als Modell nur bedingt von Interesse gewesen. Mit Einsetzen der Pubertät begann er, an ihr herumzunörgeln, ebenso wie er es mit Ursula, ihrer Schwester, tat. Seine Frau bekam von alldem nichts mit. Seit ihr Mann aus dem Schlafzimmer ausgezogen war, lebte sie in einer eigenen Welt, in die sie auch ihre Kinder nicht hineinließ.

So waren die besten Tage jene, an denen der Vater seine Familie vollkommen ignorierte. Dann saß er in seinem Atelier in seiner prachtvollen Villa in Mayen in der Eifel, vertieft in Farben und Formen, und ließ sich von seinen Töchtern das Essen bringen.

Für diese Tage war Marianne ihm dankbar, denn so hatte sie Gelegenheit, dem nachzugehen, was sie interessierte. Vom Vater ignoriert zu werden hatte ihr lange weh getan. Ja, es gab auch jetzt noch Momente, in denen sie sich wünschte, dass ihr Vater sie wahrnehmen und sich für die Dinge interessieren würde, die sie begeisterten.

Doch jetzt hatte sie nur ihre Prüfungen im Kopf. Da ihr eigenes Zimmer viel zu klein war, machte sie sich mit ihren Büchern am Küchentisch breit.

Wenn ihr doch die Mathematik genauso leichtfallen würde wie die französische Sprache! Seit sie zum ersten Mal mit einem französischen Text in Berührung gekommen war, war es um sie geschehen gewesen. Im Gegensatz zum Deutschen klang Französisch elegant und weich, kein Wort endete hart, und die Worte auszusprechen war mehr wie ein Gesang. Nachdem sie mit dem Französischunterricht begonnen hatte, hatte sie versucht herauszufinden, ob ihr Lehrer der Sprache wirklich gerecht wurde. Das war schwierig, denn kein Kino in ihrer Nähe zeigte französische Filme im Original. Eine Reise nach Frankreich war undenkbar. Doch dann entdeckte sie in einem kleinen Laden Schallplatten von Édith Piaf und Juliette Gréco. Da sie keinen eigenen Schallplattenspieler besaß, hörte sie die Scheiben mit ihrer Freundin Mona, die stets schwarze Rollkragenpullover trug und von sich behauptete, eine Existentialistin zu sein. Stundenlang saßen sie zusammen und lauschten den wehmütigen und manchmal kämpferischen Melodien, träumten von Frankreich und der dortigen Künstlerszene.

Als ein Kiesel die Scheibe des Küchenfensters traf, zuckte Marianne zusammen und blickte verwirrt auf. Ein zweiter Kiesel kam geflogen und prallte ebenfalls am Glas ab. Es war ein Wunder, dass er es nicht durchschlug.

Sie erhob sich und ging zum Fenster.

Unten holte Christoph gerade zu einem weiteren Wurf aus, den er allerdings noch rechtzeitig stoppte, als er sie sah.

»He, Marianne, kommst du mit zum See?«, fragte er und deutete auf sein Motorrad, das er auf dem Gehweg aufgebockt hatte.

»Kann nicht, ich muss lernen.«

»Die Prüfung ist doch erst in einer Woche.«

»Mag sein, aber ich habe vor, in Mathe eine gute Zensur zu bekommen. Sonst ist es Essig mit dem Studienplatz.«

Mathematik war ihr Schwachpunkt. Das hieß nicht, dass sie nicht rechnen konnte, doch die höhere Mathematik ergab für sie keinen Sinn. Man sagte zwar, dass Mathematik die universale Sprache war, aber für sie war es eine Sprache von einem anderen Planeten. Sie hatte keine Probleme mit den richtigen Sprachen – besonders nicht mit den romanischen –, doch die Zahlen waren ein Code, der sich ihr nicht erschloss. Eher hätte sie Arabisch oder Chinesisch lernen können.

»Du hast immer nur deine Uni im Kopf. Aber okay, wenn du runterkommst, helfe ich dir beim Lernen. Das kannst du am See auch.«

Marianne wusste genau, dass sie alles andere am See tun würden, aber nicht lernen. Für einen Moment war sie versucht, die Bücher Bücher sein zu lassen und hinunterzugehen. Christoph und sie waren zwar kein richtiges Paar, aber sie knutschten miteinander, wenn sie sich trafen. Marianne war fasziniert von dem schwarzhaarigen Jungen, dem die Locken zu allen Seiten abstanden und der auf der Nase stets eine getönte John-Lennon-Brille trug. Obwohl er sonst überhaupt gar keine Ähnlichkeit mit dem Beatle hatte und auch bestritt, auf die Band zu stehen.

»Du weißt ganz genau, dass am See nichts aus dem Lernen werden würde.« Marianne wurde schwer ums Herz. Christoph abzuweisen fiel ihr nicht leicht. Sie wusste, dass auch andere Mädchen ein Auge auf ihn geworfen hatten. Wenn sie ihn ständig abwies, würde er sich eine andere suchen. Eine, mit der er etwas Festes haben wollte, eine, die den ganzen Sommer mit ihm am See verbrachte.

Doch dann fiel ihr wieder das Studium ein, das sie anstrebte. Die langersehnte Freiheit und ein neues Leben, in dem sie tun konnte, was sie wollte.

»Morgen vielleicht«, rief sie Christoph zu. »Morgen ist das Wetter sicher noch besser. Schau, da hinten sehe ich dunkle Wolken aufziehen. Wenn es regnet, haben wir auch nichts vom See.«

Christoph senkte enttäuscht den Kopf und kickte einen Stein weg.

»Ich dachte, wir wollten mehr Zeit miteinander verbringen«, murrte er dann. »In letzter Zeit hängst du nur über deinen Büchern.«

»Aber nach dieser Zeit kommt eine andere. Ich habe dir doch gesagt, dass ich in den Ferien so viel Zeit für dich habe, wie du magst.«

Christoph nickte, aber er wirkte nicht überzeugt.

Angst überkam Marianne. Vielleicht sollte sie doch mitfahren. Lernen konnte sie doch auch morgen …

»Okay, dann morgen«, sagte Christoph. »Und wehe, du redest dich dann auch mit den Büchern und dem Lernen raus. Dann gehe ich rein und entführe dich!«

»Das brauchst du nicht, ich komme ganz freiwillig«, entgegnete sie, froh darüber, dass Christoph ihr eine Entführung androhte. Dann schien sie ihm doch noch nicht egal zu sein. »Also, wir sehen uns morgen!«

»Wenn's nach mir geht, schon!« Christoph warf ihr eine Kusshand zu und schwang sich wieder auf sein Motorrad. Marianne blickte ihm sehnsuchtsvoll hinterher, dann schloss sie das Fenster wieder.

»Marianne.« Der strenge Ton ihres Vaters brachte sie dazu, herumzuwirbeln. Wie lange mochte er schon dagestanden und sie beobachtet haben? Hatte er mitbekommen, dass sie sich mit Christoph unterhalten hatte?

»Ja?«, fragte sie ein wenig eingeschüchtert. Wenn sich der Vater für sie interessierte, bedeutete es meist Arbeit. Dann sollte sie etwas holen oder bei etwas helfen. Manchmal ließ er auch einfach nur die Wut an ihr aus, wenn er wieder einmal vergessen hatte, einen seiner kostbaren Pinsel ins Terpentin zu stecken.

»Komm mit. Du musst mir Modell sitzen.«

Modell sitzen war das Schlimmste, was er verlangen konnte. Es war nicht so, dass sie sich dabei ausziehen musste. Marianne witzelte manchmal darüber, dass ein Aktbild von ihr doch mal etwas anderes wäre. Aber so etwas verlangte ihr Vater gar nicht. Er wollte ganz einfach nur, dass sie dasaß. Dass er sehen konnte, wie das Licht an ihr vorbeifiel. Manchmal porträtierte er auch ihr Gesicht. Das konnte jederzeit geschehen, wenn es ihm in den Sinn kam. Bisweilen setzte er sich mit seinem Zeichenblock neben sie, während sie Hausaufgaben machte, und zeichnete sie einfach. Die Bilder wurden meist verkauft oder landeten in Ausstellungen, die sie nie besuchte. Dass man sie aufgrund dieser Bilder auf der Straße erkennen würde, war bestimmt nur eine Frage der Zeit.

Früher war das auch Ursula, ihrer Schwester, passiert. Doch die war mittlerweile ausgezogen und studierte in Freiburg Jura. Marianne war furchtbar neidisch auf sie und konnte es kaum noch erwarten, endlich das Abi in der Tasche zu haben. Sie hatte sich an den Unis von Freiburg und Trier beworben, manchmal träumte sie auch davon, nach Berlin zu gehen, in die Zone, wie ihr Vater die geteilte Stadt nannte. Dort sollte es nicht nur eine gute Uni, sondern auch eine Szene von Künstlern aller Art geben. Und gutaussehende Franzosen. Doch dazu musste sie die Prüfungen schaffen, und die schaffte sie nicht, wenn sie mit Christoph am See knutschte.

Und ebenso wenig schaffte sie sie, wenn sie nur im Atelier ihres Vaters herumsaß.

»Darf ich meine Bücher mitnehmen?«, fragte sie deshalb, denn sie wusste, dass es Stunden dauern würde, bis er sie wieder entließ.

»Was willst du damit?«, fragte ihr Vater verständnislos.

»Na ja, wir haben bald Prüfungen, und ich muss für Mathematik lernen.«

Marianne bemerkte, dass sein Blick über ihre Papiere glitt. Marianne hatte sämtliche Hefte der vergangenen zwei Jahre auf dem Küchentisch ausgebreitet, dazu noch etwas Material von Mona, die eine strahlende Eins auf dem Abschlusszeugnis haben würde.

»Und was soll das da?«, fragte er und deutete auf das Buch, das zwischen den Schulbüchern hervorlugte. »Dieses Franzosenzeug?«

Marianne durchfuhr es siedend heiß. Wenn ihr Kopf von all den Formeln, die sie in ihn hineinstopfte, zu brennen schien, kühlte Marianne ihn mit einer Portion Sartre. Sie liebte französische Bücher – und wusste gleichzeitig, dass ihr Vater davon alles andere als begeistert war. Dass sie das Fach belegte, duldete er noch, aber sonst war von französischer Kultur nichts in seinem Haus zu finden.

Richard Schwarz war im Zweiten Weltkrieg an der Westfront gewesen. Von dort hatte er aus irgendeinem Grund einen tiefsitzenden Hass auf Frankreich mitgebracht, der sich auch zweiundzwanzig Jahre nach Kriegsende nicht verflüchtigt hatte. Das war auch der Grund, warum sie nicht nach Frankreich reisen konnte. Ihr Vater würde es nie erlauben.

»Das brauche ich für die Schule«, log sie schnell, denn ihrem Vater war zuzutrauen, dass er das Buch sofort in den Ofen warf.

»Ich denke, du wirst in Französisch nicht geprüft«, fragte Richard argwöhnisch.

Marianne starrte ihn überrascht an. Sie hätte nicht erwartet, dass er zugehört hatte, als sie davon berichtete.

»Das nicht, aber Herr Rosenheim hat mich gebeten, einen

Text für die Übersetzung rauszusuchen. Abschlussklausur in der Elften.«

Das stimmte natürlich nicht, ihrem Französischlehrer wäre es nicht im Traum eingefallen, um Hilfe zu bitten, schon gar nicht bei einer Schülerin.

Die Hand ihres Vaters zuckte. Offenbar fragte er sich, ob er das Buch nicht doch ergreifen und ins Feuer werfen sollte. Doch dann schien ihm wieder der Grund einzufallen, aus dem er hier aufgetaucht war.

»Gut, nimm dein Mathematikbuch mit«, sagte er, wobei die Betonung eindeutig auf »Mathematik« lag. Ansonsten klang seine Stimme sanft, selbst wenn er ärgerlich war, wurde sie nie hart.

Marianne dachte bedauernd daran, dass sie jetzt mit Christoph am See knutschen könnte. Sie hätte sich nur einen Moment früher dafür entscheiden sollen. Aber dazu war es zu spät. Mit dem Mathebuch unter dem Arm folgte sie ihrem Vater ins Atelier.

Das Atelier wirkte wie ein Ort aus einer vollkommen anderen Welt. Durch die hohen Fenster fiel sehr viel Licht, hier konnte man beinahe den ganzen Tag arbeiten. Allerdings war das Licht Richard Schwarz nicht immer willkommen. Heute hatte er den Großteil der Fenster verdunkelt. Vor dem kleinen Spalt, der dadurch entstanden war, stand ein Stuhl.

Durch die Verdunkelung wirkte im Raum alles, als hätte man ihm die Farbe entzogen. Mariannes Vater war dafür bekannt, dass seine Bilder immer etwas Trübsinniges ausstrahlten. Doch jetzt schien er endgültig in seiner schwarzen Phase angelangt zu sein.

Von den Bildern im Hintergrund, den Leinwänden, den

Kästen mit Farben und Pinseln war nicht viel zu erkennen. Bei diesen Lichtverhältnissen würde es unmöglich sein, einen Blick ins Mathebuch zu werfen. Erneut keimte Bedauern in ihr auf. Da sie allerdings wusste, dass der Versuch, ihren Vater von dem Porträt abzubringen oder vielleicht auch um etwas mehr Helligkeit zu bitten, fehlschlagen würde, nahm sie Platz.

Zunächst blendete sie das Licht ein wenig, irgendwie schien es durch die umliegende Verdunklung heller zu werden. Doch dann erkannte Marianne die gegenüberliegenden Häuser und den Himmel, der sich immer mehr zuzog.

Ihr Vater verschwand in den Schatten, um wenig später zu ihr zu kommen und ihre Haltung zu korrigieren. Dabei berührte er sie kaum, seine Hände glitten unter ihr Kinn, und Marianne änderte die Haltung automatisch, geleitet von der Wärme, die von seinen Fingerspitzen ausging. Sie war es mittlerweile gewohnt und wusste instinktiv, wohin sie sich wenden sollte.

Als er mit ihrer Kopfhaltung zufrieden war, ließ sich ihr Vater wieder von den Schatten des Raumes verschlingen. Selbst wenn sie den Kopf hätte drehen dürfen, hätte sie ihn in der Dunkelheit nicht erkennen können.

So würde sie jetzt wahrscheinlich stundenlang sitzen müssen – ohne Hoffnung, einen Blick in das Buch werfen zu können, denn auch ihre Haltung machte das nun unmöglich.

»Hast du eigentlich eine Ahnung, wie es damals war?«, fragte er plötzlich.

Marianne war darüber so erstaunt, dass sie beinahe den Kopf gedreht hätte. Glücklicherweise fiel ihr sofort wieder ein, dass sie erstarren musste.

»Was meinst du?«, fragte sie. Eine ungute Ahnung beschlich sie. Wenn ihr Vater so begann, folgten meist Geschichten aus dem Krieg. Geschichten, die einen verwirrt und verstört zurückließen.

Er erzählte nicht häufig davon, aber mit dem Sartre-Buch musste sie etwas in ihm aufgeschreckt haben.

»Diese Bastarde haben uns pausenlos beschossen. Noch Monate zuvor hatten sie sich feige in ihren Löchern verkrochen. Unsere Armee hatte sie in Windeseile zurückgedrängt und die Regierung kapituliert. Doch dann sind uns die verdammten Engländer in den Rücken gefallen. Da haben diese feigen Franzmänner wieder Oberwasser gekriegt.«

Ein Schauder überlief Marianne. Diese Geschichten hasste sie so sehr. Geschichten voller falschem Stolz, Verachtung und Ansichten, die mittlerweile überholt sein sollten. Der Krieg lag inzwischen zweiundzwanzig Jahre zurück, nicht mal ihre ältere Schwester hatte etwas davon mitbekommen. Auch hatten sie nie irgendwelche Not verspürt. Auf Bildern hatte sie gesehen, dass dieses Haus auch in die Schusslinie geraten war. Es hatte bei einem Straßenkampf einige Einschusslöcher abbekommen, außerdem waren französische Soldaten hier einquartiert worden. Doch das war lange vorüber.

Als ihr Vater aus dem Krieg zurückkehrte, erhielt er sein Elternhaus zurück und konnte hier eine Familie und ein neues Leben aufbauen. Dennoch war ein unerklärlicher Groll geblieben – gegen Menschen, die eigentlich die Überfallenen gewesen waren und allen Grund hatten, die Deutschen nicht zu mögen. Und jeder, der ihm widersprach, wurde mit kalter Verachtung abgestraft – oder mit einer Wutrede, die ihn aus dem Haus trieb.

Während ihr Vater weitersprach und sich in Hasstiraden

gegen Frankreich erging – er redete sich förmlich in Rage –, musste sich Marianne beherrschen, ihm nicht etwas zu erwidern, das ihm nicht passte und womöglich dazu führte, dass er ihr eine Ohrfeige versetzte. Das war einmal geschehen, als sie Partei für Frankreich ergriffen hatte, danach hatte sie gelernt, den Mund zu halten.

Also verlegte sie sich darauf, aus dem Fenster zu schauen und an Christoph zu denken. Vielleicht würde er morgen tatsächlich noch mal auftauchen. Dann würde sie mit ihm gehen. Möglicherweise ließ er sich dazu überreden, mit ihr zu lernen – jedenfalls würde das eher der Fall sein als bei ihrem Vater.

5

Von weitem sah das Weingut aus wie ein ganz normaler Bauernhof. Doch die kleine Weinranke, die am Haupttor angebracht worden war, verriet den wahren Zweck dieses Betriebes.

Es gab in dieser Gegend viele Weingüter. Einige waren sehr imposant. Nicht wenige der Weingüter trugen klangvolle Namen und eigene Wappen. Die älteren Güter auf den Hängen und neben dem Fluss wirkten wie kleine Burgen. Auf unglaublich steilen Berghängen erstreckten sich lange Reihen von Rebstöcken.

Schon beim ersten Besuch hier hatte ich mich gefragt, wie man diese Weinberge bearbeiten konnte. Ich bewunderte die Leute für ihre Hartnäckigkeit, ihnen wunderbaren Wein abzutrotzen.

Das Weingut meiner Mutter war nicht alt, ein solches zu kaufen hätte sie sich nicht leisten können. Ihr Weinberg lag außerhalb von Schweich, nicht direkt am Wasser, aber dennoch in einer sehr guten und steilen Lage. Das Gut war zwei Kilometer davon entfernt – direkt auf dem Hang zu bauen wäre unmöglich gewesen. Es lag auf einer kleinen Anhöhe, die man auch zu Fuß erklimmen konnte. Doch mit dem Taxi war es um einiges bequemer.

Das Anwesen, zu dem ein Wohnhaus mit Fachwerk und rotem Ziegeldach, eine große Scheune und ein weiteres Wirtschaftsgebäude gehörten, war von einer Steinmauer umgeben. Unter einem hohen Vordach stand die hochmoderne Weinbergraupe, mit der die Reben aus steilen Lagen eingebracht wurden. Außerdem zwei Traktoren, mit denen man die gesammelten Reben auf den Hof transportierte.

Als das Taxi davongefahren war, drückte ich den Klingelknopf, über dem der Name »Schwarz« stand. Meine Mutter hatte nie geheiratet, auch nicht, als ich längst erwachsen und ausgezogen war. Manchmal wünschte ich mir, dass sie jemanden hätte, bei dem sie sich anlehnen konnte, der sie umarmte und ihr Wärme spendete.

Meinem leiblichen Vater musste das für eine Weile gelungen sein, doch leider war er aus ihrem und damit auch aus meinem Leben verschwunden. Ich fragte mich, ob sie bereit war, über ihn zu reden. Immerhin schien er der Schlüssel zu meiner Erbanlage zu sein.

Zwar gab es eine Gegensprechanlage, doch kurz nach meinem Klingeln ertönte schon ein Summen – Mama erwartete mich.

Ich trat ein und folgte dem Pflasterweg zum Haus. Hier war das Frühlingsgrün nicht mehr so zögerlich wie in Köln. An den Büschen vor der Mauer prangten bereits dicke Blattknospen. An den beiden großen Kirschbäumen, die das Wohnhaus wie Wächter flankierten, brachen die ersten Blüten auf.

Durch die offen stehende blaugestrichene Tür trat meine Mutter. Sie trug ein buntgemustertes Baumwollkleid, darunter einen dünnen türkisfarbenen Rollkragenpullover, der ihre blaugrünen Augen wunderbar betonte und auch ihr beinahe weißes Haar gut zur Geltung brachte. Überhaupt war ihre Garderobe für eine Frau Mitte sechzig ziemlich farbenfroh. Die meisten ihrer Altersgenossinnen verschwanden bereits hinter steingrauen Klamotten, als wollten sie mit ihrer Umgebung verschmelzen.

Das würde Marianne Schwarz nicht im Traum einfallen. Sie legte es nicht darauf an zu verschwinden. Sie war modern und präsent. Und sie verhielt sich meist auch nicht wie eine Mittsechzigerin. Dennoch verfügte sie über einen breiten Erfahrungsschatz – und sicher auch einige Geschichten, die sie mir noch nie erzählt hatte.

Als sie mich sah, breitete sie die Arme aus und kam mir entgegen. Auf ihrem Gesicht erschien ein wunderschönes Lächeln, ein Lächeln, das sie schon als junge Frau besessen hatte. Auf den Bildern, die ihr Vater von ihr gemalt und gezeichnet hatte, war es oft zu sehen.

»Nicole, meine Kleine«, sagte sie sanft und drückte mich an sich, als wäre ich noch zehn oder elf. »Wie schön, dass du da bist.«

In dem Augenblick, als ich ihr zartes Parfüm einatmete, eine Sorte, die sie schon seit Jahren verwendete, fühlte ich mich wieder zu Hause. Aufgewachsen war ich zwar nicht hier, meine Mutter besaß das Gut erst seit zehn Jahren, aber ihre Anwesenheit und ihr Duft gehörten für mich zu meinem Zuhause, schon solange ich denken konnte. Da konnte sie auch an den Nordpol ziehen oder in die Wüste.

»Es ist schön, mal wieder hier zu sein. Danke, dass du Zeit für mich hast.«

»Du bist meine einzige Tochter. Wenn ich für dich keine Zeit habe, für wen dann?«

Meine Mutter zog mich mit sich ins Haus. Es war sehr geräumig, hatte große Zimmer und ein wunderschönes Entree mit einer schlichten weißen Holztreppe, Marmorfliesen, hohen Fenstern und moderner Kunst an den Wänden.

Ich fragte mich immer, ob es in ihrem Elternhaus auch so ausgesehen hatte. Das Wohnhaus des Weingutes war keine Villa, aber nicht weit davon entfernt. Vom Elternhaus meiner Mutter hatte ich nie ein Foto gesehen, auch waren wir nie dort gewesen. Als ich geboren wurde, hatte meine Mutter bereits mit ihren Eltern und auch mit ihrer Schwester gebrochen, so dass sie nie eine Rolle in meinem Leben gespielt hatten.

Ich hatte mich immer gefragt, was geschehen war – und ob ich die Ursache für diesen Bruch gewesen war. In den Siebzigern war eine uneheliche Schwangerschaft eigentlich kein Grund mehr, von der Familie verstoßen zu werden. Aber wer weiß … Bei den wenigen Malen, die meine Mutter über ihre Eltern gesprochen hatte, hatte sie durchblicken lassen, dass sie sehr konservativ waren. Und ich wusste, dass ihr Vater in den Sechzigern und Siebzigern ein gefragter Maler gewesen war.

Der einzige Berührungspunkt zu ihm war der einmalige Besuch einer Galerie, in der seine Werke gezeigt wurden. Ich sah wunderschöne Porträts meiner Mutter, die sie als Kind und sehr junge Frau zeigten. Komischerweise schien sie niemand außer mir darauf zu erkennen. Die anderen Leute gingen einfach an ihr vorbei, ohne sie anzuschauen oder sich zu fragen, ob sie das hübsche Mädchen auf der Leinwand sein könnte.

»Und, wie geht es dir?«, fragte meine Mutter, nachdem sie mir die Jacke abgenommen hatte. Meinen Koffer schob sie resolut in die Ecke unter der Treppe und führte mich dann ins Wohnzimmer. »Deine Chefin ist ja wirklich ein Engel, dass sie es dir erlaubt, einfach mal so zwei Wochen freizunehmen.«

»Ja, Christina ist schon toll«, entgegnete ich und stellte mich an den Kamin, in dem die Flammen loderten und eine wohlige Wärme verbreiteten. »Ehrlich gesagt hatte ich nicht erwartet, dass sie mir so lange Urlaub gibt, doch als ich ihr erzählt hatte, was los ist, war sie das Verständnis in Person.«

»Ich glaube, jede Frau kann sich vorstellen, was du durchmachst. Ein krankes Kind ist die schlimmste Nachricht, die man erhalten kann. Wenngleich in deinem Fall nicht sicher ist, dass dein Kind krank ist. Ich gehe immer noch davon aus, dass alles in Ordnung ist.«

Instinktiv griff ich an meinen Bauch. »Wollen wir hoffen, dass du recht behältst.«

Wieder war mir nach Heulen zumute. Die Hand meiner Mutter, die sich sanft auf meinen Arm legte, brachte die Flut dazu, sich wieder zurückzuziehen.

»Die Natur ist manchmal unberechenbar. Und es ist nicht gesagt, dass sie in deinem Fall nicht doch etwas Gutes entstehen lässt. Selbst, wenn dein Kind einen Herzfehler hat, heißt es noch nicht, dass die heutige Medizin ihn nicht beheben kann.«

Meine Mutter lächelte, doch hinter ihren Augen sah ich einen Schatten. Dachte sie an meinen Vater? Warum hatte sie mir eigentlich nie etwas von ihm erzählt? Diese und andere Fragen brannten mir auf der Seele. Doch ich entschied, sie jetzt noch nicht zu stellen. Dazu hatten wir später noch Gelegenheit. Nun wollte ich erst einmal die Geborgenheit dieses Ortes genießen.

Meine Mutter schwieg einen Moment, dann fragte sie: »Hast du David Bescheid gesagt? Auch wenn er das Kind nicht will, er sollte wissen, dass möglicherweise etwas nicht in Ordnung ist.«

»Das interessiert ihn nicht«, entgegnete ich und senkte meinen Blick.

»Wie kannst du dir da so sicher sein?«

»Ich habe ihn angerufen. Vorgestern. Ich habe ihn gefragt, ob es Herzfehler in seiner Familie gibt – und alles war wieder wie vorher. Er ist immer noch der Meinung, dass ich nicht hätte schwanger werden dürfen. Jetzt erst recht, wo er doch zu dem Schluss kommen muss, dass ich einen Gendefekt mit mir herumtrage, der sich auf mein Kind auswirkt. Tja, und so muss ich allein mit der Sache fertigwerden.«

In meinem Magen ballte sich der Zorn zusammen. Diesmal aber nicht auf mich, sondern auf David. Okay, ich hatte Scheiße gebaut. Aber es war auch sein Kind. Verdammt, warum interessierte es ihn nicht? Und – hätte er sich auch von mir getrennt, wenn die Zeugung ein Unfall gewesen wäre? Wenn etwa durch ein Antibiotikum die Wirkung der Pille herabgesetzt worden wäre?

»Ich glaube nicht, dass es ihn kaltlässt«, entgegnete meine Mutter. »Du hast ihn mit deinem Anruf einfach überrumpelt.«

»Genauso wie mit meiner Schwangerschaft.«

Ich blickte meine Mutter an. Es wunderte mich, dass sie auf einmal Verständnis für ihn zu haben schien. Dabei hatte sie nach der Trennung ganz anders geklungen. Sie hatte nicht verstehen wollen, warum sich ein Vater nicht zu seinem Kind bekannte. Dass ihre Tochter gegen seine Wünsche gehandelt hatte, war für sie natürlich auch nicht in Ordnung gewesen, aber mir verzieh sie das eher als ihm die Trennung. Jedenfalls hatte ich das bisher geglaubt.

»Deine Schwangerschaft steht nicht zur Debatte«, sagte Mama entschlossen. »Du erwartest ein Kind, und dieses Kind wird die Sonne sehen und durch meinen Weinberg toben. Und von David solltest du selbstverständlich Unterhalt verlangen.«

»Das werde ich nicht«, entgegnete ich und schlang die Arme um meine Schultern. »Ich habe ihn als Samenspender missbraucht. Genau das würde ein Anwalt sagen, falls er auf die Idee käme, mich zu verklagen, weil ich Unterhalt von ihm fordere. Ich werde das Kind allein großziehen. Immerhin hast du das auch geschafft.«

Mama sah mich ein wenig seltsam an. Der Schatten in ihrem Blick wurde tiefer.

»Es war damals ein bisschen anders, ich hatte keine andere Wahl«, gab sie zu bedenken.

»Möglicherweise«, entgegnete ich, und es tat mir leid, dass unser Gespräch diese Wendung genommen hatte. Aber hätte ich etwas anderes erwarten sollen? Wenn das Thema »alleinerziehende Mutter« aufkam, dann tauchte unweigerlich das Gespenst meines Vaters hinter uns auf. Der Vater, dem keine Wahl gelassen worden war, sich um mich zu kümmern. Der Vater, von dem ich praktisch nichts wusste, weil meine Mutter es nicht über sich brachte, von ihm zu sprechen.

»Aber ich werde es schaffen«, setzte ich hinzu, denn meine Mutter sollte nicht denken, dass ich bei David auch nur um einen Euro betteln würde. »Ich werde das Kind allein großziehen. Das ist es, was ich immer wollte. Ein Kind haben. Und sofern … sofern es gesund ist und überlebt, wird alles andere kein Problem mehr sein.«

Probleme gibt es immer, schien ihr Blick zu sagen, doch sie sprach es nicht laut aus.

»Gut, vielleicht solltest du dich erst mal einen Moment lang ausruhen«, wechselte meine Mutter elegant das Thema und hakte mich unter. »Ich habe das Gästezimmer fertiggemacht und ein paar Sachen eingekauft. Wenn du noch was brauchst, besorge ich es morgen. Im Moment ist auf dem Weingut ja nicht so viel zu tun.«

Sie führte mich ins Gästezimmer, das eigentlich mein

Zimmer war, denn ich wusste, dass sie nicht oft anderen Besuch empfing. Natürlich gab es da die Treffen von den Winzervereinigungen, denen sie angehörte, bei denen sie aber nur selten als Gastgeberin fungierte. In den Augen vieler anderer Winzer war sie keine Frau vom Fach, weshalb ihre Kontakte zu ihnen nicht besonders eng waren.

Der Raum war größer als alles, was ich als Kinderzimmer je bewohnen durfte. Ich erinnerte mich noch gut daran, dass ich mit fünf Jahren zusammen mit meiner Mutter in einem Bett geschlafen hatte, weil sie sich als alleinstehende Lehrerin mit einer kleinen Tochter in Freiburg keine größere Wohnung leisten konnte.

Das hatte sich später geändert, sie war verbeamtet worden, wodurch sich auch ihr Gehalt erheblich verbessert hatte. Wir bewohnten allerdings nie ein Haus dieser Größe.

»Du hast neue Vorhänge angebracht«, stellte ich fest.

»Ich wollte es ein wenig wohnlicher haben. Und vielleicht habe ich auch vor, dich davon zu überzeugen, zu mir zu ziehen. Das Haus ist groß, dein Kind hätte hier viel Platz.«

Mit diesem Vorschlag überrumpelte sie mich.

»Das ist nicht dein Ernst, oder?«, fragte ich.

»Doch, mein voller Ernst«, entgegnete meine Mutter. »Allerdings weiß ich, dass du deine Unabhängigkeit liebst. Und mir ist auch klar, dass die Chancen, hier einen neuen Mann zu finden, sehr gering sind. Aber wenn dir alles zu viel werden sollte, gibt es einen Ort, an den du gehen kannst.«

»Das ist sehr lieb von dir«, entgegnete ich. »Doch du musst dich um deinen Weinberg kümmern. Außerdem, wie steht es mit deinem Liebesleben?«

»Ich bin sechsundsechzig«, gab sie lachend zu bedenken. »In meinem Alter verliebt man sich nicht mehr.«

»Warum nicht? Du bist eine gutaussehende Frau und könntest noch eine lange Zeit deines Lebens mit einem Mann zusammen sein. Außerdem, denk mal an das Lied von Udo Jürgens.«

»Ach, der!« Mama winkte ab.

Plötzlich wurde mir klar, dass es einen anderen Grund gab, der eine neue Liebe verhinderte. Derselbe Grund, der, mal von fehlender Treue ihrer Partner abgesehen, dazu geführt hatte, dass keine ihrer Beziehungen lange hielt.

Sie liebte meinen Vater noch immer.

Ich hätte ihr gern gesagt, dass sich die Welt weiterdrehte und dass es irgendwo vielleicht wieder einen Mann wie ihn geben würde. Doch so brauchte ich ihr nicht zu kommen. Außerdem wusste ich viel zu wenig über ihn, um das beurteilen zu können.

Und wer war ich, ihr Beziehungstipps zu geben? Ich hatte meinen Freund, der keine Kinder wollte, hintergangen. Besser war es, wenn ich meinen Mund hielt.

»Ich würde wahnsinnig gern einen kleinen Spaziergang machen«, sagte ich. Im Themenwechsel war ich nicht so elegant wie sie, aber in diesem Augenblick war es mir egal. Hauptsache, wir sprachen nicht mehr über neue oder verflossene Lieben.

»Das kannst du gern tun, aber vorher bekommst du von mir noch eine Kleinigkeit zu essen. Heute Abend gibt es was richtig Großes, aber ich habe etwas Nettes von Teneriffa mitgebracht.«

Meine Mutter brachte von jeder Reise irgendwelche Lebensmittel mit. Ich erinnerte mich mit Schrecken an Schnecken aus Frankreich oder griechischen Käse, der roch, als wäre ein Tier unbemerkt unter der Treppe verendet.

»Doch keinen Käse, oder?«, fragte ich und überlegte, ob es

auf Teneriffa irgendwelche stinkenden Sorten gab. »Gegen Käse hat das Kind was.«

»Und du auch«, entgegnete meine Mutter. »Aber keine Sorge, es ist kein Käse. Ich habe etwas, das du auf jeden Fall mögen wirst. Aber dazu solltest du nicht gleich in die Botanik verschwinden.«

»Okay, dann komme ich erst mal in die Küche.«

Ich lächelte Mama zu und umarmte sie dann noch einmal. Ich brauchte jetzt ihre Wärme und ihren Herzschlag, wie damals, wenn ich gefallen war und mir das Knie aufgeschlagen hatte. Sie hielt mich eine ganze Weile fest, und zu gern hätte ich gewusst, was ihr durch den Kopf ging. Was es auch war, es würde wahrscheinlich für immer ihr Geheimnis bleiben – wie so vieles in ihrem Leben.

Obwohl meine Mutter keine typische Hausfrau war, legte sie großen Wert darauf, dass ihre Küche wunderschön eingerichtet war. Dem Stil des Hauses entsprechend hatte sie sich für altmodische Möbel und blaue Kacheln an den Wänden entschieden. Der Herd war modern, die Regale und Küchenschränke hatte sie von einem Flohmarkt aus Luxemburg.

Als ich durch die Tür trat, roch ich Kartoffeln. Das sollte etwas Typisches aus Teneriffa sein? Oder versuchte sie doch, mir irgendwelchen Käse unterzujubeln? Frischkäse aß ich durchaus gern, jedenfalls dann, wenn ich nicht schwanger war. Aber irgendwie mochte mein Kind auch keinen Frischkäse.

»Ah, da bist du ja!«, sagte sie, während sie das Wasser abgoss. »Setz dich. Das sind Azucena negra.«

»Wie bitte?«

»Schwarze Lilie«, entgegnete Mama. »So heißt diese Kartoffelsorte auf Teneriffa.«

Es wunderte mich gar nicht, dass sie die einheimische Bezeichnung der Knolle kannte.

»Sie ist außen schwarz und innen hell. Ich habe die Schale drangelassen, damit du siehst, wie sie wirklich aussehen, und nicht denkst, ich würde dir einfach nur Kartoffeln vorsetzen.«

Offenbar war die Lehrerin in ihr immer noch aktiv. Warum hatte sie diesen Beruf eigentlich aufgegeben?

»Auf Teneriffa war ich regelrecht verrückt nach ihnen. Hier.« Sie reichte mir einen Teller mit zwei »Azucenas«, dazu Quark und Leinöl. Wenn mein Kind neben Erdbeermarmelade-Croissants noch etwas liebte, dann waren es Kartoffeln. Augenblicklich lief mir das Wasser im Mund zusammen.

Schweigend aßen wir, es war nicht unser Ding, stundenlang beim Essen zu reden und die Speisen darüber kalt werden zu lassen. Das Essen war für uns ein Moment des In-sich-Gehens, nur wenn wir Besuch hatten, führten wir Tischgespräche. Was das betraf, waren wir eine verschworene Gemeinschaft. David hatte sich oft über meine Schweigsamkeit bei Tisch gewundert und schlechte Laune vermutet – bis ich ihn aufgeklärt hatte.

»Und, hast du heute Lust auf etwas Bestimmtes?«, fragte meine Mutter, als wir fertig waren.

»Ich werde einen kleinen Spaziergang machen. Ich muss erst mal richtig ankommen. Und du?«

»Papierkram.« So wie sie das sagte, vermutete ich, dass es ihr keinen Spaß machen würde, sich darum zu kümmern. »Aber was soll's, der muss auch erledigt werden.«

Auf einmal fragte ich mich, was meine Mutter sonst unternahm, wenn Sonntag war und sie keinen Besuch bekam. Fuhr sie in die Stadt? Traf sie sich zum Kaffeekränzchen? Ich hatte keine Ahnung.

»Aber heute Abend gibt es ein großes Festessen!«, versprach sie. »Ich habe gestern ordentlich eingekauft.«

»Das wäre nicht nötig gewesen«, entgegnete ich, doch gleichzeitig wusste ich, dass es zwecklos war, meine Mutter darauf hinzuweisen – sie tat ja doch, wozu sie Lust hatte.

»Okay, ich mach dann mal kurz die Runde«, erklärte ich, erhob mich und stellte das Geschirr in die Spülmaschine.

Als ich in der Diele meine Jacke überzog, summte etwas in der Tasche. Mein Handy! Das hatte ich ganz und gar vergessen. Ich zog es hervor und sah die Nummer von Hilda, Davids Mutter. Sie hatte es offenbar schon mehrmals versucht. War vielleicht etwas mit David passiert, dass sie mich so dringend sprechen wollte?

Ich atmete tief durch und ging ran.

»Schwarz.«

Zunächst hörte ich nur Atem. Glaubte sie, dass wieder die Mailbox ranging?

»Hallo?«, fragte ich in den Äther.

»Nicole?«

»Ja, bin am Apparat«, entgegnete ich. Früher hätte ich gefragt: »Was gibt es, Hilda?«

Aber jetzt wusste ich nicht, ob ich sie überhaupt noch so nennen durfte.

»Ich versuche schon eine Weile, dich zu erreichen. Ich habe mir schon Sorgen gemacht.«

Sorgen? Also hatte David seine Mutter informiert. Warum sonst sollte sie sich Sorgen wegen mir machen? Es war doch auch möglich, dass ich am Rheinufer gerade die Sonne genoss.

»Mit mir ist alles in Ordnung, vielen Dank«, entgegnete ich. »Und bei dir?«

Ich hatte gelernt, dass es besser war, zum Gegenangriff überzugehen, wenn man nicht über eigene Befindlichkeiten reden wollte.

»Bei mir ist alles bestens.« Hilda machte eine Pause. Ich spürte, dass da noch etwas kommen würde. »Ich habe gestern mit David gesprochen.«

Ah ja, jetzt kamen wir auf den Punkt.

»Er hat mir erzählt, dass du beim Arzt warst, weil etwas nicht in Ordnung sei.«

Ich seufzte. Wenn ich doch ein nettes Wort von ihm bekommen hätte in der Situation. Etwas mehr Verständnis. Warum musste mein Herz noch so sehr an ihm hängen?

»Die Ärztin möchte ein Echokardiogramm bei meinem Kind machen lassen. Zur Sicherheit. Immerhin bin ich nicht mehr die Jüngste, wie du weißt.«

»Du bist achtunddreißig. Dass eine Frau heutzutage in dem Alter ihr erstes Kind bekommt, ist nicht ungewöhnlich. Schau dir diese ganzen Filmstars an.«

Der Plauderton, den Hilda anschlug, irritierte mich. Sie tat so, als wäre nichts geschehen.

»Tja, aber leider haben diese Filmstars nicht wie ich die Anlage zu einem Herzfehler.«

Jetzt war es raus. Hilda wusste es ohnehin schon. Warum also so tun, als hätte David ihr nicht den gesamten Ausbruch geschildert?

Am anderen Ende herrschte Schweigen. Ich hörte Hilda atmen. Wahrscheinlich suchte sie jetzt irgendwie nach Worten. Aber was sollte sie denn schon dazu sagen?

»Es ist wirklich ein Jammer, dass ihr euch nicht mehr seht«, brachte sie schließlich hervor.

Nicht mehr seht? Er hatte Schluss gemacht! Sie hatte doch

wohl nicht vergessen, dass das Kind der Grund für unsere Trennung gewesen war.

Zorn stieg in mir hoch. Am liebsten hätte ich ihr all das durch den Hörer geschrien, doch ich hielt mich zurück. Es brachte nichts, sich mit seiner ehemaligen Fast-Schwiegermutter zu streiten, die für alles, was geschehen war, nichts konnte.

»Ich … ich möchte dir nur sagen«, fuhr sie fort, »dass ich, wenn du es mir erlaubst, gern für mein Enkelkind da sein werde. Ich weiß, du hast mit David ausgemacht, dass er sich nicht um sein Kind zu kümmern braucht. Ich halte das zwar nicht für richtig, aber ich will euch beide nicht zu etwas drängen, das ihr nicht wollt. Dennoch, ich möchte da sein. Und ich möchte, dass du weißt, dass ich mein Enkelkind lieben werde, wenn es auf der Welt ist. Die Abmachung zwischen euch beiden gilt nicht für mich. Natürlich musst du es mir nicht erlauben. Ich wäre dir aber sehr dankbar, wenn du das tätest.«

Tränen stiegen mir in die Augen. Mein ganzer Zorn verpuffte zu einem Schluchzen.

Ich war drauf und dran gewesen, Hilda für das zur Verantwortung zu ziehen, was David tat. Jetzt bemerkte ich, wie falsch das war, und schämte mich dafür.

»Möglicherweise kommt David wieder zur Vernunft, und ihr rauft euch wieder zusammen«, setzte sie hinzu. »Aber das ist eure Sache. Ich möchte nur für mein Enkelkind da sein, dabei bleibt es. Okay?«

»Okay.« Ich wischte mir über die Wangen. Obwohl sie nichts Schlimmes gesagt hatte, wollte ich das Gespräch jetzt so schnell wie möglich beenden.

»Dann melde dich doch bitte, und halte mich auf dem Laufenden, was deine Untersuchungen angeht, ja?«

»Mach ich.«

Damit verabschiedete ich mich von ihr und legte auf.

»Wer war das?«, fragte meine Mutter, die mitbekommen hatte, dass ich noch nicht losgegangen war. Sie stand in der Flurtür und hatte wahrscheinlich beobachtet, wie ich in Tränen ausgebrochen war.

»Hilda«, antwortete ich, denn ich sah keinen Grund, es ihr zu verschweigen.

»Aha«, machte meine Mutter und verschränkte die Arme vor der Brust.

Ich hatte keine Ahnung, ob sie noch Kontakt zu Davids Mutter hatte. Es war allerdings eher unwahrscheinlich. Die beiden hatten ein gutes Verhältnis gehabt, als wir noch zusammen waren, aber ich konnte mir nicht vorstellen, dass sie abends mit Hilda telefonierte oder sich mit ihr über uns austauschte.

»Sie wollte … sie wollte fragen, wie es mir geht. Und sie sagte, dass sie für ihr Enkelkind da sein möchte, sofern ich es ihr erlaube.«

»Dann ist sie vernünftiger als ihr Sohn.« Bitterkeit schwang in den Worten meiner Mutter mit. Wie gesagt, die beiden hatten sich gut verstanden. Zwei Frauen, die ihre Kinder allein durchgebracht hatten – bei Hilda waren es sogar zwei Kinder mehr. David hatte noch eine Schwester und einen Bruder, der bei einem Autounfall verunglückt war.

»Na ja, an der Sache mit ihrem Sohn hatte ich Schuld«, entgegnete ich. »Ich hätte mich nicht über seine Wünsche hinwegsetzen sollen.«

»Das ist wahr. Ich finde allerdings, dass er sich auch nicht so einfach über deine Wünsche hätte hinwegsetzen sollen. Immerhin war es dein Wunsch, ein Kind zu bekommen.«

Mein Magen zog sich zusammen. Sie hatte recht. Aber welche Lösung hätten wir finden sollen? Einer hätte nachgeben müssen. Da ich David zum Nachgeben gezwungen hatte, war er gegangen.

Eine Diskussion darüber würde zu diesem Zeitpunkt sicher zum Streit zwischen mir und meiner Mutter führen, also entschied ich mich zu flüchten.

»Ich bin spätestens zum Abendessen zurück«, verkündete ich also, ohne auf ihren Satz einzugehen.

»Komm ein bisschen früher«, entgegnete meine Mutter, und ihre Züge wurden wieder etwas weicher. »Dann kannst du ein wenig naschen, während ich koche.«

Sie lächelte mich an und entließ mich aus ihrem Haus.

Die frühlingshaft milde Luft löschte das Feuer auf meinen Wangen ein wenig, und meine Augen schwollen ab. In meinem Innern brannte es noch immer, doch ich genoss die Ruhe, die mich umgab. Ich stapfte einen ausgefahrenen Feldweg entlang, der zu den Weinbergen führte. Von dort aus hatte man einen wunderbaren Blick auf die Mosel. Der Himmel war mit leichten Federwölkchen bedeckt, und als ich aufblickte und versuchte, in ihnen bestimmte Formen zu erkennen, rückten der Anruf und auch der Gedanke an den möglichen Herzfehler meines Kindes ein wenig von mir ab. Warum schaute ich nicht öfter in den Himmel?

Natürlich blieb mir tagsüber wenig Zeit dazu, da waren die Arbeit und die Besorgungen, die ich machen musste. Doch wenn ich zu Hause war, allein, warum schaute ich dann nicht in den Himmel, wenn er so schön aussah wie jetzt? Warum verschwendete ich meine Gedanken auf Unwichtiges?

Am Weinberg angekommen, wurde mir erst bewusst, in

was für einer eleganten Kurve er in Richtung Himmel anstieg. Noch waren die Weinstöcke kahl, doch in einigen Monaten würden sie von weitem wie ein grüner Teppich wirken, der den Hang bedeckte.

Ich überquerte die Straße und stieg den Hügel hinauf. Von hier aus hatte man einen guten Blick auf die Mosel, die sich ein paar Kilometer entfernt durch das Tal schlängelte.

Eigentlich hatte ich geglaubt, hier allein zu sein, aber dann bemerkte ich, dass auf dem benachbarten Grundstück jemand unterwegs war. Zunächst war er nur ein kleiner Fleck, der zwischen den Rebstöcken umherwanderte. Doch dann kam er direkt auf mich zu.

Ich blieb stehen. Wollte da wirklich jemand zu mir, oder war er nur zufällig auf dem Weg zu den etwas entlegeneren Weinstöcken?

»Hallo, Fremde, was machen Sie denn hier auf dem Weinberg?«, rief er, als er auf Hörweite heran war.

In seiner Arbeitskluft und mit der Schiebermütze auf dem Kopf hatte er zunächst wie ein alter Mann gewirkt, doch jetzt erkannte ich, dass er etwa so alt war wie ich, höchstens Anfang vierzig. Die Kanten seines Gesichts wurden durch den Dreitagebart ein wenig abgemildert. Seine blauen Augen leuchteten mir schon von weitem entgegen.

Er war schlank und sah sehr energiegeladen aus. Ein wenig erinnerte er mich an David, wenngleich dieser sein Kinn immer glatt rasierte, weil sein Bartwuchs nicht besonders ausgeprägt war.

»Hallo, ich wollte eigentlich nur ein bisschen spazieren gehen«, antwortete ich. Es ging ihn zwar gar nichts an, was ich tat, aber ich hatte irgendwie Lust, mit ihm zu reden. Also trat ich ebenfalls ein Stück näher an den Zaun heran.

»Nun, das dürfen Sie durchaus, aber das da ist ein Privatgrundstück. Die Eigentümerin sieht es bestimmt nicht gern, wenn jemand Äste von den Rebstöcken bricht.«

Seit wann interessierte er sich für den Weinberg meiner Mutter? Kannte er sie? Oder hatte er einfach nur Langeweile?

»Keine Sorge, ich sehe mich vor«, versprach ich. »Außerdem bekomme ich nur ungern Ärger mit meiner Mutter, von daher ...«

Die Augenbrauen des Mannes schnellten hoch. »Sie sind die Tochter von Frau Schwarz?«

Ich nickte. Auch das ging ihn eigentlich nichts an, aber bevor er die Polizei rief ...

»Nicole Schwarz.« Ich streckte die Hand durch die großen Maschen des Zaunes.

Während er sie ergriff und mich musterte, konnte ich förmlich sehen, was er dachte. Dass ich nicht viel Ähnlichkeit mit ihr hatte. Dass ich schwanger war. Dass ich trotzdem meinen Mädchennamen angegeben hatte. Auf einmal ärgerte ich mich über meinen engen Pullover und darüber, dass ich die Jacke offen gelassen hatte.

»Kilian Lachmann.«

»Kilian?«, platzte ich heraus. Das war einer der ungewöhnlichsten Namen, die ich je gehört hatte. Ich dachte immer, nur Ritter aus dem Mittelalter würden solch einen Namen tragen.

»Ja, meine Mutter kommt aus Würzburg und hatte damals möglicherweise ein Faible für die alten Kelten.«

Ich neigte verwundert den Kopf. »Würzburg und Kelten?«

»Schauen Sie im Internet nach«, riet er mir lachend. »Ich glaube kaum, dass meine Mutter groß über meine Namensgebung nachgedacht hat. Ich habe die Bedeutung auch erst später herausgefunden.«

»Okay, das mache ich«, entgegnete ich.

»Und, wo kommen Sie her? Ich muss zugeben, dass ich Sie heute zum ersten Mal hier sehe.«

»Nun ja, da hängt es ganz davon ab, wie lange Sie schon hier sind. Wenn Sie erst seit einem Jahr hier wohnen, haben Sie natürlich ganz schlechte Karten.«

»Ich wohne schon seit fünfzehn Jahren hier. Und jetzt tauchen Sie auf einmal auf?«

Seine blauen Augen funkelten mich herausfordernd an. Für einen Moment fragte ich mich, was wäre, wenn ich ihm vor David begegnet wäre. Hätte ich dann schon eine ganze Schar Kinder in meinem Haus? Würde mein erstes Kind jetzt schon seinen Schulabschluss machen?

Ich wischte die Gedanken beiseite. Ich mochte Theorien nicht besonders gern. Theoretisch war vieles möglich, aber letztlich zählte nur, was man im Leben praktisch tat.

»Tja, dann waren es wohl widrige Umstände. Ich bin etwa viermal im Jahr bei meiner Mutter.«

Ich fragte mich, ob er mich vielleicht irgendwann mal mit David gesehen hatte. Aber das hielt ich für unwahrscheinlich. Lediglich die Weinberge grenzten aneinander. Das bedeutete nicht, dass die Winzer sonst Kontakt hatten. Meine Mutter hatte einen Kilian Lachmann nie erwähnt – bei dem Vornamen hätte ich mich daran erinnert.

»Und wo wohnen Sie sonst?«

»In Köln.«

»Gibt es da auch Weinberge?«, witzelte er. Natürlich wusste er, dass sich am Rhein sehr viele gute Weinberge und Weingüter befanden.

»Nicht direkt in Köln, aber ich habe mir sagen lassen, dass in der Nähe welche sind. Ich weiß nicht, wie viel an dem Gerücht dran ist, aber vielleicht finde ich das mal heraus.«

»Sie haben Humor«, sagte er lachend. »Das gefällt mir! Vielleicht sehen wir uns demnächst mal wieder. Sie bleiben doch sicher ein paar Tage, oder?«

»Ja«, antwortete ich überrumpelt. Er wollte mich wiedersehen? Warum? Ich war die Tochter einer Neu-Winzerin und obendrein schwanger.

Nicht jeder Mann hat es darauf abgesehen, eine Beziehung mit dir anzufangen, wisperte mir eine kleine Stimme zu. Außerdem ist nicht gesagt, dass du ihn wiedersiehst. Freue dich an dem netten Gespräch, und wünsche ihm einen guten Tag.

»Gut, dann lassen Sie sich doch einfach wieder auf dem Weinberg sehen. Ich finde Sie dann schon.« Noch einmal lächelte er mich an, dann hob er kurz die Hand zum Gruß und wandte sich um.

Ich starrte ihm nach, als hätte ich eine Erscheinung gehabt.

Es war wirklich schade, dass ich ihn nicht schon vorher getroffen hatte. Doch in den Jahren zuvor hatte ich einen Mann an meiner Seite gehabt. Einen Mann, den ich jetzt nicht mehr hatte. Den ich noch hätte, wenn ich mich nicht für ein Kind entschieden hätte.

Ich wandte mich um. Auf einmal erschien mir der Märzwind schneidend.

Ich nahm mir vor, im Internet nach dem Namen Kilian zu schauen, sobald ich im Büro meiner Mutter war.

6

Foto Nr. 2

Marianne posiert vor einem schweren Motorrad neben einem jungen Mann, der vielleicht neunzehn oder zwanzig ist. Seine Locken stehen ein wenig wild vom Kopf ab. Hinter ihnen erhebt sich eine mächtige Eiche mit Bänken ringsherum. Ein hemdsärmeliger Mann geht ein wenig gebeugt im Hintergrund vorbei. Marianne trägt eine Sonnenbrille und lacht unbeschwert in die Kamera. Der junge Mann legt seinen Arm um ihre Taille.
(25. Juli 1967)

Eine kühle Brise strich über Mariannes Gesicht. Sie hatte es sich auf einem Liegestuhl im weitläufigen Garten bequem gemacht, neben sich ein Buch und ein großes Glas von der Zitronenlimonade, die die Köchin heute Morgen angesetzt hatte. Ihrer Mutter lag das Kochen nicht, und da die Familie dank ihres überaus erfolgreichen Vaters über eine Köchin verfügte, hatte sie es auch nie lernen müssen. Sie war dafür zuständig, Kinder zu bekommen und sich um das gesellschaftliche Leben der Familie zu kümmern.

Heute verbrachte sie den Tag mit Migräne im Bett.

Das warme Wetter vertrug sie nicht, außerdem würde ihr Mann heute wieder auf Reisen gehen.

Marianne wusste nur zu gut, dass der wirkliche Grund für

das Unwohlsein ihrer Mutter nicht Abschiedsschmerz war, sondern Zorn und Eifersucht. Wenn ihr Vater auf Reisen ging, dann meist zu seinen Musen, die nichts anderes waren als Geliebte.

Niemand wusste, wie viele Frauen er neben ihrer Mutter hatte. Marianne hatte sich nie die Mühe gemacht nachzuforschen. Doch sie hatte mitbekommen, dass ihr Vater manchmal Briefe in seiner Jackentasche verschwinden ließ und zum Telefonieren in die Stadt ging. Einmal hatte sie ihn zufällig in einer Telefonzelle gesehen.

Als sie Mona davon erzählt hatte, hatte sie gemeint, dass ihr Vater wahrscheinlich eine Geliebte hätte. Damit war für Marianne plötzlich alles klar gewesen. Die Reisen ihres Vaters, die Migräne ihrer Mutter und die Lieblosigkeit zwischen den beiden.

Es hatte sie traurig gemacht, und sie hatte sich gefragt, wie sie reagieren würde, wenn ihr Mann neben ihr noch weitere Frauen hätte. Lohnte es sich dann überhaupt noch, verheiratet zu sein?

Was ihre Mutter anging, so hatte sie keine andere Wahl. Sie hatte zwar eine Ausbildung zur Sekretärin gemacht, aber nie wirklich gearbeitet, weil sie Richard Schwarz kennengelernt und ihn bald darauf geheiratet hatte.

Wenn sie ihren Ehemann verlor, verlor sie auch das luxuriöse Leben in der Villa. Wohl nur deshalb duldete sie seine Liebschaften.

Marianne konnte sich nicht vorstellen, dass sie so etwas jemals hinnehmen würde. Aber sie würde sich ein anderes Leben aufbauen. Eines, in dem die Ehe erst kam, wenn sie den Richtigen gefunden hatte – einen Mann, der sie verstand und sie in ihren Zielen unterstützte.

Als sie das Fahrrad des Postboten über den Gehsteig klappern hörte, schob sie ihre Gedanken beiseite. Ihr Herz begann zu pochen. Mittlerweile waren einige Wochen vergangen, seit sie sich bei verschiedenen Universitäten beworben hatte.

Ihre Eltern wussten davon, und während es ihre Mutter gutgeheißen hatte, dass sie sich für ein Lehramtsstudium entschieden hatte, war es ihrem Vater wieder einmal egal gewesen. Wahrscheinlich würde er sich, wenn sie einen positiven Bescheid erhielt, kommentarlos wieder in sein Atelier begeben und malen.

Allerdings wussten weder ihre Mutter noch ihr Vater, welches Fach sie gewählt hatte. Neben Deutsch hatte sie sich auch für Französisch beworben. Marianne war sich darüber im Klaren, dass ihr Vater in die Luft gehen würde, wenn er es erfuhr – und gerade das bereitete ihr ein heimliches Vergnügen. Wenn sie erst einmal die Uni besuchte, würde sie nicht mehr zu Hause wohnen. Dann würde sie endlich nicht mehr Porträt sitzen oder sich bei jeder Gelegenheit von ihrem Vater malen lassen müssen.

Obwohl die Steine der Auffahrt in ihre Fußsohlen stachen, rannte sie barfuß zum Tor, wo der Briefträger gerade dabei war, die Post durchzusehen.

»Guten Morgen, Herr Husmann, haben Sie vielleicht etwas für mich?«

Der Briefträger, ein schlanker Mann Ende zwanzig, wurde wie immer rot, wenn er Marianne sah. Sie wusste, dass er heimlich auf sie stand, und es gefiel ihr, dass er in ihrer Gegenwart manchmal unsicher wurde. Allerdings war er nicht ihr Typ.

»Ja ... ähm, einen Moment, bitte ...«

Mit zitternden Händen ging er die Post in seiner Tasche durch.

Marianne entdeckte etliche große Umschläge und spürte, wie sich die Unruhe in ihr zusammenballte. Bekam sie ihre Unterlagen zurück? Wenn es ein kleiner Brief war, wäre sie angenommen …

»Hier«, sagte der Briefträger und reichte ihr einen Stapel kleiner Briefe.

Mariannes Herz pochte. Am liebsten hätte sie den Stapel sofort durchgesehen, aber das hätte bedeutet, dass sie beim Briefträger hätte stehen bleiben müssen – und so wie er sich schon wieder an ihr festguckte, würde er dann seine Runde viel zu spät beenden.

Sie bedankte sich also bei ihm und lief ins Haus.

Dort traf sie auf ihren Vater. Er stand reisefertig in Nadelstreifenanzug und dunklem Trenchcoat im Entree. Auch wenn es draußen dreißig Grad waren, verreiste er nie ohne diesen Aufzug. Nicht mal kurzärmelige Hemden kamen für ihn in Frage. Vermutlich, weil er ganz genau wusste, wie attraktiv er so wirkte.

Marianne presste den Briefstapel an sich. Wahrscheinlich würde ihr Vater die Post sehen wollen – auch die Briefe, die für sie bestimmt waren. Wenn sie Pech hatte, würde er sich mit dem gesamten Stapel in sein Büro begeben, dort alles durchlesen und möglicherweise auf Antwort von der Universität stoßen. Wenn er las, dass sie sich auch für Französisch im Lehramt beworben hatte, würde es ein großes Donnerwetter setzen.

»Ist das die Post?«, fragte er, ohne von dem Riegel seines Mantelärmels aufzusehen, an dem er herumnestelte.

»Ja«, antwortete Marianne, denn was brachte es schon,

zu lügen? Er sah die Briefe ja ganz deutlich unter ihren Händen.

Ihr Herz begann zu rasen. Was, wenn er die Briefe jetzt wirklich sehen wollte? Wenn sie doch nur schon draußen nachgeschaut hätte, ob etwas für sie dabei war …

»Bring sie doch bitte in mein Arbeitszimmer, ich kümmere mich darum, wenn ich wieder zurück bin.« Seine Worte klangen beiläufig, auch widmete er sich immer noch seinem Ärmel.

Marianne unterdrückte ein Aufatmen.

»Ja, Papa«, sagte sie und eilte davon. Zum ersten Mal war sie ihm dankbar, dass er ihr keine Aufmerksamkeit schenkte.

Sie öffnete die Tür, hinter der sich sein Arbeitszimmer befand. Eigentlich hatte dieser Raum nicht viel mit einem Büro gemeinsam. Nur das Regal, in dem sich Pappordner stapelten, erinnerte daran, dass ihr Vater auch mal eine Steuererklärung machen musste. Ansonsten lagen auf dem Schreibtisch zahlreiche Skizzen herum, auch Malutensilien. Er verbot es dem Hausmädchen, hier mehr zu tun, als den Boden zu wischen. Ja sogar die Fenster ließ er nicht immer putzen. Er meinte, er brauche dieses besondere Licht zum Arbeiten.

Die Skizzen waren Entwürfe seiner Bilder. Manche von ihnen landeten auch in Ausstellungen, je nachdem, welcher Galerist welche Bilder forderte.

Als Marianne die Tür hinter sich zuzog, um sicherzugehen, dass ihr Vater nicht wie ein Geist hinter ihr auftauchte, entdeckte sie eine Zeichnung von sich, die zeigte, wie sie am Fenster gesessen hatte – wenige Tage vor ihrer Matheprüfung. Sie erkannte ihr Gesicht darauf, aber das Mädchen sah dennoch nicht aus wie sie. In welcher Ausstellung mag es wohl landen? fragte sie sich. Wer wird mich alles begaffen?

Welche Männer werden bei meinem Anblick schmutzige Gedanken bekommen?

Auf einmal widerte es sie an, ständig gezeichnet zu werden. Es reichte. Er musste damit aufhören.

Die Indianer hatten früher geglaubt, dass ihnen durch ein Abbild auf Papier die Seele gestohlen würde. Dasselbe galt für ein Foto. Wenn es danach ging, hatte ihr Vater ihr hundertfach die Seele gestohlen.

Sie wollte das nicht mehr. Und sie musste das auch nicht mehr mitmachen, wenn sich in dem Stapel Briefe, die sie in der Hand hielt, der richtige befand.

Sie wandte den Blick von dem Bild ab und legte den Stapel an eine der wenigen Stellen, an denen er kein Unheil anrichten konnte. Dann begann sie mit dem Durchsehen.

Die ersten beiden Briefe waren Rechnungen, es folgte ein dicker Brief von einer Adresse, die sie nicht kannte. Nach Reklame für einen Malereibedarf und für einen Kugelschreiberhersteller leuchtete ihr das Wappen der Freiburger Albert-Ludwigs-Universität entgegen.

Marianne hielt die Luft an. Freiburg! Dort lebte zwar ihre Schwester, aber es war weit genug entfernt von ihrem Elternhaus.

Zwei Umschläge warteten noch.

Als hätte der Briefträger doch schon vorsortiert, befand sich unter dem Freiburger Brief eine weitere Antwort einer Universität. Trier. Beide Umschläge waren klein. Beide Umschläge fühlten sich so an, als enthielten sie nur ein einzelnes Schreiben. Es konnte alles bedeuten.

Für einige Minuten schien die Welt stillzustehen. Marianne betastete beide Briefe, versuchte, sich für einen zu entscheiden. Viel Zeit hatte sie nicht, denn ihr Vater erwartete bei seiner Abreise stets, dass sie ihn verabschiedete. Auch ihre Mutter würde sich aus ihrem Schlafzimmer quälen und bei der Verabschiedung so tun, als wüsste sie nicht, in wessen Armen er in dieser Nacht liegen würde. Und dann würde sie in den abgedunkelten Raum zurückkehren, und Marianne würde ihr abends etwas zu essen bringen – in der Hoffnung, dass sie überhaupt etwas wollte.

Entschlossen griff Marianne nach dem silbernen Brieföffner, der am Kopf des Schreibtisches lag. Sie schlitzte die Umschläge nacheinander auf und entnahm ihnen die Schreiben.

Beide Male freute sich die jeweilige Fakultät, ihr einen Studienplatz anbieten zu dürfen.

Als sie das Büro wieder verließ, fühlten sich ihre Wangen an, als hätte sie zu lange in den Kamin geschaut. Sie hatte die Briefe sorgsam unter ihrer Kleidung verstaut.

Wie viele Augenblicke mochten vergangen sein, seit sie das Büro betreten hatte? Auf jeden Fall zu viele, das ließ der Blick ihres Vaters sie wissen. Aber in diesem Moment war es ihr egal. Während sie sich verabschiedete, konnte sie nur daran denken, dass er ab Herbst keine Möglichkeit mehr hatte, sie von ihren Büchern wegzureißen oder ihr Französisch zu verbieten, denn dann würde sie Mayen den Rücken kehren und entweder in Freiburg oder Trier studieren.

Am Nachmittag kam Christoph vorbei. Als sie das Knattern seines Motorrads hörte, sprang Marianne auf. Jetzt, da ihr Vater fort war, erschien ihr das Haus wesentlich heller. Da sie nun niemand zum Porträtsitzen holen konnte und ihre Mutter sich ohnehin nicht um sie kümmerte, war es ihr überlassen, mit wem und wo sie ihre Zeit verbrachte.

Schnell strich sie sich ihr neues Sommerkleid glatt und lief zur Haustür.

Christoph lächelte breit, als er sie sah. »Hey, du hast dich ja so fein gemacht. Erwartest du wen?«

»Jetzt nicht mehr«, entgegnete Marianne, schlang die Arme um seinen Hals und küsste ihn.

Seit sie die Schule verlassen hatte, hatte sich ihre Beziehung vertieft. Es war nicht mehr nur das bloße Herummachen, sie begann, ernsthaft darüber nachzudenken, was aus ihnen werden sollte, wenn sie beide zum Studium gingen.

Christoph erwiderte ihren Kuss und sah sie dann lächelnd an. In seinen Augen blitzte Begehren, wie so oft, wenn sie sich trafen. Noch hatten sie nicht miteinander geschlafen, aber Marianne spürte, dass es bald so weit sein würde. Vor gut einem Monat hatte sie begonnen, die Pille zu nehmen, heimlich, denn ihre Eltern waren nach wie vor der Ansicht, dass sie mit dem Sex bis zur Heirat warten sollte. Sie spürte allerdings, dass sie nicht warten konnte. Und Christoph ebenso wenig.

»Musst du nicht irgendwem Bescheid sagen, wohin du gehst?«, fragte er neckend.

»Warum denn?« Marianne zog die Haustür hinter sich ins Schloss. »Meine Mutter hat Migräne und will nicht gestört werden. Und mein Vater ist wieder unterwegs zu einer seiner Musen.«

Christoph hob die Augenbrauen. Seine Eltern wohnten nicht in einer Villa, und sein schwer arbeitender Vater hatte keine Zeit für Musen. Sie wusste, dass er das Haus und das Verhalten ihres Vaters für einen Auswuchs des dekadenten Kapitalismus hielt. Sobald er in der Uni war, hatte er ihr erzählt, würde er sich die Haare lang wachsen lassen und zu den

Kommunisten gehen. So, wie sie auf Sartre und den Existentialismus stand, stand er auf Marx und Lenin.

Aber an diesem Nachmittag gab es andere Dinge, über die sie nachdenken mussten. Die Universität zum Beispiel. Marianne wollte sehen, inwiefern sie sich nach ihm richten konnte bei der Wahl des Studienorts.

Doch das konnte warten, bis sie am See waren.

Sie schwang sich hinter Christoph auf sein Motorrad, eine alte, schwere BMW, die sein Vater nach dem Krieg restauriert hatte. Christoph schraubte manchmal mit ihm; das waren die einzigen Zeiten, in denen die beiden gut miteinander auskamen. Ansonsten stritten sie sich häufig. Christoph konnte es kaum abwarten, sein Elternhaus zu verlassen.

An diesem Nachmittag war am See kaum etwas los. Die Leute waren im Urlaub oder auf der Arbeit. Dafür tummelten sich ein paar Kinder hier. Sie sonnten sich auf Campingdecken oder rannten kreischend ins Wasser, um sogleich von ihren Müttern zur Ordnung gerufen zu werden.

Christoph stellte sein Motorrad unter einem Baum ab und löste die Decke vom Gepäckträger.

Marianne betrachtete die Leute am Ufer nachdenklich. Konnte sie sich so ein Leben vorstellen? Nur für den Mann und die Kinder da sein?

Nein, sagte sie sich. Ich will studieren und die Welt sehen. Heiraten kann ich später immer noch, wenn ich das möchte.

»Ich habe dir etwas Wichtiges mitzuteilen«, verkündete sie feierlich, als sie Platz genommen hatten.

»Und was wäre das? Lässt sich dein Vater endlich scheiden und zieht zu einer seiner Musen?« Christoph legte seinen Arm um ihre Schulter und zog sie dicht zu sich heran.

»Ich habe Bescheid bekommen von meinen Universitäten.«

Christophs Miene wurde ernst.

»Und, was wirst du tun?« Seine Stimme klang hart und kalt. Und auch den Blick, mit dem er sie bedachte, kannte Marianne nicht. War er ihr vielleicht böse, dass sie studieren wollte?

»Ich weiß nicht.« Marianne zuckte mit den Schultern. »Ich könnte nach Trier gehen. Aber genauso gut nach Freiburg. In Freiburg studiert auch meine Schwester.« Sie sah Christoph erwartungsvoll an. »Wofür würdest du dich entscheiden?«, fragte sie dann.

Ein verächtlicher Ausdruck erschien auf seinem Gesicht.

»Es ist eigentlich egal, oder? Dein Vater kann dir mit seinem Zeichenblock überallhin folgen.«

»Er wird es nicht tun«, entgegnete Marianne. »Ich kenne ihn. Aus den Augen, aus dem Sinn. Früher musste auch Ursula ihm immer Modell sitzen. Jetzt kommt sie zu Weihnachten und Ostern, feiert mit uns, und das war's. Während der Feiertage ist mein Vater ohnehin in seinem Atelier, er schert sich nicht um das Fest, sobald er aus der Kirche heraus ist. Und dort taucht er eh nur für die Leute auf. Sie sollen ihn bewundern und sehen, was er für ein guter Christenmensch ist.«

Marianne spürte Ekel in sich aufsteigen, kräftiger denn je.

Und warum hatte Christoph nicht mal einen vernünftigen Rat für sie? Warum schwieg er jetzt?

Sie betrachtete sein Gesicht. Mit fortschreitendem Nachdenken verfinsterte sich seine Miene.

»Du, ich glaube, das wird nichts mit uns«, sagte er schließlich.

Seine Worte trafen Marianne wie ein Schlag. Sie erzählte ihm von der Universität, und er … er machte Schluss mit ihr?

»Und warum?«, fragte sie ein wenig begriffsstutzig.

»Weil ich nach Berlin gehen werde.«

»Westberlin?«

Christoph nickte.

»Ja. Oder glaubst du, dass ich mich einziehen lasse? In Berlin kriegt mich die Bundeswehr nicht. Punkt. Ich haue ab.« Er sah Marianne an. Mit dem unverschämten Lächeln, das sie bisher geliebt hatte. Und für das sie ihm jetzt am liebsten eine kräftige Ohrfeige versetzt hätte.

Wenn sie sich bisher über Universitäten unterhalten hatten, hatte Marianne ihn so verstanden, dass er ebenfalls nicht weit entfernt von seinem Elternhaus studieren wollte. Dass er mit einer Flucht nach Westberlin dem Wehrdienst entgehen wollte, war neu. Es musste ihm wohl erst vor kurzem eingefallen sein.

»Kannst doch auch nach Berlin kommen«, schlug er vor. »Wenn du verheiratet bist, wirst du ohnehin zu Hause bleiben, warum also die Zeit mit einem Studium verschwenden?«

Marianne starrte ihn an, als hätte er ihr eine Ohrfeige verpasst. Seit wann dachte er denn so?

Wütend schob sie Christophs Arm von ihren Schultern und erhob sich. In diesem Augenblick wusste sie nicht, was sie fühlen sollte. Zorn oder Enttäuschung? Christophs Worte hallten wie ein Glockenschlag in ihr nach. Offenbar hatte sie sich gewaltig in ihm getäuscht.

»Dann mach's gut«, sagte sie kühl und wandte sich um. Tränen stiegen in ihr auf. Sie und Christoph – vielleicht war das doch näher, als sie gedacht hatte. Sie hatte sogar in Erwägung gezogen, mit ihm zu schlafen. Zum Glück hatte sie es nicht getan.

»Du willst einfach so abhauen?«, fragte er verwundert.

»Was hast du denn gedacht?«, gab sie zurück. »Du sagst zu

mir, dass aus uns nichts wird. Du willst nach Berlin. Du be-
hauptest, dass ich nach einem Studium ohnehin zu Hause
bleiben würde. Du kennst mich kein Stück!«

Damit wirbelte sie herum. Ihr Herz pochte ihr bis zum
Hals. Ein wenig hoffte sie darauf, dass er ihr nachlaufen
würde, dass er ihr sagen würde, dass er nur einen Scherz gemacht hatte und natürlich mit ihr zusammenbleiben wollte,
koste es, was es wolle.

Doch er blieb, wo er war, und Marianne wurde klar, dass
nicht nur er, sondern auch sie sich entschieden hatte.

 7

»Dein Nachbar vom Weinberg … hast du schon mal mit ihm gesprochen?«, fragte ich in die Küche hinein, als ich hörte, dass meine Mutter dort hantierte.

»Welchen Nachbarn meinst du?«, fragte sie zurück, während sie das Gemüse in der Pfanne wendete. Wenn ich sie besuchte, ließ sie es sich nicht nehmen, ein regelrechtes Festessen aufzutischen – auch wenn wir nur zu zweit waren.

»Den jungen Blonden mit dem Dreitagebart. Kilian Lachmann.« Ich setzte mich an den Küchentisch. Der Wunsch, meiner Mutter zu helfen, keimte wie immer in mir auf, aber am Tag meiner Anreise duldete sie es nicht, wenn ich ihr zur Hand ging.

Da ich mich ein wenig erschöpft von dem Spaziergang fühlte, war ich heute sogar mal froh darüber, nichts tun zu müssen.

»Ah, Kilian ist ein netter Bursche«, sagte meine Mutter. »Hat leider eine ziemlich schlimme Scheidung hinter sich. Die Frau hat sich mit ihm bis aufs Blut um das Sorgerecht für ihren gemeinsamen Sohn gestritten. Letztlich hat sie gewonnen.«

»Nun, was das angeht, brauche ich wohl nichts zu befürchten«, erwiderte ich lakonisch, denn David würde sich bestimmt nicht mit mir um das Sorgerecht streiten wollen.

»Ach ja, Ben stößt nachher auch noch zu uns«, wechselte

meine Mutter erneut elegant das Thema. Ich war ihr dankbar. »Er ist im Moment Strohwitwer, seine Frau ist zur Kur. Da dachte ich, ich lade ihn ein, zumal ich ja jetzt wieder die Herrin im Haus bin.«

Diese Ansage überraschte mich ein wenig. Ich hatte gehofft, den Abend mit meiner Mutter allein zu verbringen. Lief da vielleicht zwischen ihr und Ben etwas?

Nein, Affären waren nichts für meine Mutter. Wenn sie mit jemandem zusammen war, erwartete sie bedingungslose Loyalität. Diese legte sie gegenüber ihrem Partner ebenfalls an den Tag. Der Augenblick, in dem sie spürte, dass ihr momentaner Freund nicht treu war, war meist der letzte ihrer Beziehung. Meine Mutter nahm kein Blatt vor den Mund. Sie stellte den Verdächtigen noch am gleichen Tag und brachte ihn zu einem Geständnis. Danach sah man ihn nie wieder.

Und ehe sie selbst die Frau eines anderen Mannes betrog, zog sie lieber ins Kloster.

Dennoch, es war wirklich schade, dass Ben verheiratet war. Er war ein großer, kräftiger Bär von einem Mann, mit einem sanften Herzen und Händen, die viel zu grob für einen Weinbauern erschienen. Er verwaltete das Gut schon lange, war bereits zehn Jahre hier gewesen, als meine Mutter die neue Besitzerin wurde. Im Gegensatz zu anderen Weinbauern in der Gegend hatte er nichts dabei gefunden, dass sie nicht aus einer alten Winzerfamilie stammte und auch sonst keine Ahnung von Wein hatte – außer, dass sie genau wusste, welche Sorte ihr schmeckte.

Ich fragte mich manchmal, was sie zu diesem Schritt getrieben hatte. An ihrer Schule waren alle aus den Wolken gefallen, als sie verkündete, sie wolle sich von ihrem Ersparten

und der ausgezahlten Lebensversicherung ein Weingut zule-
gen – und das noch vor ihrer Pensionierung.

Aber wie bei so vielem hüllte sich Marianne Schwarz auch
da in Schweigen. Sie hatte ihre Gründe, und die gingen einen
nur dann etwas an, wenn man Teil ihres Plans war.

Ich vermutete, dass sie etwas Neues anfangen wollte, das sie
ausfüllte, da sie damit rechnete, dass ich bald schon unter der
Haube und mit einer eigenen Familie beschäftigt sein würde.

Als das Essen – ein Rollbraten mit Mamas Geheimfül-
lung – im Ofen weiterbrutzelte, half ich meiner Mutter doch:
beim Tischdecken. Dabei stiegen alte Erinnerungen in mir
auf. Früher, als ich noch ziemlich klein war, hatte ich meiner
Mutter stets beim Tischdecken geholfen. Nicht, weil sie es
von mir verlangt hätte, sondern weil ich es wollte. Es erschien
mir ungerecht, dass sie alle Hausarbeit allein machen musste,
wenn sie aus der Schule nach Hause kam. Andere Kinder
malten ihrer Mutter zum Dank Bilder, ich wollte ihr immer
helfen.

Ich fragte mich, ob ihr das auch gerade durch den Sinn
ging.

Als wir fertig waren, fuhr ein Wagen die Auffahrt hoch.

Ben, der eigentlich Benjamin hieß, sich aber nicht so nennen ließ, fuhr einen Jeep, und immer, wenn ich ihn darin sitzen sah, fragte ich mich, unter welchem Sitz er wohl seinen
Cowboyhut versteckt hatte. Natürlich stritt er vehement ab,
solch eine Kopfbedeckung zu besitzen, aber gerade deshalb
zog ich ihn so gern damit auf.

»He, wer ist denn hier?«, fragte er grinsend, als er mich sah.
»Bist du echt oder eine Fata Morgana?«

Obwohl ich schon Ende zwanzig gewesen war, als wir uns
kennengelernt hatten, duzte er mich. Und ich ihn.

»Hallo, Ben«, begrüßte ich ihn, während ich ihm die Tür aufhielt. »Wo hast du deinen Stetson?«

»So was kommt mir nicht auf den Kopf!«, tönte er.

»Abwarten!«

Vorsichtig schloss er mich in die Arme. Das war ein Grund, weshalb ich mir manchmal wünschte, es gäbe eine Möglichkeit, ihn und meine Mutter zusammenzubringen. Er war wie der Vater, den ich nie hatte. Trotz meines Alters behandelte er mich immer wie ein Mädchen, was bei ihm nicht abwertend wirkte. Er steckte mir Schokoriegel und Taschentücher zu, nahm mich auf dem Traktor mit, und wenn wir zufällig mal allein irgendwo saßen, erzählte er mir Geschichten. Wenn ich ihn darauf hinwies, dass ich kein Kind mehr war, lachte er nur.

Würde sich daran etwas ändern, weil ich selbst schwanger war?

Dass ich es war, wusste Ben, denn er umfasste mich wie ein rohes Ei.

»Und, wie weit bist du?«, fragte er. »Wenn ich noch daran denke, als meine Frau schwanger war! Du kannst dir gar nicht vorstellen, was sie alles in sich hineingestopft hat. Und ich musste den Lieferanten spielen. Sie hat mich manchmal sogar nachts zur Tankstelle geschickt.«

Ein Lächeln huschte über sein Gesicht. Ich war ein wenig neidisch. Bei mir würde sich niemand mit solch einem Lächeln daran erinnern, dass ich ihn während meiner Schwangerschaft terrorisiert hatte. Es gab niemanden, den ich zur Tankstelle oder zum Bahnhof schicken konnte, um mir irgendwelche fettigen Chips zu holen. Möglicherweise gab es zum Ende hin nicht mal mehr ein Kind, das mir solche Gelüste verschaffen konnte.

Doch all das ließ ich mir nicht anmerken. Ben wusste sicher von Davids und meiner Trennung, aber ich wollte ihm den Abend nicht verderben.

»Ich bin jetzt im vierten Monat, ein bisschen wird es also noch dauern.«

»Keine Sorge, das geht schneller, als du denkst. Meine Berthe konnte es kaum glauben, wie schnell es ging. Und noch schneller lernen die Kleinen laufen und sind aus dem Haus.«

Über Bens Schulter erhaschte ich einen Blick auf meine Mutter. Wie lange stand sie schon da und beobachtete mich?

Als sie meinen Blick bemerkte, löste sie sich vom Türrahmen.

»Ben, hallo!«, rief sie, schloss ihn in die Arme und küsste ihn links und rechts auf die Wange. »Schön, dass du da bist. Ich habe etwas ganz Besonderes für uns heute Abend!«

»Bei dir ist jeder Abend besonders. Schade, dass Berthe nicht da ist.«

»Wie geht es ihr denn auf Kur? Was macht ihr Rücken?«

»Sie bekommt Moorpackungen und leichte Gymnastik. Und sie klagt, dass das Essen schrecklich sei. Aber zum Glück ist der Spuk in einer Woche vorbei.«

»Du hättest mit ihr fahren sollen. Dann würde sie sich nicht so allein fühlen.«

Ben winkte ab. »Ich glaube, es tut ihr mal gut, für sich zu sein. Dann bekommt sie so große Sehnsucht nach mir, dass beim Wiedersehen so richtig die Post bei uns abgeht.«

Ich verzog das Gesicht. Die Vorstellung, dass Ben und seine Frau Sex hatten, war für mich beinahe so unmöglich wie die Vorstellung, dass meine Mutter Sex hatte. Aber so war das nun mal, und offenbar waren sie sehr glücklich miteinander.

»Na, dann kommt mal mit, bevor alles kalt wird.«

Als Ben an uns vorbei war, spürte ich die Hand meiner Mutter auf meinem Arm.

»Alles gut, meine Kleine?«, fragte sie. Offenbar hatte sie mir angesehen, was mir durch den Kopf gegangen war.

»Ja, alles gut«, antwortete ich, auch wenn ich wusste, dass ich ihr nichts vormachen konnte. Nichts war gut, aber das brauchten wir nicht gerade jetzt zu besprechen.

In dieser Nacht träumte ich, dass mir jemand mein Baby gestohlen hatte. Der Traum war in Schwarzweiß, wie ein alter Film, den man manchmal in den dritten Programmen zu sehen bekam. Oder wie die Bilder von den Sternenkindern, die ich auf der Website gesehen hatte.

Ich musste das Kind bereits geboren haben, denn am Fuß meines Bettes stand eine Wiege. Als ich aufstand, um nachzusehen, als ich die zarten Vorhänge beiseitestrich, war es fort. Nur der Eindruck seines Körpers in dem Kissen war geblieben.

Mit klopfendem Herzen schreckte ich hoch und blickte mich um. Mondlicht fiel durch die Fenster und zeichnete einen Fleck aufs Parkett. Die Wiege war verschwunden. Es hatte sie nie gegeben.

Ich legte meine Hand auf meinen Bauch. Er war, wie auch meine Brust, schweißnass, mein Nachthemd klebte an meiner Haut. Mein Kind war noch immer da. Oder etwa nicht? Hatte sein kleines Herz aufgehört zu schlagen? Beunruhigt erhob ich mich. Wie des Öfteren seit dem Arztbesuch horchte ich in mich hinein. Wartete darauf, ob sich irgendwelche Symptome zeigten.

Doch mein Herzschlag beruhigte sich mit der Zeit, und meine kalten Hände erwärmten sich wieder.

Wie mochte es sich anfühlen, wenn man sein Kind verlor? Wie stark mochten die Schmerzen sein? Sicher hatte man Blutungen. Fühlte man Übelkeit? Oder war der Tod eines ungeborenen Kindes eher ein Zufallsbefund? Warum zum Teufel hatte ich bisher noch nichts darüber gelesen? Ich musste mich informieren, so umfassend wie möglich. Auch wenn die Chancen, dass wirklich etwas schiefging, dadurch nicht verringert wurden. Ich wollte vorbereitet sein.

All diese Gedanken schossen wie Pfeile durch meinen Kopf und lösten in mir eine so große Unruhe aus, dass ich aufstand und begann, im Raum umherzulaufen. Die Bodendielen knarzten leise unter meinen Schritten. Draußen raunte der Wind ums Haus.

Es war nur ein Traum, versuchte ich mich zu beruhigen. Träume sind Schäume. Du machst dich verrückt, das ist alles.

Doch auch wenn ich wusste, dass ich jetzt nichts tun konnte, wollte das Gefühl, dass ich etwas tun musste, nicht weichen.

Schließlich legte ich mich wieder zurück ins Bett und zog die Decke über mich. Hier kann dir nichts passieren, sagte ich mir. Und doch wurde ich die Angst davor, dass mir etwas oder jemand mein Kind nehmen könnte, so lange nicht los, bis die Nacht ergraute und mein Schlafbedürfnis über meinen Geist siegte.

 8

Punkt acht Uhr erwachte das Leben auf dem Weingut. Wagen fuhren vor und parkten auf dem Platz vor dem Kelterhaus.

Meine Mutter hatte neben Ben noch drei andere Angestellte. Da es im Weinberg um diese Jahreszeit noch nicht so viel zu tun gab, beschäftigte sie sie vorwiegend im Kelterhaus.

Das würde sich ändern, wenn sie, wie es Ben vorgeschlagen hatte, einen neuen Weinberg anlegte.

Mit einem bleiernen Gefühl in den Knochen lauschte ich den Stimmen und Schritten der Männer. Ich hatte bestenfalls drei Stunden geschlafen und nun das Gefühl, meine Augen nicht öffnen zu können. Doch meine Ohren waren hellwach. Sie hörten jedes Husten, jedes Wort. Jede Beschwerde über das viel zu kurze oder viel zu lange Wochenende. Zum ersten Mal fragte ich mich, was David seinen Kollegen über die Wochenenden mit mir erzählt hatte. Hatte er sie als zu lang oder zu kurz empfunden?

Hatte man ihm jede Menge Mitleid entgegengebracht, als er berichtete, dass seine Freundin schwanger geworden war, obwohl er das nicht wollte? Hatten seine Kollegen gegen mich gewettert, weil ich ihn reingelegt hatte?

Hatte überhaupt irgendwer in Betracht gezogen, dass ich meine Entscheidung aus Liebe zu ihm getroffen hatte? Weil ich wollte, dass etwas von ihm und natürlich auch von mir auf dieser Welt blieb, wenn wir eines Tages gehen mussten?

Und was erzählte er ihnen heute? Dass das Kind, mit dem ich ihn reingelegt hatte, krank war? Schlossen seine Kollegen Wetten ab, ob es gesund oder überhaupt zur Welt kommen würde? Rieten sie ihm, wieder zu mir zurückzukehren, wenn das der Fall war?

Der Gedanke machte mich auf einmal so wütend, dass ich die Augen aufriss, ungeachtet dessen, dass die Wimpern verklebt waren. Ich spürte einen stechenden Schmerz, der mir die Tränen in die Augen schießen ließ, und wenig später sah ich in die Morgensonne, die das gesamte Schlafzimmer erfüllte.

Und auf einmal geschah etwas mit mir. Anstatt mich weiter in mein Kopfkino hineinzusteigern, schien das Licht in mich einzuziehen wie Wasser in einem Schwamm. Mein Groll verging.

Ich wälzte mich aus dem Bett. Meine Beine fühlten sich geschwollen an. Natürlich war das nichts Ungewöhnliches, aber ich schaute vorsichtshalber nach, ob sie nicht die Größe von Elefantenfüßen angenommen hatten.

Nein, hatten sie nicht. Also erhob ich mich und trottete zur Dusche.

Als ich eine Viertelstunde später die Küche betrat, stand meine Mutter vor der Küchenzeile. Der Duft von Croissants hing in der Luft. Ich lächelte. Meine Mutter hatte wirklich an alles gedacht.

»Ich habe nicht viel Zeit, Ben will nachher zum Weinberg rausfahren, da muss ich mit.« Sie zog das Backblech mit den Croissants aus dem Ofen. Es waren aufgebackene, wahrscheinlich aus einer der Rollen, die man mit einem herzhaften Schlag auf die Kante öffnete. Aber mein Kind schien förmlich zu jubilieren.

»Pass auf, sie sind heiß!«

Diese Warnung konnte mich nicht davon abhalten, mir eines vom Blech zu schnappen und zu meinem Platz zu bringen. Meine Mutter staunte immer wieder, wie viel Hitze ich an den Händen vertrug. Schon als Kind konnte ich länger als andere meine Hände über eine Kerze halten oder einen heißen Topf tragen. Meine Erzfeindin aus Schulzeiten meinte mal, dass ich Lepra haben müsste, denn die Leute mit dieser Krankheit hätten auch Empfindungsstörungen. Doch es war nicht so, dass ich nichts merkte, ich hielt es nur länger aus. Meine Mutter war felsenfest davon überzeugt, dass ich im Kreißsaal keinen Mucks von mir geben würde.

Wie eine Verhungernde schob ich mir schließlich das mit Marmelade beschmierte Croissant in den Mund. Der süße Geschmack ließ mich lächeln und für einen Moment alles um mich herum vergessen.

Meine Mutter gesellte sich schließlich zu mir, und wir aßen in stiller Eintracht. Ich spürte, wie mein Blutzuckerspiegel stieg und mein Verstand von der Gier nach Erdbeeren befreit wurde.

Vielleicht war jetzt ein guter Augenblick, um mit meinem Anliegen zu beginnen.

In der Nacht hatte ich gegrübelt, wie ich es ansprechen sollte. Ich wusste ja, dass meine Mutter nicht gern über meinen Vater sprach. Aber es war wichtig, dass ich ihr die Information entlockte.

»Möchtest du noch was?«, fragte sie, nachdem sie ihre Kaffeetasse geleert hatte.

»Nein danke, ich bin satt.«

Meine Mutter erhob sich und ging zur Kaffeemaschine, um sich eine weitere Tasse einzuschenken. Ich nahm allen Mut zusammen.

»Als ich bei der Ärztin war, sprach sie davon, dass es hilfreich wäre zu wissen, ob in der Familie bereits ein Herzfehler aufgetreten ist«, setzte ich an. »In Davids Familie ist das nicht der Fall ...«

Da meine Mutter mir den Rücken zudrehte, sah ich die Regung auf ihrem Gesicht nicht, doch ich bemerkte, dass sich ihr Körper irgendwie versteifte. Das war ein klares Warnsignal, doch ich ignorierte es. Irgendwann musste ich darauf zu sprechen kommen, und ich war sicher, dass sie nach einem langen Arbeitstag noch weniger auskunftsfreudig sein würde.

»Ich habe nie gehört, dass du etwas davon erzählt hast. Gab es so einen Herzfehler in unserer Familie? Oder vielleicht in der meines Vaters?«

Mama stützte die Arme auf die Küchenzeile. Noch immer wandte sie sich nicht um.

Als ich schon fragen wollte, ob alles okay mit ihr sei, drehte sie sich langsam um. Ihre Miene wirkte finster.

»Du weißt, dass ich nicht gern über meine Familie spreche. Und auch nicht über deinen Vater.«

»Das weiß ich.« Etwas krampfte sich in mir zusammen und ließ das Croissant plötzlich wie Stroh schmecken. Ich legte es auf den Teller. »Aber ich ... die Ärztin wüsste es gern. Es wäre sehr hilfreich.«

Schweigen folgte meinen Worten. Es nistete sich über dem Küchentisch ein und plusterte sich auf.

»Hör mal, Mama, ich ... ich weiß, wie schwer es für dich ist. Wenn ich wüsste, wo der Fehler liegt und was er anrichten kann, könnte ich mich besser vorbereiten.«

Noch immer schwieg meine Mutter. Doch ihrem Gesicht konnte ich ansehen, wie die Gedanken in ihr arbeiteten.

Ich erkannte, dass es eine schlechte Idee gewesen war, jetzt davon anzufangen. Doch wann hätte ich es tun sollen? Eigentlich gab es dafür nie einen guten Zeitpunkt.

»Du hast mir nie von meinem Vater erzählt, und ich weiß, du hast deine Gründe dafür, und das habe ich immer akzeptiert. Aber jetzt wäre es wichtig!«

»Und wenn ich es dir nicht erzählen will?« Der Blick meiner Mutter verhärtete sich. So hatte ich sie schon lange nicht mehr gesehen. »Außerdem, woher willst du wissen, dass der Fehler bei ihm liegt?«

»Du hast keinen Herzfehler.« Mein Herz begann zu rasen. »Ebenso wenig habe ich einen. Und Großvater …«

Ich stockte, denn ich spürte, dass die Unterhaltung entgleiste. Wenn es etwas gab, über das meine Mutter noch weniger gern redete als über meinen unbekannten Vater, dann über ihren eigenen Vater.

Meine Mutter sagte nichts darauf. Sie verschränkte die Arme vor der Brust.

»Bitte, Mama«, flehte ich.

»Nein.«

»Ich muss es wissen! Ich muss!«

»Es ist nicht notwendig«, gab meine Mutter unwirsch zurück. »Die Ärzte werden dein Kind hinbekommen, so oder so. Ich sehe nicht ein, was es nützen soll, über deinen Vater zu reden. Respektiere bitte, dass ich es nicht will!«

Damit rauschte meine Mutter aus der Küche.

»Mama!«, rief ich ihr hinterher, doch da warf sie auch schon wütend eine Tür ins Schloss. Ich wusste, dass es besser war, ihr nicht zu folgen.

Niedergeschlagen erhob ich mich. Tränen schossen mir in die Augen. Warum wollte sie es mir nicht sagen? Wenigstens das, wenn sie mir schon sonst nichts von meinem Vater erzählen wollte.

Ich saß noch einen Moment auf meinem Platz, wie vom Donnerschlag gerührt. Mamas heftige Ablehnung rumorte in mir. Tränen schossen mir in die Augen, und ich sprang auf. Ich brauchte frische Luft. Ich schlüpfte in die Straßenschuhe, schnappte meine Jacke und lief zum Tor. Dabei wählte ich die Nummer des Taxiunternehmens.

9

Es war ein eher spontaner Einfall gewesen, nach Koblenz zu fahren, aber er fühlte sich richtig an. Hier hatte ich einen Teil meiner Kindheit verbracht, und es war gut, wieder mal durch die Straßen zu wandern.

Ein Ziel hatte ich auch schon: die hiesige Stadtbibliothek.

Einen Benutzerausweis hatte ich natürlich bisher nicht, aber es konnte nicht schaden, wenn ich mir einen anlegen ließ. Wer weiß, vielleicht brauchte ich ja bei meinem nächsten Besuch hier wieder eine Auszeit.

Ich ging zu Fuß zum Zentralplatz, obwohl es ein gutes Stück zu laufen war. Aber ich hatte ja Zeit, und das Wetter war auch angenehm.

Meine Mutter hatte hier eine Weile unterrichtet – bevor sie mit mir schwanger wurde und wir dann nach Trier umgezogen sind. Ein paarmal waren wir hergefahren, das letzte Mal, als Arbeiten ihres Vaters – meines Großvaters – hier ausgestellt wurden. Leider hatte sie mir über ihn ebenso wenig erzählt wie über meinen eigenen Vater. Offenbar war die Abwesenheit der Väter – so oder so – ein Familienfluch.

Am Zentralplatz angekommen, machte ich vor dem Bibliotheksgebäude halt.

Ich hatte mit allem gerechnet, aber nicht mit einer derartigen Moderne in Architektur und Einrichtung. Durch die hohen Glasflächen konnte man in den Innenraum blicken, der luftig und hell gestaltet war.

Neben hochmodernen Möbeln und Sitzecken, in denen die Besucher verweilen konnten, gab es Computerterminals, an denen sich die Leute ihre geliehenen Bücher selbst verbuchen konnten. Erstaunlicherweise schienen auch die älteren Besucher keine Probleme mit der Technik zu haben.

Wenn es hier keine Bücher zu meinem Anliegen gab, wo dann?

Nachdem ich an der Anmeldung meine Karte für den Self-Service ausgehändigt bekommen hatte, tauchte ich ein ins Reich der Bücher.

Ich war wie erschlagen von dem Angebot. Am Computer suchte ich mir passende Titel heraus und begab mich dann in die entsprechende Abteilung. Tatsächlich war ich dort allein – wer sonst suchte auch nach Büchern über Herzfehlern bei Ungeborenen?

Ich hatte gerade die ersten Titel gefunden, als es in meiner Tasche summte.

Wer rief mich an? Etwa wieder Hilda, um sich zu erkundigen, wie es mir heute ging? Das war unwahrscheinlich. Und Mama? Die hatte zwar meine Nummer, doch wenn sie klug war, versuchte sie, den Vorfall von heute Morgen nicht per Handy zu erledigen. Aber wer weiß, vielleicht warf sie mich ja auch raus.

Als ich das Handy doch aus der Tasche zog, war ich froh darüber. Die Nummer der Praxis Mandelbaum blinkte auf dem Display. Seit vergangenem Freitag war das eigentlich kein Grund zur Freude, aber vielleicht hatte die Frau Doktor sich schon um den Termin bei dem Spezialisten für fetale Echokardiographie bemüht.

Bevor die Arzthelferin, die für die Anrufe zuständig war, aufgeben konnte, meldete ich mich mit einem zaghaften »Hallo«.

»Frau Schwarz?«

Schwester Ines. Dieselbe, die mich letzten Freitag angerufen hatte.

»Ja, die ist am Apparat«, antwortete ich und lehnte mich vorsichtshalber an eines der Regale, denn wer wusste schon, welcher Hammer jetzt folgte. Schlimmstenfalls bestellte sie mich erneut in die Sprechstunde ein.

»Frau Dr. Mandelbaum hat mich gebeten, Ihnen den Termin für die Kardiographie mitzuteilen. Haben Sie etwas zum Schreiben da?«

Ich blickte auf den Zettel mit den notierten Titeln und kramte nach dem Bleistift, den ich in meiner Handtasche hatte. Er war mittlerweile schon recht kurz, wahrscheinlich würde ich ihn wegwerfen, wenn ich wieder zu Hause war. Aber jetzt war ich erst einmal froh, dass ich ihn hatte.

»Ja, ich habe alles da«, antwortete ich.

»Also, der Termin ist in drei Wochen, am Freitag um elf Uhr, bei Professor Alfani in der Klinik. Frau Doktor sagte, dass Sie die Adresse bereits hätten.«

»Ja, die habe ich.« Ich dachte wieder an den Zettel, den mir die Ärztin gegeben hatte.

»Wenn Sie möchten, maile ich Ihnen eine Anfahrtsskizze.«

»Nein danke, nicht nötig.«

Ich merkte mir die Stationsnummer und bedankte mich für den Anruf. Dann starrte ich minutenlang auf mein Handy. Meine Gedanken wirbelten herum, ohne dass ich einen von ihnen zu fassen bekam und vertiefen konnte. Ich sah Kölns Straßennetz vor mir, fragte mich, welche Straßenbahnlinie ich nehmen musste, um dorthin zu kommen.

»Ist Ihnen nicht gut?«, fragte da eine ältliche Frauenstimme.

Als ich aufsah, stand eine kleine alte Dame vor mir, gestützt auf ihren Rollator. Ihr weißes Haar war zu dicken Locken gewickelt, und sie versank beinahe in ihrem steingrauen Mantel, aus dessen Kragen ein grüngemustertes Halstuch hervorlugte.

»Doch, doch, mir geht es gut, alles in Ordnung, danke«, antwortete ich rasch, denn ich wollte nicht, dass sie sich Sorgen machte oder einen Arzt rief. Und es stimmte ja auch, es ging mir gut so weit, jedenfalls körperlich. Für meine Seele konnte sie ohnehin nicht viel machen.

Die Frau betrachtete mich skeptisch. »Sie sollten sich ein wenig ausruhen. Ich weiß, wie man sich in Ihrem Zustand fühlt. Ich habe zehn Kinder, das war wirklich kein Zuckerschlecken, das können Sie mir glauben. Aber ich habe gelernt, dass mit Ruhe vieles besser zu ertragen ist.«

Ein Lächeln schlich sich auf mein Gesicht. Diese kleine Frau, die sicher schon über achtzig war, sprach mir Mut zu. Das war einfach zu rührend.

Ich konnte nicht einschätzen, wie viele ihrer Kinder gesund zur Welt gekommen waren und noch lebten, aber wenn es diese kleine Frau geschafft hatte, würde auch ich es schaffen – egal, was ich tun musste.

»Danke, das werde ich beherzigen. Einen schönen Tag noch«, sagte ich und schob das Handy in die Tasche.

Die Unbekannte lächelte mir noch einmal zu, dann setzte sie ihren Weg mit dem Rollator fort.

Mit meinem geliehenen Schatz an Büchern verließ ich die Bibliothek. Ob ich noch einen Abstecher in den Buchladen machen sollte? Die Last der Bücher wog bereits jetzt ziemlich schwer.

»Na sieh mal einer an, Ihnen begegnet man an den unmöglichsten Orten!«, tönte es hinter mir, kaum dass ich das Bibliotheksgebäude verlassen hatte.

Als ich mich umwandte, blickte ich in die strahlenden Augen von Kilian Lachmann. Er trug eine große Einkaufstasche in der Hand mit dem Aufdruck eines Herrenausstatters. Hatte er sich einen Anzug gekauft? Wofür? Heiratete er etwa?

Meine Mutter hatte zwar von einer Scheidungsgeschichte gesprochen, aber man konnte nicht wissen ...

Auf einmal spürte ich, wie mich dieser Gedanke traf – dabei hatten wir doch nur ein einziges Mal miteinander gesprochen.

»Was finden Sie denn an Koblenz unmöglich?«, fragte ich und reichte ihm die Hand.

»Eigentlich nur die Tatsache, dass man nicht schon früher weiß, wem man begegnen wird.«

»Wieso?«, fragte ich. »Wären Sie mir dann ausgewichen?«

»Im Gegenteil!«, entgegnete er. »Ich hätte mich nur ein bisschen mehr in Schale geworfen.«

»Na, den Grundstein dafür haben Sie ja schon gelegt.« Ich deutete auf die Tüte in seiner Hand. »Steht irgendein großer Anlass an?«

»Mein Bruder heiratet, und ich bin der Trauzeuge. Sie können mir glauben, dass ich nicht gern in so einem Aufzug rumlaufe.«

»Das gehört zum Trauzeugen wohl leider dazu«, entgegnete ich und fühlte mich seltsam erleichtert. Warum nur? War ich über meine eigene zerbrochene Beziehung so verbittert, dass ich jemand anderem das Glück nicht mehr gönnte?

»Das stimmt. Und erst recht, wenn der Bräutigam Anwalt ist und sich lauter Armanis und Brionis auf der Feier tummeln. Ich wollte ja was aus dem Discounter, doch mein Bruder hat angedroht, mich meines Amtes zu entheben.«

»Lieben Sie Ihren Bruder?«

»Über alles! Wieso?«

»Weil wenn Sie Ihren Bruder nicht mögen würden, wäre ein billiger Anzug eine Chance gewesen, aus der Nummer rauszukommen.«

Ich wunderte mich über mich selbst. Woher nahm ich plötzlich diesen Humor und diese Schlagfertigkeit? Eigentlich fielen mir solche Dinge immer erst ein, wenn die Gelegenheit dazu längst verstrichen war.

»Sie sind mir eine!«, entgegnete er lachend und richtete den Blick auf meine Tasche. »Was ist mit Ihnen? Ist es bei Ihrer Mutter so langweilig, dass Sie so viel Lesestoff benötigen? Wie wäre es, wenn ich Sie mal ins Kino einlade? Oder zum Essen?«

Vor Schreck wusste ich nicht, was ich sagen sollte.

War das sein Ernst, oder wollte er nur witzig sein? Immerhin war ich schwanger, normalerweise sollte er als Mann davon ausgehen, dass ich zumindest einen Freund hatte. Oder hatte sich meine Trennung von David bereits herumgesprochen? Hatte meine Mutter bei einem Winzertreffen irgendwas erwähnt?

»Ich ... ich glaube, ich bleibe dann lieber bei meinen Büchern«, entgegnete ich überrumpelt.

»Oh, verstehe«, entgegnete er, und ich erkannte echte Enttäuschung in seinen Augen.

Warum das? Wir kannten uns doch erst seit gestern.

»Nicht, dass ich etwas gegen Kino oder Essen habe, aber

ich brauche ein wenig Ruhe in den nächsten Tagen. Mir ...«
Ich stockte. Eigentlich wollte ich niemandem auf die Nase
binden, was mich umtrieb. Schon gar nicht einem Mann, den
ich erst so kurz kannte – und der mich so verdammt an David
erinnerte, auch wenn er vielleicht ganz anders war.

»Okay«, sagte er mit einem Nicken, und in seinen Augen
erkannte ich die Frage, was mir denn fehlen würde. Aber ich
blieb bei meinem Schweigen darüber.

»Irgendwann einmal gern«, setzte ich hinzu, denn ich
wollte nicht, dass er glaubte, ich würde ihn unsympathisch
finden.

Kilian nickte. Fröhlicher sah er nicht aus. Aber was hatte er
denn erwartet?

»Ich nehme Sie gern mit zurück«, erklärte er schließlich.
»Wie ich das sehe, haben Sie die gesamte Bibliothek leer ge-
liehen und obendrein noch ein paar Buchläden leer gekauft.
Diese Last sollten Sie nicht zum Bahnhof schleppen müssen.«

»Weil ich schwanger bin?«, gab ich ein wenig giftig zurück.

»Nein, weil ich nett sein wollte. Aber wenn Sie nicht möchten ...« Jetzt klang er verletzt. Und ich wurde böse auf mich
selbst. Da war ein Mann so freundlich, mir seine Hilfe anzu-
bieten, und ich schlug es aus. Aus welchem Grund? Es gab
keinen vernünftigen, außer, dass ich in ihm David sah und
meine Wut an ihm abreagierte.

»Doch, doch, das ist sehr nett von Ihnen«, entgegnete ich,
setzte meine Tüte ab, die schmerzhaft in meine Handflächen
schnitt, und sagte: »Bitte entschuldigen Sie, die Launen einer
Schwangeren sind manchmal ein wenig seltsam, auch für die
Schwangere selbst. Ich wollte Sie nicht anfahren, es ist nur ...
Ich mach gerade eine schwierige Zeit durch und reagiere
manchmal über.«

Jetzt lächelte er wieder. »Aber ich will Sie auf keinen Fall zu etwas zwingen, das Sie nicht möchten.«

Da waren wir ja wieder beim Thema. Doch er hatte natürlich keine Ahnung von dem, was mir meine Mutter an den Kopf geworfen hatte. Und was mein Gewissen marterte.

»Das tun Sie nicht. Ihr Angebot ist sehr freundlich, und wenn ich mir meine Hand so anschaue, könnte sie eine kleine Pause vertragen. Außerdem ... außerdem glaube ich, dass ich auch etwas zu trinken vertragen könnte. Alkoholfrei, versteht sich.«

Sein Lächeln wurde etwas breiter.

»Das trifft sich gut. Sie glauben ja nicht, was für einen trockenen Hals man bekommt, wenn man nach Kleidungsstücken sucht, die man eigentlich gar nicht tragen möchte. Kommen Sie, ich lade Sie ein. Und dann fahre ich Sie nach Hause.«

10

Da es für einen Biergarten doch noch etwas zu kalt war, suchten wir uns ein Café in einer kleinen Ladenstraße. Es war hell und freundlich, und die rot gestrichenen Wände wirkten einladend. Wenn eine Kundin im Reisebüro mal nach einem Café in Koblenz fragte, würde ich ihr dieses vielleicht empfehlen können – vorausgesetzt, die Torten waren so lecker, wie sie in der Auslage aussahen.

»Ihr Stammlokal?«, fragte ich, als wir eintraten.

»Sagen wir mal so, ich gehe sehr gern hierher, wenn ich in Koblenz bin.«

Irgendwie machte es den Anschein, als wollte er hinzufügen: »Und wenn ich in netter Begleitung bin.« Doch er sagte nichts dergleichen. Ich schaffte es zum Glück auch, nicht nachzufragen, was in die Pause nach seinen Worten gehörte.

Die Bedienung erschien rasch hinter dem Tresen. Viel Betrieb war nicht, den meisten war um diese Uhrzeit wohl noch nicht nach Torte.

Bei der Frage nach meiner Bestellung brauchte ich nicht lange zu überlegen. Sie hatten zwar keine Croissants mit Erdbeermarmelade, aber dafür eine wunderschön feuerrot glänzende Erdbeertorte, die an den Rändern mit Schlagsahneornamenten verziert war.

Ich nahm ein Stück, und Kilian Lachmann schloss sich an.

»Gute Wahl«, behauptete er, als wir uns zu einem Tisch am

Fenster begaben. »Die Konditorei, die die Torte hierherliefert, hat ein eigenes Gewächshaus und meist schon im März die ersten Erdbeeren.«

»Wirklich?« Ich war skeptisch. Die Erdbeeren, die es im März gab, stammten meist aus Spanien oder den Niederlanden und schmeckten holzig.

»Wir können nachher gern einen Abstecher machen.«

»Müssen Sie denn heute gar nicht arbeiten?« Immerhin war Montag.

»Ich bin sicher, dass Ihre Mutter allerhand zu tun hat, aber ich habe mir heute mal erlaubt, einen halben Tag freizumachen – nachdem ich die andere Hälfte beim Steuerberater gesessen und ihn bekniet habe, das Finanzamt endlich davon zu überzeugen, mir einen kleinen Erlass zu geben.«

»Gehen Ihre Geschäfte denn so schlecht?«, fragte ich, denn warum sollte ihm das Finanzamt sonst einen Nachlass geben.

»Nein, im Gegenteil! Unglücklicherweise ist es uns zwei Jahre hintereinander gelungen, Eiswein zu produzieren – sehr guten Eiswein. Das bedeutet noch mehr Einnahmen, die ich versteuern muss.«

Ich stellte meinen Bücherstapel neben meinen Stuhl und setzte mich. Meine Handflächen brannten. David hatte früher, wenn ich etwas Schweres getragen hatte, meine Handflächen an seinen Mund gehoben und sie geküsst. Plötzlich stellte ich mir vor, dass Kilian Lachmann das tun würde. Ein angenehmer Schauer rann durch meinen Körper, und nur Sekunden später wurde ich rot.

»Was ist?«, fragte er, denn offenbar bekam er es mit. »Ist Ihnen nicht gut? Ist es Ihnen hier in der Sonne vielleicht zu warm?«

Mein verfluchtes Gesicht! Warum nur war es für alle ein offenes Buch?

»Hitzewallungen«, schwindelte ich und schämte mich ein wenig. Etwas für einen anderen Mann zu empfinden kam mir wie Betrug an David vor. Obwohl es Unsinn war, denn wir waren ja nicht mehr zusammen. »Ich habe das ab und zu, ist wohl eine Folge der Schwangerschaft.«

Eine Frage schien plötzlich in seinen Augen zu brennen, doch Lachmann wechselte das Thema.

»Haben Sie denn schon herausgefunden, was Kilian bedeutet?«, fragte er mit einem schelmischen Lächeln.

Weniger denn je konnte ich verstehen, dass sich seine Exfrau einen Scheidungskrieg mit ihm geliefert hatte – und dass seine Frau überhaupt »Ex« war.

»Moment«, sagte ich und zückte mein Handy. Da es hier wie in jedem guten Lokal kostenloses WLAN gab, wählte ich mich ein und rief in Windeseile die Suchmaschine im Browser auf.

»Kilian«, sagte ich, als ich einen Eintrag gefunden hatte. »Keltisch für ›Kämpfer‹. Bischof von Würzburg.«

»Bingo!«, rief er aus und klatschte in die Hände. »Zwar hätte ich gedacht, dass Sie noch am gleichen Abend geschaut hätten, aber so ist es auch nicht schlecht …«

»Wir hatten gestern Abend Besuch. Unser Verwalter. Kennen Sie Ben?«

»Ja klar!«, entgegnete Kilian. »Guter Mann! Leider lässt er sich nicht abwerben.«

Ich schaute ihn konsterniert an. »Sie haben versucht, meiner Mutter den Verwalter abspenstig zu machen?«

»Ja, ich gebe es zu. Aber stürmen Sie jetzt bitte nicht wutentbrannt aus dem Café, ich sehe gerade die Kellnerin mit dieser wunderbaren Torte kommen!«

Tatsächlich tauchte die junge Frau neben uns auf und servierte Torte und Chai Latte für mich und Kaffee für Kilian.

Wir bedankten uns, und Kilian lächelte mich an. »Wie gesagt, Ben ist ein toller Mann, er kennt sich hervorragend mit der Lage und dem Keltern aus. So mancher behauptet, dass Wein statt Blut durch seine Adern fließt.«

»Ich werde ihn fragen, wenn ich ihn das nächste Mal sehe.«

»Er wird es leugnen, glauben Sie mir.«

Damit hob er seine Tasse an die Lippen.

Ich lächelte in mich hinein und war überrascht davon, dass ich mich auf einmal ganz anders fühlte als an den Tagen zuvor. Es tat mir gut, mit einem Menschen, den ich gerade erst kennengelernt hatte, in einem Café zu sitzen und Torte zu essen. Warum hatte ich das nicht nach der Trennung von David gemacht? Warum igelte ich mich in meiner Wohnung ein und verließ sie nur, wenn ich zur Arbeit fuhr?

Ich musste das ändern, unbedingt.

»Wie lange wollen Sie denn hier in der Gegend bleiben?«, fragte Kilian, als er das halbe Tortenstück verzehrt hatte. Ich war mir sicher gewesen, dass auch er beim Essen lieber schwieg als redete, aber offenbar war er ein Teilzeit-Erzähler.

»Ich weiß nicht. So lange, bis ich meiner Mutter auf den Wecker falle. Aber sicher nicht länger als zwei Wochen. Meine Arbeit wartet.«

»Und Ihr Mann.«

»Ich habe keinen Mann.« Ein wehmütiges Lächeln huschte mir übers Gesicht, ich sah es im Zerrspiegel des Löffels genau.

»Aber der Vater …«

»Ja, mein Kind hat einen Vater, aber …«

Sollte ich vorgeben, dass David tot war? Oder gleich zum Eingemachten übergehen und ihm erklären, dass ich mich über seinen Wunsch, kinderlos zu bleiben, hinweggesetzt hatte?

»Es hat nicht funktioniert«, antwortete ich. Diese Antwort klang ebenfalls etwas abgedroschen, aber im Grunde genommen war es nicht gelogen.

»Er hat sich aus dem Staub gemacht?«

»Könnte man so sagen. Aber es ist noch ein wenig komplizierter.«

Ich sah ihm an, dass er gern mehr darüber erfahren hätte. Doch aus Anstand schwieg er.

Ich wollte ihm nicht erzählen, dass David wegen meiner Schwangerschaft verschwunden war. Ich wollte ihm auch nicht erklären, dass das Verschwinden weniger schäbig aussah, wenn man wusste, dass ich ohne Davids Einverständnis schwanger geworden war.

»Was ist mit Ihnen?«, fragte ich und stellte mich dabei unwissend. »Haben Sie Kinder?«

Sein Blick verfinsterte sich ein wenig.

»Ja, einen Sohn. Meine Frau und ich leben allerdings nicht mehr zusammen.«

»Oh, das ist ... schade.« Irgendwie fand ich es nicht schade, aber etwas musste ich ja sagen.

»Finde ich nicht. Meine Frau und ich ... wie sagten Sie so schön? Es hat nicht funktioniert. Allerdings finde ich es schrecklich, dass ich meinen Sohn nicht sehen darf.«

»Warum denn nicht?« Kaum waren die Worte aus meinem Mund, sah ich bereits ein, dass ich mit dieser Frage eine Grenze überschritten hatte. »Entschuldigen Sie, es geht mich nichts an. Sie müssen nicht ...«

Sein Blick brachte mich zum Schweigen. Es lag so viel Traurigkeit darin, dass es mir das Herz zerriss.

»Ich möchte Ihnen davon erzählen«, sagte er sanft und legte seine Gabel beiseite. »Es ist eigentlich ganz einfach. Zwei Menschen kennen sich schon lange und heiraten. Sie glauben, dass sie das große Glück gefunden haben. Es wird ein Kind geboren, und das Glück scheint perfekt zu werden. Doch dann merkt die Frau, dass dieses Leben nicht das ist, was sie wollte. Sie bricht aus. Versucht, etwas anderes zu machen. Ihr Partner duldet das, weil er will, dass sie glücklich wird. Und dann … dann lernt diese Ausbrechende jemanden kennen. Jemanden, der ihr ein anderes Leben verspricht. Ein Leben voller Glanz und Reichtum, fern von der Provinz. Dieser Jemand drängt sich zwischen die beiden, und es gelingt ihm, sie auseinanderzubringen. Übrig bleibt das Kind. Und das wird nach der Scheidung der Mutter zugesprochen, die es an einen Ort bringt, an den der Vater nicht so ohne Weiteres folgen kann.«

»Ihre Frau hatte einen anderen?«, fragte ich mit einem Kloß im Hals. David mochte abgehauen sein, als ich ihm die Schwangerschaft gestand – aber soweit ich es einschätzen konnte, hatte er mich nie betrogen. Und ich ihn ebenso wenig.

Kilian senkte den Kopf. Ich konnte mir vorstellen, wie es in ihm aussah. Und ich spürte deutlich, dass er seine Frau irgendwie auch noch immer liebte – so wie ich David.

»Ja, sie lernte ihn auf einem ihrer Seminare kennen.« So, wie er jetzt das Gesicht verzog, war der Typ mindestens Yoga-Lehrer oder so was. »Sie meinte, sie hätte sich sofort in ihn verliebt. Das ist natürlich genau das, was man als Ehemann hören möchte.«

»Ich wette, Sie hatten große Lust, ihm an die Gurgel zu gehen.«

»Ich bin eigentlich ein sehr friedlicher Mensch. Glücklicherweise hat sie es mir erspart, mit ihm in Kontakt zu kommen.«

»Was es sicher nicht weniger schlimm macht und an der Tatsache nichts ändert, dass dieser Kerl Ihnen die Familie zerstört hat.«

Kilian schüttelte den Kopf.

»So einfach ist es auch bei mir nicht. Ich glaube, Lina und ich hätten nicht heiraten sollen. Sie hat auf ihre Eltern gehört, in dieser Gegend tun das viele junge Frauen. Ich kannte sie schon aus der Schule, ich war fünf Jahre älter als sie. Sie träumte von der großen Welt, doch ich hatte ihr nur diesen Weinberg zu bieten. Nachdem klar wurde, dass mein Bruder ihn nicht übernehmen wollte, war ich an der Reihe.«

»Aber einen Weinberg zu besitzen heißt doch noch lange nicht, nichts von der Welt zu sehen«, entgegnete ich. Im Reisebüro fragten wir die Leute nicht nach ihren Berufen, aber einige von ihnen erzählten uns trotzdem, dass sie von einem Bürojob ausspannen oder Abstand von ihrem Betrieb haben wollten. Sogar ein paar Landwirte waren dabei. Die Leute glaubten immer, dass ein Hof dazu führen würde, niemals reisen zu dürfen, aber das stimmte nicht. Bauern hatten heutzutage meist mitarbeitende Angehörige oder Angestellte – die konnten das Vieh genauso gut versorgen wie der Bauer selbst.

»Meine Mutter war gerade auf Teneriffa und hat obskure Kartoffelsorten mitgebracht. Und ich bin sicher, dass auch unser Reisebüro den einen oder anderen Weingutbesitzer in der Kundenkartei hat.«

»Sie arbeiten im Reisebüro?« Kilian schaufelte sich eine Gabel voll Erdbeertorte in den Mund. Offenbar war jetzt Schluss mit der Erzählstunde. Aber das war mir auch recht. Seine Geschichte bereitete mir ziemliches Unbehagen.

»Ja, in Köln. Sie glauben nicht, was für Reisen man alles buchen kann. Ich könnte Ihnen da die eine oder andere Empfehlung geben.«

»Danke, vielleicht nehme ich das Angebot an, sollte mich mal alles an meinem Weinberg nerven. Aber noch komme ich hier ganz gut klar. Und das sage ich nicht, weil ich ein Kontrollfreak bin, der nicht von seinen Weinstöcken lassen kann.«

Er machte eine kurze Pause, dann fügte er hinzu: »Eine Reise hätte es in ihrem Fall aber nicht getan. Sie wollte woanders leben. Und ich war nicht der Mann, der ihr dieses Woanders bieten konnte. Ich habe nur den Weinberg. Tja, und schließlich hat sie meinen Jungen mit in die USA genommen. Zu dem Mann, der woanders neu angefangen hat.«

»In die USA.« Ich war sprachlos. Angesichts des Scheidungskrieges hätte ich vermutet, dass er die Nerven verloren und ihr vielleicht eine Ohrfeige versetzt hatte. Ich war keine Juristin, aber sicher wurde nicht zugunsten des Vaters entschieden, wenn er gegenüber der Mutter handgreiflich geworden war. Bei näherer Betrachtung musste ich allerdings zugeben, dass Kilian kein Mann war, dem man zutraute, dass er zuschlug. Er war ein Mann, der sich in irgendeine Frau verliebte, die nicht gut für ihn war. Ein Mann, nach dem sich jede andere vielleicht sehnte, der aber immer nur Augen für die Falsche hatte.

»Ja, in die USA. Sie hat es geschafft, das Gericht zu überzeugen, dass es für das Kindswohl besser wäre, wenn der Junge bei ihr bleibt. Natürlich habe ich das Recht, ihn zu sehen. Aber wie soll man das anstellen, wenn ein ganzer Ozean dazwischenliegt? Ich kann nicht jedes Wochenende in einen Flieger steigen und zu ihm reisen.«

»Haben Sie es denn schon einmal gemacht?«

»Ja, letzten Sommer. Und bereits da habe ich feststellen müssen, dass mein Sohn sich von mir entfernt hat. Ich habe daraufhin beantragt, dass er in den nächsten Sommerferien zu mir kommt, doch mittlerweile ist sie amerikanische Staatsbürgerin, und da gilt anderes Recht. Wahrscheinlich werde ich meinen Sohn nur dann wiedersehen, wenn er sich im passenden Alter entscheidet, zu mir zu kommen. Und das ist unwahrscheinlich, denn ich glaube, dann spricht er nicht einmal mehr Deutsch und erinnert sich auch nicht mehr an seinen echten Vater.«

Das klang so bitter, dass es mir die Tränen in die Augen trieb. Seit ich schwanger war, hatte ich häufiger starke Gefühlsausbrüche, und nach der Diagnose von Dr. Mandelbaum war es noch schlimmer geworden.

»Hier«, sagte er und reichte mir ein Taschentuch.

Ich starrte es verwundert an – welcher Mann reichte einer weinenden Frau heutzutage noch ein Taschentuch? Waren solche Bräuche nicht antiquiert?

Immerhin war es ein Papiertaschentuch und keines aus seiner Hosentasche.

»Danke«, sagte ich und tupfte mir die Tränenbäche von den Wangen. »Die Hormone, Sie wissen schon.«

»Ja, ich weiß.« Er lachte kurz und still auf. Natürlich wusste er, wie sich eine Schwangere verhielt. Seiner Frau war es sicher nicht anders gegangen als mir. »Aber zum Glück gibt sich das wieder.«

»Stimmt, das gibt sich.«

Ich fragte mich plötzlich, warum meine Mutter gesagt hatte, der Scheidungskrieg läge gerade erst hinter ihm. Offenbar war die Trennung von seiner Frau schon einige Zeit her.

Aber wahrscheinlich konnte man auch behaupten, dass für ihn der Krieg niemals endete.

»Möchten Sie noch etwas? Eine heiße Schokolade, oder so?«

Ich spürte, dass es für ihn Zeit zum Aufbruch wurde. Nur aus Höflichkeit fragte er nach.

»Nein danke, die Torte war super!« Und ich hatte sie auch fast geschafft. Nur der Rand war übriggeblieben, aber dort waren ohnehin keine Erdbeeren mehr. »Meinetwegen können wir los, wenn Sie möchten.«

Er nickte mir zu, und wenig später verließen wir das Café.

11

Foto Nr. 3

Marianne steht im geblümten Sommerkleid inmitten einer Horde von Siebtklässlern. Einigen von ihnen hängt der Ranzen unordentlich von der Schulter. Zwei Mädchen, etwa zwölf Jahre alt, schmiegen sich an ihre Lehrerin. Es ist der letzte Schultag vor den Ferien.

Marianne umfasst die Mädchen, in ihrer rechten Hand hält sie einen kleinen Strauß Feldblumen – Kornblume, Kamille, Mohnblüten. (6. Juli 1975)

Das Kreischen der Schulkinder empfing sie wie jeden Morgen. Die Jüngeren tobten auf dem Hof und kosteten noch einmal ihre Kraft und Energie aus, bevor sie in den nächsten sechs bis acht Stunden in den stickigen Schulräumen verschwanden.

Marianne schulterte ihre Tasche und stieg mit einem Lächeln die Treppe hinauf. Der letzte Schultag des Jahres war immer etwas Besonderes, die Schule schien mit einer besonderen Energie erfüllt zu sein. Alle freuten sich auf den Sommer, auf warme Tage, Ruhe, Urlaub.

Auch Marianne freute sich auf den Sommer, obwohl sie keine genauen Pläne hatte. Ihre Mitbewohnerinnen waren alle unterwegs, und ohne die Schule hatte sie wenig zu tun, aber sie wollte die Zeit nutzen, um zu lesen, privat zu lesen, denn dazu kam sie während der Schulzeit kaum. Mittlerweile hatten sich einige Bücher angehäuft, und sie sehnte sich danach, sich wieder wie eine Schülerin zu fühlen, frei von Verpflichtungen und mit einem Haufen Zeit für das, was ihr Spaß machte.

An ihrem ersten Tag an dieser Schule hatte man ihr gesagt, dass die Möglichkeit bestünde, ihren Idealismus zu verlieren, wenn sie erst einmal ein paar Jahre im Dienst war. Davon spürte sie bisher jedoch überhaupt nichts. Sie freute sich auf jeden neuen Tag, bereitete ihre Stunden akribisch vor und ließ sich manchmal dazu hinreißen, ein wenig vom strikten Lehrplan abzuweichen, wenn ihr ein Thema interessanter für ihre Schüler vorkam. Sie wusste, dass die Kinder es ihr danken würden, wenn sie das Gymnasium eines Tages verließen.

Mittlerweile lebte sie seit einem Jahr in Koblenz und konnte sich nur einen Ort vorstellen, an dem es ihr ähnlich gut gefallen würde: eine nette kleine Stadt in Frankreich. Allerdings wollte sie nicht für immer dorthin ziehen. Für einen Urlaub, ja – oder ein Jahr lang an einem Austauschprogramm teilnehmen.

Allerdings rechnete sie kaum noch mit Letzterem. Ihre Bewerbung für den Lehreraustausch lag nun schon sechs Monate zurück. Von einer ehemaligen Studienkollegin wusste sie, dass die Bescheide längst rausgegangen waren.

Dennoch träumte sie davon, längere Zeit in dem Land zu verbringen, das sie schon seit ihrer Jugendzeit begeisterte. Und für das sie sich viel Ärger mit ihren Eltern eingehandelt hatte.

Sie sah noch immer vor sich, wie ihr Vater reagiert hatte, als er herausfand, dass sie Französisch studierte. Sie war zum Weihnachtsbesuch zu Hause gewesen, und ihre Schwester Ursula, die als Einzige in ihrer Familie eingeweiht war, hatte eine unbedachte Äußerung darüber fallen lassen, dass die Studenten des Französischkurses einen sehr nachsichtigen Professor hätten und sich deshalb keine Gedanken über die Prüfungen zu machen brauchten. Als ihr klar wurde, dass sie gerade vergessen hatte, wo sie war, verstummte sie.

Mariannes Vater ignorierte vieles, aber Ursulas Äußerung drang augenblicklich zu ihm vor, wie ein Pfeil, der in eine Zielscheibe einschlug.

Zum ersten Mal in ihrem Leben erlebte sie Richard Schwarz wirklich außer sich.

»Sag mir, dass das nicht wahr ist!«

Marianne blickte erschrocken zu Ursula. Sie wurde rot und zog sich dann hinter das Sofa zurück, auf dem ihre Mutter saß.

»Doch, das ist wahr«, antwortete Marianne. »Ich studiere Französisch als Zweitfach.«

»Das wirst du in Zukunft lassen! Ich finanziere doch nicht dein Studium für so etwas!«

»Jeder Lehrer braucht ein zweites Fach«, versuchte Marianne, ihn zu beruhigen. Ihr Herz schlug ihr bis zum Hals, und sie war sicher, dass sie Ursula nie wieder etwas erzählen würde, was sie betraf. Aber jetzt musste sie erst einmal mit dieser Situation fertigwerden.

»Du willst allen Ernstes diese Sprache unterrichten? Die Sprache unseres Erzfeindes?«

Erzfeind. Marianne überkam angesichts dieses Wortes großes Unwohlsein. Sie wusste, welches Unheil diese Mentalität angerichtet hatte. In Mayen waren die Spuren des Krieges noch immer nicht vollständig getilgt. Bombenangriffe hatten in den letzten beiden Kriegsjahren die Stadt fast vollständig verwüstet. Wie durch ein Wunder hatten sich die Schäden an der Villa ihres Vaters in Grenzen gehalten, so dass sie restauriert werden konnte.

»Vater«, versuchte sie, ihn zu besänftigen. »Diese Zeiten sind längst vorbei. Frankreich und Deutschland haben gute diplomatische Beziehungen. Der Élysée-Vertrag ist mittlerweile acht Jahre alt, er wird halten. Es sind neue Zeiten, Vater.«

Richard wischte das Argument seiner Tochter mit einer Handbewegung beiseite.

»Verträge können gebrochen werden. Das haben die Franzosen schon oft bewiesen.«

»Aber die Zeiten sind andere, Vater! Die Franzosen sind nicht mehr unsere Feinde. Und genau genommen waren wir es, die versucht haben, ihnen das Elsass wieder wegzunehmen.«

»Das Elsass hat nie den Franzosen gehört!«

»Doch, es gehörte zu Frankreich, seit Deutschland für den Krieg von 1870 aufkommen musste!«

Die Ohrfeige traf Marianne blitzschnell und schleuderte ihren Kopf zur Seite.

Die Augen ihres Vaters brannten vor Zorn. »Wenn du so denkst, will ich dich in meinem Haus nicht mehr sehen!«

Damit hatte er sich umgewandt und war aus der Wohnstube gestürmt.

Während sich Mariannes Augen mit Tränen füllten, blickte sie zu ihrer Mutter, die während des gesamten Streits aus dem Fenster geschaut hatte, als würde sie dort ein anderes Leben sehen. Von ihr konnte sie keine Hilfe und keinen Zuspruch erwarten.

Eine Stunde später stieg sie in den Zug nach Freiburg.

Der Schnee fiel dicht, und im Waggon waren nur wenige Fahrgäste. Doch Marianne war froh, dass niemand mit ihr reden wollte. Ihr Kopf war voller Gedanken und ihr Bauch voller Zorn. Sie hätte es wissen müssen. Irgendwann kam alles ans Tageslicht.

Sie war ihrer Schwester nicht böse, sie war eben Ursula, die nicht auf ihre Worte achtete. Die sich so wohl in dieser Familie fühlte, dass sie glaubte, alles ansprechen zu können. Und manchmal auch vergaß, dass einige Dinge nicht angesprochen werden durften.

Als sie weit nach Mitternacht den Freiburger Bahnhof verließ, schneite es dicke Flocken. Die Straße vor ihr war menschenleer. Aus den Fenstern der benachbarten Häuser strömte warmes Licht. Wahrscheinlich saßen dort Menschen vor ihrem Weihnachtsessen, und Kinder fieberten der Bescherung entgegen.

Für einen Moment wünschte sie sich, zu einer dieser Familien zu gehören, doch sie wusste, dass das unmöglich war.

In ihrer Straße angekommen, ging sie zu ihrem Haus und stieg die Treppe hinauf zur Wohnung, die sie sich mit zwei anderen Kommilitoninnen teilte. Diese waren bei ihren Eltern, sie hatte die Räume ganz für sich allein.

Und als sie später vor dem Fenster stand und in die Schneenacht hinausblickte, hatte sie sich geschworen, dass sie ihr Ziel erreichen und eines Tages vielleicht in Frankreich feiern würde, mit Menschen, die sie mochten.

Die Erinnerung an das Weihnachtsfest vor sechs Jahren verschwand, als sie jemanden neben sich bemerkte. Hanno Breuer trug heute einen dunklen Anzug mit blauweißgestreifter Krawatte, was richtig festlich aussah.

»Guten Morgen, Rektor Breuer«, sagte Marianne freundlich. Gleichzeitig überkam sie Unbehagen, denn der Rektor tauchte eigentlich nie vor der Stunde auf.

»Fräulein Schwarz, hätten Sie einen Moment Zeit?«, fragte er.

Marianne blickte auf die Bänke, an denen die Schüler nach und nach Platz nahmen.

»Es dauert wirklich nicht lange.« Herr Breuer lächelte ihr aufmunternd zu. »Beim letzten Klingelzeichen sind Sie wieder da.«

»In Ordnung«, sagte Marianne, ließ ihre Tasche liegen und folgte dem Rektor in sein Büro.

Das Büro von Rektor Breuer war von Zigarettenqualm geschwängert, der das Licht seltsam filterte. Den Mann, der neben dem Fenster saß, bemerkte sie erst auf den zweiten Blick. Er trug unter seinem grauen Nadelstreifenanzug ein rosafarbenes Hemd und eine etwas zu grell gemusterte Krawatte. Sein graumeliertes Haar war zur Seite gekämmt, um die beginnende Kahlheit auf dem Oberkopf zu kaschieren.

»Das ist Herr Neumann vom PAD«, stellte Breuer seinen Gast vor. »Er würde Sie gern sprechen.«

PAD. Pädagogischer Austauschdienst.

Mariannes Herz begann zu pochen, und ihre Hände wurden schlagartig kalt. Sie wartete schon so lange auf eine Antwort, ja, eigentlich hatte sie das Austauschjahr schon abgeschrieben.

»Sie sind also Marianne Schwarz?«, fragte der Mann und reichte ihr die Hand. »Freut mich sehr, Sie kennenzulernen.«

»Die Freude ist ganz meinerseits«, entgegnete Marianne und setzte sich ein wenig beklommen auf den ihr angebotenen Platz.

»Sie haben sich für ein Austauschjahr beworben«, sagte Herr Neumann und schlug den Hefter auf, der vor ihm auf dem Schreibtisch lag.

Marianne starrte ihn an. Sie hätte damit gerechnet, dass sie einen Brief erhalten würde. Und nun war dieser Mann hier. Was wollte er?

»Wie Sie sich vielleicht schon gedacht haben, sind alle Plätze bereits belegt«, fuhr er fort.

Marianne blickte ihn fragend an.

»Allerdings ist vor einigen Tagen eine Stelle überraschend wieder frei geworden, der betreffende Kollege ist ausgefallen, und wir hatten Ihre Bewerbung noch auf dem Tisch.«

Er blickte sie an. Offenbar erwartete er eine Reaktion. Marianne wusste noch nicht so recht, ob sie sich freuen sollte. Es klang ganz so, als wäre sie nur der Notnagel. Andererseits würde sie nach Frankreich reisen dürfen – nichts wünschte sie sich sehnlicher.

»Das tut mir leid für den Kollegen«, entgegnete sie diplomatisch.

Ihre Antwort schien dem Mann zu gefallen, denn er lächelte.

»Wären Sie bereit, gleich ab September für ihn einzuspringen? Bei der Schule handelt es sich um ein Lycée in Bar-le-Duc im Département Meuse. Ich weiß, es ist ein wenig kurzfristig, deshalb bin ich persönlich gekommen und habe auch schon mit Rektor Breuer gesprochen, denn er muss Ihre Stelle ja vertreten lassen.«

»Es wäre mir eine große Ehre, wenn eine so junge und eifrige Lehrkraft wie Fräulein Schwarz die Möglichkeit erhielte, den Austausch mitzumachen. Die Erfahrungen, die Sie in Frankreich sammeln, können uns von großem Nutzen sein.

Was die Vertretung angeht, so wird es kein Problem sein, einen Ersatz zu finden. Ich überlasse es ganz ihr, ob sie das Angebot annehmen möchte.«

Marianne blickte zum Rektor. Er wirkte ehrlich erfreut. Und er hatte recht. Das Wissen, das Marianne vor Ort erwerben würde, konnte kein Lehrbuch vermitteln. Sie würde ihren Schülern erzählen können, wie die Leute wirklich waren, wie es sich anfühlte, in einer französischen Stadt zu leben. Bar-le-Duc war zwar nicht Paris, aber dennoch eine waschechte französische Stadt. Davon hatte sie in den vergangenen Monaten ständig geträumt.

»Ja, ich würde sehr gern teilnehmen«, sagte sie. Ihre Stimme fühlte sich kratzig an, so als hätte sie tagelang nicht gesprochen. Doch das kam nur von der Aufregung, die ihre Kehle trocken werden ließ.

»Und der kurze Zeitraum für die Vorbereitung ist für Sie in Ordnung?«

»Ich habe niemanden, auf den ich Rücksicht nehmen muss, von daher ist es kein Problem.«

Marianne spürte, wie traurig sich diese Worte anhörten. Aber es stimmte. Sie hatte niemanden, mit dem sie die Entscheidung vorher abklären musste. Mit ihren Eltern hatte sie ewig nicht mehr gesprochen. Ihre Schwester schrieb ihr zu wichtigen Anlässen eine Karte oder einen Brief, und sie antwortete, aber telefoniert hatten sie schon lange nicht mehr miteinander. Und an eine Beziehung dachte sie erst gar nicht. Seit der Sache mit Christoph hatte sie sich noch einmal mit einem Kommilitonen getroffen, dabei aber gleich gewusst, dass es nicht die große Liebe war. Nach ein paar Monaten hatten sie sich getrennt – und Marianne war zu dem Schluss gelangt, dass sie ihre Kraft besser in ihr Studium stecken sollte.

»Da Sie ein so enthusiastisches Bewerbungsschreiben geschickt haben, habe ich ehrlich gesagt mit Ihrer Flexibilität gerechnet, und so habe ich hier ein wenig Material für Sie.« Neumann reichte ihr einen Papphefter. Als sie ihn aufschlug, sprang ihr ein Foto ins Auge, das gut als Titelbild für einen Reisekatalog hätte dienen können.

Ein riesiges Mohnblütenfeld legte sich wie ein Teppich auf sanft gerundete Anhöhen. Die Stadt, die sich an die beiden Ufer des Ornain schmiegte, wirkte ein wenig mittelalterlich.

»Bienvenue à Bar-le-Duc« verkündete die Überschrift. Tatsächlich handelte es sich um eine Broschüre der örtlichen Tourismuszentrale.

Ein Schauer überlief Marianne. Sie kannte die Ansichten ihres Vaters bezüglich des Lorraine, zu Deutsch Lothringen, nur zu gut.

Er ist nicht hier, sagte sie sich. Du bist erwachsen und kannst machen, was du willst. Das hat er dir in aller Deutlichkeit gezeigt.

Marianne fühlte sich wie erschlagen. Frankreich, Paris, Lorraine, neue Stelle, Mohnblütenfelder. Das war alles so grandios, dass sie sich am liebsten gezwickt hätte, um herauszufinden, ob sie nicht träumte.

»Das klingt einfach wunderbar«, brachte sie hervor, noch immer völlig überwältigt.

Und als sie ihre Klasse wenig später betrat, lag ein Lächeln auf ihren Lippen.

# 12

Kilian Lachmann setzte mich direkt vor dem Gut ab, das mir auf einmal viel größer und irgendwie bedrohlich erschien. Die Autos waren vom Hof verschwunden – Feierabend. Ben würde zu Hause sein. Ich war mit meiner Mutter allein. Möglicherweise schwiegen wir uns den ganzen Abend lang an.

Immerhin könnte ich lesen, genug Material hatte ich nun. Aber irgendwie belastete mich der Streit mit meiner Mutter so sehr, dass ich mich nicht einfach mit etwas anderem ablenken konnte.

Da ich nicht die ganze Nacht hier draußen verbringen wollte, atmete ich tief durch und drückte den Klingelknopf. Wenig später ertönte der Summer.

Diesmal empfing mich meine Mutter nicht. Doch sie hatte die Haustür leicht angelehnt, damit ich nicht noch einmal klingeln musste.

Ein »Hallo« steckte mir in der Kehle, doch ich ließ es nicht heraus.

Ich schälte mich aus meiner Jacke und hängte sie an den Haken. Dann trug ich die Bücher in mein Zimmer. Kilian hatte recht, es waren unverschämt viele. Jetzt, als ich sie auf dem Bett stapelte, bezweifelte ich, sie innerhalb von zwei Wochen durchlesen zu können. Aber vielleicht reichte es, wenn ich die relevanten Stellen aus dem Inhaltsverzeichnis heraussuchte und dann nachschlug? Ich musste nicht alles über die Schwangerschaftsdiagnostik und Säuglingsheilkunde wissen, das würde mir gewiss endgültig den Schlaf rauben.

»Nicole?«, ertönte es plötzlich hinter mir.

Ich sah auf. Meine Mutter stand in der Tür, eine schlanke Gestalt in einer langen schwarzen Strickjacke und einem braunen Jerseykleid. So elegant hatte ich sie schon lange nicht mehr gesehen. Wollte sie heute Abend irgendwohin? Der Aufzug passte durchaus zu einem Theaterbesuch.

»Hallo, Mama«, brachte ich hervor und erhob mich. Für einen Moment fühlte ich mich wieder wie eine Zwölfjährige, die etwas angestellt hatte. »Ich war in Koblenz, in der Bibliothek. Ich dachte, ich decke mich mit ein bisschen Lesestoff ein.«

Ich sah meiner Mutter an, dass sie »ein bisschen Lesestoff« für untertrieben hielt.

»Bücher über frühkindliche Diagnostik. Rosamunde Pilcher war leider schon vergriffen.«

Meine Mutter lächelte. Eigentlich war das gar nicht als Witz gemeint. Ich konnte mir schon denken, dass man als Frau, die nicht wusste, was aus ihrem Kind werden würde, vielleicht nicht gerade Bücher lesen sollte, die einen noch verrückter machten. Eher leichte Romane, in denen ein Graf erscheint und die arme verlassene Frau auf Händen trägt. Nach dem Überstehen einer kleinen Intrige, natürlich ausgehend von der Schwiegermutter, wäre dann alles wieder gut.

Das letzte Mal, dass ich solch einen Roman gelesen hatte, lag weit zurück. Und ich gedachte nicht, wieder damit anzufangen, so sentimental ich manchmal auch wurde.

»Weißt du, hin und wieder vergesse ich, wie alt du mittlerweile bist«, sagte meine Mutter und lehnte sich an den Türrahmen, als könnte dieser ihr Halt geben. »Für eine Frau Ende dreißig siehst du immer noch bemerkenswert jung aus.«

Ich lächelte schief. »Das muss ich wohl von dir geerbt haben.« Auch meine Mutter wirkte nicht wie Mitte sechzig.

»Nein, das hast du von ihm.« Sie machte eine lange Pause nach diesen Worten.

»Ihm« bedeutete mein Vater. Mein Vater, dessen Namen ich nicht mal kannte. Meine Mutter hatte alle Fragen, die ich ihr in der Kindheit gestellt hatte, abgeblockt. Als ich dann älter wurde, hatte ich mich daran gewöhnt, dass über ihn nie gesprochen wurde. Außerdem hatte ich den Kopf voller anderer Ideen. Ich wollte reisen, die Welt sehen, wenn möglich sogar Stewardess werden.

Aus Letzterem wurde nichts, doch ich machte eine Ausbildung zur Reisekauffrau und durfte dann für die nächsten Jahre reisen. Quer durch Europa, nach Asien und Amerika. Eine Reise nach Australien hatte ich mir gewünscht für den Fall, dass David und ich heirateten.

Aber darum ging es jetzt nicht.

Meine Mutter hatte mir nie Steine in den Weg gelegt, was meine Wünsche und Sehnsüchte anging.

Doch von meinem Vater war nie die Rede.

Was mochte damals passiert sein?

»Es tut mir leid, dass ich dich heute Morgen so angefahren habe«, sagte sie schließlich.

Ihre Worte standen einen Moment lang in meinem Zimmer.

»Ist schon gut«, entgegnete ich. Mit einer mütterlichen Geste streckte Mama den Arm aus. »Komm mit ins Wohnzimmer. Ich glaube, heute ist ein guter Abend, um zu reden.«

Reden? Meinte sie das im Ernst? In meiner Magengrube zwickte es erwartungsvoll.

»Mama, wenn du nicht willst … Ich möchte dich zu nichts zwingen.«

»Das tust du nicht. Mein Vorwurf an dich war reiner Blödsinn. So wie ich heute Vormittag hätte wahrscheinlich meine eigene Mutter auch reagiert. Bei uns zu Hause war es gang und gäbe, alles totzuschweigen. Die Affären meines Vaters, ihr Unglück …« Ihr Blick verschwand kurz in den leeren Raum neben mir, dann sah sie mich wieder direkt an. »Ich habe eine Pizza gebacken.«

Sie führte mich ins Wohnzimmer, wo auf dem Couchtisch ein Fotoalbum lag. Mit seinem schwarzen narbigen Einband, der an den Kanten leicht abgegriffen war, wirkte es, als wäre es bereits im Besitz meiner Großeltern gewesen. Sie musste es sorgsam gehütet und vor jedem unserer Umzüge ordentlich verstaut haben, denn mir war es nie aufgefallen. Jetzt nahm es meinen Blick sofort gefangen. Was mochte es enthalten?

Ich half meiner Mutter, die Pizza reinzutragen – eine aus dem Tiefkühlfach, was meine Mutter eigentlich nicht mochte. Dann öffnete sie eine kleine Flasche Rotwein, die nur für sie bestimmt war. Ich bekam Traubensaft, wie damals, als ich noch ein Kind war.

Sie machte keine Anstalten, auf das Album einzugehen. Es lag da, und wahrscheinlich hatte es seinen Zweck, aber Mama bestand darauf, dass wir zuerst aßen.

Während ich an der Pizza knabberte, rumorte die Ungeduld in meinem Magen. Fotos waren für mich immer Momentaufnahmen einer vergangenen Zeit – ich konnte es kaum erwarten, mehr zu erfahren, all die weißen Flecken in meiner Familiengeschichte mit Bildern zu füllen.

Mir fiel auf, dass ich kaum Fotoabzüge besaß. Sie hätten

nicht mal gereicht, um ein Album zu füllen. Die meisten Bilder schoss ich mit einer Digitalkamera oder mit dem Handy und ließ sie dann in irgendwelchen Ordnern auf dem Computer versauern.

Wozu schießt man überhaupt Fotos? fragte ich mich manchmal. Um Momente des Glücks aufzubewahren? Um Menschen unsterblich zu erhalten?

Aber wenn die Menschen, die man liebte, nicht ohnehin im eigenen Herzen ruhten – war dann eine Schachtel oder ein Album der richtige Ort?

Ich stellte immer wieder fest, dass ich Fotos, die ich einst aufgenommen hatte, nie wieder ansah, eben weil ich mich an viele Dinge noch sehr gut erinnerte.

»Hast du ein Bild von deinem letzten Ultraschall?«, wollte meine Mutter wissen, als wir die Pizza zur Hälfte verspeist hatten.

»Wie bitte?«, fragte ich, denn der Gedanke an den Sinn der Fotos hallte noch in mir nach.

»Na, ein Bild!«, wiederholte sie. »Hat deine Ärztin dir keins mitgegeben? Eigentlich machen sie das doch beim ersten Ultraschall.«

»Oh, natürlich, ja …«, entgegnete ich. Über die Diagnose und das, was sein könnte, hatte ich das Bild ganz vergessen. Andere Mütter hefteten es sich an den Kühlschrank oder trugen es in ihrer Geldbörse herum. Ich hatte das Bild damals den ganzen Abend in der Hand gehalten und versucht, aus dem hellen Punkt in dem schwarzen Gekrissel schlau zu werden. Ich hatte mit mir gerungen, es David zu erzählen, ihm eine Mail mit einem Scan des Bildes zu schicken. Und dann schlug ich mir selbst auf die Finger, schob das Bild in meinen Ordner für die Gesundheitsakten und machte weiter.

»Ich habe es nicht mit, es liegt irgendwo in der Wohnung«, antwortete ich und biss schnell von der Pizza ab, obwohl ich gar keinen Hunger mehr hatte. Offenbar stand das Kind nicht auf Tiefkühlpizza. Oder war es bloß meine Nervosität wegen des Fotoalbums?

»Schade«, sagte meine Mutter und wirkte ehrlich enttäuscht. Hatte sie das Album etwa nur deshalb herausgeholt, um ihm das Bild meines werdenden Kindes hinzuzufügen? »Ich hätte gern mal einen Blick auf das Kleine geworfen«, setzte sie hinzu, als hätte sie meine Gedanken erraten.

»Das kannst du auch später noch, wenn ...« Die Worte blieben mir im Hals stecken. Und was, wenn es kein Später gab?

»Wenn du die nächste Aufnahme bekommst?«, vollendete Mama meinen Satz. »Okay, aber das erste Bild zeigst du mir auch noch, ja? Ich möchte das kleine Kunstwerk in seinen Anfängen sehen.«

Ich lächelte und rutschte näher an sie heran, bis ich mich an ihre Schulter kuscheln konnte. Kunstwerk. Dass sie ihr Enkelkind als Kunstwerk bezeichnete, wunderte mich gar nicht. Andere sagten »Wunder« dazu, das war es für sie sicher auch. Aber wenn sie einen Menschen als Kunstwerk bezeichnete, bedeutete dies die höchste Auszeichnung.

Meine Mutter mochte vielleicht kein gutes Verhältnis zu ihrem Vater gehabt haben, doch sie verfügte eindeutig über Kunstverständnis. Ich habe mich immer gefragt, warum sie nicht Kunstlehrerin geworden war.

Minutenlang saßen wir auf dem Sofa, jede von uns in ihre eigenen Gedanken vertieft.

»Als ich in der Bibliothek war«, brach ich schließlich das Schweigen, »hat mich die Praxis angerufen. Ich habe jetzt einen Termin zur Echokardiographie. Freitag in drei Wochen. Das ist noch so lange hin.«

Ich dachte wieder an Bens Worte: Es geht schneller, als man denkt. Ich fürchtete mich vor dem Befund, gleichzeitig hätte ich es gern hinter mir gehabt.

»Was für ein Gefühl hast du?«, fragte mich meine Mutter überraschenderweise.

»Gefühl?« Ich blickte sie verwundert an.

»Wenn du tief in dich hineinhorchst, was fühlst du da?« Meine Mutter verstummte kurz, dann fügte sie hinzu: »Als ich mit dir schwanger war, habe ich oftmals in mich hineingehört. Damals gab es zwar auch schon Vorsorgeuntersuchungen, aber sie waren nicht so umfangreich.«

»Hattest du Angst um mich?«, fragte ich. Wenn sie vom Herzfehler meines Vaters wusste, dann war das nur verständlich.

»Jede Mutter hat Angst um ihr Kind«, wich meine Mutter geschickt aus. »Ich wollte einfach wissen, wie es dir geht.«

»Und welches Gefühl hattest du?«

»Ein gutes. Und gleichzeitig unsicheres. Denn, so habe ich mich gefragt, würdest du dich melden, wenn es dir schlechtgeht? Kann ein so kleines Wesen das schon? Und als ich dann den ersten Tritt von dir verspürt habe, wusste ich, dass du es tun würdest. Du würdest dich melden.«

Sie klang beinahe träumerisch.

»Mein Kind ist zum Treten noch zu klein«, gab ich zu bedenken.

»Das mag sein, aber dennoch, was für ein Gefühl hast du?«

»Ich weiß es nicht«, antwortete ich. »Ich höre auch in mich hinein, aber da ist momentan nur Sorge … Ich weiß lediglich, dass das Kleine wahnsinnig gern Croissants mit Erdbeermarmelade mag. An manchen Tagen mag ich mich kaum von etwas anderem ernähren.«

Meine Mutter lächelte. »Wenn das Kind Appetit hat, ist das kein schlechtes Zeichen, würde ich annehmen. Aber ich bin kein Arzt.« Ihr Lächeln verschwand wieder. »Drei Wochen also.«

»Drei Wochen.«

Wieder entstand eine Pause. Meine Mutter richtete ihren Blick auf das Album. Noch immer hatte sie es nicht angerührt.

»Du weißt, dass mein Verhältnis zu meinen Eltern nicht besonders herzlich war«, begann sie nach einer Weile. »Mein Vater lebte nur für seine Kunst und seine Musen, meine Mutter litt unter der Vernachlässigung durch ihren Mann und gab diese an ihre Kinder weiter. Meine Schwester kam damit ganz gut zurecht, sie passte sich an und hatte nie irgendwelchen Ärger mit ihnen. Ich war zu freiheitsliebend, um mich anzupassen. Ich hatte den Kopf voller Ideen. Wer weiß, vielleicht war auch Udo Jürgens schuld.«

»Udo Jürgens?« Ich konnte mich nicht erinnern, je eine Schallplatte von ihm bei meiner Mutter gesehen zu haben. Aber offenbar gab es im Leben meiner Mutter zwei Zeiten: eine Zeit mit mir und eine davor. Wenn ich ehrlich war, hatte ich von der Zeit davor kaum eine Ahnung.

»Ja, da gab es doch dieses Lied …« Meine Mutter grübelte kurz, dann klatschte sie in die Hände. »Ich hab's, ›Merci, Chérie‹, damit hatte er in Luxemburg beim Grand Prix gewonnen! Ich glaube, seit dem Augenblick wollte ich Französisch lernen.«

Ich fragte mich, wann das gewesen war. Irgendwann in den sechziger Jahren vielleicht – als meine Mutter gerade in die Schule ging.

»Diese Leidenschaft hat sich mit der Zeit fortgesetzt und gefestigt. Ich begann, Chansons zu hören, mich für Jean Paul Sartre und Albert Camus zu begeistern und natürlich für Simone de Beauvoir.«

»Klingt, als seien die damals die Starschnitte in der *Bravo* gewesen.« Ich lachte über meinen Witz und steckte meine Mutter damit an.

»Nein, die waren in der *Bravo* sicher nicht zu finden. Da gab es eher die Beatles oder die Stones.«

Wir merkten beide, dass wir Unsinn redeten, aber genau das war in diesem Augenblick so schön. Das Gespenst der Herzkrankheit meines Kindes hatte sich in die Schatten hinter der Stehlampe zurückgezogen.

Eine Weile saßen wir so da, dann nahm meine Mutter das Album auf den Schoß und blätterte darin.

Hier und da erläuterte sie mir, welche Person zu sehen war und in welchem Verhältnis sie zu mir stand. Meine Urgroßeltern waren im Krieg gestorben, ich hatte sie nie vermisst. Meine Großeltern waren nicht mal Schatten in meiner Erinnerung. Ich hatte sie ja nie persönlich getroffen. Und mein Vater … Meine Mutter hatte mir nie ein Bild von ihm gezeigt. Und ich hatte ihr das auch nicht zum Vorwurf gemacht. Aber jetzt fragte ich mich, ob dieses Album ein Foto von ihm enthielt.

Dann kamen wir zu einem Bild, das meine Mutter als junge Frau vor einem Fenster zeigte. Der Großteil ihres Körpers lag im Schatten, nur das Gesicht und ein Stück des Halses wurden beleuchtet. Sie wirkte beinahe wie eine Büste.

Bei diesem Foto hielt sie inne und strich mit der Hand kurz darüber.

»Dein Großvater hat dieses Bild von mir gemacht. Es ist

das Einzige, das ich behalten habe.« Sie sah mich an. »Mein Vater hat sehr viele Fotos geschossen, besonders dann, wenn wir es nicht bemerkt haben. Irgendwie war sein Auge immer um uns herum. Es war die einzige Aufmerksamkeit, die wir von ihm bekamen. Meine Schwester und ich waren ihm genauso egal wie seine Ehefrau – jedenfalls dann, wenn wir ihm nicht für seine Kunst dienlich sein konnten.«

»Vielleicht hat er seine Zuneigung bloß nicht zeigen können.«

Mama schüttelte den Kopf. »Nein, er lebte nur für seine Kunst. Und die hat ihn schließlich auch verschlungen.«

Meine Mutter blätterte weiter. Gesichter flogen an mir vorbei. Von den Personen dort kannte ich niemanden. Doch langsam wurde mir klar, dass dieses Album das Leben meiner Mutter zeigte. Es mochte aussehen, als hätte meine Urgroßmutter es angelegt, aber ich begriff, dass meine Mutter die Auswahl getroffen hatte.

»In diesem Album sammele ich meine Lebensgeschichte«, sagte sie dann. »Von meinen Eltern bis hin zu dir und allen, die nach dir kommen. Deshalb meine Frage nach dem Bild deines Kindes. Egal, was passiert, mein Enkelkind wird immer Teil meines Lebens sein.«

Sie hielt wieder inne, dann sah sie mich an. »Bitte verzeih mir den Vorwurf, dass du dich immer über die Wünsche anderer hinwegsetzt. Als du fort warst und ich auf dem Weinberg herumgelaufen bin, wurde mir klar, wie egoistisch sich jedermann um dich herum verhält. David wollte kein Kind, ich wollte dir nichts von deinem Vater erzählen. Weder David noch ich haben in unserem Egoismus auf deine Bedürfnisse geachtet. Ich weiß nicht, wie er das sieht, aber mir tut es leid. Deshalb habe ich beschlossen, dir zu sagen, was damals geschehen ist. Vielleicht verstehst du dann, warum ich das alles verdrängt habe und nicht wollte, dass du davon erfährst. Wenn dein Kind gesund gewesen wäre, hätte ich diese Geschichte vielleicht nie wieder hervorholen müssen. Doch jetzt ist es an der Zeit.«

Sie verstummte kurz, sah mich prüfend an. In meinem Innern tobte die Erwartung. Was würde jetzt kommen? Würde ich vielleicht feststellen, dass ich meine Mutter bisher gar nicht richtig kannte?

»Okay, ich bin bereit«, sagte ich mit einem Nicken.

Daraufhin griff meine Mutter nach dem Album und schlug es auf.

 13

Foto Nr. 4

Marianne am Bahnhof. Über ihr die Anzeigetafel »Köln−Paris«,
hinter ihr einige andere junge Frauen und Männer. Während
Letztere Anzüge in gedeckten Farben tragen, zeigen die jungen
Frauen ihre Beine in Kleidern und Miniröcken, einige von ihnen
haben die Haare hochgesteckt und rauchen. Marianne trägt ein
schmales, einfarbiges Feinstrickkleid, das fast ein wenig zu warm
ist für den Spätsommer. In ihrer Hand hält sie einen kleinen Kof-
fer. Sie versucht zu lächeln, doch das gelingt ihr nicht.
(1. September 1975)

Als Marianne auf dem Bahnsteig eintraf, war sie voller Erwartungen. Frankreich! Endlich würde sie in das Land reisen, dessen Sprache sie sprach, dessen Lieder sie hörte und
dessen Bücher sie las! Das Land, von dessen Lebensart sie
träumte. Ja, sie hatte sogar versucht, ihrer Wohnung einen
französischen Touch zu verleihen! Und jetzt würde sie endlich dorthin reisen und mit eigenen Augen sehen können, was
die Bilder nur streiflichtartig zeigen konnten.

Sie freute sich sehr auf Bar-le-Duc!

Weinberge und tiefe Wälder, aber im Frühjahr auch leuch-
tende Mohnfelder und im Sommer ausgedehnte Blumenwie-
sen. Die Stadt verfügte über eine reichhaltige Geschichte.

Zunächst war sie Grafensitz, dann Herzogtum. Im Ersten Weltkrieg führte durch die Stadt die letzte französische Verbindungsstraße nach Verdun. Marianne plante, das Denkmal, das an diese Zeit erinnerte, zu besuchen.

Alles, was sie von Frankreich trennte, war der Zug, der in etwa einer halben Stunde in den Bahnhof Koblenz einfahren würde. Zunächst würde die Reise nach Köln gehen, von dort aus zusammen mit den anderen Lehrern nach Paris, wo ihre Auftaktveranstaltung stattfand. Laut dem Zeitplan, den man ihr geschickt hatte, würden sie nur einen Tag in Paris sein und dort viele Termine zu absolvieren haben. Für einen Besuch des Louvre oder von Versailles würde es sicher nicht reichen, aber vielleicht schaffte sie es auf den Eiffelturm hinauf, um aus schwindelnder Höhe einen Blick auf die Stadt werfen zu können.

»Marianne?«, fragte eine Männerstimme hinter ihr.

Sie erstarrte. Die Stimme klang wie ein Echo ferner Vergangenheit und brachte die Erinnerung an jenen schicksalhaften Weihnachtsabend zurück, der zum Bruch mit ihrer Familie geführt hatte.

Langsam drehte sie sich um.

Da stand er, in seinem Nadelstreifenanzug und dem dunklen Mantel. Neben sich der alte Koffer, der ihn schon früher bei seinen Reisen begleitet hatte. Sein beinahe weißes Haar schaute etwas unter der Hutkrempe hervor. Seine Augen waren noch immer dunkel und unergründlich.

Dass er sie ansprechen würde, wenn sie sich zufällig begegneten, hätte sie nicht erwartet. Seit dem großen Streit um ihr Studienfach und der Ohrfeige hatte sie sich nicht mehr zu Hause blicken lassen. Auch hatte sie nicht angerufen. Die Weihnachtsfeste hatte sie allein oder bei einer Kollegin verbracht. Bei Glühwein und Tannenduft konnte sie vergessen, wie das letzte Weihnachtsfest bei ihrer Familie ausgesehen hatte.

Und jetzt stand er hier. Offenbar wieder auf dem Weg zu einer Ausstellung – oder zu einer seiner Musen. Was brachte ihn dazu, sie anzusprechen? Er wirkte immer noch, als schaute er durch seine Mitmenschen hindurch.

Obwohl sie wegen seines Ausbruchs immer noch böse auf ihn war, regte sich eine seltsame Wiedersehensfreude in ihr. Immerhin war er ihr Vater. Auch wenn sie es nicht zugeben würde, hatte sie doch insgeheim auf eine Versöhnung gehofft. Sie hatte darauf gewartet, dass er sich entschuldigen würde. Dass er Einsicht zeigen würde. Doch nichts dergleichen war geschehen.

»Hallo, Vater«, antwortete sie, denn das gebot die Höflichkeit. »Wie geht's?«

Die Antwort war nur ein Nicken, das bedeutete wohl so viel, dass es ihm gutging.

»Wohin willst du?«, fragte er dann, ohne sich nach ihrem Befinden zu erkundigen. Ihm war es offenbar gleichgültig.

Aber – interessierte er sich wirklich dafür, wohin sie wollte? Als sie noch zu Hause wohnte, hatte es ihn nicht mal interessiert, ob sie in die Stadt fuhr und mit wem sie sich dort traf.

»Ich reise nach Frankreich«, antwortete Marianne ihm trotzdem und hob dabei ein wenig das Kinn. Er sollte sehen, dass sie stolz auf das war, was sie geschafft hatte. Sie war Lehrerin, sie war ins Austauschprogramm aufgenommen worden und durfte ein Jahr lang in Frankreich leben. Das waren Errungenschaften, die nicht jedem zuteil wurden.

Wie sie es nicht anders erwartet hatte, lag im Gesicht ihres Vaters nur Verachtung – und die Lust, sich vor allen Leuten, mitten auf dem Bahnsteig, mit ihr darüber zu streiten, welchen Wert Franzosen in seinen Augen hatten. Es würde keinen Unterschied machen, wenn sie ihm erzählte, dass sie an einem Lehreraustausch teilnahm.

»Du willst die Bälger dieser Knoblauchfresser unterrichten?«, glaubte sie, seine Stimme zu hören. »Hast du eine Ahnung, was sie uns alles angetan haben?«

Aber er presste die Lippen zusammen und hielt sich zurück.

»Und du?«, fragte Marianne, während ihr das Herz bis zum Hals klopfte. Irgendwie fühlte sie sich verpflichtet nachzufragen, auch wenn sie wusste, dass sie das bereuen würde.

»München«, brachte er kurz hervor.

Marianne fühlte Erleichterung. Er würde nicht im selben Zug fahren, nicht in dieselbe Richtung. Dass von diesem Bahnsteig beide Züge abfuhren, jeder auf einem anderen angrenzenden Gleis, war Zufall.

Dennoch hätte sie auf dieses Treffen verzichten können.

Kaum hatte ihr Vater seinen Bestimmungsort genannt, stellte sich das übliche Schweigen zwischen ihnen ein.

»Meine Damen und Herren, es fährt ein der Intercity nach München«, rettete sie die Ansage. »Vorsicht an der Bahnsteigkante!«

Die Stimme verschwand in einem Knacken.

Marianne blickte zu ihrem Vater, der nach seinem Koffer griff, mit der freien Hand den Ärmel des Tragearms herunterzog und sich umwandte.

Er richtete kein weiteres Wort an sie. Er hatte gesehen, dass es ihr gutging, er wusste, wo sie hinwollte. Und er hatte einen weiteren Grund, sie zu verachten.

Marianne sah ihm nach. Der Gruß, den sie ihm hinterherschicken wollte, blieb in ihrer Kehle stecken.

Als sie am Abend in Paris ankamen, hatte sie sich bereits mit zwei jungen Lehrerinnen angefreundet. Celia und Ingrid stammten aus Köln, sie unterrichteten an zwei verschiedenen Gymnasien. Überraschenderweise waren etliche junge Lehrerinnen hier. Die männlichen Kollegen waren meist schon etwas älter, einige hatten ihre Ehefrauen dabei. Eine von ihnen war hochschwanger, das Kind würde wohl in Frankreich geboren werden.

Sie waren in einem kleinen Hotel untergebracht worden, das etwas abseits des Zentrums lag. Für Marianne war es wie die Ankunft auf einem anderen Planeten. Bisher hatte sie von Paris nur gelesen, jetzt roch sie die Straßen, sah das Abendlicht auf den Wänden des kleinen Gebäudes, von dem der Putz abbröckelte, und hörte den Lärm des Straßenverkehrs. Sie sah Menschen über die Gehwege eilen, spürte, wie hier das Leben pulsierte.

Wie konnte ihr Vater nur so einen Hass auf das alles hier haben?

Sie wurde zusammen mit Celia und Ingrid in einem Zimmer einquartiert. Dieses verfügte über ein Doppelbett und ein kleineres Einzelbett, wahrscheinlich beherbergte man hier meist Familien.

Celia und Ingrid nahmen sofort das Doppelbett in Beschlag, Marianne war mit dem kleinen Bett zufrieden, denn von diesem hatte sie einen guten Blick aus dem Fenster. Den Eiffelturm sah sie von hier aus nicht, dafür konnte sie auf das Häusermeer schauen, auf die verwinkelten Gassen und die unterschiedlich hohen, meist schon ziemlich alten Gebäude. Sie freute sich wahnsinnig darauf, sich hier ein wenig umzuschauen.

»Also ich möchte unbedingt zum Grab von Jim Morrison«,

verkündete Celia, während sie den Rauch ihrer Zigarette in die Luft blies. Mit ihren blonden Haaren, dem Minirock und den kniehohen Stiefeln sah sie aus wie ein Mädchen, das dem Sänger der Doors gefallen hätte. »Und vielleicht genehmige ich mir zu seinen Ehren etwas Hasch.«

Ingrid stieß sie an. »Lass dich ja nicht von deinem neuen Rektor hier in Paris erwischen«, mahnte sie in ihrem typisch Kölschen Akzent. »Möglicherweise treibt er sich auch in irgendeiner Disco herum, da erlebst du gleich am ersten Tag eine Überraschung!«

Celia winkte ab. »Das glaube ich nicht. Ich habe ein Bild von ihm gesehen, er ist schon weit über fünfzig und sieht nicht aus, als würde er auf die Doors stehen.«

»Wenn du meinst«, gab Ingrid zurück. »Trotzdem verstehe ich nicht, wie du nach einem Toten verrückt sein kannst. Der ist doch schon Wurmfutter.«

»Ich glaube kaum, dass Würmer auf Jim stehen. Und wenn sie doch an ihm nagen, haben sie wenigstens gute Träume, bei dem ganzen Stoff, den er intus hatte.«

So träge, wie ihre Antwort kam, konnte man beinahe glauben, dass in ihrer Zigarette bereits Marihuana enthalten war.

Marianne lächelte. Im Gegensatz zu Celia und Ingrid wirkte sie wohl etwas bieder, aber damit schienen die anderen kein Problem zu haben.

»Und wohin kommst du, Marianne?«, fragte Celia, die es jetzt offenbar satthatte, von einem Drogenrausch mit Jim Morrison zu träumen.

»In die Lorraine«, antwortete Marianne. »In eine kleine Stadt namens Bar-le-Duc.«

Celia lachte. Marianne konnte sich schon denken, warum.

»Klingt nach 'ner Bar, in der sich ein Herzog ordentlich die Kante gegeben hat.«

»Ich glaube kaum, dass das ›Bar‹ in dem Namen auf ein Etablissement zurückzuführen ist«, erwiderte Ingrid.

»Es geht auf die Gallier zurück«, erklärte Marianne. »Barri war deren Bezeichnung für Burg.«

»Ah, da hat jemand seine Hausaufgaben gemacht.« Ingrid starrte sie verdutzt an.

Celia lächelte spöttisch. »Du hast doch wohl nicht den ganzen verdammten Stadtführer auswendig gelernt, oder?«

»Nein, natürlich nicht«, entgegnete Marianne. Sie hatte den Stadtführer nicht auswendig lernen müssen, sie hatte ihn einfach nur wieder und wieder gelesen, und dabei waren alle Informationen hängengeblieben.

»Du hörst dich aber so an.«

»Ach was, du spinnst«, entgegnete Marianne lachend und begann dann, ein paar Dinge aus ihrem Koffer zu nehmen. Lange würden sie nicht bleiben, für den kommenden Tag standen eine Stadtführung und ein Empfang an, außerdem die Begrüßungsveranstaltung am Abend, wo sie auch die Vertreter ihrer Städte kennenlernen würden.

»Vielleicht sollten wir uns ein wenig ins Nachtleben stürzen, was meint ihr?«, sagte Celia. »Hier in der Nähe soll es eine ziemlich verrufene Disco geben. Ich bin sicher, Morrison war auch dort.«

»Bin dabei!«, rief Ingrid sofort und eilte zu ihrem Koffer.

Marianne zögerte. Sie war eigentlich nicht der Typ, der durch die Bars zog. Schon gar nicht durch verrufene. Wenn ihr Vater sich über eines nicht beschweren konnte, dann darüber, dass sie leichtfertig war und sich betrank. Bei ihren Kommilitonen hatte sie dafür oft Unverständnis geerntet.

Doch sie würde die Nacht und den kommenden Tag mit den beiden verbringen müssen und wollte nicht als Mimose dastehen, die sich keinen Spaß gönnte.

»Ja, ich auch!«, rief sie also.

»Wirklich?«, fragte Celia verwundert. »Das hätte ich dir gar nicht zugetraut, so brav, wie du aussiehst.«

In Marianne stieg ein leiser Zorn auf. Sie hatte nichts gegen Neckereien, aber sie wollte sich auch nicht vorhalten lassen, dass sie nicht rumlief wie ein Hippie. »Ich verdiene halt nicht genug, um in irgendwelchen schicken Läden einzukaufen, ich ziehe also das an, was ich sonst auch im Unterricht trage. Und an unserem Gymnasium darf man leider nicht in solch kurzen Röcken aufkreuzen.«

Celias und auch Ingrids Blick ruhten einen Moment lang auf ihr. War meine Reaktion vielleicht zu heftig? fragte sich Marianne, doch dann sah sie, dass die beiden sie angrinsten.

»Du bist in Ordnung, Mädsche«, sagte Ingrid und klappte ihren Koffer auf. »Wenn du willst, kannste dir von mir was leihen!«

Als sie in die Nacht hinaustraten, klopfte Marianne das Herz bis zum Hals. Sie hatte das Gefühl, etwas Verbotenes zu tun, obwohl sie mittlerweile Mitte zwanzig war und niemand ihr mehr sagen konnte, was sie tun oder lassen sollte. Vielleicht stimmte es ja doch, und sie war eine Langweilerin. Auch zu Studienzeiten waren die anderen deutlich aktiver gewesen als sie. Während ihre Kommilitoninnen tanzen waren, hatte Marianne auf dem Sofa gelegen, gelesen und von Frankreich geträumt.

Sie nahmen sich ein Taxi, das sie zu einem niedrigen Haus

mit schwarzgetünchten Scheiben brachte. Durch die offen stehende Tür schien rotes und blaues Licht auf die Straße. Laute Musik tönte ihnen entgegen. Über der Tür prangte in Neonbuchstaben der Schriftzug »Beat Club«.

»Ist ja irre!«, rief Celia, riss die Arme nach oben und stürmte auf die Tür zu. Dort wurde ihr von einem bulligen Mann mit Sonnenbrille der Weg versperrt.

Er musterte die drei Frauen

»Wie alt seid ihr?«

»Alt genug«, entgegnete Celia und schaute ihn provozierend an. »Passen wir etwa nicht zu dem Laden?«

Marianne musste zugeben, dass Celias Französisch hervorragend war. Viel besser als ihr eigenes, durch das hin und wieder der deutsche Akzent durchschien.

Der Türsteher betrachtete jede von ihnen von Kopf bis Fuß. Marianne tastete ein wenig unbehaglich nach dem Saum des Kleides. Es war viel kürzer als die, die sie sonst trug. Unter den Blicken des Mannes kam sie sich nackt vor. Doch es schien ihm zu gefallen, denn er winkte sie mit einem Kopfnicken durch.

»Da siehst du mal, Frechheit siegt!«, meinte Celia triumphierend und ging voran.

Augenblicklich wurden sie von einer Welle aus Musik überrollt. Stimmen brandeten um sie herum wie ein stürmischer Ozean. Lichter zuckten über die Decke. Das hier war etwas ganz anderes als die Tanzabende in ihrer Heimatstadt. Ihr Vater hätte es ein Sündenbabel genannt. Erst recht, weil sie hier in irgendeiner kleinen Pariser Straße waren.

»Ich beneide dich jetzt schon, Celia«, sagte Ingrid, nachdem sie eine freie Sitzecke ergattert hatten. »Du kannst dich jeden Abend hier amüsieren.«

»Ich glaube nicht, dass ich dazu kommen werde«, gab Celia zurück. »Du vergisst, dass ich arbeiten muss.«

»Aber du hast doch irgendwann auch Wochenende!«, sagte Ingrid.

»Ja, allerdings stehen da für mich Ausflugsfahrten an. Wahrscheinlich werde ich Stammgast in Versailles.« Celia lachte. »Ihr seht, es ist der einzige freie Tag, den ich noch habe. Und bevor ihr in die Provinz abgeschoben werdet, während ich im schönen Paris bleiben kann. Also genießen wir ihn.«

Als hätte der Discjockey das gehört, klangen die ersten Akkorde von »Riders on the Storm« von den Doors durch den Raum. Ein paar Leute johlten, und Celia begann, sich hingebungsvoll im Takt der Musik zu wiegen. Auch Ingrid wirkte ganz verzückt.

Marianne, die nicht viel mit den Doors anfangen konnte, beobachtete die beiden mit einem versonnenen Lächeln. Neben ihnen kam sie sich wie ein Mauerblümchen vor. Vielleicht hätte ich mehr unter Leute gehen sollen, dachte sie. Doch möglicherweise würde ihr das in Bar-le-Duc leichter fallen.

»Ich hole mir nur schnell etwas an der Bar!«, verkündete Celia, als der Song zu Ende war. Marianne vermutete, dass sie bei der Gelegenheit gleich mal den Discjockey fragen wollte, ob er noch etwas von ihrer Lieblingsband spielen könnte.

»Ich komme mir!«, rief Ingrid und erhob sich ebenfalls. »Und du?«

»Bringt mir was mit!«, entgegnete Marianne und lehnte sich auf ihrem Platz zurück. Was jetzt gespielt wurde, erkannte sie nicht, aber das war egal. Sie saß in einem französischen Beatschuppen, hatte zwei Mädchen neben sich, deren Umgang ihr Vater ihr sicher verboten hätte, und würde wahrscheinlich morgen mit einem mächtigen Kater aufwachen, denn die beiden würden es ihr nicht erlauben, nüchtern zu bleiben.

Sie fühlte sich so lebendig wie nie. Bisher hatte sie gar nicht bemerkt, dass ihr genau das gefehlt hatte. Lächelnd schloss sie die Augen, bis sie spürte, dass sich jemand zu ihr setzte. Sie öffnete die Augen, doch anstelle von Celia oder Ingrid blickte sie einem jungen Mann ins Gesicht. Er hatte halblanges schwarzes Haar mit sauber gestutzten Koteletten an den Wangen und trug ein dunkles Hemd zur Jeans.

»Hi, ich bin Yves!«, sagte er. »Und ich wüsste gern, was du genommen hast. Das will ich auf jeden Fall auch.«

»Genommen?«, fragte Marianne verwundert und setzte sich wieder auf. Dann begriff sie, was er gemeint hatte. »Ich habe nichts genommen.«

»Dann muss es an der Musik liegen. Bist du ein Fan von den Doors?«

»Nicht sonderlich.« Marianne blickte unwohl zur Bar. Sie wusste nicht, wie sie sich dem jungen Mann gegenüber verhalten sollte. Wenn sie von Kommilitonen mal gefragt worden war, ob sie miteinander ausgehen könnten, hatte sie meist abgelehnt. Das hatte ihr von ihren Zimmergenossinnen viel Spott eingetragen, aber nach der Enttäuschung mit Christoph wollte sie sich nicht wieder an jemanden binden, der versuchen könnte, sie von ihren Zielen abzubringen.

»Und welche Musik hörst du so?«

Marianne spürte, dass sie diesem Mann nichts von ihrer Vorliebe für Edith Piaf oder Udo Jürgens erzählen durfte – er hätte sie wahrscheinlich ausgelacht. Außerdem würde sie morgen schon nach Bar-le-Duc abreisen. Es war Zeitverschwendung, sich näher auf ihn einzulassen.

»So dies und das«, entgegnete sie und hoffte, dass er damit das Interesse an ihr verlieren würde.

Doch er ließ nicht locker.

»Du hast mir noch gar nicht deinen Namen gesagt. Und wo du herkommst. Stammst du aus dem Lorraine?«

Jetzt musste Marianne grinsen. Er hielt sie für jemanden aus dem Lorraine. Wahrscheinlich wegen ihres Akzents. Das war vielleicht ein gutes Zeichen.

»Marianne«, antwortete sie. »Und ich komme nicht aus dem Lorraine, sondern aus Deutschland.«

Yves zog überrascht die Augenbrauen hoch. »Das hätte ich nicht gedacht. Woher aus Deutschland bist du?«

»Den Ort kennst du nicht.«

»Vielleicht doch? Außerdem habe ich, wie es sich für einen guten Studenten gehört, einen Atlas.«

Marianne hätte ihn gern gefragt, was er studierte, doch wahrscheinlich hätte er das als Interesse ausgelegt. Hatte sie Interesse? Sie wusste es nicht. Am liebsten wollte sie von hier verschwinden. Was, wenn er irgendwas vorhatte? Wenn er sie auf den Arm nehmen oder ihr Drogen andrehen wollte?

Wieder spähte sie zur Bar. Celia und Ingrid konnte sie nicht sehen. Hatten sie sich vielleicht aus dem Staub gemacht? In diesem Augenblick traute sie ihnen alles zu.

»Was meinst du, können wir uns in den nächsten Tagen mal sehen? Ich könnte dir diesen Atlas mal zeigen.« Er beugte sich vor. Marianne roch sein Aftershave und spürte, wie ihr Körper auf seine Nähe reagierte. Sie fand ihn nicht sonderlich attraktiv, aber etwas an seiner frechen Art zog sie an. Der Wunsch, dass er sie küssen möge, durchzuckte sie kurz. Marianne wich erschrocken zurück.

»Ich glaube nicht«, entgegnete sie und blickte in Richtung

Bar. Die anderen waren nicht zu sehen. »Ich … ich warte hier auch eigentlich nur auf meine Freundinnen, also …«

Jetzt endlich schien er zu begreifen. Er nickte und erhob sich dann.

»Ich geb dir meine Nummer. Für den Fall, dass du es dir anders überlegst.«

Er riss ein Stück Serviette ab, zog einen Bleistift hervor und schrieb etwas auf, das er ihr wenig später in die Hand drückte.

Marianne sah ihn überrascht an. Noch nie hatte sie von einem Mann eine Telefonnummer erhalten.

»Also, bis dann, Marianne.«

Er lächelte ihr zu und verschwand in der Menge.

Wenig später tauchten Celia und Ingrid wieder auf. Beide grinsten so breit, als hätten auch sie irgendwelche Telefonnummern zugesteckt bekommen.

»Hier«, sagte Ingrid und stellte ein Glas mit einer hellgrünen Flüssigkeit vor ihr ab, in der zahlreiche Eiswürfel schwammen. »Der Barkeeper meinte, dass man das Zeug langsam trinken soll, sonst wächst einem ein zweiter Kopf.«

»Was ist das?«, fragte Marianne skeptisch. Die Male, die sie betrunken gewesen war, konnte sie an einer Hand abzählen.

»Irgendwas mit Absinth, deshalb die grüne Farbe«, erklärte Ingrid. »Aber nicht, dass du rausläufst und dir ein Ohr abschneidest wie van Gogh. Es reicht schon, dass ich Celia zurückhalten muss.«

Celia hörte gar nicht auf Ingrid. »Wer war denn der süße Typ?«, fragte sie und ließ ihren Blick durch das Gedränge schweifen. Marianne war sich sicher, dass er immer noch hier sitzen würde, wenn Celia an ihrer Stelle gewesen wäre.

»Yves«, antwortete Marianne und blickte auf die Serviette in ihrer Hand. Sollte sie ihn morgen früh anrufen? Doch was sollte das bringen? Sie würde sowieso am Nachmittag abreisen.

»Und warum hältst du die Serviette so krampfhaft fest?« Auch Ingrids Neugier schien geweckt. Sie überlegte kurz, dann saugte sie scharf die Luft ein und grinste. »Er hat dir seine Telefonnummer gegeben, stimmt's?«

Dass Marianne rot wurde, war für Ingrid ein eindeutiges Geständnis.

»Du meine Güte!«, rief sie aus. »Du bist erst ein paar Minuten in diesem Laden und kriegst gleich eine Telefonnummer von einem süßen Kerl. Ich hätte wohl doch lieber das Kleid anziehen sollen, das du trägst.«

Marianne legte die Serviette auf den Tisch. »Wenn du willst, kannst du sie haben. Er ist nicht mein Typ.«

»Unsinn!«, sagte Celia und schob ihr die Serviette wieder zu. »Du kannst mir nicht erzählen, dass er nicht dein Typ ist, so wie deine Augen glänzen. Ruf ihn an.«

»Aber ich werde morgen Abend aus Paris abreisen.«

»Dann rufst du ihn an, wenn du mit deinem Jahr fertig bist. Vielleicht brauchst du dann ein wenig Urlaub, und möglicherweise hätte er nichts dagegen, dich bei sich aufzunehmen.«

Marianne zog die Serviette wieder an sich. Sicher hatte sie nach ihrer Zeit in Bar-le-Duc anderes zu tun, als nach Paris zu reisen – aber Celia hatte recht. Vielleicht sollte sie wirklich ihre Steifheit ablegen und beginnen, das Leben zu genießen.

 14

»Hast du mit diesem Typen etwas angefangen?«, fragte ich, als meine Mutter die ersten Fotos wieder in ihre Fächer gesteckt hatte.

Inzwischen war es schon weit nach Mitternacht, und ich spürte eine bleierne Schwere in mir. Meine Mutter zog aus einer kleinen aufgeklebten Tasche am hinteren Buchdeckel etwas hervor. Es handelte sich um die Serviette. Sie zerfiel beinahe schon, doch der Schriftzug war noch gut zu lesen.

»Nein«, antwortete sie, und in ihrer Stimme hörte ich ein wenig Bedauern. »Vielleicht hätte ich es tun sollen. Als mein Jahr in Bar-le-Duc vorüber war, hatte ich allerdings ganz andere Sorgen. Ich wollte nur noch fort aus dem Land, das ich eigentlich liebte.«

»Du wolltest aus Frankreich weg? Warum?«

»Alles zu seiner Zeit«, entgegnete sie. »Jetzt solltest du vielleicht besser schlafen gehen. Morgen früh beginnen wir mit den Frühjahrsarbeiten auf dem Weinberg. Pflügen, Drähte nachspannen, Geiztriebe ausschneiden. Ben meinte, das Wetter sei ideal. Da muss ich früh auf sein.«

Sie nahm das Album vom Tisch und presste es sich an die Brust. Wohl eine unbewusste Geste, aber ich spürte, dass ihre Geheimnisse ihr sehr kostbar waren.

»In Ordnung«, sagte ich, beugte mich zu ihr und gab ihr einen Kuss auf die Wange. »Gute Nacht, Mama.«

»Gute Nacht, Schatz.«

Ich erhob mich und verließ das Wohnzimmer, wie damals, als ich noch bei ihr gewohnt hatte. Ich wusste, dass sie noch ein Weilchen aufbleiben und ihren Gedanken nachhängen würde. Kein Wunder, hatten wir doch gerade in ihren Erinnerungen gewühlt.

Ich ging ins Bad, und wenig später kuschelte ich mich unter die Decke. Der Mond schien durchs Fenster, der Schatten der Äste bewegte sich leicht.

Obwohl ich eigentlich hundemüde war, fragte ich mich, warum meine Mutter nach dem Austauschjahr so dringend aus Frankreich fortwollte. Wenn ich an meine Jugend zurückdachte, konnte ich mich nicht daran erinnern, dass wir je nach Frankreich gefahren waren. Meine erste Frankreichreise unternahm ich während meiner Ausbildung. Danach war ich etliche Male in Paris und in der Provence gewesen. Meine Mutter war nie dabei. Und ich hatte sie auch nie dazu gedrängt, mich zu begleiten. Immerhin wohnten wir ganz in der Nähe, und ich dachte mir, dass es für meine Mutter einfach keinen Reiz hätte, ins Nachbarland zu reisen. Dass es einen bestimmten Grund gab, einen Grund, der vielleicht mit meinem Vater zusammenhing, hätte ich nicht gedacht.

Vielleicht hätte ich eher fragen sollen. Doch hätte sie mir eine Antwort gegeben? Hätte ich ihre Geschichte je erfahren, wenn mein Kind gesund gewesen wäre? Hätte es den Termin bei Dr. Mandelbaum nicht gegeben, wäre ich jetzt wahrscheinlich in meiner Wohnung und würde mich mit irgendwas vollstopfen, nachdem ich den ganzen Tag lang Reisen verkauft hätte. Ich würde versuchen, nicht an David zu denken, und mich damit ablenken, im Internet Babysachen anzuschauen. Viel zu teure Babysachen, die ich mir aus Vernunft dann doch nicht kaufen würde.

Doch das Leben hielt überraschende Wendungen bereit, und so war ich hier und fragte mich, wer mein Vater war. Und stellte überrascht fest, dass ich mal für ein paar Stunden nicht an die mögliche Krankheit meines Kindes gedacht hatte.

Am nächsten Vormittag begleitete ich meine Mutter zum Weinberg. Aber nicht, weil ich mir ansehen wollte, wie sie mit ihren Leuten Drähte nachspannte und Geiztriebe ausbrach, ich wollte ein wenig herumwandern.

Über die Erzählung meiner Mutter war das Treffen mit Kilian Lachmann ein wenig in den Hintergrund getreten. Auch hatte ich ihr nichts davon erzählt. Trotzdem ging er mir nicht aus dem Sinn. Ich wollte mir seinen Weinberg anschauen – und vielleicht auch mal einen Blick auf sein Haus werfen. Insgeheim hoffte ich, dass ich ihn sehen würde – keine Ahnung, warum, aber ich wollte es.

Vielleicht lag es daran, dass ich die Nähe eines Mannes vermisste. Zugegeben, so lange war das mit David noch nicht vorbei, aber wenn ich auf das Treffen mit Kilian zurückblickte, war es mal etwas anderes, mit jemandem an einem Tisch zu sitzen, Torte zu essen und über persönliche Dinge zu sprechen. Mir fiel auf, dass ich das mit David schon lange nicht mehr getan hatte. Irgendwie war er immer zu beschäftigt gewesen. Wenn wir dann doch ausgingen, dann meist richtig groß oder mit Freunden. Der letzte Nachmittag in einem Café mit ihm schien mir furchtbar lange her.

»Wenn du magst, können wir heute Abend in die Stadt fahren und da essen«, sagte meine Mutter, als sie ihren Wagen zum Stehen brachte.

»Nichts da!«, protestierte ich, während ich mich abschnallte, aber noch ein Weilchen sitzen blieb. »Ich möchte die Geschichte weiterhören.«

»Nun, es ist nicht gesagt, dass ich dir die Geschichte nicht erzähle, wenn du mit mir essen gehst. So ein bisschen Alkohol könnte durchaus helfen.«

»Sagt die Frau, die in Paris Angst hatte, einen Absinth-Cocktail zu trinken.« Ich grinste. Meine Mutter trank nur höchst selten etwas, meist nur dann, wenn sie wütend war. Würde sie das, was sie zu erzählen hatte, wütend machen?

»Ich habe das Zeug tatsächlich getrunken«, behauptete sie. »Und danach wilde Träume gehabt.«

»Immerhin hast du deine beiden Ohren noch.« Ich lachte, und sie stimmte ein. Dann legte sie mir die Hand auf meinen Arm.

»Lass uns beide heute Abend ausgehen. Mal etwas anderes sehen. Ich glaube, das könnte dir guttun. Und ich verspreche dir, ich nehme die nächsten Bilder mit und erzähle dir alles. Und wenn Sperrstunde ist, stellen wir gemeinsam die Stühle hoch.«

»Das klingt aber nicht nach einem noblen Restaurant.«

»Es klingt nach einem Laden, in dem wir gut essen und so lange sitzen können, wie wir wollen, ohne dass irgendwer auf unseren Tisch scharf ist. Also, was sagst du?«

Ich lächelte. »Gegen vier bin ich sicher wieder hier, nimmst du mich dann mit?«

»Du willst so lange herumlaufen?«

»Ich werde mir einen Platz suchen, wo ich lesen kann«, entgegnete ich, obwohl ich genau das vorhatte: herumlaufen. Ich wollte meinen Körper müde machen, damit er zu geschafft war, um Angst zu haben. Und dann wollte ich irgendwo herumsitzen, auf Kilian Lachmanns Haus schauen und mich meinen Büchern widmen, von denen ich tatsächlich einen Teil mitgenommen hatte.

»Gut, aber melde dich zwischendurch bitte mal kurz, damit ich weiß, dass alles in Ordnung ist.«

»Ich bin doch nicht mehr fünf, Mama! Was soll mir denn hier bei den Weinbergen passieren?«

»Tu mir bitte den Gefallen, ja?«, sagte meine Mutter, dann stieg sie aus dem Wagen, und ich folgte ihr.

Während sie zu ihren Leuten ging, winkte ich Ben zu, der zu uns rübersah, und machte mich auf den Weg.

Auf dem Lachmann-Weinberg war heute nichts los. Wie ich schon erfahren hatte, pflegte jeder Winzer seinen eigenen Rhythmus. Die einen schnitten die Geiztriebe früher, die anderen später. So wie seine Rebstöcke standen, hatte Kilian die Drähte vielleicht schon festgezogen. Irgendwie bereute ich es, dass ich meine Mutter nicht noch mal nach ihm gefragt hatte.

Am Zaun des Weinbergs angekommen, entdeckte ich ein Schild. »Weinhaus Lachmann, Inh. Kilian Lachmann«. Darunter stand eine Adresse. Klar, dass er sein Haus nicht mitten im Weinberg hatte. Mit dem Handy versuchte ich herauszufinden, wie weit es bis zu ihm war. Und freute mich darüber, dass ich nur zwei Kilometer hinter mich bringen musste. Dafür brauchte ich kein Auto.

Knapp eine Stunde später tauchten wieder Häuser vor mir auf. Neben Kilians Weinberg passierte ich noch drei weitere. Unter anderem den von Herrmann Feldner, der irgendwann mal versucht hatte, Mama anzubaggern. Wie sich herausstellte, war es ihm nur darum gegangen herauszufinden, inwiefern die neue Winzerin sich mit dem Handwerk auskannte und was für eine Konkurrenz sie für ihn abgeben würde. Offenbar hatte Feldner selbst versucht, ihren Weinberg zu kaufen – doch meine Mutter war schneller und den Erben des alten Winzers wohl auch sympathischer gewesen.

Auf Feldners Weinberg tummelten sich etwa zwanzig Leute, er war unbestritten der größte Winzer der Gegend. Meine Mutter mied ihn, so gut sie konnte. Und mir wurde wieder klar, was für ein Pech sie mit Männern hatte. Konnte es sein, dass so etwas abfärbte? Würde ich je eine normale Beziehung führen können, eine, bei der auch auf meine Wünsche geachtet wurde?

Als ich eine Weile später die GPS-Karte auf meinem Handy checkte, wurde mir klar, dass ich mich kurz vor Kilians Haus befand. Und wenig später sah ich es.

Das Anwesen war umwerfend! Und alt. Über dem Tor, das auf den Hof führte, entdeckte ich die Jahreszahl 1558. Es war in dieser Gegend nicht selten, dass ein Weingut seit Jahrhunderten einer Familie gehörte. War das bei den Lachmanns der Fall?

Während ich das alte Fachwerkhaus betrachtete, fragte ich mich, wie seine Exfrau hier nicht glücklich sein konnte. Es gab sicher einige Leute, die für so ein schönes Haus und die grandiose Aussicht auf den Fluss morden würden.

»Nanu, der Postbote sieht heute aber seltsam aus.«

Ertappt wandte ich mich um. Kilian Lachmann kam mit langen Schritten auf mich zu. Heute trug er Jeans und einen dunklen Pullover, und seine blauen Augen strahlten mich an.

»Oh … ich …« Meine Wangen begannen zu glühen. »Eigentlich mache ich nur einen kleinen Spaziergang.«

»Und der führt Sie zufälligerweise zu meinem Weingut.« Er reichte mir die Hand. »Wollen Sie ein wenig spionieren?«

»Ich?« Ich zog die Augenbrauen hoch und wollte schon protestieren, doch dann fiel mir auf, dass er mich nur auf den Arm nehmen wollte. »Sie haben mich durchschaut! Über Nacht habe ich mir alles über Wein angelesen und kann Sie jetzt gezielt aushorchen.«

»Wie wäre es, wenn ich Ihnen Ihre Spionagetätigkeit erleichtern und Sie hereinbitten würde?«, fragte er.

»Das wäre toll ... Allerdings möchte ich Sie nicht von der Arbeit abhalten.«

»Ich bitte darum!«, entgegnete er. »Vom Schreibkram brauche ich tatsächlich hin und wieder etwas Ablenkung. Ich habe es nicht so mit trockenen Akten und Zahlen.« Er lächelte mich an und machte eine einladende Handbewegung. »Kommen Sie, ich beiße nicht, und ich lasse Sie auch nicht meine Ordner schleppen, versprochen.«

Der weitläufige Innenhof des Lachmann'schen Weingutes wirkte beinahe ein wenig mediterran. Das Pflaster und die Wirtschaftsgebäude waren sorgfältig restauriert worden, es fehlten nur noch ein paar Orangen- und Zitronenbäumchen in Terrakotta-Kübeln. Das Wohnhaus stammte jedoch nicht mehr aus dem 16. Jahrhundert – ich musste keine Architektin sein, um das zu erkennen. Es zwar zweistöckig und wirkte ebenfalls ein wenig mediterran.

Ein bisschen erinnerte mich die ganze Anlage an einen Film, den ich vor einiger Zeit gesehen hatte. Darin war es um eine unehelich schwanger gewordene Frau gegangen, die einen Soldaten bat, sich als der Vater ihres Kindes auszugeben, weil sie sich vor der Reaktion ihres strengen italienisch-

stämmigen und katholischen Vaters fürchtete. Natürlich ver-
liebten sich die beiden, und es gab ein Happy End. Plötzlich
überkam mich die Lust, mir den Streifen noch einmal anzusehen, weil er ja irgendwie zu meiner Situation passte. Auch
ich war schwanger, auch zu meinem Kind gab es keinen Vater
mehr. Kilian Lachmann hatte zwar nicht im Entferntesten
Ähnlichkeit mit Keanu Reeves, aber ich konnte mir vorstellen, dass auch er galant genug war, eine Schwangere vor der
Schande zu bewahren.

Glücklicherweise war es der Gesellschaft und auch meiner
Mutter egal, dass ich mein Kind allein großziehen würde.

»Das Haus ist ein Traum, nicht wahr?«, fragte Kilian Lachmann mit einem begeisterten Leuchten in seinen Augen. Ich
hatte selten einen Menschen erlebt, der sich über sein eigenes
Wohnhaus derart freute. »Mein Vater hat es nach dem großen
Brand im Jahr 1993 neu errichten lassen. Da er gerade ein
Faible für Italien hatte, sind entsprechende Elemente einge-
flossen. Im Winter merkt man es nicht so, aber wenn wir
einen warmen Sommer bekommen, kann man sich im Innern
fast einbilden, in der Toskana zu sein.«

Das musste einfach herrlich sein!

Meine Mutter hatte, sobald sie genug Geld verdiente, begonnen, unsere Wohnungen, die hin und wieder gewechselt
hatten, französisch einzurichten. Seltsamerweise hatte sie das
bei ihrem jetzigen Wohnhaus nicht wiederholt. Das war irgendwie schade. Wenn sich Kilian Lachmanns Vater den tos-
kanischen Traum gegönnt hatte, warum gönnte sie sich nicht
mehr den französischen?

Lachmann führte mich ins Innere, und ich musste zugeben, dass er recht hatte. Das Haus war ein Traum. Wenn ich je
im Lotto gewinnen würde, würde ich mein Haus ähnlich ein-

richten. Im Eingangsbereich führte eine schön geschwungene Treppe nach oben. Ein alter Sekretär stand neben der Treppe, offenbar wurde er nicht mehr benutzt, denn davor befand sich kein Stuhl.

Als wir weitergingen, erspähte ich einen Blick in die helle Küche, deren Mittelpunkt ein langer Holztisch war. In den cremefarbenen Kachelsockel waren Schmuckkacheln mit Weintraubenmotiv eingelassen.

Dann kamen wir an seinem Arbeitszimmer vorbei, in dem zahlreiche Blätter und Akten auf dem Boden verstreut lagen. Ich fragte mich, ob es in der Wohnung meiner Chefin auch so aussah, und irgendwie war ich froh, dass ich mich bisher nicht selbstständig gemacht hatte. Ich hatte ebenfalls keinen Sinn für Papierkram, um meine Steuererklärung hatte sich immer David gekümmert. Jetzt wurde mir schlagartig klar, dass ich demnächst selbst dafür zuständig war.

»Da wären wir!«, riss Kilian Lachmann mich aus meinen Gedanken.

Vor mir öffneten sich die Flügeltüren des Wohnzimmers. Wenn ich schon geglaubt hatte, dass das Wohnzimmer meiner Mutter groß sei, wurde mir hier gezeigt, was wirkliche Größe war. Der Raum hatte mehr von einem Saal als von einem gewöhnlichen Treffpunkt für Familie und Freunde. Er war in verschiedene Bereiche eingeteilt, die der Größe etwas von ihrer Wucht nahmen. Es gab eine Leseecke, die bis in den vorgebauten Wintergarten hineinragte und sehr gemütlich aussah. Dann gab es eine Essecke mit einem mächtigen schwarzen Tisch und hochlehnigen Stühlen, die mit einem terrakottafarbenen Seidenstoff bespannt waren. Über dem Tisch hing, wie eine überdimensionale Traube, eine ovale weiße Lampe. Schräg gegenüber gab es einen Ruhebereich mit einem bequem aussehenden Sessel und vielen Grünpflanzen, die hervorragend in Schuss waren.

In der Mitte des Raums stand eine riesige Sofagarnitur aus weißem Leder. Auf dem Glastisch in der Mitte lag ein Coffeetable-Buch, das seltsamerweise nicht von Wein und Weinbau handelte, sondern von Segelschiffen.

Bevor ich fragen konnte, ob er gern segeln ging, zog etwas meinen Blick nahezu magisch an.

Auf einem kleinen Sessel, der nicht so recht zum Rest der Einrichtung passen wollte, saßen ein grüner und ein blauer Teddybär. Beide sahen benutzt aus, und beiden hätte eine Wäsche sicher gutgetan – doch dann fiel mir ein, warum Lachmann sicher nicht daran dachte, diese Bärchen in die Waschmaschine zu stecken.

»Die Bären gehören meinem Sohn«, bestätigte er meine Gedanken. »Seine Mutter hat sie aus irgendwelchen Gründen nicht mit eingepackt. Wahrscheinlich waren sie ihr nicht ayurvedisch genug …« Seine Stimme nahm einen enttäuschten Klang an. »Auf dem Sessel saß er früher immer, wie ein kleiner König.« Er lächelte wehmütig und wandte sich dann ab. »Ich bringe es nicht über mich, die Sachen wegzuschaffen. Ein wenig hoffe ich, dass sie ihn wieder zu mir locken.«

»Gibt es denn keine Möglichkeit, Ihren Sohn etwas häufiger zu sehen?«

»Mein Anwalt arbeitet daran. Wie ich schon sagte, es ist schwierig.«

Angesichts des Hauses und des Anwesens verstand ich immer noch nicht, warum seine Ehefrau etwas anderes hatte haben wollen. Aber vielleicht stimmte es, dass man nie mit dem zufrieden war, was man bereits besaß.

»Darf ich Ihnen etwas zu trinken bringen? Einen Kaffee

vielleicht? Dürfen Sie in Ihrem Zustand überhaupt Kaffee trinken?«

Es war irgendwie niedlich, wie unsicher er war.

»Entkoffeinierten immer«, entgegnete ich. Meine Ärztin hatte mir zwar nicht abgeraten, doch da ich nicht wollte, dass mein Kind Herzrasen bekam, verzichtete ich lieber auf Koffein. Erst in diesem Augenblick wurde mir klar, dass ich vor der Diagnose vielleicht instinktiv darauf verzichtet hatte. »Aber wenn Sie den nicht haben, tut es auch ein Wasser oder ein Kakao.«

Kilian Lachmann schien erleichtert zu sein, dass er mir etwas bringen konnte. Ich beschloss, ihn nicht weiter nach den Teddybärchen zu fragen.

Während er in die Küche verschwand, ließ ich mich auf dem Sofa nieder. Oder besser gesagt, ich versank darin. Noch nie hatte ich auf so einem weichen Ledersofa gesessen. Es wirkte wenig benutzt. Bekam er nicht häufig Besuch? Ich konnte mir vorstellen, dass er ein sehr begehrter Mann war – viele Frauen würden ihn sicher allein schon wegen des Hauses nicht verschmähen.

»Ich hatte tatsächlich keinen entkoffeinierten Kaffee mehr da«, kündigte er seine Rückkehr an. Mit einem weißen Tablett vor dem Bauch trat er an den Couchtisch. »Aber die heiße Schokolade ist auch nicht von schlechten Eltern.«

»Heiße Schokolade ist prima, die verträgt mein Kind auch wesentlich besser als Kaffee, selbst wenn er entkoffeiniert ist.«

Kilian sah mich erstaunt an. »Ist denn etwas mit Ihrem Kind?«

Mist, jetzt hatte ich mich verplappert. Warum eigentlich? Fühlte ich mich hier bereits so geborgen? Oder war es, weil er David ähnelte?

»Nichts ... es ist nur ...« Entweder kam ich mit einer Lüge aus dieser Nummer raus oder mit der Wahrheit. Mir war klar, dass Kilian Lachmann meine Mutter darauf ansprechen würde, wenn ich ihm Näheres erzählte. Auch wenn ich nicht blieb und ihn vielleicht auch nie wiedersah, würde er sie darauf ansprechen, das traute ich ihm jedenfalls zu.

»Ich bin nicht mehr die Jüngste«, begann ich, worauf er laut losprustete.

»Ich bitte Sie! Sie sind doch keinen Tag älter als dreißig.«

»Sehr schmeichelhaft, aber genau genommen bin ich schon acht Jahre älter als Ihre Schätzung. Und ja, ich bin eine der Frauen, die zu ihrem Alter stehen und sich nicht krampfhaft jünger machen.«

»Das hätten Sie auch gar nicht nötig.«

Lachmann musterte mich, beinahe ein wenig zu eindringlich für jemanden, der mir nur einen Kaffee oder eine heiße Schokolade spendieren wollte.

Ich hätte das Kompliment wieder zurückweisen können, aber ich beschloss, es anzunehmen.

»Danke, wenn Sie das so sehen ... Allerdings gilt man schon mit dreißig als Spätgebärende. Wenn es nach den Ärzten geht, bekommt man sein Kind idealerweise zwischen achtzehn und fünfundzwanzig.«

»Auch heute noch? Viele Stars bekommen ihre Kinder doch erst jenseits der Vierzig.«

Er stellte die Tasse vor mir ab und setzte sich mir dann gegenüber. Die Art, wie er es sich auf dem Sofa bequem machte, fand ich unheimlich sexy. Hätten wir jetzt nicht von meinem Kind angefangen, ich hätte mich zu einem unanständigen Tagtraum hinreißen lassen.

»Das mag sein, aber das war nicht der Grund, warum ich so

spät damit angefangen habe.« Ich könnte ihm von David und seinem Unwillen, Vater zu werden, erzählen, aber ich beschloss, es nicht zu tun. »Es hat sich vorher halt nicht ergeben. Entweder nicht der richtige Mann oder die Arbeit ... Es gibt immer Gründe.«

»Und der Vater Ihres Kindes ... War er der Richtige?«

Das ging ihn eigentlich nichts an, aber ich erinnerte mich, wie offen er mir von seinem Sohn und seiner Exfrau erzählt hatte. Vielleicht sollte ich ihm etwas Vertrauen zurückgeben.

»Ja, ich habe es zumindest geglaubt. Aber er ... er wollte eigentlich keine Kinder. Als ich dann doch schwanger wurde, haben wir uns getrennt. Eigentlich eine einfache Sache.«

Und diese Sache bohrte sich jetzt wieder wie ein Messer in meinen Bauch und verleidete mir meine Lust auf die Schokolade. Doch vielleicht sollte ich sie trotzdem trinken?

»Er wollte kein Kind?«

Ich schüttelte den Kopf.

»Und er hat nichts getan, um das zu verhindern?«

»Nein, es war an mir, das zu verhindern. Aber sagen wir es mal so, ich wollte es nicht verhindern. Ich wollte ein Kind. Das habe ich jetzt bekommen, und er ist weg. Punkt.«

Kilian spürte meinen Worten noch einen Moment lang nach.

»Als meine Frau schwanger wurde, war ich der glücklichste Mensch der Welt«, sagte er nach einer Weile. »Ich hätte mir gar nicht vorstellen können, kein Kind zu wollen.«

Minutenlang sah er mich an. Es schien, als könnte ich in seinen Augen eine andere, eine bessere Zukunft sehen, wenn ich mich nur darauf einlassen würde.

Er würde sich bestimmt über das Kind freuen. Alles, was ich zu tun brauchte, war, das Eisen noch weiter zu erhitzen und es dann zu schmieden. Wenn ich mich auf ihn einließ, wenn ich es geschickt anstellte, könnte mein Kind vielleicht hier aufwachsen.

Nur ... auch wenn ich ihn sexy fand: Wenn ich in meinem Innern nachspürte, war da noch nichts, was man Liebe nannte. Ich fand ihn sympathisch, ich mochte ihn. Die Voraussetzungen waren da. Aber mir war auch klar, dass er zu weit weg sein würde, wenn ich nach Köln zurückkehrte.

»Also, wie lange sind Sie noch hier?«, fragte er mit einem Lächeln und hob seine Tasse an die Lippen.

»Sie fragen wegen des Kinos.«

»Ja. Und wegen des Ausgehens. Ich würde sehr gern mit Ihnen ausgehen, Nicole.«

Ich lächelte. Es war schön, dass ein Mann sich für mich interessierte. Und eigentlich sprach nichts dagegen, dass ich mich mit ihm ins Vergnügen stürzte. Dass ich vielleicht etwas Neues anfing. Aber irgendwie war da das Gefühl, das nicht zu dürfen. David spukte noch immer durch meinen Kopf, und dann war da der Termin in zweieinhalb Wochen, und überhaupt: Ich musste mich auf mein Kind konzentrieren. Sicher, es wäre besser, wenn es einen Vater hätte – aber ich wollte Kilian nicht etwas aufbürden, das zu tragen er später vielleicht nicht mehr bereit war.

»Ich werde nur noch ein paar Tage hier sein, und ich ... ich weiß nicht. Bitte seien Sie mir nicht böse, meine Beziehung ist erst vor einigen Monaten in die Brüche gegangen. Ich bin noch nicht darüber hinweg.«

Er hätte jetzt leugnen können, etwas mit mir anfangen zu wollen, doch daran, dass er es nicht tat und stattdessen schwieg, erkannte ich, dass es genau so war.

»Das verstehe ich«, sagte er nach einer Weile. »Aber das ist doch eigentlich kein Grund, nicht auszugehen, oder? Ich würde Ihnen gern die Gegend zeigen oder vielleicht einen richtig schmonzettigen Schinken mit Ihnen ansehen. Ich habe nicht viele Leute, die dazu bereit wären. Nicht, weil ich so ungesellig bin, sondern weil ich viel arbeite. Und glauben Sie mir, die Winzertreffen sind nicht dasselbe. Da wird nur darauf geschaut, was der eine oder andere hat. Bei Ihnen habe ich das Gefühl, dass ich über alles mit Ihnen plaudern könnte.«

Wieder traf mich sein Blick direkt im Innersten. Fast schämte ich mich nun ein bisschen, ihn abgewiesen zu haben. Vielleicht hatte es den Eindruck erweckt, aber nicht immer ging es bei einem Treffen zwischen Mann und Frau um Partnerschaft. Offenbar hatte ich da noch einiges zu lernen.

 15

Foto Nr. 5

Marianne im Kreise einiger Männer und Frauen vor einem gro-
ßen Gebäude mit Freitreppe. Der Schriftzug »Mairie«, der in gro-
ßen Lettern am Giebel prangt, wirkt verwaschen. Das Haus ist
sonst in einem guten Zustand, aber an der rechten Seite erkennt
man bei näherem Hinsehen einen langen Riss, der sich zu einem
der Fenster zieht. In ihrer Hand hält Marianne einen Strauß
Margeriten, deren Blätter vom Wind verweht werden.
(3. September 1975)

Eigentlich hatte Marianne zu dem Haus der Silbergs, bei denen sie während ihres Gastjahrs untergebracht sein würde,
laufen wollen, doch der Bürgermeister ließ es nicht zu.

»Kommen Sie, Mademoiselle, bei diesem schweren Gepäck
werden Sie doch nicht zu Fuß gehen wollen!« Der beleibte,
rotgesichtige Mann hatte ihr kurzerhand den Koffer abgenommen und ihn in seinen grünen Renault R4 gehievt. Marianne war es ein wenig peinlich gewesen, doch mit seiner
herzlichen Art hatte er sie überzeugt.

Die Stadt hatte eine kleine Begrüßungsfeier zu ihren Ehren
ausgerichtet. Der Direktor der Schule war dort gewesen, außerdem der Bürgermeister und einige Gemeindevertreter. Es
gab Häppchen und Champagner, Geplauder und viele Fragen.

Jetzt kutschierte der Bürgermeister sie durch die Stadt und zeigte ihr die Sehenswürdigkeiten. Marianne fühlte sich wie in einen Film mit Louis de Funès versetzt. Die Gendarmerie war in einem kleinen Gebäude untergebracht, das aussah, als würde es von seinen beiden größeren Nachbarn in den Schwitzkasten genommen. Die lamellenartigen Fensterläden waren geschlossen, und über der Tür hing die Trikolore. Das Museum der Stadt ähnelte einem kleinen Schloss.

»Früher hat es hier einen Herzog gegeben, genau dort hat er gewohnt«, bestätigte der Bürgermeister ihre stille Vermutung. »Schon 1670 wurde das Schloss dem Erdboden gleichgemacht, nur zwei Gebäude blieben übrig. Wir versuchen, in einem von ihnen ein Museum über die Stadt aufzubauen. Vielleicht zieht das Touristen an. Ein paar alte Frauen behaupten, dass der Geist des letzten Herzogs nachts noch in den oberen Etagen des Museums umgeht. Was meinen Sie, lockt so was die Leute an?«

Marianne blickte zu ihrem Fahrer und erkannte den Schalk in seinen Augenwinkeln.

»Ich bin mir nicht sicher. Möglicherweise, wenn Sie jemanden dazu kriegen, ohne Kopf am Fenster aufzutauchen«, entgegnete sie, worauf der Mann lachte.

»Ihr Humor gefällt mir! Im Allgemeinen sagt man den Deutschen nach, dass sie keinen hätten, aber Sie scheinen ein besonderes Exemplar zu sein. Haben Sie vielleicht Verwandte aus Frankreich?«

Marianne schüttelte den Kopf. »Nein, nicht dass ich wüsste.«

Ihr Vater hätte diese Vermutung strikt von sich gewiesen.

»Nun, wer weiß, was sich alles unter Ihren Vorfahren tummelt. Die Nazis haben von Ihrem Vater vielleicht einen

Stammbaum haben wollen, aber bis ganz nach hinten haben auch die nicht schauen können, oder?«

Marianne erstarrte auf ihrem Sitz. Heiß und kalt überlief es sie, denn sie hätte nicht damit gerechnet, dass man so schnell auf die Nazis zu sprechen kommen würde. Monsieur Lefebre mochte es nicht böse gemeint haben, aber die Erwähnung des Stammbaums, den viele Deutsche zu Nazizeiten hatten anfertigen müssen, um ihre Abstammung zu beweisen, bereitete ihr ziemliches Unwohlsein.

Wir sind im Jahr 1975, dachte sie. Eigentlich müsste das doch schon längst vergessen sein. Immerhin sind seit Kriegsende mittlerweile dreißig Jahre vergangen …

Der Bürgermeister schien zu spüren, dass ihr seine Bemerkung etwas ausmachte, also schwenkte er schnell zu einem anderen Thema um.

»Sie werden unsere Schule mögen. Sie wurde im vergangenen Jahrhundert erbaut, als die Stadtväter noch davon träumten, dass die Stadt eines Tages eine größere Bedeutung erringen würde. Genau genommen träumen sie noch heute davon. Ich kann ein Lied davon singen.«

»Und was spricht dagegen?«, fragte Marianne, die die Skepsis in seiner Stimme nicht überhört hatte.

»Nun ja, schauen Sie uns an. Das gesamte Département leidet unter der Krise des Stahlbaus und der Kohlebergwerke. Der einzige etwas stabilere Arbeitgeber in Bar-le-Duc ist unsere Tuchfabrik. Die jungen Leute verschwinden langsam aus der Gegend, sie wollen in die große Stadt. Und wer weiß, was noch alles so kommt. Ich hoffe immer, dass es eines Tages anders werden wird, aber gleichzeitig sehe ich, wie jeder hier wegzieht, der eine Familie gründen will. Wir können es nicht aufhalten. Eines Tages, so fürchte ich, wird sogar unser Gymnasium überflüssig sein.« Er verfiel einen Moment lang in Schweigen, dann zuckte er mit den Schultern. »Nun, vielleicht hilft es ein wenig, dass wir jetzt in das Austauschprogramm aufgenommen werden. Vielleicht bekommt unsere Stadt dadurch wieder etwas mehr Aufmerksamkeit.«

Marianne war nicht sicher, ob diese Rechnung des Bürgermeisters aufgehen würde. Gleichzeitig wurde ihr bewusst, dass sie sich doch noch nicht gut genug mit dieser Gegend befasst hatte. Sie kannte die Geographie und die Geschichte, das, was in den Reiseführern stand. Wenn sie diesen Ort wieder verließ, würde sie hoffentlich wissen, was in den Köpfen der Menschen vor sich ging.

»Aber vielleicht male ich alles ein bisschen zu schwarz. Der Berg- und Stahlbau kann sich jederzeit wieder erholen. Und wer weiß, was alles mit der Tuchfabrik geschieht. Möglicherweise expandieren sie ja noch ein wenig. Das Schöne an Stoff ist, dass die Leute immer welchen brauchen. Egal, ob für Kleider, Zelte oder Gardinen.«

Und Uniformen, schien in seinen Worten mitzuschwingen. Wahrscheinlich hatte die Tuchfabrik während des Krieges auch Stoffe für Soldatenuniformen herstellen müssen.

Das Haus der Silbergs, ihrer Gastgeber, war weniger ein Haus, sondern eher eine prachtvolle Villa. Sie lag ein paar Kilometer außerhalb der Stadt hinter einem kleinen Wäldchen, das sich auf einer Anhöhe befand, beinahe wie das Schloss aus dem Film »La Belle et la Bête«, das Marianne sehr mochte.

Der unerwartete Anblick überwältigte sie. Das zweistöckige, weiß getünchte Gebäude war von einem Eisenzaun umgeben, dessen Streben bedrohlich in den Himmel ragten.

Über dem Hauseingang gab es einen Balkon. Die Türen dahinter standen sperrangelweit offen.

Ein wenig erinnerte es sie an das Haus ihrer Eltern. Und doch erschien ihr dieses hier wesentlich freundlicher.

»Es ist nicht so prachtvoll wie unser Château de Marbeaumont, das ein Bankier gebaut hat, kann sich aber durchaus auch sehen lassen«, sagte der Bürgermeister, als sie über den Schotter der Einfahrt rollten. »Früher hat hier mal der Richter dieses Distrikts gewohnt. Ein schräger Vogel soll er gewesen sein, das behaupten jedenfalls die Leute. Blieb ohne Frau und Kind und lebte nur für den Gerichtssaal. Als er während des Ersten Weltkrieges starb, kaufte Alain Silberg das Haus, Sie werden ihn noch kennenlernen. Er ist der Großvater von Louise, die ein paar Jahre älter ist als Sie und eines Tages auch die Tuchfabrik erben wird. Annette, ihre Mutter, war sofort bereit, Sie aufzunehmen, als es hieß, dass wir eine deutsche Lehrerin bekommen.«

Während der Bürgermeister erzählte, ließ Marianne ihren Blick über den Garten schweifen. Er strahlte nur so vor Blütenpracht. Gleichzeitig erkannte man, dass er von einem erfahrenen Gärtner angelegt worden war. Die Rosenbeete waren so angeordnet, dass man jederzeit einen guten Blick auf die prachtvollen Blüten hatte.

Allerdings weckte nicht nur dieser Garten Erinnerungen an ihr eigenes Zuhause. Auch sie hatte in einer Villa gewohnt, und auch sie hatten einen Gärtner gehabt. Ob die Silbergs ebenfalls Dienstmädchen beschäftigten?

Der Bürgermeister brachte den Wagen vor dem Haus zum Stehen. »Da wären wir!«, bemerkte er und stieg aus, um Mariannes Koffer zu holen.

Noch schien sich gar nichts im Haus zu tun. Durch die

offenen Fenster wehten die Gardinen heraus, in der Ferne erklang der Ruf eines Raubvogels, der wohl ein Auge auf irgendwelche Hühner geworfen hatte.

Plötzlich ertönte lautes Gebell. Der Hund schien sich wütend gegen eine Tür zu werfen. Mariannes Körper spannte sich an. Wie schnell konnte sie zurück in den Wagen klettern, um sich vor den Zähnen des Tiers in Sicherheit zu bringen?

»Ah, Clémence!«, rief der Bürgermeister, und Marianne war nicht sicher, wen er meinte, denn sie konnte hier draußen niemanden entdecken. Doch dann dämmerte es ihr, dass er den Hund meinte. »Ist ja gut, altes Mädchen, du kennst mich doch.«

Wenig später verstummte das Hundegebell. Aber nicht, weil Monsieur Lefebre ihm gut zugeredet hatte. Die Tür öffnete sich, und heraus trat eine junge Frau in einem violett geblümten Sommerkleid. Das Haar hatte sie im Nacken zu einem Zopf zusammengebunden. Ihre Füße steckten in Spangenschuhen, die einen Hauch zu kindlich wirkten für eine erwachsene Frau.

Kurz betrachtete sie die Neuankömmlinge, dann kam sie ihnen mit einem wunderschönen Lächeln entgegen.

»Ah, Mademoiselle Louise!«, rief der Bürgermeister. »Sie sind heute mal zu Hause?«

»Es ist doch Sonntag«, antwortete sie fröhlich. »Guten Tag, Monsieur Lefebre.«

Ihr Blick fiel auf Marianne. »Und das ist unser Gast, nicht wahr?«

»Ja, wir haben sie gerade in Empfang genommen.« Er hievte den Koffer nach draußen. »Mademoiselle Schwarz, das ist Ihre Gastgeberin Louise Silberg. Mademoiselle Louise, das ist Marianne Schwarz.«

Die beiden Frauen reichten sich die Hand.

»Freut mich sehr, Sie kennenzulernen, Mademoiselle Schwarz. Wie war Ihre Reise?«

»Sehr gut, danke. Ich war gestern in Paris, im Gegensatz dazu ist es bei Ihnen sehr ruhig.«

»Das stimmt, und ich hoffe, es stört Sie nicht. Den meisten Bewohnern der Stadt gefällt es hier eben wegen der Ruhe.«

»Oh, es sollte keine Kritik sein!«, entgegnete Marianne, denn sie wollte nicht, dass Louise Silberg glaubte, sie würde den Ort langweilig finden. »Ich mag die Ruhe, und das, was ich bisher von Ihrem Städtchen gesehen habe, gefällt mir sehr.«

»Sie kommen aus Koblenz, nicht wahr?«

Marianne nickte. »Ja, aus Koblenz.«

»Keine kleine Stadt.«

»Aber auch keine große«, entgegnete Marianne. »Jedenfalls nicht so eine große wie Paris.«

»Da haben Sie recht.« Louise lächelte sie an, und Marianne spürte, dass sie sich mit ihr anfreunden könnte. Sie erschien ihr nicht so ausgeflippt wie Celia und Ingrid. Das war ihr angenehm.

»Wir haben Ihren Großvater bei der offiziellen Begrüßung vermisst, geht es ihm nicht gut?«, schaltete sich der Bürgermeister wieder ein.

Ein Schatten huschte über Louises Gesicht. »Nein, das Rheuma plagt ihn wieder. Und er möchte sich seine Kraft für die Fabrik aufheben, wenn Sie verstehen.«

Irgendwie hatte Marianne das Gefühl, dass sie nicht die Wahrheit sagte. Aber was zwischen dem Bürgermeister und ihrem Gastgeber war, ging sie nichts an.

»Dann wünsche ich ihm gute Besserung und hoffe, ihn

nächste Woche bei der Gemeindeversammlung zu sehen. Grüßen Sie ihn von mir!«

Louise lächelte. »Die wird er sich nicht entgehen lassen! Ich werde Ihre Grüße ausrichten.«

Damit verabschiedete sich der Bürgermeister und kehrte zu seinem Wagen zurück.

Marianne und Louise sahen sich ein wenig befangen an.

»Kommen Sie doch rein, Mademoiselle Schwarz«, sagte Louise dann. »Und haben Sie keine Angst vor Clémence. Sie ist ganz lieb, hat allerdings ihre eigene Art, Neuankömmlinge zu begrüßen.«

Diese eigene Art bekam Marianne zu spüren, als sie durch die Tür trat. Ein riesiger grauer Wolfshund schritt auf sie zu.

»Streicheln Sie sie. Dann weiß sie, dass Sie nichts Böses im Schilde führen.«

Und woher weiß ich, dass der Hund nichts Böses im Schilde führt?, dachte Marianne, während sie zitternd die Hand nach dem Tier ausstreckte. Die Hündin knurrte kurz, was Marianne beinahe dazu brachte, die Hand zurückzuziehen, doch dann ließ sie zu, dass sie ihr den Kopf tätschelte. Das Knurren verebbte augenblicklich.

»Brav, Clémence!«, lobte Louise und streichelte die Hündin ebenfalls, worauf diese begann, mit dem Schwanz zu wedeln.

Marianne merkte erst jetzt, dass sie kurz die Luft angehalten hatte, und atmete aus.

»Sehen Sie, sie mag Sie. Ab sofort wird sie Sie erkennen und nicht mehr bellen, wenn Sie zur Tür hereinkommen.«

Louise wirkte begeistert. Und Marianne spürte, wie ein wenig Anspannung von ihr abfiel. Offenbar war ihre Gastgeberin sehr freundlich.

»Und was ist mit dem Bürgermeister?«, fragte sie, während sie Louise durch die Eingangshalle führte. Deren Wände waren holzgetäfelt, und wie es sich für eine Villa gehörte, gab es eine prachtvolle, mit Schnitzereien verzierte Treppe. Der Boden bestand aus rosa gestromtem Marmor. »Ihn müsste sie doch eigentlich kennen, oder?«

»Der Bürgermeister und mein Großvater sind nicht gerade die besten Freunde, müssen Sie wissen«, antwortete Louise. »Mein Großvater hält Monsieur Lefebre für gottlos. Und wenn er etwas nicht leiden kann, dann gottlose Leute. Sind Sie gläubig, Mademoiselle Schwarz?«

Marianne wusste nicht, wie ehrlich sie sein durfte. »Meine Eltern sind katholisch«, antwortete sie ausweichend. »Allerdings muss ich zugeben, dass ich nicht so brav in die Kirche gehe, wie der Pfarrer es sich wünschen würde.«

Genau genommen war es schon ein paar Jahre her, dass Marianne in einem Gottesdienst war. Nicht einmal zu Weihnachten ließ sie sich dort blicken, weil sie das an die Weihnachtsfeste mit ihren Eltern erinnerte.

»Na, immerhin haben Sie schon mal den richtigen Glauben – alles andere brauchen Sie nicht zu erwähnen«, riet ihr Louise schulterzuckend und führte sie dann in einen langen Gang, dessen Fenster einen guten Blick auf den Park gewährten.

Der Garten bot ein wunderschönes Farbenspiel. Dahlien in allen Farben reckten ihre Köpfe zur Sonne. Im Hintergrund waren Eichen, Ahorn und mächtige Kastanienbäume gerade dabei, ihr Blattkleid zu wechseln. In dem dunklen Grün zeigten sich rote und gelbe Flecken. Die Rosen in den Beeten waren weitestgehend verblüht, nur ein paar von ihnen streckten die vollen Blüten noch gen Himmel.

Monsieur Silberg befand sich in seinem Arbeitszimmer. Als sie auf sein »Alors« hin eintraten, sah Marianne ihn in seinem hohen Stuhl am Fenster sitzen, mit einem dicken Buch in der Hand. Er war ein recht großer, grobknochiger Mann, das erkannte sie, ohne dass er sich erheben musste. Sein Kinn und seine Oberlippe verschwanden fast vollständig unter einem dichten, allerdings nicht zu langen Bart. Sein volles Haupthaar wurde hin und wieder noch von braunen Strähnen durchzogen. Er trug eine dunkle Hose, ein tadelloses weißes Hemd und darüber einen grauen Westover.

In seinen jungen Jahren musste er ein unverschämt attraktiver Mann gewesen sein.

»Grand-père, unser Gast ist eingetroffen. Mademoiselle Schwarz, das ist mein Großvater Alain Silberg.«

Der Mann hob eine Hand als Zeichen, dass er noch einen Moment brauchte, dann klappte er das Buch zu, legte es aufs Fensterbrett und erhob sich.

»Freut mich sehr, Sie kennenzulernen«, sagte Marianne und streckte ihm die Hand entgegen. »Vielen Dank, dass Sie mich in Ihrem Haus aufnehmen.«

Alain Silberg wirkte alles andere als erfreut.

»Ah, die Deutsche«, bemerkte er, nachdem er Marianne einen Moment lang gemustert hatte. Ihre Hand ergriff er nicht. Nach einer Weile zog Marianne sie wieder zurück. »Als guter Gastgeber ist es an mir, Sie willkommen zu heißen und zu vergessen, was Ihr Volk dem meinen angetan hat.«

Marianne schoss das Blut in die Wangen. Mit solch einer Bemerkung hatte sie nicht gerechnet.

»Ich ... es tut mir leid, aber ...«

»Woher kommen Sie?«, feuerte er seine nächste Frage auf sie ab, als wäre sie eine Gewehrkugel.

»Koblenz«, entgegnete Marianne. Auf einmal fühlte sie sich furchtbar unzulänglich. Was, wenn er ihren Akzent nicht mochte? Wenn er sie nicht mochte? Dass er ihr den Krieg vorhielt, war schon mal ein sehr schlechtes Zeichen. »Ich unterrichte dort am Gymnasium.«

Der alte Silberg nahm diese Information mit einem Nicken zur Kenntnis.

»Und Ihr Vater? Ich nehme an, er hat in der Wehrmacht gekämpft.«

»Grand-père!«, kam es nun empört von Louise. Ihr Gesicht war feuerrot. »Du kannst das unseren Gast doch nicht fragen!«

Silberg warf seiner Enkelin einen trotzigen Blick zu. »Entschuldigen Sie, Mademoiselle, das war unpassend«, sagte er dann, doch er sah Marianne nicht an. »Ich muss mich noch an den Gedanken gewöhnen, dass Deutsche nicht mehr herkommen, um uns das Land wegzunehmen und rechtschaffene Leute umzubringen.«

Marianne klopfte das Herz bis zum Hals. Sie war nicht mal eine halbe Stunde hier, und schon wurde der Zweite Weltkrieg zum zweiten Mal zur Sprache gebracht. Warum hatte Silberg überhaupt zugestimmt, sie hier aufzunehmen?

»Mein Vater ist Maler«, antwortete sie und versuchte, sich nicht anmerken zu lassen, dass ihre Hände zitterten. Unterhaltungen wie diese kannte sie – allerdings unter umgekehrten Vorzeichen. »Und ja, er war im Krieg. Aber diese Zeiten sind vorbei. Wir, die nächste Generation, wollen nichts mit dem, was geschehen ist, zu tun haben.«

»Das sollten Sie aber!«, brauste Silberg auf. »Die neue Generation wähnt sich frei von Fehlern, aber das ist falsch! Sie sind die Kinder der Mörder, die anderen Vätern die Kinder geraubt haben. Sie sollten sich in jeder Sekunde, die Sie atmen, dessen bewusst sein! Es ist an Ihnen, Wiedergutmachung zu leisten und dafür zu sorgen, dass so etwas nicht wieder vorkommt!«

Marianne starrte den Mann erschrocken an. Dessen Gesichtsfarbe war jetzt beinahe dunkelrot.

Für einen Moment kam sie sich in ihr eigenes Zuhause versetzt vor – nur dass ihr Vater der Meinung war, die Franzosen hätten an allem Schuld.

»Grand-père!« Louises Stimme wurde nun schärfer. Sie blickte ihren Großvater durchdringend an.

Dieser machte zunächst den Anschein, als wollte er zu einer weiteren Tirade ausholen, doch dann nickte er resigniert.

»Nun gut. Richten Sie sich ein. Solange Sie sich an die Regeln des Hauses halten, soll es mir recht sein, dass Sie hier sind.«

Damit kehrte er ihnen den Rücken zu und blickte aus dem Fenster.

Marianne war vor Schreck starr. Sie hatte nicht damit gerechnet, so empfangen zu werden.

»Kommen Sie, ich zeige Ihnen Ihr Reich, Mademoiselle Schwarz«, sagte Louise und legte ihre Hand sanft auf ihren Arm.

Schweigend verließen sie das Arbeitszimmer und betraten einen Gang, der links vor dem Arbeitszimmer abging.

Marianne war vollkommen verwirrt. Und auch Louise schien nicht so recht zu wissen, was sie sagen sollte.

Schließlich strömte ihnen ein wunderbarer Duft nach frisch Gebackenem entgegen.

»Unsere Küche«, erklärte Louise mit belegter Stimme.

»Unter der Woche, wenn Mama und ich in der Fabrik sind, ist hier eine Hilfe angestellt, die sich um Großvaters Mahlzeiten kümmert. Er ist nur noch selten in der Fabrik, seine Gesundheit …«

Sie presste die Lippen zusammen. Offenbar war ihr der Auftritt ihres Großvaters noch immer peinlich.

»Wo ist Ihre Mutter?«, fragte Marianne, um ein wenig abzulenken. Dabei hoffte sie, dass Madame Silberg nicht die Ansichten ihres Vaters oder Schwiegervaters teilte.

»Sie ist bei meiner Großmutter in Metz. Ihr geht es seit einiger Zeit nicht sehr gut. Aber nächste Woche kommt sie zurück, da werden Sie sie kennenlernen. Sie freut sich sehr darauf, dass Sie hier sind, Mademoiselle Schwarz.«

»Nennen Sie mich Marianne, das macht es einfacher.«

»Einverstanden. Ich bin Louise.« Sie reichten sich die Hände.

»Freut mich sehr, Louise.« Marianne lächelte ihr zu.

»Wenn Sie also etwas zu essen haben möchten, wenn Sie von der Schule zurück sind: Nanette macht Ihnen gern etwas. Und auch sonst können Sie sich holen, was Sie mögen. Ihre Unterkunft hat leider keine eigene Küche, aber ich denke, es ist ohnehin gemütlicher, die Mahlzeiten hier einzunehmen.«

Marianne hoffte nur, dass Alain Silberg bei diesen Mahlzeiten nicht wieder mit der Wehrmacht und dem Krieg anfing. Sie sah ein, dass sie sich besser wappnen und sich ein paar höfliche, aber bestimmte Antworten zurechtlegen musste.

Louise führte sie aus dem Haus und dann durch den Garten. Marianne fragte sich, ob sie der Großvater wohl in einem Holzschuppen unterbringen wollte. Irgendwie waren er und ihr eigener Vater sich sehr ähnlich – auch wenn jeder die jeweils andere Seite hasste.

»Machen Sie sich nichts aus dem, was Grand-père sagt«, begann Louise, nachdem sie das Haus ein wenig hinter sich gelassen hatten. »Es fällt ihm schwer, sich einzugestehen, dass die Deutschen von heute nichts mit den Deutschen von damals zu tun haben.«

»Also ist der Krieg bei Ihnen noch immer ein Thema?«

Louise seufzte. »Ja, und leider wird er das wohl immer bleiben. Mein Vater ist in den letzten Kriegstagen gefallen.«

Marianne sah sie erschrocken an. »Oh, das tut mir leid.«

Louise nickte. »Danke, das ist sehr nett, aber eigentlich unnötig. Schließlich haben weder Sie noch Ihr Vater auf meinen Vater geschossen.«

»Weiß man denn, wer es war?«

Louise schüttelte den Kopf. »Nein, wahrscheinlich waren es versprengte SS-Leute. Eigentlich sollte mein Vater zusammen mit ein paar Kameraden ein Dorf im Grenzgebiet sichern. Damit, dass diese Männer auf einem Dachboden auf sie lauern würden, haben sie nicht gerechnet.« Louise machte eine kurze Pause. Spürte sie der Vergangenheit nach? Marianne hätte zu gern gewusst, was jetzt in ihr vorging. Sie wirkte betroffen, aber irgendwie auch distanziert. So als hätte sie ihren Vater nie kennengelernt.

»Mein Großvater wird es den Deutschen nie verzeihen, dass sie meinen Vater getötet haben. Und noch weniger wird er ihnen verzeihen, dass durch ihre Schuld nur noch ein Erbe für seine Familie übriggeblieben ist. Ein Erbe, der zudem auch noch weiblich ist.« Jetzt trat echte Bitterkeit in ihre Stimme. »Ich wurde sieben Monate nach dem Tod meines Vaters geboren. Meine Mutter meinte, dass mein Großvater beinahe fanatisch darauf gehofft hat, dass ich ein Junge werden würde.«

Damit war Louise jetzt einunddreißig. Das sah man ihr wirklich nicht an.

»Aber ist das denn nicht egal?«, fragte Marianne. Sie hatte wieder vor sich, wie energisch Louise ihren Großvater zur Ordnung gerufen hatte. »Sie werden die Tuchfabrik sicher genauso gut leiten können, wie es ein männlicher Erbe täte.«

»Ah, der Monsieur le Maire hat getratscht!« Louise lachte auf. »Und wenn er davon gesprochen hat, dann hat er Ihnen auch von dem verrückten Richter erzählt, richtig?«

»Er hat so etwas angedeutet«, entgegnete Marianne ein wenig verunsichert, denn sie konnte nicht genau heraushören, ob Louise der Tratsch recht war oder nicht.

Immerhin war der Schatten von ihrem Gesicht verschwunden.

»Diese Geschichte ist eine der bekanntesten der Gegend. Der verrückte Richter, der versucht hat, den Ersten Weltkrieg zu ignorieren – und das, obwohl hier ständig Lastwagen durchgefahren sind, um die Kämpfenden in Verdun mit Nachschub zu versorgen. Es heißt, dass man von einer Anhöhe im Norden vor der Stadt auf die Kampfhandlungen blicken konnte. Oftmals haben die Frauen von Bar-le-Duc dort gestanden und mit Feldstechern nach ihren Männern gesucht.«

»Wie haben sie das ausgehalten?«, fragte Marianne. Ein Schauer kroch über ihren Nacken.

»Keine Ahnung. Aber wahrscheinlich war es besser, von dort oben zuzusehen und an ihre Männer zu denken, als am Herd zu sitzen und Däumchen zu drehen.«

»Haben die Frauen das im Zweiten Weltkrieg auch getan?«

Louise senkte den Kopf. So ganz schien sie das, was im Krieg mit ihrem Vater geschehen war, nicht kaltzulassen.

»Nein, das haben sie nicht, das wäre zu gefährlich gewesen. Es heißt hier in der Gegend, dass diese beiden Kriege vollkommen unterschiedlich waren. Während man im Ersten noch einigermaßen normal leben konnte, war das im Zweiten Weltkrieg völlig unmöglich. Es stand auch kaum noch etwas, weil wir von den Deutschen bombardiert worden waren. Grand-père meint, dass es ein Wunder sei, dass unser Haus und die Fabrik verschont wurden.«

Marianne schwieg beklommen. Was hätte ihr Vater dazu gesagt? Hatte er sich jemals mit den Franzosen und dem, was die Deutschen ihnen angetan hatten, auseinandergesetzt? Oder saß sein Stolz so tief in ihm, dass er ihn blind machte für das Leid? Und damit auch blind für eine Versöhnung?

Monsieur Silberg schien allerdings auch nicht auf Versöhnung aus zu sein, das hatte er ihr mit seinen Fragen und Bemerkungen allzu deutlich gemacht.

Schließlich tauchte zwischen den Bäumen und einem Labyrinth von Stauden, Schilfrohr und hohen Gräsern ein Nebengebäude auf. Es war ein kleiner Bau aus unregelmäßigen roten Ziegeln, mit einem altmodischen Schindeldach. Die Fenster waren mit blau gestrichenen Läden versehen, davor blühten Geranien in den Blumenkästen.

»Das ist es!«, verkündete Louise, als sich der Garten vor ihnen lichtete und sie das Haus in voller Pracht sehen konnten. »Unser Gästehaus.«

Es sah ein wenig so aus, wie man sich ein Haus in einem französischen Dorf vorstellte. Vor den Fenstern hingen kleine Spitzengardinen, neben einem Blumenkübel stand eine leicht verbeulte blaue Gießkanne.

»Diese kleine Remise haben wir auch dem verrückten Richter zu verdanken«, sagte Louise, während sie das Schlüsselbund aus ihrer Schürzentasche zog und zur Haustür ging. »Er parkte hier seinen Wagen. Nach dem Krieg war das Gebäude ziemlich heruntergekommen, doch Großvater hat sich entschieden, es zum Gästehaus umzubauen.«

Die Angeln gaben mit einem leichten Knarzen nach, als sie aufschloss und die Haustür aufzog. Ein etwas muffiger, mit Lavendel durchsetzter Geruch strömte ihnen entgegen.

Louise schien ihn ebenfalls zu bemerken, denn sie zog die Nase kraus.

»Puh, das ist ja ein Muff! Ich habe stundenlang gelüftet und mit Sophie alles abgeschrubbt, aber es hilft nichts, der Lavendel kommt immer wieder.«

»Es stört mich wirklich nicht«, entgegnete Marianne. »Zu Frankreich gehört doch auch der Lavendel, nicht?«

»Nicht zu dieser Gegend, das wäre eher Südfrankreich. Zu uns gehört der Mohn.«

»Wirklich?«

»Er wächst überall, wo Felder sind, und darüber hinaus. Sie sollten mal sehen, wie es hier zur Mohnblüte aussieht. Leider haben Sie es jetzt verpasst, aber im kommenden Jahr müssen Sie sich das anschauen. Es sieht aus, als wäre das ganze Tal in Blut getaucht.«

»Mohn hat eine sehr kurzlebige Blüte.« Mariannes Stimme klang belegt. Sie dachte auf einmal wieder an die Frauen, die auf der Anhöhe standen und ins Tal blickten. Ob es dasselbe Tal war?

»Deshalb sollten Sie sich an dem Tag auch nichts vornehmen und sich das Schauspiel ansehen. Ende Juni, Anfang Juli sollte es so weit sein. Wir können es auch gern gemeinsam betrachten.« Louise lächelte sie ein wenig schüchtern an.

»Ich würde mich sehr freuen«, antwortete Marianne und lächelte zurück.

»Gut.« Louise nickte und wies auf eine Tür. »Das hier ist der Wohnraum, etwas weiter hinten befindet sich das Bad. Es ist nichts Besonderes, aber immerhin gibt es warmes Wasser.«

Marianne musste zugeben, dass ihr das Gebäude gefiel. Kaum zu glauben, dass es eine Art Garage gewesen war.

»Es ist wirklich schön hier, inmitten der Natur«, sagte Marianne, während sie ihren Blick schweifen ließ. Die Balken an der Zimmerdecke hatten noch immer ihren natürlichen Braunton und boten einen hübschen Kontrast zur cremefarbenen Decke. Was sie an den Wänden zunächst für Tapete gehalten hatte, entpuppte sich als ein aufgemaltes Muster, das wohl mit einer Schablone angebracht worden war.

Sie konnte sich vorstellen, dass sich ein Künstler hier sehr wohl gefühlt hätte. Nicht ihr Vater, der würde keinen Fuß auf französischen Boden setzen. Aber einige von den jungen Kunststudenten, die sie kennengelernt hatte, würden sicher alles geben, um ein Jahr hier verbringen zu dürfen. Und sie hatte dieses Glück!

»Das Abendessen findet immer um acht statt. Mein Großvater mag es nicht, wenn sich jemand verspätet, also seien Sie besser pünktlich, oder haben Sie einen guten Grund für die Verspätung.«

Marianne nickte. Angesichts des Empfangs, den ihr der Großvater bereitet hatte, war es wohl ratsam, sich von ihrer besten Seite zu zeigen – auch wenn das wahrscheinlich nichts an seiner Meinung änderte.

»Gibt es sonst noch etwas, das ich beachten müsste?«, fragte sie. »Ihr Großvater hatte von Regeln gesprochen.«

»Ja, wahrscheinlich hält er Sie für eine Barbarin, die reihenweise Männer ins Nebengebäude schleust, um mit ihnen wilde Partys zu feiern«, entgegnete Louise mit einem Augenzwinkern. »Ach ja, sollten Sie so etwas wirklich vorhaben, vergessen Sie nicht, mir Bescheid zu sagen, ich wäre gern dabei.«

Die beiden Frauen sahen sich an. Und unwillkürlich brachen sie in Gelächter aus. Die Anspannung fiel nun langsam von Marianne ab, und sie wurde ein wenig lockerer.

»Ich werde daran denken. Aber ich fürchte, daraus wird vorerst nichts, weil mich das Lycée vollkommen einnehmen wird.«

»Glauben Sie mir, die Lehrer haben hier auch ihre Freizeit. Als ich noch zur Schule ging, habe ich des Öfteren einige von ihnen beim Baden erwischt, wo sie doch eigentlich unsere Klausuren korrigieren sollten.«

»Sie haben hier ein Schwimmbad?«

»Einen Fluss«, entgegnete Louise. »Den Ornain. Und nicht weit von hier entfernt liegt der Rhein-Marne-Kanal. Den Rhein kennen Sie sicher.«

Ja, den Rhein kannte sie.

»Hier in der Nähe gibt es einen kleinen Seitenarm, der noch nicht für die Schifffahrt begradigt wurde. Allerdings müssen Sie aufpassen, dass Sie nicht in die Strömung geraten, sonst landen Sie wieder zu Hause in Koblenz.«

Marianne war nicht sicher, ob sie unter diesen Umständen baden gehen wollte – aber es erleichterte sie, dass Louise mit ihr zu plaudern begann wie mit einer Bekannten, die sie in der Stadt traf.

»Wenn Sie wollen, zeige ich Ihnen nachher den Fluss und die Tuchfabrik. Sie ist unser Ein und Alles!« Unüberhörbarer Stolz schwang in ihrer Stimme mit. »Packen Sie erst einmal aus, und erholen Sie sich. Und wenn Sie so weit sind, kommen Sie einfach ins Haus.«

»Und was mache ich, wenn Clémence mich entdeckt?«

»Keine Sorge, sie kennt Sie jetzt. Und wenn sie Ihnen begegnet, streicheln Sie sie einfach.« Louise lächelte sie breit an und wandte sich dann der Tür zu.

Als sie gegangen war, stellte sich Marianne mitten in den Raum und versuchte, die Stimmung des Hauses auf sich wirken zu lassen. Wer mochte hier alles zu Gast gewesen sein? Hatte der »verrückte« Richter jemals Maler oder Schriftsteller hier beherbergt? In damaligen Zeiten war es doch en vogue gewesen, einen künstlerischen Salon zu führen. Oder war der Richter wirklich so ein Eigenbrötler gewesen? Es wäre vielleicht interessant, seiner Geschichte nachzugehen.

Jetzt machte sie sich aber erst einmal daran, ihre Sachen auszupacken. Während sie den alten Kleiderschrank füllte, wünschte sie sich beinahe, jemandem von ihrem Glück hier erzählen zu können. Ob sie Ursula vielleicht eine Karte schicken sollte?

Auf jeden Fall würde sie ihren Kollegen in Koblenz schreiben.

Am späten Nachmittag machte Louise mit Marianne einen kleinen Ausflug in die Stadt. Die Straßen waren weitestgehend menschenleer. Vom Turm der hübschen Renaissance-Kirche Saint Antoine gurrten ein paar Tauben, und in der Ferne ertönte Kindergeschrei, doch sehen konnte sie die kleinen Racker nicht. Viele Häuser waren modernisiert worden oder hatten zumindest einen neuen Anstrich erhalten, aber man konnte sich vorstellen, wie es vor hundert Jahren hier ausgesehen hatte.

In einer Seitenstraße, vor einem ockerfarbenen Haus mit grün bemalten Fensterläden, saßen ein paar alte Frauen auf einer Bank, die natürlich interessiert die jüngeren Frauen beobachteten.

»Guten Tag, Madame Descartes, Madame Fleury und Madame Blanchard!«, rief Louise den dreien zu, die Marianne irgendwie an die drei Nornen aus »Macbeth« erinnerten. Sie trugen allesamt schwarze Kleider und schwarze Kopftücher. Wahrscheinlich waren sie schon seit längerer Zeit verwitwet.

»Guten Tag, Mademoiselle Louise!«, rief die Mittlere von ihnen, deren jugendliche Stimme alles andere als ihrem Alter entsprach. »Wie geht es Ihrem Großvater?«

»Bestens, Madame Fleury! Er wird sich bald wieder in der Stadt blicken lassen.«

Offenbar wunderte man sich hier, wenn ein Bewohner der Stadt eine Weile nicht in Erscheinung trat.

»Grüßen Sie ihn von uns!«, schickte die Dame ihnen hinterher, als sie weitergingen.

»Madame Fleury hatte mal ein Auge auf meinen Großvater geworfen«, erklärte Louise, als sie sich ein Stück entfernt hatten. »Allerdings war sie nicht sein Typ. Mein Großvater hat immer sehr hohe Ansprüche, besonders an die Menschen, mit denen er sich umgibt. Eine Frau, die ihm nicht gefällt, kann so viel schmeicheln, wie sie will, er ändert seine Meinung nicht. Außerdem glaubt er, dass keine andere an meine Großmutter herankommt. Wenn Sie mal ein Bild von ihr sehen, werden Sie verstehen, warum.«

Marianne, der schon vorhin klargeworden war, dass die

Großmutter in Metz offenbar die Großmutter mütterlicherseits war, fragte sich, was mit Alains Frau geschehen war.

»Wie lange waren sie denn verheiratet?«, fragte Marianne diplomatisch.

»Fünfzig Jahre, das muss man sich mal vorstellen. Sie ist vor drei Jahren gestorben. Die beiden haben geheiratet, kurz nachdem mein Großvater die Fabrik übernommen hatte. Damals war er gerade mal neunzehn. Er hatte die schwere Zeit des Ersten Weltkrieges mitbekommen, als er noch ein kleiner Junge war. In der damaligen Zeit hatte man es eiliger mit Hochzeit und dem Kinderkriegen.«

Das warf in Marianne wieder die Frage auf, warum Louise noch nicht verheiratet war. Hatte sie es nicht eilig? Wollte sie sich ganz der Firma widmen? Dass sich die Männer nicht für sie interessierten, wollte sie nicht glauben.

Nachdem sie weitere hübsche Häuser, den imposanten Uhrenturm, der ein Rest der mittelalterlichen Wehranlage war, und auch einige Bauruinen passiert hatten, für die sich wohl nur noch die Kinder interessierten, erreichten sie die Fabrik. Sie befand sich in der Nähe des Flusses. Das Gebäude stammte eindeutig aus dem vorigen Jahrhundert, hatte hohe Glasfenster und einen verzierten Giebel, mit einer riesigen altmodischen Werkuhr. Das Gelände wurde von einem Maschendrahtzaun umgeben, auf dem Hof standen zwei kleine Lastwagen. Unter einem Unterstand warteten Paletten darauf, beladen zu werden.

Das Pförtnerhäuschen war verwaist, auch sonst war niemand zu sehen.

Louise fischte ein Schlüsselbund aus ihrer Tasche und schloss das Tor auf, durch das sonst die Arbeiter hereinströmten.

Werksgelände hatten immer schon eine unheimliche Faszination auf Marianne ausgeübt. Einmal hatte ihr Vater auf einem Fabrikgelände fotografiert. Sie war ihm hinterhergeschlichen – er hatte es bemerkt, aber es war ihm egal gewesen, was seine jüngere Tochter da anstellte. Als Zehnjährige hatte sie die von den Decken hängenden schwarzen Ketten und die ausrangierten, teilweise verrosteten Maschinen sehr gruselig gefunden – und in der Nacht einen recht lebhaften Alptraum gehabt.

Diesen Schauer spürte sie auch jetzt, als Louise die große Werkshalle aufschloss. Das Ächzen der Türangeln echote durch den weitläufigen Raum, der mit riesigen Webstühlen und anderen Vorrichtungen, von denen Marianne keine Ahnung hatte, wozu sie dienten, vollgestellt war.

»Das ist mein Reich«, verkündete Louise mit einer ausschweifenden Handbewegung, »das Reich der Silbergs. Und das schon seit etwas mehr als einhundert Jahren.«

Marianne ließ den Blick fasziniert über die groben Steinwände schweifen. Dieser Ort wäre für das künstlerische Auge ihres Vaters sicher interessant gewesen – wenn er nicht auf dieser Seite der Grenze stehen würde.

Sie schüttelte den Gedanken an ihren Vater ab und sagte: »Eine faszinierende Halle. Ich verstehe leider so gar nichts von der Stoffherstellung. Was für Stoffsorten werden hier denn produziert?«

»Vornehmlich Gebrauchsstoffe für Möbel und Vorhänge, außerdem Material für Arbeitskleidung. Früher auch Uniformstoffe, aber diese Zeiten sind glücklicherweise vorbei.«

»Ja, das finde ich auch, dass es ein Glück ist«, gab Marianne zurück. »Machen Sie hier denn keine Kleiderstoffe?«

»Etwas weiter hinten gibt es auch einen Webstuhl für Kleiderstoffe. Allerdings stellen wir die nur für die Frauen aus der Region her, die gern selbst nähen und ihren Stoff günstig um die Ecke kaufen wollen. Viele sind es nicht mehr, seit das Kaufhaus eröffnet hat, sie legen sich dort lieber fertige Kleider zu. Aber ich muss sagen, dass mir das Entwerfen von Kleiderstoffen immer den größten Spaß macht.«

»Und wenn Sie den Stoff exportieren würden?«

»Ich fürchte, den nimmt man uns nicht ab. Im ganzen Land gibt es zu viele Stofffabriken, da ist man auf uns nicht angewiesen.«

»Das vielleicht nicht, aber möglicherweise möchte eine Firma gerade Ihre Stoffe.«

Ein verträumtes Lächeln trat auf Louises Gesicht. Offenbar hätte sie genau das gern ausprobiert, aber wahrscheinlich würde der alte Patriarch etwas dagegen haben.

»Nun ja, man weiß nie, was alles kommt. Vielleicht ändert sich der Markt in ein paar Jahren, so dass wieder mehr Kleiderstoffe gefragt sind. Solange das nicht der Fall ist, müssen wir eben das produzieren, was wir verkaufen können. Wir haben eine große Verantwortung gegenüber unseren Arbeitern, deshalb steht der Gewinn im Vordergrund.« Das klang irgendwie traurig, doch so funktionierte die Welt nun mal.

»Aber ich bin nicht nur hier, um Ihnen die Fabrik zu zeigen. Unser Haus ist ja ein Stück weit vom Stadtzentrum entfernt, und ich hatte eine Idee, wie Sie leichter von A nach B kommen können. Folgen Sie mir bitte.«

Sie geleitete Marianne an den Webstühlen vorbei zu einer kleinen Tür. Diese führte in einen Aufenthaltsraum, der wiederum an einen Flur mit Spinden grenzte. Vor diesen Spinden stand ein Fahrrad. Es hatte einen altmodischen breiten Lenker und sah auch sonst ziemlich antik aus. Das gesamte

Gestell war mit einer schwarzen Lackfarbe gestrichen, die Speichen fein säuberlich entrostet. Vor dem Lenkrad war ein Korb angebracht, in den man seinen Proviant oder eine Tasche legen konnte.

»Wie finden Sie es?«, fragte Louise mit leuchtenden Augen.

»Soll das für mich sein?«, fragte Marianne. Sie musste zugeben, dass ihr das Fahrrad gefiel. Es konnte mit den modernen nicht mithalten, verströmte aber seinen ganz eigenen Charme.

»Ja, wenn Sie es haben wollen, gehört es Ihnen. Früher hat meine Großmutter es immer für ihre Ausflüge in die Wiesen benutzt. Es ist eines der robustesten Räder, auf denen ich selbst je gefahren bin.«

Das war also das Rad ihrer Großmutter. Hätte es vorhin nicht den Zusammenstoß mit Louises Großvater gegeben, hätte sie sich sehr darüber gefreut. Doch nun konnte sie nicht umhin zu fragen: »Wäre es Ihrem Großvater denn recht, wenn ich damit fahre? Ich möchte nicht seine Gefühle verletzen.«

Lieber laufe ich zu Fuß, dachte Marianne, als mir von dem Alten vorhalten zu lassen, dass ein Nazi das Fahrrad seiner Frau benutzt.

»Das ist sehr freundlich von Ihnen, aber Sie können beruhigt sein. Ich habe ihn gefragt, und er hat zugestimmt.«

»Wirklich?«

Louise lächelte ein wenig hintergründig. »Mein Großvater mag Ihnen herb erscheinen, und seine Ansichten über die Deutschen sind manchmal sehr … nun ja, einseitig, aber ich bin sicher, wenn Sie beide sich ein wenig näher kennen, wird er Ihnen nicht mehr vorhalten, dass Sie Deutsche sind. Mein

Großvater kann auch überaus liebenswürdig sein, ich kenne ihn gar nicht anders.«

Marianne hoffte inständig, dass sie recht behielt.

»Wenn das so ist, nehme ich das Fahrrad sehr gern an. Vielen Dank.«

»Es ist mir ein Vergnügen! Am besten nehmen Sie es schon mit, dann können Sie es morgen früh gleich benutzen.«

Wenig später schob Marianne das Fahrrad nach draußen. Es quietschte ein wenig, machte aber wirklich einen sehr soliden Eindruck. Wie lange hatte sie jetzt schon nicht mehr auf dem Rad gesessen? Zu Hause hatte Ursula ihr beigebracht, wie man fuhr; weder ihrem Vater noch ihrer Mutter war es in den Sinn gekommen, es mit ihr zu üben. Ursula hatte es von einer Freundin gelernt. Da sie kein eigenes Fahrrad besaßen, stibitzten sie manchmal das des Vaters und fuhren heimlich durch die Stadt. Damals waren sie noch ein verschworenes Duo gewesen, doch die Zeit hatte das Band zwischen ihnen brüchig werden lassen. Spätestens, als Ursula ihr Studium begonnen und das Elternhaus verlassen hatte, war es endgültig zerrissen.

Marianne schob die Kindheitserinnerung beiseite.

»Drehen Sie doch mal eine Runde«, schlug Louise vor.

Marianne blickte unsicher zum Rad. Der Lenker wirkte riesig. Und wenn sie sich nun nicht darauf halten konnte?

»Ich bin schon eine Weile nicht mehr gefahren«, sagte sie unsicher.

»Radfahren verlernt man nicht«, entgegnete Louise. »Es ist wie Schwimmen. Wenn man es einmal kann, kann man es immer.«

Marianne trat näher an das Fahrrad heran. Ihr Rock erschien ihr auf einmal viel zu eng. Sie würde sich einen weiteren besorgen müssen. In Koblenz war sie nie mit dem Rad zur Schule gefahren – aber da hatte sie auch nur wenige Straßen entfernt gewohnt.

»Versuchen Sie es! Wenn Sie wollen, passe ich auf, dass Sie nicht umkippen.«

Marianne raffte ihren Rock ein wenig hoch und setzte sich auf den Sattel. Sie erinnerte sich noch gut daran, wie sie einmal bei einer Tour mit Ursula gestürzt war und sich das Knie aufgeschlagen hatte. Dadurch waren sie aufgeflogen. Ihrem Vater war es egal gewesen, aber ihre Mutter hatte ihnen verboten, sich erneut auf ein Rad zu setzen. Marianne hätte sich nicht weiter darum gekümmert, doch Ursula war damals alt genug gewesen, um zu wissen, dass ihre Mutter die Nachbarn fragen würde. Und dass die Leute ihr zutragen würden, was sie gesehen hatten. Von da an waren sie nicht mehr gefahren. Und dies war auch das letzte Mal gewesen, dass sie auf einem Fahrrad gesessen hatte.

Als Marianne die Füße auf die Pedale setzte, klopfte ihr das Herz bis zum Hals. Einen Moment glaubte sie zu kippen, doch dann zeigte sich, dass Louise recht hatte. Schnell fand sie ihr Gleichgewicht und gewann an Geschwindigkeit.

Louise juchzte hinter ihr auf und applaudierte. »Na, sehen Sie, ich habe es doch gesagt!«

Marianne drehte eine Runde über den Werkhof, dann noch eine. Das Herzklopfen legte sich, und allmählich gewann sie an Sicherheit. Warum habe ich mir nicht einfach ein Fahrrad zugelegt? fragte sie sich. So vieles habe ich getan, was meinen Eltern nicht gefiel – warum nicht auch das?

Schließlich hielt sie wieder neben Louise.

»Und, wie gefällt es Ihnen?«

»Es ist ein sehr gutes Rad!«, entgegnete Marianne begeistert. Ihre Wangen waren gerötet und ihr Haar zerzaust, und wenn sie jemand mit dem hochgeschobenen Rock gesehen hätte, hätte er sicher Anstoß daran genommen. Doch das war ihr egal.

»Das freut mich. Es wird Ihnen gute Dienste leisten, Sie werden sehen. Außerdem sind Sie damit unabhängiger und können auch mal zu den Weinbergen rausfahren und zum Fluss und zu den Mohnfeldern.«

»Sie haben Weinberge hier?«, fragte Marianne verwundert. Früher, als sie begonnen hatte, sich mit Frankreich zu beschäftigen, hatte sie davon geträumt, mal auf einem Weinberg zu wohnen. Dieser Traum hatte sich zerstreut, aber wenn es möglich war, würde sie dem hiesigen Weingut mal einen Besuch abstatten.

»Ja, es gibt drei Weingüter in der Gegend. Die Weine sind nicht sonderlich berühmt, aber gut. Nicht mal mein Großvater hat etwas daran auszusetzen. Dort, wo Sie herkommen, gibt es sicher auch Wein, nicht wahr? Deutschland ist ja bekannt für seinen Riesling.«

»Das habe ich auch schon gehört, allerdings kann ich Ihnen nicht bestätigen, ob der Ruf gerechtfertigt ist, dazu trinke ich zu wenig Wein.«

»Das wird sich hier vielleicht ändern.« Louise lächelte sie an, dann fragte sie: »Wie wäre es, wenn wir mit dem Rad nach Hause führen?«

»Wir beide?«, fragte Marianne erschrocken.

»Ja, warum nicht? Wenn Sie wollen, fahre ich, und Sie setzen sich auf den Gepäckträger. Kommen Sie, es macht Spaß!«

Marianne zögerte noch ein wenig, doch dann nickte sie und setzte sich nach hinten. Immerhin brauchte sie so der Stadt nicht ihre nackten Oberschenkel zu präsentieren.

Wenig später rasten sie den Weg in Richtung Villa hinunter. Marianne hatte zunächst Angst, dass sie stürzen würden, doch dann spürte sie den warmen Wind auf ihrem Gesicht und in ihrem Haar, und ihre Befangenheit fiel von ihr ab. Sie war in Frankreich! Ihr Traum hatte sich erfüllt. Und vor ihr lag ein ganzes Jahr.

16

Am nächsten Vormittag saß ich vor dem Computer und suchte nach dem kleinen Ort, in den meine Mutter gereist war. Tatsächlich fand ich ihn nach einiger Zeit.

Das Gymnasium war mittlerweile nur eines von vielen. Die Stadt war größer geworden, moderner. Die Tuchfabrik existierte nicht mehr. An ihrer Stelle war eine Energiefirma errichtet worden, auch gab es einige größere Handwerksfirmen, aber im Großen und Ganzen sah der Ort genauso aus wie eine mittlere Kleinstadt in Deutschland. An der Bushaltestelle prangten Graffitis. Einige Bilder zeigten junge Leute, die sich die Zeit mit Skaten vertrieben. Wie mochte es sein, jetzt durch die Straßen zu gehen? Mittlerweile waren fast vierzig Jahre vergangen, seit meine Mutter dort hindurchgeschlendert war, aber vielleicht würde es mir helfen, zu verstehen …

Mama hatte mir versprochen, heute Abend weitere Fotos zu zeigen und zu erklären, was vorgegangen war. Dass sie sich so viel Zeit nahm, machte mich schier wahnsinnig. Noch immer wusste ich nichts über meinen Vater. Aber ich spürte, dass es etwas mit dem Austausch zu tun hatte. Dass dieser Christoph zu ihr zurückgekehrt war, glaubte ich nicht. Wer war der Fremde? Ein Lehrer? Jemand anderes aus dem Ort? Oder sogar dieser Yves aus Paris? Meine Mutter hatte geleugnet, etwas mit ihm angefangen zu haben, aber vielleicht hatte sie ihn später wiedergesehen. Vielleicht war es auch zu einem One-Night-Stand gekommen?

Nein, das traute ich meiner Mutter nicht zu. Und das Verschwinden meines Vaters aus ihrem Leben hätte sie auch nicht so hart getroffen, wenn es nur eine einmalige Sache gewesen wäre.

Ich rechnete nach. Ich wurde am 12. Februar 1977 geboren. Dementsprechend musste ich im Mai 1976 gezeugt worden sein. Meine Mutter war im September 1975 für ein Jahr nach Bar-le-Duc gekommen. Das bedeutete, dass ich während ihres Aufenthaltes dort gezeugt worden sein musste. Als sie Frankreich verließ, hatte sie den dritten Monat bereits überschritten. Ob man in ihrer Schule gewusst hatte, was geschehen war? Hatte man sie deswegen entlassen?

Oder gab es noch einen anderen Grund, weshalb sie diese Zeit nie erwähnt hatte?

War sie vielleicht vergewaltigt worden? Dieser Gedanke bohrte sich wie eine Faust in meinen Magen.

Am liebsten hätte ich mich auf die Suche nach dem Fotoalbum gemacht, doch erstens wäre das ein grober Vertrauensbruch gewesen, und zweitens hätte ich mit den Bildern, die meist nur einen Schnappschuss zeigten, nicht viel anfangen können. Ich würde also warten müssen, bis meine Mutter wieder da war und mich an die Hand nahm, um mich durch ihre Geschichte zu geleiten.

Am Nachmittag hatte ich bereits einiges an Material über Bar-le-Duc zusammengetragen. Der Ort hatte eine aussagekräftige Website, auf der man einen Eindruck von den Bauten und der Landschaft bekommen konnte. Sogar das Denkmal für die »Voie Sacrée«, die Versorgungsroute nach Verdun, fand ich.

Leider hielten sich die Nachkommen der Silberg'schen Tuchfabrik sehr bedeckt, was Material im Internet anging. Es gab keine Telefonnummern, keine Fotos. Lediglich das in den Resten des Schlosses untergebrachte Museum berichtete etwas über die Geschichte der Firma und zeigte auf einem Foto stolz einen der Webstühle, die meine Mutter an ihrem ersten Tag in Bar-le-Duc gesehen hatte. Als ich etwas weitersuchte, fand ich auch ein Bild von dem alten Silberg. Das Foto zeigte ihn allerdings als jungen Mann, kurz nach der Hochzeit mit seiner Frau. Im Hintergrund erhob sich die Fabrik. Ich fragte mich, was die Frau zu diesem Bild gesagt hatte, das zeigte, dass sie nicht nur einen Mann, sondern auch eine Firma geheiratet hatte. Minutenlang starrte ich das Bild an, dann fiel mir ein, dass die Schule vielleicht auch eine eigene Website hatte.

Nach einigem Suchen fand ich tatsächlich eine Seite, die auf das Lycée verwies, an dem meine Mutter gearbeitet hatte. Doch würden sich dort noch Spuren des Aufenthaltes meiner Mutter finden? Hatte man die Akten von damals aufgehoben?

Als die Haustür ging, klappte ich den Laptop zu wie ein Kind, das bei etwas Unanständigem ertappt zu werden drohte.

»Hallo, wie ist es gelaufen?«, begrüßte ich meine Mutter, als ich in die Diele trat.

Sie zuckte zusammen.

»Oh, du bist ja hier!«, sagte sie und presste sich die Hand auf die Brust.

Hatte sie das vergessen? Oder war sie beim Hereinkommen mit den Gedanken woanders gewesen?

»Ja, heute war mir nicht nach einem Ausflug.«

»Stattdessen hast du deine gruseligen Bücher gewälzt«, mutmaßte sie.

Ich ließ sie in dem Glauben. »Sie sind nicht gruselig, sondern beinhalten viele Informationen. Ich will nur gerüstet sein.«

»Diese Informationen regen dich bloß auf«, entgegnete sie, als sie aus ihren Stiefeln schlüpfte und die Füße in ihre Hauspantoffeln schob. »Warte doch ab, was der Arzt sagt. In zwei Wochen ist es so weit, und dann können wir uns immer noch verrückt machen.«

Das stimmte, aber ich wünschte mir, dass diese zwei Wochen endlich vorüber wären. Ich musste wissen, was als Nächstes zu tun war.

# 17

Foto Nr. 6

Marianne mit ihrer Klasse. Sie steht hinter siebzehn Schülern, acht davon sind Mädchen, neun Jungs. Neben ihr ragen zwei Männer auf. Einer von ihnen hat eine Glatze und einen Schnurrbart, der andere einen ergrauten Lockenschopf. Beide Männer lächeln breit in die Kamera. Das Lächeln von Marianne ist verhalten. Sie wirkt angespannt, und bei näherem Hinsehen erkennt man, dass sie den Kopf gerade erst dem Fotografen zugewandt hat, nachdem sie zuvor woanders hingeschaut hatte.
(15. September 1975)

Marianne pochte das Herz bis zum Hals, als sie das Schulgebäude betrat. Jeder erste Tag an einer neuen Schule war etwas Besonderes. Man musste sich auf neue Kollegen einstellen, auf neue Schüler. Nie wusste man, was einen erwartete. Eine laute Klasse oder eine brave? Nette Kollegen oder Choleriker und Desillusionierte?

Sie hatte es für eine gute Idee gehalten, etwas früher zu kommen. Das Schulgebäude mit den hohen, weitläufigen Gängen war vom Hausmeister glücklicherweise bereits geöffnet worden. Während ihre Schritte über den Marmor hallten, blickte sie zu den Säulen auf, die den Gang säumten. Ein leicht muffiger Geruch ging von den Ecken aus, doch das war in jedem alten Gebäude so, egal, wie gut es geputzt wurde. Die Türen entlang des Flurs waren alle mit einer Nummer versehen. Der lindgrüne Anstrich wirkte ein wenig verblichen. Die Kleiderhaken daneben glänzten messingfarben in der Morgensonne. Marianne strich mit der Hand darüber. So glatt gerieben, wie sie sich anfühlten, hatten sie wohl schon die Jacken Tausender Schüler getragen.

»Mademoiselle, haben Sie sich verlaufen?«

Marianne wirbelte herum. Der junge Mann trug ein Polohemd, Jeans und Stoffturnschuhe. Sein gewelltes schwarzes Haar stand ihm ein wenig vom Kopf ab, was wohl keinem Windstoß, sondern zahlreichen Wirbeln auf dem Kopf geschuldet war. Seine Augen leuchteten in einem goldenen Braunton.

Für einen Moment hielt sie ihn für einen Schüler der Oberstufe, doch dann erkannte sie, dass er etwa in ihrem Alter war.

»Nein, keineswegs, ich …« Kurz entfielen ihr die französischen Worte, doch sie fing sich, bevor sie in ihre Muttersprache verfallen konnte. »Ich … ich bin die neue Lehrerin. Und ich weiß, der Unterricht beginnt erst um acht, aber ich dachte, ich schaue mir schon mal alles an.«

Der junge Mann legte den Kopf ein wenig schräg und betrachtete sie. Hatte er sie vielleicht nicht verstanden? Hatte sie nicht flüssig genug gesprochen? Unsicherheit überkam Marianne.

»Ah, dann müssen Sie die Lehrerin aus Deutschland sein.« Er kam auf sie zu und reichte ihr die Hand. »Ich bin Michel Clement. Mein Vater unterrichtet ebenfalls in dieser Schule.«

»Freut mich, Sie kennenzulernen. Ich bin Marianne Schwarz«, antwortete sie und als sie seine Hand berührte, durchzog sie ein Schauer. Verwirrt ließ sie seine Hand wieder los. Was war nur in sie gefahren? Sicher, er sah sehr gut aus, und auch seine Stimme war sehr angenehm, aber warum wurde sie plötzlich rot? Sie hatte doch sonst keine Probleme, mit Gleichaltrigen zu reden.

»Ich komme aus Koblenz«, fuhr sie fort, um ihre Verlegenheit ein wenig zu überspielen. »Arbeiten Sie auch hier?«

»Nein, ich bin nur hier, weil ich meinem Vater geholfen habe, etwas herzubringen. Ich bin bei einem Winzer ganz in der Nähe angestellt. Wenn Sie Lust auf Wein haben, kann ich Ihnen ein paar Flaschen mitbringen.«

»Oh nein, ich trinke nicht häufig«, winkte Marianne ab, dann bereute sie, dass sie das gesagt hatte. Wahrscheinlich hielt er sie für ein scheues Mauerblümchen. Aber genaugenommen war sie das ja auch. Während einige Altersgenossinnen von ihr bereits Kinder hatten, war sie noch immer Jungfrau.

»Nun, unseren Wein trinkt man eigentlich nicht, um sich einen Schwips einzufangen, sondern um ihn zu genießen. Vielleicht sollte ich Ihnen mal eine kleine Kostprobe geben.«

Mariannes Herz klopfte auf einmal so heftig wie noch nie. So herausfordernd wie dieser Michel hatte sie noch nie ein junger Mann angesehen. Wollte er sie vielleicht nur verspotten?

»Michel?«, fragte da eine tiefe Männerstimme hinter ihnen. »Ah, hier bist du! Fährst du gleich wieder los?«

Michel lächelte Marianne an und zwinkerte ihr zu, bevor er sich umwandte. »Ja, Papa, wie du weißt, muss ich um acht anfangen, wie jeder andere anständige Mensch auch.«

Marianne entging nicht, dass der ältere Monsieur Clement etwas missbilligend den Mund verzog. Offenbar war er mit der Berufswahl seines Sohnes nicht glücklich.

»Gut, dann werde ich die restlichen Kisten allein reintragen.«

»Ich kann Ihnen helfen!«, bot sich Marianne an. Sie war zwar schlank, aber ziemlich kräftig und hatte auch im Atelier ihres Vaters öfter mal mit anpacken müssen. Von dem letzten Umzug, bei der ihr kaum jemand beim Tragen geholfen hatte, mal ganz abgesehen.

»Und wer sind Sie?«, fragte Monsieur Clement.

»Marianne Schwarz, die neue Lehrerin.«

Augenblicklich verdunkelte sich das Gesicht des Mannes. Was war los? Hätte sie wirklich noch nicht hier sein dürfen? Er schien nicht zu wissen, was er sagen sollte.

»Deine neue Kollegin kann dir sicher helfen«, bemerkte sein Sohn. »Also, wir sehen uns! Schönen Tag, Mademoiselle Schwarz!«

Noch einmal lächelte er Marianne zu und stiefelte dann den Gang entlang.

Schweigend standen sich Monsieur Clement und sie gegenüber. Aus irgendeinem Grund fiel ihr wieder der Name des Hundes ein, Clémence, was natürlich völlig unpassend war, aber sie konnte es nicht ändern.

»Nun ja …«, begann Clement schließlich. »Ich hätte es besser gefunden, wenn wir uns offiziell vorgestellt worden wären, aber wo Sie schon da sind … Ich habe noch ein paar leichtere Kisten in meinem Wagen. Wenn Sie mir also helfen würden …«

»Aber gern«, entgegnete Marianne und fühlte sich fast schon ein wenig erleichtert darüber, dass sie den Gang verlassen konnten. Vielleicht war die Reserviertheit von Monsieur Clement ja auch nur ein Ausdruck von Unsicherheit. Und er hatte recht, eigentlich hätte sie heute Morgen dem

Kollegium vorgestellt werden sollen. Wahrscheinlich hatte er jetzt das Gefühl, keinen guten ersten Eindruck abzugeben.

»Es war wirklich nicht meine Absicht, irgendwen in Verlegenheit zu bringen«, sagte sie, während sie zum Wagen des Lehrers gingen, den er in der Seitenstraße abgestellt hatte. »Ich wollte mir nur die Schule ansehen. Den Ort ein wenig auf mich wirken lassen. Das halte ich immer so, wenn ich an einer neuen Schule anfange.«

»Ihr Französisch ist sehr gut«, entgegnete Monsieur Clement, und es machte den Anschein, als hätte er ihr gar nicht zugehört. »Seit wann sprechen Sie unsere Sprache?«

»Seit meiner Schulzeit«, antwortete Marianne. »Etwa in der siebten Klasse habe ich mich richtig in Frankreich verliebt, die Kultur, die Musik.«

»Nun, eigentlich glaubt die ganze Welt, Deutschland sei das Land der Dichter und der Kultur. Manchmal habe ich den Eindruck, dass die Leute dort das selbst auch so sehen.«

»Oh nein, ganz und gar nicht!«, antwortete Marianne. »Es gibt sehr viele Deutsche, die mit der Kultur Frankreichs oder Italiens sehr viel mehr anzufangen wissen. In meinem Freundeskreis haben fast alle Sartre gelesen und Juliette Gréco gehört.«

Marianne fragte sich, was wohl aus ihren Schulfreundinnen geworden war. Seit dem Studium hatten sie keinen Kontakt mehr gehabt. Vielleicht würden sie sich über eine Postkarte aus Frankreich freuen. Sicher wohnten sie nicht mehr zu Hause, aber die Eltern würden die Post bestimmt an sie weitersenden.

»Sie scheinen einen bemerkenswerten Freundeskreis gehabt zu haben«, entgegnete Clement und deutete dann vor sich auf einen roten Citroën. »Das ist mein Wagen. Ich werde Ihnen die etwas leichteren Kisten geben.«

Er schloss auf und überreichte Marianne drei mittelgroße flache Schachteln, die jede für sich genommen nicht schwer waren, aber auf ihren Armen summierte sich das Gewicht, und sie war froh, dass es nicht mehr wurden.

»Wird es gehen?« Clement hob zwei größere Kisten aus dem Kofferraum und stellte sie so hin, dass er sie leicht aufnehmen konnte, nachdem er abgeschlossen hatte.

»Ja, es geht, kein Problem«, entgegnete Marianne und folgte ihrem Kollegen dann zurück ins Schulhaus. Inzwischen sammelten sich auf dem Schulhof die ersten Schüler. Einige von ihnen brachten ihre Fahrräder in den Unterstand, wo auch ihr Fahrrad parkte. Das Lenken war für sie immer noch ein wenig ungewohnt, aber sie hatte das Gefühl, dass sie es bald richtig beherrschen würde. Besser als Laufen war es allemal.

»Was ist denn in den Kisten?«, fragte Marianne, während sie Clement die große Treppe hinauffolgte.

»Exponate. Ich bin Biologielehrer und habe den Sommer genutzt, ein paar neue Herbarien anzulegen und neue Präparate zu erstellen. Glücklicherweise verfügt die Gegend um Bar-le-Duc über eine wunderbare Flora und Fauna.«

Marianne dachte an ihre Schule in Deutschland zurück. Sie hatte sich noch nicht näher damit beschäftigt, aber legte ihr Kollege seine Herbarien auch selbst an? Und was war mit den Präparaten? Brachte er es über sich, Tiere in Alkohol zu konservieren oder Schmetterlinge mit einer Nadel zu durchbohren? Das konnte sie sich bei dem etwas schüchternen Herrn Albers kaum vorstellen. Clement dagegen sah alles andere als schüchtern aus. Je länger sie ihn betrachtete, desto mehr bemerkte sie seine Präsenz. Es war ganz sicher nicht

Schüchternheit, die ihn davon abgehalten hatte, sie zu begrüßen. Offenbar war er nur verwirrt gewesen, sie zusammen mit seinem Sohn zu sehen.

Im oberen Stockwerk angekommen, trugen sie die Kisten in einen kleinen Raum, der als Kabinett diente. Dort standen all die Dinge herum, die man für den Unterricht brauchte. Landkarten, ein Globus – und viele Gläser mit eingelegten Tieren. Ein Schauer überfiel Marianne, als sie auf eine bleiche, in Alkohol konservierte Schlange blickte, das Maul leicht geöffnet. Hatte Monsieur Clement sie selbst gefangen?

»Stellen Sie die Herbarien am besten hier hin. Unser Hausmeister wird sich nachher um die Kisten kümmern.«

Marianne tat wie geheißen und sah sich dann um. Das Glas mit der Schlange vermied sie tunlichst. Neben den Alkoholpräparaten gab es auch zahlreiche Schaukästen. Die unvermeidlichen Schmetterlinge waren dabei, aber auch Kästen, die verdeutlichten, wie aus einem Korn eine Getreideähre wurde und wie aus einem Pilzmyzel ein Steinpilz wuchs.

»Faszinierend, nicht wahr?«, fragte Clement, als er ein Glas aus einer der Kisten hob und es dann zu seiner Sammlung hinzufügte. »Momentaufnahmen der Natur, für die Ewigkeit aufbereitet.«

Offenbar sprach er mehr mit sich selbst als mit ihr, aber das machte Marianne nichts aus. Sie hatte immer Französisch- und Deutschlehrerin werden wollen und sich nie um die anderen Fachrichtungen gekümmert. Das würde sich nach ihrem Besuch hier vielleicht ändern.

»Kommen Sie, wir sollten jetzt besser runtergehen, die Kollegen werden gleich eintreffen«, sagte Monsieur Clement, nachdem er sein Werk noch einen Moment lang betrachtet hatte.

Marianne nickte. »In Ordnung.«

»Vielen Dank fürs Tragen.« Clement versuchte sich an einem Lächeln, das allerdings nicht besonders herzlich ausfiel. Aber vielleicht war das seine Art.

Der Biologielehrer führte sie zum Büro des Rektors, der gerade angekommen zu sein schien. Marianne kannte ihn bereits von der gestrigen Begrüßungsveranstaltung.

Monsieur Callas, der sich durchaus der Namensvetternschaft mit der berühmten Opernsängerin bewusst war, war ein hochgewachsener, sehr schlanker Mann mit braunem Haar und etwas tief liegenden Augen, die einem das Gefühl geben konnten, dass sie alles sahen, selbst Gedanken. Marianne war sicher, dass das bei den Schülern einen großen Effekt hatte – besonders dann, wenn sie zu ihm zitiert wurden, weil sie etwas ausgefressen hatten.

»Ah, Robert, wen bringst du mir da?«, fragte er lächelnd und kam hinter seinem Schreibtisch hervor. »Guten Morgen, Mademoiselle Schwarz, wie schön, Sie zu sehen!« Der Rektor schüttelte ihr herzlich die Hand. »Ich nehme an, Monsieur Clement hat sich Ihnen schon vorgestellt?«

»Das hat er«, entgegnete Marianne. »Er hat mir auch freundlicherweise schon das Kabinett gezeigt, was ich sehr interessant fand.«

»Mademoiselle Schwarz hat mir beim Tragen geholfen, und ehe du etwas Falsches vermutest, sie hat mir die Hilfe angeboten, nachdem mein Sohn zur Arbeit musste.«

»Schön, schön, dann hoffe ich, Sie haben sich schon ein wenig in Bar-le-Duc eingelebt. Wie gefällt Ihnen Ihre Unterkunft?«

»Sehr gut«, antwortete Marianne. »Die Silbergs sind sehr freundlich, und meine Unterkunft lässt nichts zu wünschen übrig.«

»Das ist fein. Dann kommen Sie bitte mit ins Lehrerzimmer, dort werden Sie Ihre Kollegen kennenlernen. Sie freuen sich schon auf den Austausch mit Ihnen!«

Im Lehrerzimmer war das Kollegium mittlerweile eingetroffen. Da sie wussten, dass die Austauschlehrerin anwesend sein würde, hatten sie sich ausnahmsweise nicht gleich in ihre Klassenräume begeben.

Nacheinander lernte Marianne ihre Kollegen kennen: Amélie Leduc, die resolute Physiklehrerin, Christine Henry, die Englischlehrerin, Arnaud Lecomte, den Kunstlehrer mit der dicken Hornbrille, Didier Malot, den energischen Sportlehrer, und die für sie wichtigsten Lehrer: Jacques Dumont, den glatzköpfigen Französischlehrer mit dem Schnurrbart, und Lydie Delacour, die etwas blässliche Deutschlehrerin, mit der sie sich die Klassen teilen würde. Außerdem noch den Chemielehrer Richard Balzac, den Mathelehrer Jean Fleury, der offenbar mit der alten Madame Fleury verwandt war, und Mathieu Castel, der den Musikunterricht gab.

Zusammen boten sie einen sehr farbenfrohen Anblick, und Marianne fühlte sich bei den meisten auf Anhieb wohl. Ein paar der Kollegen waren freundlich reserviert, aber das war bei einem ersten Tag nicht anders zu erwarten.

»Nun, dann wollen wir Ihnen mal Ihre Schüler vorstellen«, verkündete Französischlehrer Monsieur Dumont und nickte der Deutschlehrerin, die eine sehr dünne, helle Stimme hatte, zu. »Bei mir werden Sie zunächst die meiste Zeit hospitieren, um sich in unseren Schulalltag einzufinden. Den Deutschunterricht werden Sie nach einer kleinen Eingewöhnungsphase eigenständig übernehmen, denn wenn sich jemand in der Sprache auskennt, dann Sie.«

Die Bemerkung war sicher nicht böse gemeint, doch Lydie verzog das Gesicht zu einem säuerlichen Lächeln. Marianne wäre es ebenso ergangen, wenn jemand ihre fachliche Kenntnis unter dem Deckmantel des Kompliments an eine Kollegin in Zweifel gezogen hätte.

Sie lächelte Lydie aufmunternd zu, dann folgten sie beide Dumont nach draußen.

Der Unterrichtsraum für die Deutschstunde wurde offenbar auch für Mathematik genutzt, denn beim Eintreten entdeckte Marianne neben der Tafel ein Lineal, einen Kreidezirkel und ein Geodreieck. Auch die Gestaltung der Wände deutete nicht darauf hin, dass hier eine Fremdsprache gelehrt wurde.

Auf den Bänken saßen zehn Jungen und sieben Mädchen der Seconde, des ersten Gymnasialkurses. Sie waren alle vierzehn oder fünfzehn Jahre alt, beinahe schon Erwachsene, wie es auch in einer deutschen zehnten Klasse der Fall war. Vor ihnen auf den Tischen standen kleine Namensschildchen, die sie offenbar selbst gebastelt hatten.

»Guten Morgen, meine Herrschaften!«, begrüßte Lydie die Klasse in einem ziemlich akzentgefärbten, aber sicheren Deutsch. »Ich hoffe, ihr hattet alle eine schöne Ferienzeit. Heute möchte ich euch eine neue Kollegin vorstellen, die ab sofort zusammen mit mir euren Kurs leiten wird. Marianne Schwarz kommt aus Deutschland und wird ein Jahr an unserer Schule verbringen, um mit uns zu lernen und euch unser Nachbarland nahezubringen.«

Getuschel wurde laut. Marianne konnte sich kaum vorstellen, dass Lydie sich mit ihrer zarten Stimme gegen die Jugendlichen durchsetzen konnte, wenn diese erst mal richtig ins Plaudern gerieten.

»Ich freue mich, hier zu sein und euch ab sofort unterrichten zu dürfen«, begann Marianne, etwas energischer, als sie eigentlich vorgehabt hatte, doch irgendwie hatte sie das Gefühl, dass sie hier am ersten Tag keine Schwäche zeigen durfte. »Und es freut mich auch, dass ihr den Eifer besitzt, meine Muttersprache zu erlernen. Ich bin sicher, dass Franzosen und Deutsche sehr viel voneinander lernen können. Wenn ihr Fragen habt, wendet euch bitte vertrauensvoll an mich.«

Wieder wurde getuschelt. Zwei Jungs steckten die Köpfe zusammen, dann schnellte eine Hand nach oben. Der Junge hatte rabenschwarzes Haar und etwas verwaschene Gesichtszüge, die sich vielleicht noch etwas schärfen würden, wenn er die Pubertät hinter sich hatte.

Marianne versuchte, das Namensschild zu entziffern, doch es gelang ihr aus der Ferne nicht auf Anhieb.

»Ja, bitte«, sagte sie dennoch.

»Mademoiselle Schwarz«, fragte der Junge mit einer Stimme, die den Stimmbruch noch immer nicht ganz hinter sich gelassen hatte. »Warum haben die Deutschen die Juden umgebracht?«

Diese Worte ließen Marianne schlagartig erstarren. Sie blickte zu Lydie Delacour, die tomatenrot wurde. Der Schüler schaute sie scheinbar unschuldig an, doch in seinem Gesicht konnte Marianne eine gewisse Häme erkennen. Tat er das nur, um sie auf die Probe zu stellen, oder war sein Elternhaus den Deutschen nicht gut gesinnt?

»Bertrand, das ist eine sehr unpassende Frage!«, fuhr Lydie ihn auf Französisch an.

»Ist schon gut«, beschwichtigte Marianne. Wenn sie vor dieser Klasse bestehen wollte, dann durfte sie nicht ausweichen. »Ich erkläre es dir gern ...« Sie reckte den Hals, und jetzt erkannte sie, was auf dem Namensschild stand: Bertrand Rémy. »Bertrand.«

Sie atmete tief durch, um sich zu beruhigen, dann begann sie: »Sehr viele Deutsche haben den Nazis ihre Ideologie vom Herrenmenschen geglaubt. Und sehr viele Deutsche waren in der NSDAP und der SS. Sie haben in den Vernichtungslagern gearbeitet, sie haben die Transportzüge gefahren und bewacht. Sie glaubten, dass Juden aufgrund ihres Glaubens und ihrer Abstammung minderwertig seien – was absolut falsch ist. Sehr viele Menschen haben auch ganz einfach nur weggeschaut und wollten die Gräuel nicht wahrhaben, sei es aus Angst oder Gleichgültigkeit. Die Juden wurden Opfer einer menschenverachtenden Ideologie, die durch nichts zu entschuldigen ist – und die im Krieg glücklicherweise besiegt wurde.«

»Aber Sie sind doch auch eine Deutsche. Finden Sie Juden auch minderwertig?«

Für das Grinsen hätte Marianne ihm eine runterhauen können. Doch sie drängte ihren Ärger zurück.

»Nein, das tue ich nicht. Für mich ist jeder Mensch, egal, welche Abstammung und welchen Glauben er hat, gleichwertig. In Deutschland ist inzwischen eine neue Generation herangewachsen. Wir sind nicht mehr das Volk, das andere Völker auslöschen will, wir sind ein Volk, das Freundschaften mit anderen Völkern anstrebt. Besonders mit Frankreich.«

Für einen Moment war es still im Klassenraum. Selbst Bertrand schien jetzt nichts mehr einzufallen. Marianne bemerkte, wie ihr Herz raste. Wahrscheinlich war sie puterrot im Gesicht, ihr Make-up würde das nicht kaschieren können.

Aber irgendwie hatte sie das Gefühl, ein Gefecht für sich entschieden zu haben.

Nach der Stunde, die nun ohne weitere Störungen verlief, kam Lydie Delacour zu ihr.

»Bitte verzeihen Sie, dass der Junge Sie in Verlegenheit gebracht hat«, sagte sie, als die Schüler den Raum verlassen hatten. »Es ist das erste Mal, dass wir hier eine deutsche Lehrerin haben. Die Kinder hören zu Hause viele Geschichten, die schnappen sie auf und bringen sie bei Gelegenheit an.«

Marianne betrachtete Lydie. Sie war ein Stück älter als sie, es war also möglich, dass sie als Kind noch etwas von dem Schrecken des Krieges mitbekommen hatte. Ihre Freundlichkeit ließ aber keinen Zweifel daran, dass sie selbst keinerlei Ressentiments hegte – warum sonst hätte sie auch Deutschlehrerin werden sollen?

»Das macht nichts«, entgegnete Marianne, und beinahe wäre ihr rausgerutscht, dass sie so etwas schon erwartet hätte – aber sie hielt sich zurück, denn sie wollte zeigen, dass sie ohne Vorurteile an ihre Arbeit heranging. »An unseren Schulen wird auch darüber gesprochen. Ich versuche, den Schülern alle Fragen so gut wie möglich zu beantworten.«

»Aber Ihnen ist klar, dass das der Versuch ist, Sie aus der Fassung zu bringen? Bei Bertrand Rémy auf jeden Fall. Vor ihm sollten Sie sich in Acht nehmen, der hat es faustdick hinter den Ohren.«

Marianne nickte. »Haben Sie vielen Dank für die Warnung. Ich kenne diesen Typ Jungen, in meiner eigenen Klasse habe ich auch solche. Die sind eigentlich nicht schlecht, doch sie mögen es, sich vor den anderen zu beweisen, und schaffen damit einen Haufen Probleme.«

»Das sehen Sie ganz richtig!«

Täuschte sich Marianne, oder wirkte Lydies Stimme jetzt, wo sie meinte, eine Verbündete gegen den Klassenrabauken gefunden zu haben, etwas kraftvoller?

»Auf jeden Fall haben Sie ihm eine sehr gute Antwort gegeben. Jedem anderen würde es nicht mehr einfallen, das noch mal zu thematisieren, aber ich fürchte, Sie sollten sich schon mal weitere gute Antworten zurechtlegen. Bei Bertrand kann man nie wissen.«

Bevor Marianne etwas darauf sagen konnte, fragte eine Stimme: »Na, wie lief die erste Stunde?«

Monsieur Dumont schob seinen Kahlkopf durch die Tür.

»Sehr gut«, antwortete Marianne. »Ich bin jetzt dran mit der Hospitation, nicht wahr?«

»Ganz richtig! Meine Schüler werden sich freuen, jemanden kennenzulernen, der als Ausländer so gut ihre Sprache spricht wie Sie.«

»Das ist sehr freundlich von Ihnen!«, entgegnete Marianne und blickte zu Lydie. Diese lächelte ihr aufmunternd zu.

»Treffen wir uns nachher in der Pause zu einem Kaffee?«, fragte sie Lydie.

Die nickte. »Ja, gern!«

Marianne lächelte ihr zu und schloss sich dann Monsieur Dumont an.

Als sie das Schulgebäude verließ, hoffte sie ein wenig, Michel, den jungen Mann von heute Morgen, wiederzusehen, doch da es erst vier Uhr war und er auf dem Weingut sicher länger arbeiten musste, schwang sie sich auf ihr Fahrrad und fuhr zur Villa zurück.

Auf dem Gelände hatte sie das Gefühl, vollkommen allein

zu sein. Das Haus wirkte verlassen, was ja kein Wunder war, denn Louise war in der Tuchfabrik und Monsieur Silberg wahrscheinlich auch. Marianne konnte sich vorstellen, dass er immer noch gern ein Auge auf alles behielt. Und Clémence, die Hündin, schien zu schlafen.

Marianne schob das Fahrrad in den Unterstand neben dem Zaun und machte sich dann auf den Weg zum Nebengebäude. Dabei reckte sie das Gesicht zur Sonne. Es war ein wunderbarer Tag! Vielleicht sollte sie ihn nutzen, um sich ein wenig in der Stadt umzuschauen. Natürlich musste sie auch den Unterricht für morgen vorbereiten – wieder stand Deutsch auf dem Plan, außerdem zwei Stunden mit Monsieur Dumont in der Première, der Oberstufe, aber das würde ihr nicht schwerfallen.

Kurz bevor sie das Häuschen erreicht hätte, trat Alain Silberg aus dem Gebüsch hervor. Es sah fast so aus, als hätte er auf sie gewartet.

Marianne blieb erschrocken stehen. »Guten Tag, Monsieur Silberg«, grüßte sie ihn und sah ihn abwartend an.

Sekundenlang betrachtete er sie, bevor er ihren Gruß erwiderte.

»Guten Tag. Sie kommen aus der Schule, nicht wahr?«

Woher sonst, dachte Marianne und nickte dann höflich. »Heute war mein erster Tag dort.«

»Und, wie hat man Sie aufgenommen?«

»Vielen Dank, sehr gut«, antwortete sie und ahnte, dass noch irgendetwas folgen würde. Sie hatte zwar erst ein Abendessen mit ihm verbracht, doch sie war das Gefühl nicht losgeworden, dass weiterhin viele Vorwürfe gegen sie und ihre Landsleute in seinem Innern gärten.

»Schade, dass Ihre Landsleute diese Freundlichkeit nicht

besessen haben, als sie hier wüteten und unsere Jungs ermordet haben«, brummte er dann.

Marianne hatte sich vorgenommen, auf seine Tiraden entsprechend zu reagieren, doch angesichts dieser Anschuldigung blieb ihr ähnlich die Luft weg wie heute Vormittag, als sie dieser Schüler – Bertrand Rémy, erinnerte sie sich – gefragt hatte, warum die Deutschen die Juden umgebracht hatten.

Irgendwie hatte sie das Gefühl, mit den Worten des alten Silberg noch schlechter umgehen zu können als mit den Bemerkungen und Witzeleien ihrer Schüler.

Doch dann wurde ihr etwas klar. Alain Silberg schien es auf eine Auseinandersetzung mit ihr anzulegen, und jetzt, da Louise in der Fabrik war, konnte sie nicht auf Hilfe hoffen. Sie durfte auf keinen Fall etwas tun, das ihn dazu brachte, sie vielleicht sogar anzugreifen.

»Das tut mir sehr leid, Monsieur Silberg. Das, was geschehen ist, tut mir sehr leid. Ihre Enkelin hat mir von ihrem Vater, Ihrem Sohn, erzählt, und ich kann verstehen, dass Sie furchtbar wütend auf die Deutschen sind.«

Die Augen des alten Mannes wurden rot und glasig. Einen Moment lang konnte Marianne nicht unterscheiden, ob Zorn oder Trauer die Ursache war.

»Sie können gar nichts verstehen, denn Sie waren nie in der Situation, ein Kind, Ihr einziges Kind, zu verlieren. Und trotz allem hoffe ich für Sie, dass Sie diese Erfahrung nicht machen müssen.«

Mit diesen Worten setzte er sich wieder in Bewegung. Marianne wich erschrocken zurück, doch Alain Silberg wollte ihr nichts antun. Er stapfte einfach an ihr vorbei, mit auf dem Rücken verschränkten Armen.

Eine Weile stand sie neben dem Gebüsch und sah ihm hinterher. Er drehte sich kein einziges Mal um und verschwand schließlich hinter den Blumenrabatten.

Er hat recht, dachte sie. Ich habe keine Ahnung, wie es ist, ein Kind zu verlieren. Und ich habe auch keine Ahnung vom Krieg. Aber was soll ich tun, um ihnen klarzumachen, dass diese Zeit vorüber ist?

Wahrscheinlich war der Versuch hier ebenso vergebens wie der, ihren Vater davon zu überzeugen, dass die Franzosen keine Feinde mehr, sondern Freunde waren.

Niedergeschlagen betrat sie die Remise. Die Euphorie, die sie beim Gedanken an Michel Clement gespürt hatte, war nun vollends vergangen.

Zwei Wochen gingen ins Land, ohne dass sie Michel zu Gesicht bekam. Immer wieder musste sie an ihn denken – und das, obwohl sie nur ein paar Worte gewechselt hatten. Wenn sie allein war, stellte sich Marianne Situationen vor, in denen sie ihm begegnen könnte. Beim Bäcker vielleicht, wo sie sich ihr zweites Frühstück holte, obwohl sie eigentlich etwas aus der Küche der Silbergs hätte mitnehmen können. Oder auf dem Rückweg. In der Schule, wenn er seinem Vater wieder beim Tragen helfen musste.

Doch wenn der Alltag wieder nach ihr rief, verschwanden diese Tagträume, und sie versuchte, sich damit abzufinden, dass sie ihn vielleicht nie wiedersah.

Ohnehin hatte sie in der Schule viel zu viel zu tun, als dass sie sich um ihr Vergnügen kümmern könnte. Der Schulalltag nahm sie voll und ganz ein.

Mittlerweile hatten die Sticheleien der Schüler ein wenig nachgelassen, doch Marianne hatte noch immer nicht das

Gefühl, dass sie sie akzeptiert hatten. Einmal fand sie beim Aufschlagen der Tafel ein großes Hakenkreuz darauf vor – die Suche nach den Schuldigen war zwecklos, denn die Kinder hielten zusammen. Und auch sonst gab es hin und wieder Bemerkungen und Fragen, bei denen sie schlucken und sich sehr zusammenreißen musste, um weder zu weinen noch laut zu werden.

Sie hatte mittlerweile mitbekommen, dass vereinzelte Kollegen Vergehen immer noch mit einer Ohrfeige bestraften. Dazu wollte sie sich nicht herablassen, denn das waren Methoden, wie sie sie selbst noch in der Schule kennengelernt hatte. Sie wollte es besser machen – vor allem, weil sie nicht sicher war, was die Eltern dazu sagten, dass ihre Kinder von einer Deutschen unterrichtet wurden.

Das würde sie an diesem Abend sehen, denn es stand die erste Elternversammlung des neuen Schuljahres an. Marianne war gespannt, die Eltern kennenzulernen – und sie glaubte, sich ein bisschen sicherer fühlen zu können, wenn sie wusste, wie sie zu ihr standen.

Angesichts der Äußerungen der Schüler fürchtete sie allerdings, dass die Geschichten aus dem Krieg bei ihnen zu Hause noch immer lebendig waren. Und dass diese auch bei der Elternversammlung aufkommen könnten.

Vor lauter Aufregung vor dem Elternabend fuhr sie noch einmal zur Villa, um sich umzuziehen, denn sie wollte einen wirklich guten Eindruck hinterlassen. Sie suchte ihre besten Sachen heraus, einen dunkelblauen weiten Rock, eine blaukarierte Bluse mit Rüschen und ihre blauen Pumps, die sie sonst nicht trug, weil sie damit nicht mit dem Fahrrad fahren konnte. Also wanderten diese Schuhe in einen Beutel, denn sie wollte in ihren Sachen nicht vom Rad stürzen.

Als sie fertig war, betrachtete sie sich im Spiegel. Sie war mit ihrem Aussehen zufrieden, doch wirkte sie nicht ein bisschen zu deutsch? Aber was war zu deutsch? Ihr blondes Haar? Ihre blauen Augen? Die Art, wie sie sich kleidete? Vielleicht hätte man Bertrand Rémy dazu befragen sollen ...

Doch jetzt hatte sie keine Zeit mehr zum Nachdenken.

Noch einmal strich sie sich über die Kleider, dann nahm sie ihre Jacke vom Haken und verließ die Remise.

Als sie in der Schule ankam, war sonst noch niemand da. Nur der Hausmeister fegte die Schultreppe ab. Marianne grüßte ihn kurz – sie wusste, dass er nicht an einem Gespräch interessiert war –, dann ging sie in die Aula, wo die Versammlung stattfinden sollte.

Die Elternabende an dieser Schule unterschieden sich von denen in ihrem heimatlichen Gymnasium. Sie waren eher eine große Versammlung, auf der wichtige Punkte des Schullebens abgehandelt wurden. Sie gehörte jetzt zweifellos dazu.

Die Aula war dem Anlass entsprechend geschmückt worden. Schüler der unteren Stufen hatten für die Dekoration gesorgt. Die Plätze der Lehrer befanden sich auf der Bühne der Aula, wie bei einer öffentlichen Gesprächsrunde mit Wissenschaftlern. Davor waren kleine Tische aufgestellt, an denen die Eltern sitzen konnten.

Marianne stellte sich auf die Bühne und blickte nach unten. Das Unwohlsein verstärkte sich. Würde sie diese Prüfung bestehen?

Ein wenig erinnerte es sie an eine Schulaufführung, die sie in der achten Klasse absolvieren musste. Die Lehrerin hatte gewollt, dass sie »Romeo und Julia« zeigten – vor der gesamten Schule. Obwohl Marianne eine eher unwichtige

Nebenrolle hatte, war sie so nervös gewesen, als spielte sie die Julia. In diesen Augenblicken hatte sie gemerkt, dass eine öffentliche Karriere nichts für sie sein würde – zu groß war ihr Lampenfieber. Dass sie als Lehrerin auf der Bühne stehen würde, hatte sie nicht erwartet. Sie war froh, dass in Deutschland die Elternversammlungen intimer abliefen.

»Ah, Mademoiselle Schwarz, Sie sind ja schon da.«

Monsieur Clement trat mit einer Tasche in der Hand in die Aula. Offenbar war er überrascht davon, dass sie hier war.

»Ja, ich wollte pünktlich sein. Der Ablauf der Elternabende ist mir noch nicht bekannt.«

Sie hatte keine Ahnung, warum, aber ein seltsames Unwohlsein überkam sie in Clements Gegenwart. Irgendwie spürte sie an ihm eine gewisse Abneigung ihr gegenüber, natürlich ummantelt von makelloser Höflichkeit. Durch ihren Vater wusste Marianne allerdings genau, wie es aussah, wenn ein Mensch einen anderen nicht leiden konnte – oder wenn er ihm egal war.

»Sehr lobenswert«, entgegnete er. »Glücklicherweise finden solche Versammlungen nicht sonderlich häufig statt. Aber Sie werden sich dran gewöhnen.«

Er trug seine Tasche und den Mantel, den er sich über den Arm gelegt hatte, zu einem Platz. Seinem Platz, wie Marianne vermutete. Welcher würde ihrer sein? An Lydie konnte sie sich nicht halten, denn diese war seit einigen Tagen krank, weshalb sie den Deutschunterricht auch allein hatte abhalten müssen. Das war ihr angesichts der provozierenden Einwürfe von Bertrand Rémy nicht leichtgefallen.

Vielleicht sollte sie warten, bis Monsieur Dumont auftauchte. Er war im Gegensatz zu den anderen Lehrern immer herzlich ihr gegenüber. Monsieur Clement schien sie jedenfalls schon wieder vergessen zu haben. Er setzte sich auf seinen Stuhl, zog ein Heft hervor und begann, sich irgendwelche Notizen zu machen.

Marianne wusste nicht, was sie tun sollte. Sich einfach irgendwo hinzusetzen wagte sie nicht. Und sie traute sich auch nicht, Clement anzusprechen. Die Frage nach seinem Sohn stieg in ihr auf, doch sie wusste nicht, ob sie davon anfangen sollte. Was ging er sie an?

Nach quälenden Minuten, die sich wie Stunden zu ziehen schienen, ließen sich ein paar andere Lehrer blicken. Sie grüßten sie knapp und begaben sich zu ihren angestammten Plätzen.

Endlich tauchte ihr Französischkollege Dumont auf. Marianne atmete erleichtert auf.

»Da ist ja der Star des Abends«, meinte er und reichte ihr jovial die Hand. »Sie haben sich ja richtig feingemacht.«

»Ich möchte einen guten Eindruck hinterlassen, das ist alles«, entgegnete Marianne unsicher.

»Das werden Sie, ganz bestimmt!«

Marianne wünschte sich, dass sie den Optimismus ihres Kollegen teilen könnte. Er kannte die Eltern der Schüler – doch kannte er sie gut genug?

»Kommen Sie, setzen Sie sich neben mich. Ansonsten sitzt Lydie hier, aber sie ist unpässlich.«

Marianne ließ sich auf dem Stuhl neben Dumont nieder.

»Das muss alles sehr aufregend für Sie sein, nicht wahr? Ich war vor einigen Jahren selbst in Deutschland, da musste ich mich auch sehr an den Schulbetrieb drüben gewöhnen.«

»Sie haben auch einen Austausch gemacht?«, fragte Marianne. Bisher war das zwischen ihnen nicht zur Sprache gekommen.

»Eher eine Hospitation«, entgegnete er. »Ich war nur für ein paar Monate dort. In Köln. Das kennen Sie sicher.«

»Ja, natürlich kenne ich das.«

»Damals habe ich noch in Paris unterrichtet. Das war eine schöne Zeit.« Sein Blick wurde verträumt.

»Und was hat Sie hierher … gebracht?« Beinahe hätte Marianne »verschlagen« gesagt, aber sie wollte nicht unhöflich sein.

»Na was schon, die Liebe! Dummerweise, oder besser gesagt, zu meinem Glück, ist mir nur ein paar Monate nach meiner Rückkehr nach Paris eine wunderschöne Frau über den Weg gelaufen … Meine jetzige Ehefrau. Sie entführte mich nach Bar-le-Duc. Mittlerweile bin ich seit gut zehn Jahren hier.«

»Dann … waren Sie sicher einer der Ersten, die Deutschland nach dem Krieg besucht haben«, fragte Marianne weiter.

»Ja, das war ich. Und ich bin sehr stolz darauf. Aus diesem Grund habe ich unserem Rektor schon lange in den Ohren gelegen, unsere Schule für einen Lehreraustausch ins Gespräch zu bringen. Glücklicherweise wurde dem in diesem Jahr stattgegeben.«

Marianne hätte zu gern gewusst, ob es davor irgendwelche Widerstände gegeben hatte – und wer etwas dagegen gehabt hatte. Doch die Stuhlreihe hatte sich mittlerweile weiter gefüllt, und sie wollte Monsieur Dumont nicht in Verlegenheit bringen.

Stattdessen fragte sie: »Wie war es denn so … damals? Wieso wollten Sie gerade nach Deutschland?«

»Die Kultur interessiert mich. Die Dichter … Deutschland hat so eine wunderbare Literatur. Goethe, Schiller, Lessing …« Seine Stimme nahm einen schwärmenden Ausdruck an. »Ich wollte sehen, wo sie wandelten. Ich war sogar einmal in Weimar, auf der anderen Seite der Mauer. Da hatten Ihre Landsleute aus dem Osten schon alles dichtgemacht, aber dank eines Kollegen konnten wir trotzdem dorthin. Es war beeindruckend.«

Dumont schloss die Augen, als würde er sich an eine verflossene Liebe erinnern. Marianne lächelte. Offenbar waren sie sich ein Stück weit ähnlich, auch wenn Dumont mindestens zwanzig Jahre älter war als sie. Das gefiel ihr, und ihre Nervosität ließ ein wenig nach.

Als die Zeiger der großen Uhr in der Aula gen sieben rückten, füllte sich der Saal. Paarweise fanden sich die Eltern ein, die Männer meist in Anzügen, die Frauen in hellen Kleidern oder in Kostümen. Viele der Damen sahen so aus, als wären sie gerade beim Friseur gewesen. Marianne wurde beinahe ein wenig neidisch. Vielleicht sollte ich hier auch mal zum Friseur gehen, dachte sie, während sie unsicher den Knoten in ihrem Nacken betastete.

Als alle Eltern da waren und die Türen geschlossen wurden, trat Rektor Callas an das Rednerpult, das man auf der Bühne aufgestellt hatte.

»Meine Damen und Herren, ich begrüße Sie zu unserem ersten Elternabend des Schuljahres. Wie Sie vielleicht schon gehört haben, ist uns eine besondere Ehre zuteil geworden. Unser Lycée wurde ausgewählt, für ein Jahr eine Gastlehrerin aus Deutschland zu beherbergen, die ihre Schüler in den Fächern Deutsch und Französisch unterrichten wird. Mademoiselle Schwarz stammt ursprünglich aus Koblenz und unterrichtet am dortigen Gymnasium.«

Der Rektor sah sie an, was wohl bedeutete, dass sie sich erheben musste.

Marianne stand auf und nickte ein wenig unsicher in die Runde. Die Blicke der Anwesenden wusste sie nicht einzuschätzen, aber irgendwie hatte sie nicht das Gefühl, dass große Freude über ihre Anwesenheit herrschte.

»Ehre!«, schnaubte jemand verächtlich, als sie sich wieder setzte. Marianne blickte in die Richtung und sah einen etwas grobschlächtig wirkenden Mann in einem zu engen Anzug. Sein schwarzes Haar war an den Schläfen silbern gesträhnt, seine Augen blickten sie direkt an. Marianne fiel auf, dass er eine gewisse Ähnlichkeit mit Bertrand Rémy hatte. Leider hatten sich bei ihm die Gesichtszüge noch mehr verwaschen. Das stand wohl auch dem armen Bertrand bevor.

Was der Rektor nun sagte, bekam sie nur mit halbem Ohr mit, denn sie fragte sich, ob Bertrands Vater ebenso dachte wie sein Sohn. Woher sollte der Junge seinen Hass auf die Deutschen sonst haben – ganz sicher nicht aus eigenem Erleben. Aber der Mann, den sie für Monsieur Rémy hielt, war alt genug, um den Krieg als Soldat miterlebt zu haben. Er hatte gewiss furchtbare Erinnerungen zurückbehalten – aber warum hetzte er seinen Sohn gegen sie auf? Sie hatte ihm doch nichts getan!

»Darf ich fragen, warum Sie während des Unterrichts die Nazis verteidigt haben, Mademoiselle Schwarz?«, fuhr der grobschlächtige Mann dem Rektor plötzlich ins Wort.

Für einen Moment war alles still. Die Augen aller Anwesenden richteten sich auf Marianne.

Offenbar war es nicht die Art des Mannes, den richtigen Zeitpunkt abzuwarten.

»Monsieur Rémy, nehme ich an?«, fragte sie.

»Ja, der bin ich.« Rémy streckte die Brust raus und genoss die wohlwollenden Blicke vieler anderer Eltern.

»Nun, Ihr Sohn hat mir eine Frage gestellt – und ich habe bei weitem nicht die Nazis verteidigt. Das kann Ihnen Lydie Delacour bestätigen.«

»Diese Kollaborateurin!«, murmelte Rémy wütend.

»Wie bitte?«, fragte Marianne und blickte dann zu den anderen. Ihr Kollege Dumont wirkte wütend. Lydie war leider nicht da. Ein Glück für sie, dachte Marianne, während ihr Magen sich zusammenzog.

Hinter ihr wurde Gemurmel laut.

»Meine Herrschaften!«, versuchte der Rektor zu beschwichtigen. »Ich bin sicher, dass es sich um ein Missverständnis handelt.«

Missverständnis? Was war da misszuverstehen? Oder waren die Deutschkenntnisse des Jungen mangelhaft? Sie wusste, dass sie Rémy das nicht um die Ohren hauen durfte.

»Ich habe mit keiner Silbe die Nationalsozialisten verteidigt!«, wiederholte Marianne aufgebracht. »Ich habe nur versucht zu erklären, warum es zu den Pogromen gegen die Juden kam und welche Schuld die Deutschen dabei auf sich geladen haben. Ich habe nichts beschönigt oder verharmlost, und schon gar nicht habe ich die Nazis verteidigt.«

Rémy wurde dunkelrot im Gesicht. Er ballte die Fäuste. »Wollen Sie etwa behaupten, dass mein Sohn lügt?«

Ja, das wollte sie. Doch Marianne sah ein, dass das nichts bringen würde. Rémy glaubte ihr nicht, und das galt wahrscheinlich für einen Großteil der Anwesenden. Allmählich begann sie, sich zu fragen, ob man hier wirklich so erfreut war, eine Austauschlehrerin zu haben.

»Ich behaupte nichts, ich versuche Ihnen nur zu erklären, dass es zu keiner Verherrlichung der Nazis in meiner Stunde gekommen ist!«, verteidigte sie sich weiter. »Möglicherweise bin ich falsch verstanden worden, dafür entschuldige ich mich. Aber es war nicht meine Absicht, irgendwelche politisch bedenklichen Aussagen zu machen. Und so wird es im Unterricht auch weiterhin bleiben.«

Gemurmel wurde auf ihre Worte hin laut.

»Als Französischlehrerin sollten Sie doch unsere Sprache verstehen«, schaltete sich eine Frau ein, die offenbar Rémys Gattin war. Sie funkelte Marianne giftig an. »Warum sonst hat man Sie hergeschickt?«

Marianne überkam plötzlich das schreckliche Gefühl, dass dieser Angriff gezielt gegen sie geführt wurde. Als Einheimischen glaubte man den Rémys eher als ihr, die fremd hier war und eine Deutsche. Was immer sie auch sagen würde, man würde es gegen sie verwenden.

»Meine Herrschaften, bitte beruhigen Sie sich!«, schritt schließlich Callas ein. »Offenbar liegt ein großes Missverständnis vor. Ich lege meine Hand für die Integrität meiner Kollegin ins Feuer!«

Das schien die Gemüter allerdings nicht zu beruhigen.

Fassungslos beobachtete Marianne, wie nun über ihren Kopf hinweg darüber diskutiert wurde, ob es eine gute Idee war, eine deutsche Austauschlehrerin herzuholen.

Der Krieg ist dreißig Jahre her, ging es ihr durch den Sinn. Und noch immer scheint hier niemand bereit zu sein zu vergeben.

Als sie zur Seite blickte, entdeckte sie ein hämisches Lächeln auf dem Gesicht von Monsieur Clement. Die anderen Lehrer wirkten neutral bis desinteressiert, doch ihn schien das Theater, das die Eltern veranstalteten, zu amüsieren.

Marianne fühlte sich vor den Kopf gestoßen. Warum nur diese Feindseligkeit? Und warum schien es Clement zu freuen, dass die Eltern so gegen sie waren? Bei der Begrüßungsveranstaltung vor zwei Wochen waren doch alle so positiv und erfreut gewesen.

Doch da waren die Eltern nicht zugegen gewesen. Von deren Gesichtern erkannte sie kein einziges.

Auf einmal hatte sie das Gefühl, keine Luft mehr zu bekommen. Da die Eltern wild mit dem Direktor diskutierten und sie schon gar nicht mehr wahrzunehmen schienen, erhob sie sich und lief nach draußen.

Dumpf hallten ihre Schritte durch den Gang. Die Stimmen der Eltern verfolgten sie noch eine Weile. Marianne war sich dessen bewusst, dass ihr Weglaufen ein gefundenes Fressen für sie war. Wahrscheinlich würden sie zu Hause gleich ihren Kindern erzählen, was geschehen war. Und wie schwach ihre Lehrerin reagiert hatte.

Doch in diesem Augenblick konnte sie nicht zurück. Während ihr die Tränen kamen, stürmte sie aus dem Schulhaus, hinaus auf den Hof, wo die Bänke standen. Dort würde zwar jeder sehen können, dass sie weinte, doch wahrscheinlich hatten die Eltern immer noch damit zu tun, auf ihr herumzuhacken, denn Rémys Worte waren wie das Entzünden einer Lunte gewesen.

Eigentlich konnte sie es den Leuten nicht verdenken, dass sie wütend auf die Deutschen waren – immerhin hatten diese ihnen sehr viel Leid gebracht. Doch sie war hier, weil sie Freundschaft stiften wollte. Aber offenbar war hier niemand bereit, diese Freundschaft von ehemaligen Feinden anzunehmen.

Das machte Marianne noch trauriger, und sie begann zu schluchzen. Vielleicht war es ja doch keine gute Idee gewesen hierherzukommen. In ihrer eigenen Schule mochten die

Kinder sie. Normalerweise wäre sie jetzt in ihrer Wohnung und würde den Unterricht für den nächsten Tag vorbereiten. Stattdessen saß sie hier, und neben ihrem Unverständnis und hilflosem Zorn musste sie auch noch Angst haben, morgen vor ihre Klasse zu treten …

Plötzlich setzte sich jemand neben sie auf die Bank.

Marianne blickte durch ihren Tränenschleier auf. Michel Clement! Wo kam der denn her? Und was hatte er auf dem Schulhof zu suchen?

»Ich brauche wohl nicht zu fragen, wie es gelaufen ist«, sagte er sanft und lächelte. »Elternversammlung, nicht wahr?«

Marianne nickte. Michel reichte ihr ein Taschentuch. Es war fein säuberlich gebügelt und gestärkt, so dass sie sich beinahe scheute hineinzuschnäuzen. Doch Augen und Nase liefen über, also hatte sie keine andere Wahl.

»Danke«, sagte sie und tupfte sich die Tränen weg.

»Darf ich fragen, wer Sie angegriffen hat?«

»Woher wissen Sie, dass mich jemand angegriffen hat?« Hatte er etwa unter dem Fenster gestanden und gelauscht?

»Weil bei den Elternabenden in schöner Regelmäßigkeit jemand angegriffen wird. Meist hacken sie auf Madame Delacour oder Monsieur Lecomte herum. Sie erscheinen ihnen schwach, also glauben sie, sie können es machen. So war es damals auch schon, als ich noch zur Schule ging. Ich kann mir vorstellen, dass sie es bei Ihnen auch erst mal versuchen, um zu sehen, wie weit sie gehen können.«

Marianne seufzte. »Bei mir ist es was anderes. Der Vater eines Schülers hat mir vorgeworfen, in meinem Unterricht die Nazis verteidigt zu haben. Und außer Monsieur Callas hat mich niemand verteidigt. Es schien, als würden sie alle glauben, was der Vater sagte – nur weil ich eine Deutsche bin.«

»Ha, Callas ist ja auch ein Sozialist!«, entgegnete Michel lachend.

Marianne fand das gar nicht lustig, und das bemerkte er recht schnell.

»Entschuldigen Sie, ich wollte es nicht noch schlimmer machen. Fakt ist, dass man in dieser Stadt so seine Erfahrungen mit den Deutschen gemacht hat. Viele junge Männer kehrten nach dem Krieg nicht zurück.«

»Aber mittlerweile sind dreißig Jahre vergangen!«, gab sie zurück. »Mittlerweile müsste doch klar sein, dass Deutschland keinen Krieg mehr vom Zaun bricht. Immerhin gibt es den Élysée-Vertrag.«

»Verträge, die in Paris ausgehandelt wurden, sind in der Provinz Schall und Rauch.« Michel machte eine wegwerfende Handbewegung. »Man glaubt hier, was man glauben will. Sie können sicher sein, dass unter den meisten von uns Jüngeren solche Ressentiments nicht mehr bestehen. Aus diesem Grund hauen hier auch so viele ab. Sie sind es leid, die Geschichten der Alten zu hören.«

Offenbar galt bei den Rémys etwas anderes.

»Was ist mit Ihnen?«, fragte sie. »Warum sind Sie noch hier?«

»Nun, ganz bestimmt nicht, weil mir die alten Kriegsgeschichten gefallen«, entgegnete er. »Es ist einfach so, dass ich die Landschaft hier mag. Lachen Sie bitte nicht darüber.« Michel grinste.

Marianne war zwar nicht zum Lachen zumute, doch wenn sie ihn ansah, war ihr ein wenig leichter ums Herz.

»Sind Sie gern auf dem Weinberg?«, fragte sie.

»Ja, sehr gern sogar«, entgegnete er. »Ich mag die Arbeit in der Verwaltung. Es gibt viel zu tun auf einem Weingut. Noch

lieber würde ich zwischen den Reben umherlaufen, aber ...«
Er machte eine kurze Pause und schüttelte den Kopf, als
müsste er einen unliebsamen Gedanken loswerden, dann fuhr
er fort: »Aber so ist es auch in Ordnung. Es ist eine gute, ehr-
liche Arbeit. Mein Vater ist furchtbar wütend, dass ich nicht
mehr aus mir mache. Mein Abschluss auf dem Lycée würde
mich dazu befähigen, ebenfalls Lehrer zu werden – jedenfalls
hat sich mein Vater genau das gewünscht. Aber ich hatte
keine Lust auf ein Studium. Auch wenn ich damit die lange
Tradition der Clement-Familie durchbreche. Irgendwie ist
bei uns immer ein Sohn Lehrer geworden.«

Marianne betrachtete Michel eine Weile schweigend. Ihre
Augen zogen den Schwung seiner Lippen nach, verloren sich
in dem Goldton seiner Iris. Er bemerkte dies sicher, doch er
sah offenbar keinen Grund, etwas zu sagen.

»Nun ja, es ist, wie es ist, nicht wahr?«, sagte er schließlich.
»Mein Vater muss sich damit abfinden. Und ich werde auch
als Winzer meine Familie ernähren können. Meiner Verlobten ist es jedenfalls egal, was ich mache und bin.«

Verlobte! Marianne fühlte sich, als hätte ihr jemand eine
Ohrfeige versetzt. Michel war also verlobt – das brachte ihre
Träume von einem Moment zum anderen zum Zerplatzen.

»Was ist mit Ihrem Vater?«, fragte Michel nun, was in Marianne den Impuls erweckte, einfach fortzulaufen. Aber irgendwie weigerte sich ihr Körper, ihr zu gehorchen. »Welche
Pläne hatte er für Sie? Wollte er, dass Sie Lehrerin werden,
oder haben Sie das über seinen Kopf hinweg entschieden?«

Marianne schwieg einen Moment lang verwirrt. Verlobt,
verlobt, hallte es durch ihren Kopf. Gleichzeitig konnte sie
kaum glauben, dass es ihr so viel ausmachte. Hatte sie sich
etwa in Michel verliebt? Nachdem sie sich nur einmal kurz

gesehen hatten? Das hielt sie für unwahrscheinlich. Aber warum fühlte sie so etwas wie Enttäuschung?

»Ich ... ich weiß nicht, was mein Vater mit mir vorhatte«, hörte sie sich schließlich antworten. »Er war nie besonders anwesend in meinem Leben.«

»Oh. Haben sich Ihre Eltern getrennt?«

»Nein, nein. Aber ich hatte trotzdem das Gefühl, dass er nie da war. Er nahm mich immer nur zur Kenntnis, wenn ich ihm Modell sitzen sollte. Oder wenn er mich fotografieren wollte. Er ist Künstler, müssen Sie wissen ...«

»Aha«, sagte er und kratzte sich verlegen den Kopf. Offenbar hatte er mit Kunst ebenso wenig am Hut wie mit dem Lehrerberuf. »Nun, wenn ich ehrlich bin, kann ich mir das nicht so recht vorstellen, denn mein Vater war beinahe über-präsent in meiner Kindheit. Durch meine Entscheidung, nicht zu studieren, habe ich mich ein wenig freischwimmen können. Er macht keinen Hehl daraus, dass er meinen Beruf miss-billigt, aber er weiß auch, dass er nichts dagegen tun kann.«

Nach einer kleinen Pause fügte Michel hinzu: »Aber ich glaube, damit habe ich auch seine Achtung errungen – selbst, wenn er es niemals zugeben würde.«

Marianne dachte wieder daran, wie abweisend Clement ge-wirkt hatte – und das, obwohl sie stets höflich zu ihm war und ihm am ersten Tag geholfen hatte.

»Was ist eigentlich mit Ihrem Vater?«, fragte sie, denn es brannte ihr plötzlich auf der Seele. »Wie steht er den Deut-schen gegenüber?«

»Hat mein Vater auch etwas gegen Sie gesagt?« Zwischen Michels Augenbrauen erschien eine Falte.

»Nein, das nicht, aber ... Er wirkte erfreut darüber, dass die Leute mich angegriffen haben.«

So wie Michel sie daraufhin ansah, bereute sie fast, ihm das anvertraut zu haben. Immerhin war Clement sein Vater, und auch wenn die beiden nicht immer einer Meinung waren, war Blut doch eigentlich dicker als Wasser. Nicht alle Eltern waren so wie ihr eigener Vater …

»Mein Vater weiß ein gutes Schauspiel zu schätzen. Es hatte sicher nichts mit Ihnen zu tun, Mademoiselle. Gewiss wird er heute Abend zu Hause berichten, wie sich die Leute hier wieder aufgeführt haben. Wenn er eines abgrundtief hasst, dann ist es Dummheit.«

»Besser, als wenn er die Deutschen hassen würde.« Marianne war sicher, dass Michel ihr aus Höflichkeit auswich.

»Nun, was die Deutschen angeht, ist das ein ganz eigenes Kapitel der Familiengeschichte. Die Nazis haben meinen Großvater auf dem Gewissen. Mein Vater musste meine Großmutter und meine Tante durch den Krieg bringen – als Vierzehnjähriger! Irgendwie hat er es dann doch geschafft, Lehrer zu werden, und mit der gleichen Härte, die er damals beigebracht bekam, regiert er nun die Familie.«

»Dann kann ich davon ausgehen, dass mich hier keiner mögen wird«, sagte Marianne niedergeschlagen. »Immerhin hat hier wohl jeder durch die Deutschen Leid erfahren. Vielleicht wäre es besser, darum zu bitten, mich wieder zurückkreisen zu lassen.«

»Auf gar keinen Fall!«, entgegnete Michel. »Wollen Sie denen zeigen, dass Sie Versöhnung bringen, oder wollen Sie davonlaufen?«

»Ich bin gerade schon mal davongelaufen.«

Michel schüttelte den Kopf. »Nein. Sie haben sich eine kleine Pause gegönnt. Wenn man die Gewitterstimmung in Bar-le-Duc nicht kennt, ist das durchaus legitim. Die Elternversammlung dauert jetzt noch mindestens eine halbe Stunde. Gehen Sie wieder rein, und wappnen Sie sich gegen die Ungerechtigkeiten. Die werden natürlich wieder gegen Sie schießen, aber wenn Sie denen zeigen, dass Sie sich nicht einschüchtern lassen, werden sie eines Tages erkennen, dass Sie es gut meinen. Und dass Sie ein guter Mensch sind.« Er sah sie einen Moment lang an, dann fügte er hinzu: »Und was mich angeht, ich mag Sie bereits.«

Er nickte ihr aufmunternd zu. Marianne atmete tief durch. »Danke.«

»Nicht dafür!« Michel winkte ab. »Wenn Sie mögen, fahre ich Sie nachher nach Hause. Wie wär's?«

Marianne dachte an seine Verlobte. Ihr würde es ganz sicher nicht gefallen, dass er sie nach Hause fuhr, als hätten sie ein Rendezvous gehabt.

»Nein danke, ich bin mit dem Fahrrad hier. Es ist ein Erbstück der Silbergs, ich möchte nicht, dass es über Nacht wegkommt.«

»Da haben Sie mal keine Sorge, hier kommt nur selten etwas weg. An einem Erbstück der Silbergs würde sich obendrein niemand vergreifen. Sie haben alle Angst vor Alain.«

Er zwinkerte ihr zu und erhob sich von der Bank. »Adieu, Marianne! Jemanden mit diesem Namen müssen die Menschen hier einfach lieben!«

Damit verschwand er im Gebüsch.

Marianne blickte ihm nach und stellte dann erstaunt fest, dass nicht nur ihre Tränen getrocknet waren. Ein Lächeln lag auf ihrem Gesicht, und in der Hand lag das Taschentuch, das er nicht zurückgefordert hatte.

Jemanden mit Ihrem Namen müssen die Menschen hier einfach lieben, hallte es in ihr nach. Natürlich. Marianne. Sie hieß wie das französische Nationalsymbol. Brigitte Bardot hatte es dargestellt und zuletzt Michèle Morgan. Ob sich die Leute dessen bewusst waren? Wohl kaum. Aber Michel hatte recht. Sie durfte nicht aufgeben. Immerhin war sie erst seit einigen Tagen hier. Wenn sie den Leuten zeigte, dass sie es ernst meinte, konnte sie sie vielleicht für sich gewinnen.

Als sie zur Tür der Aula zurückkehrte, wurde noch immer heftig diskutiert. Natürlich ging es darum, ob es nötig gewesen sei, eine deutsche Lehrerin ans Lycée zu holen.

»Haben Sie denn vergessen, was diese deutschen Schweine uns angetan haben?«

Rémys Stimme schien die Aula zum Bersten bringen zu wollen.

Mariannes Hände begannen zu zittern. Eben war sie noch entschlossen gewesen, doch jetzt schwand ihr erneut der Mut. Vielleicht war es wirklich besser, wenn sie sich nicht mehr blicken ließ. Man würde zwar glauben, dass sie feige war, aber dann musste sie sich nicht mehr mit den Leuten auseinandersetzen.

Doch dann war es, als würde ihr eine kleine Stimme zuflüstern: »Wofür bist du Lehrerin geworden? Um dich zu verstecken? Oder um auch erwachsenen Leuten etwas beizubringen? Zum Beispiel, dass sich Menschen ändern können, egal, welcher Ideologie sie aufgesessen sind.«

Sie atmete tief durch, dann drückte sie die Klinke herunter und trat wieder ein.

Schlagartig wurde es still im Raum. Marianne versuchte, die Blicke der Anwesenden zu ignorieren, doch sie trafen sie wie Nadelstiche.

»Ah, Mademoiselle Lehrerin ist wieder da!«, höhnte Rémy.

»Wir dachten schon, Sie säßen wieder im Zug nach Deutschland!«

Einige Leute lachten.

Marianne spürte, dass sie rot wurde. Sie blickte zu Rektor Callas, der aussah, als würden ihn irgendwelche Magengeschwüre schmerzen. Sie erklomm die Bühne und zwang sich zur Ruhe. Nur so würde sie sich eine passende Erwiderung einfallen lassen können, um diesen Abend einigermaßen zu überstehen.

»Es tut mir leid, wenn ich Sie enttäuschen muss, Monsieur Rémy«, sagte sie, als sie wieder an ihrem Platz war. Allerdings blieb sie stehen, damit sie ihre Stimme kraftvoller klingen lassen konnte. »Und es tut mir auch sehr leid, was meine Landsleute Ihnen und Ihren Mitbürgern in diesem schrecklichen Krieg angetan haben. Der Grund, warum ich nicht im Zug nach Deutschland sitze, ist der, dass ich mit Leib und Seele Lehrerin bin und dass ich Ihren Kindern beibringen möchte, dass die Welt sich verändert. Dass Menschen sich verändern. Sicher, in meiner Heimat gibt es immer noch Nazis. Zu glauben, dass sich nach dem Krieg und über Nacht alles geändert hat, ist eine Illusion. Doch wir haben Gesetze, die verhindern, dass so etwas noch einmal geschieht. Und der Großteil der Deutschen will Frieden und Freundschaft mit Frankreich. Es ist schon eine Weile her, dass der Élysée-Vertrag geschlossen wurde. Ich versichere Ihnen, dass in meinem Unterricht kein Gedankengut weitergegeben wird, das dem widerspricht.«

»Gesetze!«, schnaubte Rémy, der ihr offenbar noch nicht ganz gefolgt war. »Das sind Gesetze, die ihr ohne uns nicht hättet! Und wahrscheinlich würdet ihr wieder einen Krieg vom Zaun brechen, wenn die Alliierten nicht mehr auf eurem Grund und Boden wären.«

»Ich glaube, Sie haben mir nicht richtig zugehört, Monsieur Rémy!«, fuhr Marianne langsam fort. Sie spürte, dass die Zahl derer, die in diesem Raum gegen sie waren, überwog, aber allmählich gewann sie an Sicherheit. »Ich sprach gerade davon, dass in meinem Unterricht kein gefährliches oder feindliches Gedankengut verbreitet werden wird. Diese Garantie kann ich Ihnen geben. Und ich kann Ihnen versichern: Unser Bundeskanzler wird keinen weiteren Krieg mit Frankreich beginnen. Die Franzosen sind wertvolle Freunde und Verbündete für uns, und ich möchte diesen Geist der Freundschaft in den Unterricht tragen!«

Marianne verstummte. Ihr Herz klopfte ihr bis zum Hals, und sie hörte sich selbst keuchen, als hätte sie Asthma.

Niemand sagte etwas.

Endlich ließ sich Marianne auf ihren Platz sinken. Wieder blickte sie zum Rektor, der sie beinahe ein wenig erstaunt ansah.

Sie war sich dessen bewusst, dass Rémy keine Ruhe geben würde. Und vielleicht ging es gleich mit dieser Diskussion weiter. Aber sie war nicht wieder davongelaufen, nur das zählte.

 18

»Und wie ging es weiter?«, fragte ich, als sie das Album wieder zuklappte. Mich interessierte brennend, was als Nächstes in der Schule geschah. Und welche Rolle dieser geheimnisvolle Michel spielte.

»Alles andere als gut«, entgegnete meine Mutter ein wenig erschöpft. »Aber das ist eine andere Geschichte. Wir sollten uns jetzt besser schlafen legen.«

Ich war eigentlich noch nicht müde, doch ich wusste, dass meine Mutter früh rauswollte.

In der Nacht kreisten so viele Gedanken in meinem Kopf, dass ich wieder aufstand und begann, mit meinem Laptop im Internet zu surfen.

Dass meine Mutter diesen Michel zweimal in ihrer Geschichte erwähnt hatte, musste eine Bedeutung haben. Welche Rolle spielte er?

Da es mir auf dem Bett zu unbequem wurde, beschloss ich, mich an den Schreibtisch zu setzen. Die Nacht war wolkenverhangen, kein einziger Lichtstrahl fiel auf den Hof.

Als ich die Schreibtischlampe anschaltete, sah ich etwas auf der Tischplatte liegen, das mir vorhin noch nicht aufgefallen war.

Ein kleiner Umschlag mit meinem Namen darauf. Die Handschrift war unverkennbar die meiner Mutter. Was enthielt er? Und warum hatte sie ihn mir nicht schon vorhin gegeben?

Mit zitternden Händen riss ich ihn auf. Darin befanden sich ein kleiner Zettel und ein weiteres Foto.

Ich blickte es verwundert an. Stammte es aus dem Album meiner Mutter? Ich drehte es herum. Außer einem Datum fand ich nichts. Allerdings war dieses Datum in einer anderen Handschrift geschrieben. Die meiner Mutter kannte ich so gut, dass ich sie jederzeit hätte nachahmen können, die Zahlen auf dem Foto waren jedoch viel gröber und außerdem flacher und kantiger als Mamas weich geschwungene Buchstaben.

Ich lehnte mich zurück und betrachtete das Bild. War es ein Hinweis auf das, was kommen würde? War die verwaschene männliche Gestalt, die darauf zu sehen war, Michel? Oder mein Vater?

Ich griff nach dem Zettel.

»Da Dich mein heutiger Bericht sicherlich noch nicht zufriedengestellt hat, bekommst Du hier einen kleinen Nachschlag. Geh pfleglich damit um, und bleib nicht zu lange wach.«

Meine Mutter war witzig. Wie sollte ich bei einem Foto, das nicht viel mehr zeigte als zwei gespiegelte Figuren und eine Torte für einen Präsidenten, nicht bis in den frühen Morgen wach bleiben und nachdenken? Zumal ihre letzte Erzählung einen vergleichsweise ernsten Hintergrund hatte?

Aber nach einer Weile wurde mir klar, dass sie mir damit tatsächlich einen Hinweis gegeben hatte. Ich öffnete meinen Laptop und begab mich auf die Suche.

 **19**

Foto Nr. 7

Eine riesige Torte steht auf einem Tisch, der mit einem weißen Tischtuch verhüllt ist. Sie ist mit roten Mohnblüten aus Marzipan und weißblauen Schleifen geschmückt. Auf dem Spruchband quer darüber steht »Bienvenue Monsieur le Président!« In einem Spiegel gegenüber dem Tisch sieht man zwei Personen. Eine davon ist Marianne, die einen langen Rock und eine Strickjacke trägt, die andere ist ein junger Mann, der nur schemenhaft zu erkennen ist und offenbar die Aufnahme macht. (19. Oktober 1975)

»Madame Duval, Sie haben sich selbst übertroffen!«, sagte Marianne, als die Bäckerin und ihre Tochter den Kuchen hereintrugen. Alles war auf hübschen Platten angerichtet und strahlte in unterschiedlichen Farben, fast so, als hätte Marie Duval versucht, ein Gemälde zu kreieren.

Marianne hatte sich bereit erklärt, die Lieferung anzunehmen, denn sie mochte Madame Duval – und sie wusste mittlerweile, dass es für sie entscheidend war, dass die Bäckerin auch sie mochte. In ihrer kleinen Konditorei wurde über alles geredet, und natürlich auch über die deutsche Lehrerin, die noch immer nicht aufgegeben hatte.

Fünf schwierige Wochen lagen hinter ihr. Im Unterricht hatte es seitens Bertrand Rémy und seiner Freunde immer wieder Angriffe gegeben. Fragen nach der SS und der Wehrmacht hagelten auf sie ein. Die Jungs schienen sich abgesprochen zu haben, und so erfolgten die Nadelstiche immer unvorbereitet. Und natürlich nur dann, wenn kein anderer Lehrer zugegen war.

Sie versuchte, so gut wie möglich alles zu beantworten, doch das bewahrte sie nicht vor weiteren Nachfragen. Manchmal kam sie darüber nicht mehr dazu, den Stoff abzuhandeln. Allmählich wünschte sie sich, dass es einen Vorbereitungskurs gegeben hätte, denn sie hatte keine Ahnung, wie sie die Jungs von der Fragerei abbringen sollte.

Lydie Delacour dagegen schien froh zu sein, sie bei sich zu haben. Wie Marianne herausgefunden hatte, war Rémys Vorwurf der Kollaboration nicht ganz unbegründet. Sie hatte natürlich nicht selbst mit den Deutschen paktiert, doch man hatte genau das ihrem Vater vorgeworfen.

Der alte Delacour hatte, da er überzeugt war, die Nazis würden nie aus dem Land verschwinden, seinen Kindern Deutsch beigebracht und auch sonst gute Beziehungen mit den Besatzern gepflegt. Das war ihm während der Libération zum Verhängnis geworden. Nach Kriegsende hatte man ihn aufgespürt und ins Gefängnis geworfen – unter dem Applaus der Stadtbewohner. Dort brachte er sich einen Monat später um, in dem festen Glauben, dass er ohnehin die Todesstrafe erhalten würde.

Der Makel war an seiner Familie allerdings haftengeblieben. Er hatte die ältesten Töchter der Delacours schon aus der Stadt getrieben. Lydie blieb nur wegen ihrer Mutter hier, die nicht wegwollte, weil jemand auf das Grab ihres Mannes achtgeben musste. Besonders in der ersten Zeit nach dem Krieg hatte man den Grabstein des Öfteren beschmiert und umgestoßen – nur das beherzte Eingreifen eines neuen Pfarrers hatte dafür gesorgt, dass die Attacken gegen das Grab aufhörten. Er hatte die Gemeinde gottlos geschimpft, sie mit den Philistern verglichen und ihnen für ihren Unwillen zur Vergebung ewige Verdammnis angekündigt. Das hatte bei den gläubigen Stadtbewohnern gewirkt. Vielleicht spuckte man noch auf den Grabstein, doch das hinterließ keine sichtbaren Spuren.

Lydie tat Marianne leid. Sie selbst würde die Stadt nach diesem Jahr verlassen können – aber Lydie würde bleiben müssen, solange die Mutter lebte. Würde sie die Kraft haben, danach von hier wegzugehen? Marianne wusste es nicht.

Nun verschwand der letzte Rest Sommer aus Bar-le-Duc, Herbststürme schüttelten das Laub von den Bäumen. Die Leute bereiteten sich auf den Winter vor. Die letzten Reparaturarbeiten an Ställen und Häusern wurden erledigt. Louise berichtete beim Abendessen ganz aufgeregt, dass sie einen neuen Kunden gewonnen hätten. Einen Vorhanghersteller, der sogar den Präsidentenpalast in Paris belieferte. Er orderte Unmengen blauen und roten Samt. »Offenbar, weil der Präsident seine Wohnung umgestalten will«, erklärte sie lächelnd.

Dieses wunderbare Geschäft schien einen milden Glanz auf die Villa der Silbergs zu legen. Auf einmal wirkten die Räume auch für Marianne nicht mehr so kühl. Von der Stimmung der Bewohner mal ganz abgesehen. Seit Bekanntwerden des Geschäftsabschlusses stellte Alain Marianne keine Fragen mehr nach der Vergangenheit ihres Vaters. Ja, er verlegte sich sogar darauf, sie zu ignorieren, wenn es irgendwie möglich war. Das war ihr wesentlich lieber, als die Augen des Alten ständig auf sich zu haben, als wollte er herausfinden, ob sie mit den Mördern seines Sohnes persönlich verwandt war.

Und es blieb nicht nur bei guten Nachrichten für die Silbergs. Als wäre der Auftrag des Lieferanten ein gutes Omen gewesen, setzte sich die Glückssträhne von Bar-le-Duc fort.

Es erschien allen sehr ungewöhnlich, dass der Präsident diese Gegend gerade zu dieser Jahreszeit mit seinem Besuch beehrte. Die Wahl hatte er vor einem Jahr gewonnen, recht knapp zwar, aber eigentlich brauchte er jetzt nicht mehr um die Unterstützung der Leute zu buhlen. Dennoch fühlte sich Bar-le-Duc sehr geehrt, dass Valéry Giscard d'Estaing der Stadt einen Besuch abstattete, wo doch alle geglaubt hatten, er würde nicht mal den Namen dieses Ortes kennen.

Seit Wochen war man schon mit den Vorbereitungen beschäftigt. Madame Duval hatte einmal scherzhaft bemerkt, dass es so zugehen würde, als würde Louis XIV. anrücken – es fehlten nur noch die zu Einhörnern geschnittenen Büsche im Park.

Als Marianne darauf antwortete, dass man aus den Büschen immerhin passable Herzen oder Sterne schneiden könnte, hatte sie die Sympathie der Bäckerin gewonnen – jedenfalls ansatzweise. Die Frau hatte sie zu sich eingeladen und sie dann genauestens über ihre Familie ausgequetscht. Marianne hatte ihr so ehrlich wie möglich geantwortet – auch über die Vergangenheit ihres Vaters als Soldat. Verschwiegen hatte sie ihr, dass ihr Vater noch immer einen tiefen Groll gegen die Franzosen hegte.

Offenbar hatten die Antworten der Bäckerin gefallen. Nicht mal eine Woche später begannen die ersten Frauen, sie zu grüßen, wenn sie sie auf der Straße sahen. Das hatte Marianne erstaunt und beinahe vergessen lassen, dass sie den Gruß erwidern sollte.

Glücklicherweise hatte sie ihre Stimme wiedergefunden –

und nun hatte man sie sogar in die Vorbereitungen des Präsidentenbesuchs einbezogen.

Madame Duval liebte es, wenn man ihre Backkunst lobte. Sie warf dann alle Bescheidenheit über Bord und sonnte sich in ihrem Ruhm.

»Nun ja, für den Präsidenten muss man doch sein Bestes geben, nicht wahr? Ach, Liebes, könnten Sie einen Moment hierbleiben und die Lausbuben davon abhalten, die Blüten von den Torten zu stehlen? Ich habe noch etwas in meinem Wagen vergessen.«

»Natürlich, Madame Duval«, entgegnete Marianne, denn sie wusste, dass es beinahe wie ein Ritterschlag war, wenn Madame Duval ihr die Aufsicht über ihre Torten übertrug.

»Schön, es dauert nicht lange.«

Mit diesen Worten wandte sie sich um und stolzierte auf ihren eleganten Pumps davon.

Marianne schaute ihr kurz hinterher, dann blickte sie durch den Saal. Die Lausbuben, von denen die Bäckerin gesprochen hatte, waren nicht mal in der Nähe. Wahrscheinlich waren sie froh, an einem Sonntag mal nicht in der Schule sein zu müssen. Das Wetter war nicht besonders warm, aber auch nicht ungemütlich, für Ausflüge in die Umgebung würde es reichen. Einigen von ihnen traute Marianne zu, dass sie sich auch in die Fluten des Ornain werfen würden, an der flachen Stelle, an der es nicht gefährlich war. Hier in der Schule waren sie jedenfalls nicht.

Dafür konnte sie die Stimmen der Helferinnen hören, die noch immer damit beschäftigt waren, die Dekoration zu vervollständigen. Ein großes blau-weiß-rotes Banner hing über der Bühne, in den Nationalfarben waren auch die Gebinde auf den Tischen gehalten. Da es keine wirklich blauen Blumen gab und um diese Zeit auch keinen Mohn, hatte sich der örtliche Florist entschieden, weiße Blumen zu nehmen und die anderen Farben in Form von Schleifen und Papierblüten hinzuzufügen.

»Bewachen Sie die Torte?« Plötzlich stand Michel neben ihr. Um seinen Hals hing eine Kamera. Das Modell ähnelte sehr stark dem, das auch ihr Vater besaß.

Unwillkürlich zuckte sie zusammen. Hatte er sie vielleicht gerade fotografiert?

Nein, das wäre eher ihrem Vater zuzutrauen gewesen.

Dennoch war Marianne wie erstarrt – vor Überraschung. In den vergangenen Wochen hatte sie Michel kein einziges Mal zu Gesicht bekommen. Nun tauchte er wie aus dem Nichts neben ihr auf und lächelte sie an, als wären sie sich erst gestern auf dem Schulhof begegnet.

»Madame Duval müsste gleich wiederkommen«, antwortete sie, während sie versuchte, sich ihre Faszination nicht anmerken zu lassen.

Obwohl Michel verlobt war, hatte sie immer wieder an ihn gedacht und sich gefragt, was er wohl machte. Sie hatte sich sein Verschwinden damit erklärt, dass er bei der Weinlese mithelfen musste, die im Herbst in vollem Gange war. Des Öfteren waren Traktoren mit Lesehelfern zu den Weinbergen gekarrt worden.

Allerdings nahm kaum jemand davon Notiz, und sie konnte nicht mit Gewissheit sagen, wie weit die Lese gediehen war. Bar-le-Duc war die Stadt des Mohns und nicht die Stadt des Weins. Die Weinbauern hatten mit dem Rest der Bevölkerung kaum Kontakt. Was wohl auch der Grund für die geringe Begeisterung des alten Clement für die Berufswahl seines Sohnes war.

»Meinetwegen kann sie sich noch ein wenig Zeit lassen, dann habe ich wenigstens die Gelegenheit, ein paar Fotos zu machen, bevor sie auftaucht und sich ins Bild drängelt.«

»Arbeiten Sie neuerdings für die Zeitung?«, fragte Marianne, denn sie wusste keinen vernünftigen Grund, weshalb er die Torten für die Nachwelt festhalten sollte – außer, dass das Lokalblatt daran interessiert sein könnte.

»Nein, man hat mich offiziell angestellt, um die Vorbereitungen für die Stadtchronik festzuhalten. Immerhin ist es das erste Mal, dass sich ein Präsident hierher verirrt.«

»Napoleon war also nicht hier?«, fragte Marianne scherzhaft. Louise hatte ihr erzählt, dass Napoleons Heer auf dem Weg nach Osten hier durchmarschiert sei.

»Doch, natürlich war er hier, aber abgesehen davon, dass er ein Kaiser war, ist das nicht dasselbe. Dass sich der aktuelle Präsident hier zeigt, bedeutet einiges.«

Michels Blick blieb an ihren Augen hängen, eine kleine Ewigkeit sah er sie an. Fast schien es, als wollte sich sein Blick durch ihre Iris in ihre Seele bohren.

Marianne hatte es früher gehasst, von ihrem Vater angestarrt zu werden, als versuchte er, sich die Linien ihres Gesichts für ein Bild einzuprägen. Doch bei Michel war es etwas anderes. Es fühlte sich angenehm an, sein Blick war wie ein Streicheln über ihre Wangen. In ihrem Magen begann es zu kribbeln. Er ist verlobt, hallte es durch ihren Verstand. Tu nichts, was du bereuen wirst, jetzt, wo sie gerade angefangen haben, dich in Ruhe zu lassen …

Nach einer Weile kam Michel wieder zu sich. Er schien irgendeinem Gedanken nachgehangen zu haben, denn er zuckte zusammen, und sein Blick nahm nun einen überraschten Ausdruck an. Das Streicheln war verschwunden.

Hatte sie es sich nur eingebildet? Nein, Marianne war sicher, dass es da gewesen war.

»Vielleicht wäre es gut, wenn Sie Ihre Fotos jetzt machten«, sagte sie, denn etwas anderes fiel ihr in ihrer Verlegenheit nicht ein. »Noch ist die Torte frisch und Madame Duval nicht da. Möglicherweise schaffen Sie es, ein Bild aufzunehmen, auf dem nur die Torte zu sehen ist.«

Michel lachte. »Offenbar kennen Sie unsere Bäckerin schon recht gut.«

»Ich bin mindestens einmal am Tag dort und sehe ihr bei der Arbeit zu.«

»Sie haben anscheinend einen sehr feinen Sinn für Menschen.«

»Ich bin Lehrerin, ich glaube, da gewöhnt man sich so etwas an.«

Sie sahen einander lächelnd an, dann fragte Michel plötzlich: »Wie wäre es mit einem kleinen Ausflug?«

Sein Lächeln hätte Marianne dazu gebracht, alles Mögliche anzustellen. Aber dann fiel ihr wieder ein, dass Michel verlobt war. Und dass sie in einem Glashaus saß, in dem selbst der kleinste Stein furchtbaren Schaden anrichten konnte.

»Ich kann nicht«, entgegnete sie, obwohl sie doch so gern ja gesagt hätte.

»Warum denn nicht?«

»Weil ich die Gastlehrerin bin. Weil ich aus Deutschland komme.«

»Als ob mich das abhalten würde, Sie einzuladen!«

»Aber Sie sind verlobt«, sagte sie dann ernst. Erst im nächsten Augenblick fiel ihr ein, wie lächerlich sie klang. Er hatte sie zu einem Ausflug eingeladen. Wenn Louise sie gefragt hätte, hätte sie doch auch sofort zugesagt. Doch Michel war nicht Louise, er war ein Mann, und er gefiel Marianne sehr gut.

Michel schnaubte. Fast wirkte er ein bisschen wütend.

»Und was hat meine Verlobung mit einem kleinen Ausflug zu tun? Haben Sie ein Gelübde abgelegt, dass Sie mit einem verlobten Mann nichts unternehmen dürfen?«

Marianne senkte verlegen den Kopf.

»Und was ist mit Monsieur Callas? Er ist sogar verheiratet! Wenn er Sie nun zu einem Ausflug einladen würde?«

»Das würde er nicht tun«, entgegnete Marianne. Sie hatte keine Lust, sich von ihm vorführen zu lassen.

»Aha, und wenn er es täte? Wenn er sich nun anbieten würde, Sie durch die Gegend zu fahren, um Ihnen ein bisschen was von diesem schönen Tal zu zeigen, würden Sie dann mitkommen?«

»Ja, das heißt … nein, ich …«

»Und was ist an mir so schlimm, dass Sie nicht mit mir mitkommen wollen?«

Marianne wünschte sich in diesem Augenblick weit, weit weg von Bar-le-Duc. Warum hatte man sie nicht nach Paris geschickt? Wahrscheinlich sah Michel ihr an, was sie in seiner Nähe empfand. Und das war ihr auf einmal furchtbar peinlich.

»Sie … Sie sind nicht der Rektor.«

Auf einmal blitzte der Schalk in seinen Augen auf. »Ah, dann gehen Sie also nur mit Ihresgleichen spazieren? Tja, dann kriegt mein Vater doch noch seinen Willen, und ich werde Lehrer. Sonst geben Sie mir ja gar keine Chance.«

Marianne wurde noch verlegener. Sie wollte ja zustimmen, aber was, wenn die Leute sie beobachteten? Wenn sie die falschen Schlüsse zogen? Dann würde sicher ein ungeahnter

Sturm über sie hereinbrechen, denn dann würde man sie nicht nur wegen ihrer Nationalität nicht mögen, man würde sie sicher obendrein für ein Flittchen halten. »Michel, ich …«

»Na, sieh mal einer an, das Fräulein Lehrerin spricht mich mit dem Vornamen an, was sagt man dazu?« Jetzt lächelte er breit.

Marianne war sicher, dass sie ebenso rot war wie die Mohnblüten auf der Torte. Konnte sich Madame Duval nicht ein bisschen mehr beeilen? Und warum war ihr überhaupt sein Vorname rausgerutscht? Sie musste den Verstand verloren haben …

»Bitte entschuldigen Sie, ich …«

»Nicht«, sagte er und griff nach ihrer Hand. »Bitte entschuldige dich nicht, Marianne. Ich fand es ohnehin albern, dass du mich wie einen alten Mann angesprochen hast. Ich bin sicher, dass wir in etwa gleich alt sind, also braucht es zwischen uns keine förmlichen Höflichkeitsfloskeln zu geben, meinst du nicht?«

Während er ihre Hand streichelte, hätte er alles von ihr verlangen können. Marianne schloss kurz die Augen, und als sie sie wieder öffnete, traf sie Michels goldener Blick. Sicher lag es an dem Lichteinfall, doch dieser Blick bohrte sich ihr ins Herz wie ein Sonnenstrahl nach einem langen Winter.

»Also, was ist?«, fragte er leise. »Es ist nur ein Ausflug. An einen Ort, an dem uns niemand sehen kann, aber wir die ganze Stadt überblicken können.«

»Willst du mit mir auf den Kirchturm?«

»Nein, aber es ist nahe dran. Also?«

Wieder lag ihr der Einwand auf der Zunge, dass er verlobt war, doch dann hörte sie sich sagen: »In Ordnung. Machen wir einen Ausflug.«

Michel strahlte sie an. »Na also! Ich verspreche, ich werde nichts tun, was dich in Verlegenheit bringt.«

»Und wohin wollen wir?«, fragte Marianne, die selbst überrascht war über ihre Entscheidung.

»Ins Neuf-Castel!«, entgegnete er.

»Ins Schloss?«, wunderte sich Marianne. Sie erinnerte sich noch, dass der Bürgermeister ihr davon erzählt hatte. »Darf man da einfach so rein?«

»Man darf – mit der richtigen Begleitung«, gab Michel vielsagend zurück. »Wir wäre es, wenn wir uns vom Empfang des Präsidenten wegschlichen, einfach so? Heute Abend?«

»Heute Abend?« Marianne riss erschrocken die Augen auf. »Aber fällt es nicht auf, wenn du fehlst? Und ich …«

»Du kannst dich unter dem Vorwand verdrücken, dass dir nicht gut ist. Die Leute hier verstehen, wenn eine Frau unpässlich ist. Und mich … mich vermisst niemand. Sie alle hier wissen, dass ich komme und gehe, wie es mir passt. Meinen Vater treibt das zur Weißglut, aber das ist mir egal. Immerhin bin ich ein erwachsener Mann.«

Michel hielt noch immer ihre Hand und drückte sie. »Also, was ist? Machst du mit?«

»Und woher kriegst du den Schlüssel?«

Michel lachte und ließ ihre Hand dann wieder los. »Einiges, was man von euch Deutschen behauptet, stimmt wirklich.«

»Inwiefern?«, fragte Marianne ein wenig gereizt. Warum musste er nur diesen wunderbaren Moment ruinieren, indem er von den Eigenschaften der Deutschen anfing?

»Nun, man sagt euch doch nach, dass ihr alles viel zu genau nehmt, oder? Das sehe ich in dir bestätigt. Du willst immer alles wissen, immer sicher sein. Aber glaube mir, wenn das

Jahr vorbei ist, werden dich deine Landsleute nicht mehr wiedererkennen. Denn dann hast du gelernt, wirklich zu leben.«

Jetzt lächelte er sie in einer Weise an, die es ihr unmöglich machte, böse auf ihn zu sein. Nach einer Weile lachte sie sogar, denn er hatte recht: Französisch zu sprechen und französische Musik zu hören machte noch lange keinen Franzosen aus einem Menschen, man brauchte dazu auch die passende Lebenseinstellung. Marianne stellte fest, dass sie bisher übersehen hatte, dass die Menschen hier doch ein wenig lockerer waren als die zu Hause.

»Na, siehst du, das ist doch ein Anfang. Und damit du dir keine Sorgen machen musst, kann ich dir ja verraten, dass wir nichts Illegales tun werden. Im Sommer führe ich Touristen durch die oberen Etagen des Schlosses. Auf diese Weise wollen wir Geld für das Museum sammeln. Dafür habe ich vom Bürgermeister einen Schlüssel bekommen. Die Sommersaison ist zwar vorbei, aber den Schlüssel habe ich noch immer.«

»Wann hast du denn mal Zeit, Touristen durch das Schloss zu führen?«

»Am Wochenende. Wenn ich nicht oben im Weingut bin. Ich verdiene mir damit etwas dazu und muss nicht ständig das misslaunige Gesicht meines Vaters sehen.«

Und deine Verlobte?, ging es Marianne durch den Sinn. Bisher kannte sie nicht mal ihren Namen. Aber vielleicht war das auch gut so. Und sicher war es besser, wenn sie sie nicht zur Sprache brachte.

»Ah, Michel, gut, dass du da bist!«, wurden sie von Madame Duval unterbrochen, die mit einer weiteren Torte herbeigeeilt kam. »Dass du mir ja gute Fotos von mir und meinen

Torten machst! Ich möchte nicht als die verwaschene Bäckerin in die Annalen der Stadt eingehen!«

Bei diesen Worten wich Marianne ein wenig von Michel zurück. Da war sie, die Kleinstadt, die ihre Augen überall hatte. Hoffentlich hatte sie nicht auch gesehen, wie Michel ihre Hand gehalten hatte …

»Haben Sie übrigens schon unsere Mademoiselle Marianne kennengelernt?«, fragte die Bäckerin, nachdem sie den Karton abgestellt hatte.

Marianne sah es schon kommen, dass sich der Präsident entweder den Magen verdarb oder die Bewohner von Bar-le-Duc sich tagelang von kostenloser Torte ernähren mussten, damit ja nichts verschwendet wurde.

»Ich hatte gerade das Vergnügen«, entgegnete Michel höflich. »Es ist doch ein schöner Zufall, dass gerade eine deutsche Lehrerin den Namen unserer Nationalfigur trägt, nicht wahr?«

»Ah, stimmt ja, Marianne, haha!«, entgegnete Madame Duval. »Daran habe ich ja noch gar nicht gedacht.«

Dafür klang sie allerdings viel zu aufgedreht.

»Ich glaube, Sie müssen dem Präsidenten unbedingt die Hand schütteln, Marianne. Er wird begeistert sein, Sie hier zu sehen – immerhin kann nicht jede Stadt in der Gegend eine deutsche Gastlehrerin herzeigen, nicht wahr?«

Marianne nickte brav, doch in diesem Augenblick dachte sie nicht an den Präsidenten. Sie konnte nur daran denken, heute Abend mit Michel im alten Schloss herumzugeistern und den Leuten von oben zuzusehen.

Ein paar Stunden später, als die Nacht über Bar-le-Duc hereinbrach, hatten sich die Repräsentanten der Stadt mit dem

Präsidenten nebst den anderen Gästen und den städtischen Würdenträgern in die Aula der Schule zurückgezogen, dem größten Raum der Stadt. Valéry Giscard d'Estaing würde heute in der Stadt übernachten, was einen Rattenschwanz an Sicherheitsvorkehrungen nach sich zog. Jeder, der an dem Empfang teilnahm, wurde von grimmig dreinblickenden Männern in schwarzen Anzügen durchsucht.

Diese Männer schienen auf die gesamte Stadt verteilt zu sein. Vor dem Hotel standen sie, vor der Schule und natürlich parkten auch etliche auffällig unauffällige Wagen in der Nähe dieser beiden Gebäude.

In seiner Ansprache dankte der Präsident den Einwohnern der Stadt dafür, dass sie ihn gewählt hatten. Marianne hatte bemerkt, wie hoffnungsvoll sie an seinen Lippen hingen. Giscard war erst Ende vierzig, und ein junger Präsident brachte neue Hoffnung für das Land.

Allerdings erwähnte er mit keinem Wort die deutschen Nachbarn, die nur wenige hundert Kilometer entfernt lebten. Marianne hatte sich heimlich gewünscht, dass er irgendwas sagen würde – aber woher sollte er denn wissen, dass sich hier eine kleine deutsche Lehrerin danach sehnte, die Leute würden den Deutschen glauben, dass sie bereit für einen Neubeginn der Beziehungen waren?

Glücklicherweise war es nicht vorgesehen, Marianne dem Präsidenten vorzustellen. Natürlich redete der Bürgermeister mit ihm und Alain Silberg. Auch Louise war da – immerhin leitete sie die Geschäfte der Tuchfabrik – und Monsieur Rémy, der Chef der Feuerwehr, was Marianne irgendwie gar nicht behagte. Die Schlange derer, die sich mit Giscard d'Estaing unterhalten wollten, war lang, und niemand dachte an die Gastlehrerin. Das erleichterte Marianne irgendwie, gab es ihr doch die Gelegenheit, wie geplant zu verschwinden.

Nach einer weiteren Ansprache des Präsidenten flüsterte Marianne Lydie zu, dass sie sich nicht wohl fühle. Lydie nickte verständnisvoll.

»Wenn einer nach dir fragt, werde ich sagen, dass du nach Hause gegangen bist.«

»Danke, das ist sehr lieb von dir.«

Noch einmal blickte sie nach vorn zum Rektor, der nur Augen für den Präsidenten hatte, dann schlich sie sich davon. Die Sicherheitsleute nahmen sie mit einem kurzen Kopfnicken zur Kenntnis. Offenbar erwarteten sie von ihr keine Gefahr.

Ob Michel schon draußen war? Sie hatte ihn im Saal nicht gesehen. Dafür Monsieur Clement, der in Begleitung seiner Gattin und einer jüngeren Frau war, die entweder Michels Schwester war oder seine Verlobte. Clement hatte sie nur kühl gemustert und sich dann wieder seiner Familie zugewandt. Was er wohl sagen würde, wenn er erfuhr, dass sie sich heute Abend mit Michel traf? Besser, er erfuhr es nie …

Die Nachtluft fegte angenehm frisch und kühl durch die Straßen. Wie sie sehen konnte, waren nicht alle Bewohner der Stadt an dem Präsidentenbesuch interessiert. In etlichen Häusern brannte Licht, und Fernsehstimmen drangen durch die Fenster. Doch von Michel war nichts zu sehen.

Sie hatten sich an dem kleinen Lebensmittelgeschäft von Monsieur Lully verabredet, eines netten alten Mannes, der trotz seines hohen Alters immer noch selbst hinter dem Tresen stand und die Leute bediente. Sein Sohn war mittlerweile auch schon ziemlich betagt, und außer ihm halfen sein Enkel und dessen Tochter mit.

Der Geruch von Sellerie und Kartoffeln strömte Marianne in die Nase. Gleich war sie da. Sehen konnte sie Michel aber immer noch nicht. Hatte er sie vergessen? Oder schaffte er es nicht, sich rechtzeitig loszueisen?

»Ah, da bist du ja!«, tönte es von der Hausecke neben dem Laden. Als Marianne sich umwandte, trat Michel aus dem Schatten. Er trug Jeans und unter seiner Lederjacke ein Rolling-Stones-T-Shirt, in dem sie ihn ungemein attraktiv fand. Allerdings konnte er so nicht auf dem Empfang gewesen sein. Hatte er sich schon früher aus dem Staub gemacht und sich noch einmal umgezogen?

Marianne ging zu ihm. »Hast du gedacht, ich vergesse es?«, fragte sie lächelnd. Zu gern hätte sie ihm jetzt einen Kuss gegeben, doch sie hielt sich zurück. Sich von ihm etwas zeigen zu lassen war die eine Sache – ihn zu küssen eine andere.

»Der Präsident ist ein ungemein interessanter Mann, da kann es schon passieren, dass man mich vergisst.«

»Der Präsident ist nicht mein Typ«, rutschte es Marianne heraus. Dann wurde sie rot, denn sie wusste sehr wohl, dass es sich für Michel so anhörte, als wäre er ihr Typ.

Er löste sich von der Wand, an die er sich gelehnt hatte, und kam auf sie zu.

»So, ist er das nicht? Da werden dir aber viele Frauen hier widersprechen.«

»Ich habe nicht vor, ihnen den Präsidenten streitig zu machen.«

Und sie wollte Michel auch nicht seiner Verlobten streitig machen – oder doch?

Dass er so dicht vor ihr stehen blieb, dass sie sein Aftershave riechen konnte, irritierte sie so sehr, dass sie auf einmal gar nicht mehr wusste, was sie wollte und was nicht.

»Ich … ich habe dich gar nicht auf dem Empfang gesehen«, stammelte sie und wich ein Stück zurück. »Warst … du nicht da?«

Er lächelte breit. »Nein, es hat gereicht, dass mein Vater und meine Mutter mit Jeanne da waren.«

»Jeanne?«

»Meine Verlobte. Sie ist mittlerweile ohnehin schon mehr ihre Tochter als ich ihr Sohn.«

»Das klingt nicht so, als wärt ihr ineinander verliebt.«

»Ich weiß nicht, was wir sind«, entgegnete er. »Mal denke ich, dass ich sie liebe, mal nicht.«

»Und wieso hast du dich mit ihr verlobt, wenn du nicht sicher bist?«

»Nachdem ich meine Eltern bereits beruflich enttäuscht habe, wünschen sie sich nichts sehnlicher, als dass ich mich mit einer passenden Braut vermähle. Tja, und Jeanne ist in ihren Augen absolut passend.«

Der zynische Ausdruck in seiner Stimme erschreckte Marianne ein wenig. Wenn er sich keinen Scherz erlaubte, war es einfach nur furchtbar traurig, was er da sagte.

»Aber ich möchte dich nicht mit den seltsamen Verhältnissen in meiner Familie langweilen. Wir haben einen Herzog, dem wir unsere Aufwartung machen wollen.«

Mit diesen Worten zog er ein Schlüsselbund aus der Tasche und bot Marianne den Arm an. Diese blickte sich zweifelnd um, doch als sie sicher war, dass niemand sie beobachtete, hakte sie sich bei ihm ein.

Michel führte Marianne zu einer kleinen Seitentür des Museums, dem früheren Dienstboteneingang, wie er erklärte.

»Früher gehörten noch eine weitläufige Parkanlage und einige Nebengebäude dazu. Große Teile des Schlosses wurden schon 1670 auf Befehl Louis XIV. dem Erdboden gleichgemacht, weil sich Herzog Charles IV. gegen Frankreich gestellt hatte. Neuer Herzog wurde Stanislaus, der Schwiegervater von Louis XV. Aber mit der Herrschaft eines Herzogs über die Gegend war es spätestens während der Revolution vorbei. Glücklicherweise starb der letzte Herzog viele Jahre vorher, sonst hätten sie ihn wohl gehängt. Während des Zweiten Weltkrieges wurde das Gebäude ziemlich in Mitleidenschaft gezogen und stand vor dem Abriss, doch irgendwer im Stadtrat schien über einen Funken Verstand und Weitsicht verfügt zu haben und setzte sich dafür ein, es nicht abzureißen. Demnächst werden wir ein Museum daraus machen.«

Er schloss die Tür auf. Das Ächzen der Angeln tönte weit durch den Raum.

Die Dunkelheit hinter der Tür verschwand schlagartig, als Michel einen Lichtschalter betätigte. Die Glühbirne wirkte schon ein wenig angelaufen, tat aber immer noch ihren Dienst. Sie erklommen eine schmale Treppe, der man ansehen konnte, dass sie nachträglich eingebaut worden war. Die Stufen knarrten bedrohlich, doch sie hielten ihrem Gewicht stand.

Oben schaltete Michel erneut das Licht ein.

»Da wären wir! Das Schatzzimmer.«

Viel war davon nicht mehr zu sehen. Es handelte sich um einen Raum mit ziemlich hoher Decke, der die fürstliche Vergangenheit nicht mehr erkennen ließ. Wahrscheinlich hatten die Leute schon lange alles, was irgendwie brauchbar war, von hier fortgeschafft. Nur noch Schatten zeugten von den Bildern, die einst die Wände verschönert hatten. Eine einsam von der Decke baumelnde Glühbirne ersetzte einen wahrscheinlich kristallenen Lüster.

»Es sieht traurig aus«, stellte Marianne fest und blickte zu den Fenstern. Die Angst, dass jemand in der Stadt das Licht sehen konnte, löste sich auf, als sie erkannte, dass die Fenster mit Brettern vernagelt waren.

»Ja, das stimmt. Wenn man näher an die Wände rangeht, sieht man hier und da noch einen Fetzen der Seidentapete. Wenigstens hat man die Malereien über uns nicht erreichen können.«

Er deutete nach oben, und als Marianne den Kopf in den Nacken legte, erblickte sie die Reste einer farbenfrohen Deckenmalerei. Hier ein Kranich, dort Fische, die Wappentiere der Stadt, da ein Spinnennetz und an anderer Stelle exotische Blüten.

»Das sieht dann nicht mehr so traurig aus, nicht wahr?«, fragte Michel. Als sie ihn anschaute, lächelte er. Es war, als hätte er ihre Gedanken gelesen.

»Nein, ganz und gar nicht.«

»So wie dir geht es den meisten Leuten. Sie blicken nach vorn und sehen sich um, aber auf die Idee, an die Decke zu schauen, kommen sie erst mal nicht, bis ich es ihnen sage. Wenn die Stadt nur ein wenig mehr Geld hätte, könnte man den oberen Teil des Schlosses restaurieren lassen.«

Marianne fragte sich, warum Michel nicht Lehrer werden wollte. Sie konnte ihn sich gut als Geschichtslehrer vorstellen, der Kindern das Museum zeigte und ihnen beibrachte, wie man das Wesentliche sah.

»Komm mit, es wird noch besser«, sagte er nach einer Weile und ging voran.

Die sich dem Schatzzimmer anschließenden Räume wirkten alle noch trostloser. Auch an den Decken war nicht mehr viel Ansehnliches zu finden, was aber nicht daran lag, dass dort etwas weggeschlagen worden war.

»Herzog Stanislaus war selten hier, deshalb hat er sich nicht so sehr um das Schloss gekümmert«, erklärte Michel, als er ihren bedauernden Blick bemerkte. »Er musste bei Hofe sein – die Ländereien wurden Verwaltern überlassen.«

Vor einer steinernen Wendeltreppe machten sie halt. Marianne fühlte sich in diesem Treppenhaus wie in einem dieser Gruselfilme, die manchmal im Kino und im Spätprogramm liefen. Fehlte nur noch, dass Graf Dracula die Treppe hinunterschwebte.

»Schau mal«, sagte Michel und schaltete seine Taschenlampe ein. Hier gab es offenbar keine andere Lichtquelle.

Das Licht fiel auf eine der Säulen, die das Dach des Treppenhauses trugen.

»Ursula«, las Marianne die Inschrift ab, die in Sütterlin in den Sockel der Säule gekratzt worden war. »Ein deutscher Name.« Und der Name ihrer Schwester.

»Lothringen war bis zum Jahr 1766 ein Teil des Heiligen Römischen Reiches Deutscher Nation. Allerdings wäre es möglich, dass dieser Name auch zu Zeiten der deutschen Besatzung nach dem Deutsch-Französischen Krieg hier in die Säule geritzt wurde. Genau kann man das nicht mehr feststellen.«

»Und niemand weiß, wer diese Ursula war?«

»Ich nehme an, eine Bedienstete der Schlossherren, in die jemand hier verliebt war.«

»Aber hätte der Verliebte dann nicht ein Herz um den Namen machen sollen?«

Michel schüttelte den Kopf. »Nein, warum denn? So viele Mädchen mit diesem Namen wird es damals nicht gegeben haben. Derjenige, der sie in dieser Säule verewigt hat, wollte sie sicher nicht in Verlegenheit bringen. Aber ich kann mir vorstellen, dass es ihm Spaß gemacht hat, hier vorbeizugehen und ihren Namen zu lesen und an sie zu denken.«

Seine Worte verhallten in der Dunkelheit. Marianne blickte auf den Namen. Wie romantisch. Jemand, der seine Liebe in Stein meißeln wollte.

»Wenn man es genau nimmt, könnte die Säule auch für etwas anderes stehen.«

Michel funkelte Marianne herausfordernd an. Sie wusste natürlich, was er meinte, und wurde rot. Eine große harte Säule … Sie spürte ein Pochen in ihrem Unterleib und ein sehnsuchtsvolles Ziehen, das sie bedauern ließ, damals nicht mit Christoph geschlafen zu haben. Dass sie überhaupt noch nie mit einem Mann geschlafen hatte. Sie kam sich auf einmal wie eine alte Jungfer vor. Eine, über die Michel lachen würde, wenn er es wüsste.

Aber das hatte ihn nicht zu interessieren. Er war verlobt, und deshalb würde er nie erfahren, ob sie noch Jungfrau war.

»Ja, möglicherweise hatte er gerade das im Sinn«, sagte sie, denn sie wollte nicht prüde wirken.

Michel stieß sie mit dem Ellenbogen an, als hätte sie etwas Unanständiges gesagt. Dann leuchtete er auf die Treppe.

»Wollen wir nach oben?«

Marianne nickte. Und war irgendwie auch ein bisschen enttäuscht, dass sie die Ursula-Säule wieder verließen. Das Kribbeln in ihrem Bauch war immer noch da, und es fühlte sich gut an.

Michel ging voran die Wendeltreppe hinauf. Marianne folgte ihm und versuchte, den Blick nach unten zu vermeiden, denn ihr wurde bei großer Höhe immer schwindelig.

Je höher sie kamen, desto stickiger wurde die Luft. Unter dem Dachstuhl des Schlosses roch es nach altem Staub und verfaultem Holz. Marianne nieste, als etwas Staub von einem Balken rieselte.

Wenn es hier oben Räume gegeben hatte, dann sicher nur für die Dienstboten. Im Sommer musste es unerträglich warm sein.

Doch nicht die Dienstbotenquartiere, deren Türen sich in einem Gang aneinanderreihten, waren ihr Ziel, wie sich herausstellte. Wenig später wurde die Luft wieder besser, und auch die Dunkelheit schien ein wenig abzunehmen.

Überrascht stellte Marianne fest, dass sie sich unter einer Glaskuppel befanden.

»Interessant, nicht wahr?«, fragte Michel. »Das Lustige an dieser Kuppel ist, dass man sie von unten nicht sieht. Der Turm überragt sie weitestgehend und zieht alle Blicke an, aber die wirkliche Sensation des Schlosses sind diese Kuppel und der Raum darunter.«

Im Gegensatz zu den anderen Räumen wirkte dieser sehr aufgeräumt. Der Boden war gefegt, und in der Ecke lehnte eine alte Matratze. Eine Trittleiter stand vor einem der Fenster. Michel legte die Taschenlampe auf den Boden, ging dann auf die andere Seite des Raumes und bewegte irgendwas, das nur quietschend nachgab.

Marianne wurde erst klar, dass es sich um eine Kurbel handeln musste, als sich eine der Scheiben über sie hinwegschob.

»Voilà, das Planetarium von Herzog Charles III.!«, erklärte Michel. »Hierher hat er sich immer zurückgezogen, wenn er in die Sterne schauen wollte. Er hatte sich sogar ein holländisches Teleskop kommen lassen. Das gute Stück steht da hinten.« Er deutete auf eine Nische, in der das Teleskop kaum auffiel. »Leider hatte er damit nicht gesehen, welches Schicksal seinem Schloss unter seinem Nachfahren drohte.«

»Hatte Charles IV. dieses Schicksal denn verdient?«, fragte Marianne beklommen.

»Wer kann das schon sagen?«, entgegnete Michel. »Im Stadtarchiv ist nur sehr wenig über ihn zu finden. Er hat jedenfalls abwechselnd in der Gunst des französischen Königs und des deutschen Kaisers gestanden. Nach dem Dreißigjährigen Krieg war die Gegend jedoch verheert, und der König wird es sattgehabt haben, dass dieser Graf nicht bereit war, sich auf seine Seite zu schlagen. Im 19. Jahrhundert kam dann die Eisenbahn in die Gegend und mit ihr andere Fürsten: Fabrikbesitzer und Bankiers. Eine Fabrik nahe der Stadt wurde errichtet und brachte den Wohlstand in diese Gegend zurück.«

»Und diese Fabrik war nicht zufällig die Tuchfabrik der Silbergs?«

Michel lächelte vielsagend. »Ja, möglicherweise. Und sie kauften auch die Villa am Stadtrand.«

»Die dem verrückten Richter gehört hat.«

»Verrückt würde ich ihn nicht nennen, aber exzentrisch war er schon. Er soll stundenlang durch die Stadt gegangen sein, ohne ein Wort zu sagen, und kleine Mädchen in Parks beobachtet haben.«

»Das hast du dir ausgedacht!«, protestierte Marianne.

Michel grinste und zuckte mit den Schultern. »Wer weiß. Es gibt so viele Geschichten um den alten Richter. Manche sind vielleicht wahr, andere nicht. Es leben keine Leute mehr, die ihn im Leben gekannt haben, also muss man sich auf die Geschichten verlassen, nicht wahr?«

Marianne fiel wieder auf, dass Michel ein sehr ungewöhnlicher Mann war. Sie erinnerte sich an die zugekifften Burschen in der Disco, in die Celia sie geschleppt hatte. Er war anders als sie, obwohl er im gleichen Alter war. Aber er war nicht in Paris aufgewachsen, sondern in Bar-le-Duc, einem kleinen Städtchen am Fluss Ornain.

»Und, wollen wir hinaus, die Sterne anschauen?«, fragte er und unterbrach damit ihre Gedanken.

Marianne sah ihn verwirrt an. »Ich denke, dazu ist das Teleskop da.«

»Sicher, aber diesem Prachtstück da drüben fehlt eine Linse. Ich versuche schon seit einiger Zeit, einen Optiker in Metz zu beschwatzen, mir eine neue anzufertigen. Aber bisher hat er meinem Werben noch nicht nachgegeben.«

»Dann versuch es doch woanders.«

Michel schüttelte den Kopf. »Ausgeschlossen. Dieser Optiker in Metz ist mein Onkel. Nur er wäre in der Lage, seinem Neffen kostenlos eine Linse anzufertigen. Wenn man so eine Linse woanders machen lässt, kostet das ein Vermögen, aber das hat hier niemand. Die Silbergs werden auch weiterhin jeden Franc in ihre Tuchfabrik stecken, und das ist richtig so, denn sie ist das Herz unserer Stadt. Ohne sie wird alles den Bach runtergehen, fürchte ich. – Also, wir wollten nach oben!« Er erhob sich und streckte die Hand nach ihr aus.

»Das Glas, das könnte brechen!«, wandte Marianne ein. »Und wir könnten runterfallen!«

»Und dann?«, gab Michel abwinkend zurück. »Wir rutschen ein paar Meter auf unserem Hintern und landen mit kribbelnden Füßen auf der Mauer. Das hier ist kein Turm, es ist Teil des Gebäudes.«

Ohne auf eine Erwiderung von ihr zu warten, ergriff er ihre Hand und zog sie zu der kleinen Trittleiter. Wenig später kletterten sie nach draußen. Als sie einsah, dass ihre Schuhe sie nur hindern würden, streifte Marianne sie auf halbem

Weg ab und ließ sie zurück in den Raum fallen. Auf dem Scheitelpunkt der Kuppel angekommen, setzten sie sich.

Michel hatte recht gehabt. Wenn sie abrutschten, würden sie auf sicherem Boden landen. Die Kuppel war so etwas wie eine Blase auf einem Teich. Und das Beste daran war, dass man von hier aus auf die Stadt und das Tal schauen konnte. Wenn es im Sommer so heiß war, dass man sich den Hintern auf dem Glas verbrannte, konnte man sicher die Felder mit den Mohnblüten sehen.

»Na, siehst du, das war doch gar nicht schlimm!«, sagte er. »Es war gut, dass du deine Schuhe ausgezogen hast. Nackte Füße halten sich besser auf dem Glas, so ähnlich wie Saugnäpfe.«

Er machte ein ploppendes Geräusch, das Marianne zum Lachen brachte.

Auf einmal waren sich ihre Gesichter ganz nah. Ihre Augen verfingen sich ineinander, und dann beugte sich Michel auf einmal vor. Seine Lippen legten sich warm und sanft auf ihre, beinahe selbstverständlich, als würden sie dorthin gehören.

Marianne erschrak, doch gleichzeitig schwanden ihr alle Kräfte. Selbst wenn sie gewollt hätte, hätte sie sich ihm nicht entziehen können. Sein Kuss war so anders als die Küsse der jungen Männer, die sie ins Bett kriegen wollten und denen sie nie gefolgt war. Und der Kuss war auch anders als die Küsse von Christoph, der geglaubt hatte, aus ihr ein braves Ehefrauchen machen zu können.

»Was war das?«, fragte Michel, als er sich wieder zurückzog.

»Ich weiß nicht«, antwortete sie, obwohl sie es genau wusste.

»Dann sollten wir es noch einmal machen. Vielleicht wissen wir es dann.«

Erneut küssten sie sich, und erneut kam sich Marianne vor, als würde sich ihr Körper auflösen und mit dem Abendwind davonschweben.

Doch dann, wie eine eisige Bö, meldete sich ihr Verstand zu Wort, und sie löste sich von ihm. Er ist verlobt, dachte sie. Auch wenn er so tut, als wäre ihm seine Verlobte egal, sie ist da, sie gehört zu seinem Leben. Immerhin begleitet sie bereits seine Eltern.

»Was ist los?«, fragte er überrascht.

»Ich ... es ist besser, wenn ich jetzt gehe.«

»Aber wieso?«

Weil du eine Verlobte hast, hätte sie ihm gern entgegengeschleudert, doch die Worte wollten nicht aus ihrem Mund. Dennoch schien er sie zu kennen.

»Marianne.« Er hielt sie fest und sah sie an. Ihr Widerstand erlahmte. »Sie bedeutet mir nichts. Nicht mehr. Ich habe eingewilligt, weil ich dachte, ich würde sie lieben, aber ... Seit ich dich gesehen habe, gehst du mir nicht mehr aus dem Sinn. Ich musste immer wieder an dich denken. Deshalb bin ich durch die Stadt geschlichen und dir doch immer wieder ausgewichen. Deshalb war ich auf der Bank, als sie dich bei der Elternversammlung beschimpft haben. Ich wollte in deiner Nähe sein. Irgendwie. Auch wenn ich verlobt bin. So was wie Freundschaft zwischen Mann und Frau gibt es vielleicht. Vielleicht können wir beide Freunde sein.«

Marianne war nicht sicher. Freundschaften pflegte sie schon eine Weile nicht mehr, jedenfalls keine richtigen. Vielleicht waren auch ihre Schulfreundinnen, die sie ihre französischen Platten hatten hören lassen, keine echten Freundinnen gewesen. Sie hatte zwar immer Menschen um sich herum, aber jetzt musste sie feststellen, dass sie keine richtigen Freunde waren. Und das, was sie empfand, wenn sie Michel sah, war auch keine Freundschaft. Es war etwas weitaus Tiefgreifenderes. Etwas, das sie nicht zu denken wagte, denn er hatte sein Leben in Bar-le-Duc, und sie war nur ein Jahr hier. Oder besser gesagt, nur noch neun Monate.

»Du wirst Ärger bekommen«, sagte sie schließlich. »Die meisten Eltern mögen mich noch immer nicht. Und diese Eltern sind Bewohner deiner Stadt, womöglich deine Nachbarn.«

»Denkst du, das macht mir was aus?« Michel winkte ab. »Außerdem, was haben wir getan? Wir haben uns geküsst! Na und? Und auf dich wird auch kein göttlicher Blitz niederfahren, wenn wir uns hin und wieder sehen, uns küssen und uns ein wenig von unserem Leben erzählen. Also, was meinst du? Wäre das für dich akzeptabel?«

Schon einmal hatte er ihr versprochen, dass nichts Weitreichendes passieren würde. Und jetzt hatten sie sich geküsst und redeten darüber, sich wieder zu treffen.

Aber konnte sie nein sagen?

Sie konnte es nicht.

»Ja, das wäre akzeptabel«, antwortete sie, während sie auf den Saum ihres Rockes schaute. Vielleicht sollte sie auf Jeans umsteigen, wie Michel sie trug. Irgendwie hatte sie nie Lust gehabt, welche zu tragen, aber jetzt …

»Gut«, sagte er und drückte ihre Hand. »Ich verspreche dir, dass ich dich nur dann küssen werde, wenn du es möchtest. Du könntest mir ein Zeichen geben.«

»Vielleicht ein Winken?«, fragte Marianne und winkte. Michel beugte sich vor und küsste sie.

»Siehst du, das funktioniert«, sagte er, als er von ihr abließ. »Und ab jetzt solltest du vorsichtig sein, wenn du winkst. Falls ich nämlich zufällig in der Nähe bin, werde ich kommen und dich küssen, egal, wem das Winken wirklich gegolten hat und wer bei dir steht.«

Marianne bezweifelte, dass er das tun würde. Aber es gefiel ihr, dass er das sagte.

»In Ordnung«, sagte sie. »Mach das. Aber jetzt muss ich wirklich gehen. Sonst meldet mich Louise noch als vermisst, weil sich rumgesprochen hat, dass ich nach Hause wollte und noch nicht da bin, wenn sie kommt.«

»Nur noch einen Moment«, sagte er. »Schau in die Sterne. Bade ein wenig in ihrem Licht. Dann verspreche ich, dass ich dich nach Hause begleiten werde. Jedenfalls so weit, wie es schicklich ist.«

Und so saßen sie auf der Kuppel und blickten hinaus in den Himmel.

# 20

»Das war der Moment, in dem ich mich in deinen Vater verliebte«, sagte eine Stimme hinter mir. »Oder besser gesagt, der Moment, in dem mir klarwurde, dass ich ihn liebte. Wahrscheinlich hatte ich mich schon in ihn verliebt, als ich ihn zum ersten Mal sah, aber Menschen sind komisch. Etwas regt sich in ihnen, doch sie erkennen es erst eine Weile später. So oft sieht man sich, und dann gibt es diesen einen Blick, diese eine Berührung, und alles ist klar.«

Ich hatte nicht bemerkt, dass Mama die Tür geöffnet hatte. Zu versunken war ich in das Bild.

»Michel Clement war mein Vater?«, fragte ich.

»Ja, er ist dein Vater.« Mamas Blick schweifte an mir vorbei zum Fenster, als wäre dort sein Geist aufgetaucht. Doch alles, was man sah, war ihr Spiegelbild und meines.

Ich schwieg überrascht und wunderte mich darüber, dass ich nicht selbst darauf gekommen war. Sicher hätte sie diesen Michel nicht erwähnt, wenn er nicht eine besondere Rolle in ihrem Leben gespielt hätte.

Vor vielen Jahren hatte ich mich gefragt, wie es sein würde, wenn ich es endlich erfuhr. Ich hatte mit einem Feuerwerk der Gefühle gerechnet, doch jetzt … fühlte es sich nur seltsam an.

»Du hast dich also beim Präsidentenempfang in ihn verliebt?«, brach ich das Schweigen.

»Nein, nicht direkt. Aber er war der Grund, dass wir uns über die Torte unterhalten haben. Und dann kam die Sache ins Rollen, wie man so schön sagt.«

Ich nickte und brauchte noch einen Moment, um diese Nachricht zu verdauen. Es war nicht so, als würde eine Last von mir abfallen, und es gab auch keine Wogen des Glücks. Vielmehr fragte ich mich beunruhigt, ob Michel Clement vielleicht während ihres Aufenthaltes in der Stadt gestorben war ...

»Du weißt, ich will der Geschichte nicht vorgreifen, doch eben, als ich im Bett lag, dachte ich mir, ich sollte dich mit dem Bild nicht allein lassen«, fuhr meine Mutter fort. »Natürlich vergeht bis zu dem Zeitpunkt, an dem Michel und ich ein Paar werden, noch ein bisschen Zeit. Immerhin war er verlobt, und ich hatte nicht vor, ihn seiner Verlobten abspenstig zu machen.«

Irgendwie nahm ich es ihr nicht ab. Wie ihre Augen geleuchtet hatten, als sie von ihm sprach! Aber natürlich hatte meine Mutter ihre moralischen Grundsätze. Wie mochten die beiden zusammengekommen sein? Hatte er ihretwegen die Verlobung gelöst? Was war in dem Jahr passiert, dass sie es mir nie hatte erzählen wollen?

»Hast du ein Bild von ihm, auf dem man ihn richtig sieht? Nicht nur seine Silhouette ...«

»Nein«, antwortete sie. »Leider habe ich kein anderes Bild von ihm.«

»Wirklich nicht?«

Sie nickte. »Es hat sich irgendwie nie ergeben. Und ich habe mir auch nicht viele Gedanken darum gemacht, ob ich ein Foto von ihm habe. Ich trug ihn in meinem Herzen, das reichte mir. Und wenn Bilder gemacht wurden, dann schoss er sie meist mit seiner Kamera. Mehr als einen Schatten bekam man von ihm nie zu sehen.«

»Du hast dich von ihm fotografieren lassen?«

»Er hat es einfach getan – weil er mich so schön fand, sagte er. Ich kann nicht beurteilen, ob ich damals schön war, aber etwas hat er an mir gefunden.«

Sie überlegte eine Weile, dann sagte sie: »Was hältst du davon, wenn wir morgen mal einen kleinen Ausflug machen?«

»Und wohin?«, fragte ich.

»Das wirst du sehen. Lass dich überraschen.« Sie kam zu mir, umarmte mich und gab mir einen Kuss. Dann kehrte sie in ihr eigenes Schlafzimmer zurück.

Ich betrachtete das Bild noch eine Weile und versuchte, der Geschichte, die es erzählte, nachzuspüren. Ein Bild zeigte nur einen Augenblick, nie die ganze Story.

Aber ich meinte plötzlich, sie zu spüren.

In dieser Nacht lag ich noch lange wach und versuchte, mir meinen Vater vorzustellen. Die Gestalt in dem Spiegel zeigte nur, dass er etwas größer war als meine Mutter und sehr schlank.

Es war wirklich schade, dass meine Mutter kein anderes Bild von ihm hatte – jedenfalls keines, das sie mir zeigen konnte. Sie hatte gesagt, dass von ihm auch auf anderen Fotos nie mehr als ein Schatten zu sehen gewesen war – und dieser Schatten war er auch in meinem Leben. Wie sehr wünschte ich mir, dass dieser Schatten, dieser Umriss Kontur annehmen würde!

Als ich merkte, dass meine Gedanken kein Ergebnis brachten, fragte ich mich, wohin sie mich wohl morgen entführen wollte. Bei meiner Mutter konnte man nie wissen, was die Ankündigung zu einem Ausflug beinhaltete. Schon als ich noch ein Kind war, waren wir oft einfach ins Blaue gefahren, irgendwohin. Manchmal war der Weg das Ziel, manchmal kannte meine Mutter das Ziel, verriet es mir aber nicht, damit der Ausflug nicht die Spannung verlor.

In diesem Fall würde es aber bestimmt kein Ausflug ins Blaue sein. Ich war sicher, dass es mit dem Album zu tun hatte.

# 21

Foto Nr. 8

Marianne auf einer schneebedeckten Wiese. Sie hat die Augen ge-
schlossen und die Arme ausgebreitet. Ein paar Flocken wirbeln ihr
ins Gesicht, verfangen sich in ihrem Haar, das offen über ihren hel-
len Mantel fällt. Sie lächelt dem, der sie fotografiert, verliebt zu.
Von dem Fotografen selbst ist nur ein Schatten im Schnee zu sehen.
(10. Dezember 1975)

Nachdem der Herbst der Gegend ziemlich viel Unruhe be-
schert hatte, brachte ein zorniger Winter Schnee nach Bar-le-
Duc. Er kam über Nacht, mit lautem Getöse wie bei der
wilden Jagd. Und mit jedem Morgen, der begann, wurden die
weißen Massen mehr.

Wie immer klingelte Mariannes Wecker auch an diesem
Morgen gegen sechs Uhr. Als sie sich erhob und das Licht an-
schaltete, traute sie ihren Augen nicht. Eis glitzerte auf den
Fensterscheiben der Remise. Sie waren komplett zugefroren!
Ein frostiger Hauch überzog ihr Gesicht, ihre Nase war eis-
kalt. Überrascht setzte sie sich im Bett auf.

Natürlich war das Feuer im Kachelofen schon längst verlo-
schen – nicht mal ein leichter warmer Hauch ging mehr von
ihm aus. Offenbar waren die Temperaturen weiter gefallen.
Am liebsten hätte sich Marianne wieder unter ihre Decke ge-

kuschelt und von Michel geträumt, doch die Schule nahm keine Rücksicht darauf, ob ihre Deutschlehrerin fror.

Fröstelnd stieg sie aus dem Bett, schlang die Decke um sich und huschte zum Ofen. Wahrscheinlich würde sich die Wärme erst ausbreiten, wenn sie schon längst weg war, dennoch entfachte Marianne ein Feuer und legte ein paar Kohlen dazu.

Ihre Zähne klapperten, als sie sich schnell wusch – da sie gestern Abend vergessen hatte, den Wasserboiler anzuschalten, war das Wasser natürlich auch kalt.

Immerhin warteten warme Kleider auf sie. Ein paar Sachen hatte sie sich mitgenommen, doch als klarwurde, dass es nicht genug war, um der Kälte hier zu trotzen, war sie mit Louise ins Kaufhaus gegangen. Das Gehalt, das sie bekam, war nicht sehr üppig, aber es reichte für warme Unterwäsche und einen groben Wollmantel, außerdem hatte sie sich noch eine Jeans gekauft. Louise schenkte ihr einen Pullover, den sie selbst gestrickt hatte. Den Einwand, dass doch noch nicht Weihnachten sei, hatte sie nicht gelten lassen.

»Ich habe mehr als genug Pullover«, hatte Louise gesagt. »Ich brauche ihn wirklich nicht, und ich habe auch keine Lust, ihn aufzuräufeln, also nimm ihn, oder verschenk ihn in der Schule.«

Marianne wäre niemand eingefallen, dem sie den Pullover hätte schenken können. Lydie war zu zierlich, um dort hineinzupassen, und zu den anderen Lehrern und Lehrerinnen hatte sie kaum Kontakt. Und bei Monsieur Dumont bezweifelte sie, dass er die Farbe Hellblau besonders mochte.

In diesem Moment war sie froh, dass sie Louises Geschenk angenommen hatte. Es dauerte nicht lange, bis sich die Wolle auf ihrer Haut erwärmte und die Kälte von ihr abhielt. Der

Pulli war wie eine Rüstung, und die konnte sie heute gut gebrauchen.

Als sie das Nebengelass verließ, dachte sie wieder an Michel. Er war ein steter Gast in ihren Gedanken, ja, mittlerweile gehörte er fest zu ihrem Leben.

Beinahe jede Woche trafen sie sich. Zuletzt hatten sie sich gesehen, als der erste Schnee gefallen war. Michel hatte sie mitgenommen auf eine Wiese, die von krummen Weiden umstanden war und wie ein Ort aus einem Märchen wirkte. Während die Flocken auf sie herabrieselten, hatte sie mit ausgebreiteten Armen getanzt – und Michel hatte sie dabei fotografiert.

»Einfach, weil ich dich so gern anschaue«, hatte er erklärt, denn er machte öfter Fotos von ihr, und Marianne vermutete, dass er diese an die Wände seiner Unterkunft beim Weinbauern klebte, weil er sie da um sich haben konnte, ohne dass jemand etwas dagegen hatte.

Michel hatte ihr auch von Weihnachten erzählt, davon, dass erwartet wurde, dass er das Fest mit seiner Verlobten verbrachte. Unter der Woche war die Arbeit eine gute Ausrede für ihn, ihr und seiner eigenen Familie fernzubleiben. Doch über die Festtage würden sie ihn zwischen sich einkeilen, und es würde kein Entrinnen geben.

Insgeheim hatte Marianne davon geträumt, dass sie wenigstens einen der Feiertage miteinander verbringen würden, doch dieser Traum wurde mit den Flocken davongewirbelt.

Jetzt war es nur noch eine Woche hin bis Weihnachten. Da sie wusste, dass die Silbergs in der Villa feiern würden und vielleicht auch einige Gäste kamen, hatte sie schon vor ein paar Tagen kleine Geschenke besorgt und Ausschau nach einem neuen Kleid gehalten. In den vergangenen Jahren waren die Weihnachtstage die einzigen Feiertage gewesen, an denen sie mal Zeit hatte, zu lesen und sich auszuruhen, und so war sie auf ein richtiges Fest nicht vorbereitet und hatte von zu Hause auch nichts mitgenommen, das sie bei einem festlichen Anlass tragen konnte.

Vielleicht würde sie heute Nachmittag noch mal beim Museum vorbeischauen. Jetzt stand ihr allerdings ein neuer Unterrichtstag bevor. Obwohl der Weg in die Stadt nicht besonders gut geräumt war, schwang sie sich nach dem Frühstück aufs Fahrrad.

Im Unterrichtsraum angekommen, hatte sie sich bereits mental darauf vorbereitet, wieder von der Rémy-Bande geplagt zu werden. Den Jungs schien nie die Puste auszugehen. Offenbar verfügte der alte Rémy über sehr viel Literatur über den Zweiten Weltkrieg, anders konnte sie sich die immer konkreter werdenden Fragen nicht erklären.

Sie war mittlerweile dazu übergegangen, bei Fragen nach den Nazis so zu tun, als würde sie es überhören. In den Fällen, in denen sich eine Antwort nicht umgehen ließ, antwortete sie so neutral wie möglich, meist ausweichend, denn sie wusste, dass in den Händen von Bertrand Rémy jedes Wort zu einem Stein wurde, den er nach ihr schleudern würde, wenn es ihm passte.

Nach und nach füllte sich der Raum. Einige Schüler grüßten sie, einige schwiegen. Die, die grüßten, gehörten zu den Eltern, die mittlerweile kein Problem mehr mit ihr hatten – Madame Duval sei Dank. Die, die schwiegen und ihrem Blick auswichen, waren jene, in deren Familien wohl noch immer über Sinn und Zweck eines Lehreraustausches mit den Deutschen diskutiert wurde. Die, die sie frech angrinsten, ohne was zu sagen, gehörten zu Rémys Freundeskreis. Vierzehnjährige Jungs fühlten sich einer Sechundzwanzigjährigen überlegen.

An diesem Morgen begann der Unterricht wie immer. Hölderlin war das Thema. Marianne hatte gerade über das Leben des Dichters gesprochen. Das war eigentlich kein Grund, mit dem Nationalsozialismus anzufangen. Aber irgendwie fand Rémy immer einen Grund. Und wenn er danach fragte, ob Hölderlin ein Lieblingsdichter der Nazis war.

In dem Augenblick, als Bertrand seinen Arm mit einem boshaften Lächeln in die Luft schnellen ließ, klopfte es an die Tür. Offenbar hat Gott heute mal ein Einsehen mit mir, dachte Marianne und unterbrach den Unterricht, um den Besucher hereinzubitten.

Rektor Callas trat ein.

»Mademoiselle Schwarz.« Die Miene des Rektors war ernst. Marianne wusste nicht, was sie von seinem Auftauchen in der Stunde halten sollte. Hatte es wieder irgendwelche absurden Anschuldigungen gegeben? War das der Grund, weshalb dieser Rémy heute besonders hämisch grinste?

»Ja, bitte?«, fragte sie und spürte, wie ihr rechtes Unterlid zu zucken begann. Solche Ticks hatte sie seit ein paar Wochen, sie stellten sich immer dann ein, wenn sich etwas Unangenehmes anbahnte.

»Ich würde Sie bitten mitzukommen, ich möchte etwas mit Ihnen besprechen.«

Marianne starrte ihn erschrocken an, dann nickte sie. Beim Hinausgehen wisperte es hinter ihr: »Vielleicht wird sie jetzt ja rausgeschmissen.«

Diese Worte hätten sie sonst wie ein Messer in den Rücken getroffen – doch im Moment interessierten sie sie nicht. In ihrer Magengrube zwickte und stach es, schlimmer noch als an den Tagen, wenn ihre Periode einsetzte. Die Frage, was der Direktor jetzt wohl mit ihr besprechen wollte, brannte ihr unter den Nägeln – und der Weg bis zum erlösenden Büro erschien plötzlich unendlich weit.

Als sie schließlich dort ankamen, bat er sie, auf einem Stuhl Platz zu nehmen.

»Ich weiß nicht, wie ich anfangen soll«, begann er und nestelte dabei an seinem Manschettenknopf. »Wie Sie wissen, habe ich Sie in letzter Zeit als Lehrerin an dieser Schule sehr zu schätzen gelernt.«

Aha, also doch, ging es Marianne durch den Sinn. Irgendwer hat wieder eine völlig haltlose Beschwerde gegen mich abgefeuert – und sicher ist es dem Rektor jetzt zu viel geworden.

Seltsamerweise dachte sie als Erstes an Michel. Was würde er dazu sagen, wenn sie wieder fortmusste? Seine Verlobung bestand weiterhin, er würde einfach so weitermachen können wie bisher. Es war nur so, dass sie nicht mehr von ihm lassen konnte …

Irgendwas musste Callas gesagt haben, aber durch ihre Gedanken hatte sie seine Stimme nicht gehört. Jetzt sah er sie ernst an.

»Ihr Vater ist gestern Nacht verstorben. Gerade habe ich das Telegramm erhalten und dachte, ich informiere Sie persönlich.«

»Mein Vater ist … tot?« Diese Worte fühlten sich in Mariannes Mund vollkommen fremdartig an. Ihr Vater war nie krank gewesen, selbst die Grippe hatte immer einen großen Bogen um ihn gemacht. Und das war nicht die Nachricht gewesen, mit der sie gerechnet hatte …

Sie schüttelte verwirrt den Kopf. Vor ihrem geistigen Auge tauchte der Tag ihrer Abreise nach Frankreich auf, der Tag, an dem sie ihrem Vater zum letzten Mal begegnet war. Danach hatte es keinen Kontakt mehr zu ihrer Familie gegeben. Von ihrem Plan, Ursula vielleicht doch zu schreiben, war sie wieder abgerückt.

Und jetzt war ihr Vater tot.

»Sie werden sicher an der Beerdigung teilnehmen wollen, nicht wahr?«, fragte der Rektor.

Marianne nickte. Das wurde wahrscheinlich von ihr erwartet. Auch wenn sie sonst nicht viel von Erwartungen hielt, diese würde sie erfüllen müssen. Ihr Vater mochte sie ignoriert und für seine Kunst ausgenutzt haben, aber er war ihr Vater. Selbst, wenn er nicht mit ihr Ball gespielt und ihr nicht das Radfahren beigebracht hatte.

Es klopfte. »Herein!«, rief der Rektor.

Wenig später erschien Lydie in der Tür.

»Sie wollten mich sprechen, Monsieur le Directeur?«, fragte sie. Dann erblickte sie Marianne, die immer noch wie betäubt dasaß.

»Ja, gut, dass Sie kommen, Lydie. In Mademoiselle Schwarz' Familie hat es einen Trauerfall gegeben, der sie für ein paar Tage abgängig machen wird. Wären Sie bitte so freundlich und würden den Lehrplan von ihr übernehmen?«

Lydie sah ihn erschrocken an, und Marianne konnte nicht einmal sagen, ob sie über die Tatsache erschrak, dass es einen Trauerfall gab, oder darüber, wieder die Klasse betreuen zu müssen, in der der Sohn des Nazijägers sein Unwesen trieb.

»Das … das tut mir sehr leid«, sagte sie und blickte mitleidig zu Marianne. »Und natürlich übernehme ich den Unterricht.«

Callas nickte zufrieden. Lydie sah so aus, als hätte sie in eine Zitrone gebissen. Sie tat Marianne leid. Doch die Beerdigung ihres Vaters durfte sie nicht versäumen. Trotz allem, was vorgefallen war.

»Wenn Sie möchten, können Sie gleich nach Hause gehen«, bot ihr der Rektor in liebenswürdigem Ton an. »Holen Sie Ihre Sachen, ich gebe Ihnen frei. Und morgen können Sie gern zurückfahren.«

Marianne nickte und erhob sich hölzern. Der Gedanke, nach Hause zu fahren, beunruhigte sie zutiefst, denn sie wusste nicht, was sie erwarten würde. Aber sie hatte keine andere Wahl.

Seltsamerweise dachte sie zunächst an Michel. Sie musste ihm Bescheid geben.

In den Wochen, seit sie auf der Glaskuppel des Schlosses gesessen hatten, hatten sie sich mehrmals getroffen. Oft verabredeten sie sich beim Schloss, manchmal auch außerhalb der Stadt, wo sie niemand sehen konnte. Einmal war er mit ihr zum Ornain gefahren. Das Wetter war damals sehr stürmisch gewesen, der Wind hatte die Bäume geschüttelt, und sie beide waren zu dem Schluss gekommen, dass es besser sei, im Frühjahr noch einmal zurückzukehren. Sie hatten sich geküsst und sich damals schon für den Frühling an dieser Stelle verabredet.

Als sie das Klassenzimmer erreichte, klingelte es bereits zur Pause. Kaum zu glauben, dass sie fast die gesamte Unterrichtsstunde im Büro des Rektors verbracht hatte.

Die Kinder, die ihr entgegenstürmten, nahm sie kaum wahr. Ihr Vater war gestorben. Der Mann, den sie vor ein paar Wochen zum letzten Mal gesehen hatte. Der Mann, der ihr nicht einmal ein paar herzliche Worte mit auf den Weg gegeben hatte. Sie hatte sich nie Gedanken darum gemacht, was sein würde, wenn ihre Eltern starben. Was sie fühlen würde. Sie suchte nach einem Gefühl in ihrer Brust, immerhin war er doch ihr Vater, doch da war keine Trauer, sondern nur Unglauben, Verwirrung und etwas, das sie nicht benennen konnte. Und der Gedanke an Michel. Michel, der wissen musste, warum sie sich in den nächsten Tagen nicht mit ihm treffen konnte.

Doch dann zerbrach etwas die gläsernen Wände um sie herum.

»Da hat der alte Nazi endlich ins Gras gebissen!«, feixte Rémy hinter ihrem Rücken. Seine Worte waren wie ein Stein, der sie traf.

Das war zu viel für Marianne. Blitzschnell wirbelte sie herum und versetzte dem Jungen eine Ohrfeige. Der Kopf des Jungen flog, begleitet von einem lauten Klatschen, zur Seite. Dieses Geräusch übertönte alle anderen.

Überrascht stierte Bertrand sie an. Und auch Marianne schaute entsetzt drein. Noch nie hatte sie dermaßen die Beherrschung verloren, dass sie einen Schüler geschlagen hatte.

Die anderen Kinder erstarrten augenblicklich. Einigen von ihnen stand der Mund offen. Das hatten sie von der deutschen Lehrerin wohl nicht erwartet.

Bertrand verzog das Gesicht wie ein greinendes Baby, dann lief er davon. Mariannes Knie wurden weich. Damit hatte sie sich endgültig ihr eigenes Grab geschaufelt. Sein Vater würde sicher außer sich sein. Natürlich würde er ihr keinen Glauben schenken. Und eigentlich rechtfertigte auch nichts eine Ohrfeige. Sie hätte es überhören müssen – aber sie hatte das nicht gekonnt.

Während die Blicke aller immer noch auf ihr lagen, wandte

sie sich um und ging zum Unterstand, um ihr Fahrrad zu holen. Rémy und der Rektor wussten, wo sie sie finden konnten.

Die folgenden Stunden verbrachte sie mit der bangen Frage, was nun passieren würde. Sie war überzeugt, dass jeden Moment jemand auftauchen und sie für ihre Tat zur Rechenschaft ziehen würde. Wahrscheinlich hätte das auch Konsequenzen an ihrer deutschen Schule.

Als die Angst ihre Brust regelrecht einschnürte, klopfte es an ihr Fenster. Sie rechnete damit, dass das Dienstmädchen ihr Bescheid geben würde.

Doch kein weibliches Gesicht blickte durch die Scheibe.

Michel lächelte ihr zu und winkte. Was suchte er hier? Um diese Uhrzeit?

Natürlich war im Moment wenig auf dem Weingut zu tun. Hoffnung auf Eiswein hatten die Winzer nicht mehr, dazu waren zu wenige Trauben an den Stöcken geblieben.

Der Gedanke, mit ihm allein im Häuschen zu sein und dort entdeckt zu werden, wenn sie jemand in die Villa holen wollte, erschien ihr doch zu riskant.

Sie warf sich also einen Mantel über und trat vor die Tür.

Das Gold seiner Augen traf sie wie ein Sonnenstrahl.

In seiner dunklen Cabanjacke und seiner Wollmütze wirkte er auf den ersten Blick wie ein Hafenarbeiter. Marianne fand das umwerfend und ärgerte sich ein wenig, dass sie seinen Besuch nicht wirklich würde genießen können. Der Koffer hinter ihr mahnte sie, dass sie endlich packen sollte, und ihr Gewissen plagte sie, weil sie einen Jungen geschlagen hatte.

»He, was suchst du denn hier?«, fragte sie, worauf er sie kurzerhand in seine Arme zog und küsste.

»Ich habe aber nicht gewunken«, entgegnete sie lächelnd,

als er sie wieder losließ. Sein Kuss wirkte auf ihren Lippen nach, ein kleines Feuer, das sich durch die Adern fortpflanzte und ihren gesamten Körper wärmte.

»Nein?«, fragte er in gespielter Verwunderung. »Irgendwie hat es so ausgesehen. Da dachte ich, ich mach es eben.«

Marianne lächelte. Es hätte so ein schöner Tag werden können. Michel tauchte nie nach einem vorgegebenen Schema auf, er kam und ging, wie er Zeit und Lust hatte. Neben ihren anderen Sorgen hatte sie sich gefragt, wie sie ihn finden konnte. Sein Vater würde ihm vielleicht von dem Trauerfall berichten, vielleicht auch nicht. Sie konnte sich vorstellen, dass sie kein Thema im Haus Clement war. Und Michel würde sich wundern, warum er sie nicht zufällig in der Stadt traf.

Und jetzt stand er hier einfach im Garten der Villa. Noch nie war er ihrem Häuschen so nahe gekommen. Hatte er vielleicht gespürt, dass sie ihn sehen wollte?

»Und, wie war dein Tag heute?«, fragte er, während er den Arm um sie legte und sie zu der kleinen Bank vor ihrem Fenster zog, die dick mit Schnee bedeckt war. »Wie viele Nazifragen musstest du diesem kleinen Arschloch heute beantworten?«

Seit einer Weile hieß Bertrand Rémy bei Michel nur noch »das kleine Arschloch«. Das machte es ein wenig erträglicher, über ihn zu sprechen. Manchmal konnte sie darüber auch lachen, wenn Michel den Jungen nachahmte und dann irgendwelche völlig absurden Fragen über die Farbe von Hitlers Unterwäsche stellte.

Doch heute war ihr nicht nach Lachen zumute.

»Ich … ich habe dieses kleine Arschloch geohrfeigt.«

»Wirklich?«

Marianne nickte. »Und sag jetzt bitte nicht, dass er es verdient hat. Das hat er sicher, aber ich bin Lehrerin und nicht eine Schülerin aus seiner oder einer höheren Klasse.«

Michel zog die Stirn kraus. »Verstehe. Das ist natürlich gar nicht gut. Was war denn der Auslöser dafür? Dir ist doch noch nie die Hand ausgerutscht!«

Marianne blickte einen Moment lang auf den schneebedeckten Park.

»Ich hatte nie eine gute Beziehung zu meinem Vater«, begann sie dann. »Das habe ich dir ja schon mal erzählt. Heute habe ich die Nachricht bekommen, dass er gestorben ist.«

»Das tut mir sehr leid«, entgegnete Michel. Ein Schatten verdunkelte plötzlich seinen Blick.

»Danke, aber das muss es nicht. Du hast ihn nicht gekannt, wahrscheinlich hättest du ihn nicht gemocht, wenn du ihn kennengelernt hättest. Aber vorhin … als dieser Junge mir hinterherzischte, dass ›der alte Nazi endlich ins Gras gebissen‹ hätte, war es aus mit mir. Ich habe die Beherrschung verloren.«

»Dieser Hohlkopf!«, brummte Michel. »Sein Vater war nach dem Krieg eine Zeitlang in einem Ausschuss für die Aufarbeitung der Kollaboration. Durch seine Mithilfe sind viele Kollaborateure ins Gefängnis gegangen oder sogar mit dem Tod bestraft worden. Diese Verräter haben ihre französischen Mitbürger bei der Gestapo angeschwärzt. Darauf, zu jenen zu gehören, die sie bestraften, sind die Rémys unheimlich stolz.«

»Mein Vater war weder bei der Gestapo noch bei der SS«, entgegnete Marianne. »Er war einfach nur ein Soldat, der an der Westfront gekämpft hat. Ich will das, was er getan hat, nicht verteidigen, auch seine Ansichten sind mir nicht verständlich. Er hat aus dem Krieg einen tiefen Hass gegen

Frankreich mitgebracht. Ich habe das immer abgelehnt und mich schon früh für Frankreich interessiert. Dafür hat er mich oft drangsaliert. Jetzt auch hier Ärger dafür zu bekommen, ist irgendwie ... unverständlich.«

»Es ist gut, dass du den Hass deines Vaters nicht spürst.« Seine Finger strichen sanft über ihre Wange.

»Nein, ich spüre keinen Hass. Jedenfalls nicht gegen Frankreich und die Franzosen. Mir ist klar, dass wir Deutschen furchtbare Dinge getan haben. Ich schäme mich dafür. Aber sollte ein Mensch nicht aufgrund seiner Taten beurteilt werden? Ich versuche, den Kindern im Unterricht Goethe und Schiller nahezubringen, ich versuche, ihnen ein wenig von der heutigen Kultur mitzugeben, von der Kunst. Und in jeder Stunde kriege ich mindestens eine Frage nach den Nazis gestellt. Und sie werden von Mal zu Mal dreister.«

Marianne schwieg. Es war vielleicht zu ihrem Besten, wenn sie zurückfuhr. Nach der Ohrfeige würde sie unter Umständen suspendiert werden. Und Bar-le-Duc konnte weiterhin in dem Glauben leben, dass alle Deutschen schlecht seien.

»Vielleicht wäre es besser gewesen, wenn ich niemals hergekommen wäre.«

Michel schüttelte den Kopf, dann legte er den Arm um ihre Schultern und zog sie an sich. »Du weißt, dass das nicht stimmt. Du bist deinem Herzen gefolgt. Und wärst du nicht hergekommen, hätte ich dich nie kennengelernt. Das wäre wirklich bedauernswert gewesen.«

Mit diesen Worten legten sich seine Lippen auf ihren Mund. Obwohl er sie zart küsste, war es Marianne, als würde ein Feuersturm durch ihre Adern jagen. Sie wusste, dass sie das nicht tun sollten, aber sie konnte sich auch nicht dagegen wehren. Sie spürte seine Wärme, roch seinen Duft, und seine

Nähe gab ihr das Gefühl einer wunderbaren Geborgenheit. Am liebsten wäre sie für immer in seinem Arm geblieben, doch sie wusste, dass das nicht möglich war. Es gab eine Frau, die auf ihn wartete, die darauf wartete, dass er ihr den Ring an den Finger steckte. Noch immer hatte er sich nicht von ihr getrennt, und Marianne beschlich die Vermutung, dass er das auch niemals tun würde.

Aber in diesem Augenblick, als seine Zunge sanft und sinnlich über ihre Lippen strich und sich vorsichtig den Weg in ihren Mund bahnte, war ihr alles egal. Der Wunsch, sich sofort hier, im Schnee, von ihm lieben zu lassen, brannte in ihr – doch dann zog sich Michel zurück.

Sein Gesicht war glühend rot, seine Augen leuchteten. Marianne sah deutlich, dass er ihren Wunsch teilte. Marianne wollte ihn lieben, schon so lange, und plötzlich war es ihr egal, ob er eine Verlobte hatte und ob er sie heiraten wollte. Sie wollte nur ihn, sie wollte ihn spüren, wie sie es sich in ihrer Phantasie ausgemalt hatte.

»Komm«, sagte sie, fasste ihn bei der Hand und zog ihn dann mit sich in die Remise.

Kaum hatten sie die Tür hinter sich geschlossen, küssten sie sich wild und leidenschaftlich. Michels Lippen blieben einen Moment lang auf den ihren, dann glitten sie küssend über ihre Wange und ihren Hals. Marianne stöhnte auf, als er einen Punkt erreichte, der ein süßes Kribbeln durch ihren gesamten Körper jagen ließ.

»Ich ... ich bin noch Jungfrau«, flüsterte sie. Es war ihr ziemlich peinlich, aber er sollte keinen Schreck bekommen. Immerhin wusste sie, was beim ersten Mal passierte, ihre Kommilitoninnen, die es bereits vor Jahren erlebt hatten, hatten lang und breit davon erzählt.

»Ich werde vorsichtig sein«, versprach er und begann, sie aus ihrem Mantel zu schälen.

Sie selbst knöpfte seine Jacke, dann sein Hemd auf. Für einen kurzen Moment durchzuckte sie der Gedanke, dass es vielleicht einen Skandal hervorrufen würde, wenn man sie hier erwischte. Doch dann schob sie diesen Gedanken beiseite, zog ihn zum Bett und konzentrierte sich auf seine Lippen, die ihre Brüste liebkosten und dann zu ihrem Bauch wanderten.

Als er schließlich in sie eindrang, war er sehr behutsam.

Marianne verspürte einen kurzen Schmerz, doch der war bei weitem nicht so schlimm, wie es ihre Kommilitoninnen geschildert hatten. Hatten sie vielleicht die falschen Männer gehabt? Kurz verharrte Michel über ihr, dann begann er, sich zu bewegen. Dabei küsste er sie, und Marianne fühlte sich schon bald, als würde sie in einen Strudel gerissen werden, aus dem es kein Entkommen gab. Sie stöhnte, und als sie zur Seite blickte, sah sie, dass die Scheiben, die heute Morgen noch mit Eis bedeckt und mittlerweile abgetaut waren, beschlagen waren.

Sie verlor ihre anfängliche Scheu, ihn zu berühren, und als sich ihr erster Orgasmus anbahnte, krallte sie ihre Hände in seinen Hintern. In diesen Augenblicken konnte sie nur daran denken, dass sie froh war, dieses erste Mal mit ihm zu erleben, mit dem Mann, von dem sie sich sicher war, dass sie ihn liebte.

Kurz bevor Michel kam, zog er sich aus ihr zurück. Seine Hand umfasste sein Glied und rieb es heftig. Dann ergoss er sich auf ihren Bauch.

Die Wärme seines Saftes ließ Marianne aufstöhnen.

Wenig später legte er sich neben sie und küsste sie. »Es ist besser so«, flüsterte er ihr leise in ihr Ohr. »Ich will dir kein Kind machen, verstehst du?«

Marianne verstand in diesem Augenblick nur, dass sie so etwas Wunderbares noch nie gespürt hatte. Sie wandte sich ihm zu und küsste ihn, schlang ihren Arm um seine Schultern und zog seinen Oberkörper auf ihre Brüste.

Eine Weile hielten sie sich so, bis Michel sagte: »Ich muss los.«

Zu ihr? fragte sich Marianne, doch sie drängte den Gedanken zurück. Sie wollte sich diesen perfekten Moment nicht kaputtmachen lassen. Also fragte sie nicht, sondern beobachtete nur, wie er seine Sachen, die rings um das Bett verstreut waren, aufsammelte und sich dann wieder anzog.

Bis zum Abendessen hatte Marianne ihren Koffer gepackt. Noch immer war niemand von der Schule aufgetaucht. Dabei hatte die Geschichte, dass sie Bertrand Rémy geohrfeigt hatte, sicher schon die Runde gemacht.

Kurz vor acht begab sie sich in die Villa. Bisher wussten die Silbergs noch nichts vom Tod ihres Vaters – es sei denn, es hatte sich bereits bis in die Fabrik herumgesprochen.

Erneut suchte Marianne nach Trauer in ihrem Herzen, doch wenn sie da war, hielt sie sich geschickt versteckt. Der Ausbruch auf dem Schulhof schien die einzige Regung zu sein, die sie für den Tod ihres Vaters aufbringen konnte. Mehr denn je erschien er ihr fern, wie eine Fotografie, die man in einer alten Schachtel fand.

An der Tür begegnete Marianne Louise. Diese kam gerade aus der Fabrik und klopfte sich den Schnee von den Stiefeln.

»Furchtbares Zeug!«, wetterte sie. »Hätte es wenigstens mal ein Jahr keinen Schnee geben können? – Ah, Marianne! Wie ist es dir heute ergangen?«

Es tat Marianne leid, Louise mit dem, was sie zu erzählen

hatte, die Stimmung zu verderben. Immerhin wirkte sie so gelöst und fröhlich – trotz des Ärgers über den Schnee.

»Ich …« Sie stockte. Und wenn sie erst einmal behauptete, dass es ihr gutging? Aber wahrscheinlich würde Louise ohnehin erkennen, dass sie log. »Ich habe heute die Nachricht bekommen, dass mein Vater gestorben ist.«

Louise schlug erschrocken die Hand vor den Mund. »Was sagst du da? Aber warum?«

»Ich weiß noch nichts über die genauen Umstände. Rektor Callas hat mir nur Bescheid gegeben, dass er gestorben ist, und mich für den Unterricht freigestellt, damit ich zur Beerdigung fahren kann.«

»Das ist ja furchtbar.« Louise schloss sie in die Arme. Sie wirkte trauriger als Marianne selbst. Doch es tat gut, getröstet zu werden.

Marianne beschloss, ihr die andere Sensation des Tages zu verschweigen – vorerst.

»Komm erst mal rein, ich werde Sophie sagen, dass sie dir eine Schokolade machen soll«, sagte Louise, als sie sie wieder losließ, und zog sie dann mit sich in die Küche.

Es dauerte nur wenige Minuten, bis der Duft von Schokolade durchs Haus zog und den Geruch des Abendessens, das auf den Wärmeplatten ruhte, überdeckte.

Louise und Marianne setzten sich an den Küchentisch, der früher den Dienstboten als Esstisch gedient hatte, jetzt aber wohl nur noch hier stand, weil die Küche ohne ihn zu kahl aussah. Früher war auf ihm wahrscheinlich Gemüse geschnippelt und Brot aufgeschnitten worden, doch damals hatte der Haushalt wohl auch noch mehr Bedienstete.

Sophie, die Dienstmädchen und Köchin in einem war, bewegte sich leise wie ein Geist durch die Küche. Marianne war es noch nie gelungen, ein Gespräch mit ihr anzufangen. Ebenso wenig wusste sie, wo sie wohnte und zu welcher Familie sie gehörte.

»Mama wird übrigens noch ein Weilchen bei Grand-mère bleiben«, sagte Louise, als Sophie eine Tasse Schokolade vor ihr abstellte. »Durch den Wintereinbruch wird ihr Rheuma wieder schlimmer.«

Allmählich fragte sich Marianne, ob die Krankheiten ihrer Mutter nicht nur ein Vorwand für Madame Silberg waren, nicht mit ihrem Schwiegervater unter einem Dach leben zu müssen.

Marianne hatte sie einige Wochen nach ihrer Ankunft kennengelernt und bereits da das Gefühl gehabt, dass sie sich in diesem Haus nicht wohl fühlte. Durch das Verhalten ihrer eigenen Mutter hatte sie ein sicheres Gespür dafür entwickelt.

»Das tut mir leid«, entgegnete Marianne, während sie die klammen Hände um die warme Tasse schloss.

»Das muss es nicht. Meine Großmutter ist schon ziemlich alt, und es ist eigentlich jedes Jahr dasselbe.«

Louise rührte ein wenig in ihrer Tasse herum, dann nahm sie einen Schluck und sagte: »Es tut mir leid, dass dein Vater gestorben ist. Ich habe meinen niemals kennengelernt, aber wenn Mama sterben würde, wäre ich sehr traurig.«

Was sollte Marianne dazu sagen? Dass ihr weder ihr Vater noch ihre Mutter so nahestanden, als dass sie traurig gewesen wäre. Was ihren Vater anging, fühlte sie ein seltsames Bedauern, die Nachricht hatte sie erschreckt – aber echte Trauer?

»Es hat mich völlig unvorbereitet getroffen«, entgegnete sie. »Bevor ich nach Frankreich gereist bin, habe ich ihn noch mal gesehen, am Bahnhof.«

»Hat er dich hingefahren?«

Marianne lachte freudlos auf. »Nein, nein, das hätte er nie getan. Ich bin ihm zufällig begegnet. Er war auf dem Weg nach München und ich auf dem Weg nach Paris.«

»Er war sicher stolz auf dich.«

»Nein, leider war er alles andere als das.« Marianne spürte, dass Louise sie erschrocken ansah. Während der dreieinhalb Monate, die sie schon hier war, hatten sie nie über ihre Familie gesprochen. Sie unterhielten sich über allgemeine Dinge, und aus Angst, das Missfallen von Alain Silberg noch zu vergrößern, hatte sich Marianne während des Abendessens meist zurückgehalten. Auch gab es mit Michel Clement einen Grund, weshalb Marianne nicht jedes Wochenende mit Louise verbrachte.

»Und warum nicht? Du bist Lehrerin, das ist doch ein respektabler Beruf!«

Marianne rührte in ihrer Schokolade herum. Auf einmal wünschte sie sich, etwas später gekommen zu sein. Vielleicht hätte sie nichts sagen sollen … Aber jetzt war es zu spät, und sie schuldete Louise eine Erklärung.

»Das ist es, aber mein Vater sah vieles anders als ich«, erklärte sie. »Wahrscheinlich hätte er sich gewünscht, dass ich heirate und Kinder kriege, anstatt zu studieren. Ich wollte aber immer etwas aus mir machen. Und ich wollte immer nach Frankreich. Und wie du siehst, habe ich es geschafft.«

»Ich wollte immer in der Tuchfabrik arbeiten«, revanchierte sich Louise. »Es kam mir gar nicht in den Sinn, etwas anderes zu wollen. Mein Großvater hat mich stets mitgenommen, schon als kleines Kind. Er hat mir die Webstühle gezeigt und mir erklärt, wie sie funktionieren. Später dann hat er mir beigebracht, wie man verschiedene Stoffsorten herstellen kann. Die Lehrer im Lycée wollten, dass ich studieren gehe, aber ich wollte immer nur zwischen den ratternden Webstühlen und den Stoffen sein.«

Während sie sprach, nahm ihr Blick einen verträumten Ausdruck an, fast so, als würde sie von einem Geliebten sprechen. Der Gedanke ließ Marianne erröten, denn sie dachte nun wieder an die Leidenschaft, der sie sich zusammen mit Michel hingegeben hatte.

»Willst du denn nicht heiraten?«, fragte Marianne schnell und hob die Tasse an die Lippen, um ihr Gesicht ein wenig zu verdecken. Glücklicherweise glühten ihre Wangen nicht nur wegen der Erinnerung an Michel, die warme Schokolade tat ihr Übriges.

»Doch, irgendwann …« Louise stockte. Sie wirkte, als würde sie das, was sie sagte, nicht so meinen. »Aber vor allem möchte ich unsere Tuchfabrik halten und vielleicht auch vergrößern. Ich weiß genau, dass mein Großvater den Mann, der mich heiratet, zwingen würde, in die Tuchfabrik einzusteigen. Er würde ihn zwingen, Schritt für Schritt zu lernen, wie die Geschäfte zu führen sind. Und dann würde er mir die Tuchfabrik wegnehmen, weil er der Meinung ist, dass ich besser Kinder kriegen soll. Und das will ich auf jeden Fall verhindern. Ich will mir die Fabrik nicht aus der Hand nehmen lassen.«

»Klingt ein bisschen nach Elisabeth I.«, bemerkte Marianne lächelnd. Eigentlich waren sie und Louise gar nicht so verschieden. Auch für sie stand die Arbeit an erster Stelle.

»Was war mit ihr?«, fragte Louise verwundert.

»Sie hat auch nicht geheiratet, weil sie wusste, dass ein Ehemann ihr die englische Krone wegnehmen würde. Deshalb hat sie sich einen Liebhaber zugelegt, aber zum Heiraten haben ihre Berater sie nie bewegen können.«

Louise lächelte schelmisch. »Nun, wenn das so ist, werde

ich es auch so halten. Ich liebe die Fabrik über alles. Ich würde nie etwas tun, was ihr schaden könnte. Aber ich fürchte, jemand, der nicht mit ihr aufgewachsen ist, sieht das anders.«

Schweigen folgte ihren Worten. Jede von ihnen hing einen Moment lang ihren Gedanken nach. Da ertönten Schritte an der Tür.

»Louise, wo bleibt das Essen?«, fragte eine Stimme von der Tür her. Marianne blickte auf ihre Armbanduhr. Es war zwei Minuten nach acht. Offenbar stimmte, was Louise ihr am ersten Tag gesagt hatte.

»Wir haben nur noch ein wenig geredet, entschuldige, Grand-père«, sagte sie und erhob sich. »Wir kommen sofort.«

Marianne wich dem Blick des alten Silberg aus. Sicher machte er sie für die Verspätung verantwortlich.

Bei Tisch hatte Marianne das Gefühl, als würde sich die Schokolade in ihrem Magen zu einem Stein verwandeln. Dieses Gefühl überkam sie meist beim Essen, außer wenn Monsieur Alain seine Mahlzeit in seinem Arbeitszimmer einnahm. Leider geschah es nur ein- oder zweimal im Monat, dass er sich aus unerfindlichen Gründen nicht blicken lassen wollte. Louise mutmaßte, dass das die Tage waren, an denen ihn die Melancholie angesichts der geliebten Menschen, die er verloren hatte, überkam. Da er sich nicht die Blöße geben wollte, am Tisch und vor seinem Gast zu weinen, blieb er eben in seinen Räumlichkeiten und schlich erst spät in der Nacht ins Schlafzimmer.

An diesem Tag wirkte er allerdings nicht melancholisch, sondern angespannt. Marianne wusste, dass sie ihm ebenfalls vom Tod ihres Vaters erzählen musste, aber ihr Hals fühlte sich wie zugeschnürt an. Wenn Alain angespannt wirkte, folgte meist eine politische Diskussion über den Zweiten

Weltkrieg und seine Aufarbeitung in Deutschland. Das verunsicherte Marianne von Mal zu Mal mehr. Mittlerweile wusste sie schon gar nicht mehr, was sie sagen sollte. Mit keiner Aussage schien sie den richtigen Ton zu treffen. Bei Alain war es noch schlimmer als bei dem jungen Rémy.

Während sie die Suppe verspeisten, herrschte klammes Schweigen. Marianne versuchte, sich auf ihren Teller zu konzentrieren, hatte aber dennoch den Eindruck, dass Alain sie beobachtete.

»Monsieur Rémy war heute bei mir«, sagte der alte Silberg beiläufig. »Er war außer sich vor Wut und wollte Sie sprechen, Mademoiselle Schwarz.«

Marianne erstarrte. Hilfesuchend blickte sie zu Louise. Diese wirkte genauso ratlos wie sie selbst. Aber woher sollte sie auch wissen, was heute los gewesen war?

»Er sagte, Sie hätten seinen Sohn geschlagen. Ist das wahr?«

»Ja, das ist wahr«, entgegnete Marianne. Sie war sicher, dass Silberg ein Freund von Rémy war – und dass er ihr jetzt gewaltig die Leviten lesen würde. Ja, vielleicht warf er sie sogar aus dem Haus. Möglicherweise war er deshalb so angespannt.

»Welchen Grund hatte das?«

Marianne wurde rot. Sie schämte sich fürchterlich wegen der Ohrfeige. Eigentlich hätte sie zu den Rémys gehen und sich entschuldigen sollen. Den Mut dazu hatte sie allerdings nicht aufgebracht.

»Ich …« begann sie, doch die Worte vertrockneten in ihrem Mund. Wie sollte sie es rechtfertigen? Dass jemand ihren Vater beleidigt hatte? Das würde Silberg, der alle Deutschen, die in der Wehrmacht gekämpft hatten, hasste, sicher nicht gelten lassen.

Aber es war geschehen, sie konnte es nicht mehr rückgängig machen.

Marianne tupfte sich die Lippen ab, obwohl es da nichts zu tupfen gab, es war, als wollte sie sich die Schande von ihrem Mund abwischen. Sie blickte kurz zu Louise, die sie ein wenig erschrocken ansah. Offenbar hatte auch sie nicht erwartet, dass Marianne ein Kind ohrfeigen könnte.

»Ich habe kurz zuvor die Nachricht erhalten, dass mein Vater verstorben ist«, begann Marianne schließlich. Ausflüchte würden ihr nicht helfen, mit der Wahrheit kam sie in diesem Haus wahrscheinlich eher weiter – auch wenn die Konsequenzen gleich bleiben würden. »Einer meiner Schüler, Bertrand, freute sich hinter meinem Rücken, dass ›der alte Nazi endlich ins Gras gebissen‹ habe. Da habe ich mich vergessen.«

Marianne blickte beschämt aufs Tischtuch.

»Schauen Sie mich an«, sagte Alain nach zähen Minuten des Schweigens.

Marianne hob den Kopf. Ihre Augen brannten, als ob sie geweint hätte.

Ihre Blicke trafen sich sekundenlang. Alain schien ihre Miene auszuforschen, etwas darin zu suchen.

»Es tut Ihnen leid«, stellte er wenig später fest. »Ich sehe Reue in Ihrem Gesicht.«

»Ich hätte mich nicht provozieren lassen dürfen«, entgegnete Marianne und hätte am liebsten wieder den Kopf gesenkt. Doch Alains Blick hielt sie fest. »Ich hätte nicht die Beherrschung verlieren dürfen. Das tut mir tatsächlich leid.«

»Nun, ich mag nicht viel von den Deutschen halten, und noch weniger habe ich für all jene übrig, die gegen uns gekämpft haben.« Er sah sie an. Sein Blick war hart – und dennoch anders als sonst. Es verstärkte Mariannes Angst noch, da sie den Ausdruck nicht deuten konnte. »Aber ich weiß es auch zu schätzen, wenn ein Kind seinen Vater verteidigt – auch wenn dieser ein Nazi war. Insofern bin ich mit meiner eigenen Reaktion sehr zufrieden.«

Hätte er dabei gelächelt, hätte Marianne sicher ein wenig Erleichterung verspürt. Doch Alain lächelte nicht. Das irritierte sie.

»Und wie sah deine Reaktion aus, Grand-père?«, fragte Louise. Ihre Stimme klang, als würde sie aus einem anderen Raum kommen.

»Nun, ich habe ihm gesagt, dass es in meiner Schule Schläge mit dem Rohrstock gegeben hat, wenn Schüler impertinent wurden. Ich habe natürlich nicht gewusst, was der Grund war, aber der kleine Rémy ist ein Rotzlöffel, der sich mehr auf die Vergangenheit seines Vaters einbildet als der alte Rémy selbst. Ich habe Monsieur Rémy also angeraten, seinen Burschen besser zu erziehen – und sich nicht zu beschweren, wenn es seine Lehrerin für angebracht hält, eine disziplinarische Maßnahme zu ergreifen.«

Alain hatte sie also verteidigt? Marianne konnte es nicht fassen.

»Mademoiselle Schwarz, vielleicht ist es Ihnen nicht klar, aber ich war Ihnen nie feindlich gesonnen«, wandte sich Alain jetzt wieder an Marianne. »Ich habe ein sehr großes Problem mit den Deutschen und damit, dass viele ihre Schuld nicht anerkennen wollen. Da Sie von Louise wissen, was mit meinem Sohn geschehen ist, verstehen Sie es vielleicht. Aber ich selbst würde erwarten, dass Louise einen Burschen ohrfeigt, der ihren Vater beleidigt. Ich kenne Ihren Vater nicht, ich weiß nur, was Sie mir von ihm erzählt haben. Er war in der Wehrmacht. Er war ein Nazi. Er hat Schuld auf sich geladen. Aber er war Ihr Vater – und er ist tot. Weder spricht man schlecht über die Toten, noch maßt man sich mit vierzehn Jahren ein Urteil über jemanden an, unter dem man nicht selbst gelitten hat. Es gibt andere, die dieses Urteil fällen dürfen, aber nicht ein Junge, der seine Lehrerin provozieren will.«

»Trotzdem wird es wohl Konsequenzen haben«, seufzte Marianne.

»Ja, und?«, gab der Alte zurück. »Fürchten Sie sich etwa davor?«

»Ja, denn ich möchte das Jahr hier zu Ende bringen. Ich möchte nicht vorzeitig gehen. Ich bin nicht als Eroberer hergekommen, sondern als Mensch, der lernen möchte. Ich möchte verstehen, wie es den Menschen hier ergangen ist und ergeht. Denn selbst wenn mein Vater ein Nazi war: Ich bin keiner.«

Silberg nickte. »Nun, dann zeigen Sie den Leuten hier Ihre Standhaftigkeit. Glücklicherweise gilt der Name Silberg in dieser Stadt mehr als jeder andere. Ich werde morgen mit Ihrem Rektor telefonieren. Er wird Verständnis dafür haben, dass jemand in Ihrer Situation die Nerven verliert.«

»Danke, Monsieur Silberg, das ist sehr freundlich von Ihnen«, gab Marianne betreten zurück.

Damit schien für Alain die Sache erledigt zu sein. Das Dienstmädchen erschien mit dem Hauptgang, köstlichen Kalbsfilets, und ab dem Moment hatte er nur noch Augen dafür.

Mariannes Herz schlug ihr bis zum Hals, und ihr Gesicht glühte. Sie blickte zu Louise. Was dachte sie darüber? War sie ihr vielleicht böse, weil sie ihr nichts von der Ohrfeige erzählt hatte? Aber das hatte sie in dem Augenblick nicht für wichtig gehalten …

Das restliche Abendessen verbrachten sie schweigend.

Wie immer blieben sie auch heute sitzen, bis Alain seine Zigarre aufgeraucht hatte. Das war meist die mildeste Zeit des Abendessens, denn wenn er rauchte, hing er gern seinen Erinnerungen nach. Als ob er dann immer vergaß, dass Marianne am Tisch saß, erzählte er von abendlichen Spaziergängen durch die Mohnfelder mit seiner Frau oder von den glorreichen Zeiten seiner Fabrik.

»Mein Vater kämpfte im Ersten Weltkrieg«, begann er diesmal gedankenverloren, nachdem er seine Zigarre angeraucht hatte. »Es muss eine sehr schwere Zeit für ihn gewesen sein. Ich weiß nicht mehr viel von ihm, doch einmal, als er auf Fronturlaub war, erzählte er mir eine Geschichte. Es war Heiligabend 1914, mitten im Krieg. Deutsche, Franzosen und Engländer standen sich gegenüber. Jeder rechnete damit, dass es trotz des Weihnachtsfestes einen Angriff geben würde. Da ertönte überraschenderweise ein Weihnachtslied aus den deutschen Gräben. Die Engländer stimmten mit ein, ebenso wie die Franzosen. Weiße Fahnen erhoben sich aus den Gräben, und nacheinander kamen die Soldaten raus, um gemeinsam Weihnachten zu feiern. Diese Geschichte hat mich immer sehr beeindruckt.« Er schwieg eine Weile, dann blickte er Marianne an, der angesichts der Schilderung eine Gänsehaut über den Rücken gelaufen war. »Sie fahren zur Beerdigung Ihres Vaters, nicht wahr?«

Marianne nickte. »Ja, schon morgen. Rektor Callas hat mich für ein paar Tage freigestellt.«

Alain nickte, dann fuhr er fort: »Stellen Sie bitte sicher, dass Sie zu Weihnachten wieder da sind. Ich möchte mit Ihnen feiern.«

Marianne wusste nicht, was sie dazu sagen sollte. War es

denn wirklich möglich, dass die Folgen der Ohrfeige angenehmer waren, als sie es sich ausgemalt hatte? Sie hatte das ungute Gefühl, dass das alles noch ein Nachspiel haben würde. Aber Silberg hatte recht, sie musste den Leuten zeigen, dass sie anders war als ihre Landsleute vor dreißig Jahren. Vielleicht reichten Worte und Erklärungen nicht aus, aber möglicherweise konnte sie durch Taten überzeugen. Und dadurch, dass sie blieb – wenn sie es durfte …

Am Abend, kurz nachdem sie ihren Koffer gepackt hatte, erschien Louise vor dem Fenster. Sie klopfte, und Marianne ließ sie herein.

»Ich dachte, du wollest zu Bett gehen«, sagte Marianne verwundert. Dann entdeckte sie einen dunklen Kleidersack über ihrem Arm.

»Ich weiß nicht, ob du Trauerkleidung hast, und da wir beide ungefähr dieselbe Größe haben, wollte ich fragen, ob du das hier mitnehmen möchtest.« Louise lächelte ihr aufmunternd zu.

Marianne bat sie herein, dann fragte sie: »Was ist das?«

»Mein Trauerkostüm. Ich habe es bei der Beerdigung meiner Großmutter getragen. Es ist sehr schön, fast neu. Ich würde es dir leihen, wenn du magst.«

»Das ist … sehr freundlich von dir!«, entgegnete Marianne. In der Tat hatte sie sich noch keine Gedanken darum gemacht, was sie bei der Trauerfeier tragen sollte.

»Probiere es nachher einfach an. Wenn es dir gefällt, nimmst du es mit, wenn nicht, dann lässt du es hängen. Ich werde Sophie einmal herschicken, damit sie zum Fest die Böden und die Fenster wischen kann.«

»So lange werde ich ganz sicher nicht in Deutschland bleiben«, entgegnete Marianne. »Rektor Callas hat mir fünf Tage freigegeben.«

»Und die Weihnachtsferien beginnen nächste Woche. Eigentlich müsstest du das am besten wissen.«

Das hatte Marianne ganz vergessen. Die Weihnachtsferien! Sie begannen in Frankreich bereits vor den Feiertagen. Und damit würde sie wirklich sehr lange auf Michel verzichten müssen, denn der musste bestimmt bei seiner Familie bleiben – oder bei seiner Verlobten.

Das versetzte ihr einen Stich.

Louise schien das für Trauer zu halten, denn sie legte das Kostüm zur Seite und umarmte sie spontan.

»Es wird alles gut«, sagte sie zu ihr, als hätte sie ihre Gedanken lesen können. »Dein Jahr hier ist noch lang. Ich wette, du wirst im Sommer nicht mehr von hier wegwollen.«

Eine Weile hielt Louise sie fest, dann ließ sie sie wieder los.

»Es ist sehr nett, dass sich dein Großvater für mich einsetzt«, sagte Marianne, denn sie hatte das Gefühl, noch irgendwas sagen zu müssen. »Ich war von seinen Worten sehr überrascht.«

»Ja, ich auch«, entgegnete Louise. »Die Geschichte von seinem Vater erzählt er meist nur Leuten, die er sehr mag.«

»Nun, ich glaube kaum, dass ich ab sofort dazugehöre, das wäre ja auch ein wenig unrealistisch, nicht wahr?« Marianne lächelte.

»Du hast ihn jedenfalls mit der Ohrfeige schwer beeindruckt.«

»Wirklich?« Marianne verzog das Gesicht. »Das ist doch eher etwas, das den Leumund eines Menschen verdirbt. Ich bin sicher, dass sich Rémy etwas einfallen lassen wird, um mir das Leben schwerzumachen. Wenn Callas ihn nicht aufhält, wird er sich vielleicht an das Bildungsministerium wenden.«

»Und damit preisgeben, dass sein Sohn Hetze verbreitet? Weißt du eigentlich, wer dieser Rémy ist?«

Beinahe wäre es ihr herausgerutscht, dass Michel Clement es ihr erzählt hatte. Doch von ihren geheimen Küssen wusste nicht einmal Louise etwas. Und sie würde es auch nie erfahren, wenn es nach Marianne ging. Es sei denn, Michel löste seine Verlobung. Dann konnten es nicht nur alle wissen, sie würde trotz solcher Leute wie den Rémys sogar in Erwägung ziehen zu bleiben.

»Er hat bei den Prozessen gegen die Kollaborateure mitgewirkt«, antwortete sie.

»Ja, das hat er. Und nach einer Weile fing er sogar an, anständige Leute anzuschwärzen, die nie etwas mit den Nazis zu tun hatten. Glücklicherweise hat man ihm auf die Finger gehauen. Du tust gut daran, dich von ihm fernzuhalten, aber lass dir dennoch von dem kleinen Rotzlöffel Bertrand nichts bieten. Er hatte die Ohrfeige verdient, glaub mir.«

Louise drückte ihr noch einen Kuss auf die Wange, dann ging sie zur Tür. »Gute Nacht. Und sollten wir uns morgen nicht mehr sehen, wünsche ich dir eine gute Reise. Komm ja zu Weihnachten wieder zurück, nicht, dass es sich mein Großvater mit seiner guten Laune noch anders überlegt.«

Marianne wünschte ihr ebenfalls eine gute Nacht, dann beobachtete sie, wie Louises Gestalt aus dem Lichtschein ihres Fensters verschwand und in die Dunkelheit des Parks eintauchte.

22

»Da wären wir!«, verkündete meine Mutter und brachte ihren Wagen in einer kleinen Seitenstraße zum Stehen. Die Straßen von Mayen waren um diese Uhrzeit leer, der Berufsverkehr war längst vorbei, und die Stadt fiel langsam in ihre Vormittagslethargie.

Wir stiegen aus und zogen uns unsere Jacken über. Es war kalt geworden, etwas Schnee rieselte vom Himmel. Die umliegenden Wälder lagen im Dunst. Hier hatte der Frühling den Kampf gegen den Winter noch längst nicht gewonnen.

Die lange Nacht und die Erzählung meiner Mutter steckten mir noch immer in den Knochen. Immerhin war es das erste Mal, dass sie direkt von meinem Vater gesprochen hatte. Dass ich erfahren hatte, wer er war.

Die Neugier brannte in mir.

Ich wäre am liebsten gleich nach Frankreich gefahren, um nach Spuren meines Vaters zu suchen, vielleicht nach seinem Grab, aber meine Mutter hatte ihre eigenen Pläne. Also hatten wir uns auf den Weg in die Stadt gemacht, in der sie geboren worden war und bis zu ihrem neunzehnten Lebensjahr gelebt hatte. Ich war bislang nie hier gewesen, meine Mutter hatte den Ort sorgsam gemieden. Und ich hatte auch noch nie ein besonderes Bedürfnis verspürt hierherzukommen. Doch jetzt war ich gespannt, wohin uns unser Spaziergang führen würde.

Untergehakt gingen wir an den mittelalterlichen Befestigungsanlagen entlang zu einem riesigen Haus, das sich am Ende der Straße befand. Die Bäume ringsherum waren kahl, zwei Nebelkrähen wippten auf den Ästen. Der eiserne Zaun, der das Anwesen umgab, wirkte sehr mitgenommen. Eine Stelle, an der ein Zierelement herausgebrochen war, hatte man notdürftig mit Maschendraht geflickt.

Das Haus dahinter war in einem ähnlich elenden Zustand. Die wunderschönen Jugendstil-Fenster im Erdgeschoss waren mit Holzplatten abgedichtet, denen das Wetter schon ziemlich zugesetzt hatte. Der schmale Fußweg war von Gras und Moos beinahe überwuchert, an den wenigen Stellen, wo noch Stein zu sehen war, hatten sich gelbe Flechten breitgemacht.

Das Dach des Hauses wirkte etwas eingedellt, und von der ursprünglichen Farbe des Anstrichs war kaum etwas übriggeblieben.

Dennoch konnte ich mir vorstellen, wie es hier aussehen könnte, wenn das Gebäude restauriert werden würde. Eine grandiose Villa steckte in dieser Ruine und wartete darauf, freigelassen zu werden. Allerdings würde diese Befreiung Millionen kosten – Geld, das der Besitzer offenbar nicht hatte.

»Du kannst dir gar nicht vorstellen, wie froh ich war, als ich erfuhr, dass ich das Haus nicht erben würde«, begann meine Mutter, während sie die Hand an den Zaun legte.

»Das war das Haus deiner Eltern?« Nie zuvor hatte ich es gesehen, nicht mal auf Fotos.

Mama nickte. »Nach dem Tod meines Vaters hat natürlich meine Mutter das Haus geerbt. Normalerweise hätten nach ihrem Tod meine Schwester und ich zu gleichen Teilen darüber verfügen sollen. Doch mein Vater hatte das in seinem Testament bereits ausgeschlossen und mich enterbt.«

»Er hat dich enterbt?« Ich schüttelte unverständig den Kopf. Nach allem, was ich gehört hatte, war ihre Beziehung nicht gut gewesen, aber war das ein Grund, seine Tochter vorsorglich zu enterben? Hatte er es wegen ihres Frankreich-Austauschs getan? Und war für ihn jegliche Versöhnung ausgeschlossen gewesen?

Das konnte ich mir von meinem Großvater, von dem ich nur einige Gemälde kannte, gar nicht vorstellen.

»Ja, das hat er. Und damit hat er mir einen Gefallen getan. Ich hatte nie vor, in diesem Haus zu leben – und auf Auseinandersetzungen mit Ursula hatte ich auch keine Lust. Deren Mann war sehr besitzorientiert, ich war sicher, dass er Freudensprünge machen würde, wenn er das Haus endlich in die Hände bekam.«

»So hoch können die Sprünge gar nicht gewesen sein.« Ich deutete auf das Haus. Es hätte so schön aussehen können – wenn sich jemand darum gekümmert hätte.

»Ja, sieht ganz so aus, oder? Nach der Beerdigung meines Vaters hatte ich kaum noch Kontakt mit Ursula. Und als ich aus Frankreich zurückkehrte, hatte ich wenig Lust, diesen Kontakt wiederaufzunehmen. In meinem Bauch wuchs der erste Teil einer neuen Familie heran – jedenfalls habe ich geglaubt, dass daraus eine Familie werden würde.« Sie blickte mich liebevoll an. »Na ja, zu einem Mutter-Tochter-Duo hat es immerhin gereicht. Und ich hoffe sehr, dass wir schlussendlich mindestens ein Trio werden. Wenn nicht sogar ein Quartett.«

Ich streichelte über meinen Bauch. Ja, das hoffte ich auch sehr. Ich war wie sie, ich wollte eine Familie. Unbedingt!

»Und wenn du deine Schwester anrufen würdest? Ihr habt euch doch nicht zerstritten, oder?«

»Nein, das stimmt. Aber irgendwie scheinen wir beide kein Interesse an einem Kontakt gehabt zu haben. Bei der Beerdigung unserer Mutter haben wir uns das letzte Mal gesehen. Und da sind wir wie Fremde aneinander vorbeigegangen.«

Das klang so furchtbar traurig, dass mir die Tränen kamen. Ich konnte nicht anders, ich musste meine Mutter umarmen. Als sie mich an sich drückte, verging die Trauer wieder ein wenig.

»Warst du vor dem heutigen Tag schon mal wieder hier?«, fragte ich sie, nachdem ich mich wieder etwas beruhigt hatte. »Ich meine, seit du mit deiner Familie gebrochen hast.«

»Natürlich«, antwortete Mama. »Wenn ich in der Gegend bin, fahre ich immer mal wieder her und schaue, was inzwischen passiert ist.«

»Und, passiert etwas?«

Mama schüttelte den Kopf. »Nein, jedenfalls nicht so, dass man es auf Anhieb erkennen würde. Vielleicht fällt hier und da ein Dachziegel runter, und im Innern kommt wahrscheinlich der Putz von den Wänden. Weißt du, dieses Haus wirkte noch nie besonders freundlich. Auch im Sommer hatte man immer das Gefühl, dass etwas das Licht dämpfen würde. Mein Vater hat diese gedämpfte Stimmung geliebt ... Ich war dagegen froh, als ich hier wegkonnte.«

Sie betrachtete das Haus noch eine Weile. Zu gern hätte ich gewusst, was jetzt in ihr vorging. Aber das würde ihr Geheimnis bleiben, wie so vieles.

»Der Grund, weshalb wir hergefahren sind, ist der, dass ich dir von der Beerdigung meines Vaters erzählen möchte. Und dir das Grab deiner Großeltern zeigen will. Wenn du es darauf angelegt hättest, hättest du es finden können. Ihre Namen waren dir ja bekannt.«

Ich hatte nicht versucht, sie zu finden, das war mir klar. Sie waren Fremde für mich gewesen, Schatten. Doch jetzt packte mich die Neugier. Ich wollte wissen, wer sie waren.

»Bist du wirklich in dem französischen Kostüm dort aufgetaucht?«

Meine Mutter nickte. In ihren Augenwinkeln lag ein Ausdruck diebischen Vergnügens.

»Ich wusste genau, dass ich damit Aufsehen erregen würde.«

»Hast du ein Foto von dem Kostüm?«

»Nein, leider nicht. Du wirst dich also voll auf das verlassen müssen, was ich dir erzähle. Aber die Geschichte ist nicht sehr lang. Eigentlich ist sie kurz, denn ich hatte da ja schon keinen Kontakt mehr zu irgendwem. Als ich hier ankam, nahm ich mir ein Hotelzimmer, das billigste, das ich kriegen konnte, denn ich hatte ja nicht viel Geld.«

»Du hast nicht zu Hause gewohnt?«

»Meine Mutter hätte erwartet, dass ich ihr nicht auf die Nerven gehe und auf der Tasche liege. Außerdem war meine Schwester mit ihrem Anhang dort. Sie hatte damals schon zwei Kinder, die noch recht klein waren. Außerdem wollte ich mich nicht in den Räumen meiner Kindheit aufhalten. Sie waren mir unheimlich. Selbst wenn ich jetzt einen Schlüssel hätte, würde ich es nicht betreten wollen.«

Sie deutete auf das Haus und verstummte einen Moment lang. »Sicher geht der Geist meines Vaters dort immer noch um, und wahrscheinlich würde ich glauben, dass er mich wieder aus irgendeinem Winkel heimlich fotografiert, um eine Vorlage für eines seiner Bilder zu haben. Nein.« Sie schüttelte den Kopf. »Ich werde dort keinen Fuß mehr reinsetzen. Und damals habe ich es ähnlich gehalten.«

Sie betrachtete die Villa noch eine Weile, dann legte sie ihre Hand auf meinen Arm. »Komm, fahren wir zum Friedhof und schauen nach ihren Gräbern.«

Ich nickte und nahm noch einen Blick auf das Haus mit, dann folgte ich ihr wieder zum Wagen.

 23

Foto Nr. 9

Die sechzehnjährige Marianne schlafend auf einem Liegestuhl. Sie hat die Augen unter einer Sonnenbrille verborgen und trägt ein weißes Sommerkleid, dessen Rock von vielen Rüschen ganz bauschig ist. Ihre Hand hängt über den Rand des Stuhls hinab.

In Hintergrund erkennt man einen Garten, der sehr ordentlich und gepflegt wirkt, und auch ein bisschen steril. Das Interessanteste ist die Spiegelung in ihrer Sonnenbrille. Sie zeigt einen Mann, der eine Kamera hält. (25. Juli 1967)

An dem Morgen der Beerdigung war Marianne furchtbar unruhig.

Zweimal war sie am Vortag daran gescheitert, zu ihrem Elternhaus zu gehen. Immer wieder hatte sie nach ein paar Straßen kehrtgemacht. Sie fürchtete sich vor der Konfrontation mit ihrer Mutter – und mit ihrer Schwester. Beide hatten schon lange nichts mehr von ihr gehört. Möglich war, dass ihr Vater seiner Frau und seiner ältesten Tochter von dem Treffen am Bahnhof erzählt hatte. Aber bei Richard Schwarz war es auch vorstellbar, dass er es einfach vergessen hatte.

Heute hatte sie nun keine andere Wahl mehr – es sei denn, sie blieb der Beerdigung fern. Doch etwas hielt sie davon ab, das überhaupt in Erwägung zu ziehen. Ihr Vater mochte seltsam gewesen sein und sich wenig wie ein Vater verhalten haben – doch sie stimmte dem, was Alain Silberg gesagt hatte, zu: Über einen Toten sprach man nicht schlecht, denn er konnte von dem, was er getan oder versäumt hatte, nichts wiedergutmachen.

Marianne erhob sich also, zog die Vorhänge des Hotelzimmers zurück und blickte nach draußen. Ein trüber Wintermorgen lag über den Hausdächern. Schnee war auch hier in Massen gefallen, darüber schwebte eine dichte Nebelwolke.

Dieser Tag hätte ihrem Vater gefallen. Wahrscheinlich wäre sie gleich nach der Schule in sein Atelier zitiert worden, um ihm Modell zu sitzen – egal, wie viele Hausaufgaben sie vor sich gehabt hätte.

Diese Zeiten waren vorbei, ein für allemal.

Marianne wandte den Blick vom Fenster ab und schaute zu dem Kostüm, das sie fein säuberlich auf einem Bügel an der Kleiderschranktür aufgehängt hatte. Es sah aus wie das eines Filmstars. Brigitte Bardot hätte es sicher gut tragen können, Marianne selbst erschien es zu fein. Schon auf der Rückreise war ihr aufgegangen, dass sie ihrem Vater die letzte Ehre in einem Kostüm seiner vermeintlichen Feinde erweisen würde. Das hätte ihn zu Lebzeiten gewiss auf die Palme gebracht.

Sie schämte sich ein wenig dafür, doch irgendwie gefiel ihr der Gedanke. Sie würde ihrem Vater zeigen, dass sie nicht von ihrer Haltung abwich – auch wenn die vergangenen Monate alles andere als leicht gewesen waren.

Nachdem sie geduscht hatte, kleidete sie sich an und staunte, wie gut das Kostüm saß. Louise verstand nicht nur viel von Stoffen, sie hatte auch ein gutes Auge für Größen. Vielleicht würde ihre Tuchfabrik irgendwann doch mehr Kleiderstoffe produzieren dürfen. Marianne war mittlerweile sicher, dass Louise sich das von Herzen wünschte.

Als sie fertig war, betrachtete sie sich im Spiegel – und bedauerte ein wenig, dass Michel sie nicht so sehen konnte. Er würde gewiss hingerissen sein. Vielleicht genug, um seine Verlobte zu verlassen?

Nein, so weit wollte Marianne nicht denken. Überhaupt wollte sie nicht an Michels Verlobte denken und daran, dass er nicht gewillt war, sie aufzugeben. Die ganze Situation war einfach seltsam, und Gedanken daran konnte sie jetzt nicht gebrauchen.

Stattdessen freute sie sich darüber, dass das Kostüm so perfekt saß, dass niemand daran etwas beanstanden konnte, und dass es gleichzeitig so elegant war, dass niemand sie für eine kleine Lehrerin halten würde.

Eine Stunde vor Beginn des Trauergottesdienstes war Marianne fertig. In ihrem Magen rumorte es, und ihre Knie fühlten sich weich an. Ihre Hände zitterten, als sie ein Päckchen Tempo-Taschentücher in ihre Handtasche steckte.

Da sie es auch nicht übers Herz gebracht hatte, zu Hause anzurufen, hatte sie sich an den Pfarrer gewandt, der ihrer Kirchengemeinde vorstand. Von ihm hatte sie erfahren, dass der Trauergottesdienst um 13.00 Uhr stattfinden würde. Bis dahin konnte sie ja vielleicht in einer Kirchenbank sitzen und nachdenken …

Bereits auf der Fahrt nach Mayen hatte sie gespürt, dass es nicht so sehr die Trauer war, die ihr Herz bewegte, es war die Furcht vor dem, was passieren würde, wenn man sie auf der Beerdigung sah. Würden die Verwandten sie mit Vorwürfen überziehen – oder sogar schneiden? Was würde Ursula sagen? Und dann steckte sie auch noch in diesem Kostüm …

Möglicherweise wäre es doch besser, wenn sie zunächst einmal nach Hause fuhr.

Sie ließ sich von dem Mann an der Rezeption ein Taxi bestellen und ging dann in die Lobby.

Nur zehn Minuten später stand das Taxi vor dem Hotel. Marianne stieg ein und nannte ihm die Adresse ihres Elternhauses. Sie war sich dessen bewusst, dass es schlimm werden würde, aber so würde man es sicher von ihr erwarten. Und mit dem Taxi hatte sie nicht die Gelegenheit, einfach so kehrtzumachen.

Vor ihrem Elternhaus reihten sich Autos aller Marken aneinander, die meisten von ihnen silbergrau oder schwarz. Ihr Vater war ein bekannter Mann, aber die Fahrzeuge gehörten nicht seinen Bewunderern, sondern der Familie.

Der Anblick ließ Mariannes Mut sinken. Es war eine Sache, ihrer Mutter und ihrer Schwester gegenüberzutreten, doch eine andere, es gleich mit der gesamten Sippe zu tun zu haben. Die Tanten und Onkel hatte sie nur selten zu Gesicht bekommen, aber in ihren Ansichten unterschieden sie sich nur minimal von ihrem Vater. Da sie nicht darüber diskutieren wollte, ob es für eine Deutsche richtig war, als Austauschlehrerin nach Frankreich zu gehen, beschloss sie, niemandem davon zu erzählen. Es würde reichen, wenn sie dabei blieb, dass sie als Lehrerin an einem Gymnasium in Koblenz arbeitete.

Sie schritt den schmalen Steinweg entlang zur Tür. Von innen waren Stimmen zu hören. Sonderlich traurig klangen sie nicht. Immerhin brauchte sie sich nicht zu verstellen, was das anging, denn sie wusste, dass ihre Mutter ganz und gar nicht traurig über den Tod ihres Mannes sein würde. Ursula vielleicht, denn sie hatte ihrem Vater immer am nächsten gestanden.

Sie strich noch einmal das Kostüm glatt, dann klingelte sie. Es dauerte eine Weile, doch schließlich erschien jemand hinter der geriffelten Scheibe der Haustür und öffnete.

»Marianne?«

Ursula starrte sie verdutzt an. Ihre Augen waren gerötet, und in den vergangenen Jahren war ihre Figur etwas voller geworden.

Entweder hatte sie nicht mit dem Auftauchen ihrer Schwester gerechnet, oder sie hatte sie nicht wiedererkannt.

»Ja, da bin ich«, antwortete Marianne, unsicher, ob sie sie umarmen sollte oder nicht. »Wie geht es dir?«

Ursula konnte für einige Momente nichts sagen. Auch machte sie keine Anstalten, ihre Schwester zu umarmen.

»Gut … ähm … komm doch rein.«

Während sie eintrat, dachte Marianne wieder an das letzte Weihnachtsfest, das sie hier verbracht hatte. Und ihr fiel auf, dass sie nichts an diesem Haus vermisst hatte. Kaum hatte Ursula die Tür hinter ihr geschlossen, fühlte sich Marianne wie in einem Gefängnis. Die kühle Atmosphäre umfing sie, und die Schwermut, die sie schon lange nicht mehr gefühlt hatte, war wieder da. Jetzt wurde ihr wieder klar, warum sie so froh gewesen war, zum Studium fortzugehen.

Sie folgte ihrer Schwester ins große Wohnzimmer, wo sich die Trauergäste um ihre Mutter versammelt hatten.

Ursula sagte nicht: »Schaut mal, wer hier ist!«, dennoch drehten alle Anwesenden die Köpfe zur Seite, als sie den Raum betrat, und die Gespräche erstarben schlagartig. Das war ihr ein wenig peinlich – umso mehr, da sie einigen Gesichtern keine Namen zuordnen konnte. Zu fern war die Verwandtschaft, zu lange hatte man sich nicht wiedergesehen. Vielleicht ging es ja einigen der schwarzgekleideten Anwesenden genauso wie ihr.

Ihre Mutter sah sie mit dem gleichen Unglauben an wie ihre Schwester zuvor.

Einen Moment lang zögerte sie, dann erhob sie sich und schritt ihr entgegen.

»Marianne! Schön, dass du gekommen bist!«

Irene Schwarz schloss ihre Tochter in die Arme, doch es hätte genauso gut die Umarmung einer vollkommen Fremden sein können. Einer Fremden, die eine leichte Alkoholfahne hatte.

»Jetzt sind sogar meine beiden Töchter da«, sagte sie, doch es klang kein bisschen herzlich. Eher so, als hätten sie sich kurz zuvor das Maul darüber zerrissen, dass Marianne nicht mal den Anstand hatte, bei der Beerdigung ihres Vaters aufzutauchen.

Und da stand sie nun, viel zu elegant für eine Lehrerin, in einem Kostüm, das ihr die Nachfahrin eines Grafen geliehen hatte.

»Komm, setz dich, Marianne! Erzähl uns doch ein wenig von dir.«

Wahrscheinlich lag es daran, dass sie etwas getrunken hatte. Marianne fand die Frage nach ihrer Person vollkommen unpassend. Immerhin sollte ihr Vater in einer Stunde zu Grabe getragen werden. Da wäre es angebracht gewesen, sich seiner zu erinnern.

Marianne hatte keine Ahnung, wo sie beginnen sollte. Was würde ihre Verwandtschaft am wenigsten abschrecken? Dass sie noch nicht verheiratet war? Dass sie gerade ein Auslandsjahr in Frankreich absolvierte? Dass es dort einige Leute gab, die alle älteren Leute hier für Nazis halten?

»Was machst du derzeit?«, fragte Irene, nachdem sie wieder Platz genommen hatte. Sie wirkte wirklich nicht, als würde sie um ihren Mann trauern. Das konnte Marianne ihr nicht verübeln.

»Ich unterrichte«, antwortete sie. »Im Moment an einem französischen Gymnasium.« Marianne fragte sich, wer Monsieur Callas vom Tod ihres Vaters benachrichtigt hatte. Wahrscheinlich hatte sich Ursula an ihr Koblenzer Gymnasium gewandt – immerhin wusste sie, wo sie zuletzt gearbeitet hatte. Und wahrscheinlich hatte sie durch ihren Rektor auch erfahren, dass sie in Frankreich war. Es brachte also nichts, um den heißen Brei herumzureden.

»An einem französischen Gymnasium«, echote ein Mann, der vielleicht ein Onkel war, doch Marianne konnte sich nicht an sein Gesicht oder seinen Namen erinnern. »Das hätte deinem Vater sicher nicht gefallen.«

Am liebsten hätte sie die Augen geschlossen. Sie konnte es nicht mehr hören.

»Mein Vater wusste davon«, behauptete sie. »Ich habe ihn kurz vor meiner Abreise am Bahnhof getroffen.«

Ein Raunen ging durch die Umstehenden. In diesem Augenblick wünschte sie sich Monsieur Rémy her, damit er und ihre Verwandten sich gegenseitig zerfleischen konnten. Offenbar hatten sie sich alle noch keinen Zentimeter von ihren alten Ansichten entfernt.

Als Marianne ihre Mutter ansah, bemerkte sie, dass sie blass geworden war. Sie wirkte plötzlich auch nicht mehr angetrunken. Es war, als sei die Trauer zu ihr zurückgekehrt. Oder war es eher der Schock? Hatte er ihnen nicht erzählt, dass er sie gesehen hatte? Natürlich nicht. Ihr Vater hatte das sicher nicht für erwähnenswert gehalten.

»Nun, das Lycée, an dem ich unterrichte, liegt im Lorraine«, redete Marianne weiter. Irgendwie gefiel es ihr, ihre Verwandten noch weiter zu düpieren. Michel würde sich darüber kaputtlachen, wenn sie ihm davon erzählte.

»In Lothringen, meinst du wohl«, meldete sich ein Mann zu Wort, an dessen Namen sie sich immerhin erinnerte. Onkel Hans. Er war der Bruder ihres Vaters, drei Jahre älter als er. Was die politische Gesinnung anging, unterschieden sie sich kaum, doch immerhin hatte Hans seiner Familie mehr Aufmerksamkeit geschenkt und war nicht mit der Kamera hinter ihnen her gewesen.

»Lorraine heißt es jetzt«, entgegnete sie ruhig. »Die Zeiten, in denen es anders hieß, sind vorbei, und die Franzosen sind auch nicht mehr unsere Feinde.«

Marianne holte tief Luft, als sie die Blicke ihrer Verwandten spürte. »Außerdem ist dieser Tag nicht dazu geeignet, darüber zu reden, da gebt ihr mir doch sicher recht, nicht wahr?«

Sicher gaben ihr ihre Verwandten nicht recht, aber von diesem Augenblick an ignorierten sie Marianne. Das war für sie das Beste, was ihr passieren konnte.

Glücklicherweise war es bald Zeit, zur Kirche zu fahren. Marianne stieg in den Wagen mit ihrer Mutter und ihrer Schwester. Nach einer Weile kam es ihr so vor, als hätte man sie in eine Eiskammer gesperrt, denn keine von ihnen sagte auch nur ein Wort. Die Abneigung war greifbar.

»Sag mal, hast du Vater wirklich am Bahnhof getroffen?«, fragte Ursula schließlich und erntete einen wütenden Blick von ihrer Mutter. Offenbar hatten sich die beiden darauf geeinigt, nicht mit ihr zu reden. Dass ihre Schwester dagegen verstieß, machte sie ihr beinahe wieder sympathisch.

»Ja, das habe ich. Am 1. September, bei meiner Abreise nach Frankreich.«

»Und du hast mit ihm gesprochen?«

»Ja, nur kurz.« Marianne wollte ihnen nicht erklären, dass das Gespräch eigentlich keines gewesen war. Ein Hallo war es, mehr nicht. Ihr Vater hatte nicht gewusst, warum sie nach Frankreich fuhr. Aber das war jetzt auch nicht mehr von Bedeutung.

Marianne blickte zu ihrer Mutter. Sie hatte nichts dazu zu sagen.

Und Ursula platzte beinahe vor Neugier.

»Wo ist denn dein Mann?«, fragte Marianne, denn eigentlich hätte er als Schwiegersohn mit ihnen fahren sollen.

»Bei den anderen Männern irgendwo.«

Das klang, als wüsste sie es nicht genau. Bei den anderen Männern? Oder bei den Bildern, um ihren Wert abzuschätzen? Marianne mochte nicht viel über ihn wissen, doch eines hatte sie mitbekommen: dass er schon zu Beginn ihrer Bekanntschaft mit einigen Kunsthändlern befreundet war. Wahrscheinlich hatte er es gar nicht abwarten können, die Bilder von Richard Schwarz in die Finger zu kriegen. Und jetzt erlebte er diesen Glückstag früher, als er wahrscheinlich erwartet hätte.

Es war seltsam, dass ihr Vater die Gier in seinen Augen nicht bemerkt hatte.

Marianne blickte aus dem Fenster. Das Gespräch, das eigentlich keines gewesen war, versickerte in den Polstern des Wagens. Die Kirche war ganz nahe. Bald würden sie halten, und dann war ohnehin Schweigen geboten.

Als sie nach dem Gottesdienst an das Grab ihres Vaters traten und der Pfarrer mit der Aussegnung begann, kämpfte sich tatsächlich die Sonne durch die Wolken und ließ den Friedhof in einem blassen Licht erstrahlen. Marianne war sicher, dass ihm diese besondere Stimmung gefallen hätte. Als sie an das Grab trat, um ihrem Vater drei Handvoll Erde hinterherzuschicken, fühlte sie tatsächlich so etwas wie Schwermut. Tränen kamen ihr nicht, aber das schien auch niemand zu erwarten. Außerdem war sie unter ihrem verschleierten Hütchen sicher. Man sah ihr Gesicht nur schlecht.

In der Kirche hatte sie nichts anderes tun können, als auf den Eichenholzsarg zu starren, in dem er nun lag. Das Behältnis wirkte viel zu groß für ihn, doch es war massiv. Wahrscheinlich würde man in einigen Jahrzehnten, wenn man das Grab umbetten musste, weil der Bau einer neuen Straße anstand, seine Knochen und seinen Anzug noch intakt in seinem Sarg vorfinden. Da er ein bekannter Maler war, würde man sein Grab nicht einfach einebnen, oh nein!

In welchem Anzug man ihn wohl bestattete? Durch ihr spätes Auftauchen hatte sie das Abschiednehmen am offenen Sarg verpasst, was ihr auch ganz recht war. Das letzte Bild von ihrem Vater war das auf dem Bahnsteig, als sie ihm sagte, dass sie nach Frankreich reisen würde. Sie stellte ihn sich vor, wie er in diesem Anzug auf einem Satinkissen lag, vielleicht mit dem Hut auf dem Kopf und den Handschuhen an den Händen.

Ob man ihm seine Kamera mitgegeben hatte, als Beigabe fürs Jenseits? Dieser Gedanke verschaffte ihr eine Gänsehaut, und sie wandte sich lieber wieder der Rede des Pfarrers zu.

Und nun stand sie also vor seinem Grab, während die Sonne schien und die Augen Hunderter Leute auf ihr ruhten. Viele von ihnen würden ihre Seele dafür geben, an ihrer Stelle zu sein. Sie alle hätten ihren Vater gern gekannt, wollten es jetzt noch immer und ahnten nicht, dass selbst sie, seine Tochter, ihn nicht gekannt hatte.

Nach der Trauerfeier kehrten sie in die Familienvilla zurück, die auf einmal viel zu klein wirkte für die vielen Gäste, die scheinbar oder wirklich Anteil nahmen am Ableben von Richard Schwarz. Marianne hielt sich abseits. Die Aufmerksamkeit der Anwesenden gebührte ihrer Mutter, sie wollte nichts davon haben. Und während sie in dem kleinen Esszimmer saß, wunderte sie sich darüber, warum ihr dieses Haus sonst immer so riesig, so leer vorgekommen war. Wenn ihr Vater ein wenig geselliger gewesen wäre, hätte er es leicht mit Leben füllen können, doch das hatte er nie gewollt. Und sicher hätte er so einen Menschenauflauf wie heute gehasst.

Zu vorgerückter Stunde, in der die Menschen jetzt überhaupt nicht mehr traurig wirkten, sondern lachten und über den Wert der Bilder ihres Vaters diskutierten, kam Irene Schwarz zu Marianne.

Sie wirkte ziemlich angetrunken, und zunächst glaubte Marianne, dass sie sich nur verirrt hatte. Doch dann sah sie, dass sie ein ledernes Etui bei sich trug.

»Hier bist du!«, sagte sie, als sie Marianne am Esstisch fand, für den sich komischerweise niemand zu interessieren schien.

Die plötzliche Aufmerksamkeit ihrer Mutter fühlte sich seltsam an.

Sie setzte sich neben sie, öffnete mit ihren Händen den Reißverschluss des Etuis und zog einen Umschlag daraus hervor.

»Das hier hat dein Vater in seiner Tasche gehabt, als sie ihn bei …« Mariannes Mutter stockte. Ihre Stimme nahm einen klirrenden Ton an, wie immer, wenn sie versteckt von einer seiner Affären redete. »Als er gefunden wurde. Nimm du es mit, ich will es hier nicht haben.«

Marianne schaute sie verdutzt an. Dann öffnete sie den Umschlag und erstarrte.

Zwei großformatige Fotos steckten darin. Beide zeigten annähernd dasselbe Motiv.

Marianne am Bahnhof. Offenbar hatte ihr Vater die Gelegenheit genutzt, sie ein letztes Mal zu fotografieren, ohne dass sie es bemerkt hatte.

Ihre Mutter betrachtete sie mit zitternden Lippen. Anscheinend wollte sie noch etwas hinzufügen. Etwas, das Marianne nicht gefallen würde und von dem sie nicht wusste, ob sie es aussprechen sollte.

»Danke«, sagte Marianne, obwohl sie nicht sicher war, ob sie wirklich dankbar sein sollte. Diese Bilder waren äußerst merkwürdig. Kaum zu glauben, dass er sie auf dem Bahnhof aufgenommen hatte. Bevor er sie angesprochen hatte, wie lange hatte er da gewartet? Hatte er gehofft, dass sein Zug eher als ihrer einfahren würde? Hatte er schließlich eingesehen, dass eine Begegnung unvermeidlich war?

Marianne war sicher, dass es vermeidbar gewesen wäre. Er hätte einfach nur dort stehen bleiben müssen, von wo aus er das Foto gemacht hatte. Schon immer hatte er gewusst, wo er stehen musste, damit niemand ihn bemerkte.

»Du siehst ihr ähnlich, wusstest du das?« Die Stimme ihrer Mutter klang schneidend.

»Wem?«, fragte Marianne erstaunt, während sie die Bilder wieder in ihrem Umschlag verschwinden ließ.

»Ihr. Seiner Hure. Einer von ihnen.« Ihre Mutter sah sie provozierend an. Der Alkohol tat seine Wirkung.

»Er hat die Frauen gewechselt wie Hemden, aber eine hat immer zu ihm gehalten, egal, durch wie viele Betten er gekrochen ist. Wahrscheinlich war sie auch diejenige, der es egal war, mit wem und wie lange er schon verheiratet war.«

Marianne schüttelte den Kopf. Ihre Mutter war betrunken. Wahrscheinlich schlimmer, als man es ihr ansah.

»Es ist ein Wunder, dass sie heute nicht aufgekreuzt ist. Es stand in der Zeitung. Ich habe sie zwar nirgendwo gesehen, doch vielleicht stand sie ja irgendwo am Rand oder versteckt hinter einem Busch.«

Sie kicherte hysterisch, und ihr Blick verschwand einen Moment lang in den Tiefen des Raumes. Es war, als jagte sie einem Gedanken nach, dem sie wegen des Alkohols nicht folgen konnte.

»Weißt du, es ist wie in den ›Wahlverwandtschaften‹.« Ihre Stimme nahm einen lallenden Klang an. »Als er mich gevögelt hat, hat er wohl an sie gedacht. So sehr, dass er mir letztlich ein Kind gemacht hat, das nach ihr aussieht.«

»Mutter!«, rief Marianne erschrocken. Nie hatte sie ihre Mutter so vulgär reden hören.

»Dabei war es ihm egal«, fuhr sie fort. »Es war ihm scheißegal, ob ich noch ein Kind kriege, hörst du? Er hat lieber in seinem Atelier gesessen und gemalt und an seine Gespielinnen gedacht. Er hat dich mir allein überlassen.«

Und du mich dem Kindermädchen, dachte Marianne bitter. Sie hatte keine Erinnerungen daran, dass ihre Mutter mal mit ihr gespielt hätte. Die Kindermädchen waren da, sie wechselten von Zeit zu Zeit. Und Ursula. Ursula, die jetzt bei ihrem Mann stand, der sich wohl gerade ausrechnete, welchen Anteil am Erbe seine Frau bekommen würde.

»Aber dann«, fuhr ihre Mutter mit ihrem Sermon fort,

während sie über ihre Schulter auf eines der Bilder schaute, die an der Wand hingen. »Dann ist ihm aufgefallen, was mit dir los ist. Er hat angefangen, dich heimlich zu fotografieren. Er wollte dich malen, wieder und wieder. Du warst die Platzhalterin, wenn er nicht bei ihr sein konnte. Es ist dein Glück, dass dein Vater nie auf die Idee gekommen ist, seine Musen nackt zu malen. Sonst müsstest du dich jetzt schämen.«

Sie lachte, ebenso vulgär, wie sie vorher geredet hatte. Ob ihr Mann diese Seite von ihr gekannt hatte?

Wieder stellte Marianne fest, dass sie so gut wie nichts über ihren Vater wusste. Welche Frauen hatten ihm gefallen? Es hatte sie mit Abscheu erfüllt, daran zu denken, dass ihre Mutter betrogen wurde. Doch jetzt sah sie ihre Mutter vor sich und fragte sich, wer die anderen Frauen wohl gewesen waren. Wer er war. Was er gesucht hatte. Und was er bei seiner Lieblingsmuse gefunden hatte. Was sie an ihm gefunden hatte.

Auf einmal bekam Marianne Lust, mit dieser Frau zu reden.

»Wer ist sie?«, fragte sie, auch auf die Gefahr hin, dass ihre Mutter ausfallend reagierte.

Tatsächlich starrte Irene Schwarz ihre Tochter wütend an. Doch diese Wut galt nicht Marianne.

»Bacher ist ihr Name. Wenn du willst, geh in das Arbeitszimmer deines Vaters, da findest du ihre Adresse.«

»Ist er ... bei ihr gestorben?« Mittlerweile war Marianne klar, was ihre Mutter zu Anfang ihres Gesprächs hatte sagen wollen. Offenbar war er im Beisein seiner Muse ums Leben gekommen.

»Nein, bei einem anderen Flittchen, einem jungen Ding, das wohl zu viel für ihn war.«

Irene wirkte, als würde sie gleich auf den Boden spucken.

»Er hat einen Infarkt bekommen, ist einfach mitten beim Vögeln zusammengebrochen. Ein Tod, wie er ihn sich gewünscht hätte.« Wieder dieses Lachen. Marianne wäre am liebsten aus dem Zimmer gestürmt, denn es kam ihr so vor, als würde dieses Lachen ihr die Luft abdrücken.

»Und ich kann nun zusehen, wie ich es vor der Öffentlichkeit verberge«, fügte sie bitter hinzu. »Natürlich darf ich seinen Namen nicht in den Dreck ziehen, das würde den Wert seiner Bilder mindern, meint sein Agent. Aber du kannst mir glauben, dass ich es sehr gern einfach so rausschreien würde. Dass ich es am liebsten noch in der Kirche rausgeschrien hätte!«

Als ihre Mutter sich zu ihr beugte, wich Marianne zurück. Sie rechnete damit, dass sie sie am Schlafittchen packen wollte. Doch sie rührte sie nicht an.

Stattdessen versuchte sie, sich wieder aufzurichten.

Noch einmal betrachtete Irene ihre Tochter mit glasigen Augen, dann drehte sie sich um und schwankte aus dem Raum.

Marianne war übel. Die stickige Luft, die Worte ihrer Mutter und die Wahrheiten, die ans Licht gekommen waren, bereiteten ihr bohrende Kopfschmerzen.

Sie flüchtete aus dem Raum, vor den Stimmen, dann in das Arbeitszimmer ihres Vaters. Auf einmal war es wie damals, als sie die Zusagen von den Universitäten erhalten hatte. Fast glaubte sie, er würde jeden Moment reinkommen und sie schelten, dass sie hier in seinen Sachen schnüffeln wollte.

Doch als ihr klarwurde, dass er nie wieder hier auftauchen würde, ging sie zu seinem Schreibtisch. Es war aufgeräumt worden. Weder lagen Skizzen noch halbfertige Zeichnungen herum. Auch keine Fotos und Mappen. Wahrscheinlich hatte ihre Mutter schon dafür gesorgt, dass alles sorgfältig katalogisiert wurde – damit auch niemand beim Erbe benachteiligt wurde.

Aber nach Bildern und Fotos suchte Marianne ohnehin nicht. Sie legte den Umschlag auf die Tischplatte und begann dann, das Adressbuch ihres Vaters zu durchsuchen. War er wirklich so unvernünftig gewesen, die Namen seiner Musen dort festzuhalten?

Doch ein Maler brauchte Modelle. Sie bezweifelte, dass er mit allen, die ihm mal Modell gestanden hatten, geschlafen hatte. Aber jene, mit denen er es getan hatte, waren unter der Vielzahl der Modelle gut versteckt.

Und tatsächlich, da war sie. Johanna Bacher. Adresse und Telefonnummer in Mayen standen gleich daneben. Alles festgehalten in einer leidenschaftslosen Schrift, als wäre sie irgendwer.

Johanna Bacher. Ein Name, der keinen besonderen Klang hatte. Vielleicht ein bisschen österreichisch. Das wäre etwas, das ihrem Vater gefallen hätte, eine Österreicherin in Deutschland. Eine Französin hätte er sich nie als Modell ausgesucht.

Und dann Mayen ... Das überraschte Marianne am meisten. Er hatte seine Geliebte also im selben Ort wie seine Ehefrau! Dabei hatte sie immer gedacht, er würde seine Geschäftsreisen dazu nutzen, um zu seinen »Musen« zu fahren. Irene hätte ihr jederzeit über den Weg laufen können, doch sie war ahnungslos. Und was war mit der anderen? Wusste sie, wer ihr zufällig beim Einkaufen begegnete? Das war wahrscheinlicher, denn bei gesellschaftlichen Anlässen war ihre Mutter die Frau an der Seite von Richard Schwarz.

Marianne schrieb Namen, Adresse und Telefonnummer auf das Kuvert. Sie wusste nicht, was sie damit anfangen sollte. Ihre Mutter würde es sicher verrückt machen, wenn sie sich bei dieser Frau meldete. Aber – ging es Marianne etwas an? War sie wirklich so versessen darauf, ihren Vater kennenzulernen? Ihren Vater, der alles, was sie getan hatte, hasste?

Als sie sich noch einmal im Arbeitszimmer umsah, wurde ihr klar, wie wenig Geheimnisse bewahrt werden konnten, wenn der Geheimnisträger nicht mehr am Leben war. Vieles hatte ihr Vater mit ins Grab genommen – doch auch er hatte nicht all seine Geheimnisse bewahren können.

Und noch weniger konnte er verhindern, dass sie jetzt in den Händen derer lagen, die er sein Leben lang verletzt hatte und die vielleicht versuchen würden, sich an ihm zu rächen.

Am nächsten Morgen stand Mariannes Entschluss fest. Sie würde die Geliebte aufsuchen. Einen Tag hatte sie noch, warum sollte sie bleiben und sich ihre Heimatstadt anschauen? Sie war am vergangenen Abend froh gewesen, das Elternhaus verlassen zu können. Ihre Mutter hatte weitergetrunken, und wer weiß, vielleicht hatte sie zu später Stunde das kleine schmutzige Geheimnis ihres Mannes ausgeplaudert. Marianne hatte es nicht mehr mitbekommen, sie war vorher gegangen.

In der Nacht war ihr in den Sinn gekommen, dass sie mit dieser Johanna Bacher vielleicht wirklich einiges gemeinsam hatte. Auch sie hatte mit einem Mann geschlafen, der bereits einer anderen versprochen war. Eine Verlobung war zwar noch keine Ehe, aber etwas Ähnliches.

Seit sie Bar-le-Duc verlassen hatte, hatte sie nicht mehr an den leidenschaftlichen Nachmittag mit Michel gedacht. Es war wunderbar gewesen, doch etwas in ihr weigerte sich, es voll und ganz zu genießen, dem Gefühl nachzuspüren, denn noch immer beharrte ihre Vernunft darauf, dass er so gut wie verheiratet war.

Sie rief die Nummer an, die sie im Adressbuch ihres Vaters gefunden hatte.

Eine weiche, melodische, dunkle Stimme meldete sich. Das hatten sie immerhin nicht gemeinsam.

»Frau Bacher?«, fragte Marianne, während ihr das Herz bis zum Hals klopfte.

»Ja?« Die Stimme der Frau klang verwundert. Der österreichische Akzent fehlte.

»Mein Name ist Marianne Schwarz.« Sie machte eine kurze Pause, um der Frau Gelegenheit zu geben, sich zu fragen, wer sie war. Hatte ihr Vater gegenüber seinen Musen von seinen Töchtern gesprochen? Und wie hatten sich diese Frauen dabei gefühlt?

»Sie wollen mich sprechen, nicht wahr?«, fragte Johanna Bacher. Lag Ablehnung in ihrer Stimme?

»Ja, wenn es Ihnen nichts ausmacht. Ich … ich habe Ihre Adresse in den Unterlagen meines Vaters gefunden.«

»Und Ihre Mutter hat Ihnen Dinge über mich erzählt?«

Mariannes Wangen glühten. Plötzlich fragte sie sich, was sie sich dabei gedacht hatte, sich bei Frau Bacher zu melden. Es ging sie nichts an. Ihr Vater sollte in Frieden ruhen. Sie wollte damit abschließen. Aber es war zu spät.

»Ja, das hat sie. Sie sagte, dass ich Ihnen ähnlich sähe.«

Am anderen Ende der Leitung schnaufte es. Offenbar kannte sie diesen Vergleich.

»Und Sie möchten das jetzt selbst überprüfen? Oder möchten Sie etwas über Ihren Vater erfahren?«

»Beides«, antwortete Marianne, denn das entsprach der Wahrheit.

»In Ordnung. Haben Sie heute Nachmittag Zeit? Ich werde morgen nach Barcelona abreisen und dann für drei Monate dort bleiben. Bis das Frühjahr wiederkommt.«

»Und ich fahre morgen wieder nach Frankreich«, sagte Marianne, als ob sie testen wollte, wie Johanna Bacher dazu stand. »Heute Nachmittag würde mir gut passen.«

»In Ordnung, dann kommen Sie!«, sagte Johanna Bacher. »Die Adresse haben Sie, nehme ich an.«

»Die habe ich. Vielen Dank.«

Marianne verabschiedete sich und legte auf. Sie schaute aus dem Fenster, atmete tief durch, dann hob sie den Telefonhörer ein weiteres Mal ab. Diesmal wählte sie die Nummer der Rezeption. »Könnten Sie mir bitte für in einer halben Stunde ein Taxi rufen? Danke!«

Das Haus von Johanna Bacher wirkte unscheinbar, es war ein Reihenhaus am Stadtrand. Die perfekte Tarnung für die Besuche ihres Vaters. Während Marianne zur Nr. 17 schaute, versuchte sie, sich vorzustellen, wie er hier entlanggegangen war, in seinem dunklen Mantel, mit der Tasche in der Hand und dem Hut auf dem Kopf.

Es war schon seltsam, so intensiv hatte sie sich noch nie mit ihrem Vater beschäftigt. Nach der Ohrfeige an Weihnachten hätte sie ihn am liebsten ganz aus ihrem Leben gestrichen – und hatte es in den folgenden Jahren ja auch getan. Und jetzt stand sie hier. Noch vor einem halben Jahr hätte sie von sich selbst geglaubt, den Verstand verloren zu haben.

Schließlich gab sie sich einen Ruck und ging zur Haustür. Das Läuten klang laut durch das gesamte Haus. Wenig später wurde ein Riegel zurückgeschoben.

Eine schlanke blonde Frau in dunklem Rollkragenpullover

und dunkler Hose öffnete ihr. Auf den ersten Blick hatte sie nicht viel Ähnlichkeit mit Marianne. Wie war ihre Mutter nur auf diese Idee gekommen?

Johanna Bacher war gut zwanzig Jahre älter als Marianne, damit zwanzig Jahre jünger, als es Richard Schwarz gewesen war. Und offenbar trug sie Trauer.

»Sie sind Marianne, nicht wahr?«, fragte sie, als sie die junge Frau vor ihrer Tür kurz betrachtet hatte.

»Ja, die bin ich.«

Die Frau reichte ihr die Hand. »Mein Beileid. Es tut mir sehr leid um Ihren Vater.«

»Danke«, sagte Marianne. »Mir tut es auch leid – für Sie. Sie haben ihm sehr nahegestanden.«

»Danke.« Ein bitteres Lächeln huschte über ihr Gesicht. »Genug der Höflichkeiten, nicht wahr?«, sagte sie. »Kommen Sie rein, dann können wir reden.«

Das Wohnzimmer von Johanna Bacher war bis unter die Decke gefüllt mit Kunstgegenständen. Unwillkürlich fragte sich Marianne, ob ihr Vater die Wohnung eingerichtet hatte oder ob sie selbst Kunst sammelte. Wie viel zahlte man als Maler wohl seinem Modell?

»Möchten Sie etwas trinken? Wasser oder einen Kaffee?«

»Nein danke«, antwortete Marianne, obwohl ihr vor lauter Aufregung die Zunge am Gaumen klebte. »Ich möchte einfach nur reden. Über meinen Vater. Ich möchte Ihnen keine Vorwürfe machen, niemandem etwas vorhalten, ich möchte einfach nur reden.«

Johanna Bacher lächelte und ließ sich dann in dem gegenüberstehenden Sessel nieder.

»Nun, was möchten Sie wissen? Wie ich ihn kennengelernt habe? Was wir gemacht haben, worüber wir uns unterhalten haben? – Ach ja, haben Sie die Ähnlichkeit zwischen uns festgestellt?«

Marianne schüttelte den Kopf. Sie spürte, dass der Frau ihr Besuch nicht recht war, und es wunderte sie, dass sie trotzdem zugestimmt hatte. Immerhin war Marianne die Tochter der Frau, die Richard Schwarz nicht für sie verlassen wollte.

»Ich möchte eigentlich nur wissen, welchen Eindruck Sie von ihm hatten. Ob er bei Ihnen auch immer so gleichgültig war, ob er Sie auch heimlich fotografiert hat.«

»Nein, wir hatten eigentlich nichts Heimliches voreinander«, entgegnete sie. »Richard war ein warmherziger Mann, der sich sehr um mich gekümmert hat. Auch dann noch, als sein sexuelles Interesse an mir erlahmt war. Ich brauchte ihn nur um Hilfe zu bitten, und er war für mich da. Er kam zu mir, lieh mir Geld, verschaffte mir die Kontakte zu den richtigen Leuten. Ich habe Ihre Mutter immer beneidet, so einen Ehegatten zu haben. Und ein wenig habe ich mir gewünscht, dass er meiner wäre.«

»Das klingt nach einem völlig anderen Mann, als ich ihn erlebt habe«, entgegnete Marianne erstaunt. Ihr Vater hatte nie besonders hilfsbereit gewirkt. Aber vielleicht lag das daran, dass ihn niemand gefordert hatte. Dass ihm niemand das Gefühl gegeben hatte, ihn zu brauchen. Ihre Mutter war stets kühl zu ihm gewesen, manchmal auch schnippisch, wenn sie wusste, dass er wieder zu seinen Musen ging. Und seine Töchter hatten gelernt, mit sich selbst auszukommen.

»Wir haben immer das Gefühl gehabt, dass es besser ist, ihn in Ruhe zu lassen«, sagte sie. »Wir haben uns immer selbst geholfen. Er ist manchmal stundenlang durchs Haus gegeistert, ohne mit jemandem zu sprechen. Ohne jemanden etwas zu fragen. Die meisten meiner Unterhaltungen mit ihm drehten sich darum, wie ich sitzen sollte, damit er mich porträtieren konnte.«

Johanna Bacher legte den Kopf schräg und betrachtete sie. Sieht sie in mir irgendeine Ähnlichkeit zu sich selbst?, dachte Marianne, während sie versuchte, das Gefühl der Beklemmung loszuwerden, das der kurze Besuch in ihrem Elternhaus hervorgerufen hatte.

»Sie sind die Lehrerin, nicht wahr? Die kleine Rebellin.«

Marianne zog verwundert die Augenbrauen hoch.

»Er hat mit Ihnen über mich gesprochen?«

»Ja, das hat er. Sehr oft sogar. Er war sehr böse über Ihre Vorliebe für Frankreich. Er hat manchmal schrecklich geflucht, besonders, nachdem herauskam, dass Sie Französisch studieren. Furchtbare Erlebnisse im Krieg haben ihn in dieser Hinsicht verbittert.«

»Er hat mir eine Ohrfeige versetzt, als ich ihm begreiflich machen wollte, dass die Franzosen nicht mehr unsere Feinde sind.«

»Und diese Ohrfeige hat ihm leidgetan«, sagte Johanna, die offenbar über alle Vorgänge in der Familie unterrichtet war.

»Er sprach mit mir darüber. Er sagte, dass er einen Fehler begangen habe.«

Marianne schüttelte den Kopf. Nein, das hatte ihm sicher nicht leidgetan. Er war stets ein glühender Feind Frankreichs gewesen, ein Mann, der nicht vergessen konnte. Und der es hasste, wenn seine Kinder Eigensinn entwickelten.

»Sie schütteln den Kopf, aber es ist wahr«, sagte Johanna. »Er sagte, dass er Sie nicht hätte schlagen dürfen. Seine Ansicht zu Frankreich war unverändert, auch empörte es ihn, dass Sie die Sprache der Feinde lernten, aber er sah ein, dass es nicht richtig war, Sie zu ohrfeigen.«

Marianne dachte an die Ohrfeige, die sie Bertrand gegeben hatte. Auch sie wusste, dass sie es nicht hätte tun sollen.

»Ich habe ihn provoziert«, sagte sie dann, denn genau das hatte der Junge auch bei ihr getan. »Vielleicht hätte ich es nicht drauf ankommen lassen sollen. Aber ich habe nie verstanden, warum er nicht bereit war, den Franzosen zu vergeben.«

»Nun, die Ansichten eines Menschen sind sehr schwer zu ändern. Besonders, wenn er älter wird, kann man ihn nicht mehr so leicht davon überzeugen, dass Feinde zu Freunden werden können. Politiker mögen das hinbekommen, aber anderen fällt das schwer. Er hätte schon zu einem Seelenklempner gehen müssen, um diese Abneigung loszuwerden.«

Hatte sie eben Seelenklempner gesagt? Das fand Marianne sympathisch.

»Hat er eigentlich je ein Wort darüber verloren, dass er uns verlassen wollte?«, fragte sie, während sie wieder an ihre Mutter dachte, für die es wahrscheinlich besser gewesen wäre, sie hätte Richard Schwarz nie gekannt.

»Nein, niemals. Wissen Sie, ich bin nicht die Sorte Frau, die etwas von den Männern einfordert. Im Laufe meines Lebens habe ich gelernt, dass es besser ist zu nehmen, was man freiwillig bekommt, als etwas zu fordern. Natürlich sollte man seine Wünsche aussprechen und auch darauf achten, dass man nicht ausgenutzt wird. Aber eine Forderung bringt nichts, sie macht schlimmstenfalls alles kaputt. So war es auch bei Ihrem Vater. Ich liebte ihn sehr, doch ich wusste, dass man ihn nicht halten konnte. Er war Künstler, er hat die Welt aus anderen Augen gesehen.«

Johanna Bachers Blick verschwamm unter Tränen. Vielleicht hatte sie keine Forderungen an ihren Vater gestellt, das wurde Marianne klar, aber Wünsche hatte sie gehabt. Und Hoffnung, dass diese Wünsche eines Tages erfüllt werden würden. Nichts von alldem würde mehr passieren.

Als sie sich schließlich von Johanna Bacher verabschiedete, sah sie die Verhältnisse ihres Vaters, die sie früher angeekelt hatten, ein wenig anders. Natürlich war sein Verhalten der Familie gegenüber nicht sympathischer geworden, aber sie wünschte sich, dass er einen Schlussstrich gezogen hätte, um sich und auch seiner Frau die Möglichkeit zu geben, glücklich zu werden.

 24

Der Friedhof wirkte ruhig und verlassen. Mittlerweile hatte sich die Mittagssonne ein wenig durch die Wolken gekämpft und schickte ihre Strahlen durch das kahle Geäst der Bäume, das den Platz wie ein Netz überspannte.

Viele der Grabsteine hatten Moos angesetzt, bei einigen war ein Großteil der Inschrift unter einem grünen Teppich verschwunden.

Ich hatte normalerweise kein Problem, auf einen Friedhof zu gehen, doch jetzt war mir sehr mulmig zumute. Nicht wegen des Grabsteins, der mich erwartete. Aus irgendeinem Grund hatte ich wieder die Bilder aus den Onlineforen vor Augen, die sterbende oder tote Kinder zeigten. Als ein winziger Kindergrabstein mit einer Plastikwindmühle in mein Blickfeld geriet, wandte ich den Kopf schnell ab. Nein, ich wollte mir keine Gedanken darüber machen, wie ich mein Kind bestatten würde, wenn es die Geburt nicht überleben sollte.

Meine Mutter schien nichts von alldem, was mich gerade umtrieb, zu bemerken. Zielstrebig führte sie mich an ein Grab. Ein großer Steinengel, vollkommen grün geworden vom Moos, breitete die Arme und die Flügel über zwei Grabplatten aus. Auf einer von ihnen welkte ein kleiner Rosenstrauß dahin.

»Richard Schwarz« war in den Stein eingemeißelt. »1909–1975«.

Ich rechnete nach. Als meine Mutter geboren wurde, war ihr Vater einundvierzig. Offenbar war sie ein Nachzügler gewesen, ein Versehen. Vielleicht hatte meine Großmutter recht gehabt, dass meine Mutter nur gezeugt worden war, weil ihr Vater an seine Geliebte dachte und nur seine Ehefrau hatte, um seine Lust zu befriedigen.

Die Grabplatte daneben gehörte meiner Großmutter. Sie hatte ihren Mann um gut zehn Jahre überlebt. Hatte sie denn nie Interesse gehabt, mich kennenzulernen? Immerhin war ich ihre Enkelin! Oder war es meiner Mutter so perfekt gelungen, sich vor ihrer Familie zu verbergen?

Ich erinnerte mich daran, dass wir hin und wieder umzogen, doch das hatte an Mamas Arbeitsstellen gelegen, daran, dass sie immer viel Neues ausprobieren wollte.

Das Grab meiner Großmutter hatte keinen Blumenschmuck.

Von wem wohl die Rosen stammten? War Johanna Bacher immer noch am Leben? Mittlerweile müsste sie weit über achtzig sein.

»Sie legt immer noch Rosen auf sein Grab«, sagte meine Mutter, als hätte sie meinen Gedanken gespürt. »Er scheint bei ihr wirklich ein anderer Mann gewesen zu sein. Ein wenig wünsche ich mir noch immer, dass er sich für sie entschieden hätte. Und dass er dann das Glück, das er mit ihr erlebt hat, auch an uns Kinder weitergegeben hätte.«

Sie legte ihren Arm um meine Schulter, als würde sie plötzlich die Kraft verlassen.

»Mama?«, fragte ich. »Ist alles in Ordnung?«

Sie nickte. »Ja. Jetzt ist es in Ordnung. Es fällt mir nur manchmal schwer einzusehen, dass der Mensch nicht immer seinen Neigungen nachgehen kann, nicht immer den lieben kann, den er will. Mein Vater hatte sich gegen sein persönliches Glück entschieden, genauso wie ich.«

»Du?«

Sie lächelte. »Eine andere Geschichte. Jetzt lass uns wieder gehen, das Leben wartet. Und ich bin ja noch nicht ganz fertig mit unserer heutigen Erzählung. Ein schönes Stück Kuchen und ein großer Malzkaffee sind dafür genau richtig.«

Damit hakte sie mich unter, und wir gingen zurück zum Tor.

25

Foto Nr. 10

Eine hohe Tanne im Foyer einer herrschaftlich anmutenden Villa. Die Zweige biegen sich unter Kugeln und Lametta. Auf der Spitze thront ein Trompete spielender Weihnachtsengel. Unter dem Baum liegen einige Geschenke. Auch wenn keine Farben zu erkennen sind, erhält man den Eindruck eines strahlenden, warmen Weihnachtsabends. (24. Dezember 1975)

Obwohl Marianne nicht wusste, was sie in Bar-le-Duc erwartete, war sie doch froh, aus dem Zug zu steigen. Der Schnee hatte in der vergangenen Woche zugenommen. Hoch türmte er sich an den Straßenrändern. Einige parkende Fahrzeuge verschwanden unter einer dicken weißen Schicht.

Auf den Straßen waren kaum noch Leute unterwegs, doch der Feierabend lag auch schon eine Stunde zurück, und die meisten zogen es vor, in der Wärme ihrer Stuben zu sitzen, als sich draußen mit den Nachbarn zu unterhalten.

Die vergangenen Tage hatten Spuren bei ihr hinterlassen. Sie fühlte sich matt und ausgelaugt. Das kam wohl hauptsächlich davon, weil sie in den Nächten kaum geschlafen hatte. Immer wieder hatte sie sich gefragt, wer ihr Vater wirklich gewesen war. Das Gespräch mit Johanna Bacher legte sich über die Bilder in ihrem Kopf. Das Gesicht ihres Vaters wurde dadurch unscharf, wie das eines Fremden, das man nach einer flüchtigen Begegnung schnell wieder vergaß.

Was war die Wahrheit? Das, was sie selbst erlebt hatte? Das, was Johanna erzählt hatte? Oder hatte sich die einzige Wahrheit im Kopf ihres Vaters befunden? Verschiedene Welten, vereint in einer Seele.

Über ihr Grübeln bemerkte sie nicht, wie sie die Häuser passierte und instinktiv den Weg einschlug, der sie zur Villa führte. Erst als sie die Stadt ein Stück weit hinter sich gelassen hatte, tauchte sie aus ihrem Gedankenstrudel wieder auf. Über ihr spannte sich ein violett-blauer Himmel, an dem die ersten Sterne eisig funkelten.

Die Straße zur Villa war einsam, doch irgendwie kam Marianne sich so vor, als wäre sie nicht allein. War ihr jemand aus der Stadt gefolgt? Hatte er den gleichen Weg eingeschlagen?

Sie wandte sich um, konnte jedoch niemanden entdecken.

Mit einem flauen Gefühl in der Magengrube ging sie weiter. Seit wann hatte sie Angst in der Dunkelheit? Sie hatte den Weg auch schon nach Mitternacht in vollkommener Finsternis zurückgelegt.

Marianne schüttelte den Kopf. Dann dachte sie an Michel. Während der Feiertage würde er beschäftigt sein, aber vielleicht ergab sich ja doch eine Möglichkeit. Ein schöneres Weihnachtsgeschenk konnte er ihr nicht machen, als zu kommen und sie zu küssen.

Schließlich tauchte ein Licht vor ihr auf.

Sie hatte die Villa beinahe erreicht, als plötzlich etwas von der Seite angeschossen kam. Marianne vernahm nur ein Zischen, dann explodierte der Schmerz in ihrer Schläfe und ließ sie aufstöhnen. Der Koffer fiel ihr aus der Hand, und wenig später sank sie auf die Knie. Vor ihren Augen flatterte es. Die Attacke hatte sie so unvermutet getroffen, dass sie weder wusste, was ihr da an den Kopf geflogen war, noch, woher es kam und wer es geworfen hatte.

Zitternd betastete sie ihre Wange und ihre Schläfe und schreckte zusammen, als sie ihre rotgefärbten Fingerspitzen sah. Sie drehte den Kopf zur Seite, doch vor ihren Augen flammten noch immer kleine Sterne auf. Den Angreifer sah sie nicht, aber irgendwie hatte sie das Gefühl, dass sie beobachtet wurde. Als sie zu Boden schaute, sah sie einen mit Eis ummantelten Stein, an dem ebenfalls etwas von ihrem Blut klebte.

Jemand hatte ihr einen Schneeball mit einem Stein darin an den Kopf geworfen. Zunächst starrte sie ihn ungläubig an, dann schossen Tränen in ihre Augen. Wem hatte sie das hier zu verdanken? Etwa dem kleinen Rémy? Hatte er sich Tag für Tag auf die Lauer gelegt? Er hätte doch nicht wissen können, dass sie gerade heute zurückkehrte.

Sie rappelte sich wieder auf und sah sich um. Noch immer war niemand zu sehen. Und es waren auch keine Schritte zu hören. Vielleicht war der Junge noch irgendwo zwischen den Bäumen. Wahrscheinlich lachte er sich kräftig ins Fäustchen darüber, so einen guten Treffer gelandet zu haben.

Das Blut rann ihr über die Wange und tropfte in den Schnee. Das Märchen vom Schneewittchen kam ihr in den Sinn. Drei Blutstropfen auf dem verschneiten Fensterbrett.

Ich muss nach Hause, sagte sie sich. Ich kann hier nicht bleiben.

Obwohl sie am ganzen Leib zitterte, griff sie nach ihrem Koffer und hob ihn an. Mit der freien Hand presste sie sich ein Taschentuch auf die Wange. Die Kälte betäubte die Schmerzen ein wenig, doch viel tiefer saß der Schmerz in ihrer Seele.

Schließlich erreichte sie das Tor der Villa. Der Weg dahinter war ordentlich geräumt.

Als sie durch die Haustür trat, wurde ihr schwindelig, und sie sank erneut auf die Knie. Clémence erhob sich mit einem leisen Winseln, kam zu ihr und beschnupperte sie. Dann bellte sie einmal.

»Um Gottes willen!«, rief Louise, die aus dem Esszimmer stürzte und zu ihr eilte. »Was ist passiert? Du blutest ja!«

Sie half Marianne auf und geleitete sie in die Küche, wo sie sie an den Küchentisch setzte.

Schnell wies sie das vor Schreck erstarrte Dienstmädchen an, ihr Verbandszeug und Desinfektionsmittel zu holen.

Marianne war übel. Hatte sie von dem Schlag gegen den Kopf eine Gehirnerschütterung bekommen? Oder Schlimmeres? Louise betastete vorsichtig ihr Gesicht.

»Ein Schneeball«, sagte Marianne benommen. »Mich hat auf dem Weg ein Schneeball getroffen.«

»Das kann nicht nur ein Schneeball gewesen sein!«, sagte Louise, während sie begann, die Verletzung vorsichtig abzutupfen. »Sieht eher wie ein Eiszapfen aus!«

»Ein Stein«, stöhnte Marianne auf, als Louise mit dem Desinfektionsmittel an die Wunde kam. Wieder schossen ihr die Tränen in die Augen, doch der Schmerz vertrieb gleichzeitig auch die Übelkeit. »In dem Schneeball steckte ein Stein, um ihn härter zu machen.«

Louise schüttelte den Kopf. »Verdammte kleine Bastarde«, murmelte sie dann. »Sollen sie sich doch selbst damit bewerfen! Man müsste ihnen den Hosenboden strammziehen.«

Marianne klammerte sich an der Tischkante fest. Louises Worte nahm sie kaum wahr.

»Ich frage mich, was sie in der Nähe unseres Grundstücks zu suchen haben«, wetterte diese weiter. »Wenn mein Großvater davon erfährt, knallt es in der nächsten Stadtversammlung.«

Marianne lauschte ihr benommen. Als Louise das bemerkte, hielt sie inne.

»Sollen wir Dr. Thierry holen?«, fragte sie besorgt und betastete vorsichtig Mariannes Schläfe.

»Nein, es geht schon. Ich glaube, ich sollte mich ein wenig hinlegen.«

»In Ordnung, aber heute schläfst du nicht da draußen. Wer weiß, was sich diese kleinen Mistkerle ausgedacht haben. Schade nur, dass Clémence kein richtiger Wachhund ist, ich hätte sie ihnen hinterhergeschickt.«

Marianne schüttelte den Kopf. »Nein, lass nur, es ist nicht nötig. Es war ein dummer Streich, vielleicht hat mir auch jemand die Ohrfeige heimgezahlt. Ich habe es verdient, ich hätte den Jungen nicht schlagen sollen.«

»Ein Racheakt wäre der schäbigste Grund«, entgegnete Louise, dann half sie ihr hoch. »Wenn dem so wäre, müsste ich mich für meine Mitbürger hier schämen. Du bist die Lehrerin dieser Kinder, und außer der Ohrfeige, die provoziert wurde, hast du dir nichts zuschulden kommen lassen.« Louise atmete tief durch. »Ich weiß, was geredet wird. Das Gerede dringt vor bis in meine Fabrik, und wenn ich davon höre, kläre ich die Leute auf, dass wir im Jahr 1975 leben und nicht 1945. Es ist bequem, bei alten Feindbildern zu bleiben, jedenfalls scheint mir das in dieser Stadt so zu sein. In Paris erinnert man sich schon gar nicht mehr an den Krieg, da lässt man die Leute so leben, wie sie wollen.«

Marianne spürte, dass Louise vor Aufregung zitterte. Sie selbst fühlte sich, als würde sich gleich der Boden unter ihr auftun, während Louise sie aus der Küche und dann die Treppe hinaufbrachte. Vor einer Tür im zweiten Stockwerk machten sie halt.

»Es ist eines unserer Gästezimmer. Wir werden in den nächsten Tagen viel Besuch bekommen, deshalb habe ich es schon mal hergerichtet. Hier bleibst du, einverstanden?«

Marianne nickte. Ihre Wange pochte, und sie fühlte sich immer noch so schwach, dass an Protest gar nicht zu denken war.

»Gut, leg dich ein wenig hin, ich werde ein paar Sachen für dich holen und dir das Essen bringen. Und dann erzählst du mir vielleicht, wie es in Deutschland und bei deiner Familie war.«

Marianne sank auf das Bett. Die Wärme des Zimmers ließ ihre Wange und ihre Schläfe pochen, doch es war schön, ein wenig umsorgt zu werden. So schön, dass sie sich sogar in der Lage fühlte, über das, was bei der Beerdigung passiert war, zu reden.

Während der Weihnachtsfeiertage konnte Marianne den Angriff und auch die zurückliegende Beerdigung ein wenig beiseitedrängen.

Die Silbergs luden Freunde aus ganz Frankreich ein, und Marianne war beeindruckt, wer alles zu ihnen gehörte.

Über die Feiertage sah sie auch Louises Mutter etwas häufiger, aber wenn sie nicht gerade damit zu tun hatte, Vorbereitungen für die Mahlzeiten zu treffen, wirkte sie sehr still und zurückgezogen. Ein wenig erinnerte sie Marianne an ihren Vater. Auch sie schlich durch das Haus. Hatte sie mittlerweile ebenfalls ein anderes Leben, in das sie sich flüchtete? Vielleicht einen Mann, den sie sah, wenn sie sich um ihre Mutter kümmerte?

Es war keine Sünde, wenn sich eine Witwe neu verliebte und neues Glück suchte. Aber vielleicht empfand sie gegenüber Louise Verantwortung, obwohl diese selbst schon verheiratet sein könnte. Vielleicht glaubte sie auch, das Andenken ihres Mannes zu beschmutzen, wenn sie ihr eigenes Leben lebte, vielleicht glaubte sie, dass der alte Alain böse auf sie sein würde, wenn sie nicht mehr zurück, sondern nach vorne schaute, weil seinem Sohn diese Möglichkeit nicht offenstand.

Solche Gedanken wälzte Marianne, wenn sie mit einer Tasse heißer Schokolade in den Händen vor dem Küchenfenster saß und dem Schnee zuschaute, wie er sich vermehrte.

Die Wunde an ihrer Wange heilte gut, dennoch war sie froh, dass Michel sie nicht so sah. Sie war sicher, dass er die richtigen Schlüsse ziehen und dem »kleinen Arschloch« eine Tracht Prügel verpassen würde.

Dass sie inzwischen wieder in die Remise gezogen war, bereute sie beinahe. Besonders in der Nacht war es schlimm. Nicht nur, dass ihr Vater immer noch in ihrem Verstand herumgeisterte, auch fürchtete sie, dass Bertrand Rémy und seine Freunde einen Weg finden könnten, das Anwesen der Silbergs zu betreten. Zwar hatte Alain Silberg in Bar-le-Duc ein so hohes Ansehen, dass eigentlich niemand es wagen würde, ihm in die Quere zu kommen, Marianne konnte sich aber vorstellen, dass sich Rémys Sohn nicht daran halten würde. Wenn es draußen raschelte, erwachte sie, wenn Schatten vorbeihuschten, glaubte sie, eine Gestalt zu sehen, und wenn sie von einem Klirren oder Knarzen wach wurde, schaute sie als Erstes zum Fenster, ob dieses noch heil war.

Es war lächerlich – sie fürchtete sich vor einem Schüler! Dabei war sie doch eigentlich die Respektsperson!

In der Nacht zum zweiten Weihnachtsfeiertag schreckte sie aus dem Schlaf, als es gegen ihre Fensterscheibe trommelte.

Mit klopfendem Herzen starrte sie nach draußen, konnte aber zunächst niemanden entdecken. Doch dann sah sie einen Umriss. Er wirkte männlich, eingepackt in eine dicke Jacke, mit einer Mütze auf dem Kopf.

War das Rémy? Marianne erhob sich, schlich zum Kachelofen und griff nach dem eisernen Schürhaken. Was sie damit tun sollte, wenn es sich wirklich herausstellte, dass ein Kind vor der Tür stand, wusste sie nicht. Da erschien die Gestalt wieder! Und im nächsten Augenblick klopfte es gegen das Fenster.

Marianne atmete tief durch, dann riss sie die Haustür auf. Im gleichen Moment erkannte sie in dem bedrohlichen Umriss Michel, der im Mondschein vor ihrer Tür stand.

Michel! Er war gekommen! Sie hatte es gehofft, aber dass er es tun würde, hätte sie nicht erwartet. Immerhin war es die Nacht vom ersten zum zweiten Feiertag, da wurde eigentlich immer noch gefeiert. Hatte er sich rausgeschlichen?

»He, was ist denn das?«, fragte er, während er ihr spielerisch den Schürhaken aus der Hand nahm. »Du wolltest mich damit doch wohl nicht schlagen, oder?«

»Nein, dich nicht. Aber jeden anderen schon«, antwortete sie.

»Was denn, auch den Weihnachtsmann? Stell dir mal vor, der hätte geklopft, und du hättest ihm damit eins übergebraten.«

Marianne zog Michel ins Haus und schloss die Tür. Michel stellte den Schürhaken neben den Türrahmen und nahm sie dann in seine Arme.

»Was ist mit deiner Wange? Hast du dir einen Pickel ausgedrückt, oder warum trägst du da ein Pflaster?«

Als er versuchte, das Pflaster zu berühren, sagte Marianne schnell: »Nicht. Lass es so. Ich habe einen Schneeball abbekommen, das ist alles.«

»Solche harten Schneebälle gibt es in Deutschland? Wer hat dich denn da beworfen?«

»Nein, ich bin hier in eine Schneeballschlacht geraten. Halb so wild.«

»Es ist immer wild, wenn dich jemand verletzt«, entgegnete er. »Wenn ich den Burschen erwische, landet er mit dem Kopf zuerst im Schnee.«

»Lass nur, es ist wirklich nicht schlimm und heilt schon wieder.«

Marianne zitterte innerlich. Am liebsten hätte sie ihm erzählt, was wirklich passiert war, und dass das auch der Grund war, warum sie einen Schürhaken in der Hand gehalten hatte. Doch sie wollte nicht, dass er sich irgendwelchen unnötigen Ärger auflud und alles nur noch übler machte.

»Und was treibt dich hierher?«, fragte Marianne, denn sie wollte nicht mehr über den Schneeball reden.

»Ich wollte dich sehen«, antwortete er. »Überall ist so viel Glückseligkeit um mich herum, ich hatte schon das Gefühl, kotzen zu müssen. Dabei haben sie alle gar keine Ahnung, was mich wirklich glücklich macht.«

Bevor sie etwas entgegnen konnte, küsste er sie. Seine Lippen schmeckten nach Zimt, und seine Haut duftete nach Lebkuchen, als hätte er die vergangenen Tage in einer Backstube verbracht. Offenbar verliefen die Feiertage bei den Clements ähnlich wie bei den Silbergs, nur dass nicht so viele Fremde da waren, sondern die Familie unter sich blieb.

»Das klingt, als müsstest du sehr leiden«, entgegnete sie, als er ihren Mund wieder freigab.

»Oh ja, das muss ich. Stell dir vor, meine holden Tanten lagen mir schon wieder mit der Hochzeit in den Ohren. Und Jeanne haben sie mit der Frage nach der Anzahl unserer geplanten Kinder in Verlegenheit gebracht. Wenn es nach ihnen ginge, müsste sie ihren Ofen kräftig heizen, damit innerhalb von zehn Jahren mindestens elf Brote rausrutschen.«

»Der Vergleich ist geschmacklos«, entgegnete Marianne, konnte sich ein Kichern aber nicht verkneifen.

»Tja, das war die Frage meiner Tanten aber auch. Und das Schlimme ist, weder meine Mutter noch mein Vater sind dazwischengegangen. Jeannes Eltern sahen ebenfalls so aus, als würden sie es toll finden, wenn schon bald eine Fußballmannschaft durch ihren Garten turnt.«

»Und du?«, fragte Marianne, dann fiel ihr wieder ein, dass, wenn alles so blieb, er es ja war, der die Kinder mit Jeanne bekommen würde. Dass er jede Nacht mit ihr schlafen würde. Das versetzte ihr einen heftigen Stich. Sie löste sich aus seiner Umarmung, ging zum Schrank und holte einen Kerzenleuchter samt Kerze hervor. Richtig Licht machen wollte sie nicht, das erschien ihr zu unromantisch.

»Wenn es nach mir ginge, würde ich mit Jeanne kein einziges Kind bekommen. Das würde mein schwaches Herz nicht ertragen.«

»Du hast doch kein schwaches Herz!«, entgegnete Marianne, während sie ein Streichholz anriss. Der Docht der Kerze knackte leise, als sie ihn entzündete, der Geruch verbrannten Schwefels strömte in ihre Nase.

»Doch, das habe ich«, beharrte er. »Habe ich es dir noch nie erzählt?«

Marianne hielt es nach wie vor für einen Witz, den er sich erlaubte. Dieser starke, junge Mann konnte unmöglich etwas am Herzen haben!

»Nein. Und du solltest dir auch gut überlegen, ob du gerade an Weihnachten irgendwelche Geschichten erzählst, die nicht stimmen.«

»Das habe ich mir gut überlegt!«, entgegnete er. »Bei einer Lüge fährt einem der Blitz in den Hintern, und man wird damit bestraft, dass die Tanten noch bis Silvester bleiben.«

Er lachte auf, dann zog er sie mit sich, setzte sich auf einen Stuhl und platzierte sie auf seinem Schoß. »Aber es stimmt, mein Herz ist nicht im besten Zustand. Es liegt in unserer Familie. Eigentlich sollte ich sämtliche Anstrengung vermeiden. Das haben meine Tanten wohl vergessen, als sie von mir elf Kinder forderten.«

Marianne war sprachlos. Er redete so leichthin davon, als würde er von einer überstandenen Kinderkrankheit reden. Und das einfach so, während er seine Arme um sie schlang.

»Guck nicht so ungläubig!«, sagte er. »Es wird mich schon nicht umbringen, wenn wir miteinander schlafen! Nur solltest du nicht von mir verlangen, dass ich wie Herkules einen Stein anhebe. Da wird mir schwarz vor Augen, das kann ich dir versichern.«

Sorge kroch Marianne in die Glieder. Wenn er wirklich krank war, gab es dann nichts, was die Ärzte für ihn tun konnten? Und warum erzählte er es ihr gerade jetzt? Weil es ihm einfach in den Sinn kam?

»Seit wann hast du das mit deinem Herzen?«, fragte sie.

»Schon immer. So bin ich geboren. Und deshalb kann ich nur in der Verwaltung des Weinbergs arbeiten, obwohl ich viel lieber zwischen den Reben sein würde.«

Wieder küsste er sie, und auch in seinem Kuss konnte sie keinen Hinweis darauf finden, dass ihm etwas fehlte. Er schien regelrecht vor Leben zu sprühen.

»Ich habe ein Geschenk für dich«, sagte er, als er wieder von ihr abließ. »Hier.« Aus der Tasche, die er neben den Stuhl hatte fallen lassen, holte er ein Päckchen in der Größe eines Schulhefts hervor, nur dass es wesentlich dicker war. Es war nicht in Weihnachtspapier gewickelt, jedenfalls nicht in richtiges. Das Papier war cremeweiß und mit grünen Bändern bedruckt, die hin und wieder zu kleinen Schleifen zusammenfanden.

»Ein Geschenk?« Marianne überlief es heiß und kalt. »Und ich … habe nichts für dich.«

»Ach wirklich?« Er umfasste sie und drückte sie an sich. »Und ich dachte, das hier ist mein Geschenk. Mach es auf, bitte!«

Marianne schob den Finger unter das Papier. Es war eigentlich viel zu schade, um es wegzuwerfen, vielleicht konnte sie darin eines ihrer Schulbücher einschlagen. Also öffnete sie es ganz vorsichtig.

Der Gegenstand darin fühlte sich kühl und ebenso rau wie glatt an.

»Ein Fotoalbum?«, fragte sie erstaunt.

»Ja, ein Album. Damit du darin all die Bilder sammeln kannst, die ich von dir mache. Schlag es auf.«

Tatsächlich steckten schon ein paar Aufnahmen darin. Die Torte für den Präsidenten und auch das letzte Foto, sie tanzend im Schnee, war dort zu finden.

»Gefällt es dir?«, fragte er, als er beobachtete, dass sie wie gebannt die Seiten umschlug.

»Es ist wundervoll«, entgegnete sie und küsste ihn.

»Gib mir noch einen Kuss, und ich bin zufrieden«, sagte er und küsste sie erneut. Diesmal lang und leidenschaftlich, und noch einmal, als sie ihn mit sich zu ihrem Bett zog und ihm aus den Sachen half.

In dieser Nacht würde sie sich nicht vor dem, was da draußen war, ängstigen müssen.

 26

Als wir wieder auf dem Weingut ankamen, fühlte ich mich ir-gendwie durchgefroren. Die Begegnung mit meinen Vorfah-ren hatte ihre Spuren hinterlassen.

Mein Vater kreiste durch meinen Verstand.

Wenn ich auf den Friedhof von Bar-le-Duc ging, würde ich da sein Grab finden? Würde ich erfahren, wann er das Leben meiner Mutter und damit auch meines für immer verlassen hatte?

Der Briefkasten vor dem Haus quoll über vor Post. Mama stöhnte, als sie das sah.

»Die Katalogsaison hat wohl wieder begonnen«, murrte sie, schnallte sich ab und stieg aus dem Wagen. »Geh schon mal rein«, sagte sie und warf mir das Schlüsselbund zu. »Und mach uns Kaffee. Ich rufe nachher beim Lieferservice an.«

Lieferservice? Meine Mutter hatte ein Konto bei einem Pizza-Dienst?

Als der Kaffee begann, durch die Maschine zu blubbern, kehrte sie mit der Post zurück. Tatsächlich waren viele Kata-loge dabei.

»Büromaterial, Kelterausrüstung, Landmaschinen …«, murmelte meine Mutter, während sie einige Hefte auf den Ja- und andere auf den Nein-Stapel packte. »Die glauben wirk-lich, ich würde mir jedes Quartal eine neue Weinbergraupe kaufen.«

»Büromaterial scheinst du immerhin zu brauchen.« Ich deutete auf den Ja-Stapel.

»Das braucht man doch immer«, gab sie zurück. »Bei dem Haufen an Papierkram, den man als Unternehmerin bearbeiten muss! Manchmal kommt es mir so vor, als würde ich jetzt noch mehr Papier verbrauchen als damals zu meinen Lehrerzeiten.«

»Da haben dir die Schüler vorwiegend das Papier ins Haus gebracht«, entgegnete ich und holte dann zwei Tassen aus dem Schrank. Ich erinnerte mich noch sehr gut an die Papierstapel, die sich in unseren meist kleinen Wohnungen aufgetürmt hatten. Damals hatte ich strengstes Verbot, sie anzurühren, nachdem ich einmal eines der Diktate mit einer kleinen Blume verschönert hatte.

»Das stimmt, aber da war es leichter, es wieder loszuwerden. Ich frage mich, ob noch immer von mir korrigierte Arbeiten in irgendwelchen Schularchiven liegen.«

»Sicher tun sie das!«, entgegnete ich und goss den Kaffee ein.

Das Durchsortieren der Kataloge dauerte noch gut eine Viertelstunde, dann hatte meine Mutter auch die Rechnungen zwischen den Heften gefunden.

»Manchmal wünschte ich mir, ich würde eine Postkarte oder irgendeinen Brief bekommen, in dem keine Zahlen unter einem Strich stehen. Mittlerweile werden Briefe nur noch mit Zahlen und Forderungen gefüllt, nie mit Grüßen und Gedanken.«

Ich konnte die Sehnsucht meiner Mutter verstehen, allerdings hatten wir noch nie viel Post erhalten, die keine Rechnungen enthielt oder Werbung war. Tanten, die uns mit ihren Urlaubserinnerungen neidisch machen wollten, hatten wir nicht. Und meine Mutter hatte auch nie über einen großen Freundeskreis verfügt.

»Vielleicht sollte ich auf Reisen gehen, dann kann ich dir schreiben«, schlug ich vor. »Wir lassen dann den ganzen SMS-Kram weg und verständigen uns nur noch per Post.«

»Das wäre schön«, sagte meine Mutter. »Du hast mir immer so nette Karten geschickt. Allerdings bist du schon seit einer ganzen Weile nicht mehr verreist. Und wenn es darum geht zu erfahren, ob du gut angekommen bist, möchte ich auf eine SMS nicht verzichten. Klar, es ging früher auch, aber jetzt hat man sich daran gewöhnt, sich nicht tagelang Sorgen machen zu müssen.«

Ich lächelte meine Mutter an. Sie machte sich immer Sorgen um mich, das wusste ich. Dafür gab ich ihr eigentlich keinen Grund, denn inzwischen reiste ich nur noch selten, und früher war ich immer mit David unterwegs gewesen, der mich beschützt hatte.

Aber vielleicht sollte ich das ändern und endlich einmal wieder wegfahren. Zum ersten Mal allein und meiner Vergangenheit entgegen. Heute Abend würde ich mir Zeit nehmen, darüber nachzudenken.

Später am Abend, als die Pizza vom Lieferservice nichts mehr war als eine Erinnerung und eine übriggebliebene Kruste, holte meine Mutter eine Flasche Wein aus ihrem persönlichen Weinkeller, der eigentlich kein Keller war, sondern eine guttemperierte Kammer.

Der Tropfen stammte aus dem Jahr, in dem sie hier eingezogen war, das erkannte ich an dem ein wenig provisorisch wirkenden Etikett. Damals war keine Menge herausgekommen, die für den Handel interessant gewesen wäre. Also hatte sie die Flaschen kurzerhand gebunkert und behauptet, dass die Leute eines Tages für diesen seltenen Wein ein Vermögen hinblättern würden.

»Bist du sicher, dass der noch schmeckt?«, fragte ich skeptisch. Für mich hatte sie eine Flasche Traubenmost mitgebracht, aus der letzten Ernte.

»Natürlich schmeckt der!«, behauptete meine Mutter, entkorkte die Flasche professionell und schnupperte am Hals. Dann goss sie ihn in die Dekantierkaraffe, ganz so, wie sie es bei einem ihrer Kurse gelernt hatte. Ein säuerlicher Geruch breitete sich aus. Ich betrachtete die Karaffe zweifelnd.

»Und was tust du, wenn er sich zu Essig verwandelt hat?«

»Dann verkaufe ich ihn als solchen. Oder mache beim nächsten Winzertreffen den Salat damit an.«

»Bist du etwa schon wieder dran?«

»Nein, ich glaube, diesmal ist das Lachmann-Gut an der Reihe. Der arme Kilian tut mir leid.«

Ich blickte auf mein Glas Traubenmost. Wieder sah ich den kleinen Sessel mit den Bärchen vor mir. Wieder spürte ich die Sehnsucht des verlassenen Vaters.

»Allerdings könnte ich ihm anbieten, den Salat mitzubringen.« Mama zuckte mit den Schultern, schwenkte sanft die Karaffe und goss dann etwas von dem Wein ins Glas. Nachdem sie einen Schluck getrunken hatte, stieß sie ein triumphierendes »Ha!« aus.

»So schlecht?«, fragte ich.

Sie hielt mir das Glas unter die Nase. Ich wich zurück. »Du meine Güte! Da wird man schon beim Riechen betrunken.«

»Ja, der Alkoholgehalt ist anständig«, entgegnete sie. »Ganz sicher zu viel für einen handelsüblichen Wein. Aber vielleicht kann man ja irgendwas damit anfangen.«

»Du solltest ihn verdünnen«, riet ich ihr. »Das haben sie im Mittelalter auch gemacht, es soll sogar gesund sein.«

»Das ist nicht gesund, das ist ein Sakrileg!«, entgegnete meine Mutter, dann wurde sie irgendwie nachdenklich. Zeigte der Alkohol schon Wirkung?

»Ein einziges Mal war ich oben auf dem Weingut, auf dem Michel gearbeitet hat«, sinnierte sie, während sie in das Glas schaute.

»Dann hatte es also mit ihm zu tun, dass du ein Weingut gekauft hast?«, fragte ich.

»Ja, vielleicht war er einer der Gründe. Oder ich war im früheren Leben eine Französin. Wie sonst lässt es sich erklären, dass ich mich so sehr nach der französischen Kultur gesehnt habe?«

»Hat deine Mutter die Ansichten ihres Mannes geteilt?«

»Ich denke schon. Jedenfalls schien es so. Wir haben nie darüber geredet. Nach der betrunkenen Unterhaltung auf der Beerdigung beschränkte sich unsere Kommunikation auf eine Handvoll Worte, an die ich mich schon nicht mehr erinnern konnte. So wie sie in meiner Jugend kaum anwesend war, war sie später nur noch ein Schatten, der hin und wieder am Rand meiner Erinnerung auftauchte. Ich bin natürlich zu ihrer Beerdigung gefahren – das war der Tag, an dem ich ein Mädchen beauftragt hatte, auf dich aufzupassen.«

Ich rümpfte die Nase. »Gina.« Meine Babysitterin war furchtbar gewesen, die ganze Zeit über hatte sie sich irgendwelche Fernsehsendungen reingezogen, die mich so gar nicht interessierten. Dann hatte sie sich an unser Telefon gehängt und stundenlang mit ihren Freundinnen über Jungs gesprochen. Die Rechnung war genauso hoch gewesen wie ihr Honorar. Meine Mutter hatte sich seltsamerweise nicht darüber geärgert. Stattdessen hatte sie ein wenig abwesend gewirkt und mich sogar etwas länger aufbleiben lassen.

»Du hättest mir erzählen sollen, dass du zu ihrer Beerdigung warst«, sagte ich. »Wenn nicht an dem Tag, dann an einem anderen.«

»Ja, wahrscheinlich hätte ich es tun sollen. Aber vermutlich habe ich es einfach vergessen. Nachdem meine Mutter tot war, war das letzte Band zu meiner Familie gekappt. Meine Schwester sah ich noch einmal, aber die Leitung zwischen uns war tot. Ich könnte nicht einmal sagen, ob sie noch lebt.«

»Man hätte dich sicher benachrichtigt, wenn dem nicht so wäre.«

Mama schüttelte den Kopf. »Nein, ich glaube nicht. Ihr Mann hat bestimmt vergessen, dass ich existiere, und ihre Kinder habe ich nie kennengelernt. Traurig, eigentlich. Man hat irgendwo eine Familie, aber dann doch wieder nicht.«

»Erzähl mir von dem Besuch auf dem Weingut«, bat ich, denn ich wollte nicht, dass sie wieder in Gedanken an ihre Familie versank. Und ich wollte jetzt lieber etwas von französischer Sonne hören. Mein Körper fühlte sich schwer an. Kein Wunder nach allem, was ich heute gesehen und erfahren hatte.

»Da gibt es gar nicht viel zu erzählen«, entgegnete sie. »Es war auch eigentlich nichts Besonderes. Michel und ich haben immer irgendwelche kleinen Touren gemacht. Einmal war sein Chef nicht da, da hat er mich mitgenommen. Ich war ganz erschlagen von all den Gebäuden und Gerätschaften. Ich hatte mir bis dahin kaum Gedanken darum gemacht, wie Wein entsteht. Aber dieser Nachmittag hat vielleicht seine Spuren hinterlassen, die dazu geführt haben, dass ...« Sie breitete die Arme aus, als wollte sie ihr gesamtes Gut umfassen.

Irgendetwas verbarg sie, das spürte ich. Aber mir war klar, dass sie nicht alle Geschichten preisgeben würde. Ein paar Geheimnisse musste der Mensch behalten, auch gegenüber seiner Tochter.

# 27

»Und du willst wirklich schon wieder abreisen?«, fragte Mama, als ich meine Sachen in den Koffer stopfte. Aus den zwei Wochen, die ich eigentlich bleiben wollte, wurde nur eine. Insgeheim hatte ich schon bei unserer Rückkehr aus Mayen beschlossen, die zweite Woche dazu zu nutzen, mich auf die Spuren meiner Mutter zu begeben – in Frankreich. Der Entschluss, der bei unserer Rückkehr aufgekeimt war, hatte sich in der vergangenen Nacht gefestigt.

Ich wusste jetzt mehr über meine eigene Familie, meine unbekannten Großeltern, meine Mutter und ein wenig auch über meinen Vater, so dass mich die Lust überkam, mir die Schauplätze in Bar-le-Duc selbst anzuschauen.

Ich wollte nicht nur die Fotos sehen und die dazugehörige Geschichte hören, ich wollte den Ort erleben, die Villa sehen und die Schule. Mohnblüten gab es dort noch nicht um diese Jahreszeit, aber vielleicht konnte ich einmal auf dieser großen Wiese stehen und mir das rote Wogen vorstellen. Ich wollte Spuren meines Vaters finden. Wenn ich sie fand, war die Geschichte komplett. Na ja, beinahe, denn meine Mutter schuldete mir noch einige Monate ihres »Mohnblütenjahrs« in Bar-le-Duc.

Heute Morgen hatte ich sie in aller Frühe aus dem Bett gezerrt. Von der Reise wusste sie noch nichts.

»Ja, Mama«, antwortete ich auf ihre Frage. »Ich würde gern

noch ein paar Sachen erledigen, bevor ich wieder mit der Arbeit beginne. Außerdem steht bald die Untersuchung an.«

Meine Mutter nickte. Sie wirkte ein wenig enttäuscht. Am liebsten hätte ich sie jetzt schon in meinen Plan eingeweiht, doch ich wollte mir erst selbst sicher sein, dass ich fahren würde. Wenn die Reise gebucht und der Koffer gepackt war, würde ich es ihr erzählen – damit nicht die Chance bestand, dass sie es mir noch ausredete. Ich traute es meiner Mutter zu, dass sie meinen Zustand anführte, dass sie fragen würde, ob diese Reise nicht zu anstrengend wäre.

Ich strich meiner Mutter über die Wange. Der Schneeball hatte eine Narbe hinterlassen, eine winzige Vertiefung an ihrem rechten Jochbein. Ich hatte früher immer geglaubt, dass sie von den Windpocken gekommen wäre, denn so eine Narbe hatte ich über dem Auge. David hatte manchmal zärtlich darübergestrichen und die Stelle geküsst. Hatte Michel das auch bei ihr getan?

»Ich besuche dich bald wieder«, versprach ich. »Du hast mir jedenfalls schon sehr geholfen mit dieser Woche.«

»Und was ist mit der Geschichte?«, fragte sie. »Möchtest du sie denn nicht weiterhören?«

»Doch, natürlich«, entgegnete ich. »Du könntest sie mir aber auch am Telefon erzählen.«

Und sie könnte auch verlangen, dass ich blieb, um sie mir anzuhören, aber so war sie nicht. Sie erpresste niemanden, um ihn bei sich zu behalten.

»Ich weiß etwas Besseres«, sagte sie nach kurzem Nachdenken. »Ich werde sie dir aufschreiben und dann schicken. Stück für Stück. Und wenn du wieder herkommst, erzähle ich dir den Rest, wenn du magst.«

»Das ist eine wunderbare Idee!« Ich umarmte sie fest und

wandte mich dann wieder dem Koffer zu. In einer Stunde ging mein Zug. Da meine Mutter mich zum Bahnhof fahren wollte, blieb noch etwas Zeit für ein Croissant mit Erdbeermarmelade.

Gegen Mittag erreichte ich Köln. Im Bahnhof herrschte ziemliches Gedränge. Einige Schulklassen und Sportlergruppen waren unterwegs und bemühten sich, irgendwie zusammenzubleiben.

Ich hievte meinen Koffer in die nächste Straßenbahn und versuchte, die Stimmen ringsherum auszublenden. Meine Gedanken eilten voraus zu meinem Vorhaben. Ein paar Tage Frankreich und die Suche nach meinem Vater. In meinem Bauch kribbelte die Aufregung.

Zu Hause angekommen, kramte ich meine Schlüssel aus der Tasche.

»Nicole?«, fragte es plötzlich aus der Hausecke. Einen Moment später löste sich eine Gestalt aus dem Schatten neben der Haustür.

Ich schnappte nach Luft. »David!«

Sein Name war nicht mehr als ein Seufzen aus meinem Mund. Er stand leibhaftig vor mir! Noch immer war sein Kinn glatt rasiert, noch immer leuchteten seine Augen in diesem unergründlichen Graugrün, das sich je nach Lichteinfall im Farbton verschieben konnte. Noch immer sah er unverschämt gut aus in seinem grauen Anzug mit der smaragdfarbenen Krawatte, die das Grün seiner Augen betonte.

Und noch immer hatte er diesen Gesichtsausdruck, den er aufgesetzt hatte, als ich ihm von der Schwangerschaft erzählt hatte. Was wollte er hier? Und woher wusste er, dass ich hier war? Selbst wenn ich arbeitete, kam ich erst später heim. Lauerte er schon lange vor meiner Tür? So was konnte ich mir bei ihm nicht vorstellen, seine Zeit war viel zu verplant.

Ich war so perplex, dass ich ihm die Frage, warum er gerade jetzt hier auftauchte, nicht laut stellen konnte.

»Hallo, Nicole, ich … ich wollte mit dir sprechen«, erklärte er, nachdem er mich kurz gemustert hatte. Wie er meinen Namen aussprach! Ganz anders als noch am Telefon. Ein wohliger Schauer durchlief mich, doch ich drängte ihn zurück. Vorsicht!, schien mir eine kleine Stimme zuzurufen. Da steht der Mann vor dir, der dich verlassen hat, weil du schwanger geworden bist.

»Hast du meine Handynummer nicht mehr?«, fragte ich und umklammerte mein Schlüsselbund fester. Mit allem hätte ich gerechnet, aber nicht mit dem Auftauchen von David. Wollte er jetzt doch über unser Kind sprechen? Hatte Hilda ihm ins Gewissen geredet?

»Doch, die habe ich, aber ich dachte, ich komme besser persönlich vorbei.« Ein Lächeln, das ich nicht so recht deuten konnte, trat auf sein Gesicht.

Ich starrte ihn an wie eine religiöse Erscheinung. Er hatte nichts von seiner Faszination verloren. Ich war immer noch verwundert darüber, dass so ein Mann je Gefallen an mir gefunden hatte. Mit meinem schwarzen Haar und den dunklen Augen war ich nichts Besonderes, in Köln liefen Hunderte Frauen wie ich herum.

Doch der Gedanke an mein Kind holte mich schnell wieder auf den Boden der Tatsachen. Er war sicher nicht hier, weil er zu mir zurückwollte – oder doch?

»Magst du … mit hochkommen?«, fragte ich. Der Gedanke, dass er in unsere Wohnung zurückkehren würde, bereitete mir irgendwie Unbehagen.

»Ich wollte dich eigentlich fragen, ob du heute Abend mit mir ausgehen würdest.«

»Was?« Das Wort war schneller draußen, als ich es hinunterschlucken konnte.

»Ein Abendessen. Nur du und ich. Hast du Lust?«

Lust? Die überkam mich tatsächlich angesichts seiner Anwesenheit. Es sollte niemand behaupten, dass Schwangere keinen sexuellen Appetit mehr hatten. Aber der Gedanke, was hinter der Einladung stecken könnte, erstickte die Flamme sofort wieder.

»Weshalb lädst du mich ein?«, fragte ich, denn ich wollte nicht länger die Frau sein, die bei seinem Anblick erstarrte und zu einem unsicheren Mädchen mutierte.

»Ich möchte etwas mit dir besprechen.«

»Hast du denn nicht schon alles gesagt?«, fragte ich zurück. »Du willst das Kind nicht, und ich stelle keine Ansprüche. Oder hast du es dir anders überlegt?«

Ich versuchte, nicht allzu laut zu sprechen, denn ich wusste, dass Herr Kellermann vor dem offenen Fenster saß und alles mitkriegte, was unten auf der Straße gesprochen wurde. Es reichte schon, dass die Nachbarn wegen Davids Auszug tuschelten.

»Lass uns in Ruhe über alles reden. Ich bin damals abgehauen, das war nicht richtig.«

Sollte ihn doch die Einsicht überkommen haben? Wollte er sich jetzt doch um das Kind kümmern? Zu mir zurückkehren?

Auf einmal pochte mein Herz wie vor unserem ersten Date. Ehe ich es verhindern konnte, stiegen Erwartungen in mir auf.

Würde ich ihn noch haben wollen, wenn er zurückwollte?

Ja, das wollte ich.

Und Kilian?

Seine Wärme und seine Freundlichkeit hatte ich nicht vergessen – aber zwischen uns war noch nichts gelaufen. Wir hatten uns ja noch nicht mal geküsst. Also hatte ich nichts unternommen, was es unmöglich machen würde, wieder eine Beziehung zu David einzugehen.

Und verdammt, wie gern würde ich das tun!

Doch ich erinnerte mich zu gut daran, wie er in den vergangenen Wochen zu mir gewesen war – zuletzt am Telefon, als ich ihm von unserem Kind erzählt und er reagiert hatte, als hätte er so gar keine Gefühle.

Dennoch, sein Auftauchen und seine Frage ließen mein Herz erwartungsvoll pochen. Vielleicht gab es ja noch Hoffnung?

»Okay«, sagte ich und versuchte, mir meine Freude nicht allzu sehr anmerken zu lassen. »Lass uns essen gehen und reden.«

Sein Lächeln wurde breiter, als hätte er gewusst, dass ich zusagen würde. Männer wie er wussten genau, welche Antworten sie auf bestimmte Fragen bekamen.

»Gut, heute gegen acht? Ich hole dich ab, und wir suchen uns etwas Nettes am Rheinufer.«

Etwas Nettes am Rheinufer. Etwas, das ich vielleicht noch nicht kannte?

»In Ordnung. Also bis acht.«

»Ich werde hier sein.«

Er wandte sich um und ging die Straße hinunter. Ich blickte ihm fasziniert hinterher. Durch meinen Kopf wirbelten die Gedanken, Hoffnungen und Erwartungen mischten sich. Dann fiel mir der gravierende Unterschied zu früher auf. Früher waren wir nie auseinandergegangen, ohne uns zu berühren oder zu küssen. Jetzt war jeglicher Körperkontakt ausgeblieben.

Die folgenden Stunden verbrachte ich damit, mich zu fragen, was ich an diesem Abend tragen sollte. Es gab keinen Grund, auf meine geliebten Stretchkleider zu verzichten – allerdings musste ich feststellen, dass ich kein richtiges Abendkleid mehr hatte, in das ich noch reinpasste.

Aber warum machte ich mir eigentlich einen Kopf darum? Ich war schwanger! So oder so würde man mir ansehen, was los war.

Schließlich entschied ich mich für ein schwarzes langärmeliges Kleid, das ich mir zu nicht-schwangeren Zeiten gekauft hatte und das immer noch recht gut saß.

Ich steckte mein Haar hoch, etwas, was ich schon lange nicht mehr getan hatte, und als es draußen dunkelte, betrachtete ich mich im Spiegel. Der Babybauch zeichnete sich unter dem engen Stoff deutlich ab. Aber was war schon dabei? Des Öfteren hatte ich beobachtet, dass Schwangere von anderen Leuten wohlwollend angelächelt wurden. Ihr Bauchumfang kam ja von einem Kind und nicht von zu viel Essen, worüber sie sich dann eher lustig gemacht hätten, obwohl sie das ebenso wenig etwas anging wie eine fremde Schwangerschaft.

Mein Gesicht wirkte allerdings alles andere als erholt. Die Geschichten meiner Mutter hatten darauf ebenso Spuren hinterlassen wie die Sorgen um mein Kind. Fast schien es mir, als würde mich eine komplett andere Frau ansehen. Ich wirkte älter. Früher hatte ich mir viel darauf eingebildet, wenn Menschen behaupteten, ich sei doch gerade erst oder noch nicht mal dreißig. Doch jetzt sah ich, dass ich auf die Vierzig zuging und auch so aussah. Und ich war schwanger.

Doch ich bereute es noch immer nicht. Ich hoffte nur, dass ich dieses Kind auch aufwachsen sehen würde.

Punkt acht klingelte es an meiner Haustür. Ich schaute aus dem Fenster und sah Davids Wagen. Er holte mich ab wie bei einem Rendezvous. Und komischerweise war ich auch aufgeregt wie bei einem Rendezvous.

Seltsam, das hätte ich auch mit Kilian haben können, ein richtiges Date sogar. Ich hatte es ausgeschlagen, obwohl er mir sympathisch gewesen war. Und seit meinem Besuch auf seinem Weingut hatte ich nicht mehr mit ihm gesprochen, obwohl er mir seine Telefonnummer gegeben hatte. Aber die Geschichte meiner Mutter war einfach zu fesselnd gewesen. Und ich war mir mehr denn je darüber im Unklaren, ob es Zeit war für eine neue Beziehung. Vielleicht würde Kilian eine Frau mit einem kranken Kind gar nicht wollen. Vielleicht kehrte sein eigenes Kind bald zurück.

Und meine allergrößten Bedenken galten meinen eigenen Gefühlen. Liebte ich ihn? Nein, jedenfalls nicht so, wie ich David geliebt hatte. Und dieses Gefühl war mir noch in allerbester Erinnerung. Ja, ich meinte, es sogar noch zu spüren.

Vielleicht würde ich alles klarer sehen, wenn ich in Bar-le-Duc war. Ich hatte irgendwie das Gefühl, dass ich dort etwas Wichtiges finden würde.

Ich betätigte den Türöffner und lauschte den Schritten, die wenig später die Treppe hinaufkamen. Ich konnte förmlich vor mir sehen, wie die Nachbarin aus dem Parterre durch ihren Türspion lugte, um herauszufinden, wer da ihre abendliche Ruhe störte.

Als ich vor der Tür wartete, klopfte mir das Herz bis zum Hals. Ja, das hier war wirklich mit einem ersten Date zu vergleichen.

Allerdings war ich mir höchst unsicher darüber, was ich von David erwarten konnte. Vielleicht teilte er mir ja auch mit, dass ich ihn ein für allemal in Ruhe lassen sollte …

Als es an meiner Tür klingelte, atmete ich tief durch. Du schaffst das, sagte ich mir. Egal, was dieser Abend bringt, du schaffst das.

Dann öffnete ich.

David hob den Kopf. Er trug einen sehr eleganten Anzug und ein weißes Hemd, keine Krawatte. Diesen Look liebte ich an ihm. Er wirkte wie eines dieser Models, die auf großen Reklameflächen Uhren oder Parfüm bewarben. Wenn er so aussah, da war ich sicher, konnte er jede Frau haben.

Hatte er vielleicht schon eine andere?

Der Gedanke ließ meinen Magen rumoren. Dabei war es doch aus zwischen uns, und alles, was ich noch von ihm hatte, war mein Kind.

»Hi«, sagte ich etwas unsicher.

»Hi«, erwiderte er knapp. Kein Kuss und auch keine Blumen in seiner Hand. Das holte mich auf den Boden der Tatsachen zurück. Das hier war kein Date. Das hier war ein Treffen, um etwas zu besprechen. Zwischen Expartnern.

»Ich dachte, wir fahren ans Rheinufer, ich habe einen Tisch im ›Rheinblick‹ reserviert .«

Ich nickte. Das »Rheinblick« war eine ehemalige Spelunke, die mittlerweile zu einem sehr noblen Restaurant umgebaut worden war.

»Du warst bei deiner Mutter?«, sagte er, während wir tiefer in die Innenstadt vordrangen. Ich fragte mich, wie er in der Nähe des Rheins einen Parkplatz finden wollte. Die großen Hotels entlang des Flusses verfügten über Parkhäuser, aber ich war nicht sicher, ob man dort einfach so sein Auto abstellen konnte.

»Ja«, antwortete ich. Wahrscheinlich hatte Hilda ihm davon berichtet. »Ich wollte ein wenig abschalten.«

Früher hätte ich ihm sicher erzählt, was ich dort erlebt hatte. Dass ich erfahren hatte, wer mein Vater war und jetzt kurz davor stand, auf Spurensuche in seinen Heimatort zu reisen. Doch die vergangenen Monate hatten eine Glaswand zwischen uns geschoben, eine Barriere, die es mir unmöglich machte, über Dinge, über die wir uns früher ganz selbstverständlich ausgetauscht hätten, zu reden. Es war, als gehörte er nicht mehr zu mir.

»Meine Mutter hat dich angerufen, nicht wahr?«, fuhr er nach einem Moment des Schweigens fort. Ich wünschte, er würde aufhören zu versuchen, mit mir Konversation zu machen. Früher hatten wir keine Probleme, über irgendwas zu reden, doch jetzt spürte ich, wie es auch ihn anstrengte.

»Ja, das hat sie«, antwortete ich. »Das war sehr lieb, sie hat sich erkundigt, ob sie mir helfen kann.«

»Ja, so ist meine Mutter«, sagte er.

Und du? fragte ich mich im Stillen, doch bevor ich diese Frage laut aussprechen konnte, tauchte vor uns eine Parklücke auf, als hätte er sie bestellt. David hatte immer schon verdammt viel Glück gehabt, auch wenn es nur um das Abstellen seines Wagens ging.

Zu dieser Jahreszeit gab es noch keine Gäste, die draußen saßen, obwohl Heizpilze bereitstanden. Das Lokal war gut gefüllt. Die Plätze an den Fenstern waren ausnahmslos besetzt. Schade, denn ich hätte gern auf den nächtlichen Rhein geblickt, auf dem hin und wieder ein Schiff vorbeizog.

Der Tisch, den David reserviert hatte, befand sich irgendwo in der Mitte. Das war mir ein wenig unangenehm, denn wirklich wichtige Dinge besprach ich nicht gern mitten unter anderen Gästen, die manchmal ein sehr gutes Hörvermögen entwickelten.

Aber vielleicht ging es ja auch gar nicht um etwas Wichtiges. Vielleicht wollte er mich wirklich nur mal sehen. Vielleicht hatte seine Mutter gesagt, dass er sich um mich kümmern sollte.

Wir setzten uns, und unverzüglich erschien ein Kellner. David orderte die Weinkarte und blickte dann zu mir.

»Ich nehme Wasser«, sagte ich.

Als der Kellner verschwunden war, sahen wir uns schweigend an.

Ich fragte mich, warum wir hier waren. Wollte er mit mir doch über unser Kind reden? Wollte er mir vielleicht doch seine Unterstützung anbieten? Und wenn ja, wie sollte ich darauf reagieren?

»Nun, da wären wir«, begann ich, denn ich spürte, dass er einen Anstoß brauchte.

»Da wären wir«, wiederholte er.

»Was hast du auf dem Herzen?«, fragte ich und beobachtete, wie er begann, an dem kleinen weißen Satindeckchen zu fummeln, auf dem der Kerzenleuchter stand. Bei ihm war das das Zeichen dafür, dass er nicht so recht wusste, wo er anfangen sollte.

Er blickte mich an. Verdammt, seine Augen waren immer noch schön. Der ganze Mann vor mir war schön.

»Ich werde mich sterilisieren lassen.«

Diese Worte trafen mich wie ein Amboss, der von einem Hochhaus geworfen wurde.

Eine ganze Weile starrte ich David an, als käme er aus einer anderen Galaxie.

»Was sagst du da?«, fragte ich dann, obwohl ich ihn gut verstanden hatte

Er wollte sich sterilisieren lassen. Was sollte ich dazu sagen? Offenbar wollte er seiner Ansicht, keine Kinder zu wollen, Nachdruck verleihen. Gut, wenn er es so sehen wollte …

Aber warum zum Teufel waren wir dann hier? Nur, damit er mir das sagen konnte? Oder wollte er mir unter die Nase reiben, dass ihn keine Frau je wieder so hinters Licht führen konnte wie ich?

Wut kochte in mir hoch.

»Und du denkst jetzt, dass du das schon viel früher hättest machen sollen. Dann hätte ich dich nicht so reinlegen können.«

Meine Stimme wurde schrill, und ich sprang auf. Ich erkannte nun, wie dumm es gewesen war, Davids Einladung anzunehmen.

»Nicole«, sagte er und griff nach meiner Hand. »Bleib sitzen. Ich bin nicht hier, um dir Vorwürfe zu machen.«

»Und dann erzählst du mir, dass du dich sterilisieren lässt! Meinst du, das hört sich nicht nach einem Vorwurf an?« Meine Stimme wurde schriller. Ich spürte Blicke vom Nebentisch, aber das war mir egal. »Meinst du, es hört sich nicht danach an, dass dich nie wieder eine Frau verarschen kann?«

»Nicole … es ist besser so.«

»Ja, besser für dich! Ich habe lange Zeit alles getan, um deine Wünsche zu erfüllen, aber was war mit dir? Du wusstest, dass ich ein Kind wollte! Hättest du nicht ein einziges Mal zurückstecken können? Nicht ein einziges Mal?«

»Ein Kind ist kein Kleid oder eine Skulptur, die man einfach wieder verkaufen kann, wenn es einem reicht«, gab er zurück. Auch in seinen Augen blitzte Zorn auf. »Ein Kind bedeutet Verantwortung, lebenslang, und ich bin nicht bereit, diese zu übernehmen!«

Dass er das in aller Öffentlichkeit zugeben würde, überraschte mich. Gleichzeitig ließ es meinen Zorn wachsen.

»Außerdem hättest du mir was von deinem Plan erzählen müssen. Du hättest es nicht einfach so durchziehen dürfen!«, fuhr er zornig fort und drückte mein Handgelenk, bis es schmerzte.

»Was denn? Damit du gleich zu deinem Arzt laufen und es ein für alle Mal verhindern kannst?«, fauchte ich. Hinter mir hörte ich ein Raunen. Würde es gleich Beschwerden wegen des Krachs hageln? So geladen, wie ich in diesem Augenblick war, hielten sich die Leute besser raus. Mein Herz schlug mir bis zum Hals, und mein Sichtfeld färbte sich an den Rändern rot. Das »Rotsehen« war wohl doch kein Mythos.

»Ich glaube, du hättest dir gleich eine andere Frau suchen müssen!«, schleuderte ich meinen Worten hinterher. »Und jetzt lass mich los!«

Ich riss mein Handgelenk aus seiner Umklammerung, drehte mich um und wollte aus dem Lokal rennen. Doch so weit kam ich nicht. Mein Herz stolperte, etwas riss mich plötzlich zur Seite, dann wurde mir schwarz vor Augen. Als hätte jemand nach einer Theatervorstellung den Vorhang zugezogen.

Als das Licht wieder anging, ertönte kein Applaus für meine gelungene Darbietung der Hysterischen. Ein Mann in Weiß beugte sich über mich. Er trug eine schwarzgerahmte Hornbrille und ein weißes Poloshirt. Erst einen Moment später realisierte ich, dass ich mich im Innenraum eines Krankenwagens befand.

»Frau Schwarz? Können Sie mich hören?«, fragte er.

»Was ist passiert?«, fragte ich. Meine Stimme fühlte sich rau an, und meine Lippen spannten.

»Sie hatten einen kleinen Schwächeanfall. Nichts Ungewöhnliches in Ihrem Zustand, wahrscheinlich nur ein Problem Ihres Blutdrucks.«

Schwächeanfall?

Jetzt erinnerte ich mich wieder an den Vorhang.

»Mein Zustand?«, fragte ich ein wenig verwirrt. Plötzlich schoss mir die Sorge um mein Kind durch die Adern. »Ist etwas mit meinem Kind?«

Purer Horror sträubte meine Nackenhaare. Ich versuchte, mich aufzurichten, und erwartete, jeden Augenblick eine Blutlache zwischen meinen Beinen vorzufinden. Doch ich sah nur meine Oberschenkel, die von meinem Rock bedeckt wurden. Meine Pumps hatte man mir ausgezogen, und meine Knöchel wirkten etwas geschwollen, aber das war ja nicht ungewöhnlich.

»Ihr Begleiter sagte mir, dass Sie schwanger seien. Aber keine Sorge, soweit ich es beurteilen kann, ist mit Ihrem Kind alles in Ordnung. Ich habe Ihnen allerdings ein leichtes Beruhigungsmittel gegeben, weil Ihr Puls sehr hoch war.«

»Muss ich ins Krankenhaus?«, fragte ich, während ich mich wieder gegen die Liege sinken ließ.

»Nein, aber lassen Sie sich besser nach Hause fahren, und legen Sie sich hin. Und sollten Sie morgen irgendwelche Beschwerden haben, wovon ich nicht ausgehe, dann melden Sie sich bitte bei Ihrem Hausarzt.«

Zehn Minuten später verließ ich den Krankenwagen wieder. Ich fühlte mich stark und ruhig – jedenfalls galt das für meinen Körper. Doch die Sorge zehrte an meinen Nerven.

Ich ging davon aus, mir ein Taxi rufen zu müssen. Dann sah ich David vor der Tür des Lokals.

»He, da bist du ja«, sagte er, als hätte es den vorherigen Streit nicht gegeben.

»Du hättest nach Hause fahren sollen«, entgegnete ich und rieb fröstelnd meine Schultern.

»Ich kann dich doch nicht zum Essen einladen und dann einfach stehen lassen.« Ein schiefes Lächeln huschte über sein Gesicht.

Du hast mich einfach stehen lassen, als ich dir erzählt habe, dass ich ein Kind von dir kriege, ging es mir durch den Sinn.

»Komm, ich fahre dich nach Hause.«

»Ich kann mir auch ein Taxi rufen«, entgegnete ich.

»Ich bestehe darauf«, entgegnete er ruhig und versuchte glücklicherweise nicht, mich in den Arm zu nehmen. »Komm schon, Nicole.«

»Okay, meinetwegen.«

»Es macht mir nichts aus.« Damit wandte er sich um und ging zu seinem Wagen. Ich hätte vielleicht auf einem Taxi beharren sollen, aber dazu fehlte mir jetzt die Kraft.

Auf der Fahrt zu meiner Wohnung war David ganz still. Und auch mir war nicht nach Reden zumute. Das Beruhigungsmittel kreiste in meinen Adern und machte mich schläfrig. Die Straßenlampen und Ampeln glitten an uns vorbei. Ich nahm die wenigen Passanten auf den Gehwegen kaum wahr. Meine Gedanken waren bei meiner Mutter – und bei Kilian.

Es tat mir leid, dass ich nicht genug Zeit gehabt hatte, ihn kennenzulernen. Vielleicht hätte ich wirklich noch eine Woche bleiben sollen. Dann wäre mir dieser Abend erspart geblieben.

Es war ein Kunststück, um diese Uhrzeit einen Parkplatz zu finden, doch David hatte wieder Glück. Zunächst war ich froh darüber, aber das änderte sich einen Moment später, als er fragte: »Hast du etwas dagegen, wenn ich noch mit hoch komme?«

Wenn er keine Parklücke gefunden hätte, hätte ich einfach aus dem Wagen huschen und mich verabschieden können. Doch jetzt hing diese Frage zwischen uns.

»Warum?«, gab ich zurück. Ich fühlte mich schwammig und wollte einfach nur ins Bett. Allein. Ich wollte ihn nicht bei mir haben. Ich wollte das verarbeiten, was gesagt worden und geschehen war.

»Ich glaube, jemand sollte heute Nacht auf dich aufpassen. Immerhin hat dir der Arzt ein Beruhigungsmittel gegeben.«

Ein Beruhigungsmittel, das ich nicht gebraucht hätte, wenn ich mich nicht deinetwegen aufgeregt hätte. Diese Worte lagen mir auf der Zunge, doch ich sprach sie nicht aus.

»Es wird schon gehen.«

David schüttelte den Kopf. »Nein, es geht nicht. Wenn du in den Spiegel schaust, wirst du sehen, dass es nicht geht.«

Ich lehnte mich an die Tür des Autos. Was hätte ich Stunden und Tage zuvor dafür gegeben, dieses Angebot von ihm zu bekommen. Als ich die Diagnose erhalten hatte, hätte ich ihn so gern bei mir gehabt. Und jetzt …

Jetzt würde David wahrscheinlich so lange nerven, bis ich nachgab. So war es schon immer gewesen, das wurde mir nun klar. David hatte immer jeden Wunsch durchgesetzt, egal, ob ich wollte oder nicht. Er hatte einfach dafür gesorgt, dass ich wollte, was er wollte, durch sanften Druck, durch Überreden und durch Schmeicheln.

Ich verstand auf einmal gar nicht mehr, woher ich den Mut genommen hatte, meinen eigenen Wunsch durchzusetzen, den Wunsch nach einem Kind.

»Okay, du kannst auf dem Sofa schlafen«, sagte ich, damit er gar nicht erst auf falsche Gedanken kam. Und damit ich nicht auf Gedanken kam, die ich morgen früh bereuen würde.

Damit stieg ich aus und ging zur Haustür.

David folgte mir schweigend die Treppe hinauf.

Ich hatte mir oft vorgestellt, wie es wäre, wenn er zurückkehrte. Als ich jetzt die Tür aufschloss und ihn einließ, spürte ich keine Vertrautheit mehr. Ich hatte von den Gegenständen, die ihm gehörten und die er mir dagelassen hatte, nichts weggeworfen, auch hatte ich nicht begonnen, panisch die Möbel umzustellen. Dennoch fühlte sich David jetzt wie ein Fremdkörper an.

Ich stellte meine Tasche ab, dann ging ich ins Wohnzimmer und begann, das Bettzeug herauszusuchen. David blieb an der Tür stehen.

»Das mit uns ...«, begann er zögerlich. »Es tut mir leid, wie es gelaufen ist. Ich ...«

Ich erstarrte kurz. Musste er denn jetzt damit anfangen? Ich wollte ins Bett und war nur noch wenige Augenblicke davon entfernt, in mein Schlafzimmer zu verschwinden und die Welt auszusperren. Und jetzt fing er ein Beziehungsgespräch an.

»Mir auch«, entgegnete ich seufzend. Was wollte er hören? Dass es mir leidtat, schwanger geworden zu sein und damit alles zerstört zu haben? Ich richtete mich auf und drehte mich um. Wenn ich ihn unter anderen Umständen so gesehen hätte,

hätte ich mir wahrscheinlich gewünscht, dass er zu mir kam, mich in seine Arme zog und mich dann noch auf dem Sofa liebte.

»Aber ich bereue nicht unser Kind«, setzte ich hinzu, das war die sicherste Möglichkeit, ihn auf Abstand zu halten – und mich nicht auf dumme Gedanken kommen zu lassen. »Immer habe ich mir nur deine Wünsche zu eigen gemacht, immer haben wir nur getan, was du wolltest. Ich wollte ein Kind, David! Jetzt bekomme ich es, oder ich bekomme es auch nicht, denn möglicherweise wird mir der Arzt in zwei Wochen sagen, dass es einen furchtbaren Herzfehler hat und nicht leben wird. Und dann werde ich nichts mehr haben. Oder wirst du dann zu mir zurückkehren, sterilisiert, damit nichts mehr passieren kann?«

Mein Herz raste, und die Luft wurde mir knapp. Ich musste mich beruhigen, wenn ich nicht ein zweites Mal vor ihm zusammenklappen wollte. Ich musste vor allen Dingen raus aus diesem Zimmer.

»Nicole, ich …«, begann er.

Ich riss die Hand hoch und brachte ihn so zum Schweigen. »Sag jetzt bitte nichts. Wir haben alles besprochen, und ich bin müde und möchte mich ausruhen.«

Ich ging aus dem Raum. Die Tränen würgten mich. Ich wartete, bis ich im Schlafzimmer war, dann schälte ich mich wütend aus dem Kleid. Ich würde es in den Mülleimer werfen, denn ich wollte nicht, dass es mich an diesen Abend erinnerte.

Weinend ließ ich mich schließlich auf mein Bett sinken. Ein Teil von mir, der dumme, hoffnungsvolle, vielleicht naive, wartete irgendwie darauf, dass David kommen und mich trösten würde. Dass er mir sagen würde, dass alles, was ich gesagt hatte, falsch war und dass er sich wieder um mich kümmern wollte.

Doch die Tür blieb zu, ich hörte ihn nicht mal im Nebenzimmer. Vielleicht hatte er es sich auch überlegt und war bereits gegangen. Auch gut. Ich krallte mich an meine Decke und weinte weiter, bis der Schlaf mich in das Reich des Vergessens entführte.

 28

Als ich am nächsten Morgen erwachte, war David schon fort. Ich war beinahe ein wenig enttäuscht, dass er keine Nachricht hinterlassen hatte. Aber was hätte er nach meinem gestrigen Auftritt auch tun sollen?

Schuldgefühle überkamen mich.

Ich hatte es gestern Abend nicht richtig wahrgenommen, doch jetzt, wo ich mir seine Worte wieder ins Gedächtnis rief, fiel mir auf, dass er anders gewesen war als damals, als wir uns zum letzten Mal sahen. Er war so fürsorglich wie lange nicht mehr und hatte sich sogar unterschwellig entschuldigt! Und er schien noch etwas anderes auf dem Herzen gehabt zu haben. Etwas, das ich nicht hören wollte. Aber jetzt tat es mir leid, dass ich es abgeblockt und mich wie eine Zicke benommen hatte.

Ich kannte David eigentlich und wusste, dass er, wenn es um private Dinge ging, manchmal sehr ungeschickt reagierte. Und mit der Sterilisation zu beginnen war verdammt blöd von ihm – jedenfalls dann, wenn sein Besuch so was wie ein Annäherungsversuch gewesen sein sollte. Aber war es das wirklich?

Während ich mir Frühstück machte, fragte ich mich, wie es um meine Gefühle für ihn bestellt war.

Ein Rest Liebe zu ihm war noch in mir, doch die vergangenen Monate der Trennung hatten einen sehr großen Schaden hinterlassen. Wenn er, wie ich es mir in den ersten schmerzhaften Wochen gewünscht hatte, zu mir zurückkommen würde, könnte ich mich dann wieder so auf ihn einlassen wie früher? Konnte ich vergessen und verzeihen?

Ich dachte an meine Mutter. Wie hatte sie sich gefühlt, als mein Vater aus ihrem Leben gegangen war? War ihre Liebe auch durch einen Riss gesickert? Oder war sie noch immer da?

Vielleicht hätte ich bleiben und mir die andere Hälfte ihrer Geschichte anhören sollen, bevor ich nach Köln aufbrach. Das hätte mir zumindest diesen furchtbaren Abend erspart.

Aber dann kam mir wieder mein Vorhaben in den Sinn. In Bar-le-Duc würde ich genug räumlichen Abstand zu David haben und die Möglichkeit, meine Herkunft zu ergründen.

Ich machte es mir auf dem Sofa gemütlich, und bei dem Gedanken, dass David hier gelegen hatte, empfand ich plötzlich eine irre Sehnsucht nach ihm. Vielleicht hatte ich gestern wirklich zu heftig reagiert.

Ich öffnete meinen Computer und rief das Onlineportal unseres Reisebüros auf. Mit ein paar Klicks buchte ich die Reise – und ersparte mir auf diese Weise Erklärungen, auf die ich keine Lust hatte.

Als ich fertig war, schnappte ich mir mein Telefon und wählte die Nummer meiner Mutter.

»Na, meine Süße, wie geht es dir?«, fragte sie und klapperte dazu mit den Töpfen. »Hast du dich in Köln wieder eingelebt?«

»Einigermaßen«, entgegnete ich. »Du glaubst nicht, wer gestern bei mir war!«

»David?«, riet sie.

Ich schnappte verwundert nach Luft. »Hat er bei dir angerufen? Warum hast du mir keine Nachricht geschrieben?«

»Weil ich nicht wusste, dass er bei dir aufkreuzen würde.

Er wollte dich sprechen. Ich sagte ihm, dass du wieder nach Köln gefahren bist. Was wollte er von dir?«

»Mich mit dem Umstand schocken, dass er sich sterilisieren lässt.« Dass ich mehr dahinter vermutete, behielt ich erst mal für mich. Ich wusste, dass sie sich heimlich wünschte, dass wir wieder zusammenkamen. Und wenn ich ehrlich war, ging es mir genauso. Doch nach dem gestrigen Abend war das möglicherweise ganz ausgeschlossen.

»Wie bitte?«

Fiel meiner Mutter jetzt der Kochlöffel aus der Hand? Es klang jedenfalls so.

Ich schilderte ihr kurz die Ereignisse, ließ dabei aber meine kleine Runde im Notarztwagen aus. Das würde sie nur unnötig beunruhigen – und sie vielleicht dazu bringen, mir mein Vorhaben wieder auszureden.

»Ehrlich gesagt, ich verstehe ihn nicht«, sagte meine Mutter, als ich geendet hatte. »Er ist jetzt wohl vollkommen durcheinander. Aber es ist seine Entscheidung, also gut.«

Ich schwieg. Meine Mutter ebenfalls.

»Ach ja, ich hatte heute eine nette Unterhaltung mit Kilian Lachmann«, schnitt sie schließlich ein anderes Thema an. »Du scheinst ihn ziemlich beeindruckt zu haben.«

Der Tag wurde immer besser.

»Und was hat er erzählt?«

»Dass ihr beide im Café wart und euch bei ihm getroffen habt und du ihm eigentlich noch ein Abendessen schuldest. Wann warst du denn mit ihm unterwegs? Und warum hast du mir nichts davon erzählt?«

»Hat sich nicht ergeben«, entgegnete ich. Der wahre Grund war, dass ich ein schlechtes Gewissen wegen David gehabt hatte. Ich bezweifelte, dass das noch mal der Fall sein würde.

Doch hatte ich noch eine Chance, Kilian näherzukommen? Wenn ich aus Frankreich zurück war, würde ich wieder arbeiten gehen. Und er lebte viele Kilometer von Köln entfernt. Um ihn wirklich kennenzulernen, würde ich eine Weile dort bleiben müssen. Meiner Mutter würde das sicher gefallen, aber konnte ich einfach zu ihr ziehen? Würde ich dann nicht meine Selbstständigkeit verlieren?

»Ich habe mir jedenfalls die Freiheit genommen, ihm deine Telefonnummer zu geben«, erklärte meine Mutter. »Ich habe so das Gefühl, dass Herr Lachmann an einer Kontaktaufnahme interessiert sein könnte.«

»Das hast du nicht wirklich getan, oder?«

»Du kennst doch deine alte Mutter. Natürlich habe ich das getan. Du hättest mal sehen sollen, wie seine Augen geleuchtet haben, als er von dir sprach.«

Ein Lächeln schlich sich auf mein Gesicht. »Du willst dich doch nicht etwa als Kupplerin verdingen, Mama.«

»Kupplerin? Wie könnte ich!«, protestierte sie. »Ich weiß ja, dass meine Tochter ihren eigenen Kopf hat. Aber ich weiß auch, dass es für dich vielleicht gut wäre, mit einem Mann zu reden, der dir nichts von Sterilisationen erzählt.«

Ich dachte wieder an seine Hände und seine Lippen und daran, dass ich im Café rot geworden war. Nein, ich hatte überhaupt keine Abneigung gegen ihn. Und er schien auch deutliches Interesse an mir zu haben.

»Hallo, bist du noch dran?«, fragte meine Mutter.

Ich zuckte zusammen.

»Ja, ich bin noch dran …«

»Habe ich etwas falsch gemacht? Hätte ich ihm die Nummer nicht geben sollen? Er hat so nett von dir gesprochen, da dachte ich, ihr wärt euch sympathisch gewesen.«

»Das stimmt, aber … er lebt auf seinem Weinberg, und ich bin hier. Es war wirklich schön, mit ihm zu reden. Doch ich weiß nicht …«

»Es heißt doch nicht, dass du nach einem Telefonat schon was anfangen sollst mit ihm. Ich weiß, die Sache mit David ist noch so frisch, und außerdem wird er immer der Vater deines Kindes sein. Aber … wenn ich aus meinem Leben eines gelernt habe, dann, die Gelegenheit für ein paar nette Augenblicke nicht verstreichen zu lassen. Auch wenn man vorher nicht gerade schöne Dinge erlebt hat.«

»Ich glaube nicht, dass ich im Moment Gelegenheit haben werde, mich um nette Augenblicke zu kümmern. Ich werde morgen nach Frankreich fahren.«

Einen Moment herrschte Stille in der Leitung.

»Du willst nach Frankreich?«, fragte sie dann verwundert.

»Ja, ich würde gern den Ort sehen, an dem du gearbeitet hast. Die alte Schule, die Villa und die Mohnfelder …«

Jetzt schwieg meine Mutter für eine Weile. Ich hörte ihr Atmen durch den Hörer, die Leitung war also nicht unterbrochen.

»Mama?«, fragte ich. Aus irgendeinem Grund schnürte es mir die Kehle zu. Ich wusste nicht, was es war, aber wieder kam ich mir so vor, als hätte ich eine Grenze übertreten. Mich erneut über den Wunsch eines anderen hinweggesetzt.

»Ja, ich bin noch dran«, antwortete sie mit klarer Stimme. Es schien, als hätte sie nur kurz nach ihren Töpfen geschaut und deshalb geschwiegen.

»Und was meinst du? Ist es nicht richtig, dass ich dorthin will?«

»Du willst nach ihm suchen, nicht wahr?«

»Ja. Ich will wissen, was mit ihm passiert ist. Wenn ich ehrlich bin, bin ich deswegen abgereist. Um eine Reise nach Bar-le-Duc zu buchen.«

»Und warum hast du mir das nicht gesagt?« Mama klang vorwurfsvoll. Ich konnte es ihr nicht verdenken.

»Weil du vielleicht versucht hättest, es mir auszureden.« Jetzt schämte ich mich ein wenig. Meine Mutter hatte sich mir in den vergangenen Tagen auf eine Weise geöffnet, die ich vorher nicht gekannt hatte. Und ich verschwieg ihr einen Plan, der direkt mit ihren Fotos und Geschichten zu tun hatte.

»Das hätte ich vielleicht versucht«, gab sie zu. »Oder auch nicht. Mir ist in den vergangenen Tagen mit dir klargeworden, dass ich einen Fehler begangen habe. Jedes Kind hat das Recht, seinen Vater zu kennen – egal, welche Geschichte damit zusammenhängt. Ich war zu egoistisch.«

»Nein, du hattest Angst. Angst vor meinen Fragen.« Und Angst davor, dass an alten Wunden gerührt wurde. Das konnte ich gut verstehen.

»Du schuldest mir übrigens noch den letzten Teil deiner Geschichte«, erinnerte ich sie, denn eigentlich waren wir so verblieben, dass sie sie mir schicken wollte.

Sie schwieg einen Moment lang.

»Ja, den dunklen Teil der Geschichte«, entgegnete sie dann. »Ich habe schon begonnen, ihn aufzuschreiben. Wann genau wirst du morgen fahren?«

»Gegen Mittag.«

»Oh, na dann …«

Irgendwie hatte die Stimme meiner Mutter die Herzlichkeit verloren.

»Mama, es tut mir leid, dass ich es dir nicht gesagt habe. Ich … ich wusste zunächst nicht mal, ob ich wirklich fahren will. Aber auf dem Weg hierher hat sich mein Entschluss gefestigt. Und nach dem Abend mit David bin ich mir sicher. Ich möchte sehen, wo du damals entlanggelaufen bist, ich will mir die Villa anschauen, sehen, ob die Tuchfabrik noch steht, und … vor allem möchte ich ihn finden.«

Meine Mutter schwieg noch immer. Das machte mir das Herz schwer, denn ich hatte ihr mit meinem Einfall ja nicht weh tun wollen. Vielleicht hätte sie ja auch mitgewollt?

Von Koblenz aus wäre es kein Problem gewesen rüberzufahren. Und ich hätte mir die David-Episode gespart. Warum nur machte ich immer alles falsch?

»Es ist richtig, dass du diese Reise unternimmst«, sagte meine Mutter schließlich. Jetzt klang ihre Stimme wieder etwas sanfter. Offenbar hatte sie erst einmal verdauen müssen, was ich ihr erzählt hatte. »Es ist richtig, dass du nach deinem Vater suchst. Und ich … ich muss dir etwas beichten.«

»Was?«, fragte ich, dann lauschte ich für einige Augenblicke dem Schweigen am anderen Ende der Leitung. Meine Mutter schien mit sich zu ringen.

»Mama, bist du noch da? Alles in Ordnung?«

Meine Mutter seufzte.

»Ich habe immer behauptet, dass dein Vater tot sei«, begann sie. »Wenn ich ehrlich bin, weiß ich es nicht genau, ob er noch am Leben ist oder nicht.«

»Was?«

Diese Worte trafen mich wie ein Fausthieb. Ich war froh, dass ich saß, denn sonst hätte es mich von den Füßen gerissen.

»Dein Vater … er … er war krank, beziehungsweise, er hatte den Herzfehler, aber ob er noch lebt oder nicht, kann ich nicht mit Gewissheit sagen. Es … es war leichter, das damals zu behaupten, ich … Es tut mir leid.«

Ich schüttelte den Kopf. Bisher war ich davon ausgegangen, dass er gestorben sei. Und jetzt sagte Mama, dass sie es nicht wüsste?

Jetzt war ich diejenige, die schwieg. Ich wusste nicht, was ich denken oder fühlen sollte, ich war wie paralysiert. Mein Vater konnte also noch am Leben sein? Warum hatte sie mir nicht davon erzählt?

»Nicole?«, hörte ich ihre Stimme im Hörer.

»Er war also noch am Leben, als ihr euch getrennt habt?«, fragte ich, während ich spüre, wie mein Herz zu flattern und mein Magen zu ziehen begann. All die Jahre hatte ich mich an den Gedanken gewöhnt, dass er tot war. Ja, ich war nie von etwas anderem ausgegangen. Und jetzt beichtete meine Mutter mir, dass er vielleicht noch leben könnte.

»Als ich aus Frankreich fortgegangen bin, ja, da lebte er noch. Trotz seines schwachen Herzens.«

Vor ein paar Tagen, als wir über den Friedhof gelaufen waren, hatte ich geglaubt, meine Mutter würde noch ein anderes Grab erwähnen, das meines Vaters. Stattdessen waren wir Kaffee trinken gewesen, und das Grab meines Vaters blieb verschwunden.

Gab es dieses mittlerweile? Wir wussten es nicht. Aber die Möglichkeit, dass Michel Clement noch immer in Bar-le-Duc war oder an einem anderen Ort in Frankreich, versetzte mir einen Kitzel. Ich fühlte mich plötzlich wie eine Detektivin.

»Warum hast du mir das nicht gesagt?«, fragte ich erschüttert. »Warum hast du mich die ganze Zeit über angelogen?«

»Ich hätte es dir eher sagen müssen, verzeih mir«, sagte sie dann. »Aus lauter Angst, vor lauter Enttäuschung habe ich alles von ihm so tief in mir versteckt, als wäre er ein Toter, den man vergessen kann. Doch als ich ihn das letzte Mal sah, lebte er, er lebte ganz eindeutig. Aber … ich dachte, es wäre leichter so …«

»Du hättest mir sagen können, dass er noch lebt. Dass er dich nur verlassen hat.« Mein Herz begann zu rasen. Die Sache wühlte mich furchtbar auf. Ich schwankte zwischen Freude und Entrüstung, gleichzeitig hatte ich keine Lust, mich mit meiner Mutter zu streiten, obwohl sie doch einen großen Fehler gemacht hatte, indem sie es mir verschwieg.

»So einfach ist das nicht. Ich … Er hat mich nicht verlassen. Jedenfalls nicht so, wie du es dir denkst. Und ich wäre auch noch darauf zu sprechen gekommen.«

»Und wenn mein Kind gesund gewesen wäre? Wenn kein Herzfehler bei ihm vermutet werden würde, hättest du mir dann jemals davon erzählt?«

»Ich … weiß nicht. Das alles … es erschien mir nicht wichtig für mein Leben.«

In mir brodelte es. Tränen rannen mir über die Wangen. Ich sprang vom Sofa auf und begann, hin- und herzugehen. Wie wäre mein Leben verlaufen, wenn ich es gewusst hätte? Hätte ich meinen Vater gehasst, weil die Beziehung zwischen ihm und meiner Mutter nicht funktioniert hatte? Oder hätte ich meine Mutter gehasst? Letzteres war für mich beinahe undenkbar, denn unser Verhältnis war immer sehr gut. Doch vielleicht wäre alles anders gekommen.

Erneut schwiegen wir.

Ich wusste nicht so recht, wie ich mit der Information umgehen sollte – andererseits war ich froh, dass die Wahrheit heraus war. Ich brauchte Zeit zum Nachdenken – die hatte ich hoffentlich in Bar-le-Duc.

»Hast du ihm die Herzschwäche irgendwann mal angemerkt?«, fragte ich schließlich. Wenn mein Vater es geschafft hatte, mit seinem Herzfehler alt zu werden, mit diesem Fehler vielleicht noch lange zu leben, vielleicht galt das auch für mein Kind? Immerhin hatte ich eine gesunde Mutter und mein Kind einen gesunden Vater.

»Nein, aber wir haben auch keinen Extremsport betrieben. Sex zählt da nicht.«

»Mama!«

»Finde dich damit ab, dass deine Mutter Sex hatte, sonst wärst du doch nicht auf der Welt, oder?«

Sie hatte natürlich recht.

»Wenn ich ihn aufspüre, was soll ich ihm sagen?«, fragte ich.

Meine Mutter ließ sich Zeit mit einer Antwort. Wahrscheinlich hatte sie sich so sehr an ihre Behauptung, dass er tot war, geklammert, dass sie sich an den Gedanken bereits gewöhnt hatte.

»Sag ihm, dass du seine Tochter bist«, sagte sie schließlich ernst. »Und wenn er dann nicht in die Luft geht und dich rauswirft, weil er glaubt, du wärst eine Hochstaplerin, erzähl ihm den Teil der Geschichte, den ich dir spätestens morgen schicken werde. Und erzähl mir später, wie er reagiert hat und wie er aussieht.«

»Das mache ich«, versprach ich.

»Nicole? Kannst du mir verzeihen, dass ich behauptet habe, dein Vater sei tot?«

Ich presste die Lippen zusammen. Wenn überhaupt, so war dies die erste gravierende Lüge, die unser gutes Verhältnis störte. Die Jahre unserer Innigkeit konnte sie nicht wegwischen, aber irgendwie hatte ich das Gefühl, dass sich etwas verändert hatte.

»Gib mir Zeit«, entgegnete ich, denn etwas anderes konnte ich nicht sagen. Ich brauchte Zeit, Zeit, um mir darüber klarzuwerden, was es bedeutete, dass ich dachte, er sei tot. Und dass er vielleicht noch lebte. Dass Mama geschwiegen und mich angeschwindelt hatte, lag mir schwer im Magen.

»Okay, aber bitte rede mit mir, ja?«

»Klar, das mache ich.«

Damit legte ich auf.

Als das Telefon nach einer halben Stunde wieder klingelte, war ich sicher, dass Mama dran war. Wahrscheinlich wollte sie mir Bescheid sagen, dass der Text jetzt da war.

Seit der großen Offenbarung von vorhin hatte ich nicht auf meinen Computer geschaut und stattdessen angefangen, meine Sachen für die Reise zu packen. Dabei konnte ich gut nachdenken. Doch es fiel mir schwer, Ordnung in die Fragen zu bringen, die durch meinen Kopf wirbelten. Was mochte zur Trennung meiner Eltern geführt haben? Und warum hatte Mama behauptet, mein Vater sei tot? Die Ungewissheit nagte an mir.

Ich ließ von meinem Koffer ab, aus dem die Sachen herausquollen, und ging ran. Ein klein wenig hoffte ich, dass sie mir die Geschichte nun doch erzählen würde.

Anstelle der sanften Frauenstimme meldete sich jedoch eine männliche, die mir wie ein Blitz durch die Glieder fuhr.

»Warum sind Sie einfach so verschwunden, ohne sich von mir zu verabschieden?«, fragte er.

Für einen Moment war ich zu verblüfft, um zu antworten. Meine Mutter hatte zwar gesagt, dass sie Kilian meine Nummer gegeben hatte, aber dass er heute anrufen würde …

»Ha… hallo, Herr Lachmann«, entgegnete ich.

»Kilian«, sagte er. »Wir sind zwar noch nicht beim Du angekommen, aber wir waren uns doch einig, uns bei den Vornamen zu nennen.«

Verdammt, warum musste er sich gerade jetzt melden! Ich kniff die Augen zusammen und versuchte, die Gedanken an meinen Vater abzuschütteln.

»Okay, Kilian«, entgegnete ich, und nachdem ich mich wieder gefangen hatte, fügte ich hinzu: »Was verschafft mir die Ehre Ihres Anrufs?«

»Ich hatte Sehnsucht nach Ihnen.«

Das verschlug mir erneut die Sprache. Er meinte es doch sicher nicht ernst, oder?

»Wirklich? Es hat Ihnen gefehlt, dass ich in der Nähe Ihres Weinberges und bei Ihrem Weingut herumlungere?«

»Ja, das hat mir gefehlt. Wissen Sie, ich stehe auf ein bisschen Spionage, das hält frisch. Und gerade, als ich anfing, mich an Sie zu gewöhnen, verschwinden Sie einfach so.«

»Und Sie rufen bei meiner Mutter an, um die Telefonnummer in Erfahrung zu bringen.«

»Eigentlich wollte ich Sie sprechen. Sie an unsere Verabredung erinnern.«

»Wir haben keine Verabredung.«

David schoss mir plötzlich in den Sinn. Und im nächsten Augenblick ärgerte ich mich fast ein wenig darüber. Ich hatte einen tollen Mann am Telefon, der nicht müde wurde, mich nach einer Verabredung zu fragen, aber ich dachte an David. David, der das gestrige Gespräch mit dem Geständnis begonnen hatte, dass er sich sterilisieren lassen wollte.

»Deshalb rufe ich ja an«, sagte er. »Ich weiß, Sie sind jetzt meilenweit entfernt, aber ich habe ein Pfand, Ihre Mutter, in der Nachbarschaft. Sie werden sicher mal wieder zu ihr kommen, habe ich recht? Im Gespräch mit ihr ließ sie jedenfalls nicht anklingen, dass Sie im Streit auseinandergegangen sind.«

»Nein, das sind wir nicht«, entgegnete ich. »Aber hören Sie, Kilian, ich fürchte, so schnell wird das nichts mit unserem Date. Ich habe festgestellt, dass ich immer noch nicht über die Sache mit meinem Freund hinweg bin. Und auch mein Kind … Es braucht mich jetzt. In vierzehn Tagen wird sich für mich alles entscheiden.«

Ich konnte förmlich hören, wie seine Miene von einem Schatten überzogen wurde – auch wenn er nichts sagte.

»Und wer weiß, vielleicht bin ich nach den vierzehn Tagen nicht mehr dieselbe. Vielleicht brauche ich dann noch mehr Zeit. Zeit, um mein Leben vollkommen neu einzurichten. Das möchte ich Ihnen nicht antun. Sie haben eine Frau verdient, mit der Sie neu anfangen können, eine Frau ohne Probleme, eine Frau, die Sie beim Kampf um Ihren Sohn unterstützt. Ich habe in der vergangenen Woche einiges gelernt, über Menschen, Sehnsüchte und über mich. Diese Woche hat mich vor ein Rätsel gestellt, das ich lösen muss, bevor ich überhaupt wieder daran denken kann, eine neue Beziehung zu beginnen. Und eine Beziehung beginnt bei mir leider immer mit einer Verabredung.«

Hatte ich das jetzt wirklich gesagt?

Ich lauschte dem Nachhall meiner Worte, aber er war nicht da. Stattdessen dröhnte das Pochen meines Herzens durch meine Ohren.

Doch ich wusste, dass meine Seele gesprochen hatte. Dass es das war, was ich fühlte. Kilian war ein toller Mann. Hätte ich ihn vor David getroffen, wer weiß, vielleicht wäre ich dann die Winzerkönigin in der Nachbarschaft meiner Mutter. Aber ich war hier in Köln, arbeitete in einem Reisebüro, verkaufte anderen Leuten Urlaubsträume und war schwanger mit einem Kind, von dem ich nicht wusste, ob es gesund zur Welt kommen würde. Mein Weg war ein anderer, und auch wenn ich damit einen Fehler beging, war es besser, bei Kilian erst gar keine Erwartungen zu wecken.

»Dann sehen Sie also keine Hoffnung für uns?« Er klang so enttäuscht, dass es mir fast leidtat, all das gesagt zu haben.

»Hoffnung gibt es immer«, antwortete ich vage. »Aber manche Hoffnungen darf man erst nach gewisser Zeit hegen. Dann, wenn der Ballast abgeworfen und alles wieder in Ordnung ist. Wenn der Kopf frei ist.« Gott, woher hatte ich denn so was? Auf jeden Fall schien ihm das zu gefallen.

»In Ordnung«, sagte er sanft. »Ich werde meine Hoffnung behalten. Vielleicht treffen wir uns eines Tages wieder.«

»Da bin ich mir sicher«, entgegnete ich und verabschiedete mich dann.

29

Am nächsten Morgen war ich schon um sechs auf den Beinen. Der Koffer stand gepackt vor der Tür. Ich war aufgeregt. Gestern Nacht hatte ich lange über die Möglichkeit, meinen Vater vielleicht doch noch treffen zu können, nachgedacht. Einerseits hatte mich das in Hochstimmung versetzt, andererseits hatte ich furchtbare Angst bekommen. Wusste er von mir? Ich bezweifelte es. Und wie würde er reagieren, wenn er es erfuhr? Wenn sein Herz noch schlug, würde ich ihm damit den Rest geben? Antworten auf diese Fragen hatte ich natürlich nicht gefunden, doch beschlossen, einen Schritt nach dem anderen zu machen.

Ich atmete tief durch und blickte auf meine Uhr. Noch eine Stunde. Vielleicht hätte ich noch ein wenig länger im Bett bleiben sollen.

Ich zog mein Handy heraus und checkte meine Mails. Gestern Abend hatte ich sichergestellt, dass ich auch die richtige App auf dem Handy hatte, um lesen zu können, was meine Mutter mir schicken wollte. Sie war ja eigentlich eher der Typ, der wichtige Dinge auf Papier schrieb, doch in diesem Fall war sie gezwungen, den Computer zu benutzen.

Aber da war noch nichts eingetroffen. Stattdessen fand ich eine Mailboxnachricht. Wann war die denn angekommen?

Erst jetzt fiel mir wieder ein, dass ich den Vibrationsalarm meines Handys abgestellt hatte.

»Hallo, Nicole, entschuldige meinen frühen Anruf, aber es gibt etwas, das ich dir gern erzählen würde«, tönte Hildas Stimme aus dem Lautsprecher. »Ruf mich doch bitte zurück, und sag mir, wann es dir passt.«

Ich schaltete das Handy aus. Was wollte sie mir erzählen? Und vor allem, was hatte David ihr von dem missglückten Abendessen berichtet? Ich blickte auf meinen Koffer. Wenn ich erst mal unterwegs war, würde es fast eine ganze Woche dauern, bis ich zurückkehrte. Und irgendwie hatte ich das Gefühl, dass es etwas Wichtiges war, das sie mir sagen würde.

Außerdem ging mein Zug erst um elf, vielleicht konnte sie zum Bahnhof kommen …

Ich fasste mir ein Herz und rief sie zurück.

»Nicole!«, rief sie freudig, als sie meine Stimme erkannte. »Wie geht es dir?«

»Gut«, antwortete ich. »Ich bin gerade auf dem Sprung, was gibt es denn?«

»Wohin springst du?«, fragte sie, meine Frage zunächst noch ignorierend.

»Nach Frankreich. Ich will auf Spurensuche gehen.«

»Nach neuen Hotels für dein Büro?« Hilda fand es faszinierend, dass ich Reisen verkaufte. Und sie hatte mir des Öfteren in den Ohren gelegen, dass ich viel mehr reisen müsste. Aber ohne David hatte ich nicht fahren wollen. Das hier war die erste Reise seit Jahren, die ich vollkommen allein unternahm.

»Nein, ich reise an den Ort, an dem meine Mutter früher mal unterrichtet hat.«

»Deine Mutter hat in Frankreich unterrichtet?« Hilda war ehrlich erstaunt, und ich wusste auf einmal nicht mehr, ob ich mich um Kopf und Kragen redete.

»Ja, ich habe es bis vor kurzem selbst nicht gewusst. Aber sie hat es mir jetzt erzählt, und ich will die letzte Woche Urlaub damit verbringen, dort durch die Straßen zu laufen, bevor die Angstwoche anbricht. Die Woche bis zu meiner Untersuchung.«

»Um die Angst in den Griff zu kriegen, ist eine Reise sicher nicht schlecht. Besonders dann, wenn sie eine Spurensuche für einen parat hält.«

Hilda klang so, als hätte sie so eine Reise auch schon mal unternommen. Ich fragte mich, ob das vielleicht ein neues Geschäftsfeld für unser Reisebüro werden könnte, eine Spurensuche in die Vergangenheit.

»Dann ist das, was ich dir auf die Reise mitgeben kann, vielleicht genau das Richtige«, fügte sie hinzu. »Wann fährst du los?«

»Gegen Mittag.«

»Das trifft sich gut. Hast du Lust auf einen Kaffee? Und eine Geschichte? Ich kann dir nicht versprechen, dass es eine nette Geschichte ist, aber es ist eine, die dir vielleicht helfen kann, ein wenig Ordnung in dein Leben zu bekommen.«

Hilda hatte eine Geschichte für mich? Worüber?

Dann fiel es mir ein.

»David hat mit dir gesprochen, nicht wahr?«

»Ja, das hat er. Und ich glaube, es ist an der Zeit, dass ich mich mal kräftig unbeliebt mache bei meinem Sohnemann. Einer muss etwas unternehmen, ich kann das Theater nicht mehr mit ansehen.«

Wollte sie versuchen, uns wieder zusammenzubringen? Ich wusste nicht, ob mir das recht war. Mütter konnten, was das anging, manchmal ein wenig komisch sein.

»Okay, treffen wir uns auf einen Kaffee«, willigte ich dennoch ein. Kilian konnte ich sagen, dass ich nicht bereit für ihn war, aber eine Frau wie Hilda speiste man nicht mit irgendwelchen Ausreden ab. Sie gehörte eindeutig zu den Top Ten der Leute, die mich am allerbesten kannten.

»Bestens! Treffen wir uns doch einfach im Bahnhof, da haben wir gleich alles, was wir brauchen, notfalls auch fettiges Frustfutter. Und du hast es dann auch nicht so weit bis zu deinem Zug.«

»Das stimmt. Okay, dann bis nachher!«

»Bis nachher!«, flötete sie und legte auf.

Ich starrte einen Moment lang auf mein Handy, als könnte ich nicht glauben, dass das Gespräch soeben stattgefunden hatte. Noch immer war die Mail meiner Mutter nicht da. Hatte sie es gestern nicht mehr geschafft, die Geschichte zu beenden? Ich hatte mich auf Reiselektüre gefreut, aber vielleicht würde mich das, was Hilda mir erzählte, dermaßen beschäftigen, dass ich nicht zum Lesen kam.

Der Kölner Bahnhof wirkte auf mich wie ein alter Freund. Die Eingangstüren standen weit offen, und ausnahmsweise zwang mich mal kein Strom von Reisenden zum Warten. Ich ging an ein paar Jungs vorbei, deren Musik in den Kopfhörern so laut war, dass ich hätte mitsingen können.

Hilda wartete auf mich vor einer Reklametafel für ein Musical, an der Kreuzung zu den Imbissständen. Wenn man von der anderen Seite über die Domplatte kam, wirkte der Bahnhof ein wenig gediegener, aber hier tobte das Leben, und es roch nach allem Möglichen, das wahrscheinlich ungesund war.

Es war schön, meine Exschwiegermutter in spe zu sehen. Sie wirkte in ihrer weißen, mit blaulila Blumen übersäten Bluse, die sie unter einer fliederfarbenen Jacke trug, sehr jugendlich. Ihre Haare waren nun etwas kürzer als bei unserem letzten Treffen, das mittlerweile bald ein halbes Jahr zurücklag.

»Hallo, Liebes«, sagte sie zu mir, als wäre ich noch immer mit ihrem Sohn zusammen, und umarmte mich so herzlich, als hätte in den zurückliegenden Monaten keine Trennung stattgefunden. »Schön, dass du da bist! Du siehst ein wenig müde aus.«

Was das Aussehen anging, nahm Hilda nie ein Blatt vor den Mund.

»Ich habe in den vergangenen Wochen nicht sehr viel geschlafen«, gestand ich. »Kein Wunder, nicht wahr?«

»Nein, das ist wirklich kein Wunder«, gab Hilda zu. »Wollen wir dort drüben rein? Da gibt es den besten Kaffee im ganzen Bahnhof.«

Wir gingen zu einem kleinen Backladen, bei dem man seinen Kaffee nicht an Stehtischen einnehmen musste, sondern in gemütlichen Sitzecken genießen konnte. Erstaunlicherweise war es noch recht leer.

Der Chai Latte, den Hilda uns holte, hatte ein kleines Kakaoherz auf dem Schaum.

»Es ist erstaunlich, was sie heute alles machen. Früher bekam man eine Tasse Kaffee, und das war's.«

Sie lächelte mir zu, ein wenig unsicher, und ich spürte, dass das, was sie auf dem Herzen hatte, nicht einfach nur ein nettes Kaffee-Plauderthema war.

»Es tut mir leid, dass ich das nicht schon früher erzählt habe«, sagte Hilda, während sie unruhig die Serviette in der Hand knetete. »David ... es gibt einen Grund, warum er sich so vehement gegen ein Kind gewehrt hat.«

Was sollte das? Kam jetzt noch eine Enthüllung auf mich

zu? Die gestrige hatte ich ja noch nicht mal verdaut. »Und das wäre?«, fragte ich ein wenig unsicher.

Ich wusste ja bereits von ihm, dass es in seiner Familie keine Herzfehler oder Ähnliches gab. Aber anscheinend Dinge, die ich noch nicht wusste.

»Er hatte vor dir schon einmal eine Freundin, mit der es etwas ernster wurde«, antwortete Hilda. »Vielleicht hat er dir von ihr erzählt.«

Klar, er hatte davon erzählt, dass er vor mir mit anderen Frauen zusammen war. Von den schlimmsten Beziehungen hatte er etwas mehr berichtet, doch so, wie Hilda mich jetzt ansah, fürchtete ich, dass er eine Episode ausgelassen hatte.

»Michelle war ihr Name«, fuhr sie fort.

»Von einer Michelle weiß ich nichts.« Mein Magen krampfte sich zusammen. Warum hatte er diese Frau nicht erwähnt?

»Das hat seinen Grund. Die Beziehung ist zerbrochen …« Sie stockte. In ihren Augen sah ich tiefes Bedauern. Ich selbst fühlte mich, als wäre ich gerade näher an einen Abgrund geschoben worden. Was kam jetzt? Eine zerbrochene Beziehung war doch kein Grund, keine Kinder zu wollen! Und sich sterilisieren zu lassen.

»Michelle wurde schwanger, doch sie verlor das Kind im fünften Monat«, sagte Hilda ernst. »Sie verfiel in schwere Depressionen, und sosehr David versucht hat, ihr beizustehen, sie hat sich von ihm getrennt. Ein Jahr später erfuhr er, dass sie einen Selbstmordversuch unternommen hat. Sie hat ihn überlebt, aber er fühlte sich schuldig.«

»Was sagst du da?«, fragte ich erschrocken. Ein eisiger Schauer glitt über meinen Rücken. Gleichzeitig fragte ich mich, warum David mir nie davon erzählt hatte. Offenbar war er genau so wie meine Mutter …

»Die nachfolgenden Beziehungen waren alle nicht von langer Dauer«, fuhr Hilda fort. »Er wirkte gehetzt. Ich als Mutter habe das deutlich mitbekommen. Du weißt gar nicht, wie sehr ich mir gewünscht habe, dass er wieder eine Frau finden würde wie Michelle. Und eines Tages stellte er mir dich vor. Und ich wusste, dass du diejenige sein könntest.«

Ein totes Kind, eine depressive Freundin, ein Selbstmordversuch … Ich senkte den Kopf. Was kam noch? Warum nur hatten alle um mich herum irgendwelche Geheimnisse?

Außerdem war es mir unangenehm, das von meiner Beinahe-Schwiegermutter zu hören. Er hätte mir das sagen sollen! Immerhin war ich nicht mit Hilda zusammen, sondern mit ihm!

Da fiel es mir plötzlich wie Schuppen von den Augen. Vielleicht wollte er es. Neulich, als ich im Restaurant erst ausgeflippt und dann aus den Latschen gekippt war. Ich würde es wahrscheinlich nie erfahren, trotzdem wünschte ich mir, den alternativen Ausgang dieses Abends zu kennen. Wie bei einer DVD, wo man sich ein alternatives Ende des Films anschauen konnte.

»Hat er dir berichtet, dass er sich sterilisieren lassen will?« Ich fühlte mich ein wenig benommen. Zu viele Wahrheiten konnten ziemlich an der Kraft eines Menschen zehren.

Hilda nickte. »Ja, das hat er. Und ich war sicher ebenso geschockt wie du. Aber glaube mir, das war nicht der eigentliche Grund, weshalb er dich sprechen wollte.«

»Klar, er wollte mir von Michelle erzählen.«

Hilda schüttelte den Kopf. »Nein, das glaube ich nicht. Diese Geschichte würde er freiwillig niemandem erzählen. Es ist noch etwas anderes.«

»Und du kannst mir nicht sagen, was?« Immerhin hatte sie gerade sein größtes Geheimnis ausgeplaudert.

»Nein. Er soll es dir sagen.«

Ich schwieg eine Weile, denn ich musste meine Gedanken ordnen. Eine Partnerin, die ihr Kind verloren hatte. David, der ihr nicht helfen konnte, über den Verlust hinwegzukommen. Der vielleicht selbst den Verlust nicht verkraftet hatte. Der sich wegen des Selbstmordversuchs schuldig fühlte. Warum hatte David mir diese Geschichte nie erzählt? Sie hätte mir helfen können zu verstehen.

Ich blickte auf die Uhr. Noch eine Viertelstunde, bis der Zug einfahren würde.

»Wirst du David von unserer Unterhaltung berichten?«, fragte ich Hilda, die gedankenverloren an ihrem Kaffee nippte.

»Er wird stinksauer sein«, entgegnete sie mit einem verschmitzten Lächeln. »Wir haben nie darüber gesprochen, aber es gab so etwas wie eine stille Abmachung zwischen uns, es niemandem zu sagen. Ich dachte immer, er würde es dir selbst erzählen, aber …«

»Wahrscheinlich ist das jemandem vorbehalten, den er wirklich liebt«, entgegnete ich ein wenig selbstmitleidig.

»Dann wärst du die Erste, die es erfahren hätte. Davon bin ich überzeugt.«

Ich schüttelte den Kopf. Ich konnte mir nicht vorstellen, wieso man jemandem, den man liebte, etwas verheimlichen sollte. Auch wenn es eine schmerzhafte Geschichte war. Doch dann fiel mir Mama wieder ein. Ich wusste, dass sie mich liebte, dennoch hatte auch sie mir die Wahrheit vorenthalten.

»Schüttle nicht den Kopf, Nicole.« Hilda legte ihre Hand

auf meine. An ihrem Ringfinger glitzerte ein grüner Stein. Sie hatte schon immer ein Faible für opulente Ringe gehabt. David hatte mich einmal scherzhaft gefragt, ob ich mir so etwas als Verlobungsring vorstellen konnte. Ich hatte vehement abgelehnt, denn ich mochte es beim Schmuck eher schlicht. »Er liebt dich! Auch jetzt noch. Nur hat er furchtbare Angst, es zu zeigen.«

Ich blickte auf meinen Becher. Eine Fliege hatte sich hineinverirrt und strampelte verzweifelt mit den Beinen. Ich fischte sie heraus und ließ sie fliegen.

»Überlege doch während deiner Reise, ob es nicht möglich wäre, wieder mit ihm Kontakt zu haben. Du könntest ihn vielleicht anrufen.«

Ich dachte an Kilian. An die Momente zwischen uns. Momente, in denen etwas hätte passieren können – und wo nichts passiert war. An den Anruf, bei dem ich ihn abgeschmettert hatte. Immer wieder war David in meinem Verstand gewesen, ich hatte Kilian mit ihm verglichen, hatte an ihn gedacht, immer wieder.

»Und wenn er nicht mehr mit mir reden will? Immerhin bin ich bei dem Abendessen vollkommen ausgetickt.«

Ich lächelte schief. Die Fältchen um Hildas Augen wurden ein wenig tiefer.

»Ich bin sicher, dass er auf ein Zeichen von dir wartet. Er ist nach dem Zwischenfall in dem Restaurant nur völlig verunsichert. David ist ein lieber Junge, und auch, wenn es nicht so aussieht: Er mag Kinder. Er hat nur Angst, wieder alles zu verlieren. Das solltest du im Hinterkopf behalten, wenn ihr euch wiederseht. Redet miteinander, bitte!«

Ich nickte. Noch eine Sache, über die ich nachdenken musste. Immerhin dauerte die Zugfahrt etwas.

Aber jetzt war es Zeit, zum Gleis zu gehen. Es war mir schon oft passiert, dass plötzlich die Wagenreihungen geändert wurden – und ich wollte nicht zu meinem Waggon rennen müssen.

»Kommende Woche, am Freitag um elf, muss ich zur Echokardiographie für das Kleine«, sagte ich, während ich den Griff meines Trolleys hervorzog. Irgendwie war ich der Ansicht, dass sie das wissen sollte. »Bist du so gut und drückst mir die Daumen?«

»Das mache ich!«, entgegnete sie. »Ach ja, und grüß Marianne von mir, wenn du sie sprichst. Sie fehlt mir, und ich würde gern wieder etwas mit ihr unternehmen.«

»Natürlich, sie wird sich bestimmt demnächst bei dir melden.« Ich drückte sie lächelnd, dann verabschiedete ich mich von ihr und ging zum Gleis.

Als der Zug aus dem Bahnhof fuhr, trommelte Regen gegen die Scheiben des ICE. Der Dom entfernte sich langsam und mit ihm die Stadt. Ich lehnte mich zurück und schaute auf mein Handy. Die Mail von meiner Mutter war da! Mein Herz begann zu rasen. Die Geschichte ihrer Trennung, zum Greifen nah. Doch ich zögerte.

Durch meinen Verstand geisterte immer noch, was Hilda erzählt hatte. Davids Freundin. Das tote Kind. Seine Angst, dass sich alles wiederholen würde.

Ich fühlte mich so hilflos. Was sollte ich tun?

Eine Antwort würde ich nur finden, wenn ich noch einmal mit ihm redete. Diesmal musste ich Kontakt zu ihm aufnehmen. Doch dazu brauchte ich Kraft, und im Moment hatte ich diese nicht.

Ich musste erst die Sache mit meinem Vater zu Ende bringen.

Ich öffnete die Mail. Der Anhang war riesig, aber da wir uns noch im Stadtgebiet von Köln befanden, hatte ich noch gutes Netz und konnte sie schnell herunterladen.

Meine Mutter war sehr kreativ gewesen. Sie hatte die dazugehörigen Fotos gescannt und in den Text eingefügt – deshalb war die Datei so groß.

Die Scans waren sehr deutlich, als würden die Bilder als Abzüge beiliegen. Die Schrift darunter wirkte fast winzig, aber ich spürte deutlich ihr Gewicht. Wenn meine Mutter Wort gehalten hatte, stand in diesen Seiten der Grund, weshalb ich meinen Vater nie kennengelernt hatte.

Ich blickte zu meinem Sitznachbarn, doch der trug Kopfhörer auf den Ohren und vertiefte sich in die Lektüre seiner Zeitung.

Ich konnte also ungestört eintauchen in die Geschichte von Michel Clement.

30

Foto Nr. 11

Marianne sitzt in einem weißen Kleid inmitten eines Mohnfeldes. Die Aufnahme ist nachkoloriert, damit man die Farbenpracht erfassen kann. In dem Meer aus Rot wirkt sie wie eine Fee. Sie hat den Kopf von dem Fotografen abgewandt. Ihr Profil wirkt vor dem tiefblauen Sommerhimmel klar wie das einer Marmorbüste. Sie blickt in die Ferne, als suche sie dort etwas. (Ohne Datum)

Der Juni kam mit Gewittern nach Bar-le-Duc, die Marianne an die Remise fesselten, ohne die Hoffnung, Michel zufällig zu begegnen.

Stundenlang brütete sie an den Nachmittagen vor dem Fenster und konnte sich gar nicht auf die Diktate, die sie korrigieren sollte, konzentrieren. Sie betrachtete die Regentropfen und versuchte sich vorzustellen, dass es Küsse waren, die Michel ihr aus der Ferne schickte.

Es war unwahrscheinlich, dass er im Sommer hier auftauchte, denn der alte Silberg hätte ihn sicher gesehen und dann seinem Vater erzählt, dass er auf dem Gelände herumschlich. Doch Marianne stellte sich vor, wie er darauf pfiff und irgendwann, wenn sie aufblickte, vor dem Fenster stand und sie betrachtete. Vielleicht auch fotografierte.

Es war unfassbar, dass sie das, was sie an ihrem Vater gehasst hatte, bei ihm liebte: das fotografische Auge, das sie verfolgte und beobachtete.

Doch sooft sie auch aufsah und durch die regennasse Scheibe schaute, er tauchte nicht auf.

Seufzend richtete sie ihren Blick wieder auf die Diktate. Bei einigen Schülern wirkte es, als verweigerten sie sich standhaft der deutschen Sprache. Viele der Fehler wären vermeidbar gewesen, wenn sie sich nur etwas mehr konzentriert hätten.

Dagegen machten andere Schüler Fortschritte. Besonders die Mädchen hatten sich verbessert.

Ein Klopfen ans Fenster schreckte sie aus ihrer Korrektur.

Am Fenster stand allerdings nicht Michel, sondern Louise. Sie hielt einen großen schwarzen Schirm in der Hand. Marianne blickte auf ihre Uhr. Halb fünf. Noch war nicht Essenszeit, aber Louise schaute hin und wieder nach der Arbeit vorbei, wenn sie ihr etwas Wichtiges berichten wollte.

Mittlerweile waren sie gute Freundinnen, die fast alles teilten. Die Sache mit Michel konnte Marianne ihr nicht anvertrauen, alles andere aber schon.

Sie erhob sich, ging zur Tür und öffnete.

»Hast du schon gehört? Michel Clement wird im nächsten Monat heiraten!«

Louises Wangen glühten vor Aufregung, als wäre sie selbst die Braut.

Marianne erstarrte.

»Was sagst du da?«, fragte sie verwirrt.

»Michel wird heiraten!«, wiederholte Louise. »Der Termin ist auf den 3. Juli festgesetzt worden. Was für eine Überraschung, nicht wahr? Und ich dachte schon, es wäre aus zwischen ihm und Jeanne.«

Marianne wusste nicht, was sie dazu sagen sollte. Diese

Nachricht traf sie wie eine Ohrfeige. Es war jetzt etwa eine Woche her, dass sie sich zuletzt gesehen hatten. Was war passiert? War das der Grund, weshalb er nicht versucht hatte, mit ihr in Kontakt zu treten? Dass sie am Nachmittag nicht zu den Feldern konnte, hieß doch nicht, dass sie hier eingesperrt war! Sie ging in die Schule, war in der Stadt unterwegs. Wenn er gewollt hätte, hätte er sie suchen und treffen können. Doch er hatte sich nicht blicken lassen.

Und jetzt erzählte Louise ihr von seiner bevorstehenden Heirat. Das konnte nicht sein! Er hatte ihr doch versprochen, sich von Jeanne zu trennen. Und jetzt wurde eine Hochzeitsmeldung herausgegeben? In einem Ort wie Bar-le-Duc machte man das nicht einfach so!

»Bist du dir sicher?«, fragte sie, nachdem sie sich ein wenig gefasst hatte. Vielleicht war das alles nur ein Gerücht …

»Ganz sicher!«

Sie holte einen Papierschnipsel aus der Tasche. Marianne erkannte Zeitungspapier. Eine Heiratsanzeige.

»Das hier habe ich heute in der Mittagspause in unserem Käseblatt gefunden.« Louise legte das Papierstück auf den Stapel der Diktathefte.

Fassungslos betrachtete Marianne die Annonce, in der die Familien Clement und Mathieu die Hochzeit ihrer Kinder ankündigten. Am 3. Juli … Damit hatten sie es also offiziell gemacht. Nur warum? Was war in der vergangenen Woche geschehen? Hatte Michel gemerkt, dass er sie nicht mehr liebte? Konnte man so einfach innerhalb einer Woche die Liebe zu einem Menschen verlieren?

»Zuvor soll es einen ziemlichen Streit zwischen ihm und seinem Vater gegeben haben. Einer unserer Arbeiter will beim Vorbeigehen an dem Haus etwas gehört haben. Der alte Clement hat ihn beschimpft, ein Kollaborateur zu sein. Offenbar sind ihm wieder die Pferde durchgegangen von zu viel Wein.«

Marianne war froh, dass sie saß, denn ihre Knie wurden auf einmal weich. Hatte Monsieur Clement von ihrer Affäre erfahren? Aus welchem Grund sonst sollte er seinen Sohn so beschimpfen? Zwang er ihn jetzt vielleicht, seine Verlobte zu heiraten?

»Auf jeden Fall wird es demnächst ein rauschendes Fest geben. Oh, es ist wunderbar, dass du dann noch da bist und das miterleben kannst. Bei den Hochzeitsfeiern ist die ganze Stadt dabei, es ist sicher ganz anders als bei euch in Deutschland.«

Marianne wurde schwindelig. Louises Stimme entfernte sich allmählich, das, was sie jetzt noch sagte, bekam sie gar nicht mehr mit. Alles, woran sie in diesen Augenblicken denken konnte, war, dass Michel sie verraten hatte. Er hatte versprochen, dass sie irgendwie einen Weg finden würden – doch mit der Hochzeitsanzeige war es vorbei. Sie konnte es fast schon vor sich sehen, wie er mit dieser Jeanne tanzte und ihr verliebt in die Augen blickte.

»Marianne?«, riss Louises Stimme Marianne aus ihren Gedanken. Als sie wieder zu sich kam, lag Louises Hand auf ihrer Schulter. »Ist alles in Ordnung mit dir?«

»Ja … ja«, antwortete sie und versuchte, sich wieder in den Griff zu bekommen. Sie durfte sich auf keinen Fall anmerken lassen, was gerade in ihr vorging. Sonst würde Louise wissen wollen, wieso. Und dann würde sie das Geheimnis nicht länger bewahren können.

»Es ist nur schrecklich heiß heute, und mein Kreislauf spinnt ein wenig.«

Das war gut. Den Kreislauf schützte jede Frau mal vor, wenn es ihr nicht gutging.

Eine Sorgenfalte erschien auf Louises Stirn. »Soll ich Sophie sagen, dass sie dir ein wenig Tee machen soll?«

»Nein danke, das ist nicht nötig.« Auf einmal wünschte sich Marianne, dass sie sie allein ließe. Sie brauchte jetzt einen Moment, um die Nachricht zu verdauen. Sie wollte warten, dass der Riss in ihrem Herzen ihre Augen erreichte und die Tränen endlich hervorbrechen konnten.

»Gut, sag einfach Bescheid, wenn ich etwas für dich tun kann.«

Louise zog sich zurück. An der Tür blickte sie sich noch einmal um. In ihrem Gesicht bemerkte Marianne Bedauern. Ob sie etwas ahnte? Oder gab sie sich nur die Schuld, sie mit dem Artikel aufgeregt zu haben?

Doch warum sollte sich eine Frau wegen einer Heiratsanzeige aufregen? Alle Frauen liebten Hochzeiten, besonders die, auf denen sie vielleicht noch einen schönen Junggesellen kennenlernen konnten.

Auch Marianne liebte Hochzeiten, früher hatte sie immer verträumt zu dem Paar geschaut und sich gewünscht, so etwas eines Tages auch erleben zu dürfen, mit einem Mann, der verstand, was ihr im Leben wichtig war.

In den vergangenen Monaten hatte sie immer häufiger davon geträumt, mit Michel vor den Traualtar zu treten. Es gab eigentlich nichts, was objektiv dagegen sprach. Sie waren beide katholisch, sie arbeiteten in einem Ort – Marianne war sicher, hier in der Gegend eine Arbeit zu finden, Lehrerinnen wurden immer gesucht, und sie hatte das Gefühl, dass sich ihr Französisch weiter verbessert hatte.

Allerdings war sie Deutsche und er Franzose. In der heutigen Zeit sollte das zwar kein Hindernisgrund sein, doch Marianne hatte deutlich vor Augen, wie Michels Vater sie immer anschaute. Und wie er gelächelt hatte, als Rémy sie vor allen Eltern beschimpft hatte.

Als Louise verschwunden war, starrte Marianne noch lange auf die Tür.

Es fiel ihr schwer, am nächsten Morgen so weiterzumachen, als wäre nichts geschehen. Immer wieder musste sie an die Anzeige denken. Die Worte brannten immer noch vor ihren Augen. Vor lauter Grübelei übersah sie, als sie mit dem Rad zur Schule fuhr, beinahe ein Auto, das aus einer Seitenstraße kam. Erst als sie das wütende Hupen des Fahrers hörte, der ihretwegen eine Vollbremsung machte, schreckte sie aus ihren Gedanken.

»Kannst du nicht aufpassen!«, brüllte er ihr zu.

Marianne starrte ihn erschrocken an und murmelte eine Entschuldigung. Dann zwang sie sich, sich besser zu konzentrieren, sie wollte sich ja nicht umbringen.

Doch kaum hatte sie das Schulgebäude betreten, kehrten die Gedanken zurück.

Sie erinnerte sich daran, wie sie Michel hier zum ersten Mal begegnet war. Schon damals hatte sie ihn einfach umwerfend gefunden. Wäre alles anders geworden, wenn sie etwas später hier erschienen wäre? Hätte sie dann keine Möglichkeit gehabt, sich in ihn zu verlieben? Wäre ihr Leben hier dann insgesamt ruhiger verlaufen?

Nein, ganz sicher nicht, denn letztlich war es Michel, der ihr beigestanden hatte, der ihr Mut gemacht und ihr das Leben versüßt hatte. Und selbst wenn sie sich an diesem Morgen nicht hier begegnet wären, dann vielleicht später irgendwo anders. Das Schicksal ließ sich nicht austricksen.

Mit dem Gedanken, dass der heutige Tag schon vorübergehen würde, schleppte sie sich die Treppe hinauf. Da hörte sie ein Lachen im Lehrerzimmer. Jemand rief »Glückwunsch«, und eine andere Stimme fügte hinzu: »Dann wirst du ja bald deine Enkel hier einschulen.«

Marianne erstarrte. Ihr wurde schlagartig klar, wovon geredet wurde. Natürlich von der bevorstehenden Hochzeit von Clements Sohn.

Mariannes Hand verharrte schweißnass auf der Türklinke.

Am liebsten hätte sie auf der Stelle kehrtgemacht und wäre nach Hause gelaufen. Doch der Unterricht begann bald, und sie musste sich im Lehrerzimmer melden. Sie würde nicht umhinkommen, Clement zu der baldigen Hochzeit zu beglückwünschen.

Dieser Mistkerl, dachte sie zornig. Sicher wird er mir frech ins Gesicht grinsen, weil er weiß, dass ich etwas mit seinem Sohn hatte. Und weil er gewonnen hat.

Nach einer Weile hatte sie sich immerhin so weit im Griff, dass sie das Lehrerzimmer betreten konnte. Lautes Johlen schlug ihr entgegen wie eine Ohrfeige.

»Ah, da ist ja unsere deutsche Kollegin!«, rief Clement gut gelaunt aus, als er sie sah. »Kommen Sie, nehmen Sie ein Glas Champagner! Es ist höchst unüblich, das gebe ich zu, aber wir haben etwas zu feiern.«

Bevor sie ihm widersprechen konnte, drückte er ihr ein Glas in die Hand. Marianne schaute sich um. Die weiblichen Kolleginnen sahen alle aus, als hätten sie einen Schwips, sogar Lydie. Den Rektor schien das nicht zu stören, er hatte auch ein Glas in der Hand. Wie wollten sie den Unterricht über die Runden bringen?

Marianne zwang sich zu einem Lächeln. Offenbar erwartete man, dass sie fragte, was gefeiert werden würde. Doch sie beschloss, ihnen zuvorzukommen.

»Herzlichen Glückwunsch zur Verlobung Ihres Sohnes!«, sagte sie und prostete ihm zu. Wenn er sie schon besiegt hatte, dann wollte sie wenigstens eine gute Verliererin sein. Weinen konnte sie, wenn sie wieder zu Hause war.

Clement sah sie überrascht an. Offenbar hatte er damit gerechnet, sie geschockt zu sehen, doch Marianne hatte mittlerweile gelernt, ihre Gefühle zu verbergen. Sicher ahnte er, wie es in ihr aussah, aber vor all den Kollegen wollte sie ihm nicht die Genugtuung geben, Blöße zu zeigen.

»Vielen Dank, das ist sehr freundlich von Ihnen.«

Ihre Blicke begegneten sich. In seinen Augen konnte Marianne den Triumph sehen. Und wer weiß, vielleicht sah er in ihren Augen die Enttäuschung, aber ringsherum wirkte sie wie eine aufrichtige Gratulantin, nichts anderes zählte.

Als sie am Nachmittag zu ihrem Häuschen zurückkehrte, steckte ein Briefumschlag am Türrahmen. Was konnte das sein? Eine Nachricht von Louise, die sie heute Morgen nicht mehr angetroffen hatte? Oder wollte Alain sie zu einem Gespräch bitten?

Sie zog den Brief vom Türrahmen ab und trug ihn ins Haus. Dort stellte sie ihre Tasche ab, warf die Schlüssel auf das kleine Tischchen neben der Tür und begann, den Umschlag, der keinen Absender trug, aufzureißen.

Ein einfacher Zettel, der aussah, als wäre er aus einem Schulblock gerissen worden, steckte darin.

»Triff mich bitte um zehn beim alten Schloss«, stand darauf. Unterzeichnet war die Nachricht nicht, doch Marianne erkannte die Handschrift.

Michel schickte ihr eine Nachricht? Warum kam er nicht selbst? Hatte er Angst vor ihrer Reaktion?

Marianne starrte das Schreiben an.

So ein Feigling, dachte sie. Er weiß, dass ich es mitbekommen habe, und traut sich nicht her. Seufzend ließ sie sich auf einen Stuhl fallen. Den Zettel hielt sie immer noch in der Hand. Was sollte sie machen? Zu ihm gehen? Oder lieber so tun, als hätte der Wind den Brief davongetragen? Sollte sie ihn bewusst ignorieren? Immerhin würde er bald heiraten. Alles, was sie sich gesagt und versprochen hatten, war damit null und nichtig geworden.

Marianne wäre es beinahe lieber gewesen, wenn er sich nicht gemeldet hätte. Gleichzeitig wusste sie, dass sie einem Gespräch mit ihm nicht entgehen konnte. Selbst wenn sie das Schreiben ignorierte, würde er sicher irgendwann neben ihr auftauchen.

Immerhin war er so höflich, ihr die Möglichkeit zu geben, sich auf das Gespräch vorzubereiten.

Doch was erwartete er? Dass sie ihm sagte, dass alles in Ordnung sei? Dass sie sich für ihn freute? Dass sie begeistert davon war, seine zukünftige Mätresse zu sein – oder davon, dass er Schluss mit ihr machte?

Das konnte er nicht verlangen.

Zorn überkam sie. Warum nur fiel sie immer auf die falschen Männer herein? Warum hatte sie sich nur auf Michel eingelassen? Warum hatte sie seinem Lachen und seinen goldenen Augen nicht widerstehen können?

Sie hätte nein sagen sollen, als er sie fragte, ob sie einen Ausflug machen könnten. Sie hätte nicht mit ihm ins Schloss gehen, nicht auf der Kuppel des Planetariums sitzen sollen. Nicht durch die Mohnfelder laufen sollen.

Aber sie hatte es getan und zahlte jetzt den Preis.

Beim Abendessen war sie furchtbar unruhig. Sie aß kaum etwas und blickte immer wieder auf ihre Uhr. Noch immer hatte sie sich nicht entschieden, ob sie gehen sollte oder nicht. Die Vernunft sagte ihr, dass sie eine Flasche aus dem Weinkeller der Silbergs stibitzen und sich dann hemmungslos betrinken sollte. Ihr Herz jedoch klammerte sich noch immer an den Glauben, dass das alles ein Irrtum war, ein Missverständnis, und dass Michel sich nicht zwingen lassen würde, Jeanne zu heiraten. Dass er vielleicht mit ihr fortgehen würde, auch wenn das allen Regeln widersprach.

Bei Christoph hatte Marianne nicht das Gefühl gehabt, mit ihm weglaufen zu wollen – bei Michel schon.

»Ist alles in Ordnung mit dir?«, fragte Louise, als sie merkte, wie still sie am Tisch war.

Zuvor musste sie irgendwas zu ihrem Großvater gesagt haben, aber Marianne hatte nicht zugehört.

»Ja, es ist alles gut, nur mein Kreislauf. Der macht immer noch nicht mit.«

»Dann brauchen Sie einen guten Cognac, Mademoiselle!«, schaltete sich Alain ein. »Der hilft auch dem Kreislauf deutscher Frauen, glauben Sie mir!«

Marianne willigte ein, ein Cognac würde nicht schaden. Der Champagner am Morgen hatte auch nicht geschadet. Sie hatte sogar das Gefühl gehabt, durch ihn besser durch den Unterricht zu kommen, gleichgültiger. An diesem Tag war es ihr gelungen, Bertrand Rémys hochgerissenen Arm so lange zu ignorieren, bis er aufgab, weil ihm alles Blut aus den Fingern gelaufen war. Wäre der Schmerz in ihr nicht gewesen, diese schmerzvolle Sehnsucht nach Michel und das Wissen, dass sie ihn bald ganz verlieren würde, sie hätte diesen Tag gefeiert.

Als sie mit dem Glas in der Hand am Kaminfeuer saß, in stiller Eintracht mit Louise und Alain, wurde ihr klar, dass sie gehen musste. Sie musste sich Michel stellen. Ihre Kollegen hatte sie vielleicht getäuscht, aber ihn konnte sie nicht täuschen und noch weniger sich selbst. Sie sehnte sich nach ihm. Sie wollte ihm eine kräftige Ohrfeige versetzen und ihn dann küssen wie nie zuvor.

Punkt halb zehn verließ sie die Villa und verabschiedete sich zur Nacht. Zunächst steuerte sie die Remise an, denn sie wusste, dass Louise ihr aus dem Fenster manchmal nachsah, als wollte sie sicherstellen, dass sie heil in ihrer Unterkunft ankam.

Doch dann machte sie einen Schlenker und lief durch den Blumengarten, dessen Düfte sie einhüllten, vorbei an dem Beet mit dem Gemüse und dann vorbei an dem Gebüsch, das den Garten vor den Blicken Außenstehender schützte. Schließlich erreichte sie den Fahrradständer. Sie öffnete das große Tor, so leise sie konnte, dann schwang sie sich auf den Sattel und fuhr los.

Die Stadt wirkte um diese Uhrzeit wie ausgestorben. Irgendwo bellte ein einsamer Hund, aber mehr Leben war da nicht – obwohl gerade der Mohn aufzubrechen begann. Wahrscheinlich saßen sie alle in der Brasserie von Monsieur Claude am anderen Ende der Stadt. Diese hatte vor ein paar Wochen eröffnet und erfreute sich größter Beliebtheit. Louise vermutete, dass das daran lag, weil die älteren Frauen meinten, irgendwelche skandalösen Geschichten über ihn gelesen zu haben.

Monsieur Claude sei niemand anderes als ein Schriftsteller, der aus Paris geflohen war, weil ihn der Ehemann einer seiner

Mätressen verfolgte. Der Verlag hätte bereits eine Suchmeldung herausgegeben, doch offenbar wollte Claude sich jetzt nicht mehr den Buchstaben widmen, sondern dem Essen und den Spirituosen, und so eröffnete er hier eine Brasserie und verschwieg allen seinen Namen.

Marianne schob ihr Rad in den Fahrradständer des Geschäfts. Während sie neben dem Seiteneingang des Schlosses wartete, schloss sie die Augen und atmete tief ein. Die Nachtluft linderte die Unruhe in ihrem Herzen ein wenig. Vielleicht war es Einbildung, aber irgendwie roch es nach Mohn.

Marianne erinnerte sich wieder an die Nacht im Mohnfeld. Die ersten Blüten hatten sich gezeigt, zaghafte rote Tupfer auf dichtem grünen Grund.

Michel und sie hatten sich unter freiem Himmel geliebt, was seltsam für sie gewesen war, denn Sex war für sie bisher eine Sache gewesen, die hinter verschlossenen Türen stattfinden musste. Dort, wo niemand einen sehen konnte.

»Hier sieht uns auch niemand«, hatte er sie beruhigt. »Hier sind nur wir – und wahrscheinlich noch ein paar Pärchen, die es mal ungestört miteinander treiben wollen.«

Marianne hatte gekichert, als er ihr mit Mohnblüten den Bauch und die Brüste gestreichelt hatte. In diesen Augenblicken hatte sie keine Sorgen gehabt, nicht an die Schule und an Rémys Attacken gedacht. Sie hatte nur den Nachtwind gespürt und Michel, der sie mit seinem Körper gewärmt hatte.

Gemeinsam hatten sie die Sterne beobachtet, vom Boden aus, über den Köpfen schläfrige Mohnblüten. Sie war so glücklich gewesen, dass der Sommer endlich da war und sie das Mohnblütenfeld sehen konnte.

Vergessen hatte sie darüber, dass ihre Zeit hier schon bald zu Ende ging.

»Marianne!«, sagte Michel plötzlich, als er aus dem Schatten trat. »Du bist gekommen!«

Marianne verschränkte die Arme vor der Brust. Sie wusste selbst nicht, warum sie das getan hatte. Michel würde bald heiraten. Daran war nur etwas zu ändern, wenn Michel sich gegen seinen Vater auflehnte – und sie befürchtete, dass das nicht passieren würde.

Als Michel versuchte, sie zu küssen, wich sie ihm aus.

»Ich glaube, ich sollte dir zu deiner baldigen Eheschließung gratulieren«, bemerkte sie angesäuert.

»Komm mit«, flüsterte er ihr zu.

»Warum?«

»Weil wir das nicht hier draußen besprechen sollten, oder?«

Eigentlich war es Marianne egal, wo sie es besprachen. Trotzdem ließ sie sich von Michel ins Schloss und in den Kuppelraum ziehen.

»Und nun?«, fragte sie.

Michel seufzte und senkte den Kopf. »Du hast es also gelesen.«

»Ja, das habe ich. Ich dachte zwar, dass du Jeanne verlassen würdest, aber da habe ich mich wohl getäuscht.«

Michel schob die Hände in die Hosentaschen und seufzte. »Mein Vater will es so. Ich kann nichts dagegen machen.«

»Du bist Ende zwanzig!«, entgegnete sie bitter. »Kannst du deinem Vater da nicht sagen, dass du deine eigenen Entscheidungen triffst? Das hast du doch sonst auch immer getan! Wieso jetzt nicht?« Marianne fand, dass sie sich wie ein kleines verwöhntes Mädchen anhörte, das nicht bekam, was es wollte. Aber das stimmte ja auch irgendwie. Und es war schlimmer. Sie bekam nicht den, den sie liebte.

»So einfach ist das nicht«, entgegnete er. »Hier in dieser

Gegend kann man nicht so einfach aus seiner Haut. Alles verläuft in festen Bahnen und … Ich kann nicht anders.«

Marianne nickte. Am liebsten wäre sie weggelaufen, doch sie konnte sich nicht von der Stelle rühren.

»Außerdem musst du bald wieder zurück nach Deutschland«, setzte er hinzu.

Jetzt fühlte sie sich wie vor den Kopf geschlagen. Bisher war das kein Problem gewesen. Ja, hin und wieder hatten sie davon geträumt, dass sie hierbleiben würde, den Rémys und Clements zum Trotz. Sie hatte in Deutschland nichts, was sie halten würde. Sie konnte frei entscheiden, wo sie ihr Leben verbringen wollte – und mit wem.

Doch jetzt fühlte sie sich ein bisschen wie damals, mit Christoph am See, der auch gemeint hatte zu wissen, was das Beste für sie war.

Sie konnte es nicht glauben.

Nur war es diesmal anders. Vielleicht hatte sie Christoph nicht geliebt, aber Michel liebte sie. Sie wollte ihn auf keinen Fall aufgeben, schon gar nicht wegen einer anderen. Aber sein Entschluss schien festzustehen.

Minutenlang schwiegen sie sich an. Dann griff er in seine Umhängetasche.

»Hier, ich hab etwas für dich!«

Michel reichte ihr einen Umschlag.

»Was ist das?«, fragte Marianne.

»Nimm ihn, und schau rein.«

»Ist das so was wie ein Abschiedsgeschenk?«

Er sah sie flehentlich an. »Bitte, nimm es, und sieh es dir an.«

Marianne öffnete den Umschlag. Darin steckte ein Bild. Zunächst hielt sie es für ein kleines Gemälde, doch dann erkannte sie sich darauf.

»Ich habe das Foto kolorieren lassen. Du hast so wunderschön in dem Mohnfeld ausgesehen, das wollte ich festhalten.«

Marianne stiegen die Tränen in die Augen. Sie erinnerte sich an diesen wunderbaren Nachmittag – doch ebenso, wie die Mohnblüten bald verblüht sein würden, würde ihre Liebe verschwinden. Spätestens wenn der Ehering an seinem Finger steckte, würden sie sich nicht mehr sehen können. Dann würde er mit seiner neuen Frau auf Hochzeitsreise gehen, und sie musste zurück nach Deutschland.

»Liebst du sie?«, fragte Marianne, nachdem sie das Bild eine Weile betrachtet hatte. Wieder war ihr zum Weinen zumute.

»Du weißt, dass ich dich liebe«, antwortete er ausweichend.

»Möglicherweise tust du das, aber was ist mit ihr? Liebst du sie?« Marianne sah ihm direkt in die Augen. Enttäuschung und Zorn wüteten in ihr.

»Ich kenne sie jetzt schon sehr lange und …«

»Gut, dann hoffe ich, dass ihr beide glücklich miteinander werdet.«

Sie wollte an ihm vorbei, doch er griff nach ihrem Arm und hielt sie auf. »Marianne, bitte versteh mich doch!«

»Ich verstehe dich voll und ganz«, gab sie schnippisch zurück.

»Nein, das glaube ich nicht.« Er griff nach ihrer Hand und barg sie zärtlich in seiner. Marianne wollte sie zurückziehen, doch das ließ er nicht zu. »Bitte, verzeih mir. Ich liebe dich mehr als alles andere auf dieser Welt, aber es gibt in meinem Leben Dinge, die ich tun muss. Du weißt, dass ich nichts von den Erwartungen meines Vaters halte, doch diese eine muss ich erfüllen. Es würde für alle schlimme Konsequenzen haben, wenn ich es nicht tue. Mein Vater würde dir das Leben in der Schule zur Hölle machen. Und er würde vielleicht dafür sorgen, dass du eine schlechte Bewertung bekommst. Er hat großen Einfluss auf Rektor Callas.«

Er zog sie an sich, und erneut konnte sie ihm nicht widerstehen. Sie war so wütend, dass sie ihm die Haare vom Kopf hätte reißen können, und doch ließ sie zu, dass er sie küsste, dass seine Zunge ihren Mund öffnete und ihn mit sanfter Gewalt eroberte. Sein Kuss war wie ein betäubender Nektar, der ihr die Sinne schwinden ließ, und als sie schließlich auf die herumliegende Matratze sank, konnte sie an nichts anderes denken als daran, dass sie diesen Mann so sehr begehrte, dass sie ihm mit Haut und Haaren gehören wollte, ein letztes Mal.

Er zog sich das Hemd über den Kopf, dann knöpfte er ihre Bluse auf. Sanft streichelte er ihre Brüste, und Marianne fühlte sich, als würde ein Feuer in ihrem Schoß auflodern. Das Letzte, woran sie auf dem Weg hierher gedacht hatte, war, mit ihm zu schlafen.

Und nun ließ sie zu, dass er sie auszog, sie zog ihn aus und spreizte dann die Schenkel, damit er in sie eindringen konnte.

Sie liebten sich so heftig, als könnte der alte Marquis jeden Moment erscheinen und sie erwischen. Marianne fragte sich, ob die im Stein verewigte Ursula sich mit ihrem Liebhaber auch hier oben getroffen hatte, ob sie sich ebenfalls auf dem Boden geliebt hatten. Ein ungeahnter Lustrausch umfing sie, noch nie war er so stark gewesen wie in diesem Augenblick. Michel bewegte sich schnell und kraftvoll und ließ dabei den Blick nie von ihrem Gesicht, als wollte er sich sämtliche Linien für immer einprägen.

Bevor er sich wieder zurückziehen konnte, schlang sie die

Beine um seine Hüften und hielt sie fest. Wenn dies das letzte Mal war, dass sie sich liebten, dann wollte sie etwas von ihm behalten. Sie wollte seinen Samen in sich, egal, was er anrichten könnte.

Michel erkannte ihre Absicht und schien darüber zornig zu werden, doch er zog sich nicht aus ihr zurück, er stieß noch heftiger zu, als könnte er sie dazu bewegen loszulassen. Aber das tat sie nicht, und schließlich ergab er sich mit einem gutturalen Stöhnen und ergoss sich in sie.

Erst, als der Rausch vorüber war, wusste sie, was sie getan hatte. Sie spürte seinen Samen feucht und klebrig zwischen ihren Beinen. Doch sie bereute es nicht. Der Zorn auf ihn, die Enttäuschung waren noch immer da. Aber in diesem Augenblick fühlte sie sich als Siegerin über Jeanne, ihre unbekannte Konkurrentin.

»Sehen wir uns wieder?«, fragte er, als er sich eine halbe Stunde später aus ihrer Umarmung erhob. Marianne blickte auf die gläserne Kuppel.

»Vielleicht«, antwortete sie. »Wer kann das schon sagen.«

»Du könntest zu meiner Hochzeit kommen«, schlug er vor.

Marianne lächelte schief. »Würdest du denn zu meiner kommen? Würde es dir denn nicht weh tun, wenn du mich mit einem anderen sehen würdest?«

Michel schwieg. Natürlich würde es ihm weh tun. Und genauso tat es ihr weh. Es mochte Menschen geben, die es aushielten, dass es im Leben ihres geliebten Menschen noch andere gab. Sie wusste, dass sie das nicht aushielt.

»Okay«, sagte er. Es war das erste Mal, dass sie ihn ein englisches Wort benutzen hörte. »Aber du sollst wissen, dass ich dich liebe. Dass ich dich immer lieben werde. Und wenn … Wenn es irgendwann …«

»Rede bitte nicht vom Irgendwann«, sagte Marianne, denn sie hatte wieder die Geliebte ihres Vaters vor sich. Sie hatte auch gehofft, dass er sich irgendwann ganz für sie entscheiden würde. Und dann war sie darüber gealtert. »Wir haben das, was jetzt ist. Etwas anderes wird es nicht geben.«

Nun erhob auch sie sich. Zu gern wäre sie liegen geblieben und hätte noch ein Weilchen in die Sterne geschaut, doch Wolken hatten sich über der Kuppel zusammengezogen.

Schweigend verließen sie das Schloss wieder.

»Ich fahre dich«, sagte Michel.

»Und was wird aus meinem Fahrrad?« Sie konnte es unmöglich in dem Ständer vor dem Geschäft stehenlassen.

»Ich nehme es im Kofferraum mit. Es ist nicht gut, wenn du um diese Zeit allein unterwegs bist. Du weißt, dieser Rémy hat dich noch immer auf dem Kieker.«

Marianne fand es süß, wie er sich um sie sorgte. Doch das Aufkeimen einer dummen Hoffnung unterband sie sofort. Er soll sein Leben nicht für mich ändern, sagte sie sich, obwohl genau das ihr Wunsch war. Ich will ihn nicht zwingen.

»Ich bin seit der Ohrfeige schon so viele Male diesen Weg gefahren. Aber gut, wenn du willst.«

Michel nickte zufrieden.

Der Mond hatte sich inzwischen wieder durch die Wolkendecke gekämpft, doch den Sternen war es noch nicht gelungen.

Michel lud Mariannes Fahrrad in den Kofferraum des Wagens seines Vaters, dann stiegen sie ein.

Auch während der Fahrt sprachen sie kein einziges Wort. Marianne hatte einfach das Gefühl, dass alles gesagt war. Alles andere wäre nur ein Bitten und Flehen gewesen, und das hätte ohnehin nichts mehr gebracht.

Ein Stück vor dem Tor der Villa machte er schließlich halt. Ringsherum zirpten die Grillen. Etwas raschelte im Gebüsch, wahrscheinlich ein wildes Tier.

»Weißt du, wenn ich könnte, würde ich meinem Vater ordentlich eins auswischen«, sagte er, als er den Motor abstellte. »Am liebsten würde ich seine ganze Schlangensammlung in die Luft jagen. Das wird ein Spaß, wenn es plötzlich Schlangen regnet!«

»Das kannst du nicht tun«, entgegnete Marianne, obwohl sie beim Gedanken, wie Clement versuchte, seine Schlangen zu fangen, lächeln musste. »Und selbst, wenn du es tätest, würde es nichts daran ändern. Das Einzige, was du tun könntest, wäre, ihm eine Absage zu erteilen. Die Verlobung zu lösen. Das willst du nicht, also lass es gut sein.«

»Marianne.« Er strich ihr eine Haarsträhne aus dem Gesicht.

Marianne schloss die Augen. Diesmal würde sie dem Zauber nicht mehr erliegen. Die Nachtluft hatte sie wieder zu Verstand gebracht. Sie öffnete die Tür und stieg aus.

»Mach's gut, Michel. Pass auf dich auf«, sagte sie und wandte sich dann um.

Bevor sie das Tor erreicht hatte, war er bei ihr und küsste sie, verzweifelt und fest.

»Pass auf dich auf, Marianne«, sagte er, dann ließ er sie los und ging zum Wagen zurück. Marianne beobachtete, wie er ihn wendete und davonfuhr.

Dann brach sie in Tränen aus.

Irgendwie schaffte sie es, sich ins Bett zu schleppen. Sie fühlte sich elend. Der Rausch der Lust war verflogen, die Erinnerung daran schmeckte bitter.

Marianne hoffte nur, dass der Schlaf bald kommen und sie

forttragen würde an einen Ort des Vergessens. Morgen würde sie wieder funktionieren müssen, irgendwie, aber jetzt konnte sie schwach sein.

Sie war kaum eingeschlafen, als jemand heftig an ihre Tür klopfte. Erschrocken sprang sie aus dem Bett.

War das Michel? Wollte er ihr sagen, dass er es sich überlegt hatte?

Der Schatten, der auf ihr Fenster fiel, hatte allerdings weibliche Konturen.

»Marianne!«, rief Louise panisch.

War etwas passiert? Vielleicht mit dem alten Silberg? Er hatte beim Abendessen sehr still gewirkt – möglicherweise war es ihm nicht gutgegangen.

Als sie öffnete, blickte sie in das Gesicht einer entsetzten Louise.

»Du musst kommen … In der Schule brennt es!«

»Was?«

Die Worte peitschten durch ihren Körper. Ein Feuer an der Schule! Was war passiert?

Für einen Moment durchzuckte es Marianne, dass vielleicht Michel dahinterstecken könnte. Dass er möglicherweise das Kabinett seines Vaters angezündet hatte mit all dem Alkohol voller Schlangen. Sie konnte sich nicht vorstellen, dass er nicht wütend darüber war, sich der Anweisung seines alten Herrn beugen zu müssen.

»Ich ziehe mir nur schnell was über!«

»Gut, ich fahre mit Grand-père schon mal vor, komm du mit dem Fahrrad nach. Die Feuerwehr wird sicher auch bald da sein.«

Während sie sich noch fragte, warum die Silbergs bei

einem Brand in der Schule benachrichtigt wurden, lief Marianne schon zum Kleiderschrank.

Dort zerrte sie ihr blaues Sommerkleid hervor, das sie eben noch bei dem Treffen mit Michel getragen hatte, warf es sich über und zog noch eine Strickjacke an, denn die Nachtluft war kühl.

Dann verließ sie das Nebengelass.

Sie schob ihr Fahrrad zum Tor, dann schwang sie sich in den Sattel und begann zu treten. Wie immer war der Anstieg mühsam, doch sie wusste, wenn sie die Hügelkuppe erreicht hatte, wurde es besser. Dann brauchte sie sich nur noch bis in die Stadt rollen zu lassen. Als sie den Scheitelpunkt des Hügels erreicht hatte, trat sie noch einmal kräftig zu. Das Rad nahm Fahrt auf, und Marianne schloss kurz die Augen, um den Wind zu genießen.

Plötzlich ging ein Ruck durch das Fahrrad. Ein Knacken ertönte. Marianne riss erschrocken die Augen auf. Doch da war es schon zu spät. Sie verlor das Gleichgewicht, und wenig später stürzte sie hart zu Boden. Sie überschlug sich einmal, dann blieb sie liegen. Während sie sich fragte, was passiert war, schloss sich der Vorhang vor ihren Augen.

Als Marianne wieder zu sich kam, wusste sie im ersten Moment nicht, wo sie war. Um sie herum war alles weiß. Eine Lampe schien ihr grell ins Gesicht und zwang sie dazu, die Augen wieder zu schließen. In ihrem Kopf pulsierte es.

Was war geschehen?

Über ihr ertönte ein Piepen. Zunächst glaubte sie, dass es wie das Pulsieren ebenfalls nur in ihrem Kopf war, doch dann schaffte sie es, ihren Blick nach oben zu richten. Dabei bemerkte sie, dass sie in einem Bett lag – in einem Kranken-hausbett.

Wie war sie hierhergekommen? Sie versuchte, sich zu erin-nern, doch alles, was ihr einfiel, war Michels Abschiedskuss vor dem Tor der Villa. Sein verzweifelter Kuss.

Und dann …

Sie überlegte eine Weile, bis ihr einfiel, dass jemand an die Tür ihrer Unterkunft geklopft hatte. Ja, Louise war zu ihr gekommen und hatte etwas von einem Feuer in der Schule gesagt. Und dass sie vorausfahren würde mit ihrem Groß-vater.

Aber an mehr erinnerte sie sich nicht.

Das Piepen des Gerätes über ihr wurde lauter.

Wenig später stürmte jemand in einem weißen Kittel zur Tür herein.

Der Mann hatte schütteres dunkles Haar, und auf seiner Nase saß eine schwarze Hornbrille.

Als er sah, dass Marianne wach war, entspannte er sich ein wenig.

»Ah, willkommen zurück, Mademoiselle«, sagte er herz-lich. »Ich bin Dr. Lavalle, der Unfallarzt des Hospitals.«

Unfallarzt? Hatte sie einen Unfall gehabt?

»Was ist passiert?«, fragte Marianne instinktiv auf Deutsch.

»Wie bitte?«, fragte der Arzt verwundert.

»Was ist passiert?«, wiederholte sie noch einmal auf Fran-zösisch.

»Ah! Sie hatten einen Sturz auf der Straße zur Silberg-Villa. Der Villa des verrückten Richters.«

Keine Frage, sie befand sich noch in Bar-le-Duc. Das Hos-pital hatte sie bisher nur beiläufig wahrgenommen, nie wäre es ihr in den Sinn gekommen, dass sie eines Tages hier landen würde.

»Einen Sturz?«, fragte sie ein wenig begriffsstutzig. Ihr Kopf fühlte sich an, als würde er gleich bersten. Leichte Übelkeit überkam sie.

»Sie sind vom Fahrrad gestürzt. Mademoiselle Silberg hat Sie gefunden und hierhergebracht.« Der Arzt legte ihr eine Blutdruckmanschette an.

Marianne versuchte, sich daran zu erinnern, doch noch immer gelang es ihr nicht.

»Glücklicherweise haben Sie nur eine Gehirnerschütterung und einige Prellungen. Das hätte viel schlimmer ausgehen können!«

In diesem Augenblick hatte Marianne nicht das Gefühl, dass es noch schlimmer hätte kommen können, denn sie fühlte sich auch jetzt schon schrecklich. Nach und nach merkte sie ihre Gliedmaßen. An vielen Stellen pochte und zog es.

»Ich werde Sie für ein paar Tage hierbehalten, damit wir sicher sein können, dass Ihnen sonst nichts fehlt.«

»Aber … ich muss zur Schule«, entgegnete sie. »Ich bin Lehrerin, ich muss zum Unterricht.«

»Ich bin sicher, dass die Schule ein paar Tage ohne Sie auskommt. Außerdem hat man dort gerade andere Sorgen, schätze ich. Kurz bevor Sie hier eingeliefert wurden, ist in einem Nebengebäude Feuer ausgebrochen. Die Schüler sind dazu abgestellt worden, beim Aufräumen zu helfen.«

Das Feuer, natürlich! Was war damit? Und Michel?

Sorge krallte sich in ihren Magen. Bitte, lieber Gott, flehte sie im Stillen, mach, dass er keine Dummheit begangen hat.

»Ruhen Sie sich aus. In spätestens einer Woche können Sie wieder antreten, aber jetzt haben Sie Pause.«

Er klopfte mit der flachen Hand auf die Bettdecke neben sie, lächelte sie aufmunternd an und verschwand dann aus dem Zimmer.

Marianne starrte auf die Tür. Sie hatte eine Menge zu verarbeiten, aber in diesem Augenblick fragte sie sich nur eines: ob es Michel gutging.

Am Nachmittag, als sie gerade aus einem leichten Dämmer erwacht war, klopfte es zaghaft an die Tür.

»Ja, bitte«, rief sie, denn in dem kleinen Zimmer befand sich niemand außer ihr, obwohl Platz für ein zweites Bett war.

Louise steckte zunächst nur den Kopf durch die Tür, doch als Marianne sich aufsetzte, kam sie ganz herein.

»Na, du machst ja Sachen«, sagte sie vorwurfsvoll. »Stürzt mir so einfach vom Fahrrad!«

Marianne war froh, Louise zu sehen. So konnte sie fragen, was los war – und vielleicht auch etwas über Michel herausfinden.

»Verzeih mir. Das war nicht meine Absicht.«

Louise setzte sich auf die Bettkante. »Du hast uns allen einen ziemlichen Schrecken eingejagt. Bei der Schule war furchtbar viel los, die ganze Stadt war auf den Beinen und hat geholfen, den Brand zu löschen. Immerhin war es nicht die Schule selbst, sondern nur ein Nebengebäude, der Schuppen, in dem der Hausmeister seine Gerätschaften unterbringt, aber dennoch hat es große Aufregung gegeben.«

Louise plapperte wie ein Wasserfall. Marianne wusste inzwischen, dass sie das nur tat, wenn sie wegen einer Sache, die sie mitgenommen hatte, erleichtert war.

Sie griff lächelnd nach ihrer Hand, wie eine besorgte ältere Schwester, die feststellte, dass die jüngere doch glimpflicher davongekommen war als gedacht.

»Als du nicht aufgetaucht bist, habe ich mir Sorgen gemacht. Ich wusste ja, dass du kommen würdest, aber dann warst du nicht da, und ich habe dich auch nicht bei den Lehrern gefunden. Also bin ich noch mal zurück, und da hast du dann gelegen, mitten auf dem Weg. Du hast Glück, dass niemand um diese Zeit da langfährt, man hätte dich leicht übersehen können.«

Es folgte eine Beschreibung ihrer Rettung, wie Louise die Bewusstlose in ihr Auto gezerrt hatte und mir ihr ins Krankenhaus gefahren war.

»Du hättest mir den Rücken brechen können«, sagte Marianne erschrocken.

»Ach was! Das hätte ich schon gemerkt, wenn du dir was am Genick oder am Rücken getan hättest. Vor ein paar Jahren ist mal ein Mann aus einem Obstbaum gefallen. Er war sofort tot, weil er sich das Genick gebrochen hatte. Sein Kopf hat ganz komisch zur Seite abgestanden, so!« Sie legte ihren Kopf zur Seite, als wollte sie nachdenklich in den Himmel schauen. »Als ich gemerkt habe, dass du noch atmest, wusste ich, dass du dir nicht das Genick gebrochen hast. Und da habe ich dich einfach ins Hospital gefahren.«

»Danke«, sagte Marianne. Irgendwie fühlte sie sich schon ein bisschen besser. Es war gut, jemanden zu haben, der auf einen achtgab. In Koblenz hatte sie ihre Mitbewohnerin, doch mit der war es nicht dasselbe. Louise war in den vergangenen Monaten wie eine Schwester für sie geworden – eine bessere Schwester, als Ursula es je war.

»Wie ich sehe, hat der Arzt dich wieder einigermaßen zusammengeflickt«, stellte sie fest, nachdem sie Marianne eine Weile begutachtet hatte.

»Da gab es ja auch nicht viel zu flicken. Laut Dr. Lavalle habe ich nur eine Gehirnerschütterung und ein paar Prellungen.«

»Und haufenweise Kratzer überall. Du siehst aus, als wärst du in einen Kaktus gefallen.«

Marianne lachte auf – und bezahlte dafür gleich mit einem stechenden Kopfschmerz.

»Du solltest mir vorerst besser keine Witze erzählen«, sagte sie, während sie die Hand an die Schläfe drückte.

»In Ordnung, dann lasse ich mich später über den Kaktus aus.«

Sie betrachtete sie eine Weile lächelnd, dann griff sie nach der Tasche, die sie mitgebracht hatte.

»Hier«, sagte sie und holte ein großes Glas voll mit eingemachten Erdbeeren hervor. »Grand-père sagt, ich soll dir das geben. Dieses Obst wirkt Wunder.«

»Wirklich? Und du bist sicher, dass dein Großvater kein Rizinus reingetan hat, damit ich mich zu Tode laufen kann?«

»Ach was, Grand-père würde so etwas nie tun. Außerdem ist das Glas fest verschlossen. Und ihr beide seid doch über die Feindschaft hinweg, nicht wahr?«

Das waren sie tatsächlich. Darüber staunte Marianne immer wieder. Seit dem Tod ihres Vaters und der Ohrfeige für Bertrand Rémy hatte Alain nicht wieder mit der Wehrmacht oder Ähnlichem angefangen.

»Lass dir das Glas am besten von einer der Schwestern öffnen, die sind sehr kräftig. Die Früchte stammen aus unserem Garten, die Ernte des vergangenen Sommers. Großvater ist immer sehr stolz darauf.«

»Sag ihm vielen Dank von mir.«

»Ich richte es ihm aus. Aber er wird sicher erwarten, dass du ihm persönlich dankst. Sonst kommt er wieder mit seinen Kriegsgeschichten an.« Louise zwinkerte ihr zu.

»Das mache ich, versprochen …« Marianne überlegte einen Moment lang, wie sie die Frage, die ihr auf der Seele brannte, am besten stellen sollte. Dann begann sie: »Weiß man denn schon, was die Ursache des Feuers war?«

»Die Gendarmerie und die Feuerwehr glauben, dass irgendwer neben dem Schuppen geraucht hat. Wahrscheinlich irgendwelche Lausbuben, denen die Zigarette aus der Hand gefallen ist. Dann brannte es plötzlich, denn der Hausmeister bewahrte da sicher irgendwelche brennbaren Sachen auf. Die Jungs kriegen Panik, rennen weg, und das Feuer lodert. Glücklicherweise ist es nicht auf die Schule übergesprungen. Aber die Schüler können sich trotzdem freuen, die müssen heute aufräumen und brauchen nicht zum Unterricht. Außerdem soll ihnen der Rektor eine Brandschutzübung angedroht haben. Ich hoffe, sie machen es erst, wenn du wieder da bist, dann kannst du mir davon erzählen. In all den Jahren, in denen ich ans Lycée gegangen bin, hat es weder gebrannt noch eine Brandschutzübung gegeben.«

Das klang nicht, als steckte Michel dahinter. Wie hatte sie nur an seiner Vernunft zweifeln können? Er mochte es vielleicht ausgeschlagen haben, Lehrer zu werden, doch er heiratete Jeanne. Die Vernunft war in ihm und schlug in schöner Regelmäßigkeit zu. Diesmal war Marianne froh darüber.

»Na gut, dann werde ich dich jetzt in Ruhe lassen. Morgen komme ich wieder, wenn du willst.«

»Das wäre schön«, entgegnete Marianne. »Danke.«

Louise umarmte sie noch einmal, dann verschwand sie.

Marianne blickte wieder auf das Glas, das wohl eine halbe Schulklasse satt machen konnte. Die Sonnenstrahlen, die durch das Fenster des Krankenzimmers fielen, brachten den roten Saft zum Leuchten wie eine Lavalampe, nur dass die Früchte nicht auf und ab schwammen.

Am nächsten Vormittag bekam sie Besuch von einem jungen Gendarmen in blauer Uniform, der sich als Brigadier Luc Jordan vorstellte.

»Wie geht es Ihnen, Mademoiselle?«, fragte er, als er eintrat.

»Nun ja, wie es jemandem mit Gehirnerschütterung eben geht«, entgegnete sie mit einem traurigen Lächeln. »Was kann ich für Sie tun?«

»Ich würde mich gern ein wenig mit Ihnen unterhalten.« Seine Stimme klang so, als hätte sie keine andere Wahl.

»Aber natürlich, bitte …«

Der Gendarm setzte sich neben sie auf den Stuhl, den eine Schwester hereingebracht hatte.

Marianne blickte ihn fragend an. Was wollte er hier? Sie war doch nur vom Fahrrad gefallen, nichts weiter. Versuchte jemand, ihr den Brand in der Schule in die Schuhe zu schieben? Aber sie war doch gar nicht dort gewesen …

Mit dem Pochen ihres Herzens kehrte auch das Stechen in ihrer Schläfe wieder zurück. Ließ ihr Schmerzmittel schon wieder nach?

»Wie lange sind Sie denn schon in Bar-le-Duc?«, fragte er und zückte einen Notizblock.

»Seit dem vergangenen September, also fast ein Jahr.«

»Und wie kommen Sie hier zurecht?«

»Recht gut. Natürlich gibt es hin und wieder Probleme, aber die sind lösbar.«

Der Gendarm nickte. »Sie nehmen an einem Austauschprogramm teil, nicht wahr?«

»Ja, ich bin Gastlehrerin am Lycée. Für Deutsch und Französisch. Ursprünglich komme ich aus Koblenz.«

Jordan notierte weiter. Dann sah er sie an.

»Wir haben Ihr Fahrrad, mit dem Sie gestürzt sind, untersucht.«

Marianne zog überrascht die Augenbrauen hoch. »Mein Fahrrad?«

Sie hätte eher damit gerechnet, dass er von dem Schulbrand anfangen würde.

»Ja. Mademoiselle Silberg hat uns darauf hingewiesen.«

Aha, Louise steckte dahinter. Aber wieso? Was gab es an dem Fahrrad zu untersuchen? Es war alt, etwas hatte sich daran gelöst. Das war doch kein Grund, die Gendarmerie einzuschalten …

»Mademoiselle Silberg teilte uns mit, dass Sie schon einmal Opfer eines gewalttätigen Angriffs wurden. Ist das richtig?«

Beinahe hätte Marianne nein gesagt, doch dann fiel es ihr wieder ein. Der Stein, den sie bei ihrer Rückkehr aus Deutschland an den Kopf bekommen hatte. Der Schatten, der hinter einem Baum verschwunden war.

Louise hatte ihre Vermutung gehabt, doch beweisen konnte man nichts.

»Ja, aber ich glaube, es war ein Kinderstreich. Die Rache für eine Ohrfeige, die ich einem Schüler versetzt habe.«

»Sie haben einen Schüler geschlagen?«

»Ja. Damals hatte ich einen Todesfall in der Familie. Als der Junge eine gehässige Bemerkung machte, habe ich mich vergessen.«

Auch das wanderte auf den Notizblock von Brigadier

Jordan. Was er von ihrer Aussage hielt, konnte sie seinem Gesicht nicht ablesen.

»Mademoiselle Silberg sagte, Sie seien von einem Stein am Kopf getroffen worden, stimmt das?«

»Ein Stein in einem Schneeball.« Der Klassiker gegen Feinde bei einer Schneeballschlacht, dachte Marianne, und plötzlich glaubte sie, dass die kleine Narbe an ihrer Wange jucken würde.

Der Polizist bekam davon nichts mit. »Waren Sie am vergangenen Mittwoch gegen zehn Uhr abends beim Museum?«, fragte er weiter.

Marianne schoss das Blut in die Wangen. Hatte sie irgendwer beobachtet? Leugnen half wohl nichts. Vielleicht lag es an dem Sturz und ihrer Gehirnerschütterung, dass sie nicht verstand, worauf er hinauswollte.

»Ja, ich war dort. Ich …« Sie konnte ihm nicht erzählen, dass sie sich mit Michel Clement getroffen hatte. Wahrscheinlich kannte der Vater des jungen Gendarmen den alten Clement, und dann würde die Hölle erst richtig losbrechen.

»Und Sie haben vor dem Lebensmittelgeschäft Ihr Fahrrad abgestellt.«

»Ja.«

»Waren da noch andere Fahrräder?«

»Nein«, antwortete Marianne ein wenig verstört. »Da war nur meines.«

Der Gendarm kritzelte etwas auf seinen Block, dann sah er sie an.

»Sie fragen sich sicher, warum ich all das von Ihnen wissen will.«

Marianne nickte und hätte sich am liebsten die Decke bis zum Kinn hochgezogen.

»Gut, dann will ich Sie nicht länger auf die Folter spannen«, entgegnete der Gendarm. »Am Vorderrad Ihres Fahrrades wurden einige Beschädigungen gefunden, die darauf hindeuten, dass man versucht hat, einen Sturz herbeizuführen. Und eine Augenzeugin berichtete, dass sie einen Jungen namens Bertrand Rémy zur fraglichen Zeit vor dem Laden gesehen habe. Ja, sie sagt sogar aus, dass dieser Junge sich an einem Fahrrad zu schaffen machte.«

Marianne klappte der Mund auf. Fassungslos blickte sie den Mann an. Das war doch nicht möglich!

Sollte Bertrand tatsächlich versucht haben, sie umzubringen?

»Bertrand Rémy geht in Ihre Klasse, nicht wahr?«

»Ja.« Das Nicken schmerzte in ihrer Stirn. Ihr gesamter Körper schien zu pulsieren, als hätte das Herz Mühe, ihr Blut durch die Adern zu pumpen.

»Ich habe mich in den vergangenen Stunden ein wenig umgehört. Laut den Aussagen, die ich erhalten habe, hat es zwischen Ihnen und dem Jungen Spannungen gegeben.«

Marianne wurde schwindelig. Sie hatte geglaubt, dass die Sache ausgestanden sei, doch jetzt kam auch das wieder auf sie zurück.

»Sie werden so blass, geht es Ihnen nicht gut?«, fragte der Gendarm besorgt, offenbar hatte er mitbekommen, dass ihr das Blut aus dem Gesicht gewichen war.

»Nein, es geht schon«, entgegnete sie, während ihr Verstand fieberhaft nach einer Rechtfertigung für die Ohrfeige suchte. Sicher würde man ihr die Schuld geben, immerhin waren die Rémys angesehene Leute in Bar-le-Duc.

»Nun, dann frage ich Sie: Möchten Sie Anzeige wegen Körperverletzung gegen Bertrand Rémy erstatten? Da er noch nicht volljährig ist, wird sein Vater die Haftung übernehmen müssen.«

Jetzt glaubte Marianne, dass sie wirklich den Knopf drücken musste, um die Schwester zu alarmieren. Plötzlich schwankte alles vor ihren Augen.

Doch der Schwindel verging so schnell wieder, wie er gekommen war. Es hatte sich nicht so angehört, als würde man sie belangen wollen.

»Ich … ich weiß nicht … Er ist immerhin noch ein Kind. Wenn er an dem Fahrrad etwas manipuliert hat, dann war das doch sicher ein Dumme-Jungen-Streich.«

»Ein Streich, der Sie das Leben hätte kosten können«, gab der Gendarm zu bedenken. »Sie hätten sich das Genick brechen können. Dann wäre es sogar Mord gewesen.«

Marianne sah ihm an, dass er zu viele Krimiserien schaute. Vielleicht träumte er von einer Karriere bei der Kriminalpolizei.

Glücklicherweise kam im nächsten Moment eine Schwester mit einem Tablett herein.

»So, es wird Zeit für Ihre Tabletten«, rief sie gut gelaunt. Marianne war erleichtert. So konnte sie noch ein wenig Zeit gewinnen.

»Nun gut«, sagte der Polizist, während er auf die Tabletten und die kleine Spritze auf dem Tablett schaute, als seien sie Schreckensgestalten aus einem Horrorfilm. »Geben Sie mir Bescheid, wenn es Ihnen wieder bessergeht. Ich werde Ihren Fall erst einmal offenlassen, bis Sie mir mitteilen, ob Sie Anzeige erstatten wollen oder nicht.«

»Vielen Dank, Brigadier Jordan, ich melde mich bei Ihnen.«

»Anzeige?«, wunderte sich die Schwester. »Gegen wen denn?«

»Gegen den, der mein Fahrrad manipuliert hat«, antwortete Marianne, ehe der Gendarm sie darauf hinweisen konnte, dass es nicht gestattet war, irgendwelche Angaben aus laufenden Verfahren publik zu machen.

»Schmerzensgeld soll der zahlen!«, sagte die Schwester daraufhin, ohne zu wissen, gegen wen sie wetterte. »Ah, Monsieur Gendarm, würden Sie uns bitte allein lassen? Ich muss meiner Patientin jetzt eine Spritze geben, und sie wird es nicht mögen, wenn ein fremder Mann auf ihr Hinterteil starrt.«

Der Gendarm verabschiedete sich daraufhin mit hochrotem Kopf.

Wenig später zuckte Marianne unter dem Stich zusammen. Die Schwester hatte sie gerettet. Und sie hatte recht. Doch Bertrand war noch ein Kind. Ein boshaftes Kind, das von seinem Vater aufgehetzt worden war. Dafür sollte Monsieur Rémy bestraft werden. Aber ein Schmerzensgeld, wie es die Schwester verlangt hätte, passte da nicht.

Sie würde nachdenken und mit Louise reden. Sie hatte versprochen, sie heute zu besuchen. Vielleicht konnte sie ihr einen Rat geben.

# 31

Ein sanftes Rauschen zog durch die Straßen von Bar-le-Duc, als ich den Bahnhof hinter mir ließ. Es klang wie ein Weidenhain, durch den ein heftiger Frühlingssturm wehte. Die Straßen waren nahezu leer, an einer Ecke unterhielten sich zwei alte Männer. Sie schienen keine Notiz von mir zu nehmen.

Ich zog meinen Trolley durch die Tür des kleinen Hotels mit den blauen Fensterläden. Es sah sehr hübsch aus, und mitten in der Saison war es sicher ziemlich überlaufen. Das Entree des Hotels wirkte überraschend modern. Ich hatte eigentlich braungetäfelte Wände und ein riesiges Ölgemälde des ersten Besitzers erwartet. Doch der Raum war hell und freundlich eingerichtet mit einer Rezeption aus hellbraunem Holz und gemütlichen blaubezogenen Sesseln. Ein großer Spiegel gegenüber den Fenstern diente den Gästen nicht nur zum Überprüfen ihrer Garderobe, er verlieh dem Entree auch etwas mehr Größe. Den Aufzug hatte man allerdings zumindest optisch so gelassen, wie er wohl Ende des neunzehnten Jahrhunderts eingebaut worden war.

»Guten Tag, Madame, was kann ich für Sie tun?«, fragte die junge Frau hinter dem Anmeldetresen. Sie hatte ihr schwarzes Haar zu einem Knoten zusammengesteckt und trug ein blaues Kostüm mit Halstuch, in dem sie ein wenig wie eine Stewardess aussah.

»Für mich wurde ein Zimmer reserviert, auf den Namen

Schwarz.« Mein Französisch klang merkwürdig in meinen Ohren. Ich hatte es das letzte Mal benutzt, als ich mit einer Reisegruppe nach Paris unterwegs gewesen war. Seit meinem letzten Tag im Außendienst des Reisebüros waren jetzt fünf Jahre vergangen. Aber die Vokabeln fielen mir alle ein – für die Tochter einer ehemaligen Französischlehrerin wäre es auch eine Schande gewesen, wenn ich sie vergessen hätte.

Die Concierge schaute kurz im Computer nach und wandte sich dann dem Schlüsselbrett zu.

»Willkommen in Bar-le-Duc, Madame Schwarz. Das sind Ihre Zimmerschlüssel. Wenn Sie mir bitte noch dieses Formular ausfüllen würden?«

Sie sagte Madame zu mir. Ich musste lächeln. Natürlich dachte sie, dass ich verheiratet sei.

Ich füllte wie geheißen das Anmeldeformular aus und nahm den Schlüssel an mich.

»Entschuldigen Sie, wissen Sie, ob es die Villa der Silbergs noch gibt und wer dort wohnt?«

Die Concierge sah mich erstaunt an. Offenbar hatte sie nicht damit gerechnet, dass jemand die Silbergs kannte. Schon gar nicht eine Touristin aus Deutschland.

»Ja, das Haus steht noch und ist im Besitz von Madame Silberg.«

Madame Silberg, nicht Monsieur? Meinte sie Louises Mutter – oder hatte Louise etwa nicht geheiratet?

Ich würde es herausfinden, wenn ich dort war.

Mein Hotelzimmer war klein, aber sehr gediegen eingerichtet. Die Möbel schienen allesamt aus früheren Jahrhunderten zu stammen, waren aber makellos aufgearbeitet worden und verströmten keinerlei Muff.

Ich legte den Koffer auf dem Bett ab, öffnete ihn und verteilte meine Sachen in dem kleinen Kleiderschrank.

Dann trat ich ans Fenster. Von hier aus hatte ich einen sehr guten Ausblick auf die Stadt. Es hatte sich gewiss einiges verändert, die meisten Häuser waren saniert, alte, brüchige Gebäude verschwunden, einige neue hinzugekommen, dennoch konnte ich mir ungefähr denken, wie es zu Zeiten meiner Mutter hier gewesen war. Ich versuchte, mir vorzustellen, wie sie mit ihrem Fahrrad durch die Straßen fuhr, die jetzt entweder betoniert oder mit neuem Kopfsteinpflaster versehen waren. Um diese Jahreszeit waren die Blumenkästen noch leer, aber im Sommer sah hier alles sicher ganz reizend aus. Beinahe bedauerte ich, dass ich zu dieser noch grauen Jahreszeit hergekommen war – aber im Sommer hatte ich meinen Geburtstermin. Außerdem hätte ich keinen Augenblick länger warten wollen, um das Schicksal meines Vaters zu ergründen.

Der Handyempfang war nicht besonders gut, aber immerhin konnte ich mein Smartphone mit dem WLAN des Hotels verbinden. Ich rief die Karten-App auf und versuchte, mich zu orientieren.

Die Villa der Silbergs befand sich ein wenig außerhalb von Bar-le-Duc, hinter einem Waldgebiet, wie meine Mutter es beschrieben hatte. Der Weg war weit, aber mit einem kleinen Spaziergang würde ich es schaffen. Prüfend blickte ich zum Himmel auf. Im Frühjahr wusste man nie, ob sich das Wetter ändern würde, aber ich war optimistisch – und hatte Regenkleidung dabei.

Als ich mit dem Auspacken fertig war, brach ich auf. Ursprünglich hatte ich vorgehabt, erst morgen zur Villa zu gehen, aber mittlerweile schaute die Sonne durch die Wolken.

Die Straßen der Stadt waren um diese Zeit sehr leer. Lediglich ein paar Jugendliche kamen mir entgegen, sie unterhielten sich lebhaft und zeigten sich gegenseitig etwas auf ihren Smartphones. Aber die meisten Leute waren um diese Zeit natürlich auf der Arbeit.

Auf jeden Fall erkannte man, dass die Stadt die Stahlkrise überwunden hatte. Sie wirkte modern und warb mit ihren touristischen Attraktionen. Ich entdeckte eine Infotafel, auf der das Schlossmuseum präsentiert wurde, das jetzt wundervoll restauriert worden war. Auch das andere Schloss und der Uhrenturm wurden aufgeführt.

Unterwegs fand ich sogar die Bäckerei, mit deren Inhaberin sich meine Mutter ein wenig angefreundet hatte. Mittlerweile wurde sie allerdings von einer anderen Familie betrieben, und sicher hätte meine Mutter sie nicht wiedererkannt, denn sie war hell und modern. Die Kuchen und Torten sahen aber auch heute sehr appetitlich aus, und ich beschloss, mir auf dem Rückweg etwas von dort mitzunehmen.

Vor der Schule machte ich halt.

Hier schien die Zeit stehengeblieben zu sein. Von dem Gebäude hatte meine Mutter kein Foto gehabt, aber ihre Geschichte hatte in meinem Kopf ein so klares Bild hinterlassen, dass ich auf Anhieb erkannte, dass sich seit den siebziger Jahren kaum etwas geändert hatte. Natürlich hielt man das Gebäude sehr gut instand, ich fand sogar ein Schild, das darauf verwies, dass es mittlerweile ein Baudenkmal war.

Der Schulhof war zu dieser Stunde verwaist, die Schüler waren schon zu Hause. Ein lebloser Zweig flatterte auf dem Sand neben den Bänken, die inzwischen doch einen neuen Anstrich erhalten hatten.

Ich schoss ein Foto mit dem Handy. Schicken würde ich es Mama vielleicht heute Abend.

Auch das Schloss fand ich – den Ort, an dem ich wahrscheinlich gezeugt worden war. Das Museum, das damals im Entstehen begriffen gewesen war, war jetzt sehr gut saniert und warb auf Schildern für eine Kunstausstellung.

Ich fragte mich, ob es die Kuppel immer noch gab, in der sich Michel und meine Mutter getroffen hatten. Vielleicht würde ich morgen dort mal vorbeischauen.

Doch jetzt brannte es mir unter den Nägeln, die Villa mit der Remise zu sehen, in der meine Mutter gelebt hatte. Ob Madame Louise mich einlassen würde? Erinnerte sie sich noch an meine Mutter?

Meine Füße schmerzten, als ich schließlich, von meinem Handy navigiert, die Villa erreichte.

Das Gelände wirkte ein bisschen verwildert, doch das Haus strahlte wie eine Perle auf einem zerschlissenen Gewand. Vielleicht lag es am Frühling, daran, dass sich das Grün noch ein bisschen Zeit ließ. Wenn der Sommer kam, würde es hier sicher viel freundlicher aussehen.

Am Tor drückte ich einen Klingelknopf. Da es eine Gegensprechanlage gab, wollte ich nicht einfach so das Tor aufstoßen und vor der Haustür erscheinen. Ich wartete ein paar Minuten, und mit jeder Sekunde, die darüber hinaus verging, schwand die Hoffnung in mir, hier irgendwen anzutreffen. Vielleicht waren die Silbergs ausgeflogen.

»Kommen Sie rein!«, sagte auf einmal eine Stimme, ohne abzuwarten, was ich zu sagen hatte. Es war eine verzerrte alte Stimme, kaum als die einer Frau zu erkennen. War das Louise? Ich rechnete nach. Sie war etwas älter als meine Mutter, doch diese hörte sich keineswegs nach alter Frau an. Lebte die Witwe Silberg noch? Alain war sicher bereits gestorben.

Wahrscheinlich wartete die Hausbewohnerin auf jemanden, denn das Tor öffnete sich mit einem Summen.

Kiesel knirschten unter meinen Schuhen, als ich den Weg zum Haus entlangging. Vergeblich hielt ich Ausschau nach dem Nebengelass, in dem meine Mutter gewohnt hatte.

Trotz der kahlen Büsche und der Verwundungen, die der Winter an den Rabatten hinterlassen hatte, war es hier wunderschön, fast wie in einer dieser Fernsehserien, die sich um englische Familien und ihre Geheimnisse drehten.

Der erste Eindruck, den ich von dem Haus gehabt hatte, wurde beim Näherkommen ein wenig zerstreut. Von weitem hatte man die Spuren des Alters nicht sehen können, doch jetzt wurden sie offensichtlich: Risse im Mauerweg, abgeplatzter Putz, rote Steine, die durch die Lücken im Weiß hervorschauten wie verängstigte Gefangene. Auch die Treppe hatte einige Schäden abbekommen. Dass die Stufen in der Mitte durchhingen, war aber sicher nicht allein die Schuld der vergangenen vierzig Jahre.

Die Frau, die mir öffnete, war vielleicht zehn Jahre älter als meine Mutter. Sie trug ihr von breiten grauen Strähnen durchzogenes Haar im Nacken zu einem Knoten gebunden. Ihre linke Hand wirkte ein wenig merkwürdig, als würde sie nicht richtig zu ihr gehören. Hatte sie einen Schlaganfall gehabt? Oder sich an den Webstühlen verletzt? In ihrem dunkelblauen Kleid sah sie jedenfalls noch immer sehr elegant aus.

»Madame Silberg?«, fragte ich, obwohl ich mir sicher war, Louise gegenüberzustehen. »Mein Name ist Nicole Schwarz, ich würde Sie gern einen Moment sprechen.«

Unglaube trat auf ihr Gesicht, als sie meinen Namen hörte.

»Schwarz, sagen Sie?«

Ich nickte. Und fragte mich gleichzeitig, ob ich nicht lieber hätte anrufen sollen. Aber dazu war es zu spät. »Meine Mutter ist Marianne Schwarz. Sie erzählte mir, dass sie für ein Jahr als Austauschlehrerin hier war.«

Louise starrte mich an, als wäre ich ein Geist. Unsicherheit überkam mich. Würde sie mit mir reden?

»Du meine Güte, was es nicht alles gibt … Mariannes Tochter.«

»Die bin ich.« Ich versuchte mich an einem Lächeln, war aber sicher, dass es mir nicht gut gelang.

Hinter Louise Silbergs Stirn arbeitete es. »Dann … ist Ihre Mutter noch am Leben?« Offenbar schien sie das Gegenteil angenommen zu haben.

»Ja, das ist sie. Sie hat mir von ihrem Aufenthalt hier erzählt, und ich wollte mir nun gern mal die Orte anschauen, an denen sie war.«

Louise nickte. Ihr Blick fiel auf meinen Bauch. Er war noch immer kaum zu sehen, aber sie schien zu spüren, dass ich schwanger war. Und noch etwas anderes war in ihren Augen. Ein Schatten, den ich vorhin, als sie die Tür öffnete, noch nicht wahrgenommen hatte.

»Gut, dann kommen Sie doch rein. Viel anbieten kann ich Ihnen nicht, der Glanz unserer Familie ist verschwunden, seit die Tuchfabrik nicht mehr existiert. Aber einen Kaffee und ein Glas Wasser habe ich auf jeden Fall.«

Ich wollte schon anmerken, dass das nicht nötig war, aber ich wollte ihre Gastfreundlichkeit nicht abwehren.

»Vielen Dank«, sagte ich also und folgte ihr ins Haus.

Clémence, der Hund, lebte natürlich nicht mehr. Der Platz, den mir meine Mutter beschrieben hatte, war leer. Eine alte Blumenvase mit einem langen Riss stand an dem Ort, wo damals die Hundedecke gelegen hatte.

Louise führte mich in die Küche, die irgendwie kühl wirkte. Ein Dienstmädchen, das die Mahlzeiten kochte und für heiße Schokolade sorgte, schien es nicht mehr zu geben. Stattdessen entdeckte ich einen Beutel, der die Aufschrift eines Bringdienstes trug. Offenbar ließ sie sich das Essen liefern.

»Es ist schon so lange her, dass ich von Ihrer Mutter gehört habe. Wir hatten versprochen, uns zu schreiben, und eine Weile haben wir dieses Versprechen auch halten können. Doch dann ist das Leben dazwischengekommen, mein Großvater starb, meiner Mutter ging es schlecht, und ich habe die Fabrik verkaufen müssen. Mittlerweile ist sie abgerissen worden, und eine Energiefirma hat dort ihren Sitz.«

Mit einem bitteren Ausdruck deutete sie auf das Fenster, in die Ferne, wo in der Nähe des Flusses die Träume der Silbergs begraben waren.

»Ich habe immer wieder an Marianne gedacht. Doch als ich endlich Zeit hatte zu reisen, war der Kontakt längst abgebrochen. Wie Sie sehen, bin ich nicht mehr die Gesündeste. Und als die Briefe ausblieben, dachte ich, dass sie gestorben sei. Sie war jünger als ich, aber das Leben kann tückisch sein.«

Ich hörte das Zittern in ihrer Stimme. Offenbar war sie den Tränen nahe.

»Meiner Mutter geht es gut«, sagte ich und legte ihr sanft die Hand auf den Arm. »Sie hat ein Weingut bei Schweich, in der Nähe von Koblenz. Sie wird sich freuen zu hören, dass Sie sie nicht vergessen haben.«

»Aber Ihre Mutter hat sicher mich vergessen, nicht wahr?«

Ich schüttelte den Kopf. »Nein, nein. Sie hat mir von Ihnen erzählt. Sie hat mir alles erzählt.«

Louise sah mich an. »Wenn Ihre Mutter Ihnen die Geschichte erzählt hat, dann wissen Sie sicher auch von meinem Großvater Alain, nicht wahr?«

Ich nickte.

»Er war ein sehr freundlicher Mann, der allerdings die schlimmste Wunde davongetragen hat, die man einem Menschen zufügen kann.«

»Der Verlust des eigenen Kindes«, sagte ich und spürte, wie sich mein Magen zusammenzog.

»Ja, genau, der Verlust eines Kindes.« Louise betrachtete mich prüfend. »Sie haben nicht sehr viel Ähnlichkeit mit Marianne, dafür sehe ich Michel Clement in Ihnen. Und das so deutlich, dass die Leute früher sicher getuschelt hätten, wenn sie Sie gesehen hätten.«

»Wussten Sie, dass die beiden zusammen waren?«

»Ich erfuhr es erst, als Ihre Mutter im Krankenhaus war. Der Fahrradunfall.«

Ich nickte und war froh, so weit mit der Geschichte gekommen zu sein.

»Sie wusste nicht, was sie tun sollte. Mit sich. Mit dem kleinen Rémy und mit Michel. Ich bin sicher, dass sie mich nur fragen wollte, ob sie eine Anzeige gegen diesen kleinen Mistkerl stellen sollte, weil der sie beinahe umgebracht hatte. Aber dann brach alles aus ihr heraus. Sie erzählte mir, dass es ihr das Herz gebrochen hätte, als ich ihr von Michels bevorstehender Hochzeit berichtete. Das tat mir furchtbar leid. Das Letzte, was ich wollte, war, sie zu verletzen. Lieber hätte ich mir eine Klinge in mein eigenes Herz gestoßen.«

Sie machte eine theatralische Handbewegung, die nicht zu ihrer etwas hinfälligen Erscheinung passte. Überhaupt schien die Erinnerung sie ein wenig gestärkt zu haben, denn sie saß jetzt aufrechter, und ihre Stimme klang jünger – wahrscheinlich hatte sie in diesem Haus zu selten die Gelegenheit, sie zu benutzen. Ich fragte mich, wo ihre Kinder waren. Hatte sie etwa nicht geheiratet? Keine Familie gegründet? Hatte sie nur für die Fabrik gelebt und bei ihrer Schließung feststellen müssen, dass diese ihre besten Jahre gefressen hatte?

Louises prüfender Blick wich nicht von mir ab. Wahrscheinlich ahnte sie, was mir in diesem Augenblick durch den Sinn ging.

»Wissen Sie, wenn ich ehrlich bin, habe ich mich in meinem Leben nur zweimal verliebt. Einmal in die Tuchfabrik meines Großvaters – und einmal in Ihre Mutter.«

Ich sah sie überrascht an. War das der Grund, weshalb sie nie geheiratet hatte?

»Sie schauen, als hätte der Blitz eingeschlagen«, sagte Louise lachend. »Aber es stimmt. Als ich Ihre Mutter zum ersten Mal sah, habe ich mich in sie verliebt. Ich wusste schon vorher, dass ich nie mit einem Mann zusammen sein wollte. Und ich wusste, dass das eine der größten Sünden war, die unsere Kirche kannte.« Sie zuckte mit den Schultern. »Es wäre für meine Familie nie in Frage gekommen, mich mit einer Frau zusammenleben zu lassen. Mittlerweile haben sich diese Zeiten zum Glück geändert.«

Ihr Blick schweifte verträumt in die Ferne. »Sie können sich gar nicht vorstellen, wie oft ich nachts wach gelegen und an Ihre Mutter gedacht habe. Ich wollte bei ihr sein, mit ihr zusammen einschlafen. Ich will Ihnen nichts sagen, was Ihnen vielleicht peinlich sein könnte, aber es war so. Als Marianne mir erzählte, dass sie eine Affäre mit Michel Clement hatte, bin ich aus allen Wolken gefallen. Eine Zeitlang hatte ich geglaubt, sie sei wie ich. Auch ihr schien der Beruf über alles zu gehen, auch sie war in ihrem Alter noch nicht verheiratet. Aber der schöne Michel hatte ihr Herz erobert und nicht ich.«

Diese Worte klangen furchtbar einsam. Wie es sich anfühlte, jemanden zu lieben, der einen nicht zurückliebte, konnte ich mir vorstellen.

Und wahrscheinlich hatte Louise ihre Neigung ihr Leben lang verheimlichen müssen und nie auf die Erfüllung ihrer Sehnsucht hoffen dürfen. Das machte mich sehr traurig.

»Sie sind sicher auf der Suche nach Ihrem Vater, nicht wahr?« Louise musterte mich. »Ihre Mutter hatte gehofft, dass dieser Tag nie kommen würde, aber er ist jetzt da, stimmt's?«

Ich fragte mich, ob ich ihr anvertrauen konnte, was mit meinem Kind los war. Sicher würde sie es nicht herumtratschen. Außerdem spürte ich, dass sie wirklich daran Anteil nehmen würde. Und was war eigentlich falsch daran, es jemandem zu erzählen, der so eine enge Bindung zu meiner Mutter hatte? Auch, wenn aus ihnen nie ein Paar geworden wäre …

»Wahrscheinlich hätte ich sie nie gefragt, wenn es nicht einen bestimmten Grund gegeben hätte. Ich bin schwanger, und mein Baby … Die Ärztin fürchtet, dass es einen Herzfehler haben könnte.«

Louises Lippen wurden zu einem Strich, und zwischen ihren Augen erschien eine Sorgenfalte. »Das ist furchtbar. Aber unter diesen Umständen …« Sie schwieg und überlegte eine Weile, dann fuhr sie fort: »Michel Clement stammt aus einer Familie, in der Herzfehler immer wieder vorgekommen sind. Sein Großvater hatte ihn und er selbst ebenfalls. Ich möchte Ihre Sorge nicht schüren, aber …«

»Ich hatte mir schon fast gedacht, dass es in der Familie meines Vaters liegt«, sagte ich.

»Michels Familie war ein sehr kurioses Sammelsurium. Der Herzfehler mochte einige Männer ein wenig ausgebremst haben, aber das war wahrscheinlich nur ausgleichende Gerechtigkeit. Die mit dem Fehler waren immer die Temperamentvollen, während die Gesunden immer regelrechte Schlaftabletten und Opportunisten waren. Michels Vater war das beste Beispiel. Er sammelte Pflanzen in Herbarien und Schlangen in Gläsern und hatte nur im Kopf, dass sein Sohn so werden sollte wie er – langweilig. Doch Michel bekam diesen Fehler in seinem Herzen ab und wurde dadurch ganz anders. Ja, es scheint, als würde der Herzfehler seine Erben dazu bringen, anders zu leben, anders zu denken. Abzuweichen. Und zu lieben, wen auch immer sie wollen. Natürlich sollten Sie diesen Fehler ernst nehmen, besonders nun, wo das Kind noch nicht auf der Welt ist. Aber auch wenn ich keine Ärztin bin, kann ich Ihnen jetzt schon prophezeien, dass Ihr Kind, wenn es erst mal da ist, rebellisch sein wird. Es wird seine Medikamente schlucken, aber dann machen, was es will. Es sei denn, Sie legen ihm Fesseln an, wie es Michels Vater versucht hat. Ein Jammer, dass Marianne nicht härter gegen diesen Monsieur Clement gekämpft hat. Sie hätte die Fesseln sicher sprengen können.«

»Indem sie Michel mitgeteilt hätte, dass sie schwanger war, zum Beispiel?«

»Genau das!« Louises Augen leuchteten. Auf einmal war in ihnen wieder der Blick einer Dreißigjährigen, die schon ein wenig Erfahrung hatte, aber noch einen Großteil des Lebens vor sich. »Sie hätte es ihm sagen sollen. Aber leider war sie nicht mehr da, sonst hätte ich ihr genau diesen Rat gegeben. Sie hat mir von Ihnen geschrieben, einmal kurz, und mir dann verboten es ihm mitzuteilen. So ein Unsinn!« Sie tippte sich gegen die Stirn. »Ich hätte es ihm sagen müssen! Nur, weil ich sie liebte, habe ich eingewilligt, und vielleicht auch, weil ich ein wenig eifersüchtig auf Michel war. Ich hätte es ihm sagen müssen, dann wäre er zu ihr gekommen. Verrückt genug dafür wäre er gewesen, ja ich könnte mir vorstellen, dass er vielleicht sogar Deutscher geworden wäre für sie.«

Wäre es wirklich der Fall gewesen? Oder wäre er trotzdem in dem Korsett seiner Familie verblieben?

»Was war, können wir nicht mehr ändern«, entgegnete ich. »Aber vielleicht können Sie mir sagen, wo ich ihn finden kann. Lebt er denn überhaupt noch?«

»Oh ja, das tut er!«, antwortete Louise. »Ihr Vater lebt in Metz, er ist von hier weggezogen, als seine Ehe zerbrach und er sich nicht weiter von seinem Vater unter Druck setzen lassen wollte. Allerdings geht es ihm, soweit ich gehört habe, nicht besonders gut. Wir standen eine Weile in losem Kontakt, doch dann haben wir uns aus den Augen verloren.«

Mein Herz begann zu rasen. Mein Vater lebte – jedenfalls, soweit Louise es wusste. Und er wohnte in Metz. Sicher gab es eine Zugverbindung dorthin.

»Wollen Sie zu ihm?«, fragte mich Louise.

Ich nickte. »Ich muss ihn sehen. Wenigstens einmal. Auch wenn er vielleicht furchtbar sauer auf mich und meine Mutter sein wird.«

»Das wird er nicht sein. Überrascht, ja, aber nicht sauer. Michel ist ein lieber Mann, er hatte es nicht verdient, wie mit ihm umgesprungen wurde. Er wird es verstehen.«

Sie lächelte mir aufmunternd zu. »Bitte grüßen Sie ihn von mir. Und grüßen Sie auch Ihre Mutter. Aber behalten Sie bitte für sich, was ich Ihnen vorhin gestanden habe, ja? Nicht jeder verträgt die Wahrheit, und ich möchte nicht, dass sich Ihre Mutter irgendwelche Vorwürfe macht.«

Ein lautes Klingeln ertönte. »Ah, das ist mein Abendessen!« Louise erhob sich und nahm den Beutel des Mahlzeitendienstes zur Hand. Offenbar wollte sie ihn gegen einen mit Inhalt austauschen. »Monsieur Claudes Sohn bietet älteren Leuten in der Stadt an, ihnen das Essen zu bringen. Ich hätte nie gedacht, dass ich eines Tages zu diesen älteren Leuten gehören würde – aber so ist nun mal die Zeit.«

»Ist das der Schriftsteller mit den skandalösen Geschichten?«

»Ob er skandalöse Geschichten geschrieben hat, weiß ich nicht, aber um ihn soll sich eine ranken, ja. Wenn allerdings jemand auf der Jagd nach ihm war, hatte er ihn nie gefunden und wird ihn auch nicht finden. Claude ist letztes Jahr gestorben, im Alter von neunundneunzig. Das muss an der guten Luft hier liegen.« Sie sah mich an, während das zweite Klingeln schrillte. Würde der Fahrer abdrehen, wenn sie sich nicht meldete?

Wahrscheinlich hatte er Geduld und wusste, dass sie eine Weile brauchte.

»Wenn Ihr Kind da ist, tun Sie mir den Gefallen und besuchen mich einmal, bevor ich sterbe?«, fragte sie mit einem milden Lächeln. »Und würden Sie Ihre Mutter bitten, mir mal wieder zu schreiben? Es ist furchtbar einsam hier, im Haus des verrückten Richters. Weil er verrückt war, ist sein Geist ein schweigsamer Geselle.«

»Ich hatte eher angenommen, dass der Geist Ihres Großvaters hier wäre.«

Louise schüttelte den Kopf. »Nein, das ist er leider nicht. Seine Seele ist zu seiner Frau und seinem Sohn gewandert, er hat das Haus verlassen und ist mit ihnen glücklich. Und es wird nicht mehr lange dauern, bis ich ihnen folge. Dann kann sich der Richter meinetwegen allein zu Tode langweilen.«

Wieder ein Schrillen. Ich war sicher, dass diese Glocke sogar Tote wecken konnte.

»Das dritte Klingeln«, sagte sie mit Schalk in den Augen. »Ich muss, sonst glaubt er noch, ich sei tot umgefallen, und holt den Rettungswagen.«

Mit diesen Worten ging sie zur Tür.

32

Foto Nr. 12

Etwa zwanzig junge Leute stehen oder sitzen mit Zeichenblöcken in einem Mohnfeld. Unweit von ihnen erhebt sich ein Gedenkstein für die Voie Sacrée, die Versorgungslinie nach Verdun. Marianne selbst ist nicht zu sehen, dafür aber ihr Schatten, der sich auf dem Boden vor dem Denkmal abzeichnet. Einige Kinder wirken konzentriert, andere gedankenverloren. Ein Junge schaut zu Marianne und lächelt sie an. (Ohne Datum)

Als Marianne das Krankenhaus verließ, blieb sie noch einen Moment auf der Treppe stehen und schaute auf die Straße vor sich.

Ihre Gehirnerschütterung war wieder vergangen, auch von den Prellungen waren nur noch verblassende Flecke übrig. Allerdings hatte sich in ihrem Innern etwas verändert. Etwas war zerbrochen und hatte ihre Freude, hier zu sein, endgültig verfliegen lassen. Ein Monat, sagte sie sich. In einem Monat beginnen die Ferien. Dann würde sie abreisen. Sie würde es zwar nicht mit leichtem Herzen tun, doch sie würde Erleichterung verspüren.

Inzwischen hatte sie sich entschieden, was Bertrand Rémy betraf. Sie würde ihn nicht anzeigen. Louise hatte ihr zwar zu etwas anderem geraten, allerdings auch verstanden, dass Marianne, wenn sie auf der Anzeige bestand, letztlich die Verliererin sein würde.

»Die Leute werden glauben, dass ich aus Rache handele, dass ich alles tue, um den Jungen fertigzumachen.«

»Was er verdient hätte«, gab Louise zu bedenken.

»Aber ich will mich nicht rächen. Ich will einfach nur weiter unterrichten. Das Urteil über das, was Bertrand Rémy getan hat, sollen die Leute in der Stadt fällen.«

Und Marianne war sicher, dass sie das tun würden.

Sie ließ sich von einem Taxi zur Villa zurückbringen. Auf dem Weg sah sie, dass eines der Häuser festlich geschmückt war. Das Haus der Clements.

Sie hatte es beinahe vergessen.

Marianne starrte auf die Schleifen und das Schild, das verkündete, dass Michel und Jeanne heiraten würden. Dabei meldete sich das Pochen in ihren Schläfen zurück. Doch sie war sicher, dass dies nicht mehr von der Gehirnerschütterung stammte. Es war ein ganz normaler Kopfschmerz, angereichert mit Enttäuschung und Traurigkeit.

Sie hatte so sehr gehofft, dass er kommen würde, dass er sie einmal besuchen würde. Doch das hatte er nicht getan. Der Kuss vor dem Tor, der Kuss, bevor das Feuer ausbrach, war das Letzte, was sie von ihm hatte.

In der Remise duftete es nach Lavendel. Sophie hatte gründlich saubergemacht, die Betten neu bezogen und ihre Kleider geordnet. Das Fotoalbum lag auf ihrem Nachtschrank. Marianne strich mit den Fingern darüber, dann zog sie ihre Krankenhauskleider aus und schlüpfte in etwas Bequemeres. Sie wollte zum Fluss gehen, um nachzudenken. Da sie kein Fahrrad mehr hatte, würde es etwas dauern, aber sie hatte Zeit. Heute war Freitag, der Schultag hatte ohne sie angefangen, und sie brauchte erst am Montag wieder anzutreten.

Als sie den Fluss schließlich erreichte, prallte eine gnadenlose Mittagssonne auf sie herunter. Das Wasser rauschte laut, und sie war hier vollkommen allein.

Marianne überlegte, was sie nun tun sollte – und wie sie leben sollte, jetzt, da Michel nicht mehr neben ihr auftauchen würde.

Natürlich könnte sie hoffen, dass er sich ebenso davonstahl wie damals an Weihnachten. Aber sie erlaubte sich diesen Wunsch einfach nicht. Was er geplant hatte, was für ihn geplant worden war, wusste sie nicht, aber sie wünschte sich im Stillen, dass er eine Hochzeitsreise machen würde. Eine, die so lange dauerte, bis sie von hier fort war.

Obwohl sie wusste, dass es ihr das Herz zerreißen würde, beschloss Marianne, zu Michels Hochzeit zu gehen. Nicht als offizieller Gast, und sie würde auch nicht lange bleiben. Doch sie wollte es sehen. Sie wollte ihrem dummen Herzen, das ihn immer noch liebte, zeigen, dass es zwecklos war. Sie hoffte, dass der Anblick Michels mit seiner Braut es davon abbringen könnte, für ihn zu schlagen. Auch wenn sie es fast nicht überleben würde.

Als das Glockengeläut erklang, unter dem die Brautleute in die Kirche einzogen, fand sie sich auf dem Platz davor ein.

In ihrer Brust hatte sich seit dem Morgen eine merkwürdige Taubheit breitgemacht, doch diese half ihr, sich anzuziehen und dann in die Stadt zu wandern. Sie wusste nicht, was mit dem alten Fahrrad war, wahrscheinlich stand es noch immer in der Asservatenkammer der Gendarmerie. Das Gehen tat ihr allerdings gut. Es fühlte sich an wie ein Pilgerweg, von dessen Ende sie sich Erlösung versprach.

Sie wartete auf einer Bank neben der Kirche, geduldig wie eine Touristin, die Tauben anzulocken versuchte. Die Trauung war nichts weiter als ein dumpfes Murmeln hinter den dicken Mauern der Kirche. Marianne kam in den Sinn, dass sich die Trauerfeier für ihren Vater genauso angehört haben musste.

Und seltsamerweise dachte sie wieder an Johanna Bacher. Das, was sie jetzt tat, hätte die Geliebte ihres Vaters sicher auch getan. Abwarten. Schauen. Und sich darüber klarwerden, dass es Dinge gab, die man eben nicht bekommen konnte.

Als das Kirchentor wieder geöffnet wurde und das Brautpaar unter dem Jubel der Gäste und Schauern von Reis und Rosenblüten nach draußen trat, erhob sich Marianne von ihrer Bank. Da die Sonne fast schon grell schien, setzte sie ihre Sonnenbrille auf und betrachtete durch den braunen Filter das Paar. Betrachtete das Glück und zwang sich, auch dann noch hinzusehen, als Michel Jeanne küsste. Diese Lippen, dachte sie, haben mal mir gehört, doch jetzt nicht mehr. Wieder glaubte sie, den letzten Kuss zu spüren. Ob er Jeanne auch so küsste? So rau, so verzweifelt?

Sie wartete nicht ab, bis sie eine Antwort darauf fand. Der Platz vor der Kirche füllte sich, und damit wurde die Gefahr, dass man sie entdeckte, größer. Sie wandte sich ab, verschwand im Schatten und floh dann zu dem einzigen Ort, an dem sie weinen konnte, ohne dass sich jemand darüber freute.

Am Montag waren alle in der Schule voll des Lobes für die Hochzeitsfeier. Im Lehrerzimmer wurde gelacht und lauthals über die Verfehlungen einiger Gäste geplaudert. Monsieur

Clement genoss seinen Triumph. Aber er konnte nicht wissen, dass Marianne ihren eigenen Triumph noch feiern würde – heute im Unterricht.

»Guten Morgen!«, begrüßte sie ihre Kollegen fröhlich.

»Ah, Mademoiselle Schwarz, Sie sind wieder da!«, entgegnete Clement und erhob sich, um ihr die Hand zu reichen. »Sie haben uns ja einen ziemlichen Schrecken versetzt mit Ihrem Unfall.«

»Das ist sehr freundlich von Ihnen, aber jetzt geht es mir wieder gut.«

Es war seltsam. Marianne hatte immer ein bisschen Angst vor der Geringschätzung gehabt, die Clement ihr entgegenbrachte. Angst vor dem abschätzigen Blick, den er ihr zuwarf. Doch jetzt spürte sie nichts. Entweder hatte die Hochzeit Clement milde gestimmt, oder sie hatte sich verändert.

Marianne hoffte auf Letzteres. Wieder und wieder hatte sie die Szene, als Michel mit Jeanne die Kirchentreppe hinunterschritt, durchgespielt. Wieder und wieder hatte sie geweint. Als sie am Sonntagmorgen nicht zum Frühstück erschien, war Louise gekommen, hatte ihr Kuchen und Croissants gebracht und sie dann stundenlang im Arm gehalten, während sie geweint hatte.

Am Abend waren dann alle Tränen versiegt. Natürlich fühlte sie noch Trauer – Louise meinte, dass der Liebeskummer so lange dauern würde, wie man mit der Person zusammen gewesen war.

Aber sie schlief traumlos und wusste am Morgen, wie sie alle in Erstaunen versetzen konnte.

Sie erinnerte sich an das, was Louise ihr erzählt hatte, als sie am ersten Tag hier angekommen war. Die Frontlinie. Der Mohn.

Im Krankenhaus hatte Louise sie mit Büchern versorgt, und in einem hatte sie das Gedicht eines englischen Soldaten gefunden. Ein Gedicht über den Mohn und die Schrecken des Krieges, über Schuld und Vergebung.

Dieses Gedicht hatte sie nicht mehr losgelassen. Sie hatte vorgehabt, im Französischunterricht darüber zu sprechen, doch während sie zur Schule lief, war ihr klargeworden, wie sie dieses Thema noch wirkungsvoller anbringen konnte.

»Wir haben Sie bei der Hochzeitsfeier vermisst, haben Sie die Einladung nicht erhalten?«, fragte Clement scheinheilig, doch die Worte rannen an ihr herunter wie Regentropfen von einer Kunststoffpelerine.

Die Einladung hatte sie erhalten. Louise hatte sie vor ihren Augen zerrissen und auf einem alten Teller verbrannt. Damit war es erledigt gewesen.

»Doch, vielen Dank, aber mein Zustand hat es mir nicht erlaubt zu erscheinen. Es tut mir leid.«

Sie spürte die mitleidigen Blicke ihrer Kollegen. Hatte Clement herumposaunt, dass die deutsche Lehrerin seinen Sohn verführt hatte? Hatte er vor allen damit geprahlt, wie er sie besiegt hatte? Oder war doch alles anders, und die Kollegen sahen sie nur wegen des Unfalls so an?

Es war ihr egal.

»Monsieur Clement, ich habe eine Bitte«, sagte sie, während sie versuchte, sich nicht die kleinste Regung anmerken zu lassen. Alle Augen richteten sich auf sie. Was erwarteten sie?

»Ja, was kann ich für Sie tun?« Clement schien nicht damit gerechnet zu haben, dass sie den Mut haben würde, ihn um irgendwas zu bitten.

»Sie besitzen doch eine Kamera, nicht wahr? Wären Sie so

freundlich, Sie mir auszuleihen? Ich würde gern im Unterricht ein paar Fotos von den Schülern machen, für ein Projekt. Den Film bezahle ich Ihnen natürlich, und wenn Sie möchten, auch eine Leihgebühr.«

Für einen Moment war es mucksmäuschenstill in dem Raum. Marianne sah ihrem Kollegen unverwandt in die Augen.

Clement blieb nichts anderes übrig, als zu nicken. »In Ordnung, ich leihe Ihnen die Kamera. Wann brauchen Sie sie?«

»Heute. Heute ist das Wetter noch gut genug. Morgen soll Regen kommen, da geht es nicht mehr.«

Auch das schien er nicht erwartet zu haben, doch weil er bereits zugesagt hatte, schickte er einen Schüler zu seiner Frau. Dieser war froh darüber, für kurze Zeit dem Unterricht zu entgehen. Nach der Stunde brachte er Marianne die Kamera.

Als sie durch die Tür des Klassenzimmers trat, schnellte ihr Puls unwillkürlich nach oben. Wie oft war sie in diesem Augenblick vom spöttischen Grinsen des jungen Rémy begrüßt worden – doch nun musste sie feststellen, dass er fehlte.

»Ich weiß, ich war eine Zeitlang fort, aber ich bin sicher, dass ihr den Unterricht mit Madame Delacour gut fortgesetzt habt«, wandte sie sich an die Schüler, nachdem das Klingelzeichen ertönt war. »Heute möchte ich mit euch etwas Besonderes unternehmen, etwas, das vielleicht noch kein Lehrer mit euch gemacht hat.«

Die Mienen der Schüler wirkten verwundert. Niemand hob die Hand, niemand fragte etwas. Das empfand sie als sehr erfrischend. Lag es daran, dass Rémy nicht da war? Die Frage, wo er denn steckte, lag ihr auf der Zunge, aber sie wollte diesen

Moment nicht dadurch ruinieren. Ihretwegen konnte er in ein Internat für Schwererziehbare gebracht worden sein, es war ihr gleich.

»Bar-le-Duc ist bekannt dafür, dass sich im Ersten Weltkrieg unweit der Stadt die letzte Versorgungsstraße nach Verdun befunden hat. Einige kennen das Denkmal vielleicht, das daran erinnert, und eure Mütter haben euch bestimmt die Geschichten der Frauen erzählt, die auf dem Mohnblütenfeld standen und herunter auf die Kämpfenden geschaut haben. Wir werden dieses Feld heute besuchen, und ihr werdet dort alles aufschreiben, was euch zum Thema Krieg und Vergebung einfällt.«

Sie blickte in die Runde der staunenden Gesichter. Fast bedauerte sie, dass der kleine Rémy nicht da war. Und sie ärgerte sich auch ein wenig darüber, dass sie diese Idee nicht schon längst gehabt hatte. Doch manchmal musste erst etwas passieren, bevor man die richtigen Schlüsse zog.

In einer langen Prozession und unter den staunenden Augen des Hausmeisters und des Sportlehrers, der seine Klasse um die Schule scheuchte, verließen sie das Lycée, verließen die Stadt und gingen zu den Mohnfeldern, die in sattestem Rot standen. Ein wenig hoffte Marianne darauf, dass Michel auftauchen würde, dass er fragen würde, was sie hier tat, doch er erschien nicht. Dafür verstreuten sich leicht verwirrt dreinblickende Schüler auf der Wiese.

»Der Mohn ist die Blume des Leids, der Vergebung und des Schlafes. Das Lorraine, eure Heimat, ist somit auch das Land der Vergebung. Schreibt alles auf, was euch dazu einfällt, schreibt auf, was ihr über Krieg denkt, über Soldaten, über die Nazis, über das, was euch eure Eltern und Großeltern gesagt haben. Und dann schaut in eure Herzen, und fragt euch, was ihr dabei fühlt. Fragt euch, ob ihr vergeben könnt, und schaut nach vorn in die Zukunft. Schreibt eure Wünsche auf. Alles, was euch in den Sinn kommt.«

Die Mohnblüten wogten unter den zärtlichen Berührungen des Sommerwindes. Marianne war nicht sicher, was die Kinder in den Blüten sahen und ob ihre Worte überhaupt in ihr Herz vorgedrungen waren. Aber sie freute sich darüber, dass kein Einziger ihre Aktion in Frage stellte. Nicht mal Bertrands Freunde, die ohne ihn ganz anders zu sein schienen.

Während die Schüler schrieben, fotografierte sie sie. Sie wollte einen Beweis haben. Sie wollte den Eltern zeigen, wie ihre Kinder im Mohnfeld über Vergebung nachdachten und über die Zukunft. Sie war sicher, dass ihre letzte Elternversammlung anders ablaufen würde als die erste.

Als sie fertig waren, kehrten sie in die Schule zurück. Mittlerweile herrschte dort helle Aufregung, denn zwei weitere Unterrichtsstunden waren vorüber und hatten die Lehrer ratlos zurückgelassen. Marianne zeigte ihnen die eingesammelten Zettel.

»Wir haben heute versucht herauszufinden, was Vergebung ist«, sagte sie, als sie der Kamera den Film entnommen hatte und sie Monsieur Clement zurückreichte. »Sie kennen sich viel besser mit den Pflanzen aus als ich, Monsieur Clement, aber lassen Sie sich bei der nächsten Stunde vielleicht doch von Ihren Schülern erzählen, wofür der Mohn steht.«

Damit lächelte sie ihn an und wandte sich um. Eine weitere Klasse und eine neue Unterrichtsstunde warteten auf sie.

 33

Während Frühnebel, die aus dem Ornain aufstiegen, das Land überzogen, fuhr ich im Zug in Richtung Osten.

Ich hatte gestern mit mir gerungen, ob ich meiner Mutter eine Nachricht schicken sollte. Dann entschied ich mich, ihr erst zu schreiben, wenn ich mit Michel gesprochen hatte.

Erwartung pulsierte in mir. Was würde ich finden? Würde mein Vater mit mir reden wollen? Oder wies er mich ab?

Ich versuchte, mich irgendwie abzulenken, doch das gelang mir nicht. Zwischendurch dachte ich sogar daran, bei David anzurufen – doch er war um diese Zeit schon auf dem Weg zur Arbeit. Ich hätte ihm eine Nachricht hinterlassen können, aber das wollte ich nicht. Wenn ich ehrlich war, wusste ich noch nicht mal, wie ich es anfangen sollte. Und genausowenig wusste ich, wie ich meinem Vater begegnen sollte.

Ein bisschen kam ich mir vor wie damals meine Mutter, als sie die Geliebte ihres Vaters besucht hatte. Vielleicht war es sogar noch etwas schlimmer, denn der Mensch, der sich hinter den Mauern des kleinen Reihenhauses verbarg, war mein Fleisch und Blut, mein Vater. Der Mann, auf den meine Mutter verzichtet hatte, weil er sich für eine andere entschied. Sie hatte recht gehabt, so einfach war das mit der Trennung nicht gewesen. Und ein bisschen konnte ich ihr Schweigen verstehen. Michel war für sie gestorben, nachdem sie gesehen hatte, wie er Jeanne heiratete.

Ich klingelte und atmete tief durch. Mein Blutdruck hätte jetzt sicher Sorgenfalten auf die Stirn meiner Ärztin getrieben. Schritte, die sich der Tür näherten, jagten meinen Puls auf seinen Höhepunkt.

An der Tür begrüßte mich ein großer, knochig wirkender Mann mit grauen Haaren, der entfernte Ähnlichkeit mit dem älteren Kevin Costner hatte, allerdings einer Version mit dunklen Haaren. Ich war wie vom Schlag getroffen. Auf Anhieb erkannte ich, dass er mein Vater sein musste – die Ähnlichkeit mit meinem eigenen Spiegelbild war nicht zu übersehen.

Ihm selbst schien sie nicht aufzufallen, denn er fragte: »Sie wünschen, Mademoiselle?«

»Sind Sie Michel Clement?« Meine Worte kamen mir erneut furchtbar holperig vor, und das, obwohl ich jetzt seit zwei Tagen nur Französisch sprach.

»Ja, der bin ich«, antwortete er verwundert. Ein fragender Ausdruck schlich in seine goldbraunen Augen. Ich musste zugeben, dass sie sehr attraktiv aussahen.

»Mein Name ist Nicole Schwarz, ich …« Würde er mir glauben, dass ich Mariannes und seine Tochter war? Louise Silberg hatte gesagt, dass er nichts von einem Kind wusste – meine Mutter hatte es ihm verschwiegen, weil sie seine Ehe nicht torpedieren wollte.

Da kam mir eine Idee. Ich versenkte meine Hand in der Tasche, zückte mein Handy, rief das Bild von Mama inmitten der Mohnblüten auf und zeigte es ihm.

»Erinnern Sie sich an diese Frau?«, fragte ich.

Sein Blick verschwamm, als er es betrachtete. Tränen schossen ihm in die Augen, und er wischte sie verlegen weg.

»Woher haben Sie dieses Bild?« Mit zitternden Händen griff er nach meinem Handy.

»Ich bin die Tochter von Marianne Schwarz, die in Bar-le-Duc eine Weile als Lehrerin tätig war.« Ich hätte auch sagen können, dass ich höchstwahrscheinlich seine Tochter war, doch würde er mir glauben?

Der Mann betrachtete das Foto eine Weile, dann schaute er mich mit seinen goldbraunen Augen an. Als er jünger war, musste er wirklich umwerfend ausgesehen haben.

In diesen Augen stand jetzt allerdings die Frage, was ich hier mit diesem Bild zu suchen hatte.

»Möchten Sie einen Moment reinkommen?«, fragte er mich dann.

»Ja gern«, antwortete ich, spürte aber gleichzeitig, dass mir das Herz bis zum Hals schlug. Eigentlich wäre es die Aufgabe meiner Mutter gewesen, ihm von seiner Tochter zu erzählen.

Aber noch hatte ich ein paar Augenblicke Zeit.

Er führte mich in ein kleines, spärlich eingerichtetes Wohnzimmer. Auf einem Schränkchen stand ein altmodischer Röhrenfernseher, der offenbar noch seinen Dienst tat.

Auf dem Tisch vor dem Sofa lagen einige Medikamentenschachteln. Ich kannte mich zu wenig damit aus, aber wenn Louise recht hatte, waren da sicher auch ein paar Herzmittel dabei.

Ansonsten gab es kaum Dekoration. Neben dem Fenster hing lediglich ein Kruzifix. Bilder schien Michel Clement nicht zu besitzen.

»Setzen Sie sich doch«, entgegnete er und deutete auf das Sofa, das durch seinen modernen Stoff irgendwie nicht zu den restlichen, wesentlich älteren Möbeln passte.

Ich nahm Platz und hielt mich ein wenig beklommen an meiner Tasche fest. Was würde mich erwarten? Und wie um alles in der Welt sollte ich ihm die Wahrheit beibringen?

»Marianne ist also Ihre Mutter«, begann er, nachdem er kurz in der Küche verschwunden war. Ich hörte das Blubbern einer Kaffeemaschine.

»Ja, das ist sie.«

»Dann wandeln Sie also auf den Spuren der Geschichte?«

Als ich ihn ansah, bemerkte ich, dass er nervös war. Ahnte er etwas? Hatte er doch irgendwie etwas erfahren?

Nein, das glaubte ich nicht. Wer sollte es ihm gesagt haben? Louise Silberg hatte allein schon aus Liebe zu meiner Mutter geschwiegen.

»Ja, ich habe mir Bar-le-Duc angesehen. Leider gibt es die alte Tuchfabrik nicht mehr, aber dafür habe ich Louise Silberg angetroffen.«

»Louise war einmal ein sehr nettes Mädchen. Zu schade, dass sie nie einen Mann gefunden hat.«

Nicht finden wollte, verbesserte ich ihn im Stillen. Was würde er wohl dazu sagen, dass er eigentlich Louises Konkurrent gewesen war? Aber ich würde das Geheimnis von Madame Silberg wahren – auch meiner Mutter gegenüber. Es ging nur Louise etwas an.

»Und was führt Sie nach Metz?«, fragte Clement weiter.

Ich hatte mittlerweile das Gefühl, gleich wie ein Chinaböller zu zerplatzen vor lauter Anspannung.

»Gibt es einen bestimmten Grund, weshalb Sie gerade mich aufsuchen?«

»Nun ja … wahrscheinlich werden Sie es mir nicht glauben, aber …« Ich stockte, als ich sah, dass der goldene Blick des Mannes plötzlich vereiste. Ich hätte vielleicht erzählen können, dass meine Mutter ihn erwähnt hatte – doch ihre Beziehung hatte nicht glücklich geendet, also gab es keinen anderen Grund außer …

»Ich nehme an, dass ich Ihre Tochter bin, Monsieur Clement!«

Nein, ich hätte vielmehr sagen müssen, dass ich sicher war, seine Tochter zu sein, denn der Monat der Zeugung fiel eindeutig in den Aufenthalt meiner Mutter in Bar-²le-Duc, und sie hatte ganz gewiss nichts mit einem anderen.

Aber vielleicht war es auch besser so, dass ich bei der Annahme blieb, denn ich sah nun, dass alle Farbe aus Monsieur Clements Gesicht gewichen war.

Einen Moment lang wirkte er wie versteinert. Sein Blick glitt an mir vorbei, und ich fürchtete, dass er sich jeden Moment an die Brust greifen würde.

»Ist alles in Ordnung mit Ihnen?«, fragte ich. »Geht es Ihnen gut, Monsieur Clement?«

Lange Zeit rührte er sich nicht. Dann drehte er ganz langsam den Kopf und sah mich an, forschend, als suchte er in meinem Gesicht Spuren seines eigenen. Ich war sicher, dass er sie bei näherem Hinsehen finden würde. Allein schon meine Augen waren ein deutlicher Hinweis, das wusste ich nun.

»Sind Sie sicher?«

Ich griff in meine Tasche und zog meinen Personalausweis hervor. Mein Geburtsdatum würde ihm Gewissheit geben.

Seine Hände zitterten noch mehr als vorhin bei dem Foto meiner Mutter, während er meinen Ausweis betrachtete.

»Juni«, murmelte er. »Das muss passiert sein, kurz bevor die Schule brannte. Kurz bevor …«

… ich diese unselige Ehe mit Jeanne eingehen musste, ergänzte ich stumm, denn genau daran schien er jetzt zu denken.

Er gab mir den Ausweis zurück und schwieg dann eine Weile. Etwas in seinem Gesicht veränderte sich plötzlich.

»Was hat sich Ihre Mutter nur dabei gedacht, mir das zu verschweigen!«, brauste er auf. Jetzt wurde er puterrot.

Er sprang von seinem Sessel auf und begann, unruhig im Wohnzimmer auf und ab zu gehen. Ich sah, dass er am ganzen Leib zitterte. »Warum hat sie mir nicht gesagt, dass sie ein Kind von mir erwartet? Hat sie denn gedacht, dass ich keine Ehre im Leib habe? Dachte sie, ich wäre ein Schwein, das sich aus der Verantwortung stehlen wollte?«

Ich war nicht sicher, ob es richtig war, darauf zu antworten, aber ich wollte auf keinen Fall, dass sich sein Zorn weiter aufschaukelte.

»Sie hatten gerade geheiratet«, begann ich beschwichtigend. »Sie wollte Ihre Ehe nicht ruinieren.«

»Pah, meine Ehe!«, brüllte er jetzt fast, so dass ich zusammenfuhr. Mit einem derartigen Gefühlsausbruch hätte ich nicht gerechnet. »Diese Ehe war eine Farce! Ein Witz! Ich hätte nie auf meinen Vater hören und mich von ihm unter Druck setzen lassen sollen. Man hat ja gesehen, wie es mit Rémy geendet ist!«

Ich verstand nicht. Was hatte dieser Rémy mit seinem Vater zu tun?

»Was meinen Sie?«, fragte ich vorsichtig und machte mich schon darauf gefasst, dass er gleich wieder losschrie.

Clement sah mich an. In seinen Blick trat jetzt Bedauern.

»Mein Vater … er hat mir gedroht, dass er Marianne in der Schule das Leben zur Hölle machen würde, wenn ich die Beziehung nicht abbreche und meine Verlobte heirate. Er war ein Freund von Rémy, und als sein Sohn als der Saboteur des Fahrrads überführt wurde, war dessen Ruf passé. Marianne hat ihn nicht angezeigt, aber alle wussten es. Alle wussten, dass es falsch war, die deutsche Lehrerin für Dinge zur Verantwortung zu ziehen, für die sie nichts konnte. Aber in dem Augenblick war mein Vater blind. Er hatte mitbekommen, dass ich ein Verhältnis mit ihr hatte. Meine Verlobte wusste es ebenfalls. Es wäre kein Problem gewesen, die Verlobung zu lösen. Doch mein Vater wollte keine Deutsche in seiner Familie. Er bildete sich ein, dass dies Verderben über uns alle bringen würde.«

Er schüttelte den Kopf und schien jetzt ein wenig in sich zusammenzusinken. Ich musste daran denken, was Louise über die Verbindung von Herzkrankheit und Temperament gesagt hatte. Wenn das stimmte, würde mein Kind vielleicht ein Energiebündel werden. Vielleicht.

»Letztlich hat mein Vater uns beide unglücklich gemacht. Jeanne musste mit einem Mann zusammenleben, von dem sie wusste, dass er eine andere liebte. Und ich musste mit dem Gedanken leben, dass die große Liebe meines Lebens wieder nach Deutschland verschwunden ist und nichts mehr von mir wissen wollte.«

Er wirbelte herum und blickte mich an. Tränen kullerten über seine Wangen. »Ich habe es so furchtbar bereut, dass ich Ihre Mutter habe gehen lassen. Dass ich sie nicht noch einmal besucht habe. Ich dachte, sie wollte mich wegen der Hochzeit nicht mehr sehen. Aber wenn ich gewusst hätte, dass sie ein Kind von mir erwartet, hätte ich mit meinem Vater und notfalls mit der gesamten Familie gebrochen, das müssen Sie mir glauben.«

Einen Moment lang herrschte Schweigen zwischen uns. Ich starrte ihn an, diesen Mann, der mein Vater war und der fast vierzig Jahre nicht gewusst hatte, dass es mich gab. Der ein anderes Leben gelebt hatte als das, das er hätte leben können. Hatte es wirklich keine Möglichkeit gegeben, einen anderen Weg einzuschlagen?

»Warum haben Sie nie Anstalten gemacht, sie zu suchen?«, fragte ich schließlich. »Sie ist, soweit ich weiß, nach Koblenz zurückgegangen. Vielleicht hat sie sogar auf Nachricht von Ihnen gewartet.«

Michel wischte sich ein wenig unbeholfen die Tränen von den Wangen. »Ich dachte, sie sei böse auf mich. Ich dachte, sie will mich nicht mehr. Und als ich doch versucht habe sie aufzuspüren, war sie schon nicht mehr auffindbar.«

»Stimmt, wir sind eine Zeitlang häufig umgezogen.« Vielleicht, weil meine Mutter geahnt hatte, dass er sie suchen würde. Vielleicht war sie geflohen.

»Was war denn der Grund, dass Marianne ihr Schweigen gebrochen hat?«, fragte er, nachdem er eine Weile geschwiegen hatte. »Ich kenne sie. Sie war überaus schweigsam, man hatte das Gefühl, dass jedes Geheimnis bei ihr sicher war. Warum hat sie Ihnen nach so langer Zeit erst erzählt, wer Ihr Vater ist?«

Ich senkte den Kopf. Irgendwie widerstrebte es mir, den Grund zu nennen, denn vielleicht würde er sich selbst dafür verantwortlich machen, obwohl er nichts für seine Anlage konnte. Aber er war mein Vater. Auch wenn es mir noch ein bisschen schwerfiel zu akzeptieren, dass ich ihm jetzt gegenübersaß, war er mein Vater und hatte ein Recht darauf, zu wissen, was mit seinem Enkel los war.

»Ich ... ich bin schwanger.«

Clement nickte. »Das sehe ich.«

»Ich bin nicht mehr die Jüngste«, fuhr ich fort, »und stehe deshalb unter ärztlicher Kontrolle. Bei einer der Untersuchungen gab es eine Abweichung. Meine Ärztin vermutet nun, dass mein Kind einen Herzfehler haben könnte.«

Ich sah meinen Vater an. Wenn man es nicht wusste, bemerkte man seine Krankheit kaum. Er hatte keine blauen Lippen und keine fahle Hautfarbe. Ich hatte in meinen Büchern gelesen, dass Kammerseptumdefekte, wenn sie klein ausfielen, manchmal auf lange Zeit unbemerkt blieben. Manchmal wurden sie nur durch Routineuntersuchungen entdeckt – oder wenn sich Probleme wesentlich später einstellten. Mein Vater schien Glück gehabt zu haben. Sein Atem ging nicht rasselnd. Aber er lebte, und er war alt geworden.

Mein Vater mit dem Herzfehler war alt genug geworden, um in Rente zu gehen. Er war alt genug geworden, um mir gegenüberzusitzen. Das zeigte doch, dass es auch mein Kind schaffen konnte!

»Es stehen jetzt noch weitere Untersuchungen an, bei denen Genaueres herausgefunden werden soll. Aber das war der Grund, meine Mutter zu bitten, mir die Geschichte zu erzählen. Mir von Ihnen zu erzählen, Monsieur Clement.«

»Papa«, verbesserte er mich daraufhin. »Nenn mich Papa. Immerhin bin ich dein Vater. Und du weißt gar nicht, was für ein großes Glück es für mich bedeutet, einen Enkel zu haben. Ich hatte die Hoffnung schon aufgegeben. Weißt du, Jeanne hat sich so sehr Kinder gewünscht und konnte keine bekommen. Und als sie nicht mehr meine Frau war, wollte ich keine andere mehr. Zu sehen, dass ich ein Kind habe und Großvater werde, erfüllt mich mit einem unglaublichen Glücksgefühl!«

Mit diesen Worten schloss er mich in seine Arme. Und ich musste zugeben, dass es sich richtig anfühlte – auch wenn ich ihn erst seit knapp einer Stunde kannte.

 34

Foto Nr. 13

Das gesamte Kollegium der Schule hat sich vor dem Gebäude versammelt. Neben Marianne stehen eine blasse dunkelhaarige Frau mit strenger Frisur und ein Mann mit Glatze und Schnurrbart. Die Mienen der Fotografierten schwanken zwischen Schwermut und Freude. Marianne trägt ein helles Sommerkleid, doch das Lächeln auf ihrem Gesicht birgt ein Geheimnis. (Ohne Datum)

»Es ist wirklich jammerschade, dass Sie wieder gehen müssen«, sagte Rektor Callas, nachdem er das Fenster geöffnet hatte, um die warme Sommerluft in den Raum zu lassen. Augenblicklich verflog der Zigarrengeruch, und Marianne, die vor dem Schreibtisch saß, meinte, getrocknetes Heu zu riechen.

Sie erinnerte sich noch gut daran, diesen Geruch schon einmal gerochen zu haben. Mitten in der Unterrichtsstunde, als sie die Bilder aus dem Mohnblütenfeld auswerten wollten. Wenig später war es ihr schwarz vor Augen geworden.

Man rief den Arzt, und Marianne wurde ins Krankenhaus gebracht, weil man befürchtete, dass sich Spätfolgen ihres Unfalls einstellen würden.

Doch dann war Dr. Chirac, der Gynäkologe der Klinik, zu ihr gekommen.

»Ich freue mich, Ihnen mitteilen zu können, dass Ihre

Ohnmacht keinen krankhaften Grund hat«, begann er. »Vielmehr gratuliere ich Ihnen, denn Sie sind schwanger.«

Marianne hatte den Arzt verwirrt angesehen. Und sich dann wieder an die Nacht erinnert, in der sie Michels Hüften mit den Beinen umklammert hatte, voller Verzweiflung und voller Lust.

Diese Nacht hatte ein Kind in ihr hinterlassen, Michels Kind.

Zunächst war sie geschockt, doch noch während der Arzt sie darüber aufklärte, was sie ab sofort zu tun oder zu lassen hatte, war in ihr das Bewusstsein aufgekeimt, welches Geschenk und welche Chance sie erhalten hatte.

Michels Kind! Jeanne mochte vielleicht seine Ehefrau sein, doch sie hatte sein Kind!

Zuvor hatte sie sich keine Gedanken darüber gemacht, ob sie überhaupt mal Kinder haben wollte. Nachdem Michel geheiratet hatte, war dieser Gedanke ganz von ihr abgerückt. Doch jetzt hörte sie von dem Kind, und ihr wurde klar, dass sie eine unbeschreibliche Chance erhalten hatte. Vielleicht würde sie nie wieder einen anderen Mann finden – aber ein Kind, das würde sie immer haben. Sie würde es großziehen und ihm die Liebe geben, die sie von ihren Eltern nicht erhalten hatte. Sie würde mit einem Lächeln seine Interessen hinnehmen, es unterstützen, wo sie nur konnte.

Die Geschichte ihres Vaters jedoch würde sie ihm nicht erzählen, denn sie wollte nicht, dass es sich ungeliebt fühlte, nur weil ihr Vater nicht den Mut gehabt hatte, sich für die Frau, die er vielleicht geliebt hatte, zu entscheiden …

Seit der Diagnose durch Dr. Chirac war ein Monat vergangen. Marianne wurde immer noch von heftigen Übelkeitsschüben geplagt, doch es gab sich allmählich.

Mittlerweile hatte sie sich mit dem Gedanken, Mutter zu werden, angefreundet. Immerhin hatte sie auf diese Weise etwas von Michel, das ihr niemand nehmen konnte.

Ihn mit dem Kind, das unter ihrem Herzen wuchs, zu konfrontieren, kam ihr allerdings nicht in den Sinn. Es würde sein Leben nur unnötig verkomplizieren.

Seit seiner Hochzeit hatte sie ihn nicht mehr gesehen. Gewiss hatte er mit seiner Ehefrau zu tun, möglicherweise waren die beiden jetzt auf Hochzeitsreise.

Es war gut so. Michels Anblick mit seiner Braut hatte zwar nicht so heilsam gewirkt, wie Marianne es sich erhofft hatte. Doch es würde ihr nicht mehr schwerfallen, Bar-le-Duc den Rücken zu kehren.

»Alles in Ordnung mit Ihnen, Marianne?«, riss die Stimme des Rektors sie aus ihren Gedanken. Was er zuvor gesagt hatte, hatte sie nicht mitbekommen.

»Ja, ja, mit mir ist alles in Ordnung, ich war nur in Gedanken. Können Sie es bitte noch einmal wiederholen?«

»Ich würde Ihnen gern anbieten, dauerhaft an meinem Lycée zu arbeiten«, sagte Callas freundlich. »Ich weiß, Sie sind Deutsche, aber Koblenz ist nicht allzu weit von hier. Ich glaube, wir könnten eine Regelung finden, die es Ihnen ermöglicht, hier zu arbeiten und Ihre Wochenenden in Ihrer Heimat zu verbringen. Was meinen Sie?«

Marianne schaute den Rektor überrascht an. Damit hatte sie nicht gerechnet.

»Sie ... Sie wollen mich hier anstellen?«

»Ja, und zwar sehr gern. Sie sprechen hervorragend unsere Sprache und haben sich gut in das Kollegium eingegliedert. Außerdem habe ich das Gefühl, dass Ihre Schüler Sie seit dem Ausflug ins Mohnfeld regelrecht lieben.«

Den Eindruck teilte Marianne nicht ganz, aber sie musste zugeben, dass es besser geworden war. Möglicherweise lag das aber auch daran, dass Bertrand Rémy wegen der Manipulation ihres Fahrrades der Schule verwiesen worden war – und dass durch diesen Anschlag auch das Ansehen seines Vaters in der Stadt arg in Mitleidenschaft gezogen worden war. Die Leute redeten von ihm jetzt nicht mehr so respektvoll, er war nur noch der Vater des Jungen, der beinahe seine Lehrerin umgebracht hätte.

Was das Kollegium anging, so würden einige von ihnen nach wie vor wegschauen, wenn jemand sie beschimpfte. Lydie hatte nie dazugehört, ebenso wenig Dumont, das würde vielleicht reichen, um hier zu bestehen. Und Clement war seit der Hochzeit seines Sohnes etwas freundlicher zu ihr geworden – immerhin war jetzt sichergestellt, dass keine Deutsche in seine Familie kam.

Doch der Hauptgrund, weshalb sie nicht bleiben konnte, nicht bleiben wollte, war Michel. Und das Kind unter ihrem Herzen. Würde sie bleiben, würde es auffallen. Die Leute würden sich das Maul zerreißen. Und Michel … Würde er davon erfahren, wer weiß, vielleicht verließ er dann seine Frau. Das würde allerdings dazu führen, dass sie noch weniger gut gelitten war.

Manche Wünsche durften nicht in Erfüllung gehen, das wusste Marianne nun. Sosehr sie Frankreich auch liebte – sie würde hier nicht bleiben. Sie brauchte einen Ort, an dem sie sicher war, einen Ort, an dem niemand sie kannte. Den Kollegen zu Hause konnte sie vormachen, jemanden in Koblenz kennengelernt zu haben und schwanger geworden zu sein. Alleinerziehend zu sein war in Deutschland nicht mehr so schlimm angesehen wie früher. Und auch ihre eigene Familie würde keinen Anteil haben an ihrer Zukunft.

Michels Kind würde immer zu ihr gehören. Das genügte ihr in diesem Augenblick.

Zurückgekehrt aus ihren Überlegungen, die der Rektor sicher für Nachdenken gehalten hatte, schüttelte Marianne den Kopf. »Es ist wirklich schade, aber ich kann das leider nicht annehmen.«

»Warum nicht?«, fragte der Rektor bedauernd. »Ich würde Ihnen ein überaus großzügiges Angebot machen. Und wenn Sie wollen, besorge ich Ihnen auch eine Wohnung. Ich habe da Verbindungen …«

»Tut mir leid«, unterbrach Marianne ihn. »Ich weiß das Angebot sehr zu schätzen. Doch es geht nicht. Ich muss nach Hause zurück, meine Kinder warten dort auf mich.«

Marianne zog die Karte hervor, die ihr ihre ehemalige Klasse geschickt hatte, und zeigte sie dem Direktor. »Das soll nicht heißen, dass Ihre Schüler nicht auch meine Kinder sind, doch die in Koblenz haben ältere Rechte.«

Sie hätte sich damit herausreden können, sich um ihre verwitwete Mutter kümmern zu müssen, doch das wollte sie nicht. Ihre Mutter kam bestens allein zurecht, möglicherweise noch viel besser als je zuvor. Wahrscheinlich verwaltete sie jetzt eifrig den Nachlass ihres Mannes und erfreute sich daran, dass weder seine Musen noch seine abtrünnige Tochter im Testament bedacht worden waren.

»Ihr Entschluss scheint festzustehen«, sagte Callas ein wenig enttäuscht. »Das bedaure ich sehr. Ich glaube kaum, dass wir je wieder so eine gute Deutschlehrerin bekommen werden.«

»Aber die haben Sie doch schon in Lydie«, entgegnete Marianne. »Sie spricht sehr gut und hat auch eine Verbindung zu ihren Schülern. Sie müssten ihr nur in einer Sache helfen.«

»Und die wäre?« Callas sah sie fragend an.

»Sorgen Sie dafür, dass sie nicht mehr als Tochter eines Kollaborateurs angesehen wird. Für das, was ihr Vater getan hat, kann sie nichts, doch die Leute hier stellen sie immer noch auf dieselbe Stufe mit ihm. Niemand hier sieht, dass sie für ihre kranke Mutter da ist, dass sie ihr persönliches Glück ihr und der Schule opfert. Stärken Sie ihr bitte den Rücken. Wenn sie hier Halt finden kann, wird sie eine wunderbare Lehrerin sein, da bin ich sicher.«

Callas wirkte zunächst noch ein wenig zweifelnd, doch dann nickte er. »Ich werde es zumindest versuchen. Wie Sie wissen, sind die Leute hier ein wenig störrisch.«

»Die Leute haben es geschafft, sich mit mir zu arrangieren, dann werden sie auch mit Lydie zurechtkommen. Sie müssen nur eines tun, Monsieur Callas: Unterstützen Sie sie bei den Elternabenden. Und machen Sie den Leuten klar, dass die alten Geschichten in einer Schule nichts zu suchen haben – wenn sie nicht gerade zum Geschichtsunterricht gehören. Die Schule ist ein Ort der Zukunft.«

Und der Vergebung, ging es ihr durch den Sinn. Gleichzeitig bemerkte sie, dass sie sich gerade ein wenig wie eine Vorgesetzte von Callas angehört hatte. Eigentlich hatte sie ihm nicht vorzuschreiben, was er zu tun hatte. Doch was hatte sie schon zu verlieren? Heute war ihr letzter Tag an dieser Schule. Nach diesem Gespräch würde sie gehen. Ihr Zeugnis hatte sie schon bekommen, die offizielle Abschiedsveranstaltung hatte bereits gestern stattgefunden. Jetzt würde sie noch einen Bericht für den Pädagogischen Austauschdienst schreiben müssen. Und sicher gab es da noch die eine oder andere Veranstaltung zu absolvieren, aber das würde ihr nicht schwerfallen.

Morgen würde sie mit dem Zug zurückfahren. Und dann musste sie sich Gedanken darüber machen, wie sie ihr Leben gestalten wollte.

»Das sind weise Worte, Mademoiselle Schwarz«, sagte Callas und klang überhaupt nicht verstimmt. »Ich werde sehen, was sich davon umsetzen lässt. Ich wünsche Ihnen alles Gute, bitte vergessen Sie uns nicht. Und sollten Sie Ihre Meinung ändern: Meine Tür steht Ihnen immer offen.«

»Danke«, sagte Marianne, doch gleichzeitig wusste sie, dass sie nie wieder durch diese Tür treten würde. Ebenso wenig, wie sie noch einmal nach Bar-le-Duc kommen würde.

Als sie das Büro verließ, war der große Hauptgang leer, wie am ersten Tag, als sie hier angefangen hatte. Die Schüler waren bereits in die Sommerferien verschwunden, der Hausmeister fegte draußen die Steine des Gehwegs. Spatzen zwitscherten durch die Bäume, und das Brummen eines Lastwagens hallte durch die Straße.

Marianne blieb stehen. Ein wenig hoffte sie, dass Michel auftauchen würde, wie damals, als sie hier angekommen war. Dann jedoch war sie erleichtert, dass er nicht da war. Möglicherweise wäre sie schwach geworden. Möglicherweise hätte sie ihm von ihrem Kind und dem Angebot von Rektor Callas erzählt. Möglicherweise wäre alles komplizierter geworden.

Doch sein Fernbleiben bewahrte sie davor. Noch einmal warf sie einen Rundblick durch den Gang, dann trug sie ihre Schultasche nach draußen. Ein letztes Mal grüßte sie den Hausmeister, der immer erstaunt schien, dass ihn überhaupt jemand wahrnahm, dann schlug sie den Weg in Richtung Villa ein.

Am nächsten Morgen stapfte sie mit dem Koffer in der Hand die Treppe zur Villa hinauf. Im Nebengelass hatte sie die Betten abgezogen und so gut es ging aufgeräumt. Natürlich würde Sophie das alles viel besser hinbekommen, aber mit dieser Handlung war ihr Aufenthalt hier abgeschlossen. Fehlte nur noch ein letztes Frühstück mit den Silbergs.

Wie immer kam ihr Clémence mit wedelnder Rute entgegengestürmt. Marianne stellte den Koffer ab und tätschelte den Kopf der riesigen Hündin, die winselte, als wüsste sie, dass sie sie verlassen würde.

Als sie weiterging, traf sie auf Sophie.

»Guten Morgen, Mademoiselle. Monsieur Alain hat mir aufgetragen, Sie gleich ins Esszimmer zu bitten, wenn Sie kommen.«

Als sie das Esszimmer betrat, flog ihr Louise entgegen und umarmte sie.

»Ich werde dich so sehr vermissen!«

»Das werde ich auch«, versprach Marianne, und es stimmte. Es gab vieles, was sie vermissen würde. Und einiges ganz und gar nicht. Louise würde ihr fehlen und auch Alain. Sophie und auch Clémence. Michel würde sie vermissen. Ja, sie war sicher, dass sie, wenn sie wieder in ihrer Wohnung in Koblenz war, ihn am allermeisten vermissen würde. Es würde sie zerreißen, und sie würde ihn tief in ihrer Erinnerung verstecken müssen, denn das war besser, als sich sinnlos nach ihm zu sehnen.

Und ihr würde auch die Stadt fehlen, die zumeist freundlichen Menschen und der Mohn.

»Aber die Zeit für ein gutes Frühstück haben Sie noch«, sagte Alain und deutete auf den Tisch, der reicher als sonst gedeckt war. »Setzen Sie sich, und essen Sie. Ich bin sicher, dass Sie auf der anderen Seite der Grenze eine barbarische Küche erwartet.«

»Es gibt viele französische Restaurants«, gab Marianne zu bedenken, denn sie wusste, dass er es nicht ernst meinte.

»Pah, diese sind mit unserer Küche nicht zu vergleichen, also essen Sie! Es soll mir in Ihrer Heimat niemand sagen, dass ich Sie abgemagert nach Hause geschickt habe.«

»Das wird bestimmt niemand«, versprach Marianne und setzte sich an den Tisch.

Eine halbe Stunde später verabschiedete sie sich von Alain. Louise wollte sie zum Bahnhof fahren, mit ihr würde sie noch ein paar Augenblicke mehr haben.

Sie war traurig, denn sie wusste, dass sie Alain so bald nicht wiedersehen würde. Vielleicht sah sie ihn und Louise nie wieder. Im kommenden Jahr würde sie ein Kind haben, um das sie sich kümmern musste. Aber wer weiß, vielleicht würde sie eines Tages die Kraft finden, ihrem Kind von Bar-le-Duc zu erzählen. Und von seinem Vater.

Als der Zug einfuhr, umarmten sich Marianne und Louise so lange, dass sie schon meinten, aneinander festzuwachsen. Marianne war froh, dass es keine große Zeremonie gab. Sie war froh, dass Michel nicht mehr auftauchte. Es machte den Abschied leichter, obwohl Louise ihr fehlen würde.

»Schreib mir«, sagte diese. »Schreib mir oft. Und ich werde dich besuchen, wenn ich kann, ja?«

Marianne nickte. Sie wusste, dass sie nicht nach Bar-le-Duc zurückkehren würde, aber wenn Louise den Weg zu ihr fand, würde sie ihr stets willkommen sein.

Als sie wieder in Köln eingetroffen war, fühlte sich Marianne, als würde sie ein fremdes Land betreten. Gleichzeitig wusste sie aber, dass es so das Beste war. Für sie und auch für das Leben, das in ihr heranwuchs.

»Ich fass es nicht. Marianne!«, rief jemand hinter ihr, als sie aus ihrem Zug gestiegen war.

»Ingrid!« Marianne konnte es kaum glauben. Am Treffpunkt in Paris hatte sie noch nach ihr Ausschau gehalten, sie und Celia aber nirgends finden können. Und jetzt liefen sie sich hier über den Weg.

»Du meine Güte, Marianne!«, rief sie aus und kam zu ihr gerannt, als wäre sie einer alten Freundin begegnet. »Wie geht es dir?«

»Bestens, wie du siehst«, entgegnete Marianne, was nur ein wenig geflunkert war, denn sie hatte sich heute Morgen heftig übergeben, mittlerweile fühlte sie sich wieder gut. »Und dir? Wie war dein Jahr?«

»Anstrengend!«, entgegnete Ingrid. »Aber es war die tollste Erfahrung, die ich je gemacht habe. Ich hätte nicht gedacht, dass man die Deutschen so gut aufnehmen würde.«

Offenbar ist es von Ort zu Ort verschieden, dachte Marianne. Doch eigentlich tat sie den Leuten von Bar-le-Duc unrecht. Die Einzigen, die wirklich etwas gegen sie gehabt hatten, waren Rémy und sein Sohn sowie Monsieur Clement. Ansonsten waren die meisten doch recht nett zu ihr gewesen, nachdem das Eis geschmolzen war.

»Hast du eigentlich noch einmal etwas von Celia gehört?« Marianne reckte den Hals, fand ihre lebhafte und den Drogen nicht abgeneigte Kollegin aber nirgends.

»Oh, das habe ich. Sie wird nicht wieder nach Deutschland zurückkehren, schätze ich. Wenn mein Kontakt zu den Franzosen schon sehr gut war, so war ihrer noch viel besser.« Sie zwinkerte vielsagend.

Es dauerte eine Weile, bis bei Marianne der Groschen fiel. »Ah, sie hat jemanden kennengelernt!«

»Nicht nur das!«, entgegnete Ingrid. »Sie hat ihn vom Fleck weg geheiratet und die Schule verlassen. Du kannst dir vorstellen, wie man dort getobt hat.«

Marianne lächelte ein wenig bitter. Vielleicht, wenn alles anders gekommen wäre, hätte sie Michel auch geheiratet. Doch es hatte nicht sein sollen.

»Das passt zu Celia«, sagte sie und drängte die Bitterkeit beiseite. »Aber muss sie denn keine Strafe fürchten? Immerhin hat der Austauschdienst doch ihren Aufenthalt bezahlt.«

»Keine Ahnung, auf jeden Fall ist sie überglücklich. Und sie würde sich bestimmt freuen, wenn du sie mal anschreibst. Ich kann dir ihre Adresse geben.«

»Das wäre sehr nett von dir!«, entgegnete Marianne, obwohl sie wusste, dass sie das niemals tun würde.

»Ah, ich habe kein Papier. Hast du irgendwas zum Schreiben da?«

Marianne griff in die Tasche ihres Sommermantels. Sie hatte ihn in Frankreich kaum getragen, weil er sie beim Radfahren behindert hätte. Tatsächlich fand sie etwas in ihrer Tasche, das sich wie ein Tempo-Taschentuch anfühlte. Sie zog es hervor und erkannte zu spät, worum es sich handelte.

»Ah, der Typ in der Bar!« Ingrid lächelte wissend, als sie die daraufgekritzelte Telefonnummer sah. »Und, willst du ihn anrufen?«

Marianne wurde rot. »Nein, natürlich nicht! Er weiß sicher ohnehin nicht mehr, wer ich bin.«

»Wenn ich dir mein Kleid leihe, bestimmt. Ich habe es noch.«

»Lass nur, das muss nicht sein. In Deutschland gibt es auch hübsche Männer.«

»Da hast du allerdings recht.«

Ingrid kritzelte Celias Pariser Adresse und ihre eigene unter die Telefonnummer und reichte Marianne die Serviette.

»Hier. Damit du mich nicht vergisst. Schreibst du mir? Dann kriege ich deine Adresse mit deinem Brief.«

»Mach ich«, versprach Marianne und schob die Serviette in die Tasche. Vielleicht würde sie sie doch nicht wegwerfen.

Als die Ankunft des IC nach Koblenz nahte, verabschiedete sie sich von Ingrid und trug ihren Koffer die Treppe hinauf. Sonne schien auf die Gleise, ein paar Tauben gurrten, und Marianne freute sich auf den Sommer. Und darauf, dass ihr das nächste Jahr ein Kind bringen würde.

35

Als ich am Abend ins Hotel zurückkehrte, fühlte ich mich wie gerädert. Aber gleichzeitig auch ungeheuer glücklich. Ich hatte mehr erhalten, als ich hätte erwarten können. Von nun an hatte ich einen Vater, und mein Kind würde einen Großvater bekommen. Leider hatte die Zeit nicht ausgereicht, um alle offenen Fragen zu klären, doch ich hatte Michel – Papa – versprochen, mich bald bei ihm zu melden und ihn mit seinem Enkelkind zu besuchen, sobald es da war.

Irgendwie hatte ich jetzt ein bisschen mehr Hoffnung. Mein Vater hat es mit dem Herzfehler geschafft – warum nicht auch mein Baby? Natürlich war es immer noch ein Risiko, aber ich sah jetzt alles nicht mehr ganz so schwarz.

Und plötzlich hatte ich auch den Mut, mich mit dem Vater meines Kindes auseinanderzusetzen.

Mein Herz trommelte heftig gegen meine Brust, als ich Davids Nummer wählte. Fragen stürmten auf mich ein. Wenn er nun keine Zeit hatte? Wenn er nicht reden wollte? Wenn ich nun das Gegenteil von dem erreichte, was ich vorhatte?

»Hofer«, meldete er sich. Es war so toll, ihn zu hören!

»Hi, David, ich bin's«, entgegnete ich ein wenig zaghaft. »Ich würde gern mit dir reden, hast du vielleicht einen Moment Zeit?«

»Aber sicher doch«, entgegnete er, und ich hörte, wie ein

Stuhl über den Boden geschoben wurde. Er setzte sich. Gut.
»Wie geht es dir?«

»Gut. Na ja, ich meine, den Umständen entsprechend.
Ich … ich rufe aus Bar-le-Duc an.«

Für einen Moment fühlte es sich so an wie damals, wenn
ich mit David von einer Reise telefoniert hatte. Als ob nichts
gewesen wäre. Aber natürlich war Davids Tonfall ein anderer.
Er klang ein bisschen geschäftsmäßig – wahrscheinlich hatte
er keine Ahnung, warum ich ihn anrief.

»Aha, was führt dich denn dorthin?«, fragte er.

»Ich wollte meinen Vater besuchen.«

»Deinen Vater? Aber ich denke, der ist tot!«

»Tja, offenbar nicht«, entgegnete ich. »Vor kurzem hat
meine Mutter eingeräumt, dass er noch leben könnte. Na ja,
da wollte ich ihn sehen, und ich habe ihn gefunden. Er lebt
jetzt in Metz.«

Ich spürte, dass David diese Information erst mal verdauen
musste. Außerdem wunderte er sich vielleicht darüber, dass
ich so fröhlich plauderte. Dass ich meinen Vater gefunden
hatte, euphorisierte mich einfach! Aber mir war schon klar,
dass ich auf den Punkt kommen musste.

»Ich … ich wollte Gewissheit, denn Dr. Mandelbaum
vermutete, dass die Ursache meiner genetischen Anlage bei
meinem Vater zu suchen sei. Also habe ich meine Mutter gefragt. Und sie hat mir alles gesagt.« Ich machte eine kleine
Pause. Vielleicht würde ich ihm die ganze Geschichte auch
irgendwann erzählen, aber nicht jetzt. Doch eines musste er
wissen.

»Ich habe in meinem Leben selten das Gefühl gehabt, dass
mir etwas fehlte, denn meine Mutter war immer für mich da.
Mit ihrer Kraft hat sie mein Leben mit Licht und Sonne ge-

füllt, und auch wenn wir mal knapp bei Kasse waren, so hatte ich doch alles, was ich brauchte. Mir war es nicht klar, aber jetzt weiß ich: Mir fehlte mein Vater. Dass ich nicht wusste, wer er ist, hat mich belastet. Ich habe es verdrängt, ich hatte Angst nachzufragen, denn ich spürte, dass die Erinnerung an ihn meiner Mutter zu schaffen machte. Doch dann, als ich erfuhr, dass mein Kind möglichweise einen angeborenen Herzfehler haben würde … Plötzlich wollte ich es wissen. Plötzlich merkte ich, wie sehr er mir gefehlt hat. Und im Gespräch mit meiner Mutter habe ich erfahren, wie viele Verletzungen und Entfremdungen sie aushalten musste, um ihn zu finden. Und wie sehr es sie geschmerzt hat, ihn zu verlieren. Und ich erfuhr auch, was ihr eigener Vater in ihrer Seele angerichtet hat. Seine Abwesenheit, obwohl er da war, hat sie für ihr Leben gezeichnet.«

Ich machte eine Pause, wartete, ob David etwas sagen würde. Doch da war nur sein Atmen im Äther.

»Und weil ich ihn gefunden habe …«, begann ich und zögerte dann ein wenig. »Weil ich ihn gefunden habe, dachte ich mir, dass ich mich auch auf die Suche nach dem Vater für mein Kind machen sollte.«

Schweigen. Mein Herz hämmerte, und ich spürte, wie meine Hände kribbelten. Doch ein Rückzieher kam jetzt nicht in Frage.

»Hilda hat mit dir gesprochen, nicht wahr?«, sagte er dann. Die fröhliche Plauderei war endgültig vorbei.

»Redest du noch mit ihr?«, fragte ich vorsichtig. Auf einmal fühlte ich mich angespannt wie eine Uhrenfeder.

Er lachte auf. Und für einen Moment konnte ich vor meinem geistigen Auge wieder den Mann sehen, den ich einst kennen- und lieben gelernt hatte. Doch war er das noch?

»Natürlich rede ich mit ihr«, antwortete er. »Wenngleich ich ziemlich sauer auf sie war, dass sie es dir erzählt hat.«

»Warum hast du es nicht getan?«, fragte ich leise.

Auch wenn ich ihn nicht sah, konnte ich mir vorstellen, was in ihm vorging. Wahrscheinlich sah er *sie*. Sah, wie sie lachte, wie sie über ihren Babybauch strich, wie sie mit ihm gemeinsam Zukunftspläne machte. Pläne, aus denen nichts geworden war.

»Weil ich Angst hatte«, sagte er nach einer Weile. Seine Stimme war jetzt vollkommen ernst, und ich glaubte, ein leichtes Zittern zu hören. »Und ich muss zugeben, dass ich diese Angst immer noch habe. Weißt du, als du mich angerufen hast, um nach dem Herzfehler zu fragen … Ich war danach ziemlich fertig.«

»Du hast recht gefasst geklungen«, gab ich zurück. »Beinahe gleichgültig.«

»Aber das war ich nicht«, entgegnete er, und jetzt hörte ich ein wenig Verzweiflung. »Der Gedanke, dass dir etwas passieren könnte … dass dem Kind etwas passieren könnte, hat mich fast umgebracht. Dass du meinen Wunsch ignoriert hast, machte mich wütend, aber hätte ich dieses Trauma nicht … ich hätte dir vergeben können.« Er machte eine kurze Pause, dann fuhr er fort: »Ich … ich weiß, es hat nicht so geklungen, doch ich wusste nicht, was ich tun sollte, ich bin förmlich ausgerastet und dann die ganze Nacht herumgelaufen. Von einem Ende der Stadt zum anderen. Die Leute haben mich wahrscheinlich für einen Landstreicher gehalten.«

Ich versuchte, es mir vorzustellen, und schämte mich, dass ich ganz vergessen hatte, wie es aussah, wenn er schwerwiegende Probleme zu bewältigen hatte. Aber ich hatte in dem Augenblick geglaubt, dass ich ihm vollkommen gleichgültig sei. Und jetzt hörte ich, dass es ihn doch nicht kaltgelassen hatte.

»Was passiert ist, ist sehr schlimm«, sagte ich. »Und ich kann verstehen, dass du das alles nicht noch mal durchleben wolltest. Hätte ich es gewusst, ich hätte die Pille nicht einfach abgesetzt, ohne mit dir zu sprechen.«

Davids Stimme wurde traurig. »Du hättest es vielleicht doch getan. Weil du dir eben so stark ein Kind gewünscht hast. Ich hätte es erkennen müssen.«

»Du hättest es mir anvertrauen müssen.«

Ich holte tief Luft. Irgendwie schien sich die Glaswand zwischen uns aufzulösen, die uns seit dem Tag, als ich ihm erzählt hatte, dass ich schwanger war, getrennt hatte.

»Ich weiß, dass ich Mist gebaut habe«, sagte er. »An dem Abend neulich ... Ich wollte dir eigentlich sagen, dass ich für dich da sein möchte. Egal, was gelaufen ist. Ich habe eingesehen, dass ich dich mit unserem Kind nicht alleinlassen kann. Aber dann war da die Sache mit der Sterilisation, und ich wusste nicht ... Ich weiß nicht, was mich geritten hat, damit anzufangen.«

Diese Worte verschlugen mir fast den Atem. Ein leichter Schwindel erfasste mich. Die Anstrengungen des Tages, gepaart mit dem Gespräch mit David, waren wohl doch ein bisschen zu viel für mich.

»Es war falsch von mir, und mir wurde erst hinterher klar, was ich damit angerichtet habe. Ich kann verstehen, dass du mich nicht mehr lieben kannst. Aber vielleicht erlaubst du mir, für das Kind da zu sein. Und für dich. Wenn du es willst.«

Jetzt kam es mir so vor, als würde ich fallen. Oder war es schweben? David hatte mir an dem misslungenen Abend sagen wollen, dass er für mich da sein wollte? Das war beinahe zu schön, um wahr zu sein.

»Ich …« Meine Stimme brach. Tränen stiegen mir in die Augen, und es dauerte eine Weile, bis ich mich wieder gefangen hatte.

»Ich brauche da nicht lange zu überlegen«, entgegnete ich. Das war der Moment, auf den ich gewartet hatte. Das war die Antwort, die ich nach dem Besuch bei Dr. Mandelbaum hätte haben wollen. »Ich möchte nicht schweigen müssen, wenn mein Kind mich nach seinem Vater fragt. Ich dachte, ich könnte das, als ich dich gehen ließ, aber ich kann es nicht. Nicht nach dem, was ich erlebt habe.«

Jetzt hörte ich, dass auch er weinte. Minutenlang war es uns nicht möglich, etwas zu sagen.

»Würdest du denn wollen, dass ich zurückkomme? Immerhin habe ich dich verletzt. Wahrscheinlich würde jeder, der die Geschichte hört, denken, ich sei das größte Arschloch der Welt, dass ich meine schwangere Freundin verlassen habe.«

»Ja, vermutlich.« Ich lachte unter meinen Tränen kurz auf. »Aber ich war ebenfalls ein Arsch.«

»Dann passen wir ja gut zusammen.«

Wir schluchzten und lachten gleichzeitig, dann fragte er: »Wann ist denn dein Termin bei diesem Arzt, von dem mir meine Mutter erzählt hat?«

»Nächste Woche Freitag.«

»Was hältst du davon, wenn ich dich begleite?«

»Hast du denn da Zeit?« Ich wusste, dass Davids Terminkalender randvoll war.

»Für die Mutter meines Kindes werde ich diese Zeit finden.«

Nachdem wir aufgelegt hatten, starrte ich lange Zeit in die

Dunkelheit. Bar-le-Duc war ein kleines Lichtermeer vor meinem Fenster. Ich war vollkommen erschöpft. Eigentlich hatte ich meine Mutter anrufen wollen, doch jetzt musste ich mich erst einmal erholen. Wann geschah es denn schon mal, dass man zwei Väter fand?

Meinen Vater und den meines Kindes.

Fast konnte ich es nicht glauben. Aber es war wirklich passiert. In diesem Augenblick dachte ich nicht daran, wie es weitergehen sollte oder was kommen würde. Ich konnte mich nur an diesen unglaublichen Momenten erfreuen und diese in meinem Herzen aufbewahren für den Fall, dass in einer Woche alles schieflief.

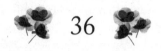# 36

Fast tat es mir ein bisschen leid, Bar-le-Duc wieder zu verlassen. Ich ahnte, dass ich Louise Silberg vielleicht nie wiedersehen würde. Aber immerhin hatte ich sie kennengelernt und etwas mehr erfahren, als meine Mutter wusste. Auch ich hatte nun ein kleines Geheimnis zu wahren.

Heute Morgen hatte ich meine Mutter angerufen und von meinem Treffen mit Michel berichtet. Meine Mutter war vollkommen außer sich gewesen, als sie erfuhr, dass er noch lebte – und dass ich ihm erzählt hatte, wer ich war. Doch dann hatte sie zu weinen begonnen, so sehr, dass ich gar nicht anders konnte, als mitzuweinen. Als wir uns endlich wieder beruhigt hatten, schilderte ich ihr alles, was mein Vater und ich miteinander geredet hatten.

»Es braucht mich nicht zu wundern, dass er wütend auf mich ist«, gestand sie ein. »Ich hätte es anders machen müssen. Ich hätte ihm zumindest schreiben müssen. Und dir von ihm erzählen.«

»Das hättest du«, hatte ich entgegnet. »Aber was vergangen ist, kann nicht mehr rückgängig gemacht werden. Wir haben immerhin begonnen, die Sache wieder ein wenig geradezurücken. Du wirst sehen, wenn er sich abgeregt hat, wird er dir vielleicht schreiben. Möglicherweise bekommt ihr wieder Kontakt miteinander.«

»Das wäre schön«, sagte meine Mutter und wirkte, als sei

sie schon wieder den Tränen nahe. Damit sie sich nicht völlig auflöste, versprach ich ihr, bei meiner Rückkehr mehr zu berichten. Immerhin hatte ich ja nicht nur Michel getroffen.

Dass ich mit David telefoniert hatte, hatte ich ihr noch verschwiegen – ich würde es ihr erzählen, wenn ich wieder da war. Eine Aufregung reichte im Moment für sie.

Am Bahnhof angekommen, zog ich meinen Trolley die Rollstuhlrampe hinauf. Bis mein Zug eintraf, hatte ich noch ein wenig Zeit, also kaufte ich mir an einem kleinen Kiosk eine Zeitung, eine Flasche Wasser und ein Pain au chocolat. Es hatte zwar keine Erdbeerfüllung, aber mein Kind verschmähte auch Schokolade nicht, wie es schien.

Während ich es verspeiste, ließ ich die vergangenen Tage noch einmal vor meinem geistigen Auge Revue passieren. Es war seltsam, doch vor lauter Dingen, die ich gesehen, gehört und herausgefunden hatte, hatte ich keine Zeit gehabt, mich um mein Kind und die bevorstehende Untersuchung zu sorgen. Die Sorge würde zweifellos wiederkehren, doch jetzt war meine Seele übervoll mit Bildern, Geschichten und Gefühlen, und irgendwie verspürte ich einen leichten Optimismus. Das würde sich in den kommenden Tagen sicher wieder geben, wie ich mich kannte, aber in diesem Augenblick genoss ich die relative Sorglosigkeit.

»Nicole!«

Ich wandte mich um und fühlte mich für einen Moment in eines der Fotos meiner Mutter versetzt. Glücklicherweise hatte ich den letzten Bissen schon heruntergeschluckt.

Ein Mann in einem grauen Trenchcoat winkte mir zu. Erst auf den zweiten Blick erkannte ich meinen Vater. Er trug jetzt einen blauen Mantel und eine dazu passende Kappe. Über seiner Schulter hing eine abgewetzte Ledertasche.

Noch immer brachte ich es nicht über mich, »Vater« oder »Papa« zu ihm zu sagen. Diese Worte waren mir einfach zu fremd. Aber ich wusste, dass er es mir nicht übelnahm, wenn ich ihn Michel nannte. Und vielleicht, irgendwann, würde ich ihn doch Papa nennen.

»Was machst du denn hier?«, fragte ich und umarmte ihn.

»Ich will dich begleiten, mein Kind, was sonst?«

Das hatte ich nicht erwartet. Als wir auseinandergingen, hatte ich eher den Eindruck gehabt, dass er zutiefst enttäuscht sei.

»Du willst mit nach Köln?«

»Ja. Und von dort aus nach Koblenz. Mein junger Nachbar hat das für mich gegoogelt.«

Bevor ich fragen konnte, was er dort wollte, fiel es mir ein.

»Du willst sie besuchen?«

»Ich will ihr die Ohren langziehen«, entgegnete Michel. »Dafür, dass sie mir all die Jahre verheimlicht hat, dass ich eine Tochter habe. Dafür, dass sie mich nicht davor bewahrt hat, diesen schrecklichen Fehler zu begehen.«

Seine Augen funkelten zornig. In ihnen sah ich allerdings auch, dass er meine Mutter noch immer liebte.

»Dann rufe ich sie besser vorher an«, sagte ich, denn ich konnte mir vorstellen, was für ein Chaos es geben würde, wenn ich meinen Vater im Schlepptau hatte.

Doch er schüttelte den Kopf. »Nein, kein Anruf. Aber du solltest vielleicht mitkommen. Ein bisschen Zeit hast du doch noch, nicht wahr?«

Ich dachte daran, dass ich am Montag wieder im Reisebüro antreten musste. Ich wollte Christina nicht um eine Verlängerung bitten. Doch wenn wir in Köln gleich in den nächsten Zug nach Koblenz stiegen, konnten wir bis zum Abend in

Schweich sein. Und wenn kein Regionalzug mehr fuhr, nahmen wir eben ein Taxi.

»Ja, ich habe Zeit«, entgegnete ich lächelnd. Ich würde mit meinem Vater zu meiner Mutter fahren. Verrückt! Aber auch unendlich toll. »Bist du dir wirklich sicher? Ich meine, es ist ein langer Weg, und das Wiedersehen ... dein Herz ...«

»Es ist lieb von dir, dass du dich um mein Herz sorgst«, entgegnete er und zog dann eine Fahrkarte aus der Tasche. »Doch ich fürchte, es ist bereits zu spät. Ich bin kein Mensch, der gern Geld verschwendet, das kann ich mir einfach nicht leisten.«

In diesem Augenblick tönte die Durchsage über unsere Köpfe hinweg, dass unser Zug gleich einfahren würde.

Ich sah ihn an. Meinte er es wirklich ernst? Wenn ja, dann musste er jetzt einsteigen.

»Na, komm schon«, sagte er und umklammerte seine Tasche fester. »Der Weg ist lang.«

Während der Zugfahrt fühlte ich mich zunächst ein wenig beklommen. Ich hatte nicht damit gerechnet, dass ich meinen Vater so schnell wiedersehen würde. Doch nach ein wenig Small Talk wurde ich lockerer. Michel erzählte mir von dem Weinberg, auf dem er gearbeitet hatte. Er schwärmte von dem Ausblick und begann dann, über Rebsorten zu fachsimpeln. Nach und nach fand ich den Mut, ihm Fragen zu stellen. Er erzählte mir, wie es zu der Verlobung mit Jeanne gekommen war, warum er sie geheiratet hatte und dass er meine Mutter nie wirklich vergessen hatte.

Im Gegenzug wollte er etwas aus meinem Leben wissen. Wo ich aufgewachsen war, was ich so angestellt hatte. Wir verglichen unsere Erfahrungen als Lehrerkinder, und ich war sehr froh, dass ich die Tochter meiner Mutter war. Die Strenge und Zucht im Haus Clement hätten mich sicher ebenfalls dazu gebracht, mich von meiner Familie zu entfernen.

Als wir schließlich in Schweich ankamen, war es bereits gegen Mitternacht. Da es für meinen Vater zu anstrengend gewesen wäre, den ganzen Weg bis zum Weingut zu laufen, rief ich ein Taxi. Die meisten Fenster in den Häusern waren bereits dunkel, nur der Ortskern mit seinen Geschäften und der kleinen Buchhandlung war noch erleuchtet.

Auch das Weingut war komplett dunkel, kein einziges Licht brannte mehr. Meine Mutter war entweder unterwegs oder bereits schlafen gegangen. Da sie ohnehin keine Nachteule war, war Letzteres wahrscheinlicher.

Ein mulmiges Gefühl machte sich in mir breit. Konnte ich ihr diesen Schrecken zumuten? Sie rechnete sicher mit allem, aber nicht damit, mitten in der Nacht Michel vor ihrer Tür zu sehen.

Als ich endlich den Mut fand, meine Hand zum Klingelknopf am Tor zu heben, griff er nach meinem Arm.

»Es ist Wahnsinn, nicht wahr?«, fragte er zweifelnd. »Vielleicht hätte ich doch nicht mitkommen sollen.«

Ich zuckte mit den Schultern. »Jetzt bist du hier. Um diese Uhrzeit fährt kein Zug mehr, und wenn wir nicht draußen übernachten wollen, gehen wir jetzt da rein.«

Ein Lächeln huschte über mein Gesicht. Diese Entwicklung hatte ich wirklich nicht vorhergesehen.

Während der Zugfahrt hatten wir genug Zeit gehabt, um uns zu unterhalten. Er hatte mir erzählt, wie er meine Mutter kennengelernt, wie er sich vom ersten Augenblick an in sie verliebt hatte. Wie er mit sich gerungen hatte, ob er die Verlobung mit Jeanne lösen sollte oder nicht. Seine Worte schärften die Geschichte meiner Mutter. Obwohl ich keine Zweifel daran hatte, dass sie die Wahrheit gesagt hatte, fand ich durch ihn diese Wahrheit bestätigt.

Ich drückte den Klingelknopf. Ich stellte mir vor, wie meine Mutter jetzt verwundert aufblickte, dann auf ihr Handy schaute. Michel hatte mir untersagt, ihr eine Nachricht zu schreiben. Nichts sollte sie vorbereiten. Das würde sie mir später sicher zum Vorwurf machen, das wusste ich. Aber jetzt war ich gespannt auf ihr Gesicht.

Die Gegensprechanlage knackte. »Ja, wer ist da?«, fragte meine Mutter.

»Ich bin's, Mama«, sagte ich und verschwieg ihr den weiteren Gast.

Der Summer ertönte, und ich trat ein. Michel hielt sich ein Stück hinter mir. Sicher nicht, um das Weingut zu betrachten, davon war in der Dunkelheit nicht viel zu sehen. Er zögerte, weil er wohl die Reaktion meiner Mutter fürchtete. Obwohl er derjenige war, der sauer auf sie sein musste, weil sie ihm keine Wahl gelassen hatte, als in seinem alten Leben zu bleiben.

Meine Mutter stand an der Tür. Sie trug einen brombeerfarbenen Hausanzug und wirkte, als hätte sie gerade zu Bett gehen wollen.

»Nicole, was ist …?«

Die Worte blieben ihr in der Kehle stecken, als sie den Mann hinter mir sah.

»Michel!« Sie brauchte nur wenige Sekunden, um ihn zu erkennen. Wahrscheinlich erkannte ihr Herz ihn noch schneller als ihre Augen.

Sie hob die Hand wie zu einem Winken. Dabei wirkte sie

ein wenig abwesend, doch ich erinnerte mich, dass sie das als Zeichen ausgemacht hatten. Als Zeichen für einen Kuss.

Michel verstand. Mit Tränen in den Augen zog er sie an sich und küsste sie. Als ob es die neununddreißig Jahre dazwischen nicht gegeben hätte.

Für einen Moment schien die Zeit stillzustehen. Ich hatte nur selten gesehen, dass ein Mann meine Mutter küsste, und nie waren diese Küsse dem gleichgekommen, den ich jetzt beobachtete.

Sie umklammerten sich fast verzweifelt, dann sahen sie sich an.

»Verdammt, Marianne, was hast du dir bloß dabei gedacht!«, schimpfte er dann los.

Seine Worte waren wie die Nadel, die einen übergroßen Luftballon zum Platzen brachte. Ich hätte beinahe aufgelacht. Ich kannte meinen Vater nicht gut, aber das passte zu ihm. Keine schmalzigen Liebesworte, nach dem Kuss gleich das Donnerwetter. Auch meine Mutter lächelte. Sie wusste genau, was sie getan hatte, und dass es falsch gewesen war. Dass sie das Donnerwetter verdient hatte. Aber sie lächelte, als er auf Französisch loswetterte.

»Kommt rein«, sagte sie dann sanft. »Hier draußen diskutiert es sich schlecht.«

Wir gingen ins Wohnzimmer, wo ich mich auf dem Sofa niederließ, wie eine Zuschauerin, die einer Vorstellung lauschte. Gleichzeitig war ich der Grund, warum mein Vater und meine Mutter jetzt begannen, sich anzuschreien, dass die Scheiben klirrten. Ich war ganz überrascht, welche Lautstärke sie an den Tag legten, meine sonst so besonnene Mutter und mein Vater mit dem kranken Herzen.

»Warum hast du mir mein Kind vorenthalten?«, brüllte er.

»Das war unverantwortlich von dir! Hast du denn geglaubt, ich würde mich aus meiner Verantwortung stehlen? Ich hätte für dich gesorgt, Marianne!«

»Du warst verheiratet!«, fauchte sie zurück. »Du hast das Leben mit Jeanne dem mit mir vorgezogen.«

»Aber nur, weil mir keine Wahl gelassen wurde!«

»Ich hatte dir die Wahl gelassen, aber du musstest ja auf deinen Vater hören.«

»Er drohte mir, dir das Leben zur Hölle zu machen.«

»Dann hättest du ihm eine runterhauen müssen.«

»Das hätte ich getan, wenn ich gewusst hätte, dass du schwanger warst! Notfalls wäre ich mit dir durchgebrannt.«

»Ja, und dann hätte Jeanne dir ihre Brüder hinterhergeschickt!«

Sie schleuderten sich die Vorwürfe um die Ohren. Und jeder von ihnen hatte irgendwie recht. Michel wollte sie schützen, Mama wollte ihn schützen. Mama war enttäuscht, Michel war es auch. Jeder hatte seine Gründe und seine Argumente, und ich hoffte sehr, dass sie mich nicht zum Schiedsrichter machten. Mittlerweile hatte ich gelernt, dass man mit Urteilen vorsichtig sein musste, ehe man nicht alle Seiten einer Geschichte kannte.

So war ich auf David sauer, weil er mir nichts von Michelle erzählt hatte, aber ich konnte auch verstehen, dass er es mir nicht hatte erzählen wollen. Auch dann nicht, als die Gelegenheit dazu da gewesen wäre und wir hätten versuchen können, alles wieder einzurenken.

»Und du!« Mamas Zeigefinger flog plötzlich auf mich, wie ein Blitz, der auf die Erde niederfuhr. »Warum in aller Welt hast du mir nicht geschrieben? Warum hast du mich nicht vorgewarnt, dass du ihn mitbringen würdest?«

»Ich durfte nicht!«, entgegnete ich und hob abwehrend die Arme. »Außerdem habe ich ihn erst am Bahnhof getroffen. Ich wusste nicht, dass er mitwollte.«

Meine Mutter schnaubte. Ich machte mich bereit für den Donner.

Der kam, aber anders, als ich es erwartet hätte.

Der Körper meiner Mutter zuckte zusammen. Für einen Moment überkam mich die Sorge, doch dann erkannte ich, dass ein Lachanfall aus ihr hervorbrach. Sie begann zu lachen, als hätte jemand einen wirklich guten Witz gemacht, es war ein vulgäres Lachen, der Witz musste also äußerst schlüpfrig sein.

Mein Vater sah mich verwundert an. Fast schien es, als fürchte er, dass sie ihren Verstand verloren hätte. Doch dann begriff er. Sie waren beide hier, und das, was sie getrennt hatte, hatten sie überwunden. Sie hatten das Schweigen überwunden. Sie hatten die gegenseitige Verletzung überwunden. Schließlich lachte auch er, schallend und laut.

Am nächsten Morgen fuhr ich in aller Früh in die Stadt, um etwas vom Bäcker zu holen. Meine Mutter war auf den Besuch nicht vorbereitet, also hatte sie gewiss nur Toast da oder einen alten Fertigkuchen. Die Rückkehr Michels zu ihr und das klärende Gespräch zwischen ihnen mussten allerdings gefeiert werden. Außerdem wusste meine Mutter immer noch nicht von David – dazu bedurfte es etwas mehr.

Dichte Nebelschwaden waberten über den Weinbergen. Die Straße war nass, aber menschenleer. So früh wollte an einem Samstag wohl noch niemand auf den Beinen sein.

In Schweich traf ich immerhin auf die ersten Passanten. Die meisten von ihnen schienen das gleiche Ziel zu haben wie ich. Ich stellte Mamas Wagen in eine freie Parklücke. Die Geschichte der Bäckerin aus Bar-le-Duc kam mir wieder in den Sinn. Ich musste Michel fragen, was mit ihr geschehen war.

Als ich die Bäckerei erreichte, war das Erste, was ich sah, ein breiter Rücken und ein blonder Haarschopf. Kilian! Sicher würde er sich über mein Erscheinen wundern. Aber so feige, ihm nicht unter die Augen treten zu wollen, war ich nicht. Außerdem wollte ich ein paar von den Croissants, die ich in der Auslage entdeckt hatte.

Die Glocke des Ladens bimmelte über meinem Kopf, und er wandte sich um. Sein Gesicht wirkte müde, doch als er mich sah, flammte in seinen Augen ein Lächeln auf.

»Nicole! Sie sind hier?«

Die Verkäuferin warf uns einen verdutzten Blick zu, während sie Kilians Brötchen in die Tüte packte.

»Ja, ich habe auf meinem Weg nach Köln einen kleinen Umweg gemacht«, entgegnete ich.

»Und, wie war's?«

»Sehr aufschlussreich«, entgegnete ich. »Stellen Sie sich vor, ich habe meinen Vater gefunden! Er lebt und ist gleich mit mir mitgekommen, weil er unbedingt meine Mutter sehen wollte.«

Ein verwirrter Ausdruck trat auf Kilians Gesicht. Stimmt, ich hatte ihm ja noch nichts davon erzählt, dass ich eigentlich meinen Vater gesucht hatte.

»Dann sind Sie also deswegen nach Frankreich gefahren?«, fragte er.

Ich nickte. »Eigentlich wollte ich auf den Spuren meiner Mutter wandeln. Doch eines führte zum anderen, und schließlich stand ich vor ihm.«

473

»Das war sicher ein Schock für ihn.«

»Gewiss. Er wusste ja gar nicht, dass es mich gibt. Und ich … ich hatte große Angst, dass er mir meine Geschichte nicht glauben würde. Glücklicherweise hatte mir meine Mutter etwas mitgegeben, was ihn überzeugte. Und dann … Es war einfach toll, wissen Sie. Toll, meinen Vater zu sehen. Toll, die Lücke, die in meinem Leben klaffte, schließen zu können. Es war, als hätte das Schicksal gewollt, dass alles so kommt.«

»Wenn das so ist, kann ich wohl noch hoffen.« Ein bittersüßes Lächeln trat auf sein Gesicht. »Allerdings würde ich mir wünschen, dass es nicht so lange dauert, bis mein Sohn zu mir findet.«

»Das wird es nicht, da bin ich mir sicher. Setzen Sie Ihren Kampf fort, das wird sich auszahlen, glauben Sie mir.«

»Ich werde Ihren Rat beherzigen«, sagte Kilian, nachdem er bezahlt und die Brötchentüte an sich genommen hatte. »Und ich hoffe, wir sehen uns bald wieder.«

»Das hoffe ich auch«, entgegnete ich und wünschte ihm einen schönen Sonntag.

Ich sah ihm nach. Er war so ein toller Kerl. Doch nun hatte ich mit David gesprochen. Was aus uns werden würde, wusste ich nicht – es war einfach zu früh, um etwas zu erwarten, das sich vielleicht nicht erfüllte. Aber ich sah einen Hoffnungsschimmer, dass sich mein Wunsch erfüllen würde. Und den wollte ich mir nicht kaputtmachen lassen. Ich dachte wieder an den leidenschaftlichen Kuss meiner Eltern, fast vierzig Jahre hatten ihre Leidenschaft nicht auslöschen können.

Vielleicht würde das bei David und mir auch der Fall sein …

»Sie wünschen?«, riss mich die Stimme der Verkäuferin aus meinen Gedanken.

»Oh, Entschuldigung«, sagte ich und ließ meinen Blick über die Auslage schweifen. »Geben Sie mir bitte alle Croissants, die noch in dem Korb sind!«

Die Verkäuferin sah mich an, als ob ich von ihr verlangt hätte, eine kleine Ziege zu opfern. Dann verstaute sie die zwölf Croissants in einer Plastiktüte und reichte sie mir.

Auf dem Rückweg drängte sich die Sonne durch die Nebelschwaden. Es war ein wunderbarer Augenblick, als die Sicht auf die Weinberge klarer wurde und die Mosel zu glitzern begann.

Auf dem Weingut war es immer noch ruhig. Kein Wunder, nach dieser turbulenten Nacht.

Ich öffnete leise die Haustür und schlich mich zum Schlafzimmer meiner Mutter. Mein Vater hatte Quartier im Gästezimmer bezogen, ich hatte die Nacht auf dem Sofa verbracht.

Die Tür stand einen Spaltbreit offen. Da es sich so anhörte, als wäre sie wach, schob ich sie vorsichtig auf.

»Mama, ich …«

Ich stockte. Da saßen Michel und meine Mutter, nur leicht in ihre Nachtsachen gekleidet, und küssten sich leidenschaftlich. So leidenschaftlich, dass sie mich gar nicht zu bemerken schienen.

Rasch zog ich mich wieder zurück. Wahrscheinlich mit hochrotem Kopf.

Früher hatten sich meine Mitschülerinnen hin und wieder darüber ausgelassen, ihre Eltern beim Sex erwischt zu haben.

»Eklig!« war das allgemeine Urteil gewesen. Ich konnte das nie verstehen, denn ich sah meine Mutter nie mit irgendwelchen Männern, erst recht nicht mit meinem Vater.

Doch jetzt bekam ich eine leichte Ahnung davon, was sie

gespürt hatten. Zwar hatte ich sie nicht beim Sex erwischt –
was vielleicht der Fall gewesen wäre, wenn ich früher gekommen wäre – doch dieser Kuss, dieses wilde Ineinanderver-
schlungensein, hatte etwas derart Intimes, dass es Sex fast
gleichkam.

Allerdings fand ich es nicht eklig, es war einfach nur merkwürdig – und vor allem war es ihre Sache. Dadurch, dass ein
Mensch alterte, wurde er doch nicht zu einem asexuellen Wesen. Er brauchte Wärme und Liebe und auch Sex, das wurde
mir nun klar.

Ich zog es also vor, wieder in die Küche zu gehen. Das Baby
in meinem Bauch verlangte nach einem Marmeladen-Crois-
sant, und das sollte es jetzt haben.

Als meine Mutter etwa eine Dreiviertelstunde später im Morgenmantel in der Küche auftauchte, hatte ich bereits zwei
Croissants intus – und noch immer Hunger.

»Nanu, du bist schon auf?«, fragte sie verwundert. »Und
Frühstück hast du auch schon gemacht?«

Ich lächelte sie an. »Ja, ich dachte mir, das wäre angemes-
sen, nachdem ich dir solch einen Schrecken eingejagt habe.«

»Schrecken?« Mama lächelte breit und vielsagend. Ja, offenbar war es doch gut, dass ich die beiden nicht gestört hatte.
»Du hättest mir kein größeres Geschenk machen können.«

So glücklich, wie sie aussah, glaubte ich ihr das aufs Wort.
Ich hoffte nur, dass mein Vater seine Herztabletten dabeihatte.

»Gern geschehen.« Ich lächelte sie an, und in meinem Herzen breitete sich eine warme Welle der Freude aus, wie ich sie
auch schon während der Zugfahrt gespürt hatte. »Und danke,
dass du es mir doch erzählt hast. So haben wir beide gewonnen, und ich habe die Chance, ihn kennenzulernen. Es hat mir

so viel Mut gemacht zu sehen, dass er mit seinem Herzfehler leben kann. Du weißt nicht, was das für mich bedeutet.«

Wir umarmten uns, dann setzte sich meine Mutter zu mir. »Ich verstehe immer noch nicht, warum ich nie den Mut hatte, nach ihm zu suchen. Ich … ich wollte ihm nicht zur Last fallen, nicht sein Leben verkomplizieren.«

»Und genau genommen hättest du ihm sein Leben erleichtert.«

»Ja, das sieht ganz so aus.«

Wir sahen uns an, dann sagte ich: »Ich habe mit David geredet.«

Die Freude verschwand ein wenig aus den Augen meiner Mutter. Ihr Körper spannte sich, als erwarte sie etwas Unangenehmes.

»Wann?«, fragte sie.

»Vorgestern Abend«, antwortete ich. »Ich habe ihn angerufen, kurz nachdem ich von Michel zurück war. Wir haben uns über alles unterhalten.«

Ich schilderte meiner Mutter das Gespräch mit Hilda, die Enthüllung über Michelle und dann das, was ich mit David besprochen hatte. Als ich fertig war, starrte sie mich mit großen Augen an.

»Was meinst du?«, fragte ich ein wenig unsicher.

»Ich … ich bin verwundert. Ich hätte nicht gedacht, dass ihr das hinbekommen würdet.«

»Na ja, wir haben erst mal geredet. Und ehrlich gesagt hätte ich auch nicht gedacht, dass ich es könnte … ich meine, das hinzubekommen. Es kann immer noch so viel passieren, aber er sagt, dass er für mich da sein will. Und ich glaube ihm.«

»Tja, wer sagt denn, dass man nicht wieder von vorn anfangen kann?«

»Ich bin vorsichtig optimistisch. Vielleicht klappt es auch nicht, aber ich freue mich, dass David eingesehen hat, dass ich ihn brauche. Dass das Kind ihn braucht.«

Meine Mutter nickte, und nun begannen ihre Augen zu strahlen. Nicht nur mein Wunsch schien sich zu erfüllen, ihrer ebenfalls.

»Und was ist mit dir und Michel?«, fragte ich.

Meine Mutter zupfte die Spitze eines Croissants ab und steckte sie sich in den Mund. Eine Weile kaute sie, wahrscheinlich wollte sie ein wenig Zeit gewinnen, dann antwortete sie: »Wenn ich ehrlich bin, habe ich heimlich genau auf diesen Moment gewartet. So wie du. Ich möchte diese neue Chance. Aber es kommt ganz drauf an, was Michel möchte.«

»Ich möchte sie auch«, sagte jemand mit starkem französischen Akzent an der Tür. Michel lehnte, brav in Pyjama und Morgenmantel gekleidet, am Türrahmen.

Wir schauten ihn überrascht an.

»Du kannst Deutsch?«, fragte meine Mutter.

Michel nickte. »Ich habe es gelernt, als du fort warst. Meine Aussprache ist schrecklich, aber ich hatte genug Zeit, das Vokabular zu lernen.«

»Deine Aussprache ist wunderbar!« Meine Mutter erhob sich, ging zu ihm und schlang die Arme um seinen Hals. Dann küsste sie ihn und setzte hinzu: »Und wenn du willst, kann ich gern mit dir üben. Ein bisschen von der früheren Lehrerin steckt immer noch in mir.«

Seine Augen leuchteten. »Oh ja, das habe ich gemerkt«, raunte er ihr zu, dann zog er sie wieder in Richtung Schlafzimmer.

Ich lächelte ihnen hinterher. Es war schön einen Vater zu haben, schön zu wissen, dass jemand für meine Mutter da sein würde – und für mich. Er wusste aus erster Hand, wie es sich anfühlte, wenn das Herz nicht so arbeitete, wie es sollte. Er machte mir allein schon durch sein Dasein Hoffnung. Und ich war sicher, dass er mir ebenso wie meinem Kind so einiges über das Leben beibringen konnte.

Wie lange sie es miteinander aushalten würden, stand in den Sternen, aber meine Mutter hatte recht. Sie hatten eine neue Chance bekommen. Und da beide willens waren, sie zu nutzen, würde daraus vielleicht etwas Wunderbares werden.

Als ich am Abend meine Tasche packte, holte ich noch einmal die Fotos hervor, die mir meine Mutter gegeben hatte. Niemand konnte etwas damit anfangen, nur derjenige, der die geheime Geschichte hinter den Fotos kannte. Ich war zufrieden. Und gleichzeitig auch etwas wehmütig. Wie lange hatte meine Mutter auf ihre Liebe verzichten müssen! Sie hatte sie jetzt wiedergefunden, doch die verlorene Zeit konnte ihnen niemand zurückgeben.

Jedenfalls schien es eine ziemliche Ironie zu sein, dass gerade die Angst um mein Kind die beiden wieder zusammengebracht hatte. Aber irgendwie hatte ich das Gefühl, dass jetzt alles wieder an seinen Platz kam. Vielleicht auch bei mir und David.

Als ich ans Fenster trat und auf das Weingut blickte, dachte ich wieder an Louise. Ich hatte Mama von ihr erzählt, und sie hatte mir versprochen, ihr wieder zu schreiben. Es war traurig, wenn Freundinnen den Kontakt zueinander verloren. Aber auch in diesem Fall war es noch nicht zu spät. Louise mochte krank gewesen sein, doch ich hatte in ihren Augen Lebenswillen gesehen. Und dass meine Mutter noch am Leben war, schien sie wieder etwas gestärkt zu haben.

In der Nacht schlief ich tief und fest, ohne einen Traum, der mich verfolgt oder mir eine beängstigende Zukunft aufgezeigt hätte. Als ich morgens wach wurde, lagen meine Hände schützend auf meinem Bauch. Hatte mein Kind nach Schutz verlangt?

Wie sehr wünschte ich mir in diesem Augenblick, dass ich nachsehen konnte. Dass ich mich vergewissern konnte, dass es ihm gutging.

Fünf Tage, kam es mir in den Sinn. Nur noch fünf Tage, dann würde ich wissen, was los war. Welche Schritte unternommen werden konnten.

Als ich beim Frühstück erschien, saßen mein Vater und meine Mutter am Tisch und sahen sich verliebt an. Es erstaunte mich, wie schnell all die Zeit, die zwischen ihnen lag, plötzlich vergessen war. Die Narben hatten sie sicher noch, aber die Liebe war das Allheilmittel.

»Und, was wirst du jetzt in dieser Woche machen?«, fragte mich meine Mutter, während sie mich in den Arm nahm. »Hast du etwa all diese schrecklichen Bücher in deinem Koffer?«

Ich schüttelte den Kopf. »Nein, die lasse ich hier.«

»Aha, dann soll ich sie also zurück in die Bibliothek bringen?«

»Das wäre wahnsinnig lieb von dir.«

Ich drückte ihr einen Kuss auf die Wange.

Dann setzte ich mich zu Michel und lächelte ihn breit an.

 37

In der Krankenhaus-Cafeteria unweit der Behandlungsräume von Dr. Alfani war kaum etwas los. Kein Wunder, um diese Uhrzeit befanden sich die meisten Patienten in Untersuchungen oder im OP. Hier zu warten war nicht wesentlich beruhigender, als auf dem Gang zu sitzen. Dennoch setzte ich mich ans Fenster und schaute hinaus auf den Innenhof. Eine Schwester schob gerade einen alten Mann im gestreiften Bademantel vorbei. Auf seinem Schoß lag eine Krankenakte, die so dick war wie ein Lexikon. Er unterhielt sich lebhaft mit der Schwester und lachte. Im Gebüsch unweit von ihnen zündete sich ein Mann im Jogginganzug eine Zigarette an. Ich wettete, dass er von seinem Arzt striktes Rauchverbot bekommen hatte.

Doch im Grunde war mir das da draußen egal. Ich hatte jetzt einen der wichtigsten Tage meines Lebens vor mir. Mein Kind war im Moment alles, was zählte. Ich wusste, dass ich sein Schicksal nicht mehr beeinflussen konnte. Aber vielleicht halfen ja Gedanken und Hoffnung doch etwas. Und war nicht die Medizin mittlerweile schon weit genug, um den einen oder anderen Fehler zu korrigieren? Ich hoffte so sehr, dass das auch bei meinem Kind möglich war.

»Nicole?«, fragte eine Stimme hinter mir.

Mein Herz machte einen Satz. Ich sprang auf und wirbelte herum.

»David!« Er hatte sein Versprechen gehalten!

Wir umarmten und küssten uns. Nicht das erste Mal seit dem Telefonat.

Kaum war ich wieder in Köln, hatten wir uns getroffen und über alles geredet. Michelle, seine Ängste, seine Hoffnungen. Und über uns.

»Wie geht es dir?«

»Na ja, wie es einem vor einer wichtigen Untersuchung geht«, antwortete ich und zupfte nervös an meinem Pullover herum.

»Ich bin bei dir«, sagte er. »Egal, was geschieht, du brauchst das da drinnen nicht allein zu machen. Es sei denn, du möchtest, dass ich hierbleibe. Dann warte ich hier.«

Ich schüttelte den Kopf und streckte die Hand nach ihm aus. »Ich möchte, dass du mitkommst. Das habe ich mir schon damals gewünscht, in der Praxis von Dr. Mandelbaum. Es ist dein Kind, der Arzt wird dich mit reinlassen.«

David erhob sich, ein wenig unsicher noch, doch dann schloss er mich in seine Arme und küsste mich.

»Gehen wir.«

In der Praxis von Dr. Alfani wurden wir von der Arzthelferin freundlich begrüßt. Es herrschte eine sehr ruhige Atmosphäre, und außer uns war auch niemand im Wartezimmer.

Mein Herz raste. Ich konnte nicht anders, als mich an David zu lehnen. Es fühlte sich so gut an, ihn wieder in meinem Leben zu haben. Und jetzt in meiner Nähe.

Er selbst hatte Angst, das spürte ich deutlich. Ich kannte ihn gut genug, um die Anzeichen zu erkennen. Sein Adamsapfel hüpfte nervös auf und ab. In meinem Innern flatterte alles.

He, Kleines, dachte ich, an mein Kind gerichtet. Gib gleich dein Bestes. Und halte durch, damit ich dich kennenlernen kann.

»Keine Sorge«, flüsterte ich ihm leise zu. »Egal, wie es ausgeht, du verlierst mich nicht.«

»Und du mich auch nicht«, entgegnete er und griff nach meiner Hand. Sie war genauso schweißfeucht und kalt wie meine eigene. »Ich habe übrigens den Termin zur Sterilisation abgesagt. Für den Fall, dass du noch ein Kind bekommen möchtest.«

Wollte ich das? Ich dachte daran, dass ich mir ein Haus voller Kinder gewünscht hatte. Ja, eigentlich wollte ich es. Doch erst einmal ging es um dieses Kind, das bereits unterwegs war. Und es war sehr merkwürdig, dass er gerade jetzt schon wieder damit anfing, aber so war er eben.

»Lass uns erst mal dieses eine bekommen«, sagte ich lächelnd und küsste ihn.

»Frau Schwarz?«, fragte da die Stimme der Arzthelferin. »Dr. Alfani erwartet Sie.«

»Showtime«, flüsterte David, dann zog er mich in die Höhe, seine Hand fest um meine, als hätte er Angst, mich loszulassen.

So gingen wir durch die Sprechzimmertür, wo uns der Arzt mit einem freundlichen Lächeln begrüßte.

 38

Meine Mutter hatte nicht übertrieben, das Mohnblütenfeld sah aus wie ein feuerroter Teppich, unter dem man das Grün nicht mehr erkennen konnte. Es fiel einem schwer, die Augen von diesem Bild zu lassen. Ein warmer Sommerwind strich über meine Arme und ließ mein dunkelblaues Kleid wehen.

»Hier bist du!«, sagte meine Mutter und legte den Arm um mich. »Alles in Ordnung mit dir?«

Ich nickte. »Ja, ich bewundere nur den Mohn. Ich versuche zu spüren, was du damals gespürt hast.«

»Das sollte dir schwerfallen«, entgegnete sie. »Du bist in einer völlig anderen Situation als ich damals.«

»Ja, aber der Mohn … irgendwas hat er an sich. Er macht einen traurig, aber auch gleichzeitig froh.«

»Wahrscheinlich sind in seinen Blüten all jene, die hier ihr Leben gelassen haben. Und all jene, die sie verloren haben.«

Ich lehnte mich an sie. Der Gedanke an Verlust machte mein Herz schwer. So viel war verlorengegangen, aber so viel hatten wir auch gefunden.

»He, habt ihr vergessen, dass gleich die Trauung losgehen soll? Wenn du Michel vor dem Altar sitzen lässt, wird er sauer sein!«

Wir drehten uns um. David stand hinter uns, in seinem besten Anzug. Die vergangenen Monate hatten ihn verändert. Ein Knoten war in seinem Innern aufgesprungen, und es war, als hätte es die Zeit der Trennung nicht gegeben. Seit dem Tag, als wir beim Ultraschall waren, hatte er nach und nach die Ketten abgeschüttelt, die ihn umgeben hatten. Es hatte viele Gespräche gebraucht, und ich hatte ihn auch dazu überreden können, zu einem Therapeuten zu gehen. Wir beide waren da, denn für das, was geschehen war, was unsere Seele abbekommen hatte, brauchten wir Hilfe.

Doch jetzt strahlte er, und daran war wahrscheinlich auch die junge Dame schuld, die er auf seinem Arm trug und die gerade auf ihren Fingern herumkaute.

Wir hatten sie Louise getauft, was nicht nur bei meiner Mutter Begeisterung auslöste, auch Louise Silberg war hocherfreut gewesen zu hören, dass mein Kind zur Welt gekommen war.

Die Operation kurz nach der Geburt hatte uns noch einmal alles abverlangt. David war während der gesamten Zeit bei mir gewesen, hatte versucht, mich zu trösten, obwohl seine Anspannung mindestens genauso groß war. Ich war geschafft von der Geburt, und der Gedanke, dass meine Kleine gerade im OP ihre erste große Prüfung durchstehen musste, hatte mich regelrecht fertiggemacht.

Nach mehreren Stunden erschien dann der Arzt bei uns und klärte uns über das Geschehen im OP auf.

»Es ist sehr selten, dass Mädchen einen ererbten Kammerseptumdefekt haben«, sagte er. »Normalerweise wird die Krankheit auf männlicher Seite weitergegeben. Doch der Defekt war klein. Wir konnten ihn schließen, und Ihre Tochter wird höchstwahrscheinlich ein normales Leben führen können.«

Weinend vor Erleichterung war ich David um den Hals

gefallen, und es hatte eine ganze Weile gedauert, bis wir uns wieder gefangen hatten. Die Worte des Arztes waren das Schönste, was ich in den vergangenen Stunden gehört hatte!

Auch wenn der Fluch nicht aus unserer Familie gebannt war, so hatten wir ihn doch unter Kontrolle. Wie sie damit umgehen würde, sollte meine Tochter später entscheiden.

Ich trat zu David und nahm ihm meine Kleine ab.

In den Monaten nach dem Treffen in der Cafeteria hatte er sich rührend um mich gekümmert. Obwohl ich es mir heimlich anders gewünscht hatte, war er zunächst noch in seiner alten Wohnung geblieben. Erst nach der Geburt zogen wir wieder zusammen.

Doch nun waren wir hier, in Bar-le-Duc. Dem Ort, an dem meine Mutter heute ihren Michel heiraten wollte.

Und David hatte ganz recht, Michel würde es meiner Mutter übelnehmen, wenn sie nicht vor dem Altar erschien.

Gemeinsam liefen wir zu dem Wagen, der am Wegrand parkte. Ich war zu Fuß hierhergegangen, genauso wie meine Mutter, aber jetzt war ich froh, dass David gefahren war. Ich schnallte Louise in ihrem Kindersitz fest, dann stiegen wir ein.

Die Jahre mochten ins Land gegangen sein, aber immer noch war es in einer Stadt wie Bar-le-Duc eine Sensation, wenn ein Paar heiratete. Leute, die mir völlig unbekannt waren, die aber irgendwoher wussten, wer meine Mutter war, fanden sich ein. Einige Damen trugen Sträußchen in der Hand.

Louise, die meine Mutter neben mir zur Brautjungfer bestimmt hatte, wartete am Fuß der Kirche, ebenfalls dunkelblau wie der Nachthimmel gekleidet.

Michel kam auf uns zu, kaum dass wir die Kirche erreicht hatten. Er wirkte irgendwie nervös, sah in seinem silbergrauen Anzug aber geradezu umwerfend aus. Wie Kevin Costner, nur mit dem Unterschied, dass er und nicht Mr Costner mein Vater war, auf den ich in diesem Augenblick überaus stolz war.

»Da ist ja meine Liebe!«, sagte er und zog meine Mutter in seine Arme. »Ich dachte, du hättest dich aus dem Staub gemacht.«

»Keineswegs!«, entgegnete meine Mutter. »Aber bringt es nicht Unglück, wenn der Bräutigam die Braut vor der Trauung sieht?«

»Wer erzählt denn so einen Unsinn!«, gab Michel lachend zurück. »Ein Brautkleid ist nicht mal halb so bedeutend wie das, was meine Braut mitbringt.« Er sah mich an, beugte sich dann zu Louise herunter und streichelte ihre Wange. Meine – unsere – Kleine gluckste fröhlich. »Ich glaube kaum, dass es mir Unglück bringen kann, dich jetzt schon zu sehen.« Damit zog er meine Mutter in seine Arme und küsste sie.

»He, eigentlich wartet man damit, bis der Pastor Bescheid sagt«, rief ich, worauf er lachte.

»Ist ja schon gut, es wird wohl Zeit, dass ich in der Kirche verschwinde. Also, bis nachher!«

Damit wandte er sich um und ging mit seinen Trauzeugen in das Gotteshaus.

»Mademoiselle Schwarz?«, fragte plötzlich jemand neben uns. Ein Mann, vielleicht fünfzehn Jahre älter als ich, löste sich aus der Menge. Er war recht gedrungen und trug einen Schnurrbart, sein schwarzes Haar war von langen weißen Strähnen durchzogen.

Ich blickte fragend zu meiner Mutter.

Wer war der Kerl?

Meine Mutter versteifte sich ein wenig. Kannte sie ihn?

»Ich weiß nicht, ob Sie sich an mich erinnern«, begann der Fremde, nachdem sie sich ihm zugewandt hatte. »Mein Name ist Bertrand Rémy, ich war in Ihrer Klasse.«

»Oh, ich erinnere mich.« Der Blick meiner Mutter verfinsterte sich. Offenbar sah sie in ihm nicht nur den Jungen, der ihr Fahrrad manipuliert hatte, sie sah in ihm auch seinen Vater, dem sie den ganzen Ärger zu verdanken hatte.

»Ich … ich habe mich nie dafür entschuldigt, was ich Ihnen angetan habe«, sagte er dann und blickte verlegen zu Boden. »Aber dann habe ich erfahren, dass Sie zurück sind, und … Ich wollte nur sagen, es tut mir leid.«

»Danke, Bertrand, das bedeutet mir viel«, sagte meine Mutter und legte ihm die Hand auf den Arm. »Und nachher auf der Feier erzählen Sie mir bitte, was aus Ihrem Leben geworden ist, ja?«

Bertrand Rémy schaute sie überrascht an. Zu der Feier eingeladen zu werden, damit hatte er nicht gerechnet. Ich hatte wieder das Foto von den Kindern im Mohnblütenfeld vor mir. Auch wenn Bertrand da nicht anwesend war, schien er seine Lektion gelernt zu haben.

Doch nun erschien der Pfarrer.

Es war Showtime, wie David im Wartezimmer von Dr. Alfani angemerkt hatte.

Ich blickte zu David und lächelte ihn an. Bisher hatten wir uns nicht entschlossen zu heiraten, aber wer weiß, vielleicht kam das ja noch.

»Bist du bereit?«, fragte ich.

»Ja, mehr als bereit«, entgegnete er und zog mich in seine Arme.

»Du willst doch nicht etwa die Brautjungfer küssen?«, neckte ich ihn, aber da spürte ich seine Lippen schon auf meinen.

»Doch, genau das will ich. Immerhin habe ich ein Kind mit ihr, das gibt mir das Recht.«

Wir küssten uns erneut, lange und vielleicht auch ein bisschen zu leidenschaftlich, denn hinter uns raunten einige Leute, und irgendwer pfiff.

Dann schloss er sich den Männern an. Ich hob Louise aus ihrer Babyschale und setzte sie auf meine Hüfte. In ihren blauen Augen zeigten sich erste goldene Sprenkel, vielleicht würde sie eines Tages so goldene Augen haben wie ihr Großvater. Ich gab ihr einen Kuss, und während die Orgel im Innern den Hochzeitsmarsch anstimmte, trat ich hinter meine Mutter, die in ihrem mohnroten Kleid einfach umwerfend aussah.

Wir lächelten uns zu.

Dann schritt sie voran, endlich auf das Glück zu, auf das sie so lange hatte warten müssen.

Foto Nr. 14

Ein strahlender Sommertag geht über Bar-le-Duc zu Ende, der Himmel strahlt in einem zarten Rosa. Im Innenhof einer Gastwirtschaft, einem efeuberankten Gebäude, feiert eine Hochzeitsgesellschaft. Weiße Bänder flattern über Bouquets aus roten Mohnblüten. Auf den festlich mit roten und weißen Blumen geschmückten Tischen befinden sich die Reste des Buffets. Marianne und Michel tanzen eng umschlungen, Wange an Wange inmitten anderer Paare. Im Hintergrund sitzt Nicole neben David, auf ihrem Schoß versucht die kleine Louise gerade, nach einem Teller zu greifen. David hält Nicoles Hand, die beiden blicken sich verliebt an. (28. Juni 2015)

Nachbemerkung

Heute kann man sich kaum noch vorstellen, dass es eine Zeit der Feindschaft zwischen Deutschen und Franzosen gegeben hat. Doch es ist wichtig, dass wir nicht vergessen, dass diese Zeit existiert hat und dass der Hass auf Andere in einem verheerenden Krieg gipfelte, der große Teile Europas zerstört und viel Leid über die Menschen gebracht hat.

Die Geschichte des »Mohnblütenjahrs« ist eine fiktive Geschichte. Es gibt in Lothringen wirklich eine Stadt namens Bar-le-Duc, und ich habe mir lediglich ein paar kleine künstlerische Freiheiten genommen, was die äußere Gestaltung des Ortes und seiner Umgebung angeht. Die Bewohner der Stadt sind in meinem Roman jedoch fiktiv; Ähnlichkeiten waren nicht beabsichtigt.

Wahr ist, dass es seit den fünfziger Jahren und auch schon davor immer wieder Lehrer gab, die den Weg in andere Länder fanden und damit einen wichtigen Beitrag für die Verständigung der Völker untereinander leisteten. Verschiedene Organisationen sorgen auch heute noch dafür, dass Lehrer und Schüler die Gelegenheit erhalten, sich vor Ort mit der Kultur der Länder, deren Sprache sie unterrichten oder erlernen, vertraut machen können.

An dieser Stelle geht mein herzlicher Dank an Herrn Gieselher Klose aus Braunschweig, der mir mit seinen Einsichten in den Lehreraustausch sehr geholfen hat.

Ob zu der Zeit, als sich Marianne in Frankreich aufhielt,

Ressentiments auf beiden Seiten vorhanden waren, mag von Ort zu Ort verschieden gewesen sein. Höchstwahrscheinlich gab es Menschen, die die Gegenseite auch nach dem Élysée-Vertrag als Feinde angesehen haben, aber größtenteils war der Austausch zwischen Deutschland und Frankreich nach dem Krieg freundschaftlich. Man war bestrebt, den Nachbarn verstehen zu lernen und zu achten. Und wie man heute sehen kann, ist es gelungen. Deutschland und Frankreich haben ein gutes Verhältnis zueinander. Die Menschen haben erkannt, dass Vorurteile, Angst und Hass nur dann abgebaut werden können, wenn man aufeinander zugeht und voneinander lernt. Das sollten wir auch heute nicht vergessen und im Umgang mit uns fremden Kulturen beherzigen.

Corina Bomann

Die Jasmin-
schwestern

Roman.
Taschenbuch.
Auch als E-Book erhältlich.
www.ullstein-buchverlage.de

Was in der Liebe wirklich zählt ...

Ein Unfall, ein Schock und eine große Frage: Als ihr
Freund verletzt ins Koma fällt, flüchtet Melanie Sommer zu ihrer vietnamesischen Urgroßmutter Hanna. Als
Hanna merkt, wie sehr die junge Frau mit ihrem Schicksal und der Liebe hadert, erzählt sie ihr zum ersten Mal
aus ihrem Leben: Von der dramatischen Kindheit im
exotischen Saigon, vom schillernden Berlin der zwan-
ziger Jahre und einer großen Liebe, von der schweren
Zeit während des Krieges und dem Neuanfang als Hut-
designerin in Paris. Hanna hat viel verloren, aber auch
unendlich viel gewonnen. Und Melanie erkennt, dass
ihre schönste Zeit noch vor ihr liegt – egal, was das
Schicksal noch für sie bereithält.

ullstein

Corina Bomann

Die Sturmrose

Roman.
Taschenbuch.
Auch als E-Book erhältlich.
www.ullstein-buchverlage.de

Ein altes Schiff birgt ein dunkles Geheimnis

Als Annabel Hansen die »Sturmrose« im Hafen von Sassnitz zum ersten Mal sieht, verliebt sie sich auf Anhieb in den alten Kutter. Annabel, die mit ihrer kleinen Tochter auf Rügen noch einmal von vorn anfangen will, beschließt, die »Sturmrose« zu einem Café umzubauen. Bei Renovierungsarbeiten entdeckt sie Überraschendes: Vor über dreißig Jahren ist mit diesem Schiff eine junge Frau aus der DDR geflohen.

Und dann lernt Annabel auch noch einen geheimnisvollen Mann kennen. Christian Mertens Leben ist ebenfalls tragisch mit dem Kutter verbunden. Gemeinsam versuchen sie, die bewegte Geschichte des Schiffes zu enträtseln – eine Geschichte, die bis in Annabels eigene Kindheit zurückreicht.

Ein großer deutsch-deutscher Schicksalsroman, lebensnah und herzenswarm erzählt.

ullstein